HEREDERA DE LA FURIA

JINA S. BAZZAR

Traducido por

ANDREA IBARRA

Publicado en 2021 por Next Chapter

Para Ala, Noor y Adam.

RECONOCIMIENTOS

Nunca pensé que despedirme de personajes ficticios sería tan difícil como despedirme de un ser querido. Pero lo es, y cuando terminé de escribir "El fin", estaba triste y emocionada.

Escribir un libro es mucho más que plasmar pensamientos en palabras. No sólo hay un vínculo emocional (y si sueno un poco loca, tal vez sea porque lo estoy), está la dedicación, la determinación y las muchas horas de privación del sueño, preocupándome por todo lo "qué sigue". Hay mucho más sobre escribir que eso, y me gustaría agradecer a todos los que me ayudaron a ver esto hacerse realidad, directamente, por ser mis críticos y dar consejos, o indirectamente, dándome su apoyo.

A Heather Tasker, James J. Cudney, Eileen Schroeders y Tyler Colins – gracias desde el fondo de mi corazón por sus comentarios, sugerencias, consejos de edición y por estar allí cuando lo necesitaba.

Y, por último, pero nunca menos importante, a todos los lectores que han acompañado a Roxanne en este viaje, sin ustedes, la historia de Roxanne nunca habría sido contada.

TÉRMINOS

- Cozak, una banda de luz azul etérea que Remo utilizó para formar una conexión temporal con alguien para facilitar el implante de la esfera.
- Daggaz, un símbolo paralizante, el resultado de juntar la runa Dachi y símbolo Gaz.
- Forbus, un símbolo bastardeado, el resultado de juntar la runa dimensional Forda y el símbolo Blotus, utilizado para ocultar objetos a plena vista, también para ocultarlo del éter y la quinta dimensión.
- Varilla de Judas, un cable de hierro de un metro, incrustada con glifos y símbolos para evitar su ruptura, con esposas de hierro encantadas al final que neutralizan las habilidades preternaturales.
- Shimerka, una enzima que se encuentra en la saliva de los mamíferos Shimmerian. Sirve como un incapacitante, haciendo que las presas se vuelvan letárgicas mientras que la hembra Shimmerian se da un festín.

- Shodah, utilizado durante el ritual de invocación. Este símbolo bastardeado está conectado a la tierra de Sidhe y es una fuente de poder para la criatura cuásar a punto de ser invocada.
- Thobus, sala de contención natural utilizada durante una invocación para ayudar a formar la esfera protectora alrededor de la criatura invocada.
- Vermot, utilizado durante un trabajo de invocación para alimentar el tejido alrededor de la grieta. Vermot tiene que cruzar todos los símbolos dentro de un trabajo para unirlos en un tejido coherente.
- Zargas, un símbolo bastardeado utilizado durante un ritual de invocación para evitar que la grieta succione la energía vertida en el ritual, y para evitar que la esfera y el trabajo se mezclen. Debe tener el mismo tamaño en anchura y altura que la grieta para evitar que el trabajo se desequilibre.
- Zarloz, un símbolo vinculante bastardo, utilizado como una varilla de radiestesia entre el creador y el portador.

ELENCO (EN ORDEN ALFABÉTICO)

Abigail, Unseelie Fee, ejecutora.
Aegeus, mago de tierra, el agente de alto nivel de Remo Drammen.
Alegra Romano, bruja de aire, líder territorial de las partes bajas de Manhattan, responsable de los magos, brujas y portadores de magia en esa zona.
Angelina Hawthorn, maestra vampiro, teniente de primer nivel de Remo Drammen. Guarda rencor contra Roxanne por matar a su vástago, Jacob Black.
Arianna Lenard, ser cuásar estelar, la madre de Roxanne, fallecida.
Archer (Gerome Archer), Unseelie Dhiultadh, líder del clan, medio hermano de Yoncey Fosch.
Aaron, cortesano Seelie, de la familia real.
Asra, bruja de fuego, miembro de los Cazadores.
Augustine, Unseelie Fee, consorte de la Reina Maeve.

Barbara, mujer hiena, miembro de los Cazadores
Boris, Seelie Dhiultadh, ejecutor, compañero de Xandra.

Byron, mago del agua, miembro de los Cazadores.

Camilla Randal, Piroquinética, agente de Remo Drammen.
Chris, cambiante, miembro cazador.
Cora Bruckner, líder de la Asamblea de Brujas de la Tierra, miembro del Enclave, compañera de Matthias Bruckner.
Crozelle, Seelie Fee, guerrero, gemela de Drozelle.

Danny el Lobo, hombre lobo, teniente de Remo Drammen.
David Wilkins, humano, ex novio de Vicky.
Dathana, guiverno.
Diggy (Douglas Vemourly), Seelie Dhiultadh, el tercero de Roland, el (duro) instructor de Roxanne, hijo de Tammos.
Drozelle, Seelie Fee, guerrera, gemela de Crozelle.

Elizabeth Longlan (Alleena), Unseelie Dhiultadh, viceconsejera del clan Unseelie Dhiultadh, la madre de Mwara y la mujer que crio a Roxanne hasta los doce años.
Erick Blair, hombre rata, agente de Remo Drammen.

George, mago del agua, miembro de los Cazadores.

Helena Pavloc, elemental, una niña humana que fue criada en la tierra de Sidhe y luego regresó a la tierra poseída con el espíritu de una Fee desterrada.

Jack Bellemeir, hombre hiena, miembro de los cazadores.
Jeremy, hombre oso, miembro de los Cazadores.
Jide, Seelie Fee, guerrero.
Joachim Ignis, mago del fuego, líder territorial del Bronx, responsable de las brujas, magos y portadores de magia en esa área.

Leon, también conocida como Lee, Seelie Fee, ejecutora, exigió a Roxanne cumplir su parte del trato destruyendo a Remo y el portal.
Logan Graham, Raza mixta, mitad Unseelie Dhiultadh, mitad Seelie Dhiultadh; ejecutor del Clan Unseelie Dhiultadh.

Maeve, Unseelie Fee, Reina de la Corte de Unseelie.
Margaret Spanfield, maestra vampiro, líder territorial de las partes bajas de Manhattan, responsable de los hombres-algo, cambiantes y vampiros en esa área.
Matilda, encantadora, amiga de Arianna que protegió la carta de Arianna para Roxanne.
Matthias Bruckner, brujo de tierra, miembro del Enclave, compañero de Cora Bruckner.
Michael, mago del aire, agente de Remo Drammen, el primero en desertar.
Mwara Longlan, hija de Elizabeth y Rubén, ex familiar de Remo Drammen.

Nagy Farkas, hombre lobo, líder territorial del Bronx, responsable de los hombres-algo, cambiantes y vampiros en esa área.
Oberon, Seelie Fee, el consorte de la reina Titania.

Rafael Sánchez, cambiante, amigo de Logan y Diggy, ayudó a Logan y Roxanne a sacar a Archer de la sede de SCP en Heredera de las Cenizas.
Raji, mago del fuego, miembro de los cazadores.
Remo Drammen, ser cuásar estelar.
Robert Simpson, cambiante, líder territorial de Tribeca, responsable de los hombres-algo, cambiantes y vampiros en esa área.
Roderick, Seelie Fee, Guerrero.
Roland Mackenzie, híbrido humano, mitad guiverno, mitad humano; jefe del gremio de cazadores.

Rubén Longlan, Unseelie Dhiultadh, el padre de Mwara, el compañero de Elizabeth/Alleena.

Tammos Vemourly, Seelie Dhiultadh, el padre de Diggy, líder del Clan Seelie Dhiultadh.
El Rey, hombre oso, el teniente de alto nivel de Remo Drammen.
Thiago, cambiante, el agente de alto nivel de Remo Drammen.
Titania, Seelie Fee, Reina de la Corte Seelie.
Tommy, el amigo humano de Roxanne desde la infancia.
Tony (Antonia López), mujer lobo, miembro de los Cazadores.

Valerie, la asistente de Roland.
Vicky, la amiga humana de Roxanne desde la infancia.
Vielyn Tore, guiverno, líder del Enclave.
Vincent Vagner, Unseelie Dhiultadh, segundo de Roland y heredero de Archer.

Xandra, Seelie Dhiultadh, la compañera de Boris.

Yoncey Fosch, raza mixta – mitad Unseelie Dhiultadh, mitad brujo de tierra; El padre de Roxanne, ejecutado cuando se negó a cumplir su parte del trato con Oberon.
Zantry Akinzo, ser cuásar estelar.

EN HEREDERA DE LA PERDICIÓN

Unirse a los cazadores debería haber liberado a Roxanne.

En su lugar, ella se ha abjurado del clan, se ha unido a Zantry, y la Seelie espera que cumpla su parte del trato destruyendo a Remo y el portal. Y ahora que sabe que Arianna es su madre, Roxanne se dio cuenta de lo grande que fue su error al tomar el lugar de Mwara como familiar de Remo Drammen.

Hay un gran lugar entre blanco y negro, bueno y malo. Es una línea definida, fácilmente reconocible. Pero en lo vasto de los grises, donde los bordes a menudo son borrosos, no hay líneas. El bien se puede encontrar en el mal, al mismo tiempo que el mal se puede encontrar en el bien. Hay males mayores, hay bienes mayores. A veces, siendo lo que soy, el mal y el bien son difíciles de distinguir. Soy el familiar de un mal mayor, tal vez incluso el más grande de todos. Yo cazo para él. Yo elijo quién vive y quién muere. O quien se convierte en algo tan monstruoso que un millón de muertes no es más que bondad en comparación.

Los cazadores me animan, los Sidhe tienen mi espalda. Dicen que es por el bien mayor, para la supervivencia de toda la humanidad. Pero subestiman a Remo, lo cerca que está de alcanzar sus metas. Cómo le he ayudado a hacerlo. El final está casi a su alcance.

En este tiempo preapocalíptico, yo soy el diablo. Un mero esbirro del final. Propiedad de Remo, colecciono los cuerpos de gente codiciosa, para ser poseídos por seres del Cuásar Estelar.

Así que el ejército de Remo crece. Confía más en mí que en cualquier otro agente, pero no confía lo suficiente en mí como para revelar la ubicación del portal principal, la brecha permanente en el tiempo y la dimensión que lo trajo a este mundo. Sé que los Sidhe se impacientarán. Sé que los cazadores se volverán inquietos, ansiosos por escuchar "buenas noticias". Nadie me ha dado un ultimátum, pero sé que llegará.

Tal vez pronto decidan que he tomado demasiado tiempo y se han perdido demasiadas vidas, y tratarán de deshacerse de mí. Tal vez me hagan un favor. Tal vez me defenderé y se darán cuenta del monstruo en el que me he convertido.

A pesar de todo, o hasta ese ultimátum, busco en las cuevas sin descanso, siempre que Remo no esté presente. He encontrado habitaciones privadas en estas cavernas, documentos viejos olvidados. No se tratan de la guarida secreta de Remo ni de las notas que hizo del portal. Pero hay documentos valiosos allí. Documentos de los que no me atrevo a contarle a nadie. No son malos ni buenos, pero pueden ser utilizados para cualquiera de esos propósitos. No confío en ellos. No confío en el camino que elegiré cuando llegue el momento.

--Roxanne Fosch.

CAPÍTULO UNO

"Por favor", rogó el mago del aire. "Yo no le deseo mal. Sólo quiero disfrutar de esta nueva vida".

El por favor tiró de mi corazón. Como si lo hubiera sentido, rogó de nuevo: "Por favor. Déjame ir. Nadie necesita saberlo. Di que me escapé, di que tuve un accidente..."

Tiré fuertemente de la vara y el mago perdió su balance, cayó de rodillas. Le di un minuto completo para que lloriqueara, consciente de que no tendría ese lujo por mucho más tiempo.

Con una agilidad que no pensé que alguien atado era capaz de tener, el mago saltó, trató de confundirme. La varilla nos mantuvo separados, el metal de hierro reforzado con acero y glifos para evitar que incluso las criaturas más fuertes lo rompieran. Volví a tirar de la varilla, envié un pulso de electricidad estática a través del cable. El mago cayó, las lágrimas salían de sus ojos. No sabía que las esferas en transición podían fingir emociones tan bien.

Ojos grises me miraron suplicando. "Por favor, déjame ir. Prometo desaparecer".

"Te encontrará", le dije, no cruelmente. "Te lo hará más difícil si le das más inconveniencias."

"Déjame ir, me ocuparé de las consecuencias si me encuentra."

Dios, parecía tan desesperado.

"Una oportunidad, por favor, te lo suplico."

"Lo siento", le dije. El mago me examinó la cara, sus lágrimas cesaron al ver la determinación que encontró en las mías.

Se quejó. "No, no lo sientes. Disfrutas de tu posición de poder. Me equivoqué. Pensé que tú también estabas aquí por la fuerza. Pensé que lo entenderías".

Sus palabras cortaron, y tiré de la vara más fuertemente de lo que había querido. Se cayó de cara, con las manos esposadas delante de él. Esperé a que se pusiera de pie, que se limpiara la cara con las manos atadas. Fuimos a través del pasadizo, la longitud de la varilla era todo lo que nos separaba. La varilla de Judas era un cable de hierro duro de un metro de largo con esposas encantadas al final. Como las esposas que el agente gigante de remo me había puesto de vuelta en el MGM, el encantamiento neutralizaba las habilidades preternaturales del usuario mientras que la varilla mantenía la distancia de un metro entre el portador y el prisionero.

Entramos en la caverna de guerra desde una cueva lateral. Mi estómago se revolvió al ver el número de agentes, tenientes y esbirros presentes. Remo se tomaba esto más en serio de lo que esperaba.

Es claro que el mago fue el primer agente en desertar que conocí, pero no estaba planeando un golpe de estado. Sólo quería vivir la vida que no sabía que existía ahí afuera.

Los seres cuásar eran criaturas abstractas, seres hechos de energía que existían en un planeta sin sustancia ni forma.

Tenían una conciencia y nada más, sin sentido de la emoción, sin sentido del ser, sin sentido de las cosas materiales. No necesitaban comida, ni descanso, ni agua ni aire para sobrevivir. Existían, y eso era todo. Y aquí Remo estaba, trayéndolos, capturándolos en pequeñas esferas donde se quedaban hasta que los implantaba en un cuerpo, un recipiente. Allí observaron la vida, entendieron que había más sobre existir que simplemente estar a la deriva. Durante un tiempo disfrutaron de los placeres del gusto y la vista y el tacto, el asombro y la belleza de las cosas. Y luego Remo les dio órdenes, y se dieron cuenta de que eran peones en un esquema más grande. Todos ellos se formaron y obedecieron a su "Dios" sin una duda, agradecidos por la oportunidad que se les había dado, este milagro de la vida.

Llevé al mago directamente a Remo, al centro de la caverna, justo al lado del hoyo que solía ser un lago del tamaño de un estadio. El agujero era ahora un bolsillo dimensional, un lugar entre el tiempo y el espacio que Remo utilizaba como su cajón de basura, donde confinaba a los súbditos que perdían su cordura ante el hambre por energía.

Incliné la cabeza. "Amo."

Remo estudió al agente, sus ojos negros despiadados, carentes de misericordia.

"Michael."

El mago estaba parado derecho, mantuvo la barbilla alta. El hombre llorón de hace unos minutos se había ido. Él iba a irse con su dignidad intacta.

"¿Ya no deseas servirme, para ver los frutos de nuestros objetivos mutuos?"

"Tu meta no es la mía. Sólo quiero vivir esta vida sin conflictos, sin causarle dolor a los demás". Inclinó la cabeza un poco. "No quiero estar en su camino, amo, simplemente no quiero ser la causa de la muerte y el sufrimiento."

"Mi objetivo es que mi gente, a largo plazo, sea libre y feliz. Para llegar allí, la muerte y el sufrimiento son inevitables".

"Entiendo. Simplemente no creo que sea capaz de ser parte de ella."

Durante unos largos segundos, Remo no dijo nada. Luego se volteó hacia los reunidos, alzó la voz. "Sacrifiqué un pedazo de mí mismo para traerlos aquí. Me volví enemigo de las criaturas más poderosas para darles un cuerpo. Todo lo que les pido es que ayuden a construir un futuro para nosotros mismos. Está bien sacrificarme, está bien ser cazado como un animal por su culpa. Mi gente, no puedo construir nuestro futuro por mí mismo. Para eso, todos debemos estar unidos, de la mano y hacer que suceda". Se volteó a Michael. "Las personas de mente débil siempre son las primeras en caer, y dejan una brecha abierta para que el enemigo golpee a su vecino. No puedo tolerar que un sueño tonto cause un eslabón débil en mi ejército".

Un murmullo rompió a través de los reunidos. Remo colocó sus manos detrás de su espalda. "A Michael se le enseñará una lección, una que espero que todos tomen en serio."

Se volvió hacia mí, y aplaudí una vez, cerré mi mano derecha en la palma de mi izquierda y tiré. Una luz translúcida creció entre mi puño y la palma abierta, formando una hoja delgada y brillante. Antes de que Remo pudiera expresar su orden, la blandí, cortando la cabeza de Michael.

CAPÍTULO DOS

Me arrodillé al pie de la distorsión, los ojos suplicantes de Michael se atascaron rápidamente en mi memoria. Con una garra afilada, corté mi muñeca, dejé que la sangre goteara sobre la sangre vieja y oxidada contorneando las líneas talladas en la piedra. Aprendí que no necesitaba trazar mi sangre sobre el símbolo para activar la runa. Aprendí que el símbolo no necesitaba ser tallado en la piedra, que mientras estuviera dibujado en líneas claras, funcionaría. Aprendí que todo lo que necesitaba era enfocar la energía en la forma del símbolo y por un breve tiempo, funcionaba. Pero para este propósito, para traer una nueva esfera, las runas y los sigilos y sus versiones bastardas fueron tallados en la piedra, alimentados tanto con sangre como con mi energía de fuerza vital. Para este propósito, no me atreví a arriesgar nada menos que perfecto.

La runa tallada comenzó a brillar, la distorsión por encima de ella se engrosó. Era sólo un pequeño corte sobre el suelo, a medio metro encima del símbolo, no más alto que unos pocos centímetros, no más ancho que un par más. Una cosa tan pequeña, tanta destrucción. Una grieta, un portal temporal.

Tracé a Vermot primero, para alimentar el tejido alrededor de la grieta, para unir las runas con todos los símbolos bastardos y naturales juntos. En segundo lugar, llegó Thobus, un pabellón natural que contiene al ser siendo invocado, para evitar que interactúe con motas externas, encerrándolo en una esfera. En tercer lugar, esta Zargas, un símbolo de contención bastardo, para evitar que la grieta succione la energía vertida en el ritual, y para evitar que la esfera y el trabajo se mezclen.

Puse mi mano sobre los símbolos brillantes, con Zargas en el medio, intacto, directamente debajo de la grieta y del mismo tamaño que el corte. Ni un milímetro más largo, ni un milímetro más ancho.

La energía fluía de mí en una corriente dolorosa, algo a lo que ya estaba acostumbrada. Traje tantas esferas a este mundo, el dolor era como una ocurrencia natural, algo que esperar, algo inevitable.

Un momento después, el cuarto símbolo, Shodah, el que está conectado a la tierra de Sidhe, comenzó a brillar.

En algún lugar de la tierra de Sidhe, la frecuencia de energía se elevaría y se reuniría sobre la superficie, empujada desde la tierra debajo de ella, un pequeño bolsillo donde Remo había conectado a Shodah. A medida que el ser del cuásar se alzaba hacia el corte de la grieta, Shodah se hizo más brillante, la energía en la tierra de Seelie se drenaba por el vórtice.

No tenía idea de cuánto había perdido la tierra de Sidhe con todas las esferas que había traído. No tenía idea de cuánto tiempo había pasado en la Tierra. Tenía miedo de saberlo. Tenía miedo de pensarlo. Lo que más importaba era que Zantry estaba ahí fuera y bien. Había estado conmigo todo el tiempo, una presencia reconfortante, mi ancla a la cordura. A lo largo de mi tiempo como familiar de Remo, a lo largo del dolor, el miedo, la necesidad agonizante de un rayo de luz solar, Zantry estaba allí, enviando a través de nuestro vínculo pensamientos alentadores e instándome a aguantar, que pronto, pronto, todo esto habría terminado. Sólo había una manera en que Remo podía romperme, y era lastimando a Zantry. El pensamiento me aterrorizaba, y no me atrevía a desobedecer a Remo. No ayudar a escapar a un mago, o hacer la vista gorda y desearle buena suerte.

Algún día, sabía, Remo me enviaría tras Zantry, porque Zantry era su enemigo número uno, uno de los pocos capaces de detenerlo. Sólo que nadie sabía que Remo no podía ser detenido. No sin condenar a todos los mundos. He buscado en todos los escondites de este lugar una solución, he repasado los preciados documentos y notas de Remo. Pero el tiempo pasaba volando, y cada minuto Remo se acercaba a alcanzar sus metas. Era una carrera para ver si encontraría algo que usar en su contra antes de que destruyera a los que tenían el poder de detenerlo.

Así que cumplí todos sus deseos, temerosa de mostrar cualquier signo de rebelión, temerosa de resistir o incluso dudar. Yo era su sirviente más fiel. Su preciada mascota asesina. Sólo tenía que desear algo y era suyo. Ojos grises implorantes me llenaron la cabeza, y empujé la cara de Michael fuera de mi mente. No estaba orgullosa de mí misma, de las cosas que hice por Remo. Me detesté por ser débil. Ya no culpaba a Mwara por deleitarme con el poder que Remo le dio, por dejar que consumiera sus miedos. He tenido la tentación de hacer lo mismo, de dejar ir la culpa, el miedo y el dolor.

Sabía que había sido terriblemente egoísta. No me arrepentí de mis acciones, incluso si detestaba lo que he hecho, en lo que me he convertido.

No le temía al dolor. No temía que Remo me hiciera daño.

Él lo sabía. Y yo sabía que lo sabía. Así que para mantenerlo alejado de lo que aprecio, condené al mundo.

* * *

La esfera estaba casi aquí. Mi corazón palpitaba un fuerte tamboreo, mi respiración raspaba en mis oídos, mis brazos temblaban para evitar que mi cara se encontrara con el suelo. Sin embargo, no solté las runas. Remo ya no supervisaba estas sesiones. Si alguna vez hacía esto mal, la esfera me reclamaría. Y me lo merecería, como me informó Remo la primera vez que la dejé ir demasiado pronto. Si no podía controlar un portal temporal, entonces no era digna de ser su familiar. Como si quisiera serlo.

Algo se arremolinaba dentro de la grieta, una oscuridad sensitiva. Me estudió. No quería que estuviera aquí. Era una curiosa, como pocas lo habían sido.

Poco a poco, el remolino se solidificó, tomó forma sobre Zargas. Activado por la presencia e impulsado por Thobus, una esfera clara se formó y cerró el oscuro remolino en su interior. Donde se quedaría hasta que Remo le diera un recipiente. Naves de las cuales se le estaban acabando. La mayor parte de su preciado ejército ya estaba a toda capacidad. Algunos incluso con hasta tres esferas. La mayoría había hecho la transición, lo que significa que el propietario anterior del cuerpo había tenido una muerte "accidental", facilitando la toma del cuerpo por parte de la esfera. Como el chico malo de ese motel de hace mucho tiempo. Aquellos, los agentes que habían pasado la transición sin un fallo eran colocados alrededor de la Tierra, algunos en la posición de poder, otros no tanto. Los ejércitos de Remo eran vastos y leales, creían en su causa. Excepto por Michael.

Shodah perdió parte de su brillantez: la esfera había

cruzado por completo. La sostuve por un momento más, a pesar de que estaba a punto de agotarme. Esta esfera no había querido venir.

La posesión ahora significaría una toma instantánea. Una vez que Shodah estaba completamente oscuro, tranquilicé el flujo de energía. Sin embargo, ninguna de las otras tres runas, Vermot, Thobus o Zargas se atenuó. Con otra garra, corté la muñeca de mi cuarto brazo y dejé caer la sangre sobre Zargas, enfocando la energía mientras soltaba Thobus y Vermot. La distorsión a un metro por encima del suelo perdió su claridad, casi invisible ahora. Un portal moribundo. Pronto ya no podría usar éste. Remo tendría que abrir otro. Yo debería actuar entonces, él estaría más débil entonces, pero sabía que no lo haría. Nunca lo hice.

Me senté, balanceándome. No por el peso de las alas en mi espalda, sino por casi ser drenada. La recuperación iba a tomar un tiempo. La esfera estaba dentro de Zargas, el símbolo bastardo brillando suavemente. Me quedé sobre mis piernas por unos momentos más, recuperando mi aliento, la cabeza baja.

Cuando empujé hacia atrás y me cambié a mi forma humana, lo sentí. El miedo llenó mi cuerpo, escondido debajo de una capa de deferencia. Cogí la esfera y me volteé hacia Remo.

"Amo", le dije, inclinando la cabeza una vez, con la expresión fría, insensible.

Remo estudió la esfera en mi mano. No se la ofrecí. Las esferas eran mi responsabilidad. Iba a llevarla a salvo con las otras en la cueva resguardada detrás de la biblioteca.

"Es hora, familiar."

"Lo que mi amo desee." Nada de la sensación de hundimiento en mí salió a través de mi voz, o se mostró en mis ojos.

"Vas a ir y traerme un ejército. Necesito recipientes, unos poderosos."

Mi corazón se hundió aún más. ¿Había sido capaz de implantar una esfera en uno de los guivernos sin mi conocimiento? Dios, por favor no dejes que sea Dathana.

"Sí, amo", murmuré en vez.

Tal vez, yo esperaba, no se refería a más guivernos, tal vez quería algunos seres menores en su lugar. No expresé ninguno de mis pensamientos. Lo que era importante para mí, lo que me importaba, era sólo otro nudo que podría atar alrededor de mi cuello.

"Quiero que vayas pronto", comenzó, agarrando su pequeña mano alrededor de la parte posterior de la mía. Su fuerza energética me golpeó como un tren de carga y mis rodillas se prepararon contra la embestida. Casi se me cae la esfera. Pero no hice ruido. Los remolinos oscuros llenaron cada parte de mi ser. Dentro de mí, mi alma lloró con la corrupción. Después de un largo momento que no fue más de unos segundos, el flujo de energía se cortó y me derrumbé como un montón de huesos. La energía extranjera de Remo trató de vincularse con la mía que estaba agotada, sobre todo en mi pecho, estómago y frente. Puntos de Chakra, puntos vitales. Mi cuerpo se ralló desde adentro, negándome a aceptar la energía extranjera. Jadeé en esa indigna posición, de rodillas, con el brazo enrollado alrededor de mi abdomen, mi puño alrededor de la esfera, mi otra mano evitando un colapso total.

"Quiero al menos una docena", dijo. Sus palabras me sorprendieron tanto que el dolor nauseabundo se me olvidó. Se me cayó el brazo, levanté la cabeza y me encontré con sus ojos, y se fueron a un lado. Después de todo este tiempo, todavía no podía mirarlo a los ojos.

"¿Una docena, mi amo?" Me atreví a preguntar. Fue la primera vez que le mostré alguna duda ante una de sus órdenes, pero no pude evitarlo. Luchar contra un guiverno en la sumisión fue bastante difícil. Arrastrarlo por el margen sin activar el radar del guardián fue peor.

¿Pero una docena? Nunca sería capaz de hacer eso.

"Quiero preternaturales. Maestros vampiros, hombres-algo dominantes, cambiantes con experiencia", continuó, y yo asentí, bajando la cabeza. Apenas podía oír sus siguientes palabras, la sangre corría por mis oídos fuertemente.

Me estaba enviando a la Tierra. Para cazar por él, sí, pero iba a volver.

"Quiero que vuelvas dentro de tres semanas, tiempo de la tierra"

Incliné la cabeza. "Por supuesto, amo."

CAPÍTULO TRES

Mi habitación privada estaba ubicada en el segundo piso, en el lado oeste de la guarida de Remo, lejos de las habitaciones en el lado este. Lejos de sus corruptos agentes y tenientes, lejos de todos sus juegos enfermos. Era sólo un espacio vacío y pequeño de piedra, muy lejos de la habitación que Mwara había ocupado cuando era familiar de Remo. Pero aquí, lejos de todos y de todo, al menos tenía cierta semblanza- no de paz, sino aislamiento, un lugar donde me dejaban sola. La mayor parte del tiempo, de todos modos.

Era más fácil proteger mi espacio cuando nadie más tenía razón para estar de este lado de la guarida. Había aprendido a la manera difícil a no dejarme llevar por la flojera, y en el momento en que llegué a la curva que conduce a mi habitación, puse en lugar una barrera débil que cualquiera que viniera podría romper. Necesitó sólo una gota de mi energía, y, aun así, mis rodillas temblaron. La fuerza de la energía de Remo aún no se había unido y asentado para reponer la mía. Con una mano apoyada en el muro de piedra fría, me arrastré por las pocas docenas de pasos hasta mi habitación.

En el momento en que entré en el espacio cerrado, Frizz apareció a la vista y trajo un brillo tenue, iluminando mi pequeña y vacía habitación.

Me senté en la esquina, y, a pesar de mi fatiga, lo acerqué a mí y sonrió.

Nos íbamos a casa. Finalmente, después de todo este tiempo, Remo nos estaba enviando a casa.

Frizz se acurrucó en mi regazo con un suspiro contento. Apoyé mi espalda contra la pared y cerré los ojos, muriendo por abrir el vínculo con Zantry, sabiendo que no me atrevía, aún no. La conexión había sido bloqueada desde que entré en la sala de invocación, para evitar que Zantry sintiera mi agonía, mi debilidad y mi dolor. No porque tuviera miedo de que viniera corriendo para salvarme de mi tormento, sino para evitar que supiera que no había nada que pudiera hacer para detenerlo.

Sí, el calvario de convocar una esfera había terminado, y el dolor nauseabundo en mi estómago, pecho y cabeza casi había desaparecido, siendo reemplazado por una fatiga que llegaba hasta lo más profundo de mis huesos, el resultado del esfuerzo de mi cuerpo mientras trataba de luchar contra la energía invasiva de Remo. Pero no podía arriesgarme a dejar fluir el enlace, porque no tenía suficiente fuerza para oscurecer nuestra conexión. Oh, Remo era consciente de que había un vínculo, él solo no sabía lo profundo y fuerte que era. Siempre tuve cuidado de mantenerlo en la sombra, como cerrar la puerta de una habitación sin usar dentro de un castillo.

Sentada en el único mueble que poseía, un colchón delgado y relleno que había arrastrado de las otras habitaciones, contemplé por qué Remo me enviaba de vuelta. Porque había una razón. Siempre había una razón detrás de las acciones de Remo. Siempre había una prueba de lealtad, de resistencia, de poder.

Sí, le faltaban recipientes, pero tampoco se le estaban a punto de acabar.

Y tenía otros sirvientes para cumplir sus órdenes en la Tierra. Maestros vampiros que le traían incipientes, como Angelina Hawthorn. Las alfas cambiantes quienes le trajeron miembros de la manada, como Danny el Lobo y El Rey. Los tres eran tenientes de primer nivel, todos siendo molestos, tercos y presumidos que codiciaban mi posición y trataban de superarse entre sí. También había otros, algunos más débiles, aunque no menos formidables, otros que prefieren mantenerse alejados de la guarida, viniendo sólo cuando sea estrictamente necesario, para entregar recipientes y ser "recompensados" con un implante o dos.

Brujas, magos, cambiantes, dispuestos y no dispuestos. Remo no discriminaba: negro, blanco, viejo, joven, humano, preternatural, se los tomó a todos, o ellos vinieron a él. Nunca me había presentado a sus agentes y tenientes, pero sabía quiénes eran sus más valorados. Bastardos codiciosos, competitivos y clamando por su favor.

Entonces, ¿por qué me estaba enviando?

Frizz se apretó contra mí, una presencia calmante, mi único compañero, mi amigo. Le rasqué la cabeza, sintiendo su emoción y anticipación. Quería descansar en el regazo de Vicky y ser mimado.

Vicky.

La emoción volvió con venganza, tanto la mía como la suya, y asfixiaron mi malestar.

Abracé a Frizz más fuertemente y me acosté. Cualquiera que sea el motivo de Remo, me iba a casa.

Cerré los ojos, queriendo recuperarme más rápido, queriendo acelerar la unión de la energía extranjera dentro de mí. Por primera vez desde que llegué, deseé que la transfusión de energía funcionara más rápido, aunque sólo fuera suficiente para poder viajar por el margen de regreso a casa.

A mitad de la lista de cosas que hacer antes de irme, me desconcentré, sacudiéndome cuando la débil barrera en la curva se rompió. Alguien venía.

Me senté, alarmada, aún más porque sabía quién era. El poder que le precedió era un claro indicativo. No importaba su silencio, su sigilo, Remo nunca había sido capaz de escabullirse de mí. Un toque de miedo tardío apareció con su presencia. Pudo haberme invocado y yo habría ido, sin importar en qué agujero estuviera él.

Me paré justo cuando él apareció, vestido con su traje habitual color pastel, este era beige. Bajé la cabeza. "Amo."

Remo dio un paso dentro, y mis hombros se endurecieron. Aquí viene, pensé. El otro zapato. Observó mi habitación con el colchón de esponja, una caja con mis cosas, ignoró la olla de la recámara y se centró en los dibujos en la pared frente a mí. Mi alarma se encendió, en llamas, se convirtió en un pequeño incendio.

Se acercó, estudió las líneas y los ángulos, sus manos entrelazadas detrás de su espalda, la cabeza en alto, los ojos trazando las talladuras que había hecho con una daga e innumerables horas de trabajo.

"¿Qué crees que hay aquí?" Señaló una parte en blanco casi en el medio de la pared. Su voz era plana, su tono casual, habitual, y su expresión no había cambiado nada. Nunca había sido capaz de leerlo de la manera en que Frizz podía leerme.

Estudié el mapa de la guarida subterránea de Remo, sin haberlo mirado durante mucho tiempo. El laberinto de túneles y pequeñas habitaciones, todas estaban allí, desde la entrada de la caverna en lo alto de la montaña Mandolia; hasta la brecha en la parte superior que utilizaba a veces; a las viviendas y habitaciones resguardadas, así como todos los niveles y pozos de agua dentro de lo muy profundo de la montaña. En el medio había un círculo ovalado bastante grande, sin ninguna marca.

"Creo que el portal permanente, junto con su guarida privada que está allí."

Remo dio un jum, pero no se volteó ni dijo nada más. Pasó su dedo sobre algunos de los laberintos que terminaban justo antes del círculo vacío, y luego lo volvió a intentar desde otros lugares, como si estuviera tratando de imaginar los pasadizos en su mente.

"¿Por qué no echas un vistazo y te aseguras?", preguntó, y la orden, la compulsión de responder con veracidad me superó. Mi estómago se rebeló ante el sentimiento, pero mi rostro se mantuvo compuesto mientras las palabras eran forzadas a través de mis labios. "Todavía tengo que encontrar la entrada, amo."

Asintió con la boca una vez y se volteó hacia mí de nuevo. Frizz se quedó agachado a mi lado, sus manos entrelazadas frente a él.

"Les harás saber a los cazadores sobre mi ejército", comenzó Remo.

Empecé y me encontré con sus ojos por un segundo antes de mirar hacia abajo a su barbilla. "¿Amo?"

"Les hablarás de la grieta", continuó. "Cómo puedo abrir un portal a voluntad."

Con mis cejas frunciéndose, asentí. "Sí, amo."

"Les dirás la verdad sobre el portal principal, todo lo que sabes y lo que puedes explicar. Y les harás saber por qué has vuelto".

Un escalofrío se arrastró por mis venas, haciéndose paso hasta mi corazón. Nunca aceptarían eso.

"Hablarás libremente de cualquier cosa y de todo, responde a todas las preguntas a las que tengas respuestas, hasta que ya no tengas aliento para hablar". La orden me ató a sus palabras, asfixió mi voluntad, la golpeó hasta ponerla en la sumisión.

"Amo", me ahogué, la cabeza bajaba en aquiescencia.

"Y les dirás que no te di restricciones, que te dejé hablar como quisieras sobre mis planes."

"Sí, amo."

"Haz todo lo posible para convencerlos. Si muestran alguna duda, "agitó su mano pequeña, "que contraten a un buscador de la verdad. No mientas. Habla hasta que ya no te sientas bien como para hacerlo". Remo esperó a que volviera a asentir, mi boca estaba demasiado seca para decir las palabras— antes de que dejara caer su última orden: "No les dirás que te di esta orden de hablar".

Oh, dios. ¿Qué estaba planeando? "Por supuesto, amo", susurré cuando asentir no pareció suficiente.

Satisfecho, Remo se volteó para salir, se detuvo en la entrada. "Asegúrate de que los recipientes que marques no sean con los que interactúes. No quiero que los cazadores los conozcan antes de que sean implantados". Con esa orden final, se fue, su energía característica quedándose atrás, como si necesitara un recordatorio de que esto no era un mal sueño.

CAPÍTULO CUATRO

Me moví a través de los pasadizos detrás de las habitaciones, todavía en el segundo nivel. No tenía ningún deseo de ver a nadie, y mucho menos ser interceptada y atrasada en mi última tarea antes de volver a casa.

Casa. El pensamiento me dio un poco de emoción, un escalofrío en mi estómago que me hizo querer saltar y aplaudir y sentarme para recuperar la respiración al mismo tiempo.

Aquí era oscuro, el aire rancio, estos pasadizos nunca usados, o utilizados para atrapar al raro intruso, para mantenerlos corriendo en círculos hasta que se tropiecen con una barrera, o hasta que alguien supiera buscarlos. Ninguno de los agentes de Remo frecuentaba estos pasadizos. Esta noche, sin embargo, había algo diferente, el aire tenía una cualidad pesada que me puso en guardia.

Mis pasos eran silenciosos, mis pies ágiles, seguros de dónde pisar, a dónde cruzar a continuación. Algunos agentes me habían apodado el "Fantasma Silencioso", aunque no de cariño. No me acercaba a las partes olvidadas de la guarida, tenía una razón para estar aquí. Y, al contrario de la creencia popular, no tenía ojos en la espalda, tenía a Frizz. Pero sólo pocos sabían de mi sombra, y por alguna razón se guardaban ese conocimiento para sí mismos.

Aunque Remo alentaba las peleas entre sus agentes, la mayoría temía cruzarme y arriesgarse a invocar su ira, considerando que yo era su posesión más preciada. Y nadie me había visto pelear antes. Siempre venían en la oscuridad, y hasta ahora, ninguno sobrevivió para contarlo. Mis pasos eran constantes, mi respiración regular. Pasé mis dedos en la superficie seca de la pared, encontré la protuberancia y conté. Seis, siete, ocho.

Crucé a la derecha, me agaché y me di un paso al lado. La presencia detrás de mí vaciló, sin duda sintiendo el cambio repentino en las ondas de aire, y luego me siguió en la curva.

Me quedé inmóvil, esperé a quien sea que fuera pasara. En cambio, algo duro y frío golpeó mi mejilla izquierda, e incluso si no fue un golpe directo, las estrellas explotaron en mi visión.

El dolor es temporal, las lesiones pueden curarse. Pero la vida no puede recuperarse.

El dolor es temporal, las lesiones pueden curarse. Pero la vida no puede recuperarse.

Canté el mantra en mi cabeza, di una patada, apuntando a la fuerte presencia. Mi cabeza giró, y apoyé la mano contra la pared de piedra. Mi pie hizo contacto con la tela, pero mi agresor saltó, evitando un golpe directo, demostrando que él o ella luchaba por instinto también. Retrocedí unos pasos más adentro del pasadizo y escuché, apenas respirando, espalda contra la pared, los ojos escaneando a la izquierda y a la derecha en lo negro. Mis ojos no vieron nada, pero mis sentidos estaban en sintonía, perfeccionados. Podía encender la oscuridad, pero odiaba usar la energía que Remo me dio ayer, energía que necesitaría para viajar a través del margen para volver a casa. Podría hacer que Frizz lo hiciera, pero tenía una ventaja en la oscuridad, aquí en los pasadizos que había memorizado como la palma de mano. Sentí la presencia, la intención maliciosa. El ataque fue rápido y bajo. Di un paso al lado y pateé, conectado con una parte suave, probablemente el estómago, sonreí al escuchar el gruñido satisfactorio del dolor. Fui a la ofensiva, el objetivo enfocado, y yo no era una luchadora justa. Mi tiempo como familiar de Remo me enseñó que ser justa significaba una pérdida segura. Era una regla que la mayoría de los agentes de Remo aprendían desde el principio. O nunca en absoluto. Un famoso lema que circulaba entre los agentes era: "Si no eres lo suficientemente fuerte como para aguantar, o mejoras, o te matan".

Corrí, salté contra la pared y me coloqué detrás de mi oponente, yendo directo al cuello con mis garras. En lugar de carne, todo lo que conseguí fue un puñado de pelo y el sutil olor de gardenias antes de que mi atacante se fuera. Di un paso hacia el débil sonido de pasos corriendo, y luego decidí no seguirlo. Ya sabía quién era, sabía que este no iba a ser el último ataque furtivo. Es cierto, tenía la ventaja aquí en mi territorio, pero estaba así de cerca de volver a casa. Me quité el pelo de mis garras y me alejé, enviando a Frizz a proteger la entrada en su dimensión superior. No podía impedir que alguien viniera, pero me avisaría en el momento en que alguien lo hiciera.

Tal vez la mayoría de los agentes no se atrevían a traicionarme, pero siempre había una excepción. Y tengo que admitir que ésta se estaba volviendo persistente. Tendría que lidiar con ella pronto.

CAPÍTULO CINCO

Pasé mi mano por la pared, rastreé mis dedos sobre la piedra lisa hasta que encontré un agujero del tamaño de mi meñique. Orientándome y apuntando hacia adelante, conté mis pasos, dieciocho, diecinueve... veintitrés, veinticuatro. Me detuve y toqué en la pared adyacente con ambas manos hasta que encontré la grieta en la roca. Volteándome hacia un lado, me deslicé a través de la estrecha abertura y me detuve en el otro lado el tiempo suficiente para desplegar mis alas y saltar. Los poderosos aleteos obligaron las criaturas reptiles que pellizcaban el aire con pinzas venenosas a esparcirse y me llevaron hasta la estrecha repisa del otro lado de la pequeña cámara. Metí mis alas y trabajé en el pabellón hasta la entrada de la caverna de conexión. A pesar de mi necesidad de apurarme, tuve cuidado al deshacer los símbolos ofensivos. Mis pupilas no reconocieron a ningún amigo, ni enemigo. Un movimiento equivocado o vacilante y cualquiera en este lado del pabellón explotaría en trizas. Sabía que el pabellón era exagerado, pero no me atreví a arriesgarme a que alguien llegara tan lejos. Me apresuré justo cuando el pabellón se puso de nuevo en su lugar, viendo la gran recámara, las ubicaciones de sus ocupantes antes de hacer un movimiento más.

Un cálido resplandor inundó la caverna, un subproducto de las ocho criaturas reunidas en su interior. Inspeccioné las colas largas, las escamas multicolores, los hocicos parecidos a los de los cocodrilos. Parecían pequeños dragones, una linda versión mini cuyos alientos podían derretir la piel sin crear fuego.

A pesar de sus pequeños tamaños, eran viciosos, letales y difíciles de atrapar. Remo los llamaba guivernos. Pasé al lado de los que gruñían y de los golpes de sus colas con púas, me moví de lado contra la pared unas pocas docenas de pasos antes de avanzar hacia la parte trasera, donde el más pequeño de ellos estaba sentado. Vio cómo me acercaba, con su larga cabeza de reptil relajada encima de sus dos patas delanteras, garras retraídas.

Los ojos púrpuras luminiscentes siguieron mi progreso, imperturbable e indiferente de sus otros compañeros agitados.

Me agaché frente al pequeño guiverno y le ofrecí mi mano. Resopló una vez, soplando aire lo suficientemente caliente como para enrojecer mi piel, pero no hizo una ampolla. Olfateó, abrió su hocico parecido al de un cocodrilo, revelando dos filas de dientes afilados, y mordió la palma de mi mano con un gesto casi delicado. La sangre fluyó inmediatamente. No retrocedí, no me estremecí, ni di ninguna señal externa de que dolía. Una larga y caliente lengua serpentina lamió la sangre con unos golpes bruscos. La criatura se desplegó entonces, se paró en cuatro patas y posó sus cortas patas delanteras en mis hombros, bajando las afiladas hileras de dientes a mi cara. Las garras eran afiladas, pero la criatura tuvo cuidado de no extraer sangre por segunda vez. Asentada en mi regazo, la criatura se transformó en una niña, de unos tres pies de altura. La energía cambiante se apoderó de mí, una ola calmante que alivió las tensiones que no sabía que me pesaban. Ambos suspiramos, y Dathana puso su cabeza sobre mi hombro, relajándose en mi abrazo.

Si no hubiera sido por los ojos morados y las pupilas estrechas, podría haber pasado por una niña en cualquier parte de la Tierra.

Te vas, una voz lírica dijo en mi cabeza.

Le acaricié el cabello largo de color paja de arriba a abajo dos veces antes de responder.

Sí.

Ella no dijo nada más, y yo seguí acariciando su cabello. Detrás de nosotras, los otros guivernos se calmaron, reconociendo que no había amenaza.

Pasó mucho tiempo hasta que Dathana se alejó y me miró, mi reflejo en sus grandes ojos morados.

Volveré, dije. *Le preguntaré a mis amigos cómo puedo ayudarte a liberarte.*

Bajó la cabeza, asintió una vez, su confianza en mí me destrozaba, más aún por lo que estaba a punto de hacer. No merecía su confianza.

Necesito las notas que te di, Dathana, dije, consciente de que estaba rompiendo mi promesa.

Miró hacia arriba, el miedo oscureció sus ojos, pero no dijo nada, no me dijo que estaba mintiendo.

Volveré, lo prometo. Pero necesito estas notas a donde voy.

Intenté traerla de vuelta a mis brazos, incapaz de mirarla a los ojos, y después de un momento, dejó que su cabeza descansara sobre mi hombro.

Dijiste que mientras lo tuviera, volverías por mí. Y ahora lo tomas y te vas.

Cerré los ojos, sin querer nada más que tranquilizarla, hacer lo que prometí. Pero no podía, aún no, tal vez nunca.

Lo sé, lo sé. Le acaricié el pelo otra vez, su espalda desnuda. *Necesito estas notas a donde voy. Te prometo que volveré* otra *vez.*

¿Cuánto tiempo estarás fuera?

No lo sé. Tres semanas de tiempo de mi planeta, alrededor de un el ciclo de la luna. Pero no sé cuántos ciclos lunares pasarán aquí, recuerda, te dije que el paso del tiempo aquí y allá no son los mismos.

Dathana se alejó, se bajó de mi regazo y me miró por un largo rato. Quería preguntarle qué estaba pensando, para darle más garantías y promesas vacías que no estaba segura de que las cumpliría. En cambio, mantuve la boca cerrada, y la dejé decidir por sí misma. No la forzaría, pero esperaba que me creyera, que confiara que, aunque no pudiera ayudarla, siempre volvería, pase lo que pase.

Después de un momento, ella cortó una línea en su estómago con una garra afilada, un fluido amarillo salía a través del corte largo. Oculté mi estremecimiento mientras se levantaba la piel, revelando el borde de algo verde. Con dos dedos, se metió en el corte y tiró de una hoja oblonga verde. Salió de su carne interior con un sonido húmedo, de succión. Lo tomé de su mano estirada y esperé a que ella suavizara la piel sobre su estómago antes de desplegar la hoja. Demasiado tarde, me preocupé de que las notas internas se hubieran dañado por todos los movimientos y el calor de su cuerpo. Pero todas las notas en el interior estaban intactas, aunque algo más cálidas y suaves. Las doblé, las metí dentro de mi sostén deportivo, sin la hoja asquerosa. Cuando miré hacia arriba, Dathana todavía me miraba, inexpresiva. Mi corazón se apretó de remordimiento, y me acerqué a ella.

Dathana–Empecé, pero ella se alejó de mi alcance y volvió a su forma de guiverno, con sus ojos acusatorios.

"Voy a volver", le prometí en voz alta mientras me ponía de pie. "Voy a volver y te llevaré a casa, aunque sea lo último que haga en mi vida".

Dathana se volteó y me dio la espalda, con la cola enroscada alrededor de ella a manera de protección.

CAPÍTULO SEIS

Me devolví a través de los oscuros pasadizos, la culpa siendo a una fuerte presencia en mi conciencia.

Dathana perdió la fe en mí. Y me lo merecía, sí. No debí ganármela en primer lugar. Yo fui la persona que la trajo aquí, que no le dejó otra opción cuando su madre murió, a manos de Remo.

Pasé por la cámara de recreación, los sonidos de maldiciones viciosas y una pelea no es sorprendente, ni siquiera las apuestas o los gritos de aliento. Los gemidos de la cocina tampoco eran sorprendentes, pero no tan esperados como la pelea. Casi me detuve a ver quién estaba allí, pero incluso cuando el pensamiento cruzó por mi mente, mi cara se enrojeció de vergüenza. Me apresuré, pasé unas cuantas cámaras mejor amuebladas que la mía estilo cavernícola, pasé el sonido de los ronquidos y la risa y en el corazón de la guarida subterránea: la vasta biblioteca de Remo. Bueno, no era una gran biblioteca, pero había una gran librería contra toda una pared de piedra, llena de libros antiguos y pergaminos y tomos en varios idiomas: inglés y latín y árabe y hebreo y otros dialectos nunca hablados del lado de la Tierra. Contra la pared izquierda había una roca larga, ovalada y de superficie plana que funcionaba como el escritorio y el armario de Remo, hecho de una roca negra y roja que había visto cerca de un volcán en el planeta Beliere, la tierra natal de Dathana. Estaba detrás de la piedra de escritorio frente a la entrada donde Remo llevaba a cabo sus investigaciones y hacía notas de las runas y sigilos que bastardeó, donde almacenaba sus hierbas y raíces y reliquias prohibidas.

Contra la tercera pared y frente al escritorio estaba la silla de Remo similar a un trono, también hecha de la misma piedra negra y roja, reluciendo misteriosamente contra la luz de las antorchas colgando en las paredes.

Hoy Remo no estaba detrás de su escritorio, sino en su trono, llevando a cabo sus deberes de rey. Tres agentes estaban cerca de la silla del trono de Remo, a un pie de la barrera invisible que protegía el santuario interior de Remo de los intrusos.

Mis pasos flaquearon cuando reconocí a los invitados de Remo.

Nadie se dio cuenta de mi vacilación, nadie se dio cuenta de mi entrada. Nadie, excepto Remo. Y Thiago, un cambiante que cometió el error de desafiar a Angelina el mes pasado. Su muerte no había sido rápida ni indolora, y su transición había hecho feliz a Remo, tan feliz que recompensó su valentía con una segunda esfera. No es que Thiago estuviera allí para disfrutar del incremento de poder, no, después de la transición, todo lo que quedaba de Thiago era su nombre y cuerpo. La recompensa fue por los beneficios del otro agente, para alentar a otros a tomar más riesgos. Cuanto más rápido moría la persona implantada, más rápido se apoderaba la esfera.

Al lado de Thiago estaba Aegeus, un mago de la tierra molesto que me propuso hace un mes en la cocina. Apenas había salido solo con una muñeca rota cuando había tratado de tocarme.

De pie junto a Aegeus estaba no otra que Angelina Hawthorn, y su presencia combinada me dijo que estaban discutiendo algo grande. Podría haber deducido eso sólo por la presencia de Angelina, considerando que era su teniente número uno.

Crucé el vasto espacio con indiferencia, mis pies con botas susurrando suavemente contra el suelo de piedra.

Thiago observó mi progreso sólo con sus ojos, con los brazos cruzados sobre su pecho mientras Angelina explicaba algo sobre la mercancía perdida.

Alguien estaba en problemas.

Terminó señalando una uña en forma de garra hacia la oscuridad, y fue entonces que vi la figura encorvada contra la esquina. Erik Blair, la rata a la que había ayudado a completar la transición cuando había venido a por mí hace unos meses. Por su postura sumisa me di cuenta de que era culpable de lo que Angelina estaba acusando. O tenía miedo de desafiarla. Cualquiera de los dos podría ser. La reputación de Angelina era legendaria.

Con postura recta como poste, me moví a través del grupo, cruzando a través de la viscosa barrera protectora sin estremecerme.

Cualquier otra persona que intentara cruzar se quedaría atrapada e inconsciente contra el pabellón hasta que Remo llegara, pero hasta ahora nadie se había atrevido a intentarlo. Al menos, no mientras yo hubiera estado por aquí.

Me detuve a unos tres pies de Remo e incliné la cabeza.

"Amo", murmuré. "Estoy lista para ir."

Remo agitó una pequeña mano. "Vuelve en tres semanas con mi mercancía."

Me incliné más abajo y me volteé para irme.

Cuando estaba a punto de cruzar la barrera de nuevo, Angelina se interpuso frente a mí y bloqueó mi camino. El olor de gardenias me inundó, pero no dije nada, no di ninguna indicación de que reconocí su olor.

"¿Adónde va?", Exigió a Remo.

"A traerme lo que has fallado en traerme", respondió en su estruendo nasal.

Angelina resopló. "Sabes que te traicionará a la primera oportunidad que tenga, ¿no? Ella contará todos tus secretos, regalará todo lo que le has enseñado".

Y eso es exactamente lo que quiere. Remo no dijo nada.

Era bueno saber que no compartía demasiada información con Angelina. Al igual que con todos los demás, una buena estrategia contra el motín.

Remo no tenía amigos. Sin un igual. Sólo sirvientes y súbditos leales. Una existencia tan solitaria. La punzada de simpatía no era bienvenida, y la empujé.

"Ella es un riesgo", continuó Angelina. "Envíala a la Tierra y también es tu enemiga."

"No más que todos ustedes son, ma fleur. Me venderías en un abrir y cerrar de ojos si el precio es el correcto".

Consideré ese permiso para ir y pasé al lado de Angelina. Pensé que Thiago me bloquearía después, pero sólo me siguió con sus ojos marrones fríos. Ni Aegeus ni Eric dijeron nada, ni me vieron ir.

CAPÍTULO SIETE

Afuera, la tierra estaba oscura, tranquila y tan muerta como siempre. Los planetas todavía brillaban como canicas de colores, el resplandor más pronunciado ahora que era capaz de ver en dimensiones más altas. Miré a mi alrededor, a los dos únicos márgenes que conectan las Tierras Bajas con otros planetas. La línea más larga conectada a la Tierra, y la más corta e igualmente fuerte a la tierra Sidhe, que a su vez se conectaba con el planeta Rahzar, luego la estrella Tristán, que se alejaba de la Tierra y de la tierra Sidhe y más profundamente en otras dimensiones. Había una segunda línea, corta y débil, que conectaba la Tierra con la tierra de Sidhe, pero según las notas que había encontrado en la biblioteca de Remo, esa no era bien utilizada, o incluso bien conocida, terminando en algún lugar dentro del Castillo Belvedere. También, según las notas, exigía más energía del viajero. Tampoco estaba custodiada por guardianes, algo digno de mencionar, especialmente para alguien como yo. Bajé por la montaña Mandolia, de repente inquieta. No me gustaba viajar por el margen. He estado esperando una emboscada de unos guardianes desde que maté a uno y le robé su espada de luz. Sospeché que la única razón por la que los guardianes no me perseguían era por el ejecutor de Seelie, Leon, la responsable de ellos. Pero ¿qué pasa si tropiezo con un guardián que no me conoce? ¿Sabría que fui la persona que mató a uno de su clase? ¿O peor aún, que yo era la responsable del contrabando de guivernos? Aunque creí que Lee estaba detrás de la razón por la que los guardianes no me estaban cazando, no creía que los Seelie estarían agradecidos sobre los guivernos en la guarida de Remo.

Pensar en los guivernos trajo Dathana a la mente, y la ansiedad me roía. Me detuve, queriendo volver y llevarla a casa conmigo, pero no tenía excusa para darle a Remo, aparte de que me importaba la criatura. Y no podía darle a Remo más munición para usar en mi contra.

Me mordí el labio, tratando de pensar en las cosas, mi mente carente de ideas.

Frizz apareció a mi lado, presionado contra mi pierna, emanando comodidad y tranquilidad.

"Tienes razón", murmuré. Los guivernos, como las esferas, eran mi responsabilidad. Remo los quería vivos. No permitiría que ningún agente les hiciera daño. No, Remo no era una buena persona, pero tampoco era estúpido. No se atrevería a arriesgar a los guivernos por el simple hecho de que necesitaba que las criaturas estuvieran bien. Para cualquier plan siniestro que tuviera en mente para ellos.

Rasqué entre las orejas puntiagudas de Frizz y sonreí. "Nos vamos a casa, amiguito", le dije. Su emoción era palpable. Lo recogí y salté al margen. Mi nivel de energía aún era bajo, pero esperé que fuera suficiente para llevarme a casa. Tendría tres semanas para reponer la fuerza entonces, y estaba tan ansiosa de ello.

Había dos tipos de márgenes: el extradimensional y el doméstico. Los caminos domésticos eran márgenes desde el punto A hasta el punto B en el mismo planeta, mientras que los extradimensionales eran aquellos que saltaban de dimensión en dimensión, como en el que estaba ahora. Era posible saltar a un margen extradimensional sin importar dónde estaba la persona, como la forma en que Diggy podía saltarnos desde cualquier lugar de la Tierra hasta las Tierras Bajas. Pero para coger una línea doméstica, tenía que estar, si no en la parte superior, y luego lo suficientemente cerca como para atraparla.

Los caminos extradimensionales no son divertidos, ciertamente no eran seguros, especialmente para alguien con poca energía.

Imagina ir a través de un tubo brillante a la velocidad de la luz. ¿El combustible? La energía corporal de uno. Los caminos bien viajados, tanto domésticos como extradimensionales-exigían menos de una persona, y lo contrario también era cierto.

Cuando me acerqué a la Tierra, me preparé para cambiar a una línea doméstica. Otro hecho curioso acerca de los caminos domésticos: No cruzan sobre el agua. Me cambié a una línea doméstica una vez que me acerqué al centro de la ciudad. La disminución de la demanda de energía me hizo darme cuenta de lo agotada que estaba. Me maravillé de la multitud de caminos que cruzaban la ciudad.

Nunca me pregunté por qué la base de los Cazadores estaba aquí en Nueva York, nunca me pregunté por qué Nueva York era un bullicio de actividades preternaturales. Pero viendo todas esas líneas, todas esas fuentes de poder, me di cuenta de que era debido a la alta concentración de magia.

Aun así, la línea más cercana a mi apartamento en la calle 1 y 84 estaba a aproximadamente a tres cuadras de distancia. Si bien necesitaba estar cerca de una línea doméstica para atraparla, lo contrario no era cierto. Imagina el camino doméstico en la cima de un edificio de tres pisos. Para llegar a ella, tendría que tomar el ascensor, o escaleras, hasta el tercer piso. Pero una vez en la línea, una vez en el tercer piso, podía saltar del techo sin necesidad de la ayuda de escaleras o ascensores. Por supuesto, cuanto más largo es el salto, más arriesgado es. Tuve una fracción de segundo para decidir si quería caminar las cuadras restantes o tratar de saltar desde allí. Era un salto largo, y la falta de una línea significaba que gastaría más energía para mantenerme conectada al éter. Drenada como estaba, muy bien podía caerme de la línea a mitad de camino. Pero al final estaba demasiado ansiosa e impaciente para caminar las cuadras restantes a mi apartamento a pie.

Manteniendo mi energía conectada al camino, salté, sintiendo el tirón del margen cuando comenzó a drenarme para sostener mi camino, y por un momento horrible pensé que no lo lograría. Y entonces ya estaba allí

CAPÍTULO OCHO

Me alegré de que nunca había protegido mi apartamento contra los saltos del camino. Corté el flujo de energía y solté el camino, casi plantando mi cara en la pantalla del televisor cuando la línea me sacó con más fuerza de la que esperaba.

Lo primero que registré fue el maravilloso aroma del café. Lo segundo fue lo brillante que era todo. Y el ruido. Todo tan fuerte. Vehículos en movimiento, cornetas ladrando, sirenas chillonas, música a todo volumen. El sonido del televisor de alguien filtrándose a través de las paredes. El sonido eléctrico del refrigerador, el aire acondicionado. El ritmo de un bajo fuerte en un altavoz en alguna parte. Las voces de innumerables personas hablando a la vez. Aeroplanos. Perros ladrando.

Inhalé el maravilloso aroma del café, la saliva agrupándose en mi boca a la espera de una taza caliente. Y entonces tuve este pensamiento repentino y molesto: ¿Y si este ya no era mi hogar? ¿Qué pasa si los cazadores decidieron que pagar por un apartamento vacío no tenía sentido y cancelaron el contrato del alquiler?

Una mirada alrededor de la sala de estar reveló un libro desconocido abierto boca abajo en la mesa de café; una chaqueta de nylon gris para hombre puesta sobre el brazo del sofá. La cocina seguía siendo la misma, despejada y limpia, excepto por un pequeño dispositivo del tamaño de una caja de zapatos para bebés en el mostrador, una unidad USB pegada en la parte superior. Un dispositivo que no poseía antes de que Remo me llamara. Mi apartamento siempre había sido demasiado ordenado, pero si era honesta, nunca se había visto de la forma en que lo hacía ahora. Toda la madera parecía haber sido recientemente pulida-tablones de madera, el soporte de la TV y la mesa de café. El mostrador de la cocina, los electrodomésticos, todo estaba limpio y brillante como si nunca se utilizara. Y, lo más evidente: una caja de flores llena de lirios blancos y amarillos sentados en el alféizar de la sala de estar, algo que no había tenido. Mierda, esta ya no era mi casa.

Estaba a punto de escabullirme por la puerta principal, no tenía suficiente energía para un salto del camino, cuando una figura cruzó frente a la ventana. Me congelé, mi corazón haciendo un salto loco antes de quedarse atrapado en mi garganta.

Zantry.

Me quedé allí, congelada, viéndolo regar las flores con una lata de riego. ¿Debería abrir el lazo y sorprenderlo, o debería salir y esperar a que me vea?

Mientras dudaba, Zantry levantó la cabeza y me miró directamente. Nuestros ojos conectados, su azul vivo que se oscurecía a violeta dependiendo de su estado de ánimo, los míos negros oscuros como la obsidiana. Abrí el vínculo, lo encontré allí y esperando. Su presencia era como un rayo de sol que buscaba cada vez que estaba fría o entumecida. Siempre ahí, siempre brillante. Siempre calentando.

Me envió una mezcla de sentimientos. Alivio, emoción, felicidad, nostalgia, ternura, todas mezcladas en una maraña, una apenas descifrable de la otra, junto con algo de frustración y enojo.

Sonrió, esa hermosa sonrisa que nunca dejó de quitarme el aliento, luego se volteó y desapareció de la vista. Di un paso adelante, me detuve y escuché mientras abría la puerta trasera y entraba en la lavandería/zaguán. Un momento después apareció en la cocina, vestido con una sencilla camiseta blanca de manga corta y pantalones y zapatillas oscuras. Su cabello estaba atado hacia atrás en una cola de caballo, con los hombros más anchos que la última vez que lo vi.

Se veía bien.

Se veía cómodo.

Se veía mucho más hermoso de lo que recordaba. Quería tocarle la cara, pellizcarme, ver si estaba soñando. Así que junté las manos, temerosa de hacer el ridículo.

"Ahí estás", dijo, su voz como una suave caricia en mis nervios. Se acercó, con los ojos cálidos, amables, acogedores.

"Ahí estás", dijo de nuevo, mirándome de pies a cabeza como si quisiera asegurarse de que todavía estaba en una pieza.

Conscientemente, me miré a mí misma. Me veía tonta vestida con pantalones azules y una blusa amarilla de manga larga. No eran agradables ni de moda, pero el atuendo encantado de Sidhe mantenía el calor corporal, lo que me impidió congelarme en el frío de las Tierras Bajas, y lo que es más importante, me permitía cambiar de forma sin desgarrarse.

Se detuvo a un pie de distancia, y yo contenía la respiración, esperando, ya perdida en el azul profundo de sus ojos. Una mano llena de tierra alcanzó y tocó mi cara, pasó un nudillo sobre mi mejilla. Como si quisiera asegurarse de que no estuviera soñando.

Exhaló, bajó su frente a la mía y murmuró: "Ahí estás."

Había tanto alivio en su voz, que no necesitaba el vínculo o la energía cambiante a su alrededor para decirme eso. Cerré la brecha entre nosotros, puse mis brazos alrededor de su torso y dejé que mi frente descansara sobre su hombro. Sus brazos se acercaron a mí, y ambos tomamos un aliento reconfortante y fácil.

Casa. Finalmente, en casa. Suspiré en el rincón de su cuello. En respuesta, los brazos de Zantry se apretaron a mi alrededor en un abrazo feroz. Durante mucho tiempo nos quedamos así, disfrutando del alivio del otro, la sensación de volver a casa.

"Realmente estás aquí", dijo, alejándose para mirarme, capturando mis frías manos en las suyas cálidas y llenas de callos. Sus ojos examinaron cada centímetro de mí, tomando más tiempo en mi aura, pero él no comentó ni señaló el cambio que yo sabía que estaba allí. En su lugar, él dijo lo obvio: "Perdiste mucho peso".

Sonreí. "No había mucha grasa poco saludable para comer allí. Era sobre todo hongos extraños, frutos secos, cosas enlatadas y carne extraña." Puse una mano sobre mi estómago. "Extraño la comida sólida y grasienta." Como para subrayar mis palabras, mi estómago gruñó con impaciencia.

La luz en los ojos de Zantry se oscureció una fracción, pero su tono fue claro cuando dijo: "En ese caso, déjame prepararte algo rico en cosas grasas y frescas." Fue a lavar la suciedad de sus manos en el fregadero, fregando más fuerte de lo necesario. Incapaz de evitarlo, busqué la jarra de café, llené una taza de polka azul y roja con el líquido oscuro. Envolví las manos alrededor de la taza caliente, inhalé el maravilloso aroma, cerré los ojos y disfruté de mi primera infusión de cafeína en décadas. Necesitaba azúcar, pero no podía resistirme a tomar otro sorbo, luego otro.

Dios, sabía tan bien. Los magos de fuego en la guarida a veces cocinaban cualquier carne que pudieran encontrar y la pasaban alrededor, pero nunca me uní a ellos.

Sintiendo los ojos en mí, miré hacia arriba, encontré a Zantry mirando, las mandíbulas apretadas, los ojos duros. Sus emociones estaban atadas, y no podía decir lo que estaba sintiendo. El queso y los tomates estaban equilibrados, por un lado, una bolsa de pan en rodajas por el otro.

"Extrañé el café", le dije, tratando de aligerar su estado de ánimo.

"Se nota." Puso todo en el mostrador y volvió a rebuscar algo dentro de la nevera. Tomé otro sorbo, engullí unos cuantos más. "¿Puedo ayudar con algo?"

"No, está bien. ¿Por qué no vas a refrescarte mientras preparo las cosas? ¿Tal vez puedes tomar una ducha caliente?"

"¿Apesto?" Levanté el brazo y olfateé mi axila.

Se rio, puso mayonesa y mostaza en el mostrador junto a los tomates y el queso, me agarró y me puso una mano caliente sobre la mejilla. Esa estática que extrañé tanto a través de mí, hizo que mi sangre cantara de alegría.

"Tienes suciedad en la cara. Y tienes frío. Y apuesto a que no has tenido una ducha caliente desde que te fuiste."

Le toqué una mano en la muñeca, apreté su mano contra mi mejilla. "Sí que sabes. Voy a tomar esa ducha caliente, entonces."

"Todo estará listo cuando termines." Me miró en los ojos dos segundos más, se volteó a la nevera, sacó unas papas. "No tomes mucho tiempo o se enfriará", advirtió y yo tragué el resto del líquido amargo, anticipando una ducha caliente y fragante. "¿Zantry?" Pregunté a mitad de camino al baño.

"¿Sí?"

"¿Cuánto tiempo estuve afuera?"

Miró hacia arriba de la patata que estaba pelando y se encontró con mis ojos. "Tres semanas."

Asintiendo, me fui al baño, sintiendo sus ojos en mí.

CAPÍTULO NUEVE

No tardé demasiado en la ducha. Aunque el agua caliente en la piel fría era bastante tentadora, el olor a queso derretido y papas fritas me hizo apurarme. En menos de veinte minutos me duché, me cepillé el cabello y me vestí cómodamente con pantalones vaqueros desgastados y una camisa de algodón de manga larga. Calcetines gruesos completaron mi atuendo. Mi ropa en las Tierras Bajas pudo haber sido encantadas para mantenerse caliente, pero Zantry había tenido razón. Tenía frío. Había tenido frío durante años.

Con los pies silenciosos, volví a la sala de estar y encendí el televisor. En el momento en que Ross apareció, así lo hizo Frizz. Se subió al sofá y se estableció con satisfacción para ver repeticiones de *Friends*.

Zantry se apoyó en el mostrador, navegando en un teléfono celular de pantalla táctil. Frente a él, en la isla, había puesto la "mesa" con platos, vasos altos, saleros, tenedores, cuchillos. En cada plato había media docena de sándwiches triangulares, llenos de condimentos, embutidos, tomates, cebollas, lechuga... ¿Eran pepinos o pepinillos? Un tazón grande rebosante de papas fritas estaba en el medio. Mi estómago dio un gruñido violento, y tragué saliva para evitar ahogarme.

"¿Por qué no comemos primero?" Zantry sugirió. "Podemos hablar más tarde."

"Claro", le dije y tomé una papa frita.

"¿Cómo es que no hay velas aquí?" Señalé los artículos arreglados que había colocado para parecer una mesa de restaurante de lujo.

Zantry sonrió. "No quería que te preguntaras si me olvidé de pagar las facturas de servicios."

Resoplé, tomé otra papa frita.

Antes de darme cuenta, estaba masticando el último bocado del último triángulo y lamiéndome el dedo lleno de mayonesa.

Me incliné hacia atrás con una sonrisa pícara. "Gracias. Ha pasado un tiempo desde que he comido algo tan sustancial". Puse una mano sobre mi estómago lleno. "Esperemos ser inmune a la indigestión."

"¿Cuánto tiempo?"

Vi sus ojos, la curiosidad en ellos era prominente. "Alrededor de tres años y medio."

Su mandíbula se apretó, sus ojos se oscurecieron de un violeta-azul e hizo un puño en su regazo. No necesitaba el vínculo para saber que estaba enojado. Tomé su mano y la apreté. Después de una larga pausa, Zantry apretó de vuelta. Su pulgar rozó la palma de mi mano. Con el ceño fruncido, volteó mi palma de la mano y miró fijamente a la carne destrozada, su expresión era neutral, pero la ira que emanaba de él se intensificó. Traté de tirar de mi mano, y su agarre se apretó. Así que lo dejé mirar, preguntándome si reconocería las cicatrices por lo que eran.

"¿Duele?", preguntó.

"No."

Con su índice repasó las cicatrices, como pensé que lo haría.

"¿Un hacha?"

"Una espada de luz."

"¿Cómo te las arreglaste para desarmarlo?", preguntó, mirando hacia arriba.

"No era algo que había planeado hacer, simplemente sucedió."

Se centró en la cicatriz elevada de nuevo, repasó su dedo sobre la carne destrozada. "¿El guardián?"

"Muerto."

"¿Uniste la espada?"

"Sí."

"¿Puedo verla?"

Saqué mi mano de la suya, perdiendo el calor que emanaba a la vez. Aplaudí y tiré, haciendo un puño con mi mano derecha. La espada de luz se solidificó, la hoja era translúcida, la empuñadura era hecha de huesos, las crestas encajan contra las cicatrices en mi palma. La luz de la espada reflejó en sus ojos, amplificó su brillo de asombro.

"Es una espada hermosa", dijo, sin tocarla. "Escogiste bien."

"No estaba pensando entonces, era simplemente un arma que me las arreglé para atrapar, y fue que me la quedaba o dejaba que el guardián me acabara".

El asombro en los ojos de Zantry se apagó como una vela bajo la lluvia, y me entristeció verlo así. "¿Por qué te atacó el guardián?"

Pinché la punta de la espada curva en mi palma derecha, y la hoja reconoció mi sangre incluso cuando apreté más fuerte, aplaudiendo y haciendo que la espada fuera nada más que polvo y luz.

"Es una larga historia", esquivé.

"Podemos hablar de ello más tarde si quieres. Esas cicatrices parecen viejas."

Asentí. "Alrededor de un año y medio, más o menos."

"Y no sanó" Su mandíbula se apretó, sus ojos brillaban peligrosamente.

"Estoy bien, Zantry."

"Pero no lo estabas en ese entonces."

"Y eso ya pasó y se quedó en el pasado", le dije, pero ambos sabíamos que no era verdad. Todavía estaba unida a Remo, todavía era esclava de sus caprichos, y tarde o temprano, me mandaría a buscar a otro guiverno, y no tendría otra opción que traerle uno. Y si el guardián trataba de detenerme, no tendría otra opción que luchar contra él.

Zantry respiró hondo, exhaló su ira. Cuando me miró de nuevo, había arrepentimiento en sus ojos.

"Lo siento por todo esto."

Antes de que pudiera dejar sus disculpas a un lado, continuó. "Quería ir por ti. Quería ir allí, tirarte sobre mi hombro y correr como desquiciado, lejos de todos y todo".

"Lo sé." Y ambos sabíamos que a Remo le habría encantado eso. Lo hubiera dejado entrar, pelear para salir y luego simplemente me hubiera convocado de vuelta. Eso, si Remo estuviera de buen humor. Si no lo estuviera, me ordenaría pelear con Zantry y ver hasta dónde estaba dispuesto a defenderse.

"Siento no haber estado allí para ti." Podía sentirlo, a través del vínculo, en el aire a su alrededor, en su voz. Su arrepentimiento, su remordimiento, su sentido de inutilidad. Sofocaba el aire que nos rodeaba como la humedad en una ola de calor.

Cerré mi mano sobre la suya y apreté fuerte. "Siempre estuviste ahí. Tú eres la razón por la que Remo nunca me rompió."

Inhaló, larga y estremecedoramente que hizo que mi corazón se torciera de dolor. "Dime."

Miré hacia abajo a mis manos por un segundo antes de

encontrarme con sus ojos de nuevo. "¿Podemos hacer esto más tarde? Hay tiempo."

Sus pupilas se contrajeron. Me di cuenta de que quería discutir, pero asintió en cambio "Vamos a hablar más tarde, entonces."

CAPÍTULO DIEZ

Por la mañana Zantry hizo omeletes con muchos pimientos y queso. El olor era celestial, el sabor era aún mejor. Me desperté enseguida, no por el ruidoso tráfico de Nueva York, no por el sonido de Zantry moviéndose en el apartamento. No, era el maravilloso olor a grasa colgando en el aire, haciendo que mi estómago se regodeara y doliera tanto que me despertó.

"Deja de mirarme y come", me quejé, "o no te quedará nada para comer".

"Disfruto viéndote comer, sabiendo que soy la razón por la que tienes esa expresión de placer."

Un rubor se arrastró por mi cuello y fruncí el ceño. "Ahora seré consciente de las expresiones que hago cuando como."

Se rio, el sonido fue más malvado que humorístico, acentuado por la intensidad aguda de sus ojos. "¿Sí? No quise hacerte sonrojar". Bajó la cabeza y empezó a comer, su cabello suelto y húmedo que casi toca sus hombros anchos. También se había afeitado, con las mejillas lisas, suplicando que las tocaran.

Su kit de afeitar estaba en el mostrador del baño, justo al lado de mis cosas.

"Tu puedes mirarme, ¿pero yo no te puedo mirar?", preguntó con una ceja levantada.

"Sí, la venganza es una puta." Le apunté con mi tenedor. "¿Tienes una casa en la ciudad?"

Otra ceja subió. "¿Ya me quieres correr?"

"Si sigues observándome mientras como, tal vez."

Una sonrisa se formó sobre sus labios. "Ya no lo hago, yo no."

"¿Ya no?"

"Sí, como solía hacerlo en el pasado, pero ya no en el presente. Mi ausencia dejó el lugar abandonado por demasiado tiempo. Fue confiscado hace una década y vendido a buen precio. Una buena familia vive allí ahora". Se rio de mi expresión de cara larga. "Tengo otras propiedades que todavía son mías, algo de dinero escondido en cajas fuertes aquí y allá. Estoy lejos de ser un vagabundo e indigente, si eso es lo que te estás preguntando."

"No quería averiguar tanto. Sólo quería saber." Bajé la mirada y tomé más bocados de comida, consciente de sus ojos sobre mí.

"Estoy aquí porque quiero estar aquí", dijo en voz baja, esperó a que mirara hacia arriba antes de continuar: "Me quedé aquí, y esperaba que no te importara, porque quería estar aquí cuando regresaras".

Bajé mi tenedor y me enderecé. "Gracias. No hay problema. De hecho, lo aprecio mucho". No sabía qué significaba la variedad de emociones en sus ojos, la mayoría de las cuales no podía sentir en el cambio de energía a su alrededor, o a través del vínculo. Tenía más control de sus emociones de lo que yo había imaginado, más de lo que yo tenía.

Tomé mi tenedor, comí otro bocado de huevos y queso derretido. Debido a que una de las emociones que había reconocido había sido culpa, agregué en un tono casual, "pero no tienes que quedarte aquí y protegerme. Ahora que he vuelto, puedes seguir con tu vida, ver todas las cosas que te perdiste mientras estabas en la SCP. Lo que me pasó no fue tu..."

Los ojos de Zantry se estrecharon y me desvié de mi punto.

"Estoy haciendo exactamente lo que quiero hacer, Roxanne. Estoy exactamente donde quiero estar". Dudó un momento antes de añadir, sus ojos viendo los míos. "A menos que quieras que me vaya. En ese caso, o si necesitas espacio, me iré".

"¿Por qué?" Escudriñé sus palabras, mis sentidos abiertos de par en par, tratando de sentirlo. "¿Por qué quieres quedarte aquí?"

Se encogió de hombros. "Disfruto estar contigo. Y tú eres mía." Una emoción bajó por mi columna vertebral, asesinada por sus siguientes palabras: "Te considero parte de mi clan, por inexistente que sea".

"Eso no significa que debas cuidarme, o que debas que vivir aquí si prefieres no hacerlo".

"No, eso no es lo que quise decir. Estoy bastante seguro de que puedes cuidarte por ti misma. Especialmente después de todos estos años con Remo. Estoy aquí simplemente porque disfruto de tu compañía, nada más. Sólo quiero estar cerca de ti."

Debido a que sus palabras agitaron algo en mí que no quería reconocer en su presencia, dije en tono sarcástico. "Poniéndolo así, puedo usar la compañía." Levanté un dedo y agregué severamente: "Pero en el momento en que te vuelvas cavernícola o empieces a demandar que yo vuelva a casa temprano, te corro de aquí".

Se puso un puño sobre el corazón. "Te prometo que no te golpearé en la cabeza con un palo y te arrastraré hasta casa por el pelo."

CAPÍTULO ONCE

Ya eran las nueve y media cuando llegamos a la base de los Cazadores en la calle 79 y 5, un edificio datado de antes de la guerra, de diez pisos frente a Central Park y el Museo Metropolitano de Arte. Llegamos treinta y cinco minutos tarde, no porque yo viviera lejos, o porque el tráfico estaba congestionado- nosotros caminamos. Ni incluso porque dejamos el apartamento tarde; ni siquiera eran las ocho cuando nos fuimos. No había anticipado la nostalgia, la necesidad de aceptar todas las cosas que no habían cambiado pero que me parecían nuevas. Los niños iban disfrutando del camino o iban de mala gana a la escuela, algunos en grupos, otros acompañados por un adulto o una niñera. Se podía distinguir a los lugareños de los turistas por la forma en que llevaban su bolso y maletín, de una manera que desalentaba a los dedos ágiles de robarlos y correr. O simplemente por las cámaras y el montón de fotos que se toman. Algunas personas trataban de tomar un taxi, o hablaban por teléfono celular, o simplemente escuchaban lo que sea que se que escucha a través de los audífonos mientras iban haciendo su mañana. La mayoría de las tiendas ya habían estado abiertas durante unas horas, otras estaban abriendo. Un empleado de la bodega de la esquina sacó la basura, asintiendo con la cabeza junto con una canción española que sonaba desde el interior. A un par de cuadras de distancia pasamos a otro empleado limpiando la ventana de cristal de una de las elegantes boutiques de la calle. Para mañana, alguien tendría que pulir esa vitrina otra vez. En la calle, las cornetas sonaban, los autobuses eructaban a su paso, otros iban con música fuerte. Un carro de policía encendió las luces e hizo un cruce ilegal, casi quitándole una capa de pintura a un taxi. Los insultos se podían escuchar por encima de la cacofonía, junto con algunos vendedores gritando, cornetas y pedazos de conversaciones. Por encima de todo estaba el olor de Nueva York, un hedor reconfortante que me había extrañado durante estos últimos años. El sonido, el olor, la gente, el color, todo era como esperaba, pero nuevo, una ruptura del silencio monótono y las cámaras incoloras del inframundo de Remo.

Fuimos a través del vestíbulo y a la oficina de Roland en el primer piso sin chocar con otro miembro, excepto con Diclen, un miembro del equipo cibernético. Me saludó y me dio una sonrisa, saludó con la cabeza a Zantry y continuó en el segundo piso como si siempre hubiéramos sido amigos en lugar de meros miembros que trabajaban para la misma agencia.

Entonces, para mi sorpresa y desconcierto, la secretaria y asistente de Roland nos dijo que entráramos inmediatamente. No me ignoró, ni actuó como si Roland estuviera demasiado ocupado para verme, o incluso miró su nariz mientras hablaba. No, asintió, dijo un "buenos días" educado y nos envió directamente.

Miré hacia un lado a Zantry, segura de que el repentino rayo de cortesía de Valerie se debió a su presencia, pero se encogió de hombros y siguió avanzando. En la puerta doble abierta de la oficina de Roland, me detuve, sorprendida al descubrir que Roland había invitado a algunos forasteros. Reconocí a Cora, la mujer con el aura marrón que se había sentado en la misma mesa que yo la noche del baile benéfico, y el tipo con el aura marrón que la había acompañado. Diggy había dicho entonces que eran miembros del Enclave, un grupo de doce preternaturales que gobernaban toda la población preternatural en la Tierra. Además de los dos miembros del Enclave, había una pequeña rubia que nunca conocí, y nadie menos que Logan Graham. Dudé antes de entrar, la presencia cálida y solidaria de Zantry a mi lado, y luego me enderecé los hombros. Roland fue el primero en verme. Estaba apoyado en el borde de su enorme escritorio ejecutivo de cromo y vidrio, con los brazos cruzados sobre su pecho, escuchando a la pequeña rubia y Logan discutiendo, mientras que todos-Diggy, Vincent, Cora y el otro tipo miraban con los labios fruncidos. Di un paso adelante y todas las miradas se enfocaron en mí. Hubo una breve pausa de silencio incómodo antes de que Logan se acercara, sus ojos preocupados, su postura tensa.

"Roxanne", dijo, viniendo a tomar mi mano en la suya. "¿Estás bien? ¿Te lastimó?" Su forma de ser y preocupación me sorprendieron. Y me incomodó. La forma en que nos separamos en el Círculo de Piedra no había dejado espacio para la amabilidad. Yo me había abjurado del clan, ridiculicé a su líder delante de su pueblo y el enemigo, y dejé que Zantry me reclamara. Nada de lo cual habría pasado si no me hubieran dado ese último ultimátum.

Me encogí de hombros. "Estoy aquí y viva. Supongo que eso es lo que cuenta." No pude enmascarar parte del resentimiento en mi voz.

Logan bajó la mano y dio un paso atrás. "Mira, lamento que las cosas se descontrolaron el mes pasado. Me doy cuenta de que no manejé bien la situación y tú pagaste el precio por eso". Miró a Zantry, con los ojos grises enfriándose unos grados. "Me gustaría si pudiéramos ir a algún lugar y hablar en privado después de esta reunión."

"No hay nada sobre que hablar. Lo que pasó, pasó. Eso fue hecho y se acabó."

"Roxanne", comenzó.

"Soy el familiar de Remo Drammen, Logan. Ya no soy miembro de tu clan. Ya no soy la misma persona que conociste en un día lluvioso en una feria de comidas vacía. Ya no hay nada de lo que podamos hablar". Nunca había habido nada realmente.

La mandíbula de Logan se apretó. "Ya sea que eres el familiar del Sr. Drammen o un miembro del clan no es el problema. Mientras no permitas que nadie o algo te cambie, sigues siendo la misma".

Estudié la sinceridad en sus ojos, me volteé a los otros presentes. Tenía la intención de hacer esto al final de la reunión, pero ahora era tan buen momento como media hora más tarde. Quería que Roland, los cazadores, entendiera que no tenían voz en mis acciones, que las órdenes de Remo tenían la máxima prioridad. Quería que desconfiaran de mí, de la información que estaba a punto de impartir. Verdad o mentira, Remo quería que lo supieran, y eso significaba que no podían, no deberían, confiar en mi palabra. Mi estómago se agitaba nerviosamente, pero sabía que tenía que hacer esto.

"Ya he cambiado, Logan", le dije y solté el glamour de mi aura. Logan blanqueó y dio un paso atrás antes de hacer un esfuerzo visible para balacearse.

"Soy la que Remo llama, para que él use como él lo considere conveniente." Casi me atraganté con las palabras, pero necesitaban entender.

Había un brillo negro en mi aura, el resultado de aceptar la energía de Remo. Zantry me dijo anoche que una vez que se rompiera el vínculo familiar, mi aura volvería a la normalidad.

No sabía si eso era cierto, la única persona que podía confirmarlo era Mwara, y no iba a llamarla pronto.

Logan me sorprendió dando un paso adelante, con los ojos brillando con determinación. "El Sr. Drammen puede tener el poder de obligarte a su voluntad, pero no puede cambiar quién eres a menos que se lo permitas. Mientras sigas luchando por ti misma, él nunca te poseerá de verdad".

Miré hacia otro lado primero, saqué la carga de mi aura. Mientras siguiera luchando... era tan fácil de decir, tan difícil de hacer.

Logan exhaló, ya sea de alivio que mi aura corrompida ya no estaba en exhibición, o frustrado de que no estaba discutiendo. Se volteó a medias para ver a Cora y exigió: "¿Puedes arreglar esto?"

Los labios de Cora se fruncieron, y el tipo a su lado dio un paso protector hacia adelante. "Ella no es el hada madrina. Trabaja con la naturaleza y los elementos naturales. Ella no se mete con la oscuridad."

"Lo sé. No me refería a eso. Cualquier cosa que pueda cortar el poder del señor Drammen sobre ella. O tal vez algo, cualquier cosa, que alteraría su control durante algún tiempo."

Me volteé hacia Cora, interesada en saber su respuesta, la encontré mirándome con un brillo especulativo. ¿Sabía algo? El hombre a su lado estrechaba sus ojos marrones a Logan, y antes de que pudiera contestarle, Roland dijo: "Hasta que ella encuentre una manera de hacerlo, debemos continuar con la reunión según lo planeado". Inclinó la cabeza a la sala de conferencias adyacente. "Vamos a empezar esta reunión. Estoy seguro de que Roxanne tiene muchas cosas planeadas para hacer y ver después de estar fuera por más de tres años. No perdamos su tiempo discutiendo entre nosotros."

CAPÍTULO DOCE

ZANTRY Y YO FUIMOS JUNTOS A LA SALA DE CONFERENCIAS, dejando las preguntas murmuradas y miradas sorprendidas atrás. Tomé el asiento justo enfrente de la puerta, Zantry el que está al lado del mío. Me envió un pulso de aprobación a través del vínculo y le di una sonrisa lateral, tomé su mano en la mía.

Vincent entró después, sus ojos se movieron desde Zantry hacia mí y hacia abajo a nuestras manos vinculadas antes de que sacara la silla frente a la mía. Solté a Zantry y me agarré las manos en mi regazo, sin querer las preguntas o especulaciones que surgirían de ese gesto. Diggy entró después, se sentó frente a Zantry. Luego vino Cora, quien inclinó la cabeza a Zantry y tomó el asiento junto al suyo, el tipo con el aura marrón tomó el asiento junto al de ella. Mientras yo me había ido, los cazadores habían convocado una reunión con el Enclave y explicado el arma potencial que SCP pudo haber reunido durante el cautiverio de Zantry. Aunque el Enclave no encontró evidencia de la estancia de Zantry en la SCP-los científicos lo negaron todo-el nombre de Zantry había sido borrado de todas las acusaciones hechas en su contra, pero sólo el Enclave y los cazadores conocían los detalles sobre su cautiverio. Si las miradas que Logan le estaba enviando a Zantry eran una indicación, estaban manteniéndolo a máximo secreto. No porque quisieran preservar la reputación de Zantry, sino porque temían que algún otro país hambriento de poder intentara hacer lo mismo. El mundo no necesitaba más armas con las que amenazarse los unos a los otros.

La pequeña mujer tomó el asiento frente a Cora, Logan el asiento junto al de ella y frente al hombre extraño. Roland entró de último, tomó el asiento a la cabeza de la mesa.

"Todos ustedes saben que Roxanne Fosch es el miembro más reciente de este gremio", comenzó Roland una vez que todos estaban sentados. "El mes pasado, pudo infiltrarse en la guarida del Sr. Remo Drammen para salvar a un Unseelie Dhiultadh. Ella fue diligente y minuciosa, y no sólo fue capaz de extraer el vástago vivo, sino que tuvo éxito en engañar a Remo Drammen para que la nombrara su honorable familiar".

Evité que mi boca se abriera de la sorpresa y evité el contacto visual con todos los demás. Hizo que pareciera que había hecho una gran cosa, que convertirse en familiar de Remo había sido el objetivo todo el tiempo.

Roland se volteó hacia mí, sus ojos marrones amigables. "Este es un hecho encomiable, señorita Fosch, uno que nadie ha sido capaz de lograr hasta ahora. Nosotros, los Cazadores, estamos muy orgullosos de ti".

Lo entendí, lo hice. Roland estaba haciéndole saber a todo el mundo que me apoyaba al cien por ciento, que los cazadores apoyaron mis acciones y lo que sucedió ese horrible día en la guarida de Remo. Y lo aprecié, realmente lo hice. Pero tuve este impulso repentino de estallar de la risa por lo absurdo de sus palabras.

Bajé los ojos para ocultar el destello de diversión y asentí con la cabeza una vez.

Roland se volteó a los reunidos, las manos unidas en la mesa. "Antes de continuar actualizando sobre los hechos a la señorita Fosch, permítanme hacer las presentaciones. Todos ustedes saben quién es la señorita Fosch, pero por formalidad, la presentaré de nuevo: Ella es Roxanne Fosch, hija de Dhiultadh Yoncey Fosch. Es familiar para Remo Drammen, la pareja de Zantry Akinzo, y según su petición, abjurada al Clan Unseelie Dhiultadh. ¿Alguna pregunta?"

Cuando nadie dijo nada, Roland continuó: "Ella también está en deuda con la Corte Seelie, una deuda que ha sido llamada".

Cora, el hombre a su lado y Logan asintieron, y mientras que Cora y el hombre se voltearon para mirarme, Logan se movió para mirar a la pequeña mujer a su lado.

Una vez más Roland esperó cualquier pregunta antes de continuar: "Muy bien, él es Vincent Vagner, mi segundo al mando, y él Douglas Vemourly, mi tercero". Se dirigió a la pequeña rubia a continuación. "Ella es Helena Pavloc. Está aquí representando a la Corte Seelie. Todo lo que discutiremos se lo comunicará a la reina Titania".

¿Una advertencia? "Una elemental", dije en su lugar. "¿Pensé que ustedes fueron expulsados de la tierra de Sidhe por alguna traición o algo así?"

Los ojos de Diggy se apretaron. Vincent abrió la boca para decir algo, probablemente para disculparse en mi nombre por romper alguna regla que no sabía que estaba allí.

Helena se rio. "Ruda y directa. Ya me cae bien." Ella se inclinó hacia adelante, sus ojos azules pálidos se encontraron con los míos. "Estoy aquí bajo la premisa de que la Señora Seelie no pudo venir. Pero es realmente así que dirán que no pudieron aceptar una cuenta de segunda mano y te pedirán que te presentes a ti misma y tu información a la reina Titania en persona". Ella le dio a Logan una mirada lateral cuando terminó, pero aparte de una mandíbula apretada, él no respondió.

Mmm, algo de historia aquí.

Vincent murmuró algo bajo su aliento, Roland se rio y se movió junto a Cora. "Ella Cora Bruckner. Ella es la líder del Coven de las Brujas de Tierra, así como un miembro del Enclave. Matthias Bruckner, su compañero y otro brujo de tierra." Roland señaló al hombre al lado de Cora. "Tanto Cora como Matthias están aquí hoy en nombre del Enclave".

Me encontré con los fríos e insensibles ojos marrones de Cora, recordé las peligrosas vibraciones que habían emanado de ella durante el baile de caridad.

"Logan Graham, ejecutor del clan Unseelie Dhiultadh. Y, por último, Zantry Akinzo, a quien todos ustedes ya conocen. "

"¿Nadie para representar al clan Seelie Dhiultadh?" Zantry le preguntó a Diggy.

"Hoy representaré a mi clan", dijo Diggy. "Cualquier información relevante que considere importante se comunicará."

"Muy bien", Roland aplaudió una vez. "Roxanne está aquí hoy para informar sobre su tiempo en la guarida de Drammen y posiblemente proporcionarnos la información que necesitamos para derrotarlo de una vez por todas".

Mi estómago se revolvió. Exteriormente, no mostré nada. ¿Cómo pueden esperar que les diga cómo derrotar a Remo si yo misma no lo sabía? ¿Por qué creería Roland que, aunque supiera cómo, Remo me permitiría darles a sus enemigos los medios para destruirlo?

"Si Remo confía en ella, ¿por qué debemos creer que lo que nos dice es verdad?" Cora preguntó.

Buena pregunta.

"Y si él no confía en ella, entonces tal vez no tiene nada importante que ofrecer", agregó Helena, con sus ojos pálidos brillando con especulación. "¿El señor Drammen, confía en ti, señorita Fosch?"

"Hasta cierto punto", le contesté.

"¿Te ha advertido que no divulgues información a un tercero?"

Al contrario. "No", le dije, mi mirada fija. Interiormente, mi estómago temblaba.

Helena agachó la cabeza hacia un lado. "¿Por qué no?"

Me encogí de hombros. "No sé cómo funciona su mente. No discute sus planes conmigo."

"¿Te castigará si descubre que divulgaste información que no deberías haber divulgado?" Logan exigió.

Cora se inclinó hacia adelante e inclinó su cabeza para mirarme. "Tal vez te dio información falsa específica para darnos", dijo con sospecha. "¿Lo hizo?"

"No, no lo hizo."

Cora frunció los labios. "¿Cómo sabremos que estás diciendo la verdad?"

"No lo sé. ¿Tal vez se podría llamar un buscador de la verdad?"

"Hay hechizos en los cimientos de esta sala para prevenir la manipulación psíquica externa", dijo Roland. "No sabemos si funcionará en un vínculo familiar, pero esperamos que impida que Remo Drammen interfiera con lo que Roxanne revele hoy".

Unos segundos de silencio siguieron las palabras de Roland.

Helena levantó una mano. "No soy una buscadora de la verdad, pero puedo distinguir verdades de las mentiras."

Vincent asintió. "Nunca le mientas a un Sidhe."

Logan se inclinó hacia adelante, con los ojos afilados. "No respondiste mi pregunta."

Me encontré con sus ojos y le dije sin inflexión: "Porque eso no es relevante para esta reunión".

Zantry cambió de posición, sus cejas bajaban, pero fue Roland quien habló. "Sí, lo es. Necesitamos saber si estamos dispuestos a pagar las consecuencias de que divulgues información que no deberías tener".

Me pregunté quién decidiría si la información valía la pena o no.

Todo el mundo me miraba, esperando mi respuesta. "No me va a matar, ni mutilar", dije, consciente de la última declaración de Helena.

"¿Qué haría en su lugar?" Diggy preguntó, captando el significado bajo mis palabras.

"¿Roxanne?" Preguntó Zantry.

Me cambié de posición por la incomodidad. Cinco minutos y ya estaba en el centro de atención.

Me encontré con los ojos de Diggy, luego los de Logan, luego los de Roland, pero fue Zantry a quien dirigí mis siguientes palabras. "Nada de lo que no me recuperaré."

Un silencio espeso cayó sobre el grupo, y suspiré. "Miren, estamos hablando hipotéticamente aquí, no hay realmente una manera de saber con certeza si Remo hará algo o no. He hecho muchas cosas de las cuales no aprobó y optó por ignorar". No a propósito, nunca lo desafié. Inhalé, suspiré cuando nadie parecía convencido. "Mira, Remo, él no piensa de la misma manera que nosotros. A veces se ríe de un intento de motín". La súplica de Michael volvió a la mente, y agité mi mano, descartando las palabras y la imagen de mi mente. "Muy bien, tal vez no motín", enmendé cuando Helena cambió de posición. "Lo que quiero decir es que deja pasar mucho por alto sin levantar una ceja."

Después de una pausa Roland preguntó: "¿Estás segura?"

"Sí." Agité una mano. "Pase lo que pase, Remo me necesita viva y en forma funcional."

"¿Para qué?" Preguntó Matthias.

"Muy bien, empecemos entonces", dijo Roland encima de Matthias. "Dinos lo que has aprendido. Regresaremos a la pregunta del señor Bruckner pronto.

Me aclaré la garganta. "¿Qué les gustaría saber?"

"Todo."

Asentí, traté de pensar y no pude pensar en nada. Esperaba que me hicieran preguntas, no que necesitara dar una lista de lo que sabía. ¿Qué decir? Todo. Eso significaba un montón de cosas, algunas de las cuales no estaba lista para compartir, no con ellos de todos modos.

Un golpe en la puerta fue seguido por Valerie, empujando un carrito de bandejas con pasteles, café caliente, hervidor de té y agua. Nadie le prestó atención, sus ojos fijos en mí, esperando. Tal vez debí haber hablado de esto con Zantry anoche y preguntarle qué debía, o no debía decir.

"Comienza por decirnos lo que te enseñó primero", sugirió Vincent, dándome un punto de partida.

"Muy bien." Respiré hondo y lo conté lentamente. Lo primero que aprendí a hacer en las Tierras Bajas fue cambiarme a mi Dratcha, un monstruo de ocho pies de altura con enormes alas. Luego aprendí a cambiar partes y mezclarlas con mi cuerpo humano. Un par de brazos extra, alas masivas, una mandíbula más ancha llena de dientes afilados. Entonces aprendí a volar y maniobrar, todo mientras identificaba las runas ofensivas y los sigilos que Remo me lanzaba. "Aprendí sobre runas y sigilos. Sus nombres, para qué se utilizan, cómo identificarlos en una obra".

"Cosas básicas." Logan asintió. "Te las habría enseñado que después de..." se quedó en silencio y sugirió que siguiera con un gesto de su mano.

"Aprendía categorizar tejidos, a identificar sus propósitos." Fruncí el ceño al café que Valerie me entregó, levanté las cejas de su sonrisa débil y educada. Con un agradecimiento murmurado, tomé la taza, la coloqué frente a mí, me encontré con los ojos de Roland. "Entonces aprendí a clonarlos."

"¿Las runas o los tejidos?", preguntó.

"Ambos."

"¿Cuántos tejidos puedes alimentar con poder?" preguntó Vincent.

Era común que un Dhiultadh aprendiera a tejer runas juntas y a formar pabellones. Un Dhiultadh promedio podría crear de dos a tres pabellones, uno poderoso alrededor de cinco, dependiendo de la fuerza de su talismán. Me cambié de posición para ver a Cora y Matthias, recordé a Zantry diciéndome que las brujas no necesitaban talismanes para alimentar un trabajo, siempre y cuando las runas estuvieran atadas a sus elementos, pero necesitaban un grupo que trabajaran juntos para alimentar los tejidos. Un Dhiultadh podría aprender a tejer un pabellón por su cuenta, pero sin el talismán para enfocar la energía, no sería capaz de sostenerlo.

"¿Bueno?" dijo Matthias.

"Puedo tejer tantos pabellones como quiera."

Roland movió la cabeza hacia un lado. "Tantos como quieras? ¿Tejidos y runas? "

"Sí."

"Eso no es posible", dijo Cora, con los ojos estrechados.

"Eso es muy útil", dijo Vincent, con los ojos resplandeciendo de emoción.

Fruncí el ceño a la taza de café humeante, el aroma que llamaba la atención, pero no la tomé. Zantry, bendito sea su corazón, tomó mi taza, tomó un sorbo largo y me la entregó.

Sólo Valerie entendió el punto que hizo Zantry cuando tomé un sorbo. Tal vez Roland también, si el brillo divertido en sus ojos significaba algo.

Mientras el grupo discutía la validez de mi reclamo, me di

un momento para disfrutar del líquido caliente. Nunca volvería a dar por sentado el café.

Tal vez debería llevarme un poco a las Tierras Bajas. La idea era agradable, y extrañamente reconfortante.

"Probablemente es una habilidad que heredó del lado materno de su padre", dijo Zantry.

Ah sí, Odra la Tercera, la legendaria poderosa bruja de tierra.

Helena miró a Cora. "¿Qué te parece? Como la hermana menor de Fosch, debes saber."

Me sacudí, derramando café en mi blusa. "¿La hermana menor de Fosch?" Repetí, aturdida. "Tú, tú, eso te haría..."

"¿Tu tía?" Cora dijo, volteándose a mirar a Logan y Vincent. "¿Qué tipo de clan manejas, cuando ella ni siquiera conoce su árbol genealógico?"

"Le di un folleto con toda esa información", respondió Logan con frialdad. "No es mi culpa que ella no lo haya leído."

Cora presionó sus palmas contra la madera pulida de la mesa. "¿Te refieres al que tiene toda la gente superior a su estatus y todas las reglas que se suponía que debía seguir?"

Vincent tuvo la decencia de parecer arrepentido, pero Logan se fue a la defensiva. "Es un gran clan con miles de miembros conectados por línea o matrimonio. Ciertamente no esperabas que repasáramos todos el mundo por nombre y rango".

Y, sin embargo, había venido solo una vez para informarme de la jerarquía del clan. Logan me miró, sin duda recordando ese día, sus ojos se detuvieron ante la acusación de los míos.

"Podrías haber repasado sus familiares inmediatos", espetó Cora. "¿Sabe quiénes son? ¿Que Fosch había sido el líder del clan antes de bajar del poder ante su hermano? ¿Que la mujer que la crio era la hermanastra de su padre?"

"Si estabas tan interesada en que reconociera sus lazos familiares", dijo Logan, "¿por qué no fuiste y te presentaste? Según recuerdo, ambas estaban sentadas juntas el día del baile de caridad".

"Eso ya pasó", interrumpió Roland, "y no es el problema en este momento. El linaje de Roxanne aquí importa sólo por el hecho de que la observación de Akinzo puede ser correcta. La habilidad de Roxanne para tejer pabellones y hechizos libremente puede ser el resultado de genes heredados a través del linaje de su abuela".

Afortunadamente, la orden de Remo no me obligó a hablar de mi linaje, así que asentí con la cabeza, no dije nada. Sabía que Archer era mi tío, y que Elizabeth/Alleena era la hermanastra de mi padre de parte de Remo, así que ese pedacito de información no había sido ninguna noticia para mí.

"Creo que es genial y útil que pueda manejar los tejidos libremente", dijo Vincent, su emoción era clara.

No es genial si supieras para qué los usé.

"¿Qué tan buena eres?" preguntó Roland.

"Suficientemente buena", dije encogiendo de hombros. Más que suficiente, pero no le dije eso.

"Tendremos que comparar notas. Programaremos una hora y un lugar para repasar todos los símbolos y pabellones que puedas alimentar. Haré que Valerie comience un gráfico de inmediato."

Asentí una vez.

"Me gustaría tener una demostración también", dijo Matthias y antes de que pudiera volver a asentir, Zantry agregó, "puedes cuadrarlo con Roland para estar presente el día de la demostración. No hay necesidad de que Roxanne haga esto dos veces".

Matthias frunció los labios, y me di cuenta de que iba a discutir cuando Roland dijo: "Eso es excelente. Valerie te avisará cuando se programe la fecha."

Me pregunté cómo funcionaba la dinámica entre los cazadores y el enclave, al ver que los cazadores respondían a ellos. ¿Necesitaba el Enclave una razón plausible para anular las decisiones de los Cazadores?

"Cuéntanos sobre el portal", dijo Helena. "¿Conoces su ubicación?"

"No, no del que quieres decir."

"¿Hay más de uno?" Vincent preguntó, alarmado.

Pasé un dedo sobre el pulido suave de la mesa, preguntándome por qué Remo quería que supieran esto, cómo su conocimiento del portal afectaría y mejoraría su plan. Mi vacilación hizo que mi cabeza latiera, que mi corazón latiera más rápido, y si no empezaba a hablar, las palabras se derramarían por sí solas.

Miré a Vincent. "Sólo hay un portal permanente. Pero hay otros, grietas temporales"

Todos estallaron en negaciones horrorizadas y demandas agitadas. Apreté los dientes y esperé a que superaran su shock y ofrecieran ser escuchados por encima del otro. Mi estómago era un nudo de nervios, mis manos más frías de lo habitual.

"¡Silencio!" Cora rompió el bullicio, y todos se quedaron callados, se voltearon hacia mí. Se me revolvió el estómago. Lo que estaba a punto de decirles socavaría todo su trabajo, todos esos años duros que pasaron cazando a Remo Drammen, año tras año.

Respiré profundamente y elegí mis palabras cuidadosamente, consciente de la necesidad de derramar toda la verdad, sabiendo que este impulso fue el resultado del mandato de Remo.

"Por favor, permítanme explicar esto antes de hacer cualquier pregunta", les dije, y Roland inclinó la cabeza. A mi lado, sentí la breve llamarada de confusión de Zantry.

CAPÍTULO TRECE

EXPLICARLE EL PORTAL AL GRUPO FUE COMO CONTARLE una historia de terror a un montón de niños. Todo el mundo estaba agitado, aferrados a cada palabra que dije, expresiones que van desde la incredulidad a la alarma y el horror.

Había un portal, un desgarro en el tejido de las Tierras Bajas, el original del que Remo había salido. Ese era permanente, inamovible, y como entendía, contenido. Se había formado cuando la energía sensible en el Cuásar comenzó a evolucionar. Sus actos aumentaron la presión en la atmósfera, y el cuásar comenzó a filtrarse, si usaba las palabras de Remo. Remo, Zantry y Arianna habían sido el resultado de la expulsión, un medio para que el planeta aliviara parte de la presión sin implosionar. No tenía idea de dónde se encontraba el desgarro original en las Tierras Bajas, sólo que Remo se refirió a ella para abrir una grieta temporal. Y esas grietas necesitaban estar dentro de un cierto rango con el portal permanente para poder activarse.

Les expliqué que no sabía mucho sobre el portal original, pero cualquier pregunta que tuvieran sobre los temporales, podría responder: ubicación, duración, longitud y anchura. Su importancia, las consecuencias de pasar demasiado tiempo sin activarlo.

"Suenas como si Remo estuviera trabajando en una buena causa", observó Matthias.

Me encontré con sus ojos marrones helados y dije: "En cierto modo, lo está".

Un silencio aturdido viajó alrededor de la mesa antes de que Logan, con las manos apretadas en puños, se inclinara hacia adelante y exigiera: "¿Simpatizas?"

"No tengo simpatía por Remo."

"¿Pero?" preguntó Vincent. Me di cuenta de que sus ojos eran tan inexpresivos como los míos.

Zantry envió un pulso alentador a través del vínculo, pero había sentido su sorpresa antes de que él la manipulara.

"El Cuásar está bajo demasiada presión", comencé, eligiendo mis palabras de una manera que no enviaría a los cazadores corriendo a las Tierras Bajas. Tal vez era lo que Remo quería. "Si esos pequeños portales no proporcionan ningún alivio, aparecerá otra fisura, no necesariamente en las Tierras Bajas, no necesariamente expulsando sólo a tres seres más"

"¡Estás mintiendo!" Cora espetó. "Esto es obviamente una estrategia, para que dejemos en paz al señor Drammen."

¿Ese era su plan?

Bajé las manos a mi regazo y las cerré en puños. No quería responder a sus preguntas. Por el contrario, mi voz interior me instaba a mentir, mentir, mentir, sometida por la compulsión de obedecer la última orden de Remo y decir la verdad.

Zantry cerró su cálida mano sobre la mía apretada. Aflojé el puño y entrelacé los dedos, la cálida emoción me dio la fuerza que necesitaba para seguir adelante.

"No me importa si me crees, Sra. Bruckner," dije con calma,

incapaz de llamarla otra cosa. Ella no era nada más para mí, no importa el linaje. "Sólo estoy respondiendo a sus preguntas."

"¿Qué opina, señor Akinzo?" Matthias preguntó.

Zantry se encogió de hombros. "Creo en Roxanne, si eso es lo que estás preguntando." No hubo ni una duda, sólo una fuerte convicción en su voz.

"¿Es esa la razón por la que el señor Drammen te envió al lado de la Tierra?" Logan preguntó. "¿Para divulgar el secreto del portal que nadie ha podido encontrar en cinco siglos? ¿Qué está buscando?"

"A largo plazo, busca la dominación de todos los mundos y dimensiones. El Cuásar le ha dado la excusa perfecta. Y mi propósito lado de la Tierra es reclutar sujetos para él." En el silencio que siguió a mis palabras, continué, mi deseo de obedecer la orden de Remo y hacerles creer estaba ganando la batalla. "Estoy aquí hoy porque a pesar de todo lo demás, sigo siendo miembro de los Cazadores y pensé que lo primero que debía hacer era informar al jefe del gremio, que pidió esta reunión". Tomé un sorbo del café refrescante y encontré los ojos de todos, permaneciendo más tiempo en los de Logan, Helena, Matthias y Cora. "No los invité a esta reunión, ciertamente no tengo obligación de divulgarles ninguna información. Pero confío en el juicio de Roland y si te quiere aquí, es su decisión".

"No detecto ninguna mentira", entonó Helena. "Hasta ahora, todo lo que ha dicho suena cierto."

Nadie dijo nada. Seguí explicando cómo una vez que Remo estaba fuera, me sentaba a ver la grieta y ver si me había dicho la verdad. Y por supuesto, unos días más tarde la grieta comenzó a activarse por sí sola. Quería dejarla desatendida, dejar que el ser pasara sin ninguna runa para atraparlo, después de todo, la tierra ya estaba muerta. Pero al final no me atreví a arriesgarme. Casi no lo había logrado a tiempo.

"¿Es ese tu trabajo en su guarida?" Logan preguntó. "¿Confía tanto en ti que deja el portal a tu cuidado?"

Levanté las cejas. "Soy su familiar. ¿Crees que me mantiene allí para tomar mensajes y prepararle té? "

"Así que Remo Drammen puede abrir portales a voluntad", reflexionó Roland, tocando su dedo índice encima de la mesa.

"No, no creo que pueda, pero creo que eso es lo que quería que creyera", le dije, un temblor incómodo rodando dentro de mi estómago.

"¿Qué te hizo pensar eso?" Vincent preguntó.

"No fue una sola cosa sola", comencé, con el estómago anudado de aprehensión. "Sé que el portal principal es permanente, y no puede usarlo. Es–"

"¿Qué quieres decir con que no puede usarlo?" Logan exigió. "¿Ya está congelado?"

Fruncí el ceño. "No creo que esté congelado. Pero entendí que no quería meterse directamente con él. Podría ser porque no está activo, podría ser porque es demasiado fuerte. O podría ser otra cosa. No lo sé. " Tomé un sorbo de café. "Pero sé que Remo necesita el portal para poder abrir la grieta temporal. Y que no puede traer nada a través de la original."

"Pero lo hace a través de la grieta", aclaró Helena.

"Sí." Agité una mano cuando ella silbó. "Eso no es lo que estoy diciendo. El portal permanente puede o no estar activo, pero–" Mi estómago se revolvió violentamente y tragué una vez antes de continuar. "Lo necesita para activar las grietas. Es una conexión que se puede ver en el éter en los primeros días como un cable de energía". Le expliqué la forma en que se alejaba como un cordón umbilical, cada vez más débil mientras más lejos de la grieta, siempre conduciendo hacia ese espacio desconocido en la guarida en donde aún no había encontrado una entrada. Era una persecución loca para ver si podía encontrar adónde llevaba el cable antes de que desapareciera por completo.

"¿Sabes cómo abre esas grietas temporales?" Diggy preguntó.

"No, no se me permite ver el ritual. Sé que Remo–" Me sacudí cuando un pico de dolor me atravesó la cabeza y me tragué la bilis que saltó a mi garganta.

"Oye." Zantry se desplazó, trajo su pulgar a mi frente, exactamente donde había estado esa lanza de dolor. Su toque trató de calmar el dolor, sin embargo, fue incapaz de alcanzar ese dolor palpitante. Esto no fue una herida física. Había preocupación en sus ojos, junto con mucha confusión. Con cuidado, cerré el vínculo entre nosotros, inhalado ante la sensación de la nada, de perder una parte vital de mi ser.

"Roxanne", protestó.

"¿Qué pasa?" Logan preguntó, sus ojos cambiando entre Zantry y yo, y me di cuenta de que no era la primera vez que preguntaba.

"¿Estás bien? ¿Necesitas algo de tiempo?" Roland preguntó.

"Sí", dijo Zantry al mismo tiempo que yo dije: "No, estoy bien".

A mi lado, Zantry bajó su mano, su mandíbula se apretó, y me prometí que le recompensaría esto de alguna manera. Entrelacé mis dedos sobre la mesa, empujando el café hacia un lado. Mi estómago estaba demasiado revuelto para otro sorbo. "¿Dónde estábamos? Sí, Remo, se debilita cuando-" me estremecí con otra punzada de dolor, seguido de un violento revoloteo en el estómago.

"Es más débil cuando abre una nueva grieta", adivinó Diggy.

Asentí con la cabeza, sintiendo que mi cabeza estaba a punto de rodar fuera de mi cuello.

"¿Cuánto tiempo puede mantener la grieta temporal?" Preguntó Helena.

Inhalé, exhalé, inhalé de nuevo. Mi estómago se asentó un poco. "Depende. A veces un mes, a veces dos. Creo que realmente depende de la duración de la activación de la grieta cada vez".

Mi cabeza empezó a palpitar, un rítmico ching ching ching que me hizo querer entrecerrar los ojos y apretar los dientes.

"Roxanne", advirtió Zantry, "tienes dolor de cabeza". Se volteó hacia Roland. "Vamos a tomar un descanso."

Agité la mano. "Estoy bien. Yo puedo hacer esto."

"¿Estás segura?" Roland preguntó de nuevo.

"Es sólo un dolor de cabeza." Y una compulsión que empeoraría si me detenía ahora.

"Así que", dijo Cora, "cuando Remo abre un portal, se debilita. ¿Y cuando la grieta se activa, se debilita en fuerza? Como una batería."

Asentí una vez, escondí un guiño. Debajo de la mesa, las manos de Zantry se volvieron puños.

Vincent se inclinó hacia adelante, con los ojos negros afilados, intensos. "¿Esto significa que esas grietas, esos portales temporales, se activan usando la propia energía de Remo?"

"La estructura de la grieta nace de la energía de Remo, sí, pero la grieta toma energía de..." Me detuve e inhalé, tratando de calmar mi estómago agitado. "Para activarla, Remo usa la energía de-" Me salí a tropezones de mi silla y corrí hacia el cubo de basura en la esquina. Apenas me había posicionado antes de que mi tortilla volviera a salir, con aspecto desagradable y un olor amargo y ácido. Vomité una y otra vez, derramando mi alma con cualquier comida que había en mi estómago.

Zantry se agachó a mi lado, tomó mi cabello hacia atrás y me colocó un paño fresco en la frente. Agité la mano para que se fuera, sin querer disgustarlo, y fui atrapada en otro vomito, pero no se movió, testarudo como una mula.

"Déjame", dijo Helena, y otro paño reemplazó al que Zantry sostenía, este más frío, oliendo a pinos y hojas perennes.

Cuando lo peor había terminado, me incliné hacia atrás y tomé el paño de Helena, me limpié la boca y enterré mi cara en el, el olor de pino y hojas perennes refrescantes. Algún tipo de primavera o tierra elemental, entonces.

"¿Estás bien?" Zantry todavía estaba agachado a mi lado. "¿Quieres ir a casa?"

Me sacudí la cabeza y lo miré. La preocupación irradiaba de él en ondas, así que tomé su mano y la apreté, el calor de la energía como una caricia. "Necesito hacer esto primero." Me levanté y me volteé hacia Roland. "¿Puedo usar tu baño?" No quería ir al gimnasio para lavarme. Roland asintió con la cabeza y salí a su oficina, a la puerta lateral que conducía a su baño privado. Cerré la puerta detrás de mí, abrí el grifo de agua fría y me salpiqué la cara y los brazos antes de apoyarme en el lavamanos y mirarme al espejo. ¿Qué haces, Roxanne? Le pregunté a mi pálido reflejo. Vete a casa, me dijo mi voz interior.

Otro pico de dolor hizo que la habitación se oscureciera y empujé la idea de volver a casa. La decisión aún no era mía. Alguien llamó a la puerta, tres golpes tranquilos hechos con un nudillo. Esperaba encontrar a Zantry en el otro lado, pero en su lugar, Valerie estaba allí, ofreciéndome una botella de enjuague bucal de tamaño de viaje.

Incliné la cabeza hacia un lado, tratando de entender su repentina amabilidad. "¿Por qué?"

Ella se encogió de hombros casualmente. Quería rechazar y cerrarle la puerta en la cara, pero al final era demasiado miserable para decir que no al enjuague bucal de menta.

CAPÍTULO CATORCE

Cuando salí, encontré a Matthias esperándome cerca del baño. Apuntó la barbilla hacia el vestíbulo y dijo: "Necesito hablar contigo".

Dudé, preguntándome qué podría tener que decirme, miré hacia la sala de conferencias.

"Después de ti", le dije. Si quisiera lastimarme, lo haría cuando estuviera sola, no cuando los cazadores y Zantry estuvieran en la habitación de al lado.

Matthias metió la cabeza dentro de la oficina de Vincent, me dio una señal para entrar y se puso detrás de mí. Me volteé hacia él, lo encontré bloqueando la puerta. Su postura no era amenazante, sus manos metidas dentro de sus bolsillos de mezclilla. Si no fuera por el peligroso destello en sus ojos y la amenaza que emanaba de él en olas, podría haber evitado que mi corazón palpitara como el tambor de la muerte.

"Hay algo que necesito preguntarte", comenzó Matthias, y tal vez porque podía sentir mi malestar, se inclinó hacia atrás contra el marco de la puerta.

"¿Sí?" Dije cuando el silencio se extendió demasiado tiempo.

"Verás, algo aquí no tiene sentido." Agitó una mano para indicarme. "Conozco a Remo, y sé cuánto cuida sus secretos. ¿Así que tú estás aquí, hablando libremente sobre el portal y todas esas tonterías? " Negó con la cabeza. "No tiene sentido."

"No puedo ayudarte allí. Estoy diciendo la verdad."

Matthias asintió. "Creo que sí estás diciendo la verdad. Pero no estás diciendo toda la verdad, lo que significa que esta versión abreviada es más peligrosa que una mentira".

"No sé lo que quieres que diga."

"No juegues a ser estúpida, señorita Fosch. Sé que no te convertiste en familiar de Remo Drammen porque los cazadores te lo pidieron. Tus acciones de ese día fueron las acciones de una persona desesperada tratando de salvar una situación horrible que fue de mal en peor. Así que estar aquí hoy ayudando a su causa no tiene ningún sentido. ¿Por qué haces esto?"

"¿Hacer qué? Simplemente estoy respondiendo a las preguntas que me hacen".

"Si este es uno de los planes elaborados de Remo y no puedes hablar de ello, vete ahora. Entenderemos lo que eso significa sin que necesites decir una palabra".

Dejé ir el glamour de mi aura. "No sé lo que quieres que diga, señor Bruckner."

Sus ojos parpadearon, traicionando una emoción que no pude leer.

"¿Por qué estás aquí?", Insistió, ese brillo en sus ojos se intensificó.

"¿Aquí, en la tierra, o aquí en esta reunión?"

"Ambos."

"Estoy aquí, del lado de la Tierra para reunir sujetos para

Remo. Estoy aquí en esta reunión porque eso es lo que mi superior me dijo después de que le informé anoche".

Matthias inclinó la cabeza, sus ojos astutos. "¿Eso es todo? ¿no tienes otro motivo oculto para haber llegado en este momento?"

"¿En este momento?" Repetí, confundida. "Tus palabras hacen que suene como si hubiera algo pasando en este momento en particular."

Matthias me estudió unos segundos más. "Dejemos de retrasar la reunión por más tiempo." Se enderezó y se movió a un lado. "Alguien está obligado a preguntarse a dónde desaparecimos."

Dudé, decidí que no quería saberlo y lo pasé por delante, llamando de nuevo la carga de mi aura. El hecho de que no me detuvo ni dijo nada más tenía mi piel de gallina, y sentí sus ojos en mí todo el camino de vuelta a la oficina de Roland. Matthias no siguió.

Pasé por Valerie detrás de su escritorio, centrada en la pantalla de su computadora portátil mientras escribía. Pero sabía que ella era consciente de mi presencia, de la de Matthias de pie junto a la puerta de la oficina de Vincent, probablemente también escuchó nuestra conversación. Su aura puede ser azul, pero sabía que había más sobe ella, incluso si no se mostraba.

De vuelta en la sala de conferencias, encontré a todos sentados menos Zantry, que estaba junto a la ventana ahora abierta. Alguien había quitado el cubo de basura y rociado una dosis saludable de un poco de refrescador de aire dulce y pegajoso.

La conversación se detuvo cuando entré, e ignoré las miradas especulativas que me apuntaban. Abrí el vínculo y empujé a Zantry, pero en lugar de empujar de vuelta, su mandíbula se apretó. Fui hacia a él y le toqué el brazo con una mano. "Lo siento. Necesito hacer esto".

"No tienes que hacerlo. Soy un hombre razonable, Roxanne. Respetaré tus límites, las decisiones que tomes".

"Lo sé. No es eso", corregí. "Mira, ¿podemos hablar de esto más tarde?"

Me miró, con los ojos casi inexpresivos, luego miró al grupo antes de suspirar. "Muy bien."

Me vertí una taza de café caliente antes de reanudar en mi asiento, bebí un par de veces en silencio.

"Lamento decir esto", dijo Helena, "pero me alegra saber que te enfermas violentamente si tocas un tema del que no puedes hablar".

"Creo que es seguro suponer que la energía utilizada para alimentar los portales temporales proviene de una fuente externa", dijo Roland.

Sí, la tierra de Sidhe.

Cuando no respondí, Roland dirigió la pregunta a Cora y Zantry, y comenzaron a especular sobre de dónde remo podría estar sacando la energía, y si era posible cortarla. De vez en cuando una nueva pregunta se dirigía a mí, pero mi respuesta sería un cerrar de ojos o un ligero movimiento de mi cabeza.

"Cuéntanos sobre los seres que trae a través de la grieta."

Y así lo hice, todo lo que pude a través del dolor de cabeza y las náuseas, evitando lo peor para no vomitar o desmayarme.

Cómo tenía que haber un equilibrio adecuado entre el recipiente y la esfera, y cuando el equilibrio estaba fuera dc proporción, los pesos podían inclinarse de cualquier manera. Demasiado poco y la nave podría luchar contra la esfera hasta el punto de la locura, demasiado y la esfera podría obligar a la nave a retirarse en sí mismo. Cuando esto último sucedía, el resultado era una criatura zombi cuyo instinto era encontrar cualquier cosa con pulso para alimentarse de su energía.

"La gente con la que peleamos en la gran caverna", había dicho Diggy.

"Sí." Proseguí, las palabras brotaron de mí, "Pero cuando hay una proporción equilibrada entre el vaso y la esfera, la esfera se asimila bien, observando e imitando todo el estilo de vida y la personalidad de ese recipiente mientras amplifica el poder del recipiente, duplicando su fuerza. Esa es una de las razones por las que muchos agentes de Remo son voluntarios". Le señalé una mano a Logan cuando abrió la boca para hablar. "Una vez que la esfera se ha asimilado, o aprendido todo lo que hay que aprender sobre ese recipiente, insta a esa persona a tomar riesgos que de otra manera no tomaría. La gente describiría a esta persona como agresiva, imprudente y competitiva, y a menudo termina en un accidente fatal. Entonces, y sólo entonces la esfera puede hacer la transición y tomar el control total de ese recipiente.

"¿Y dónde están esos recipientes ahora?"

"Depende. Algunos se mantienen en la guarida como la primera línea de defensa, otros en bolsillos dimensionales, otros aquí en la Tierra, esperando una señal de Remo."

"¿Una señal para lanzar un ataque?" Vincent preguntó.

"Cualquier señal."

"Dios mío. Literalmente pueden estar en cualquier lugar y no lo sabríamos", susurró Helena.

"Y estás aquí, del lado de la Tierra para reunir más recipientes para Remo", dijo Cora, con los ojos fríos.

"Sí, lo estoy."

"Pero si Remo ha estado haciendo esto por un tiempo, esto significa que tiene otras personas para hacer su trabajo sucio." Diggy añadió antes de que Cora pudiera espetar algo más.

"Las tiene."

"¿Sabes quiénes son?"

"Sólo me han presentado a dos."

"¿Y los otros?"

"Vienen y van."

"¿Puedes identificarlos si te muestro fotos de nuestra base de datos?" Vincent preguntó. "Si atrapamos a uno, tal vez podamos conectar con los demás".

"Si tienes a la gente adecuada, tal vez."

"Y los dos que conociste. ¿Quiénes son?" Logan preguntó.

Mi estómago se revolvió en advertencia, pero no lo suficiente para hacerme vomitar. O tal vez fue porque no quedaba nada en él. "Hay un hombro algo que conocí hace unos meses-me pareció estadounidense, cabello rubio, ojos azules, de unos seis pies dos, se llama Jack, aunque no estoy segura si ese es su verdadero nombre."

Logan resopló. "¿Sabes cuántos hombres algo hay por ahí que tienen esa descripción?"

"Es más de lo que tenías antes", dijo Zantry suavemente, claramente al final de su paciencia.

Logan mostró los dientes, pero Roland cortó su siguiente comentario con una mano levantada. "¿Y el otro?"

Miré a Vincent, sabiendo lo que iba a decir a continuación los enviaría a todos a la locura, tratando de encajar todas las piezas del rompecabezas juntas, los que ya tenían y los que faltaban. Si fueran inteligentes, conectarían muchos puntos con sólo este nombre: "El otro agente, y la mejor teniente de Remo es Angelina Hawthorn".

Un silencio cargado pasó por la habitación, roto cuando Roland preguntó con voz tranquila: "¿Cuántos recipientes necesitas?"

Logan se alejó de la mesa y se puso de pie, con los ojos incrédulos. "¿Qué estás diciendo, Mackenzie? ¿Estás aprobando el hecho de que ella está aquí para condenar a gente para el señor Drammen? "

Roland le dio a Logan una mirada fresca y señaló a la silla. "Siéntate, señor Graham, o te pediré que te vayas."

Se sentó, con los ojos agitados con todas las cosas que quería decir.

Roland se volteó hacia mí y esperó.

"Quiere al menos doce", le contesté. "Tengo tres semanas."

"Estoy de acuerdo con el señor Graham, señor Mackenzie", dijo Cora, su voz fría y finita. "El Enclave no tolerará esta acción."

Roland la estudió durante un largo momento, con los ojos directos y confiados. "Muy bien, Sra. Bruckner. ¿Qué sugieres?"

"¿Nos negamos a tolerar este acto?" Ella preguntó, tono desdeñoso.

Roland se volteó hacia mí. "¿Tengo razón al asumir que el mandato de Drammen es obligatorio?"

"Sí."

Asintió, se volteó hacia Cora. "¿Cómo evitarás que Roxanne lleve a cabo su orden? ¿Vas a matar a tu propia sobrina para que no pueda cumplir con el mandato de su amo?" Levantó un dedo para cortar la respuesta lista de Cora y agregó: "Y no olvides que esto sólo sería un pequeño inconveniente para Remo hasta que envíe a alguien más para cumplir con su papel. Y oh, el hecho de que tiene otros agentes para llevar a cabo esta misma orden."

Cora apretó los dientes y no dijo nada. Nadie más tampoco.

"La forma en que veo esto, Sra. Bruckner, tenemos dos opciones, podemos tomar el control de la situación y ver acerca de estos recipientes, o podemos dejar que Roxanne lleve a cabo la orden de Remo al azar."

Entrelacé los dedos y no dije nada. Remo no quería que reclutara a alguien con quien interactué, no quería que los cazadores se dieran cuenta de las personas que marqué. Pero fue bueno saber que los cazadores me apoyaban. Y que el Enclave no.

CAPÍTULO QUINCE

ZANTRY Y YO SUBIMOS JUNTOS A LA ACERA.

"Eso no fue tan malo como esperaba", comenté, levantando la cabeza y disfrutando del sol en mi cara, contenta e inmensamente aliviada de que la reunión había terminado. Por ahora. Todavía era primavera, pero hacía calor, del tipo que te hacía pegajoso y alegre, pero me deleitaba, aun así. El aire caliente a nuestro alrededor era apestoso, vaporoso, lleno del olor de las personas y los vehículos y la basura, todo enrollado en uno.

Miré de lado a Zantry, sus ojos se centraron en la distancia, con las manos metidas en los bolsillos, hebras de cabello suelto alrededor de su cara.

"Siento haberte bloqueado."

La mandíbula de Zantry se apretó, y no me miró cuando dijo "No soy estúpido, Roxanne, sé que me bloqueas porque tienes dolor. Sé que hay poco que puedo hacer para aliviarlo. Y me molesta como no tienes idea cuando lo haces pensando que no puedo manejarlo". Me miró, sus ojos azules vívidos oscuros de frustración y emoción.

"Dios, no. Eso no es lo que pasa", le dije, dando un paso

hacia él. "Sé que puedes manejarlo. Es sólo que no quiero preocuparte, que sepas lo malo que es y saber que no hay nada que puedas hacer para ayudar".

"¿Y crees que no saber lo malo que es significa que me preocuparé menos? ¿Crees que no es peor esperar a que fluya el vínculo, sabiendo que puede que nunca vuelva a suceder?"

Mi estómago se torció de nervios y no tuvo nada que ver con Remo. "Zantry, no sé qué decir. Siento que te preocupes, siento haberlo empeorado. No era mi intención. No pensé... Sólo trataba de ahorrarte el saber que no puedes ayudar".

Zantry exhaló parte de su frustración y se volteó para enfrentarme. "Prométeme que no lo volverás a hacer, no importa en qué situación estés. Prométeme", agregó cuando dudé.

Miré hacia el tráfico, sin ver nada, además todas las veces que estuve a punto de morir. "No puedo prometer eso, Zantry." Cuando su expresión se cerró, le pregunté: "¿Qué harías si supieras que me estoy muriendo ahí fuera, en un lugar al que no puedes llegar?".

Como si fuera posible, sus ojos se oscurecieron aún más. "Sabré cuándo llegue ese momento. Prométeme, Roxanne."

"¡Roxanne!"

Ambos nos dirigimos al edificio de los Cazadores. Tony, otro miembro de los cazadores saludó y corrió hacia nosotros. No pude evitar sentir alivio, seguido de una saludable dosis de culpa.

"Tony. Oye." Le di unas palmaditas en la espalda cuando me abrazó.

Había sido amigable cuando yo estaba en entrenamiento, pero nunca habíamos sido amigas.

"¿Cómo has estado? Ha pasado un tiempo desde que te vi en el gimnasio". Le dio a Zantry una mirada lateral y, lo juro por Dios, agitó las pestañas. "Soy Antonia López", dijo, extendiendo una mano.

"Zantry Akinzo", respondió, besando los nudillos de su mano. "Es un placer conocerte, Antonia."

Tony se sonrojó y sonrió de par en par. "El placer es todo mío, señor Akinzo."

Volteé los ojos y miré hacia otro lado.

"Por favor, llámame Zantry. Cualquier amiga de Roxanne es amiga mía."

Tony me dio una mirada lateral, con los ojos avellanos centelleando. "Deberías llevarlo al gimnasio en algún momento de esta semana. ¿Vienes a entrenar esta semana?"

"No. No lo creo."

Ella hizo pucheros. "Tal vez podríamos almorzar entonces. Trae a tu amigo", le dio a Zantry lo que sólo se podría llamar una sonrisa sensual, y el tonto volvió a sonreír.

Me tragué el impulso de espetarle a ambos y dije con calma: "No creo que pueda". Y me sentí avergonzada cuando vi la genuina decepción en sus ojos. "Tal vez en otro momento", añadí, reacia, pero fue un gran consentimiento de mi parte.

"Claro", coincidió. "¿Te veré por ahí o sigues de baja?"

"Tal vez. Todavía no estoy segura de cómo Roland quiere hacer las cosas".

Ella asintió, miró hacia Zantry y le dio esa sonrisa sensual antes de irrumpir de nuevo en el edificio, sus caderas se balancean de izquierda a derecha de una manera exagerada. Me preguntaba si la gente realmente se enamoraba de eso. Teniendo en cuenta las miradas que estaba recibiendo de los transeúntes, supongo que sí.

Me di la vuelta y empecé a hacer mi camino hacia Lexington. Después de un segundo, Zantry me alcanzó. "¿Por qué no mordiste el cebo? Definitivamente te estaba pidiendo una cita". Le di una mirada de lado.

"¿Lo estaba?", Preguntó, desatando su cabello y recogiendo todas las hebras sueltas antes de atar de nuevo. "No me di cuenta."

Resoplé y él tuvo una sonrisa débil. "Entonces, ¿adónde quieres ir?"

"A casa. Me muero de hambre. ¿Cuáles son mis probabilidades de ganar otro omelet?"

"Te haré otro más tarde. Por ahora, vamos a otro lugar." Con una mano en el codo, nos redireccionó a la calle. "Conozco un lugar." Pidió un taxi, y después de unos pasos, uno se detuvo.

Me llevó a uno de esos restaurantes de lujo en The Village donde tenías que reservar una mesa con días, si no con semanas de antelación, lo que hizo en el taxi en nuestro camino. El anfitrión, un hombre corpulento con un bigote grueso y piel el color del chocolate negro le dio a Zantry una gran sonrisa y una palmada bestial en la espalda. Zantry le dio en la espalda igual de fuerte, su sonrisa igual de grande. "Abayomi. Es bueno verte de nuevo."

"No tan bueno que viniste a saludar el momento en que regresaste. Pero el viejo Aba pensó que vendrías cuando tuvieras hambre, y sabes que Aba es un hombre paciente".

"Sí que lo eres. Me disculpo por no venir a saludarte antes, tenía cosas en mi mente"

Abayomi agitó la mano. "Eso escuché. ¿Espero que se haya dejado atrás?"

"En su mayor parte, sí."

Abayomi puso sus ojos leonados en mí y dio una pequeña inclinación. "Señorita Fosch, me siento honrado de ser su conocido, por fin."

Estreché la mano ofrecida y le di a Zantry una mirada de lado.

"Te pareces mucho a tu difunto padre. Te habría reconocido desde el otro lado de la calle."

Sonreí cortésmente, sin saber si reconocerme era algo bueno o malo. Aparentemente, Abayomi era bueno leyendo a la gente porque se inclinó un poco más y dijo: "Tu padre era un buen amigo. Una leal y honorable. Yo no estaba allí para él cuando murió, pero si alguna vez necesitas un favor, vienes a Aba aquí." Se apuntó un pulgar hacia el pecho.

Antes de que pudiera decir nada, Zantry dijo: "Gracias por aceptarnos sin previo aviso, Abayomi. Me disculpo por las molestias."

El tipo alto se enderezó y agitó una mano firme, "Sabes que limpiaría todo el restaurante para ti. Tengo tu mesa favorita arreglada para dos como me pediste. Sígueme." Se volteó y lo seguimos hacia atrás, pasando un lugar lleno. Me di cuenta de que casi todo el mundo estaba vestido formalmente, con trajes de negocios y vestidos de cóctel, y conscientemente me limpié las manos en mis jeans. Mi único consuelo fue que Zantry estaba vestido tan casual como yo. Y que nos llevaron a la parte de atrás, donde algunas mesas recibieron cierta apariencia de privacidad por los divisores de ambiente a cada lado.

Abayomi sacó una silla acolchada de respaldo alto para mí, me entregó un menú de cuero, otro a Zantry y con otra reverencia, nos informó que un camarero nos asistiría pronto.

En el momento en que se fue levanté las cejas. "¿Un hombre león? ¿Trabajando en un restaurante de lujo? ¿Está buscando su próxima comida?"

Zantry se rio y abrió su menú. "Abayomi es el dueño. Empezó como camarero, se hizo llegar a la cocina, y a finales de los años sesenta compró el restaurante. A veces trabaja en el bar, otras veces en la cocina, pero sobre todo le gusta saludar a los clientes".

Miré en la dirección de la entrada, cubierta por un divisor, le oí saludar a más invitados con el mismo entusiasmo que nos había recibido.

"Entonces, ¿qué es bueno?" Pregunté, leyendo el menú y no reconocer la mayoría de los nombres. ¿Qué diablos era un Kamba Wa Nazi?

"Hay una traducción debajo de cada título."

"Vi eso", mentí, leyendo los subtítulos en lugar de los títulos. Mi ceño fruncido no disminuyó.

"Es un menú africano mixto", explicó, "el mejor de los mejores de África. Casi todo está garantizado para hacerte cruzar los ojos y gemir de placer, pero quiero probar los camarones con aguacate asado y salsa. Si quieres algo que de seguro te va a gustar, pide la berenjena parmesana."

Un camarero llegó con vino y Zantry le señaló para que se lo llevara. "Ella va a tomar jugo de naranja fresco. Agua carbonatada para mí." El camarero se inclinó y se fue.

"¿Me conoces tan bien, ¿no?" Pregunté, cerrando mi menú e inclinándome para estudiarlo.

"No. Pero lo que aprendo, lo memorizo en el corazón". Cerró su menú también y lo dejó a un lado, luego se apoyó en su asiento y se encontró con mis ojos.

Mi corazón se apretó una vez, haciéndome saber cuánto lo había extrañado. Era tan guapo. Y ni siquiera lo intentaba, vestido con jeans desgastados y una camiseta sencilla de cuello en V azul oscuro, el pelo atado hacia atrás en una cola de caballo.

Me dio una de sus sonrisas presumidas y sensuales, y sabía que había captado mis pensamientos, de la misma manera que siempre lo hizo. Esta vez, sin embargo, no me exploté de vergüenza. "¿No puedes bajar un poco el tono?" Pregunté, y su sonrisa se amplió.

"Lo digo en serio. Una barba, a–a-a ..." Fruncí el ceño, tratando de pensar en algo.

"Nada de lo que haga disminuirá mi buena apariencia, cariño."

"Tan engreído", murmuré bajo mi aliento y tomé el menú de nuevo, sólo para bloquearlo de la vista. Su risa, por supuesto, pasó por completo.

Suspiré, renuncié, dejé el menú. Me puse triste cuando el humor se desvaneció de sus ojos, agradecida cuando tomó mi mano en la suya. La cálida estática de su toque me dio un sentido de pertenencia.

"No lo prometiste."

"No puedo, Zantry. Hay cosas, cosas que hago que te harán pensar que estoy herida". Que me estoy muriendo.

"¿Pero no lo estás?"

"La mayoría de las veces, no. No físicamente. Pero duele, y me debilita"

Sus ojos se oscurecieron de determinación, pero en lugar de pedirme que le prometiera de nuevo, dijo: "¿Puedes hablar de ello? Tal vez pueda ayudar con algo".

El camarero llegó antes de que pudiera responder, colocó el jugo de naranja y el agua carbonatada delante de nosotros, y dejé que Zantry le diera nuestra orden.

Miré hacia abajo a la mesa, pasé mi dedo sobre el lino suave. Había una fuente gorgoteando fuera de la ventana, rodeada por un jardín de rosas. Sabía que, no importaba lo que le dijera, no me juzgaría ni me condenaría, sabiendo que lo que hiciera bajo la orden de Remo, no había tenido otra opción ni dicho en el asunto.

Pero no necesitaba juzgarme ni culparme.

Me culpé a mí misma, no por hacer todo lo que hice, sino por cumplir, por aceptarlo todo sin pelear.

La mano de Zantry cubrió la mía inquieta, la energía estática tan reconfortante como la tranquilidad en sus ojos. "Sabes que puede confiar en mí, Roxanne."

"Lo sé. Lo sé". Repetí, exhalando. Pero había cosas que había hecho, cosas en las que yo misma prefería no pensar.

Cosas que me avergonzaban. La expresión desesperada de Dathana volvió a mi mente. Tragué con fuerza, y Zantry malinterpretó mi vacilación.

"Salta las partes donde te enfermas. No quiero saber de los planes de Remo para la dominación mundial y cómo lo está haciendo. Todo lo que me importa eres tú, tu bienestar."

Mi corazón dio un golpe cálido con sus palabras, y miré lejos de la intensidad aguda de sus ojos. "No dije toda la verdad en la reunión de hoy", comencé en voz baja. "Lo primero que Remo me obligó a hacer, fue cambiar a mi Dratcha."

Zantry se inclinó hacia atrás, una mirada contemplativa a su alrededor. "Asumiré que cuando digas que cambias a tu Dratcha, te refieres a todo el paquete."

"Sí, con las alas."

Una sonrisa lenta se formó en los labios de Zantry, creciendo hasta que sonrió como un lunático.

"No veo lo que es gracioso", murmuró.

Se rio, y luego se rio en voz alta. "Dios mío, si sólo el clan lo supiera."

"No creo que aprecien el chiste tanto como tú", dije y como un interruptor, la alegría de Zantry murió. "No, no lo harían. Harían todo lo que estuviera en su poder para remediar el hecho de que Remo tiene uno de los suyos, incluyendo cazarte".

Mostré los dientes con una sonrisa salvaje. "Se sorprenderán."

"Apuesto a que lo harán", dijo Zantry, su expresión diciendo que no estaría de pie a un lado y solo mirando.

"Vamos, ¿qué más?"

Le dije, pero dejé poco fuera. Sobre los guivernos, sobre Dathana, cómo había llevado a su madre a Remo y había dejado a la niña sola en la naturaleza, cómo no había tenido más remedio que venir conmigo a continuación para sobrevivir.

Cómo obedecí a Remo, cumplí con todos sus deseos, cómo maté por él, mutilé por él, traicioné a otros por él.

Nuestra comida vino y se fue antes de haber cubierto la mitad. Abayomi también vino a vernos, notó el aire cargado y se fue. Pedimos postre también, soufflé de chocolate, incluso tuve la mitad de Zantry, y nos quedamos tomando el café.

Para cuando terminé de hablar, habían pasado horas.

Dejamos el restaurante prometiendo a Abayomi que volveríamos de nuevo. Afuera, la temperatura había bajado, la suave brisa se sentía fría en mi piel.

Zantry metió las manos en los bolsillos. "Tengo algunas cosas que quiero hacer. ¿Nos vemos en tu apartamento más tarde? "

"Claro. Quiero ir a visitar a Vicky y dejarle saber que he vuelto". Un empujón de Frizz me hizo sonreír y añadir: "Y Frizz está ansioso por ir".

Asintió, y estudié su expresión tranquila, traté de sentir su estado de ánimo a través de nuestro vínculo, le toqué el brazo con una mano. "Estoy bien, Zantry." Le aseguré, incapaz de entender su emoción. Pero me di cuenta, aunque no fuera evidente, que lo había sacudido con toda la mierda que acababa de contarle

Metió un mechón de cabello suelto detrás de mi oreja, se quedó con la mano sobre mi mejilla. Pero no dijo nada. En vez de eso, me dio un beso en los labios, se volteó y pidió un taxi por mí. Todo el camino hasta la casa de Vicky, me pregunté si hice lo correcto diciéndole a Zantry todo lo que hice. No es que no confiara en él, sino porque no estaba segura de qué tontería haría a continuación en nombre de salvarme de Remo, porque tenía una corazonada que era exactamente lo que había estado tratando de averiguar, ahora más que nunca.

CAPÍTULO DIECISÉIS

VICKY VIVÍA EN CHELSEA, EN UN LINDO APARTAMENTO DE piedra rojiza que había heredado cuando su tía decidió empacar e irse a vivir al sur de Francia. Su tía había heredado el apartamento de tres habitaciones cuando sus abuelos murieron. Cuando tenía siete años, los padres de Vicky murieron en un accidente automovilístico. Su tía, su representante entonces, había alquilado el apartamento y fue a Sacramento para criar a Vicky en un ambiente familiar. Como un adulto mirando hacia el pasado, me preguntaba si llevarse a Vicky y darle un nuevo comienzo lejos de todos los recuerdos habría sido menos doloroso.

Toqué el timbre y me volteé para ver el tráfico de peatones mientras esperaba. Un adolescente con patines y audífonos para los oídos me dio un guiño mientras pasó zumbando. O tal vez estaba moviendo la cabeza al ritmo de lo que estaba escuchando. Al otro lado de la calle, dos niños salieron corriendo de una casa, una mujer gritando detrás de ellos pidiéndoles que redujeran la velocidad. Rodearon el árbol de la acera jugando a atraparse, sus palabras y risas ruidosas llevando toda la alegría e inocencia de su edad.

Me volteé y toqué el timbre de nuevo, revisé la hora en mi teléfono. Ya eran las seis y cuarto, lo que significaba que debería haber estado en casa hace unas dos horas. Le di al botón de llamada en mi teléfono justo cuando la puerta se abrió y fui envuelta en un abrazo firme y en el perfume francés de Vicky. Ella me trajo cerca, chillando como una *banshee* en mi oído.

"Dios mío, Ohdiosmio, estás aquí." Ella chilló de nuevo, casi reventando mi tímpano y ensordeciéndome.

Traté de alejarme del abrazo, pero ella sólo me agarró más fuertemente. Le di unas palmaditas en la espalda y me sonreí a mí misma. "Necesito respirar, Vicky."

Ella me dejó ir entonces, me miró y estalló en lágrimas. Entonces se rio como una mujer enloquecida por cualquier expresión en pánico que vio en mi cara.

"Pasa." Ella me empujó al interior fresco, todavía sonriendo a pesar de que las lágrimas bajaban libremente por sus mejillas.

"No sabía que habías vuelto", brotó de emoción, todavía tirando de mí detrás de ella. "Diggy dijo que tuviste que irte sin previo aviso y que no sabía cuándo volverías. Habría venido por ti si hubieras llamado. ¿Por qué no llamaste?"

"Quería sorprenderte."

"Lo hiciste totalmente."

Ella me llevó hasta el final de su sala de estar, una combinación de sofás suaves marrones y verdes oscuro, cojines de colores, unas alfombras y bastantes colectores de polvos decorativos.

"Eras la última persona que esperaba encontrar en mi puerta." Ella giró cuando llegó a la mitad de su sala de estar y se señaló. "Vamos, la extraño mucho."

"¿A quién?"

Ella sonrió, sus ojos azules brillando. "Vamos, ahora, déjame verla. La extrañé."

Levanté las cejas. "Pronombre incorrecto."

Ella agitó la mano. "No nos tortures", dijo, presionando su mano sobre un pequeño bulto en su vientre.

Sonreí y empujé Frizz. Apareció sin demora y saltó a los brazos extendidos de Vicky.

"Oh nene, te extrañé mucho", dijo, acariciando su cuello. Frizz exhaló satisfacción y alivio.

No tanto como él a ti.

"¿Deberías levantar peso en tu condición?" Pregunté.

"El bebé está bien. Frizz no pesa casi nada. Además, ayer tuve una cita. Escuché sus latidos de nuevo. Es fascinante saber que un milagro está creciendo dentro de mí". Sus ojos se llenaron de lágrimas, y le apunté con un dedo rígido. "No te atrevas."

Ella estalló riendo, como si la risa y las lágrimas iban de la mano todo el tiempo.

"Estás loca." Me volteé y me senté en el sofá. En la parte superior de la mesa de café había un tazón de cristal lleno de mini bolas de cristal, en diferentes tamaños y colores. Fue la única nueva adición desde la última vez que vine. Elegí una de las bolas moradas, sorprendida de lo pesada que era. La verde brillaba, y también tomé esa. Me metí la morada y la verde en el bolsillo, tomé la amarilla. Tanto color. Fui a por la roja, decidí que se parecía demasiado a la sangre y tomé la azul.

"Esto es nuevo", dije cuando noté a Vicky mirando. Tiré la bola azul hacia arriba y atrapó la luz, brilló, luego se oscureció al caer.

"Sí. Las conseguí hace un par de días. Me gusta la forma en que los colores brillan cuando el sol les da en un cierto ángulo", dijo, sentada frente a mí, Frizz todavía en su regazo.

"Dime, ¿dónde has estado las últimas tres semanas? Diggy dijo que no podía decirme tu ubicación, pero me aseguró que estabas bien."

"¿Y tomaste su palabra en serio? Eso dolió."

"¿Estaba mintiendo?", Preguntó, y sus ojos brillaron con un toque inesperado de ira.

Me detuve. "No. En realidad, no." También coloqué la bola azul y la amarilla en mi bolsillo y me encontré con sus ojos. "¿Qué más te dijo?"

"Nada. Sólo que no se te permitía usar el teléfono donde estabas, que no había ninguna recepción allí, incluso si podías llamar. Pensé que estabas de vuelta en ese planeta muerto del que me hablaste, pero tenía miedo de preguntarle". Se encogió de hombros y miró hacia otro lado. "Sabes, me dijiste que no le contara a nadie que lo sabía."

Asentí. Jugamos con las bolas dentro del tazón. Sus ojos eran astutos, y aunque podía confiar en ella tanto como en Zantry, tuve cuidado de arrastrarla más profundamente a mi mundo. Así que sólo le mostré la punta del iceberg, manteniendo fuera el hecho de que había estado allí por años o el hecho de que no estaba aquí para quedarme.

A pesar de todo lo que dije, ella todavía creía que mi vida era fascinante, y su obsesión con todas las cosas preternaturales todavía me incomodaba.

"¿Ya has visto a Logan? ¿Lo llamaste?"

"Ya te lo dije, Vicky. No hay nada entre nosotros." Le fruncí el ceño. "Y no es como si nos separamos en buenos términos la última vez."

Los labios de Vicky se extendieron en una sonrisa malvada. "Tiene todo el aspecto de chico malo, y Rox, es guapo. No deberías dejar que una discusión se interponga en el camino".

"¿Por qué querría estar con alguien que tiene todos los aspectos de chico malo?" Pregunté, perpleja. Tal vez no fue un favor al ocultar todo lo feo de mi mundo de ella.

Vicky volteó sus ojos. "Porque, tonta, ellos mantienen las cosas calientes."

Estremecí la cabeza, genuinamente desconcertada ahora. "No quiero chicos calientes, o malos." Quiero los tranquilos, los ordinarios, los amables y considerados. Los que no me fastidian. Una imagen de Zantry vino a la mente, y antes de que Vicky pudiera darme todos los beneficios de los chicos calientes y malos, le pregunté: "¿Qué hay del otro... Dave?" ¿Era eso lo que la había atraído hacia él? ¿La mala actitud de ese chico? Si es así, lo caliente tampoco había funcionado bien para ella.

"David." Como un interruptor, su sonrisa desapareció. "Todavía está por aquí."

"¿Todavía te molesta?" Tal vez debería reclutarlo para Remo, como un bono, un uno más en los doce requeridos. Por otra parte, considerando su naturaleza desagradable y obsesiva, tal vez no.

"Si te refieres a las flores, perfumes y cajas de chocolates que tiro en la basura, entonces sí."

"¿Ni siquiera intentas un bocado de delicioso chocolate?"

"Por supuesto que no", se burló, y luego sonrió pícaramente. "Sólo uno o dos de una caja. No más de tres."

Me reí. Era tan bueno estar de vuelta. "¿Qué hay con el bebé?"

"No lo sabe. Estoy pensando en mudarme, ya sabes, viendo que vive unas pocas más abajo en la calle. Se está empezando a ser obvio ahora". Ella colocó una mano sobre el pequeño bulto y sonrió. "Si me quedo, tarde o temprano verá pruebas por sí mismo. Tommy quiere que me mude cerca de su nuevo apartamento en Sacramento".

Una punzada de tristeza se movió a través de mí con la posibilidad de que Vicky se mudara, pero yo tampoco estaba aquí para quedarme. Y sería mejor, más seguro para ella, si se fuera. "Tal vez deberías", le dije.

"No viene ni llama tan a menudo como solía hacerlo. Tal vez está perdiendo interés."

"Me dirás si las cosas cambian, ¿no?" Pregunté. "Y, si no estoy por aquí, quiero que se lo digas a Diggy. ¿De acuerdo?"

Me sentí mejor después de que ella aceptó, pero la sensación de pérdida se quedó conmigo. No quería perder a mi amiga, lo único normal en mi vida. "Tal vez deberíamos ir de compras juntas..." Al parecer de su deleite asombrado en sus ojos, me alegré. "Lo haremos esta semana, ¿qué dices?"

Vicky rebotó a Frizz en su regazo un par de veces, hablando rápidamente mientras enumeraba todas las cosas que haríamos juntas en nuestro "día de chicas".

"¿Has comido?", Preguntó de repente, sorprendiéndome.

"Sí, acabo de cenar con Zantry."

Vicky me apuntó con un dedo. "¿Por qué no lo he conocido?"

Me encogí de hombros. "No estoy segura. Te llamaré y te avisaré cuando ambos estemos en casa para que puedas conocerlo".

Apaciguada, volvió a enumerar todas las cosas que quería comprar y hacer.

Dios, era tan bueno estar de vuelta.

CAPÍTULO DIECISIETE

Eran alrededor de las once de la noche cuando me puse mis pantalones y camisa Sidhe de manga larga. Había terminado la noche hace una hora, y tanto Zantry como yo nos habíamos retirado, yo a mi habitación, a Zantry para a la de invitados. No había ruido viniendo desde el dormitorio de al lado durante los últimos veinte minutos, salvo para la respiración suave de Zantry. Aun así, me moví tranquilamente a través del apartamento, en el zaguán y fuera por la puerta lateral. Escalé la pared trasera que separaba mi edificio de otro, no para evitar al guardia en la parte delantera, sino porque tomar el atajo en lugar de caminar alrededor de la cuadra significaba que volvería antes. Si todo salía según lo planeado, estaría durmiendo en mi cama en un par de horas, tres como mucho. Remo no era más que minucioso, incluso con sus notas. Tres de las cinco direcciones de esta noche eran de recipientes implantados con esferas que yo misma había traído, pero los otros dos no eran míos. Este último, pensé, flexionando mi mano cicatrizada, tenía un futuro sombrío, si es que lo tenía.

* * *

Me desperté al sonido de mi celular sonando. Fue algo tan nuevo, pero tan familiar, para un momento desorientado entre el sueño y estar dormida, mi tiempo con Remo se superpuso con el tiempo de antes, y las líneas entre la realidad y el sueño se difuminaban como si nunca hubiera existido.

Tomé el dispositivo de la mesita de noche y pasé un dedo.

"Oye", grité, aturdida. Fue tan fácil dormirse en un colchón suave, no importa cuánto ruido se filtraba desde el exterior.

"Roxanne. Siento despertarte", gritó Vincent encima de sirenas ruidosas.

Me senté, completamente despierta. "¿Qué pasa? ¿Dónde estás?"

"Centro de la ciudad. Ha habido algunos disturbios y algunas personas se quedaron atrapadas en el área de fuego". Dijo algo más que se ahogó por las sirenas. "Diggy está en camino. Estoy yendo a tratar con las autoridades y los medios de comunicación. ¿Puedes estar lista en cinco?"

"¿Qué? ¿Por qué?" Las primeras alarmas comenzaron a llevarse el resto de la neblina del sueño, pero el ruido fuerte de su lado volvió a cortar su siguiente respuesta.

"... De camino a recogerte. Prepárate", dijo por encima del bullicio y colgó.

Miré fijamente a la pantalla durante unos segundos. ¿Ya habían encontrado uno de los cuerpos? Eran las tres y media de la mañana. Había vuelto hace menos de una hora. No, esto era otra cosa. Frizz se sentó mientras estaba cerrando la chaqueta, y dudé. "¿Quieres venir? Puedes quedarte en cama si quieres."

En respuesta, Frizz se puso de pie y estiró las piernas. Bostezó, mostrando las dos filas de dientes afilados y desapareció en su dimensión.

Encontré a Zantry en la cocina, de pie junto a una jarra medio llena de café, el aroma del líquido fresco llenando el aire.

"Oye, estas despierto", le dije. "¿Por qué estás despierto?"

Me dio una taza de café y esperó a que tomara mi primer sorbo. "Escuché tu teléfono sonar. ¿Vas a salir?"

"Diggy me recogerá en ..." Hice un guiño cuando mi celular empezó a sonar. "Ahora, supongo."

Sin decir una palabra, tomó la taza de mi mano, alcanzó el interior de la alacena, tiró el contenido de la taza en una taza de viaje y me la devolvió. "Ten cuidado", fue todo lo que dijo.

Flaqueé con una respuesta, notando que no parecía que acababa de salir de la cama, con los ojos alerta, su camiseta blanca y sus pantalones sin arrugas.

"Siempre", murmuré y me apresuré a salir por la puerta.

Afuera estaba más frío que cuando había salido antes, más porque mi ropa no estaba encantada esta vez para mantenerse caliente. La gente seguía fuera de casa, el tráfico estaba un poco menos congestionado. Miré hacia arriba, más allá de los rascacielos, pasando las luces, y el cielo tenía un vacío oscuro, carente de nubes o estrellas, con un brillo iridiscente que lo hacía algo surreal.

Me subí al asiento del pasajero del SUV modesto de Diggy, cerré la puerta y me abroché el cinturón de seguridad.

"Entonces, ¿qué está pasando?" Pregunté, tomando un sorbo del café.

Diggy emergió en el tráfico, cambió de marchas antes de hablar. "Una pandilla está saltando de bar en bar y tomando peleas." No los cuerpos, entonces. Tomé otro sorbo. Diggy continuó: "Hemos sido llamados un par de veces a la escena durante los últimos días para separarlos, por lo general sin víctimas".

Pero hoy fue diferente, pensé, recordando las sirenas.

"¿Así que estás de vuelta a las peleas de bar?"

Diggy frunció el ceño.

"Por favor, no me digas que habrías estado en otro lugar si no fuera por mí", le dije, sólo medio bromeando.

Cuando no dijo nada, me volteé para verlo de frente. "Vamos, sólo llegué ayer."

Sus labios se estremecieron una vez, sus ojos brillaban con diversión. Luego se volvió serio, su expresión se volvió sombría. Frenó un semáforo en rojo, me miró y me dijo: "Esta noche tenemos un mago y tres humanos muertos, más otros seis en el hospital".

Me dio el resumen de la historia mientras conducía: Abran Casiano, un hombre halcón que perdió a su esposa y su hija en un accidente automovilístico múltiple el año pasado en la I-95, decidió librar al mundo de los conductores borrachos. Se unió a una banda humana llamada Los Escarabajos y, durante las últimas dos semanas, ha estado merodeando fuera de los bares, esperando a que la gente se vaya para pelear con alguien borracho y lo suficientemente estúpido como para montarse en el asiento del conductor.

"Le advertimos, le dimos un golpe en la muñeca y una advertencia. Vincent pensó que debía darle un poco de holgura, al ver que estaba de luto." Diggy miró a la siguiente luz amarilla, pisó el pedal del gas y cruzó justo cuando la luz se puso roja. "Nos contactamos con su líder del clan, le dijimos que Abran necesitaba un poco de terapia, probablemente un permiso de su trabajo para ir a algún lugar tranquilo donde pudiera llorar en paz".

"¿Y estoy viniendo por qué?"

Le llevó un momento para Diggy para responder. "Dos razones. Uno, Roland te quiere en el campo de trabajo. Y dos, ha habido un aumento de violencia en los últimos cinco días. Roland piensa que este repentino aumento del crimen y tu llegada aquí en este momento pueden estar conectados".

Hubo esa frase otra vez. "¿En este momento? ¿Qué pasa con eso?"

Diggy me dio una mirada antes de pasar un Honda Accord deshecho. "Hay un eclipse en camino. Una alineación con unos pocos planetas. Algunas dimensiones también se están alineando. Cuando los planetas se alinean con las dimensiones, ciertas cosas se vuelven más fáciles. Como cruzadas, rituales complejos y convocatorias, por nombrar sólo unas pocas".

"¿Y ustedes piensan que la razón por la que Remo me envió al lado de la Tierra tiene que ver con este eclipse místico?"

"¿No crees?"

Fruncí el ceño por la ventana, reconociendo que podrían tener un punto. "Si está relacionado, no estoy al tanto de todo esto." Y se quedará así hasta que sea demasiado tarde para hacer algo al respecto, mi voz interior agregó.

"¿Vamos al bar o a la casa de Abran?" Pregunté unos minutos más tarde.

"Vincent está en el bar. Vamos a la casa de uno de los pandilleros en Sugar Hill, un tipo llamado Miguel. Creemos que es allí donde la pandilla se reagrupa después de un trabajo".

"¿Qué hay de la casa de Abran?"

"Barbara y Tony ya fueron allí. Encontraron el lugar destrozado y vacío". Me entregó su celular, la pantalla que mostraba la imagen de una mandíbula cuadrada y una cabeza calva. Los ojos oscuros se veían pequeños debajo de las cejas gruesas y rectas, y los labios del tipo eran una línea severa y delgada.

"Ese Miguel, el líder de la banda", dijo Diggy. "Desliza hacia el siguiente", instruyó, y lo hice, y esta vez el perfil era de un tipo afroamericano con una cara masculina y atractiva. Ojos de color caramelo me miraban desde debajo de pestañas gruesas y negras y una sonrisa sensual y sexy. "Ese es Abran, aunque nos han dicho que creció una barba candado el año pasado."

"Es lindo", le dije y revisé las fotos de los otros miembros de la pandilla. Todos eran fotos policiales y todos parecían matones amenazantes, aunque sólo dos tenían tatuajes.

Pronto nos estacionamos un par de casas más abajo de una pequeña pero bien cuidada casa azul del tamaño de una cabaña con un porche alrededor. No había carros estacionados frente a la casa, y las luces estaban apagadas. Sin embargo, había una cualidad silenciosa en el lugar, reconocí significaba que un depredador acechaba cerca.

"No parece muy acogedor", murmuré.

Diggy frunció los labios y tocó los dedos dos veces en el volante. "Recuerda que Miguel y su pandilla son humanos. No hay escenas bestiales. Estamos aquí para llevar a Abran de vuelta a la base. Si los humanos se meten en el camino, abortamos. No nos arriesgamos a que el sospechoso exponga y diga que fue en defensa propia".

"¿En serio? ¿Así que todo lo que un preternatural tiene que hacer es involucrar a los humanos y ustedes retroceden? Eso es conveniente."

"Conseguir que los humanos se involucren es una pena de muerte."

"No puedo imaginar por qué a los criminales les importaría. ¿No matan al humano como castigo a lo preternatural?"

"No en esos casos." Diggy salió, pero no se acercó a la casa. En su lugar, se quedó junto a la puerta de la SUV abierta. Salí e imité su postura, colocando una mano sobre el marco de la puerta, la otra en el capó. Fácil y no amenazante. No podíamos ver a nadie, pero la sensación de ser observados era inquietante. Había suficiente espacio entre una cerca y la casa de al lado para dar a cada uno un poco de apariencia de privacidad, pero no lo suficiente para mantener a todos seguros en caso de que un vecino preocupado saliera a revisar una conmoción.

Tal vez involucrar a los humanos significaba la sentencia de muerte para Abran, pero el resto de la banda eran humanos y no les aplicaba esta misma regla.

No me gustó esto.

"Soy Douglas Vemourly de la NSA, división de la rama especial", llamó Diggy, su voz sólo un decibelio más fuerte de lo habitual. No estaba seguro de si alguien humano podía oírlo claramente desde esta distancia, pero si Abran estaba allí, seguro que lo haría. Busqué en las sombras más oscuras que se agrupaban cerca de la casa. "Estoy aquí para hablar con Abran Casiano. Por favor, salga, señor Casiano, sé que está aquí."

No hubo respuesta, pero allí, justo en la parte de atrás, algo se agachó detrás de la cerca, sólo una sombra más oscura que la noche. Me concentré en el lugar, tratando de penetrar la oscuridad con mis ojos, tratando de ver lo que había allí, y cuando nada más se movió, busqué en el éter. Allí, el patrón de energía disminuyó y fluyó, y tuve una sospecha que no me gustó. "Detrás de la casa a la izquierda. ¿Qué es eso en el éter?" Murmuré, mi voz tan baja que tal vez Diggy no oyó. Pero incluso si lo hizo, en el momento en que le llamé la atención, algo del tamaño de un perro pequeño se disparó en el aire, perturbando los patrones de energía anteriores y esparciéndolos alrededor. Al mismo tiempo, Diggy gritó para agacharnos, y la sombra cerca del frente se puso de pie y produjo un cañón largo.

Nos agachamos en el SUV justo cuando un aluvión de disparos interrumpió la tranquilidad.

"Maldito imbécil", dijo Diggy. En el momento en que los disparos se detuvieron Diggy se levantó y corrió hacia la casa. Mierda. También dejé mi posición, aunque fui consciente de que fue una idea estúpida. Cuando Diggy llegó a la acera, a unos veinte pies de donde había estado la figura con la escopeta, un halcón del tamaño de un perro pequeño bombardeó a Diggy desde el cielo. Grité una advertencia, y se alejó de las garras de aspecto malvado sin ni un centímetro de sobra. No podía decir adónde había ido el tipo con la escopeta, pero había una sombra sospechosamente más profunda al lado de un rosal al otro lado del patio. Apunté mis pies en esa dirección, pensando que Diggy podría ir contra el halcón.

El pájaro se inclinó, fue por Diggy de nuevo, obligándolo a maniobrar de nuevo en la calle. Fue entonces cuando la sombra con la escopeta apareció de nuevo, esta vez junto a la cerca lateral, el cañón del arma apuntando en la dirección de Diggy, donde las luces de la casa al otro lado de la calle le dieron un claro alivio. Joder. Cambié de dirección y fui por la amenaza inmediata, mi mente dando vueltas. Si esas personas estaban peleando con Abran en forma de halcón, significaba que lo sabían. Lo sabían.

Abran ya había roto la primera regla. Aun así, no quería hacer nada "valiente" considerando que había vecinos alrededor.

El tipo con la escopeta, Miguel, deduje, ya que nadie más de las fotos había sido calvo, era ancho y bien musculoso, un bloque de un hombre que parecía un cuadrado, tan ancho como alto. Estaba tan concentrado en tener una oportunidad con Diggy, que sólo miró en mi dirección cuando yo estaba a unos quince pies de distancia. Diggy gritó algo que no entendí y siguió al halcón al otro lado de la calle, detrás de la casa de dos pisos.

Miguel se volteó para apuntarme con la escopeta, nuestros ojos se encontraron, mis garras salieron. Él dudo un momento, giró sobre sus talones y corrió. Para un tipo que parecía que había sido tallado en un bloque de cemento, seguro que podía moverse.

"Oh, no, no lo harás." Tomé algo de velocidad, y, aun así, llegó a la parte trasera de la casa oscurecida antes de que lo atacara por detrás. Bajamos fuerte, la escopeta voló a pocos metros de distancia. Pateó y se agachó hasta que me empujó de él, saltó y reanudó la carrera, más rápido que un humano común a pesar de que su aura era azul. Es decir, si uno pasa por alto el borde negro que lo rodeaba. Salté sobre su espalda por la cerca, mis garras yendo por su garganta. Algo me golpeó por detrás, lo suficientemente duro que mi aliento me dejó en un largo golpe. Me caí de lado, me golpeé el hombro con el impacto. Me alejé justo cuando una espiga de metal fue hacia abajo, exactamente donde mi cabeza había estado hace un segundo. Tirando mis piernas hacia mi pecho, pateé al recién llegado con ambos pies y con suficiente fuerza se estrelló contra la valla trasera. Resulta que Miguel no era un jugador de equipo porque en el momento en que estaba distraído, salió corriendo. Tuve que tomar una decisión en medio segundo y corrí tras él. Sin tener que decir nada, Frizz vigiló al otro tipo desde las sombras. No había tenido un buen vistazo a su aura, pero apuesto a que como la de Miguel, la suya tenía un borde negro. Aun así, no iba a apostar mi vida en ello dejando que Frizz lidiara con él por mí. O apostar la vida de Frizz en el caso de que el tipo ya hubiera hecho la transición, considerando Remo les permitía a las esferas en transición alimentarse de la energía de las criaturas nativas de las Tierras Bajas. Salté la valla y giré a la derecha, en dirección de los débiles pasos de Miguel. Sólo había corrido unos metros cuando escuché al segundo tipo que me seguía.

Pasé por unos patios traseros y me di cuenta de que los pasos de Miguel se estaban alejando. Di otra ráfaga de velocidad y envié a Frizz. Salté otra valla o tres antes de ver la silueta de Miguel, pasando por encima de una valla de madera alta. Su fuerte sonido cuando cayó se podía oír a dos patios traseros de distancia. Frizz lo había tropezado. Detrás de mí, el segundo tipo estaba acercándose a mis talones.

Fue el perro quien complicó las cosas, y posiblemente me

salvó de mucho dolor. Estaba saltando la valla, Miguel corría hacia el otro lado del patio cuando este perro apareció de la nada, una gran cosa peluda llena de dientes afilados y sin sonido. Yo estaba más cerca, así que se volteó para atacarme, pero me salté a por Miguel. Parecía que el tipo detrás de mí tuvo una idea similar. El perro chocó con el tipo a mitad del salto justo cuando tomé las piernas de Miguel.

No me detuve a considerar, no le di tiempo a Miguel para sacudirme de nuevo, mis garras estaban alrededor de su garganta y cortando. Lo suficientemente profundo como para detenerlo por unos minutos, lo suficientemente profundo como para que haber matado a otros hombres. Pero con un implante de esfera, eso sólo significaba una transición, y pronto, si dejaba la cabeza pegada a él, se levantaría de nuevo.

Detrás de mí, el perro gruñó, gimió y se escondió. Fui por el segundo tipo al mismo tiempo que una luz se encendió en la casa detrás. Reflexivamente, ambos eludimos.

"Estoy llamando a la policía, quienquiera que esté allí", gritó un hombre desde dentro. El segundo tipo se abalanzó sobre mí, y con la adición de las luces, el borde negro de su aura era inconfundible. A diferencia de Miguel, no había un destello de reconocimiento en sus ojos cuando me miró, sólo el peligroso destello de un depredador que había visto a sus presas. Lejos en la distancia, las sirenas se acercaron.

Evité su ataque, le corté el abdomen con mis garras. Sentiría el dolor, pero la esfera lo convencería de que no fue más fatal que un rasguño, incluso si lo destripaba. Pero era más rápido de lo que había imaginado, e incluso cuando me preguntaba cuántas esferas podría tener, su puño me atrapó en el hombro y me dio la vuelta, el dolor irradió como ondas por mi brazo y torso. O tenía más de una esfera, o no había sido humano para empezar. No sabía que el negro en su aura casi se había apoderado del azul, lo que dificultaba ver si el azul era más claro. Sin que eso importara, era hora de terminar con esto.

Me agaché y evité su siguiente puñetazo, bajé y le golpeé las piernas, y cuando se apartó del movimiento, terminé los tres-sesenta, esta vez alto y con garras extendidas. Mis garras le golpearon la garganta y lo cortaron profundamente. Lo atrapé antes de que pudiera caer y bajé su cuerpo flojo al suelo.

Me tomó más tiempo cortarles la cabeza con sólo mis garras, y tuve que salir de ahí con prisa para evitar ser atrapada por la policía. Tuve que dejar los cuerpos atrás, pero las marcas que mis garras dejaron descartarían a cualquier asesino en serie. Bueno, cualquier asesino en serie humano. Sin duda, las historias sobre algunos animales salvajes sueltos estarían corriendo por todas las noticias y las redes sociales, pero supuse que era mejor que culparan a la vida salvaje que a la preternatural.

CAPÍTULO DIECIOCHO

Cuando sonó mi alarma a las siete y cinco de la mañana, me quejé, me volteé y cubrí mi cabeza con la almohada. Necesitaba tres o cuatro horas más de sueño, y le rogué a quien estuviera escuchando que se callara. El dispositivo malvado seguía pitando y pitando y pitando de alegría, despreocupando de que eran después de las siete cuando me había metido en la cama. Y entonces mis oraciones fueron contestadas y los pitidos se detuvieron. En el momento en que estaba dormitando, el pitido comenzó de nuevo. Con un gemido de desesperación que sólo alguien con un pie en la tierra podía hacer, apreté la almohada hasta que se hizo difícil respirar y tuve que calmarme.

Zantry tocó la puerta de mi habitación y me recordó que tenía una reunión con Roland pronto. Una especie de temor reemplazó la neblina dormida, y salté de la cama hasta el baño. Me salpiqué la cara y los brazos con agua fría, miré fijamente el cepillo de dientes de Zantry y el kit de afeitado en el cajón junto al lavamanos, sus cosas y la mía mezcladas. Era la forma en que imaginaba que las parejas hacían las cosas, una al lado de la otra, hasta el cepillo de dientes. Dos personas, compartiendo un espacio, una vida por delante. Mis ojos se movieron sobre su cepillo de cabello, colonia, sus productos para el cabello, y tuve la necesidad de salir y contarle todo a Zantry. Porque esa vida requería compartir, sin secretos. Pero sabía que no podía, por muchas razones. Descartada en la esquina estaba la pila de ropa que había dejado allí, la blusa Sidhe y los pantalones que había usado temprano en la noche, y la chaqueta ensangrentada y los pantalones de mezclilla. Eran mis recordatorios y todos los qué pasaría si que sabía que era mejor si los dejaba solos. La punzada en mi pecho fue inesperada.

Siempre me ha gustado tener a Zantry cerca. Me preguntaba si cuándo terminaran mis tres semanas y Remo me convocara de vuelta, ¿me dolería menos mi estancia en las cuevas, sabiendo que estaba aquí, esperándome, o me dolería más, sabiendo que no podía tenerlo?

Y existía la posibilidad de que Remo me mantuviera allí indefinidamente, siempre con una nueva tarea que necesitaba hacer, siempre manteniéndome ocupada para que no tuviera que cumplir con la condición de que me dejara quedarme en la Tierra si no me necesitaba. ¿Cuánto tiempo se quedaría Zantry esperando a alguien que tal vez nunca regresaría?

Alisé el ceño fruncido de mi cara antes de salir del baño, sin querer que Zantry lo viera. Estaba en la cocina bebiendo café, todavía vestido con pantalones grises y camisa blanca, el pelo suelto alrededor de sus hombros, los pies descalzos. Parecía un poeta exótico con esa nariz patricia y la boca esculpida, el azul vivo de sus ojos contrastando con todo ese pelo negro brillante. Un hermoso poeta exótico.

Miré hacia otro lado, sin querer ser atrapada mientras lo miraba y me enfoqué en el sándwich calentándose en la tostadora, el café listo y esperando.

"No tienes que esperarme", le dije cuando colocó el sándwich en un plato y me lo entregó.

"No, pero me gusta hacerlo." Me entregó el café después. "Supuse que no querrías llegar tarde de nuevo, así que apresuré las cosas por ti."

"¿No vienes?"

"Hoy no, tengo algunos mandados que hacer."

Levanté las cejas, pero cuando no me dio detalles, no pregunté más.

"Me voy a dar una ducha. ¿Necesitas algo?"

Mordí el queso y los tomates y sacudí la cabeza.

* * *

Había una morena alta con ojos verdes en el vestíbulo cuando llegué. Su aura pulsaba de poder, sin ocultarse. Una bruja poderosa, supongo, dada la vibra palpitante de su aura azul pálido. Valerie me dijo que entrara y toqué una vez antes de abrir la puerta de la oficina de Roland.

Estaba solo, sentado detrás de su enorme escritorio, garabateando algo con una pluma estilográfica en el margen de las páginas que estaba leyendo.

Su forma de saludar era un gruñido y un movimiento de barbilla a la silla a través de su escritorio, ojos pegados al papel delante de él. Tomé asiento, junté las manos y esperé a que terminara.

Unos minutos más tarde Valerie entró, llevando una pila de papeles y una tableta.

"Un segundo", dijo y terminó de anotar algo antes de mirar hacia arriba.

"Señor", comenzó Valerie, "el aquelarre de Waterloo quiere su permiso para llevar a cabo una ejecución de una Dorka

Ameriles." Ella le entregó un montón de papeles, y él los escaneó.

"¿Cuál es su crimen?" Roland preguntó.

"Exposición." Ella le entregó la tableta y Roland la escaneó también, las cejas arqueadas mientras él tocaba para agrandar lo que parecían miniaturas. "¿Tres veces?"

"Aparentemente tiene el complejo de supermujeres. Dicen que no puede ser disciplinada. Quieren llevar a cabo el ritual junto a la piscina."

Roland se inclinó hacia atrás y frunció el ceño. "¿Por qué? Ese es un lugar público".

"Sí, pero aseguran que será completamente secreto." Roland golpeó sus dedos en la cubierta de cristal mientras Valerie continuaba: "Es su creencia si el ritual se lleva a cabo cerca de una fuente de agua, que la Sra. Ameriles será limpiada de sus pecados".

Roland suspiró. "Diles que si oigo hablar de un culto que lleva a cabo el sacrificio humano en las noticias o en las redes sociales, personalmente eliminaré a cada individuo del aquelarre". Firmó los papeles uno por uno y luego firmó de nuevo en la tableta.

Roland esperó a que Valerie se fuera antes de mirarme, su expresión seria, remota, tal vez un poco sombría.

"Leí el informe sobre los acontecimientos de anoche." Aprovechó la pila de papeles que había estado leyendo cuando entré. "¿Quieres explicar lo que pasó?"

Mi estómago se revolvió. Recordé la mirada de sospecha de Diggy cuando los dos cuerpos sin cabeza fueron descubiertos, y aunque él había aceptado mi explicación sobre el aura de borde negro, su sospecha había dolido. Así que me preparé y revisé los eventos una vez más con Roland, esperando lo mismo. En su lugar, sus ojos se volvieron distantes, los dedos tocando la cubierta de vidrio del escritorio mientras consideraba mis palabras.

"¿Todos los agentes de Remo tienen este borde negro alrededor de su aura?", Preguntó finalmente.

"Sólo los que están asimilándose. Los que han completado la transición pueden ocultarlo".

"¿Puedes saber si el aura está siendo disfrazada?"

Dudé. Lo podía saber, pero sólo si la persona fue implantada con una esfera que yo misma traje. "A veces, sí."

Roland asintió una vez. "Tenemos a Abran en una celda abajo. Quiero que eches un vistazo y veas si es uno de Remo."

Un momento después llegó un toqué de la puerta, y Diggy metió la cabeza dentro. Sus ojos se movieron de mí a Roland, y una pregunta silenciosa pasó entre ellos.

"Vamos", me dijo Diggy. "Tengo otras cosas que hacer."

Me paré y seguí, y sin decir una palabra, Diggy me acompañó a los ascensores. La morena todavía estaba allí, asegurando a Valerie sobre mantener el secreto y los controles perimetrales.

Salimos a la sala alfombrada de menos uno, un lugar en el que sólo había estado una vez. Le di a Diggy una mirada lateral. "Pensé que vivías aquí abajo", le dije, surcando las cejas.

"Tengo un lugar aquí, sí", admitió, pero en lugar de llevarnos a su puerta, la cuarta a la derecha, nos llevó directamente a la última puerta al final, se pinchó el dedo en una aguja sobresaliente que no había notado en el medio de la perilla redonda. En el interior había una escalera curva que bajaba, y los tablones metálicos sonaron al pisar, veinte, treinta escalones, sólo para salir a otro pasillo estirado, con puertas metálicas a ambos lados. Las fuertes luces LED iluminaban todas las grietas en las paredes y el suelo desnudo de hormigón. Al igual que el piso de arriba, había nueve puertas aquí, cuatro a cada lado y una al final. Estaban hechas de acero, lisas y sin adornos, excepto por una pequeña ventana con barrotes donde la mirilla debería haber estado.

Las celdas de custodia de los Cazadores.

Diggy se detuvo frente a la primera y se deslizó la ventana. Miró dentro, dio un paso atrás y me hizo una seña.

Y allí, sentado en una litera baja había un hombre. Estaba sentado de las piernas cruzadas como si estuviera meditando, frente a la pared en blanco frente a él. La sonrisa sexy había desaparecido, el atractivo masculino de la foto. Este hombre parecía que había sido devastado por el hambre y el dolor, con líneas de patas de gallina sus ojos, sus pómulos sobresaliendo, con los labios estirados en una línea severa. Su aura, de verde profundo del bosque, no tenía un borde negro.

"Abran", le dije, y se volteó a mirarme. Y ahí estaba, la chispa del reconocimiento. La esfera me conocía, de una manera que nada había hecho antes.

Me di un paso atrás y señalé para que Diggy cerrara la pequeña ventana.

"¿Los otros miembros?" Le pregunté, y sin decir una palabra, Diggy se acercó a la siguiente celda. No necesitaba saber su nombre ni mirarle a los ojos. El borde negro estaba allí, una línea que rodeaba el azul de su aura. Lo mismo con el siguiente tipo en la celda de al lado y el siguiente.

Una vez que retrocedí de la última ventana pequeña, Diggy me sacó de las celdas de custodia y cerró la puerta detrás de él. No había cerraduras, ni cadenas para asegurar la puerta de madera. Pero en el momento en que la puerta se cerró por completo, hubo un breve resplandor de arriba a abajo, moviéndose uno por uno a través de la línea de runas y sigilos tallados allí.

"¿Bueno?" Diggy preguntó cuando entramos en el ascensor.

"Todos son de Remo."

CAPÍTULO DIECINUEVE

Era alrededor del mediodía cuando salí del edificio de los Cazadores, mis nervios a millón. Habíamos vuelto a la sala de conferencias, donde habíamos encontrado a Helena, Cora y Logan esperando con Vincent y Roland. La reunión había ido más suave que la de ayer, y me las arreglé para dar información sin vomitar o enfermarme demasiado, una hazaña que atribuí al talismán Cora me había proporcionado para suprimir la influencia de Remo.

Fruncí el ceño a mi mano, ahora sin la roca ámbar que me había dado. Había pulsado con poder, un zumbido profundo que había estado en sincronía con mi sangre, dejando el sabor de la tierra húmeda en la parte posterior de mi garganta. Lo había tomado de vuelta al final de la reunión, alegando que necesitaba recargar la energía para la próxima vez.

Aunque no estaba segura de si todo lo que había revelado se debía a la roca encantada o a la orden de Remo, sabía que al menos unas cosas habían sido prohibidas, si por ninguna otra razón que por la forma en que mi visión se había atenuado, o mi estómago se había agitado, o la forma en que había enumerado.

La roca en mi mano se calentaba hasta el punto en que quemaba, pero me aferraba a ella y mi visión se despejaba, mi estómago se asentaba y el mundo dejaba de girar. Había explicado la razón por la que reconocía esferas de transición en algunas, pero no en otras, algo que estaba segura de poder haberles dicho sin la roca, ignorado la forma en que Logan y Cora me disparaban miradas sospechosas cada vez que hablaba de cosas que hacía por Remo. Cuando me preguntaron sobre la grieta, no pude decirles que la energía provenía de la tierra de Sidhe, pero fui capaz de hablar sobre la deformación del tiempo y las dimensiones en la guarida de Remo, cómo podía encadenar caminos y manipular la alineación del planeta para deformar el tiempo y hacerlo más rápido, o más lento, dependiendo de dónde estuvieras en la guarida. Nunca había hecho ninguno de los rituales durante mi tiempo como su familiar, y no pensé que fuera algo que pudiera lograr con facilidad, pero era algo de lo que era capaz. Sospeché lo de la deformación del tiempo desde mis primeros días en la guarida cuando me di cuenta de que el tiempo en algunas cámaras y los niveles pasaban más rápido, pero sólo confirmé mi sospecha hace unos meses cuando había encontrado un pergamino antiguo y desgastado en la biblioteca explicando cómo se hizo el ritual, cuántos sacrificios se necesitaban para cuánto espacio. Era algo complejo que apenas había logrado decodificar, y eso incluso con la ayuda de Dathana, quien resultó podía leer los dibujos. Era conocimiento que Remo no sabía que poseía, y no compartí nada sobre Dathana o el antiguo pergamino en la reunión.

Respondí a todas las preguntas que pude, y cada vez que me atascaba, o tenía nauseas, o cerraba los ojos e inhalaba bruscamente, o esperaban a que me compusiera, o cambiaban el tema cuando les indicaba que lo hacían. El talismán seguía calentándose y enfriándose, el zumbido en mi sangre se desplomaba y se intensificaba con el calor.

Cuando Helena me había preguntado si alguna vez me habían implantado, revelé que los genes Sidhe son incompatibles con las esferas, había sido capaz de llegar hasta el punto de hablar del Seelie que había encontrado encadenado dentro de una pequeña cámara resguardada. Le expliqué cómo había pensado que había encontrado el portal original y había deshecho el pabellón, pero el olor a sangre y heces me había robado esa noción de inmediato, y la respiración rápida que venía del interior oscuro había impuesto ese hecho.

Le pedí a Frizz que iluminara la cámara, y allí estaba, atado por las muñecas y los pies con clavos encantados de hierro, aura plateada brillante, su respiración irregular, rápida. Como si hubiera estado corriendo o luchando por mucho tiempo. Mi primer instinto había sido liberarlo, pero reconocí la luz de la locura en sus ojos, la oí en el aullido de la ira en su voz. Había golpeado y peleado, tratando de liberarse, pero sólo se lastimaba a sí mismo. Había tanta sangre. Me di cuenta de que Remo vendría, así que me asusté, decidí que darle al Seelie una muerte por misericordia era lo menos que podía hacer.

"No puedes matar a un Sidhe de sangre pura", dijo Helena, con los ojos bien abiertos. Lo sabía, y considerando que sólo podías matar una esfera cortándole la cabeza, tenía la intención de hacerlo. Había estado segura de que los grilletes habrían aguantado, y me equivoqué, como lo había hecho muchas veces antes. Había golpeado y golpeado hasta que se liberó, sin un brazo entero, pero libre, sin embargo. Y había sido tan fuerte. Si Remo no hubiera llegado allí cuando lo hizo, nunca habría salido viva de allí.

Cuando terminé de contar el evento, la habitación se quedó en silencio, como si nadie hubiera estado respirando. Ni siquiera Logan tenía comentarios sospechosos que hacer.

Me había tomado tres días y seis turnos para ganar la función completa de todas mis extremidades y ser capaz de moverme sin sacar nada de sus articulaciones, otros dos para sentirme lo suficientemente segura como para salir de mi cámara, pero no les dije eso.

Una vez que el shock de mis palabras se había desgastado, había hablado de los símbolos Remo bastardeó, incluso les mostré un símbolo de ocultación, un simple apareamiento entre el sigilo Forda y la runa Blotus.

Lo había usado en mi taza de café, haciendo que se hiciera invisible, y por las apariencias de interés, emoción y sospecha, sabía que esa no sería la última demostración. Especialmente cuando Cora había señalado el hecho de que la energía para alimentar el símbolo no había venido de mí, o el hecho de que no estaba usando un talismán.

"Puedes manipular la energía perdida", dijo Helena. Las palabras sospechosas de Logan habían interrumpido esa línea del interrogatorio.

"Si eres una alumna tan estrella, ¿por qué enviarte a hacer una tarea tan simple? ¿Por qué no mandar a otro de sus agentes?" Era una buena pregunta, y yo también tenía mis sospechas, pero les había dado una respuesta lógica, una que me había dado a mí misma también.

"Cuando Remo hace algo", le dije, "siempre tiene un propósito en mente, diferentes motivos para el mismo objetivo final". Mi estómago me había dado una advertencia agitada entonces, tenue cuando la roca en mi mano se calentó. "Sé que Angelina Hawthorn le trae novatos por docenas. Sé que no siempre hacen una buena transición, y que a veces toma meses para que un recipiente se ajuste convirtiéndose en vampiro y conformándose con la esfera. Debido a eso, Remo quiere preternaturales experimentados, vampiros de rangos más altos y maestros. Sé que cree que regresaré a las Tierras Bajas con éxito y que esto hará que Angelina y los demás busquen venganza o que mejoren. Sé que me está probando para ver qué haré de mi tiempo en la Tierra, y sé que quiere ver lo leal que soy de él. Y, sé que hay más que aún no sé."

Con todo, la reunión no había ido tan mal como había anticipado. Cora se había ido, perturbada y preocupada cuando le pregunté si conocía a un mago de tierra llamado Aegeus. Ella no lo conocía, pero el simple hecho de que él era el agente de Remo y un mago de tierra, primo de su aquelarre de brujas, la había sacudido.

Cerrando los ojos, levanté la cabeza e inhalé la brisa polvorienta, metí las manos dentro de mis bolsillos de mezclilla. Mi teléfono zumbaba, y lo saqué de mi bolsillo trasero, le sonreí a la pantalla.

"Oye."

"Oye, estaba a punto de colgar", dijo Zantry. "¿Terminó la reunión?"

"Sí, estoy afuera ahora."

"¿Cómo te fue?"

"Fue, mm mm..." Cerré los ojos otra vez, dejando que la brisa apestosa me revolviera el cabello.

"¿Tan mal? Siento no haber podido estar allí contigo."

Quería preguntarle por qué y dónde estaba y qué estaba haciendo, pero quería que lo dijera por su cuenta, sin que tuviera que preguntar.

"Puedo volver en una hora", dijo cuando no dije nada más.

"No, está bien. Tengo algo que hacer antes de volver a casa de todos modos."

Escuché el sonido de una bocina en el fondo y prácticamente podía sentir el cambio de atención de Zantry. "Ese es mi auto. Tengo que irme. Puedo estar en casa en una hora. Recogeré algunas cosas y te prepararé una verdadera cena casera".

"Yum. ¿Qué vas a cocinar?"

"¿Qué te gustaría?"

Lo pensé por un momento. "Pasta. Con una guarnición de ensalada llena de verduras."

"Absolutamente. ¿Qué hay del postre?"

"Yo me encargo de eso, hay una panadería cerca que vende brownies que aparecen en muchos de mis sueños. Voy a comprar tres para mí, uno para ti."

"Eso es sólo malvado. ¿Por qué puedes tener tres? ¿Nunca aprendiste a compartir de manera justa?"

"Es un postre egoísta", le expliqué, señalando a un taxi. "Pero si eres amable y dices por favor, puedo reconsiderar."

"Por favor", dijo. Había una sonrisa en su voz que hizo que una se formara en mis labios.

"Eso fue fácil." Abrí la puerta del taxi.

"Sé de cuales brownies estás hablando. Se merecen muchos por favores".

Me reí, se rio, nos despedimos.

En el momento en que colgué la sonrisa se fue de mi cara. Le di al conductor la dirección que había memorizado con el corazón y me senté. Algunas cosas me habían molestado toda mi estancia en las Tierras Bajas. Hoy iba a tener mis respuestas, de una manera u otra.

CAPÍTULO VEINTE

La casa azul y amarilla de Matilda en Brooklyn estaba igual que hace tres años y medio. No, tres semanas, me corregí mientras me acercaba y toqué el timbre. Estaba el sonido de los pájaros emocionados desde el interior, pasos pesados, y el hombre de mediana edad de la última vez abrió la puerta. Estaba vestido con jeans cómodos, una camisa de cuello en V beige y zapatos deportivos, pero las cuencas todavía estaban allí, alrededor de sus muñecas, su cuello.

Sus ojos marrones oscuros se aburrían en mí, y aunque sabía que podía enfrentarlo, no estaba aquí para una confrontación. Me concentré en su barbilla y le dije: "Hola, estoy aquí para ver a Matilda".

"Te ves diferente", dijo, acusó, en realidad, su voz firme y con un tono de advertencia.

"Déjala entrar, Derek", dijo Matilda desde adentro. "Sólo ella."

"Estoy sola", le dije, interviniendo cuando Derek se movió para que yo pasara.

"Eso no impidió que Zantry interrumpiera la última vez", murmuró Derek.

Me encogí de hombros, no dije nada. La última vez había sido diferente, Zantry podía sentir la citación de Remo. Me fui a la sala de estar bien amueblada. Derek salió, cerrando la puerta detrás de sí mismo. Sin duda en busca de Zantry.

La decoración era todavía la misma, pinturas al óleo de lujo, el espejo bordado cualquiera que entraba o salía tenía que pasar, dos sofás anchos y cómodos del color de la arena blanqueada frente a frente con una alfombra agradable y gruesa en el medio. A mi derecha, las cortinas bloqueaban una vista de la calle, a mi izquierda, escaleras de madera conducían al segundo piso, a la habitación que Arianna había ocupado cada vez que venía a visitar.

Matilda estaba junto a una puerta lateral, una brillante encimera de acero inoxidable que se mostraba detrás de ella. Estaba vestida como Derek con cómodos jeans y una camisa roja abotonada, con el pelo tirado hacia atrás en un moño. Sólo había una cadena de cuencas alrededor de su cuello, una que combinada con la que estaba alrededor de su muñeca.

"Sigues cambiando", dijo.

"Soy como una lagartija, me ajusto a mi entorno." No estaba destinada a ser graciosa, sólo la primera respuesta que se me vino a la mente, pero Matilda se rio, sin embargo.

"Por favor, siéntate." Ella indicó el sofá, y me senté en el mismo lugar en el que me senté la última vez que vine, y Matilda tomó el mismo asiento frente a mí.

Era como un déja vu, y aunque sabía que Remo no iba a convocarme hoy, estaba nerviosa, incluso ansiosa.

Llegué a buscar el pedazo de papel doblado de mi bolsillo trasero, todavía suave de la calidez de Dathana, lo desplegué y lo coloqué en la mesa de café entre nosotras. "Necesito que me expliques esto. ¿Es una broma?"

Matilda miró el pedazo de papel, sus pupilas se contrajeron con reconocimiento, pero ella no lo tomó.

"No lo sé. Nunca la leí."

Señalé a la carta. "Entonces, por favor hazlo."

Matilda se inclinó un poco hacia adelante, todavía no lo tomó. Sus ojos se movieron, y yo sabía exactamente lo que estaba leyendo sin siquiera tener que mirar hacia abajo. La había leído tantas veces que la había memorizado letra por letra.

Al hijo de mi vientre,

Si estás leyendo esto significa que tuve éxito con los primeros pasos en mi plan, y que las cosas se están moviendo acorde al plan.

Antes de ir seguir, quiero que sepas que la decisión de traerte a este mundo no fue tomada a la ligera, y tu padre, quienquiera que sea, no tomó parte en este plan.

Entiende, hijo mío, que cuando mi gente ama, amamos incondicionalmente. No podría vivir perdiendo a otro hijo, a través de la guerra que sé que vendrá si no tomo el asunto en mis propias manos.

Lo digo en sentido figurado, como yo sobreviviría contra todo pronóstico, ser la último en pie.

No te acusaría si me odias por lo que he hecho. No te acusaría si me llamas cobarde.

Por la posición que te hice pasar, estarías en lo correcto en ambos casos.

Los Sidhe te enseñarán todo lo que necesitas saber. Han sido informados, han accedido a ayudar. Matilda puede ser una amiga, puedes confiar en ella si quieres. Ella te guiará en tiempos de necesidad. No hice lo correcto por ella, no lo hice bien por la gente que más me amaba.

Pero ya no lo tengo en mí para continuar esta lucha sola. Esta es mi última posición, y como la última que queda para evitar que Remo gane, lo estoy dando todo.

Sé que esto es injusto de mi parte, créeme si nada más, lo sé.

Mis disculpas no significarán nada, mis remordimientos son todos míos.

No sé si debería desearte éxito, por el bien de todos los demás, o si deba desearte el fracaso, por el tuyo.

Pero lo sé, y admito que estoy aliviada, no estaré allí para saber de ninguna de manera.

Mis más profundos pesares,

Arianna Lenard

Los labios de Matilda se apretaron mientras leía, tanto con dolor como con desaprobación. Me trajo muy poco consuelo. Si acaso, alimentó aún más mi resentimiento.

"No es broma, no", dijo Matilda finalmente, con la voz apretada, un poco rasposa.

"¿Entonces explica cómo puede ser esto?"

Pero los ojos de Matilda permanecieron fijos en la parte inferior de la carta, donde Arianna había firmado su nombre. "Todos estos años, debatí al abrir ese sobre y leer esta carta, preguntándome si había una alternativa, un plan oculto que Arianna había dejado por fuera, ocultado de todos los demás. Una gracia salvadora para el niño que tenía miedo de amar." Los labios de Matilda se bajaron mientras me miraba, su decepción era palpable. "Estoy segura de que entiendes por qué esta información necesita ser resguardada. No es sólo el peligro para ti como persona, sino las consecuencias en caso de que algo te suceda".

Zantry.

Se refería a Zantry.

Me uní las manos y estudié a Matilda por un momento. "Dijiste que él es la razón por la que está muerta hoy. ¿Por qué?"

"¿Le dijiste?"

"No." No porque no confiara en él, sino porque no confié en él para no asaltar el castillo de Seelie e ir por la garganta de la reina Titania. Porque si Arianna era mi madre, entonces la Seelie había mentido. A Zantry, al clan, a mi padre... ¿por qué no podía decir quién era?

Había una trampa en alguna parte, y no importa lo mucho que tratara de averiguarlo, simplemente no podía llegar a una conclusión plausible.

"¿Por qué no?" Matilda preguntó, sospechosa.

"Porque necesito entender lo que pasó. Todo esto suena como una broma para mí, una horrible."

Derek apareció a mi izquierda, llevando una bandeja con una tetera humeante y dos delicadas tazas de porcelana. Sin decir una palabra, colocó la bandeja en la mesa de café, justo al lado de la carta abierta, luego se volteó y se fue a la izquierda, presumiblemente para volver afuera y proteger contra Zantry.

"No es una broma, créeme", aseguró con un tono tenue.

"¿Sabías que el Sidhe me dijo que mi madre era una mujer mortal común?"

"¿Ha comenzado tu entrenamiento, entonces?", exigió, agitó la mano. "Por supuesto, se habrían abalanzado en el momento en que ya no estabas vinculada a los científicos".

"Me han dicho que el trío era inmortal." Señalé hacia abajo en la carta, mi mano temblando, inestable. Me puse la mano en el regazo, la ira empezaba a salir a la superficie. "El Seelie le dijo a Zantry que Arianna estaba muerta y no iba a volver". Ignoré la forma en que los ojos de Matilda se apretaron y continuaron.

"Insinuaron que mi madre y Arianna eran dos personas diferentes".

"No mintieron."

"Explica." Las peligrosas vibraciones de mi voz no pasaron desapercibidas.

Matilda asintió una vez, su simpatía ahora se mezclaba con la irritación. "Déjame prepararte una taza de té primero." Ella vertió líquido humeante en una de las dos tazas de porcelana, añadió una cucharada de azúcar y revolvió. Vi, sin decir nada. Acepté la delicada taza y la puse en la mesa de café.

Ella sonrió débilmente. "Es sólo un hechizo calmante."

"Lo dices tú, la persona que responde a mis preguntas con preguntas."

"Supongo que tienes razón. Empecemos desde el principio. ¿Qué sabes de Arianna y sus parientes?"

Apreté los dientes. No quería una lección de historia.

"Permíteme, por favor", dijo, con los ojos atractivos. Así que lo hice.

"Sé que es una de las tres. Sé cómo llegaron aquí, qué le hicieron a las Tierras Bajas. Sé que ella y Zantry trataron de detener a Remo y que tuvo una hija con Archer llamada Cara, y Cara se apareó con Logan, a quien Arianna había encontrado cuando era un bebé y lo había acogido. Sé que Remo envió guardianes para matar a Cara, que ella era la herramienta con la que todos contaban para ayudar a detener a Remo. Sé que Arianna desapareció, presumiblemente muerta, poco después de que Cara muriera y Zantry desapareciera. Sé que la Sidhe estaba al tanto de su paradero, y que había pasado a la clandestinidad hasta que murió de verdad unos años más tarde". Posiblemente mientras me dio a luz.

Matilda exhaló y miró hacia abajo con el ceño fruncido. Su dolor aumentó antes de forzarlo a ocultarse de nuevo. "Después de descubrir que Cara estaba muerta, ella fue en busca de Zantry. Como ella no pudo encontrarlo y todos los miembros de esa operación estaban siendo recogidos por Remo, pensó que Remo lo había conseguido también. Así que ella fue tras Remo, con la intención de matarlo, para darle tiempo al grupo y a los cazadores para reagruparse, para encontrar quién era el espía entre ellos". Aquí frunció los labios. Era obvio que creía que el topo era Zantry. "Ella encontró a Remo. Supongo que pudo haberla matado entonces, ella ciertamente no estaba en ningún estado para pelear. Pero Remo, a su manera retorcida, siempre había sido aficionado a ella, así que trató de influenciarla a su causa. Le demostró que el portal estaba activo, que en cualquier momento los seres podían pasar, y que sin él para atraparlos la galaxia ya estaría perdida".

Sin ver ninguna sorpresa en mis ojos, suspiró. "Ya lo sabías."

Incliné la cabeza.

"Así que no mató a Remo, y vino aquí, a esperar a que Zantry regresara para que pudieran reagruparse y formar un nuevo plan".

Pero nunca regresó.

"Después de pasar un año y Arianna no pudo sentir a Zantry en ningún lugar del éter, ella estaba convencida de que Remo encontró una manera de matarlo permanentemente. Dependía de ella matar Remo, y ella sólo sabía una manera de hacer eso."

"Yo", murmuró.

"Sí."

"Cómo ..." dije, sin saber cómo expresar mi pregunta, o incluso lo que quería hacer.

"Se descubrió hace siglos que combinar el poder de uno de los tríos con otro preternatural creaba un ser capaz dc absorber la energía del camino, que a su vez podía congelar portales, o incluso redirigirlos. Pero fue difícil para el trío procrear, principalmente porque sus genes eran demasiado potentes para sobrevivir en cuerpos extraños".

"Pero Arianna encontró una manera."

"Fue sólo una suposición suertuda, al principio. Pensamos que, si podíamos dirigir parte de su esencia para amortiguar, por así decirlo, el feto en el útero, había una posibilidad de reproducción".

"Y funcionó. Incluso sobrevivió dar a luz la primera vez".

"Fue diferente con Cara. Ella todavía era ella misma cuando concibió, todavía era ella misma cuando dio a luz. Había sido un experimento. Sólo redirigí una pequeña fracción a su vientre. Aun así, Arianna tardó un tiempo en recuperarse del parto". Inhaló antes de continuar. "Contigo, ella quería darte todo. No sólo estaba redireccionando su esencia, sino que el feto estaría empapándose en ella. Me tomó seis semanas completar el ritual. Para entonces Arianna no tenía recuerdos previos de sí misma. Le di un pasado vago y la envié lejos. Se suponía que los Sidhe la tomarían en el momento en que concibió, para mantenerla bajo vigilancia en caso de que algo saliera mal".

Miré mis manos, tratando de incorporar lo que Matilda me estaba diciendo con lo que ya sabía.

"Pero no lo hicieron."

"No. Cuando se desarrolló un romance entre Fosch y Arianna, Oberon se negó a interferir".

"¿No la reconoció? ¿Me refiero a mi padre?"

Los ojos de Matilda se adormecieron de dolor antes de mirar hacia abajo a sus manos. "No, después del ritual, perdió su vitalidad. También trabajé en su apariencia, no en un glamour, exactamente, nada que pudiera ser interpretado como un hechizo, sólo un retoque sutil. Como una cirugía plástica con magia. Era más fácil sin su intensa energía interfiriendo". Los ojos de Matilda se desenfocaron, "fue mucho más fácil", murmuró antes de mirarme de nuevo. "Para cuando la obra estaba en acción, se parecía a otra persona. Alguien que se parecía mucho a ella, pero no lo suficiente para levantar sospechas. Sabes, siempre hay alguien que se parece a ti por ahí."

"¿Fue ella, fue este ritual la razón por la que te tacharon como rebelde?"

Los ojos de Matilda se apretaron. "Sí. Los rituales oscuros dejan una marca, una mancha que se muestra en cada obra realizada después".

Recordé mi conversación con Lee en las Tierras Bajas. "Oberon juró que no envió a mi madre con mi padre."

"No, se conocieron por casualidad. Oberon simplemente se negó a interferir. Entendió una vez que el feto se empapó con esencia de Arianna, no quedaría nada de su yo pasado".

"Y ya tenía un trato con mi padre. Una descendencia, una concebida con un humano. ¿No podía decir mi padre desde el principio lo que era?"

"No. Quiero decir, sí, podría. Pero si aún había poder para que el bebé se empapara, el aura de Arianna se sentía diferente, sólo un brillo que indicaba que era otra cosa".

Me sorprendió la pena que sentía por mi padre. "Y en el momento en que llegó a su término, no había más poder para empaparse. ¿Era su aura humana?"

"Sí, completamente así."

"Dos pájaros de un tiro", susurré. Pobre Fosch. Debe haber estado devastado.

"Todos aconsejamos a Oberon contra el romance, todos le dijimos que arrebatara a Arianna en el momento en que concibió. Pero Oberon se negó, creo que parla darle a Arianna un poco de tiempo tranquilo que había estado buscado, así como porque él respetaba a Fosch y quería darle un poco de espacio para disfrutar de lo que todos podíamos decir era un dulce romance".

Nunca había esperado que mi padre volviera al trato. "Subestimó el poder del amor."

"Todos lo hicimos."

Miré mis manos, mis emociones tan crudas que no podía diferenciar lo que sentía, sólo que era sofocante.

Me levanté, me acerqué hacia la ventana, necesitaba un poco de aire fresco, algo de normalidad. Moví la cortina a un lado. La vida continuaba, los niños jugaban al otro lado de la calle, las flores florecían, los carros pasaban. Y mi vida nunca había significado nada. Siempre había sido un peón, incluso antes de ser concebida.

Detrás de mí, Matilda estaba parada. Me volteé a verla de frente, algo de mi resentimiento y enojo apareciendo a través de mí.

"Lo siento", dijo en voz baja. "Sé que esto no es justo para ti, que no tenía elección en el asunto. Pero debes entender cuán sensible es esta información, cuánto peligro puedes tener si se filtra a la fuente equivocada".

Mis labios se estremecieron. "¿Te refieres a Zantry?"

"Sí", respondió ella, con los ojos directos. "Roxanne, eres la única persona capaz de hacer esto. Nuestra única esperanza de detener a Remo. Es algo difícil de aceptar y sé que confías en Zantry, pero también lo hizo Arianna."

Me reí. No pude evitarlo. Fue un sonido seco, un poco malvado, pero no pude evitarlo.

Matilda frunció los labios, sus ojos se enfriaron.

No me importaba. "Dime esto", dije después de forzarme a mantenerme sería, "¿sabía el clan? ¿Sabía Archer? Porque si lo sabían, tal vez su animosidad hacia mí no tuvo nada que ver con mi estado híbrido y todo lo que tiene que ver con el hecho de que la mujer que amaba murió dando a luz al hijo de su hermano".

"No. No, nadie lo sabe más que los Sidhe y yo. Nadie más."

Incorrecto. Remo lo sabía. Me reí, sacudí la cabeza. Esto estaba tan mal, y nadie sabía realmente lo malo que era.

"¿Recuerdas a ese día cuando vine a hablar contigo?" Pregunté, inclinándome hacia atrás en la ventana. "¿Sí? Entonces recuerdas que desaparecí en el aire, ¿verdad? " Al ver que asintió, le pregunté: "¿Adónde crees que fui?"

Matilda agachó la cabeza hacia un lado, sus ojos de color marrón oscuro cautelosos. "Asumí que el Sidhe te convocó..." ella dejó de hablar cuando sacudí la cabeza.

Me alejé de la ventana, recogí la carta de la mesa de café, la doblé de nuevo y la metí en mi bolsillo.

"No, Matilda, el Sidhe no me llamó."

"¿Qué estás diciendo?"

"¿Se suponía que le contarías a Zantry todo lo que pasó en el momento en que llegó, para asegurarse que los Sidhe estaban aprovechándose de mí? "

"No, Arianna nos había convencido de que Zantry estaba muerto."

"Pero si no creías que era cómplice de Remo, ¿habrías ido con él, le habrías contado todo sobre lo que le pasó a Arianna?" Exigí que todo el sarcasmo se fuera. "Contéstame", espeté, cuando Matilda no respondió.

"Si hubiera estado absolutamente segura de que no estaba jugando para el equipo de Remo, entonces sí."

Le apunté con un dedo. "Verás, la desconfianza es algo malo. Porque deberías haber ido con él entonces", le dije, con el pecho apretado. Me habría mantenido a salvo. Me habría llevado hasta que pudiéramos haber descubierto algo.

"Mejor aún", le dije, con un gruñido que se coló, "si le hubieras dicho a Archer sobre esto, habrías le salvado de tanto dolor a todos". Porque si había algo que sabía con seguridad, era que Archer odiaba a Remo más de lo que me odiaba a mí. Y si alguna vez se le hubiera presentado la oportunidad de deshacerse de Remo, la habría agarrado con ambas manos. Nunca habría dejado que los científicos me llevaran. Y si al final, si el resultado de sellar ese portal y deshacerse de Remo significaba mi muerte, entonces cuanto más mejor.

"No se me permitió decir nada al clan. Arianna no sabía quién era el espía. Ella creía que era alguien del clan. Pero ella no pudo probarlo"

"Y cuando Zantry apareció, convenientemente al mismo tiempo que entré en el trabajo, pensaste, aquí está el topo. Porque, ¿quién más podría ser?"

Los ojos de Matilda brillaron de ira. "¿Qué crees que debería haber asumido cuando andaba dando vueltas diciéndoles a todos que se lo pasaba por los mundos? ¿Y en el momento en que entraste era todo caballeroso y encanto, tratando de te lo presentaran? "

Me incliné hacia adelante. "Deberías haberlo enfrentado. Por el bien de tu amigo", le dije en un tono bajo y peligroso. "Porque, querida Matilda, Zantry no estaba viajando. No estaba jugando en el campo de Remo. Estaba retenido, atado a máquinas por Remo, en una habitación estéril y cerrada en la sede de la SCP".

Matilda se sacudió como si la hubieran abofeteado y dio un paso atrás antes de sentarse en el sofá. "Así es, él había estado allí durante veintiséis años, hasta que llegué y lo liberé el noviembre pasado".

"Yo no lo sabía."

Resoplé. Matilda se puso de pie. "Tienes que decirle a los Sidhe. Déjalos saber. Si lo saben, pueden trabajar juntos... pero ya lo haces, ¿verdad? Por eso siempre está cerca. Te está ayudando a perfeccionar las habilidades que necesitarás para derrotar a Remo y sellar el portal".

Mis labios temblaban de humor, pero sabía que mis ojos estaban tan fríos como la punta de un iceberg. Me fui al sofá donde me había desplomado hace unas tres semanas. "¿Ese otro día cuando Zantry y yo estábamos aquí? No fue el Sidhe quien me convocó. Fue Remo." Asentí con la cabeza cuando ella sacudió la suya y agregué: " Ahora entiendo el interés de Remo en mí. No fue porque me rechazaran los míos, no fue porque yo soy un preternatural extraordinario, fue porque él sabía quién era yo todo el tiempo". Abrí los brazos de par en par a ambos lados y terminé dramáticamente, "Y aquí estoy, siendo la maldita familiar de Remo, porque todos querían mantener su as bajo la manga en caso de que alguna vez necesitaran una ventaja sobre otro".

CAPÍTULO VEINTIUNO

DEJÉ A MATILDA CON LA CARA EN BLANCO, Y CAMINÉ kilómetros en ninguna dirección en particular, sin prestar atención a nada. ¿Cómo iba a decírselo a Zantry?

Los Sidhe no habían mentido, ni por omisión, ni siquiera por evasión. Yo era la hija de Yoncey Fosch y una humana mortal, porque eso es en lo que Arianna se convirtió una vez Matilda manipuló su esencia. Ella había dirigido toda la fuerza vital de Arianna, toda su energía a su vientre, convirtiendo un ser una vez poderoso a una persona débil, una cáscara débil. Y una vez que tomé todo lo que ella había sido en mi pequeño cuerpo, Arianna ya no podía mantenerme a salvo en su útero. Me había sacado con solo mis garras.

La reunión de mis padres no había sido más que una conveniente coincidencia sobre la que los Sidhe se negaron a hacer nada.

Mi teléfono zumbaba en mi bolsillo y me detuve, miré alrededor del vecindario desconocido. Sabía quién era, la preocupación de Zantry atravesó los pequeños empujones que envió a través del vínculo. Por un momento debatí no responder, sin querer hacer esta larga distancia. Pero eso sólo causaría que su creciente preocupación se agudizara, y sin duda lo enviaría a buscarme.

"Oye", le contesté, crucé la calle después de una motocicleta, y reanudé mi caminata sin rumbo.

"Oye", dijo. "¿Dónde estás?"

Miré a mi alrededor de nuevo, no encontré señales en la calle. "Sólo caminando por ahí. ¿Tú?"

"En tu apartamento." Hubo una breve vacilación antes de que añadiera en un tono tranquilo, "¿Estás bien?"

La verdad es que no. "¿Tienes algo planeado para esta noche?" Pregunté en su lugar.

Otra breve pausa antes de decir: "No, ¿tienes algo en mente?"

"Sí." Señalé a un taxi amarillo. "Tenemos que hablar de algo."

"¿Vienes a casa ahora?"

"Sí. Estaré allí en cuarenta, dependiendo del tráfico."

"Escucha", vaciló un breve segundo, y luego exhaló. "Tengo que contarte algo también. ¿Puedes llamarme cuando ya casi estés aquí?"

"¿Qué, por qué?"

"Sólo llámame, ¿de acuerdo?"

"Muy bien", acepté y subí al taxi. "Te aviso."

Le di la dirección al conductor, incliné la cabeza hacia atrás y cerré los ojos. En mi cabeza, ensayé varios discursos sobre cómo darle la noticia a Zantry. Probablemente arruinaría todo lo que quisiera compartir conmigo, pero no sería justo retrasar decirle ahora que estaba segura.

Zantry, ¿recuerdas ese día en la casa de Matilda? Resultó que Arianna era mi madre y ella murió porque estaba débil y me salí de su vientre con mis pequeñas garras.

Zantry, el Seelie no mintió, pero Matilda le hizo algo a Arianna y se hizo humana... No, no.

Zantry, después de que desapareciste y pasó un año, Arianna asumió que habías muerto una muerte permanente y creyó que era su responsabilidad terminar Remo...

No, no, no.

Me pellizqué el puente de la nariz e intenté, entre discurso y discurso que sabía que enviaría a Zantry corriendo al castillo de Seelie, a la casa de Matilda o se haría ver más que culpable.

Para cuando el taxi me dejó, era un lío de nervios y ansiedad.

Y no se me había ideado un buen discurso para profundizar en el tema.

Tenía la puerta abierta antes de recordar la petición de Zantry para que llamara, y con una bofetada mental, comencé a relajarme. Ahí fue cuando la sentí.

Mis ojos se estrecharon, me apresuré, y aunque sabía lo que mis ojos verían, todavía me congelé al ver a Mwara sentada en mi sofá, Zantry en el mueble a su lado.

"¿Qué estás haciendo aquí?" Exigí, volteándome a ver a Zantry cuando se puso de pie. "¿Qué está haciendo aquí?"

"Roxanne", comenzó Zantry.

"¿Qué está haciendo aquí?" Exigí a través de los dientes afilados.

"Mwara se fue de casa", dijo, con los ojos cautelosos. "Ella necesita un lugar para dormir por un tiempo."

Miré a Mwara. "¿Y qué te hace pensar que podrías dormir aquí, de todos los lugares?"

"Roxanne", Zantry señaló la puerta principal, "¿podemos hablar por un momento?"

Mwara se puso de pie, vestida con una camisa blanca a rayas con jeans rosados y de corte bajo y una chaqueta negra corta. "Me voy a ir", dijo, recogiendo una mochila negra al lado del sofá.

"No, espera. Sólo necesito hablar con Roxanne por un momento".

"No quiero causar ningún problema." Sus ojos se encontraron con los míos, negros como la noche, su aura de color azul claro, disfrazado.

"Sólo dame unos minutos", aseguró Zantry, haciendo que me molestara más. Volvió a señalar con la cabeza a la puerta principal, y yo sólo lo miré. "Puedes hablar aquí."

Al ver que no iba a moverme, Zantry se dirigió a Mwara. "¿Te gustaría lavarte y refrescarte un poco?" antes de que Mwara expresara su negación, añadió con una sonrisa amistosa, "tu viaje en autobús debe haberte cansado. El baño está justo allí." Señaló.

¿Viaje en autobús? ¿Por qué no saltas por el camino? Yo no pregunté. No quería saberlo.

Después de otra mirada dudosa hacia mí, Mwara fue, cerrando y pasando la cerradura de la puerta detrás de ella. Un segundo más tarde, el agua del grifo comenzó a correr.

"¿Qué estás haciendo, Zantry?" Pregunté. No pude evitar la sensación de traición que crecía dentro de mí pecho.

"No, no, no te sientas así", dijo, tratando de tocarme. Me fui de lado y él dejó caer su mano.

Mira, por eso quería hablar contigo antes de que llegaras. Quería explicarte la situación". Sus ojos suplicaron con los míos, e incliné mi cabeza para que él continuara.

Rastrilló una mano a través de su cabello sin atar, las hebras pesadas cayeron de nuevo en su lugar en el momento en que lo soltó. "Yo no quería sorprenderte. Y por supuesto no quiero que te sientas traicionada."

"¿Por qué está aquí?"

."Mwara se fue de casa ayer. Aún no sé los detalles, pero

por lo poco que me dijo, me di cuenta de que el clan la estaba tratando mal, como una traidora, una anomalía entre todos los normales. Ella no conoce a nadie fuera del clan, aparte de sus amigos de once años de la escuela. Ella no tiene dinero, no tiene identificación, no tiene educación para ayudarla a trabajar."

Ya he pasado por eso. "No puedo ver por qué ese es mi problema."

"Ella no tenía adónde ir."

"¿Y?"

Zantry exhaló un gran chorro de aire. "Tienes razón. No es justo para ti", dijo. "Sólo creí..." se alejó, sus ojos rebuscando en los míos.

"¿Creíste?" Insté, odiando la forma en que mi voz era tan fría, incapaz de evitarlo.

"Ella vino una vez a ti en busca de ayuda cuando pensó que lo necesitaba. Se la diste. Luchaste por ella."

"Y mira adónde me llevó. Lo que soy por eso." Dentro, sabía que eso no era verdad. Si me atrevo a admitir a alguien o incluso a mí misma, no lo había hecho por Mwara. No, lo había hecho por Zantry, por Diggy, por mí misma. Por la niña que dejé ir esa fría noche de diciembre. Y como sabía que, si regresaba con las manos vacías, el clan me habría matado de todos modos.

"El clan la trata como una forastera, una traidora. Algunos tratan de provocarla en peleas, burlarse de ella por lo que le pasó."

Tal vez sabía que esto pasaría. Quizá por eso no quería volver. Empujé la punzada de la simpatía y miré a Zantry. "Aún no es mi problema."

Asintió. "Puedo dejarla en un hotel por un par de semanas hasta que encuentre su camino. Sólo creí", negó con la cabeza. "Muy bien." Pasó un dedo por mi mejilla, su calor estático enviándome sacudidas de consuelo.

"Mira", comencé, no me gustaba que lo hubiera decepcionado, "ya sabes que, si ella se queda, el clan la usará como excusa para causar problemas".

Los ojos de Zantry se enfriaron, un pulso de ira que emanaba de él antes de hundirse. Me preguntaba si quería que vinieran. "Pueden venir. Pero no pueden hacer nada. Ya no eres parte del clan, y les guste o no, Mwara ya no es una niña. Por la ley humana y del clan, ella puede elegir su camino".

"¿Pensé que ella requería su aprobación para irse?"

"No a menos que ella estuviera buscando unirse a alguna facción preternatural externa. E incluso entonces, hay reglas". Zantry me metió un mechón de pelo detrás de la oreja. "Sigue siendo su derecho legal a elegir."

"No puedo lidiar con más de su drama, Zantry", le dije, queriendo que lo entendiera.

Asintió. "Lo entiendo. Y no te culpo. La habría llevado a un hotel si hubiera sabido que reaccionarías así. Lo siento." Dio un paso atrás y llamó a Mwara.

"La llevaré ahora", dijo cuando se abrió el baño.

Mwara pasó a la sala de estar, su expresión resignada.

"Puedes quedarte un rato", me oí decir. "Pero a la primera señal de cualquier problema del clan, estás fuera por tu cuenta."

"Gracias." El alivio en sus ojos de alguna manera me hizo sentir peor.

Zantry sonrió, la sonrisa de sabía que harías lo correcto y que encendía sus ojos con orgullo y me hacía sentir como un pedazo de mierda gigante. No estaba haciendo esto por ella, estaba haciendo esto por él, porque no quería que se sintiera culpable o preocupado, o responsable si algo le pasaba.

"Puedes tener el dormitorio a la derecha." Apunté para que no se confundiera. Ella asintió de nuevo, se dio la vuelta y se alejó.

Esperé hasta que la puerta se cerrara antes de ver a Zantry.

"Gracias."

"Lo que sea. Espero que entiendas que esto significa que dormirás en el sofá".

"Pero pensé", comenzó, expresión inocente, como un cachorro.

"No, pensaste mal." Le di unas palmaditas en el hombro. "Tienes el sofá, amigo."

CAPÍTULO VEINTIDÓS

Me movi bajo el gran arco de piedra, manteniéndome en las sombras, los ojos y los oídos centrados en mi entorno. Mwara no había salido del dormitorio, incluso cuando Zantry había llamado y le pidió que se uniera a nosotros para cenar, y siendo el caballero que era, le preparó un plato lleno de pasta y otro rebosante de ensalada y los llevó a su habitación, junto con su reproductor de mp3.

Habría hecho un comentario gruñón si no hubiera sabido que estaba preocupado por ella. Era mejor persona que yo, un tipo con un corazón tan grande, a pesar de todo lo que había visto y hecho.

Lo dejé cambiando de los canales, le dije que saldría a dar un paseo. Cuando se puso de pie y cogió su chaqueta de gamuza, le di una seña, le dije que quería estar solo. El dolor en sus ojos había sido claro, y el pico de culpa se filtró a través del vínculo antes de que pudiera evitarlo. Pero la idiota en mí se dio la vuelta y se fue sin una palabra de tranquilidad. No estaba enfadada porque había aceptado Mwara, ni siquiera estaba realmente herida. No podía culparlo por ser como era, un tipo que no podía evitar ayudar a una damisela en apuros. Pero no pude traerlo, no porque tuviera miedo de que juzgara, sino porque tenía que hacer esto por mi cuenta. Así que le dejé pensar que estaba enojada y herida, aunque después de haberme ido, traté de tranquilizarlo con un pulso cálido a través del vínculo. Inmediatamente respondió, su culpabilidad y disculpa y orgullo en mí transmitiendo todo lo que quería decir.

Suspiré y me concentré en la tarea que tenía por delante, sabiendo que no podía permitirme perder la concentración, equivocarme esta noche, consciente de las consecuencias si lo hacía.

Agachada detrás de un amplio tronco de árbol, escuché, buscando cualquier signo de personas cercanas.

Aunque la vida urbana todavía se podía escuchar desde aquí, los bosques eran dueños de este dominio. Un pedazo de la jungla lejos de la selva. Los sonidos de los animales nocturnos transportados en el aire, zumbidos e insectos cantando, el sonido del agua que cae, el aleteo de los pájaros nocturnos, así como el susurro de las ramas de los árboles moviéndose con la brisa ocasional. Todo tocando al sonido de fondo de Nueva York por la noche en la lejana distancia. El olor de las cosas verdes, las flores en flor y la vida silvestre en la brisa. Me preguntaba por qué nunca había venido aquí por un día.

Tal vez pronto, con Vicky, o Zantry.

Aseguré que no había nadie cerca, merodeé hacia adelante. Todo mi ser estaba apretado, estirado como un cordón de arco en el punto de liberación. Y cada día que iba por el lado de la Tierra, la cuerda se apretaba más, la tensión lista para liberarse. Cada fibra de mi ser me instó a salir, desesperada por alivio.

No fue difícil encontrar el aquelarre. No menos importante fue el hechizo revelador erigido para mantener a la gente alejada, pero también pude oír voces alzadas y ver las linternas en movimiento a través de las sombras oscuras de los árboles de adelante. Sin embargo, en lugar de seguir adelante, me acerqué hacia los lados, tratando de identificar el mejor lugar para cruzar el pabellón, el eslabón débil o una ruptura en la obra. Era un pabellón largo, construido como una valla alta, extendiéndose a ambos lados sin un final real a la vista. Dos veces retrocedí y consideré rendirme y volver más tarde. Pero Dorka no estaría aquí en otro momento, me lo dijo mi voz interior.

Me detuve, dándome cuenta de lo que estaba pasando. Dejé que mis ojos se desenfocaran y busqué en el éter las marcas del pabellón. Debido a que no tenía un brillo real en el éter, me tomó más tiempo de lo habitual encontrar el patrón. A falta del parecido de un hechizo normal, este trabajo parecía extraordinariamente ordinario. No, ni siquiera eso, parecía en mal estado, como la energía aleatoria que quedaba de un pabellón roto. Los átomos y moléculas flotaban en el aire, conectando como por casualidad. Debajo apenas podía ver el brillo azul y amarillo, probablemente porque estaba en una dimensión más alta. El patrón, una vez que lo identifiqué, era un tejido complejo, una maraña de ángulos y líneas de bisección.

Era un trabajo excelente, uno de los mejores que he visto hasta ahora, y he visto mucho en los últimos años. Rastreé el tejido con mis ojos, moviéndome unos metros a la izquierda, luego a la derecha, tratando de encontrar el punto final, o un punto de ruptura, o simplemente un ángulo agudo que no había sido cerrado correctamente.

Un minuto después me encontré alejándome, diciéndome a mí misma que Dorka no valía la pena las consecuencias y todas las repercusiones de ser atrapado, especialmente cuando Roland había firmado los papeles, aceptando la ejecución.

Con los dientes afilados, me detuve, me di la vuelta y miré el pabellón.

Retrocedí un poco, lo suficiente para aliviar parte de la presión de mi mente y consideré mis opciones. Podía saltar sobre el hechizo, pero no podía ver lo alto que era, principalmente porque había árboles arriba. Miré mi ropa. Si sólo cambiara las alas, tendría que desnudarme de la cintura para arriba, al ver que no llevaba ropa de Sidhe. Y si me cambiara por completo y alguien me viera, sabrían lo que era y quién era cuando las preguntas llegaran a los oídos correctos. Puse saltar el pabellón como una última opción y decidí rodear el perímetro del tejido, para asegurarme de que no hubiera rupturas o eslabones débiles que pudiera usar a mi favor.

He hecho muchos trabajos que solo se podían ver en la quinta dimensión, pero nunca nada tan complejo. ¿Cuántas personas se tardaron en armar esto y cuánto tiempo les tomó?

Rodeé el perímetro del hechizo hasta que encontré algo, al borde de una piscina que estaba gorgoteando. Las voces alzadas no llegaron tan lejos, ni las luces reveladoras. Tuve que dar mucha marcha atrás. Y el tiempo se agotaba.

Tuve dos opciones aquí: podría trabajar en el tejido, deshilachado junto al borde del agua, o ir a la piscina turbia para ir alrededor de ella.

Después de estudiar el patrón complejo para la última hora, tuve cuidado de hacerlo a la fuerza, no importaba que los patrones en el borde de la piscina no eran estables. Entré en el agua helada, esperando, y lista por si el suelo de repente cedía. Probé cada paso antes de bajar mi peso. El agua estaba hasta mi muslo cuando finalmente pasé alrededor del pabellón. No sabía cuánta presión estaba poniendo en mi mente hasta que ya no estaba allí. Respiré profundamente y me fui a la orilla de la piscina, llena de raíces, hojas de lirio pegajosas y mucha suciedad. Me apresuré a donde había oído las voces y visto la luz. Tenía mi capucha sobre mi cabeza, pero en caso de confrontación, una gorra me cubría el pelo, la frente, las orejas y la boca. Con suerte, no llegaría a eso. Me mantuve a las sombras de los árboles, notando que tenían una corteza suave y ondulante, y serían difícil de escalar. Cuanto más me acerqué a las luces, más fuertes se hicieron las voces de discusión. Tal vez tenían razón al ser arrogantes, pero había cosas peores que los humanos comunes. Agachada, me fui al pequeño claro. Conté cabezas, me sorprendió que sólo hubiera once. Cuatro mujeres, siete hombres. Todos estaban vestidos con atuendos casuales, jeans, sudaderas con capucha y chaquetas, sin capucha, sin túnicas, sin trajes de negocios. Había una cava a un lado con botellas de cerveza asomándose, una cesta que supuse que tenía comida al lado. Una noche informal en el parque entre un grupo de amigos. Sólo que esto no era un picnic, no era una noche informal.

Consideré mis opciones. Tenía la intención de tropezar con la reunión, hacer que Frizz causara una distracción y dejar que las cosas sucedieran a partir de ahí. Pero ese pabellón haría sospechar demasiado mi tropiezo con la reunión. Un ataque, rápido y bajo, seguro que no lo esperaban, pero si atacaba, no podía dejar testigos atrás. Me tranquilicé y traté de pensar. Necesitaba que se alejaran y me dieran un poco de tiempo a solas en esa tienda. Con suerte, encontraría a Dorka adentro, y no un altar vacío con cuchillos y capuchas de rituales.

Frizz aún podría causar una distracción. En su dimensión superior, nadie podía verlo realmente, excepto por una presencia sombría en el éter. Había una posibilidad de cincuenta y cincuenta que nadie pensaría en buscar al intruso en el éter. Incluso si alguien lo hiciera, nada me vinculaba a Frizz. Sí, su sombra estaba presente alrededor de mi aura, pero la mía no estaba presente alrededor de la suya.

La morena de la oficina de Roland le espetó algo a un tipo alto, haciendo que todos se callaran. La líder, entonces.

Se volteó hacia la tienda, y yo me tensé, empujando Frizz para que fuera.

Un momento después se rompió una ramita al otro lado del

claro. El sonido era débil, pero todo el mundo giró hacia él. Un par incluso saltó.

"¿Quién está ahí?" La morena llamó con voz autoritaria.

En respuesta, algo más se estrelló, y los pasos suaves comenzaron a huir.

"¡Hijo de puta!" La morena gritó. "¡Consíguelo!"

"Wallace y Brooks, manténganse en guardia", espetó uno de los chicos. Los dos que saltaron al sonido de la rama que se rompió se quedaron y regresaron para proteger la tienda. Incliné la cabeza hacia un lado y escuché el sonido de la persecución y los gritos del grupo antes de centrarme en los dos a la izquierda que protegían.

Dos. Mejor que once.

"¿Crees que es el aquelarre Harlem?", Preguntó uno.

El otro tipo gruñó "Tú cuidas el frente, yo cuidaré la parte de atrás. Por si acaso quien fuera vuelve".

Agarré unas piedras, metí las más pesadas en el bolsillo y volví a mi posición.

En el momento en que el hombre se detuvo en la parte posterior de la tienda le tiré la roca a la cabeza.

El sonido del impacto fue más fuerte de lo que había previsto. El tipo en la parte delantera de la tienda giró, sus ojos sombreados escaneando el claro vacío. "¿Oye, Brooks?", Llamó, y cuando no llegó una respuesta, abrió la boca de nuevo, ya sea para llamar a su colega o para gritar una alarma. Antes de que pudiera hacerlo, tiré la segunda roca.

Le golpeó tan fuerte en el costado de su cabeza que la sangre fue rociada en el aire.

Silbé bajo mi aliento y me apresuré al hombre caído. Su pulso estaba allí, gracias, pero la herida en su templo parecía profunda y desagradable. Y estaba perdiendo tanta sangre.

No sabía cómo sanar.

Entra y sale, Roxanne.

De prisa.

Me fui al tipo de atrás, Brooks, y la herida en su cabeza, aunque cubierta de pelo oscuro, sangraba tanto como la herida de Wallace.

Dejando salir una corriente de maldiciones que habría sorprendido incluso a Logan, me volteé para entrar en la tienda, con la intención de apresurar esto para que alguien pudiera ver las heridas del guardia antes de que murieran de pérdida de sangre.

O podría reclutarlos para Remo, asegurarme de que tengan una segunda oportunidad.

En el momento en que el pensamiento entró en mi mente, mis músculos se pasmaron y mi piel comenzó a ponerse de gallina. La picazón debajo de mi piel se volvió espinosa cuando traté de ignorarla. Di un paso hacia la solapa de la tienda, los dientes afilados con la sensación de ardor en mi piel. Podría soportarlo, podría... las llamas quemaron mi piel, caliente y burbujeante, y con un tirón desesperado, saqué energía del éter, evocando a Zarloz y entrelazando alrededor del aura azul pálido de Brook. Mi mente me gritó que me detuviera, pero no tenía el lujo de caer inconsciente junto a dos brujos derribadas, y mucho menos cuando el resto de su aquelarre estaba en una búsqueda de un intruso invisible. Brooks gimió y se estremeció, pero no iba a arriesgarme a golpearle la cabeza de nuevo.

Una vez hecho esto, el ardor en mi piel se intensificó, la sensación ahora como la picadura de múltiples hormigas de fuego. Me apresuré a la parte delantera de la tienda, tiré energía del éter tan rápido que Zarloz brilló por un segundo antes de entrelazarlo alrededor del aura de Wallace.

Si alguien intentaba sacarlo, haría más daño que ayuda. Es decir, si supieran que buscar, y dónde buscar el pequeño símbolo en la quinta dimensión.

Una vez hecho esto, miré a mi alrededor, escuché por un

momento. El sonido de la persecución se estaba acabando, así que me fui a la tienda. Todo se alivió, y exhalé de alivió y estudié a la mujer que encontré, atada y amordazada, sentada con las piernas cruzadas dentro de un símbolo que emitía un suave resplandor en el éter. Sus ojos eran de un color azul suave, pero el enfoque intenso era cualquier cosa menos. Había un hematoma púrpura cubriendo el lado izquierdo de su cara hinchada, un corte recién hecho en su frente. "¿Dorka?" Pregunté.

Ella inclinó la cabeza una vez, sus ojos astutos sin cortar contacto contra los míos.

"Estoy aquí para sacarte de aquí." Sus ojos brillaron con humor irónico y asintió en el símbolo resplandeciente, asumiendo que podía ver en el éter.

Me adelanté y ella negó con la cabeza, tratando de advertirme. Me detuve unos centímetros de distancia del resplandor y estudié el símbolo, moviéndome detrás de ella para asegurarme de que no hubiera secretos desagradables allí. No lo había. Thobus. La runa de contención que era hábil de usar.

Podría desentrañarlo y dejar que la energía vuelva a descansar en el éter.

Estudié las líneas simples, encontré el punto de partida, el final. Si hiciera esto mal, no sólo alertaría al creador, sino que lo más probable es que el símbolo se cerrara y me quedaría atrapada dentro con Dorka. La fuerza bruta lo rompería más rápido, pero podría haber una reacción, y necesitaba ser capaz y concentrarme para ver esto ser realizado.

Despacio, entonces. Me fui de nuevo frente a Dorka y me agaché para mirarla a los ojos.

La necesidad de irme se hizo más fuerte, el cordón de arco más apretado. La picazón debajo de mi piel comenzó en un aumento constante, cruzando la línea entre molesto y doloroso.

"Puedo ayudarte", le dije. "Pero tengo un precio."

Cuando me inclinó la cabeza para que continuara, le dije: "Estoy reclutando para Remo Drammen".

Los ojos frescos e inteligentes se ensancharon de horror y ella negó con vehemente.

"Estás programada para tu ejecución en unas horas. Si me voy, mañana ya no estarás. Puedo ayudarte."

Sólo siguió moviendo la cabeza de izquierda a derecha. Ni siquiera estaba segura de si oyó lo que dije más allá del nombre de Remo. "Entiendo tu miedo. Permíteme explicar lo que significa el reclutamiento". Una vez más sacudió la cabeza, pero al ver que estaba atada y amordazada, no tuvo más remedio que escuchar. "Te sacaré de aquí, te daré una marca. Vas a seguir viviendo hasta que Remo te llame."

La sacudida de cabeza se hizo feroz. ¿Ya estaba mareada? "Te dará un implante de esfera y te dejará ir. Tendrás el doble de fuerza que tienes ahora. Hasta que mueras, serás tú misma, pero más fuerte"

En esto se detuvo, agachó la cabeza a un lado.

Seguí ignorando el impulso de obedecer la orden de atar e ir, por ahora. "Eres joven. Puedes vivir por otro año, una semana o cincuenta años. Depende de ti cómo vives tu vida, cómo eliges usar tu nueva fuerza. Hasta que mueras y la esfera se apodere de tu cuerpo, serás tú misma, sólo más fuerte".

Ella vaciló y yo empujé, odiándome a mí mismo por lo que estaba haciendo. "Estás obligada a morir hoy. Si me voy, mañana ya no estarás. Si estás de acuerdo, puede vivir tantos años más como lo harías bajo cualquier otra circunstancia". Me detuve antes de añadir: "Piensa rápido, antes de que el aquelarre regrese y encuentre a sus guardias inconscientes". La picazón debajo de mi piel aumentó, y me paré, apreté mis manos detrás de mi espalda para evitar que tratara de rascar lo que no estaba allí. Esperé, incluso cuando la picazón se convirtió en una quemadura, mientras la sensación de agujas afiladas me pinchó la piel. Podría darle un minuto más, me dije, apretando mi mandíbula contra el dolor, aunque sólo así ella sintiera que tenía una opción en el asunto.

Los pasos en la distancia se hicieron más fuertes, voces emocionadas que precedían al sonido. La miré. "Si quieres irte, ahora es la oportunidad."

Aparentemente, ella también podía oírlos porque había miedo en sus ojos, y asintió una vez.

"¿Estás de acuerdo en ser marcada?"

Ella vaciló antes de asentir de nuevo.

Llegué al punto final en Thobus y desmonté cada átomo. Absorber la energía habría aliviado parte del dolor y la picazón debajo de mi piel, pero eso ya no era una opción para mí. Una vez que Thobus ya no estaba, invoqué a Zarloz, el símbolo vinculante que Remo me había enseñado, una versión bastarda de Zargas y Loz, la torcí alrededor de su aura. Serviría como una vara para Remo para convocar. "No luches", le advertí, y ella se relajó, sólo para tensarse contra sus restricciones y gritar cuando comencé a atar la unión, un sonido apagado lleno de dolor. Sus ojos se ensancharon, las venas de su cuello se abultaron, su rostro se enrojeció de un profundo carmesí. No sabía que el proceso dolía tanto, pero de nuevo, Wallace y Brooks ya estaban inconscientes cuando se los hice. Me apresuré. Una vez que la unión estaba en su lugar, solté el éter.

Dorka se desplomó, pero sus ojos permanecieron vigilantes sobre mí.

No me disculpé. En su lugar, apreté la mordaza y la saqué en un solo tirón.

"Joder", dijo, luego añadió unas palabras más que no entendí, pero tenía el ritmo de una serie de palabras maldiciones.

Con una garra, le corté las muñecas, luego sus tobillos. Las voces estaban más cerca, y me empujé a Frizz para que diera otra distracción. Ayudé a Dorka a ponerse de pie, y ella se balanceó inestablemente. "No puedo sentir mis piernas." Ella frunció el ceño a los culpables, pero eso no la ayudó a moverse.

"Te tengo." Tiré de su brazo alrededor de mi hombro y abrí la solapa de la tienda. Wallace todavía estaba fuera, y me sentí aliviada al notar que la hemorragia se había ralentizado a un goteo. Desde atrás vino un gemido, y le insté a Dorka a seguir. Nos apresuramos a las sombras tan rápido como Dorka fue capaz de moverse, llegando hasta el árbol más cercano cuando hubo un grito débil desde detrás de nosotros, sin duda Brooks llamando a refuerzos.

"Joder, joder", dijo Dorka de nuevo, y al no ver otra opción, la recogí, la colgué sobre mi hombro al estilo de bombero, y corrí hacia el borde del pabellón.

Quince minutos después la puse contra el tronco de un árbol y me agaché, jadeando.

"Eso no fue divertido." Dorka gimió, enderezada sobre sus pies, estirándose con un silbido y un pequeño tirón de la pierna.

Me reí bajo mi aliento, silbé un poco más antes de enderezarme y mirarla. Sus ojos estaban centrados en mí, vigilándome y asustados, y su aprehensión era como una onda viscosa. Di un paso atrás y señalé hacia el sonido del tráfico. "Debes irte. Sabrás cuando llegue el momento."

Los ojos de Dorka se apretaron. "¿Así que ahora voy a estar mirando por encima de mi espalda por una emboscada del aquelarre?"

Me encogí de hombros. "Podrías salir del país, cambiar tu identificación. No lo sé. Me di la vuelta y di un paso lejos cuando me preguntó: "¿No quieres saber qué hice para merecer la ejecución?".

"No." Era más difícil alejarse, que no te importaran cuando los conocías.

"Perra desalmada", murmuró bajo su aliento, lo suficientemente fuerte como para saber que lo oí. Escuché sus pasos hasta que ya no pude oírlos, me desplomé contra un árbol y cerré los ojos. Creía tontamente que tenía esto bajo control, que podía marcar sólo los recipientes que estaban muriendo, o a punto de morir, o los desagradables. Me equivoqué. En el momento en que llegó la oportunidad de cumplir los parámetros de Remo, la elección ya no era mía. Y aún me quedan nueve más.

Inhalé y exhalé unos minutos antes de ponerme de pie. Tenía una parada más antes de volver a casa. De mi sostén deportivo, saqué la lista doblada de nombres que Dathana había guardado, junto con la carta de Arianna. Escaneé el contenido, decidí abordar la última dirección, ya que estaba más cerca y los dos agentes vivían juntos: una pareja casada. Sus esferas no eran las que traje, y me convenía mejor. Dos para las dos brujas que no tenía la intención de atar para Remo.

CAPÍTULO VEINTITRÉS

Para cuando terminé, ya eran las dos y media de la mañana. Estaba muy cansada, mis emociones eran un desastre, y todavía necesitaba hablar con Zantry, disculparme por ser una idiota también.

El apartamento estaba tranquilo cuando entré, mi ropa húmeda y apestosa, la gorra en mi bolsillo, mi estado de ánimo asqueroso. Zantry estaba acostado en el sofá, viendo una persecución de carros en la televisión. Todas las luces estaban apagadas, excepto las luces parpadeantes de la pantalla.

Tiré las llaves en el mostrador, traté de leer el estado de ánimo de Zantry. El vínculo era tranquilo, nada goteando a través. Se fijó en mi ropa, se fijó en mi cara, en mi expresión en blanco. Su postura no cambió, pero había una tensión alrededor de sus ojos y labios que decía de preocupación.

"Oye."

"Oye."

"¿Dónde está Mwara?"

"Dormida", dijo, un poco con cautela. "Ella no quiere causar ninguna ruptura entre nosotros, así que se irá por la mañana."

Fruncí el ceño en el pasillo oscurecido. "Ella puede quedarse. Pensé que estábamos de acuerdo en eso".

Zantry me estudió, sus ojos ilegibles. "Y luego te fuiste para estar sola", dijo, con los ojos que se movían hacia mi ropa húmeda y viscosa. "Pero ahora veo que tenías mandados que hacer."

"No me fui por ella", le dije, lo dejé en eso.

No dijo nada, y no elaboré, y no quería hacer el momento más incómodo de lo que ya era, me arrastré hasta el baño, pelé mi ropa mojada y tomé una ducha caliente. Cuando regresé, vestida con pantalones de franela y una camiseta de gran tamaño, Zantry todavía estaba esparcido en el sofá, con Frizz acurrucado en su regazo, ojos en forma de concha cerrados con dicha como Zantry lo rascaba rascó aquí y allá.

Llené un vaso alto de jugo de naranja y me senté en el sofá, mirando la pantalla de la televisión, sin ver nada.

"Cuando estuvimos juntos en la guarida de Remo, ¿recuerdas el aura de la gente con la que estábamos peleando?" Lo miré, encontré sus ojos pensativos y azules fijos en mí.

"Eran negras con energía corrompida, ¿por qué?"

Bebí del jugo. "Me llamó la atención que hoy en día el aura negra no es algo que otros puedan ver".

"Oh? ¿Los Dhiultadh?"

"Los Sidhe también. Cuando Lee me llevó por primera vez a Oberon, me llevaron a su calabozo y me mostraron uno de los recién implantados de Remo. Hoy me di cuenta de que querían asegurarse de que yo fuera capaz de identificar a los esbirros de Remo, antes de presentarme a la reina Titania".

"¿Vincent y Diggy no puede verlo?"

"No. Diggy dijo que los que peleamos en la guarida tenían auras en diferentes tonos de azules, rojos, naranjas y algunos incluso púrpuras con vibraciones necróticas, pero ninguno de los recién convertidos, que fue la razón por la que nunca conectaron a los incipientes perdidos y a Angelina Hawthorn con Remo".

Zantry gruñó, rascó bajo la barbilla de Frizz. La gárgola emitía un sonido similar al ronroneo. "Si tenemos en cuenta el hecho de que el tiempo en la guarida no es lineal con la de la Tierra, tiene sentido que no se sientan como vampiros recién convertidos".

"Sí, está eso. Luego están los matones y sus auras de borde negro de ayer. Diggy dijo que de cerca que hay un campo extraño que viene de ellos, pero afirma que su aura se ve normal. Logan y Vincent coincidieron con eso, así como Helena."

"Hmm mm, eso es interesante." Zantry miró brevemente al pequeño pasillo que conduce a la habitación. "Podían ver el brillo negro en el aura de Mwara." Se volteó hacia mí. "Y otra vez en el tuyo."

"Yo no tengo un implante de esfera, y Mwara tampoco."

"No, pero creo que es una distinción que debes mencionar a Roland."

Lo haría mañana. Bebí de mi jugo de nuevo, frunciendo el ceño a una costra larga en la parte posterior de mi mano. En el fondo de mi mente, recordé algo que me cortó la mano mientras llevaba a Dorka lejos del campamento.

"¿Quieres hablar de ello?" Zantry preguntó, los ojos fijos en la costra.

"No. Ahora no." Tal vez nunca. "Pero tengo algo más que decirte."

Sus ojos se levantaron a los míos, cautelosos y expectantes, y me moví para recuperar la carta de mi habitación. Cuando regresé, se sentó erguido, alerta, Frizz en ninguna parte a la vista. Era el momento, me dije a mí misma. Todos los discursos que había preparado, las diversas formas en que practicaba y consideraba abordar el tema, todo en vano. No había buena manera de dar las noticias, no había manera de amortiguar la verdad. Así que le entregué la carta, y mientras desplegaba el papel e inhalaba bruscamente la escritura familiar, me senté a su lado, ofreciendo mi consuelo silencioso. El silencio se estiró e, inútilmente, bebí del jugo y traté de calmar el ritmo rápido de mi corazón.

Esperé a que dijera algo, sin saber cómo calmar la furia que llenaba la habitación, así como atravesó nuestro vínculo antes tranquilo. Me quedé con un simple "lo siento", bajé mi vaso y fui por él.

La mano de Zantry apretada, la carta hecha bola en su puño. "¿Por qué?", Preguntó con voz suave. "¿Cómo?"

"Es de lo que quería hablarte. Yo–" Estreché la cabeza, agité una mano. Empieza desde el principio. "He tenido esta carta desde el día en que Remo me convocó. No quería decirte antes de entender por qué y cómo esto era posible".

"¿Es esto lo que Matilda quería decirte?", Preguntó, luego corrigió, "por supuesto que era. ¿Todo este tiempo? Todo este tiempo lo supo. Los Seelie-" Lo interrumpí, tomé su mano en la mía, el calor de la energía afilada. Lo apreté fuertemente, absorbiendo todo.

"Escúchame. El Sidhe no mintió. Hoy fui con Matilda. Quería saber cómo es que nadie lo sabía, cómo es que mi padre no lo sabía".

Zantry se desplazó para mirarme, con los ojos oscuros, llenos de agitación. En silencio, le expliqué todo lo que Matilda me dijo, y él escuchó sin interrumpir.

Cuando terminé, Zantry inhaló una respiración profunda, se frotó las manos en la cara. "Roxanne", comenzó, no continuó. En vez de eso, me tiró hacia él, ambos brazos a mi alrededor mientras apoyaban mi cabeza sobre su hombro. "Roxanne, yo..." Exhaló. "Roxanne." La comprensión del papel que iba a desempeñar en todo esto parecía estar hundiéndose, y se estaba hundiendo con fuerza.

"Dios mío", murmuró contra mi cabello. "Esto es un desastre." Me frotó la mano por la espalda, ofreciéndome cualquier consuelo que pudiera dar. "Siento mucho que te haya hecho esto. Lo siento mucho", susurró una y otra vez, cepillando sus labios contra mi cabello.

Y no pude soportarlo. Me alejé y comencé a caminar. "No puedo hacerlo", le dije, frente a la televisión.

"Lo sé", dijo Zantry, levantándose, y mis hombros se tensaron. "Nadie te está pidiendo esto. Nadie te pedirá esto." Sí, lo harían. Ya lo hicieron: los Sidhe, los Cazadores, Matilda, Arianna.

Pero no lo sabían. Sacudí la cabeza, incapaz de dar la vuelta y enfrentarlo. "No, no puedo hacerlo. Cuando Remo me obligó a cambiar", inhalé. "Rompió algo. Lo sentí, sea lo que sea lo que me impidió poder cambiar por completo, sentí cuando se rompió. Dañó algo dentro de mí. No puedo tirar de energía para mí. Fue la razón por la que Remo me da su fuerza de energía después de cada convocatoria, porque no puedo tomar energía y reponer la mía. Y si no pudiera extraer energía de mí, no sería capaz de drenar el portal. Es decir, si alguna vez lo encuentro."

Hubo una pequeña pausa antes de que Zantry dijera: "¿Tal vez no sabes cómo?"

"Sí, lo sé. Lo sabía", me froté las manos sobre mis pantalones de franela. "Lo hice una vez, antes", con un rollo de mano, le expliqué: "Lo hice una vez a Logan. No lo sabía entonces, no sabía lo que estaba haciendo, pero después, comprendí que estaba tomando su energía. Ahora, si lo intento, me desmayo. No puedo hacer esto."

"No tienes que hacerlo." Zantry puso una mano caliente

sobre mi hombro, me dio la vuelta para enfrentarlo. Había algo de emoción que no podía leer en sus ojos, algo parecido a la comprensión, sin embargo, no del todo. "No tienes que hacer esto. Arianna era una perfeccionista. Ella creía en hacer las cosas bien, exactamente, sin errores. "Creo", se tragó, "Creo que cuando ella pensó que no iba a volver iba a fallar. Tomó su dolor y todos sus recelos, y se rindió, en lugar de enfrentar esa posibilidad. Pero estoy aquí, y juntos vamos a encontrar una manera. Me tiró hacia adelante, y fui, dando vueltas en mis brazos alrededor de su torso y poniendo mi cabeza sobre su hombro.

"¿Me hará una persona horrible decir que me alegro de que Remo me rompió?" Pregunté, voz pequeña.

Zantry apretó los brazos a mi alrededor. "Seríamos dos personas horribles, entonces."

CAPÍTULO VEINTICUATRO

Leon, el ejecutor de la Corte Seelie llegó temprano a la mañana siguiente. Zantry y yo nos quedamos en el sofá hasta el amanecer, ninguno de nosotros dijo nada, ambos contemplando todas las ramificaciones de ser la hija de Arianna. No es que no lo hubiera pensado durante todos esos años en la guarida de Remo, sino porque siempre había esperado que hubiera algo mal, una pieza del rompecabezas que probara que la carta no era para mí.

El día ya había comenzado a despejarse cuando tropecé con la cama, dejando a Zantry extendido en el sofá, todavía despierto. No tenía que reportarme a la base temprano, y planeé dormir hasta el mediodía.

Miré el reloj en la mesita de noche, sintiendo la presencia de Lee incluso antes de que ella se bajó del camino. Tal vez fue su poderosa presencia, tal vez fue el trato entre nosotras. Lo que fuera verdad, estaba despierta, con calcetines y botas incluso antes de que ella llegara a mi cocina.

Seis de la mañana. Dormí menos de una hora. Dos noches

seguidas sin dormir estaba destinada a dar lugar a errores descuidados.

Salí corriendo justo cuando Zantry salía del baño. Mwara abrió la puerta del dormitorio de invitados, y un gesto de Zantry la hizo volver adentro, cerrando la puerta en silencio de nuevo.

Los ojos de Zantry eran planos, sus labios dibujados en una línea. Y el vínculo se cerró por su parte. Por primera vez desde que se formó nuestro vínculo, Zantry me cerró. Era diferente, me di cuenta, la sensación de pérdida y vacío más fuerte, más profundo que cuando yo era la que lo hacía. No estoy segura de su razón, yo también cerré el vínculo.

Entramos en la sala de estar uno al lado del otro, con Frizz un paso adelante. Lee nos dio un vistazo casual, sin impresionarse con nuestro séquito, sus ojos verdes esmeraldas tan insensibles como los de un tiburón.

"Veo que los años te han hecho modesto", le dijo a Zantry, con tono de burla. "Hubo un tiempo en que te ibas de la cama alto y orgulloso." Ella olió, "No la huelo en ti. ¿Estás perdiendo tu notoria destreza con las damas, Zantry Akinzo?"

"Difícilmente." Se apoyó en el divisor, amigable con la postura, pero había un borde de púas en su tono. "¿Por qué estás aquí, Leon?"

Los ojos de Lee fueron hacia mí, sobre mis pantalones de franela, una camiseta de gran tamaño, hasta mis botas y volvieron a mi cabello desaliñado. Una sonrisa fría se hizo sobre sus labios mientras se dirigía a Zantry. "¿Tal vez tus gustos no están tan abajo?"

Zantry ignoró su comentario, se movió alrededor del divisor y se ocupó haciendo el café. "Ya que estamos despiertos y tú estás aquí, también podemos hablar mientras comemos." Miró por encima de su hombro a Lee, observando cada uno de sus movimientos con una calidad de depredador. "Puedes decirnos la razón por la que viniste armada y tan temprano."

Me acerqué al divisor, viendo el hacha que llevaba en el bucle de sus jeans a la vez. Debería haber chocado, un arma medieval con atuendos modernos, pero lo hizo funcionar. Había visto su hacha una vez antes, en la noche en que me llevaron a la mazmorra de Seelie.

"¿Qué, te refieres a Seif?" Ella le dio unas palmaditas su hacha, y la cabeza dio un cálido resplandor, como si fuera sensible. Un arma unida, una que quemaría, envenenaría o mutilara a cualquiera que intentara tocarla.

"Le tengo cariño. Me hace compañía hoy en día".

Zantry gruñó y abrió la nevera. Me disculpé y me dirigí al baño, necesitando el tiempo y sabiendo que Zantry podía manejarla. Helena dijo que era sólo un señuelo para que los Sidhe pudieran exigir mi presencia. Según las reglas del trato, tenían derecho a hacer esta demanda.

Me lavé, me cepilléé los dientes y el cabello y me apresuré a entrar en mi habitación. Podía ponerme la ropa que llevaba puesta cuando llegué de las Tierras Bajas o podía ponerme la ropa que llevaba cuando regresé del castillo de Seelie una vez. Ambos estaban hechos de la misma tela, un material que me permitía cambiar sin rasgar. No me apetece correr por la tierra de Seelie desnuda o en mi forma alternativa para cubrir mi cuerpo desnudo si, por alguna razón, necesitaba cambiar de un lado a otro.

Inspeccioné mis opciones: los pantalones y la blusa campesina que encontré limpios y doblados en mi cama anoche, o la blusa lila y la falda que había usado cuando había visitado el castillo de Seelie. El primero era más práctico, se había usado innumerables veces y me daría más libertad de movimiento. Pero este último se veía mucho mejor en mí.

La vanidad ganó la batalla y me vestí de prisa, luego maldije cuando consideré luchar con faldas. Si surgieran altercados, pelearía mucho antes de decidirme a cambiar. El cambio era un caso de último recurso, sin importar la situación. El Dratcha, mi bestia, era algo que trataba de evitar como la peste. En esa forma, todo el sentido común tomaba un asiento trasero a un instinto animalista, más básico.

Rápidamente cambié la falda por pantalones, le di un segundo pensamiento y cambié a los pantalones de genio. Prefiero lucir de moda desaliñada que ir desnuda de cintura para abajo. Dudé entre zapatillas de satén y botas de senderismo. La última vez que Lee me acompañó a la tierra de Sidhe, nos llevó a un claro lejos del castillo. Recordando la larga caminata, tomé las botas robustas de nuevo y me las puse, apretando mis dientes a la risa seductora de Lee, el tono de la voz baja de Zantry.

Me volví a ir, vi mi teléfono y me detuve. Después de enviar mensajes de texto a Vincent y Diggy que me iba al castillo de Seelie con Leon, le mandé un mensaje de texto a Vicky y le hice saber que saldría de la ciudad. Después de una breve pausa, escribí una nota para que Mwara se quedara todo el tiempo que ella necesitaba y la deslicé debajo de la puerta del dormitorio de invitados.

La vista de Lee y Zantry sentados tan cerca el uno del otro en mi cocina hizo que mi temperamento empeorará, especialmente cuando Leon se inclinó para susurrar en su oído. Empujé la necesidad de apretar la mandíbula y el puño a un lado y noté que la jarra de café estaba vacía. Una taza completa estaba frente a Lee, otra mitad frente a Zantry. Un plato vacío con las tortillas sobrantes estaba entre los dos. Podrían haberme dejado los restos, pensé, molesta conmigo misma por estar molesta. Me metí en la nevera, tomé pavo y queso y me tomé un vaso alto de jugo de naranja.

Ninguno de los dos me prestó atención. Había una sonrisa en los labios de Zantry, con un borde malvado, sus ojos brillaban en secreto. Estaba vestido con pantalones grises y una camisa de color rojo oscuro abotonado, el pelo atado hacia atrás en una cola de caballo. Debió cambiarse mientras me lavaba, o en el dormitorio, preocupada sobre qué ponerme. Y probablemente usó la excusa para hacerle saber a Mwara lo que estaba pasando, considerando que sus pertenencias todavía estaban en el dormitorio de invitados. Lee estaba de vuelta por mí, pero me imaginé el destello de sus ojos, viendo la sonrisa casi sexy que le estaba enviando a Zantry. Tuve un impulso repentino de golpear en el vínculo para ver lo que estaba haciendo, si estaba fingiendo estar interesado en Lee o si era de verdad. Debe ser real, ¿sino por que me había dejado afuera? Me detuve a mitad de masticar y lo reconsideré. ¿Quizás Lee podría aprovechar nuestro vínculo? Fruncí el ceño al jugo y reflexioné sobre sus razones. Tal vez había algo, algo que él pensaba que yo sabía. Era un hombre considerado y cariñoso. Incluso si le interesaba Lee, no lo haría, ¿qué? ¿Aceptar una invitación de una mujer hermosa que prácticamente se lo estaba follando con sus ojos? ¿Por qué no? Nunca nos comprometimos el uno con el otro, nunca nos expresamos los sentimientos del otro, aparte de que nos importaba lo que le pasaba al otro. Todo lo cual podría explicarse como amistad. ¿Quizás estaba leyendo demasiado en sus palabras y reacciones cuando la verdad fue que me ve como un amigo? ¿Una persona que había reclamado bajo su protección?

Sin embargo, lo que fuera entre nosotros, entre él y Lee, tenía una razón para cerrar el vínculo, algo que nunca había hecho antes.

"Vienes como invitada a nuestro castillo", murmuró Lee con voz sensual. "Te proporcionaremos entretenimientos de lujo."

Zantry le dio esa hermosa sonrisa que había asumido que era sólo para mí, y mi estómago se ahuecó y cayó a mis pies. Me obligué a terminar mi sándwich y beber mi jugo, apoyada en el mostrador y haciendo todo lo posible para no prestar atención a todos los lujos murmurados que la Corte Seelie le ofrecería durante su estancia.

En el momento en que puse el vaso en el fregadero y me lavé las manos, Lee se puso de pie, demostrando que no era ajena a mi presencia, que ya me había hecho creer.

"Si has terminado, la reina Titania no debe esperar mucho por ti."

Dios no lo quiera, quería decir. Me habría llevado con mis pijamas si no fuera por el encanto de la compañía de Zantry. Y el desayuno.

Zantry se puso de pie, y por supuesto, venía. ¿No lo había invitado Lee a su cama? ¿Cómo pudo dejar pasar la oportunidad? Le dije a mi voz celosa interior que se callara, Zantry no era así. Me moví para estar al lado de Lee, así que ella fue la que nos cambió a través del camino, sin darle a Zantry una mirada extra, jugando con cualquier ritmo que estaba tocando.

"Muestra el camino", le dije.

CAPÍTULO VEINTICINCO

Era mediodía cuando llegamos a la tierra de Sidhe, justo fuera del castillo, no por un claro lejano. La tierra era verde, llena de pájaros cantando, animales atrevidos. Era una tierra tranquila, impresionante. El sol brillaba por encima del castillo, la temperatura cálida pero no caliente.

El castillo, como en un cuento de hadas, era una hermosa estructura de pisos indefinidas, llenos de altas torres y parapetos, de balcones redondos y estatuas de piedra. Se veía igual que la última vez que vine, excepto por los guardias. La última vez no había habido nadie para saludar o interrumpir nuestro progreso, hoy había guardias por todas partes. En el suelo, en el cielo, en los balcones, en las torres. Dondequiera que miraba, había enormes hombres y mujeres con lanzas altas o hachas, o espadas largas y afiladas. Por encima de nosotros, dando vueltas por el cielo, otras criaturas observaron el castillo, todo armado.

¿Pasó algo, o era toda esta seguridad extra por mi culpa? Y si es así, ¿debería ser cautelosa o estar halagada?

Nos acercamos a la entrada del castillo en silencio, con Zantry manteniendo el ritmo al lado de Lee, mientras yo seguía sus pasos. Los guardias en la entrada, dos guerreros vikingos con lanzas afiladas se apartaron para que pasáramos, dándoles a Lee y Zantry una reverencia de respeto.

Entramos en un largo pasillo lleno de pinturas que podrían, y se moverían si me quedaba mirando por demasiado tiempo. Las representaciones de hoy fueron de guerreros derrotando bestias monstruosas, un tema diferente de los animales de pastoreo que había visto en mi primera visita.

Al otro lado de las pinturas había ventanas altas y arqueadas. Durante mi última visita, había habido un jardín lleno de flores en flor fuera del cristal. Hoy había un campo de manzanas, los frutos que varían entre los tonos de rojo rubí y amarillo y verde y rosa e incluso dorado, aunque este último podría haber sido el reflejo del sol brillante. El aroma de la verbena de limón y la canela todavía impregnaba el aire, y yo inhalaba los pulmones con el perfume, disfrutando de la combinación de cítricos y especias, como la colonia de Zantry.

La sala terminó en una sala muy grande y rectangular, también conocida como la sala del trono, o el salón de baile, o incluso la sala de conferencias, dependiendo de la ocasión. Hoy en día el gran espacio estaba vacío de adornos y muebles, excepto por el sillón vacío y una figura sombreada de pie junto a uno de los tapices altos a través de la habitación. Drozelle, o tal vez era Crozelle. La luz dorada del sol iluminó la vasta habitación a través del techo de cristal abovedado, bloqueado ocasionalmente por una de las patrullas voladoras. En el momento en que cruzamos la mitad de la expansión de la sala del trono, Crozelle, o Drozelle, separado de la pared, nada más que una sombra con una tez pálida, pelo y ojos oscuros. Desde mi izquierda, un guardia alto con piel del color de un cielo sin luna y una larga espada atada a sus caderas apareció de la nada y se acercó, deteniéndose cuando estaba a unos cinco pies a mi izquierda.

"Drozelle", le dijo Lee al guerrero Fee de pelo oscuro. "Jide." Ella asintió al guardia alto. Asintió de vuelta, sólo una inclinación de su barbilla fuerte.

Drozelle inclinó la cabeza hacia Lee, inclinó la barbilla hacia Zantry, y luego se dirigió hacia mí. "Te escoltaremos desde aquí."

Miré a Zantry para asegurarme de que esto fuera normal, pero no dio ninguna señal de alarma ni nada. De hecho, parecía estar contento de que me iba, dándole a Lee una sonrisa lateral.

Liberando el puño que se enroscó sin mi consentimiento, seguí a Drozelle hasta la esquina más lejana, donde una puerta doble que estaba casi segura de que no había estado allí la última vez estaba entreabierta.

Jide mantuvo el paso a mi izquierda y un poco atrás, Drozelle delante y a mi derecha.

Nos fuimos a través de un estrecho pasadizo iluminado por antorchas con llamas azules, emergió en un pasillo más grande, rodeado por ventanas altas arqueadas a un lado y puertas ornamentadas por el otro. He estado aquí antes, aunque la última vez que ascendí dos pisos para llegar aquí.

Drozelle me mostró a una habitación similar, si no la misma que ocupé la última vez que vine, dando un paso atrás para que entrara.

Entré, observando la habitación con una mirada. Dominando una gran parte de la habitación había una cama alta con dosel decorada en colores tierra fuertes: verdes, marrones, azules y amarillos. El suelo brillaba en un marrón pulido, las cortinas del balcón estaban hechas de un material beige transparente que se balanceaban con una brisa insensible. A mi izquierda había otra puerta que conducía a un baño apropiado para la realeza.

Detrás de mí Drozelle anunció: "Se espera que te unas a nuestra reina para cenar esta noche". La puerta hizo clic, y sabía que sin mirar la puerta no estaría allí hasta que la siguiente persona viniera a buscarme.

Me dirigí primero al balcón. Como esperaba, no había nada más que una caída empinada que terminaba en un mar de blanco. Fruncía el ceño a las nubes esponjosas y perfectas. La única diferencia entre esta vez y la última fue que esta vez sabía volar. Una mirada hacia arriba confirmó que ninguna de las criaturas voladoras armadas con lanzas estaba circulando en el cielo. ¿Otra dimensión, tal vez? ¿Una ilusión? ¿Algo peor?

No estaba lo suficientemente desesperada como para probar la teoría, así que volví adentro.

No había nada más que hacer que esperar, y como no había dormido durante las últimas dos noches, decidí aprovechar mi tiempo y descansar.

Me acosé encima de la sabana, abracé a Frizz, cerré los ojos y pensé deliberadamente en Vicky y en todo lo que haríamos, toda la diversión que tendríamos una vez que volviera a casa.

CAPÍTULO VEINTISÉIS

Me despertó con el sonido incesante de los zumbidos de. Empujé a la criatura con una mano y el molesto sonido se fue por unos segundos dichosos antes de regresar, seguido de un pequeño tono enojado.

Abrí los ojos y miré a Bennty, la pequeña pixie que conocí durante mi estancia anterior. Estaba flotando unos centímetros por encima de mí, con los brazos cruzados, la cara roja con indignación. Tenía unas once, doce pulgadas de alto, con alas incandescentes que zumbaban locamente detrás de ella.

Ese diminuto tono enojado, vino de nuevo, sus manos moviéndose en agitación.

"Si querías que te entendieran, deberías haber traído un intérprete."

Bennty me apuntó, me apuntó con un dedo como monta dientes y me dio sonidos llorosos.

"Muy bien", me quejé, señalando para que ella se moviera hacia atrás. "¿Te importa? Dos de ustedes son demasiado para manejar."

Voló de vuelta, demostrando que me entendía, y yo

descrucé mis ojos y me senté. Me en enfoqué el vestido cubierto en el pie de la cama a la vez. Este no cambió de color, supongo que ya no era digna de material real, pero el color del vestido era sólo un tono más oscuro que el púrpura real de Titania. Ja. ¿Una concesión a la hija de la mujer que lo sacrificó todo?

Bennty me dio su de letanía de nuevo, y con lentitud deliberada, dejé que mis pies cayeran al suelo.

"¿Supongo que quieres que me vista?" Era una pregunta retórica, pero Bennty inclinó la cabeza.

Me quejé bajo mi aliento y me puse de pie. Después de cuidar de mis necesidades, me puse el vestido, la tela caliente. Era una belleza que encajaba a la forma con una manga de tres cuartos, una falda larga que me alcanzaba los tobillos, con aberturas hasta las rodillas y un escote cuadrado. Bennty comenzó a tirar y a enroscar mechones de cabello en el momento en que puse los pies en las zapatillas a juego, sin esperar a que me enderezara.

Drozelle hacía guardia fuera de la puerta del dormitorio. Tenía un cuchillo largo en la cadera. O una espada corta. Nunca pude notar la diferencia entre los dos. Le asentí, notando el otro guardia de inmediato. Alto y ancho, con el pelo de color de trigo trenzado por la espalda. Un guerrero, con corazas y una espada que parecía que venía directamente de un libro de historia del siglo XII. Sus ojos, de color verde claro, brillaban como si estuvieran iluminados desde dentro.

"Él es Roderick", dijo Drozelle, y el gladiador vikingo se desprendió de la pared, poderosas piernas cruzando la distancia en dos zancadas.

El guerrero, Roderick, me inclinó la cabeza con deferencia. "Señora", dijo, la sola palabra llevando un acento inglés. Incliné la cabeza hacia un lado. Aura de plata brillante, un Seelie de sangre pura. Tal vez vivió más al lado de la Tierra que los otros.

Juntos, fuimos por el pasillo, los árboles afuera delineados con el anochecer. En lugar de escaleras u otro estrecho pasadizo a la vuelta de la esquina, entramos a la sala del trono. O salón de baile. El lugar estaba lleno de Fees, hombres y mujeres e incluso algunos niños.

La música venía de una pequeña banda apartada en una esquina, y algunas parejas bailaban a la melodía felizmente. Mesas con lino pesado y colorido se colocaron al otro lado, pixies flotando, arreglando platos y vasos.

Drozelle y Roderick me llevaron al centro de la habitación, donde se había lanzado una alfombra de plata. Como un camino marcado, la alfombra llevaba desde las puertas dobles en la parte delantera y todo el camino hasta el trono.

Todos estaban de pie, o bailando, ya sea a la derecha de la alfombra o de la izquierda, sin un solo dedo del pie Fee tocando la plata. Mis pasos no fallaron, mi expresión no se desató, pero el sudor salió en mis palmas, mis sienes y mi corazón tomó un tambor más rápido. Algunos de los Seelie se fijaron en nosotros y detuvieron lo que estaban haciendo para mirar fijamente. Mantuve mis ojos enfocados al frente, mantuve mis pasos en sincronía con mis guardias. Seguimos la alfombra hasta el trono, donde la reina Titania estaba sentada con Oberon, observando nuestro progreso. Lee estaba junto al trono, un poco atrás y a la derecha de la reina Titania. Zantry no estaba a la vista. En el momento en que estábamos a mitad de camino, la mayoría de los Seelie se había detenido a mirar. Para cuando llegué al trono, sus miradas eran como un toque físico. Estaba al tanto de cada ojo que se me asomaba en la espalda.

No podía saber si me recordaban de mi última visita, la hija del Dhiultadh que murió sin honor, o si simplemente no les gustaba mi presencia, o si podían sentir lo fuerte de la energía de Remo a mi alrededor, incluso con mi aura disfrazada. Cualquiera que sea la razón de la creciente animosidad, me puso al límite.

Cuando comencé a ascender los amplios escalones hacia el trono, incluso la música se había detenido, el único viniendo sonido de los crecientes murmullos. Roderick se detuvo en el escalón inferior, pero Drozelle ascendió conmigo. La tensión y la expectativa se volvieron espesas en el aire.

Me detuve en el escalón por debajo del último e incliné la cabeza. A mi lado, Drozelle se arrodilló e inclinó. "Su Majestad", le dije, mi voz baja pero constante.

La reina Titania inclinó la barbilla en reconocimiento y se dirigió hacia mi guardia. "Usted puede ponerse de pie, Crozelle."

Crozelle, no Drozelle. Nunca podría distinguir a los gemelos.

Crozelle se puso de pie y bajó, y me quedé como la X en un objetivo, sola y con todos los ojos enfocados en mí. La habitación se había quedado tranquila, y yo no me gustaba esto.

La reina Titania se puso de pie, y retuve la necesidad de prepararme, de dar un paso atrás. Sus ojos eran feroces, el color del agua turquesa, vibrando con poder.

"Roxanne Fosch, hija de Dhiultadh Yoncey Fosch, es una familiar estimada para Remo Drammen." Aquí se detuvo, pero nadie dijo nada. Todo el mundo parecía haber dejado de respirar, en ese caso.

Titania me apuntó con su bastón, y tuve un segundo para pensar oh, mierda antes de que sus próximas palabras me golpearan. "Usted es una invitada en esta corte. Yo aquí, te declaro bajo el código de hospitalidad". Murmullos de protesta se rompieron detrás de mí, y mis hombros se tensaron. No me gustaba que mi espalda fuera estuviera a ellos, desnuda y vulnerable. Titania continuó. "No tendrás daño de mi gente y no dañarás a nadie mío. Si este código se rompe, el responsable se ocupará de mi ira". Ella vio con los ojos furiosos a la multitud, en las protestas que se elevaron en el terreno de juego, moviendo sus ojos de izquierda a derecha hasta que la habitación se quedó en silencio una vez más. Sólo entonces la reina Titania se sentó. Ella apuntó a los músicos, y después de algunas teclas equivocadas, la música volvió a aparecer, sin problemas. Sus ojos iracundos permanecieron fijos en los cortesanos, cada segundo haciendo una pausa en un lugar antes de pasar a la siguiente. Detrás de mí, los pies se barajaban de vuelta a la pista de baile. Pronto hubo charlas y risas de nuevo, pero la tensión se mantuvo espesa en el aire. Uní las manos, ansiosa por que Titania dejara de mirar a su gente y acabara con esto.

Oberon se inclinó y murmuró algo en la oreja de la reina Titania. Sus ojos brillaron una vez, una breve bengala que no pude descifrar. Un momento después, ella inclinaba su barbilla asintiendo de acuerdo, se dirigió a un pixie cercano. Sopló en un pequeño tubo, y al otro lado de la habitación, otro pixie levantó un gran cuerno azul el doble de su tamaño y sopló, una nota larga y aguda.

Arriesgué una mirada de lado, incapaz de evitarlo. Todos dejaron de bailar. Como si se dieran cuenta de que algo estaba pasando, la música flaqueó y murió. Pasaron unos segundos incómodos. Entonces todos, incluidos los músicos, se barajaron hasta las mesas, dándonos miradas furtivas a su paso. No se expresaron protestas en voz alta, ninguna que nos alcanzara de todos modos.

"Comemos y festejamos esta noche", dijo Titania a Oberon, examinando a los cortesanos a su paso. "Celebramos como lo planeamos. Mañana nos sentaremos y hablaremos por fin."

Una vez que todos encontraron su asiento, el pixie sopló en el cuerno azul de nuevo. Lee descendió los escalones, asintiendo con la cabeza para que yo lo siguiera. Roderick y Crozelle, quienes habían estado protegiendo los escalones del trono, me flanquearon mientras nos dirigíamos a la mesa alta. Lee me pidió que me sentara junto a Crozelle, y después de hacerlo, Roderick tomó asiento junto al mío.

Zantry llegó a través de una puerta lateral, escoltado por un pixie macho. Estaba vestido con pantalones blancos y una camisa abotonada de color azul oscuro que cambiaba a verde apagado y gris oscuro cuando se movía. Su cabello estaba desatado, tocando sus poderosos hombros, empolvado con algo que brillaba. Más de lo que mis ojos admiraban su gracia, pero sólo Lee se movió para saludarlo. Ella puso su brazo sobre su codo, lo trajo alrededor de la mesa, dándole el asiento frente al mío. Lee tomó el asiento a su izquierda, Oberon a su derecha. Al lado de Lee se sentó Drozelle y al lado de Roderick se sentó otro Fee, uno con orejas puntiagudas y dientes afilados que reconocí de mi estancia anterior.

Una vez que cada Fee se había sentado, el pixie sopló en el cuerno azul, tres notas agudas. Titania descendió los escalones del trono, tomó el asiento a la cabeza de la mesa, ligeramente elevado de todos los demás. En el momento en que se sentó, los pixies se pusieron en movimiento, llenando platos y cortando carne y llenando vasos con bebidas verdes lima.

Pronto mi plato estaba lleno de carne de animales extraños, verduras de colores que sabían raro, y una salsa que sabía increíble.

Me lo comí todo, sin saber que había estado tan hambriento antes. Levanté la cabeza cuando terminé, sólo para encontrar la mitad de la atención de la mesa sobre mí. Me limpié los labios con la servilleta de lino. "Tu comida es deliciosa", le dije a la Reina Titania.

"Lo es, de hecho", coincidió Zantry, y se llenó la boca con carne que metió en la salsa.

Cuando el pixie llenó mi plato de nuevo, comí lentamente

y muy poco. A mi alrededor todo el mundo estaba hablando con alguien. Nadie me habló. Drozelle habló con Roderick y el Fee sentado a su lado, Oberon habló con Titania, y Crozelle ocasionalmente respondió algo que Oberon le preguntaba.

Lee y Zantry sólo se involucraban con otros si se les lanzaba una pregunta directa. De lo contrario, hablaban suavemente, sus cabezas casi tocándose. Estaba claro para cualquiera que le importara que esos dos deben tener una larga historia juntos. Apuñalé un postre marrón cubierto de un caparazón rojo brillante, y el relleno blanco cayó en el plato de Roderick. Crozelle se rio, Roderick sonrió.

"Lo siento", murmuré.

Una vez que todo el mundo estaba lleno a su capacidad, la música comenzó a reproducirse de nuevo en serio. La reina Titania y Oberon se pusieron de pie, a la izquierda a través de una puerta lateral en el lado opuesto de la pista de baile, y unos pocos siguieron detrás.

Mi atención se trasladó a los otros cortesanos mientras se levantaban, era eso o ver a Lee coquetear con Zantry, y la mayoría se trasladó a la pista de baile, un paso, salto, movimiento suave que todo el mundo conocía, incluso los tres niños. Una pequeña multitud se reunió al margen, aplaudiendo y alentando a los que estaban en la pista. Parecía que todo el mundo se estaba divirtiendo mucho. Todos excepto los que seguían sentados en la mesa real.

Aparentemente, Lee pensó lo mismo porque aplaudió dos veces y se puso de pie, una sonrisa traviesa jugando en sus labios. Se volteó hacia Zantry, tomó su brazo y lo llevó a la pista de baile. Observé hasta que ya no podía verlos sin tener que estirar mi cuello.

Drozelle y los Seelie con caninos afilados y orejas puntiagudas se excusaron de la mesa, pero Crozelle y Roderick permanecieron sentados, claramente de guardia.

Suspiré. Parecía una gran fiesta, pero no era una invitada, a pesar de lo que la reina Titania había dicho.

Me paré, al igual que mis guardias.

En el momento en que me alejé de la mesa, un pixie, un poco más grande que Bennty y claramente masculino, corrió hacia mí, claramente empeñado en empujar mi nariz al otro lado de mi cabeza. Antes de que pudiera arrancarlo del aire, el pixie frenó, a pocos centímetros de mi cara, y emitió un pequeño tono, brazos y pies moviéndose con cualquier discurso agitado que estaba dando, alas zumbando furiosamente. Miré a Crozelle para la traducción, pero fue Roderick quien habló.

"La reina Titania te invita a unirte a la celebración."

Miré al pequeño pixie. ¿Toda esa agitación por esta frase?

Mi declive estuvo en la punta de mi lengua cuando lo pensé dos veces. Mi otra opción era una habitación vacía y solitaria que puede o no ser una prisión.

Me fui al borde de la pista de baile, mis dos guardias a mi lado, y en el momento en que la música terminó, el pixie sopló dos veces en la bocina, seguido de tres largos lamentos, haciendo que todos se voltearan y me miraran.

Asentí una vez, no estoy segura de por qué, pero cuando la música volvió a aparecer, todo el mundo parecía olvidarse de mí. Incluso la persistente tensión que se mantuvo durante toda la comida comenzó a disiparse.

"¿Qué fue eso?" Pregunté.

"Bay anunció que el invitado de honor ha sido invitado a participar de nuestra fiesta", respondió Crozelle.

Con la tensión fuera era más fácil respirar y relajarse, tanto como pude con una habitación llena de Seelie. Reanudé mirar a la gente, haciendo un punto para evitar el lugar donde Lee y Zantry se estaban divirtiendo. No seguían los pasos. En su lugar, Lee estaba presionado contra Zantry, ambos sonriendo. Me concentré en los movimientos de baile, tratando de memorizar los pasos para poder mostrárselos a Vicky, y pronto estaba anticipando su movimiento, aplaudiendo junto con los que estaban de pie en los lados. Salta, desliza, pisa. Paso, salta, deslízate. Paso a paso, desliza, salto, salto, giro... El líder Seelie incluso hizo una voltereta que hizo que todos vitorearan.

Roderick se despejó la garganta y lo miré de lado.

"¿Te gustaría, ya sabes?" Señaló al baile delante, sus mejillas se enrojecieron.

Me burlé. "No creo que pueda maniobrar con tanta gracia", le dije, y a mi lado, Crozelle tosió.

El cuello de Roderick se volvió un de tono vergonzoso rojo, y miró hacia otro lado.

Oh, mierda. Ya estaría ahí divirtiéndose si no hubiera elegido mal. La música tuvo un crescendo, y la gente comenzó a abuchear y acelerar sus pasos. Los que estaban al margen aplaudieron más rápido, pidiendo alentar.

"Probablemente te pisaré", le dije, sintiéndose como una aburrida. Vicky me había llamado así una vez.

"Puedo guiarte", ofreció tentativamente, ojos verdes pálidos sin ocultar el destello de la anticipación.

Lo pensé por un momento. Lo peor que podía pasar era avergonzarme frente a los Corteses de Seelie. Teniendo en cuenta que ya demostraron su aversión, no tenía nada que perder. Con un encogimiento de hombros mental dije, "Muy bien." Avanzamos juntos, y más de unos cuantos pares de ojos nos siguieron. "El morado berenjena te queda bien", dijo Roderick, y miré hacia abajo al vestido morado. Nunca oí hablar del morado berenjena, pero aparentemente, Roderick pensó que sí. Tal vez era un famoso diseñador del lado de la Tierra.

Asentí. "Gracias."

Nos quedamos en el borde de los bailarines, donde Roderick me mostró los pasos. Fue fácil, y aun así, mis pasos eran torpes, y parecía un oso borracho entre los bailarines de ballet.

Le pisé el pie a Roderick más veces de las que pude contar, y me recogía para que no tropezara, y luego me colocaba, dejándome con gracia antes de fluir al siguiente paso.

Cada vez que me tiraba nos giraba por ahí, dándome un guiño mientras guiaba mi siguiente paso. Me reí más veces de las que me reí en años. Este definitivamente había pasado demasiado tiempo entre los humanos.

Después de que practiqué los pasos por enésima vez, me rendí.

Nos fuimos al borde de nuevo, donde Crozelle todavía estaba de guardia. Me entregó una taza, una copa, rebosante de un líquido dorado que sabía dulce y picante.

Me concentré en los pies de los bailarines, tratando de memorizar los pasos, hasta que mis ojos se engancharon en Lee, moviéndome con Zantry a través de un arco. Miré hacia otro lado.

Determinada en no pensar en ellos o en lo que estaban haciendo, hice algo que normalmente no haría: acepté una oferta para bailar con un extraño, el tipo con orejas puntiagudas y dientes caninos. Aparte de tropezar una vez cuando sus uñas, o garras- se atraparon en mi moño y tiraron un poco de pelo suelto, era un bailarín bueno. A partir de ahí todo se convirtió en un torbellino de pasos y movimientos. A pesar de mi situación, me encontré pasándomelo bien. Me preguntaba si así habría sido esto si hubiera sido de una de las demandas de Vicky de ir a discotecas, y decidí dejar a un lado dos noches para Vicky y divertirme antes de que terminaran mis tres semanas.

Bailé con Seelie después de Seelie, sus nombres, junto con sus caras, borrosas en mi mente.

Fue mucho tiempo después cuando me di cuenta de que Zantry estaba de vuelta con Lee, y mi buen humor se desplomó como un tipo suicida en lo alto de un edificio alto.

"Necesito un poco de aire más frío", le dije a Roderick, mi compañero de baile durante la última media hora.

Hizo una pausa a mitad del paso y señaló al mismo arco donde Zantry y Lee había desaparecido antes. Crozelle se había ido hace mucho tiempo, o seguro de que no causaría problemas, o de que nadie me causaría problemas, y Roderick y yo nos fuimos juntos, con la mano en la espalda baja, guiándome a través de la multitud de Fee. Habían pasado horas desde que comenzó la fiesta, y la celebración de Seelie, por cualquier razón, seguía continuando.

A pesar de mí mismo, no podía negar que había disfrutado de mi noche, más de lo que he tenido en mente. Y eso fue simplemente triste. Cuando me di cuenta de que Roderick me llevaba afuera, me detuve. "Ahí no es donde quería decir", le dije. "Lo siento. Estoy cansada. Me gustaría volver a mi habitación."

"Muy bien" Señaló un pasillo sombreado que estaba bastante seguro de que no había estado allí hace un momento. Nos fuimos juntos, yo sudada y con el pelo suelto, él parecía que acababa de llegar a la fiesta.

Tomamos unas docenas de escaleras hasta el segundo nivel, una derecha afilada en la parte superior y nos encontramos con una puerta solitaria. Frente a ella había una ventana alta arqueada con vistas al borde del bosque, hacia abajo y demasiado lejos para que estemos en un segundo piso. Tuve esta repentina comprensión de que el castillo confuso y cambiante era un medio de defensa contra la invasión enemiga. No podrías planear un ataque si no conocieras el diseño. Y yo era el enemigo.

Roderick abrió la puerta de mi habitación/ prisión y dio un paso atrás con una reverencia.

"Gracias", le dije. "Tuve una noche maravillosa." Entré y cerré la puerta detrás de mí, e incluso mientras miraba, la puerta desapareció. Moví mi mano sobre la pared, y era completamente suave, sin rastros de magia o un pabellón o incluso un nivel de energía persistente.

Me dirigí al baño adyacente y me lavé, me vestí de nuevo con la blusa y los pantalones, me puse los calcetines y las botas antes de arrastrarme bajo el cálido edredón. Si la memoria me sirve bien y los Fee funcionan con una rutina, mañana por la mañana me llamarían para desayunar con la reina Titania y sus más confiados.

CAPÍTULO VEINTISIETE

Algo frío se cerró alrededor de mis muñecas y me sacudió los brazos por encima de mi cabeza. Antes de registrar el dolor, una sustancia húmeda y viscosa que huele a tierra y heno cubrió mis labios.

Mis ojos se abrieron y maldije mi estupidez por ser tan confiada. Un Seelie estaba sobre mí, el que tenía orejas puntiagudas y dientes caninos.

Tonta, estúpida. La falta de una puerta significaba que no podía salir, no que la gente no pudiera entrar. Y estar bajo el código de hospitalidad no significaba que estuviera a salvo, sólo que quien lo rompiera lidiaría con la ira de Titania. Me llamé a mí misma todo tipo de estúpida, de rojo a blanco y todos los colores en el medio y traté de liberarme, congelándome cuando el tipo apretó algo afilado contra mi cuello. Por la mirada de triunfo en sus ojos, no iba a perder el tiempo con palabras o tortura. Estaba aquí para matarme y pronto, sin pelea justa, sin alboroto.

Sus hombros se tensaron. Y el objeto afilado que había

presionado contra mi cuello, una daga, se fue volando cuando Frizz apareció en el borde de la cama, gruñendo.

Tres largos cortes cruzaron la muñeca del Seelie, y aunque había sorpresa en sus ojos, se apresuró a reaccionar. Saltó hacia atrás y lejos, y Frizz siguió, yendo por su pierna con garras y dientes. Aunque se vio desprevenido con la aparición de la gárgola y el ataque, no hubo demora ni duda en su maniobra lateral. Salté a mis pies, mis brazos estirados enseñaron por encima de mi cabeza lo que mantenía mis muñecas atadas. El Seelie cambió, la postura lista para defender o atacar, sus ojos se movieron entre Frizz y yo. La gárgola dio un feroz gruñido, trayendo la atención del Seelie de vuelta a la amenaza inmediata. Esperando que esto no fuera una mala idea, dejé que mis brazos cambiaran, los músculos y las garras y la piel oscura, hasta mis codos, aliviada cuando lo que tenía mis muñecas extendidas por encima de mi cabeza se rompió con un chasquido audible. Los ojos del Seelie volaron hacia mí de nuevo, sólo por una fracción de segundo, y Frizz se abalanzó, y o el Seelie lo había visto venir o era tan rápido. En el momento en que Frizz entró al alcance, el Seelie pateó, dándole a Frizz en el medio y enviándolo volando de vuelta, pero no antes de que sus garras rastrillaron la pierna del Seelie. Mi familiar estaba listo para atacar de nuevo, pero me di cuenta de que estaba lastimado. Toqué la cosa viscosa cubriéndome la boca y la tiré, quitándola con un ruido audible.

Parecía un moco gigante. Se lo tiré al Seelie, tanto por reflejo como por asco. Empujé a Frizz a través de la unión para que se fuera, y después de un último gruñido, agarró la daga y desapareció.

En el momento en que Frizz se fue, una lanza del tamaño de mi pierna con una cabeza del tamaño de mi antebrazo apareció en la mano del Seelie. Mierda, esperaba que la daga hubiera sido su única arma. No perdió tiempo con amenazas o presumiendo ataques. Sólo estaba aquí por una cosa. Vino tras de mí, y con el alcance de las armas, tenía una gran ventaja. El colchón no era un campo de combate común, y casi me tenía pinchada en el primer empujón. Salté, tropecé, pero afortunadamente no caí.

Siguió mi velocidad con una puñalada que logré esquivar, convirtiendo el movimiento en un golpe que golpeó el costado de mi codo. El dolor irradiaba en un círculo, arriba y abajo de mi brazo. Otro golpe destinado a mi cara me golpeó en el hombro cuando no me desplacé lo suficientemente rápido, y todo mi brazo se entumeció. Me bajé de la cama, salté hacia atrás y lejos, los movimientos implacables del Seelie me mantuvieron a la defensiva. Apuñaló y golpeó en rápida sucesión, obligándome a permanecer de puntillas, yendo por mi pecho, piernas y brazos. La punta de la lanza me cortó el antebrazo cuando rodé al lado de él para evitar ser encajonada en la esquina, y me dolió como si me hubieran blandido con una plancha caliente. Siguió con un golpe con el mango en la cadera y maldije, consciente de que se volvería azul en poco tiempo. Su lanza, para mi horror, creció en tamaño, la cabeza brillaba con una luz espeluznante. Volviendo a su siguiente puñalada, traté de patear el mango de su mano, y casi me arrastró el pie cuando aterricé. Seguía viniendo, implacable, y yo me acerqué y me zambullí a mi derecha, rodando a medida que iba. Debo haber calculado mal su alcance porque me dio en el muslo, y estaba segura de que había estado a más de diez pies de distancia. Dejó un rastro ardiente de sangre que ardía como ácido en mi pierna. Sin saber qué más hacer, reuní algo de energía aleatoria del aire, esperando que el cambio en la atmósfera alarmaría a alguien de guardia. Había tanta energía flotando en el éter, que podía alimentar un pabellón intrincado, pero no tuve tiempo de maravillarme. O tejer cualquier cosa. Reuní todo lo que pude antes de que el Seelie se preparara para atacar de nuevo y empujarlo, empujándolo lejos. Estaba débil y sólo tropezó un paso atrás. Con un gruñido vino de nuevo, más rápido y con venganza. Me alejé de la siguiente puñalada, esquivé y rodé de nuevo en una versión del tipo de juego de golpes. Rodé, salté, retrocedí, luego salté sobre la cama, rodando, pero no lo suficiente. Cuando apuñaló de nuevo, esquivé, moviendo sólo mi parte superior del cuerpo mientras enganchaba mi brazo alrededor del mango y halé, tratando de luchar contra la lanza. Cuando tiró de la lanza, fue como si no estuviera haciendo lo que estaba haciendo para luchar contra él. Se deslizó como si hubiera sido recubierta de mantequilla caliente, quemando un camino debajo de mi axila antes de que la cabeza destrozara el músculo y saliera libre. Me tambaleé hacia atrás, gritando con el dolor. Había tres picos sangrientos en el fondo de la cabeza de la lanza, algo que estaba segura de que no había estado allí hace un minuto. La cabeza de la lanza brillaba más y la sangre empapada en ella se succionaba hacia adentro. La lanza, tanto la cabeza como el mango crecieron en tamaño con la absorción de sangre.

Al ver una muerte fácil, el Seelie avanzó, empujando con ambas manos, y me las arreglé para evadir, sólo para ser pateada en el costado, y luego de nuevo en mi brazo lesionado. Me encorvé, un poco al frente y a la derecha, ambos brazos entumecidos, y retrocedí cuando empujó la lanza de nuevo. Se enredó en las sábanas, y me acerqué, lo pateé con fuerza en las bolas. Gruñó y se agachó. Empujé toda la energía que pude reunir en dos segundos hacia él, añadiendo algo de mi energía para obtener más fuerza. Si no terminara esto ahora, él sería el que lo terminaría por mí.

Esto es lo gracioso de la energía: es tan flexible, que depende del manipulador decidir si será utilizada para la ofensiva o la defensa.

Sin un tejido o un pabellón, la energía que seguí empujando en el Seelie no era más que un empujón cinético, inofensivo, que no causaba dolor ni daño, pero peligroso porque no había defensa contra él. Seguí empujándolo y empujándolo, sabiendo que si era demasiado perdería el equilibrio como un borracho, considerando que la mayor parte de la energía provenía de mí. Frizz me empujó en la unión, pero lo sostuve hasta que el Seelie fue presionado contra la pared, incapaz de empujar la lanza. Aproveché para estrechar mi mano derecha entonces, tratando de mover la circulación, mientras mantenía la izquierda presionada a mi cuerpo. Había demasiada sangre fluyendo de la herida debajo de mi axila, pero necesitaba asegurarlo ahora que el Seelie estaba gruñendo antes de cuidar de mis heridas. Una runa de contención tomaría más tiempo del que podía ahorrar, así que me conformé con Daggaz, un apareamiento bastardeado paralizante de Dachi y Gaz, los cuales habrían hecho el trabajo por su cuenta, pero también habrían paralizado los órganos internos de los Seelie. No lo mataría, pero no quería un Seelie vegetal en mis manos, la consecuencia no valía la pena. Frizz ayudó a guiar parte de su propia energía, dirigiéndola mientras trazaba el símbolo en la quinta dimensión. Cuando dejé de usar mi propia energía, la lucha del Seelie aumentó, pero ya estaba tejiendo a Daggaz alrededor de su aura. Apenas visible incluso en la quinta dimensión, Daggaz, aunque simple, tuvo un efecto instantáneo y aterrador. La lanza se estremeció mientras el Seelie se congelaba. Me di un momento para recuperar el aliento, notando que su respiración era errática. O no había hecho bien la proporción del símbolo, o lo había conectado a su aura erróneamente. Pero viviría, y si sufría un poco, no me ofendería. Sus ojos, llenos de odio, me siguieron mientras me incliné para examinar la lanza. No más de cuatro pies de altura ahora, tanto el mango como la cabeza se retrajeron cuando cayó, pareciéndose una lanza de caza ordinaria.

Moví mi mano sobre el arma, tratando de sentir la magia, alarmada cuando mi cabeza giró y la sangre de mi axila brotó más rápido.

Me enderecé y miré alrededor de la habitación, buscando algo para usar como arma. Frizz apareció sin necesitar un empujón de mí, me entregó la daga y desapareció de nuevo. Era otra cosa de aspecto ordinario, si uno pasaba por alto el mango ornamentado.

"¿Por qué intentaste matarme?" Le pregunté al Seelie. Mi cabeza giró de nuevo, y necesitaba terminar esto antes de desmayarme. Me incliné contra el poste de la cama para apoyarme, y los ojos del Seelie brillaban con interés, bajando a donde se acumulaba sangre en mis yemas de los dedos antes de caer en el suelo.

"No, no te preocupes", le dije. "Si me desmayo, te quedarás atrapado en la pared. Esa energía no viene de mí." Apenas terminé la frase cuando la puerta apareció justo al lado de la Seelie anclada. Los gritos precedieron a dos guardias, y ni siquiera tuve la oportunidad de protestar antes de que me atacaran y alguien me quitara la daga. Mis labios estallaron cuando alguien me golpeó, y otro guardia me pateó el costado. Tosí, las estrellas aparecieron frente a mis ojos con una claridad increíble. Le advertí a Frizz, y estaba a punto de cambiar a mi forma de bestia cuando una voz tronó "¡Eso es suficiente!"

Los guardias se congelaron, no me soltaron.

"Déjala que se pare", ladró Lee a los guardias que me sujetaban.

Me jalaron erguidos con suficiente fuerza que me mordí la lengua, mis articulaciones de los brazos protestando con una serie de estallidos fuertes. El flujo de sangre era espeso, y mi estómago estaba nauseabundo.

Lee inspeccionó la escena, sus ojos fríos viajando desde mi ropa desgarrada y ensangrentada a mi labio partido y hasta los charcos de sangre en encontrándose en el suelo. Sus ojos se desplazaron a la cama arrugada, la lanza en el suelo y finalmente en la Fee todavía fijada en la pared.

"Aaron." Su voz llevaba consigo la certeza de la muerte. Este era el ejecutor de la Corte Seelie, no un camarada, no un compañero.

Aaron, el Seelie con las orejas puntiagudas y los dientes caninos, me miró, ignorando a todos los demás en la habitación, incluso la amenaza de la presencia de Lee.

"Déjenla ir", dijo Lee a los guardias que aún sostenían mis brazos y se fueron delante de Aarón. Mantuve mis hombros hacia atrás, mi cuerpo dolorido en lugares que no podía recordar haber recibido un golpe, luego traté de poner un poco de presión en mi axila, sacudiéndome cuando sentí algo grumoso y pegajoso. Me tragué de nuevo la cena que había comido, luchando por mantenerla abajo. Músculo. Mi músculo estaba colgando de mi axila.

"Déjenlo ir", dijo Lee, con los ojos verdes fríos de ira. Me preguntaba si era la primera vez que me daba esa orden.

Me concentré en el aura de Aaron, en la línea interna donde había atado el símbolo y le había dado algo de energía, haciéndola más brillante. En el momento en que era visible en la cuarta dimensión, los dos guardias dieron un paso atrás, sus rostros oscuros con malas expresiones idénticas. Sí, una corrupción de la naturaleza. Lidien con eso. Podía, por supuesto, trabajar con el símbolo casi invisible, pero mantuve el símbolo apretado con el aura interior por si Frizz no podía ayudarme. El símbolo se mantendría incluso si me hubiera desmayado, pero no por mucho tiempo. Desentrañé el símbolo bastardo con cuidado, consciente de que todavía podría ser acusada de herir a un Seelie si hacía algo mal. En mi estado, eso podría suceder por accidente. Dejé que la energía volviera a su estado de reposo y me desplomé contra el poste de la cama, manteniendo mi brazo izquierdo presionado contra mi cuerpo. En el momento en que Aarón se liberó la lanza desapareció, volviendo a cualquier bolsillo donde se quedaba cuando no estaba en uso. Tropezó con un paso y se enderezó, con los ojos brillando con amenaza y odio.

"¡Aaron!" Lee gruñó. "Llévenlo y váyanse", les espetó a los guardias, y después de darse miradas furtivas, agarraron a Aaron y se fueron.

La puerta se cerró detrás de los guardias, desapareciendo de nuevo. Lee me miró. Estaba vestida con pantalones sueltos y una camisola tan pálida que era casi transparente.

"¿Cómo entró aquí?", Exigió. "¿Lo invitaste de vuelta aquí contigo de la fiesta?"

Sacudí la cabeza, el movimiento haciendo girar toda la habitación. "Roderick me acompañó a mi habitación y la puerta desapareció después de cerrarla. Estaba dormida cuando Aaron me atacó."

"¡Bennty!" Lee espetó, y después de un momento la pixie apareció. Ella balbuceaba arriba y abajo, hablando con sus pequeñas manos y brazos, sus alas invisibles mientras zumbaban.

Los ojos de Lee se estrecharon mientras escuchaba, luego dejó ir a la pixie y se volteó hacia la puerta.

"Espera, ¿adónde vas?" Llamé por ella, mi visión aclarándose por un instante.

Hizo una pausa en el umbral. "Tengo asuntos de que ocuparme. Voy a enviar a Bennty de vuelta cuando sea el momento de que vengas."

"¿Y si alguien más decide que su código de hospitalidad no vale nada?" No podría defenderme de otro ataque.

Los ojos de Lee brillaban de furia. "Roderick y Crozelle han sido convocados para estar atentos afuera", declaró y salió, dejando que la puerta se cerrara detrás de ella.

Me senté en el borde de la cama, aterrorizada cuando vi todos los charcos ensangrentados que estaba dejando atrás. Arrastrándome, fui al baño y cerré la puerta. La blusa se arruinó más allá de la salvación, así que cambié mi mano derecha a garras y corté el resto, me quité las botas y los calcetines. Inhalé, me metí un pedazo de tela razonablemente libre de sangre en la boca y comencé a cambiar lentamente, mejor para sanar los músculos y tejidos dañados haciendo que se reorganicen un poco a la vez. El proceso fue doloroso y requirió mucha energía enfocada, y como había usado algo de la mía para someter a Aaron, ya estaba tocando el fondo. Mordí fuertemente en la tela para evitar que gritara en voz alta, rasgándola en pedazos cuando mis dientes se alargaron y mi mandíbula se desplazó. La sangre rugió en mis oídos, mi visión se atenuó. Sentí a Remo tomar nota de mi dolor, el hecho de que no estaba muriendo, y luego dejé el vínculo.

Me di cinco minutos para recuperar el aliento, encogiéndome las alas y flexionando los dos brazos izquierdos, cerrando los ojos cuando el dolor todavía estaba allí. Una vez que pude respirar normalmente, volví a mi forma humana, de nuevo haciéndolo un proceso lento, gimiendo con la agonía de cambiar la masa a un cuerpo más pequeño. Piel y músculos y extremidades adicionales contraídas, volviendo a la piel y a menor masa. La sangre me cubrió la boca, las lágrimas calientes bajaron por mis mejillas.

Una vez que recuperé el aliento, levanté el brazo izquierdo e inspeccioné la herida, no me sorprendí de que no había sanado; lesiones masivas rara vez lo hacían con un solo turno. Pero no había pedazos de carne colgando, y la hemorragia se había detenido, aunque la herida todavía estaba cruda y fea, lista para romperse de nuevo. Otro cambio era la elección más inteligente, pero me estrellaría después de eso, y dejarme inconsciente y abierta de par en par para un ataque, por improbable que parezca, no era una opción.

"Frizz", grité después de limpiarme lo mejor que pude con la esponja suave y el jabón con aroma a rosa. "Ayúdame a vendar la herida." Tristemente, ya sabía qué hacer. Me arrancó pedazos de la blusa en tiras, me ayudó a atarla alrededor de mi axila. Me había ayudado a vendar tantas heridas en el pasado que no necesitaba instrucciones sobre qué hacer, cómo atar, cuán apretado. Dos veces tuve que parar y apoyar mi frente contra la pared fría para evitar que me desmayara. Pero finalmente los músculos estaban atados, y esperé que no se movieran si tuviera que moverme rápidamente o tuviera otra pelea. Satisfecha con la obra de Frizz, me di cuenta de que estaba frente a un nuevo dilema: necesitaba una nueva camisa. Me puse los calcetines y las botas y volví a la habitación y examiné mis opciones. No había nada más que el vestido que había usado antes, y después de cambiar el edredón arrugado, descubrí el vestido debajo de la cama. Lo recogí, mi cabeza girando cuando me paré. Medí el vestido contra mi cuerpo.

"Corta aquí." Le mostré a Frizz dónde, y lo cortó con sus garras, dejando los extremos irregulares y desiguales. Lo siento, morado berenjena, por destruir tu hermoso diseño.

CAPÍTULO VEINTIOCHO

Crozelle me encontró apoyada contra el poste de la cama, las piernas estiradas frente a mí algún tiempo después. Sus ojos se ensancharon cuando vio mi apariencia, sólo una pequeña fracción. O me veía como el infierno, o ella reconocía el vestido.

"¿Está su majestad finalmente lista para verme?" Pregunté con un toque de sarcasmo.

Se endureció, Crozelle volvió a la puerta. "Sígueme."

En la puerta, Roderick se paró a mi lado, los ojos fríos, la expresión estoica. Ni siquiera me dio una mirada en la cara magullada. Como si no tuviera idea de quién era yo, sólo una persona que caminaba por una calle llena de gente. No, eso habría sido un paseo casual, y esto no fue casual. Emparedada entre el Fee de cabello oscuro y Roderick, yo era todo un poco la prisionera de la Corte Seelie.

¿A Roderick le importaba, o recordamos que habíamos estado bailando y riendo unas horas antes? En la sala del trono, a un rincón de la habitación en la que me alojaba, una multitud se había reunido, se habían separado en dos grupos y se habían separado en ambas esquinas de la habitación por guardias de aspecto temible con espadas altas y hachas.

En el otro extremo, en lo alto del trono elevado se sentó la reina Titania, Oberon de pie a un lado, Lee un paso por debajo. Drozelle estaba allí, en la parte inferior de los escalones, y también Zantry. Por primera vez desde que Lee llegó a mi apartamento, los ojos de Zantry estaban centrados en mí, el azul profundo plano, vacío de cualquier emoción, nuestro vínculo todavía cerrado. ¿Temía que alguien sintiese nuestra conexión? Me había reclamado delante de dos clanes Dhiultadh. Dejó fluir la unión frente a Helena y los cazadores, así como frente a dos miembros del Enclave. ¿Por qué no aquí también?

Llegamos al trono y nos detuvimos en el escalón inferior. Crozelle y Roderick se arrodillaron e inclinaron. Me quedé de pie, inclinando ligeramente la cabeza, respeto otorgado a una reina que no era mi soberana. Cuando levanté la cabeza de nuevo, sin esperar permiso, me encontré con sus ojos de frente.

El murmullo bajo que se rompió cuando entré en la habitación se detuvo, toda la sala del trono se quejó en silencio.

Miré hacia otro lado primero, cubriendo mi desafianza mirando a la multitud reunida a la derecha y luego a la izquierda. La mayoría de los Seelie no tenía expresión, sus ojos indiferentes, pero unos pocos parecían sombríos. Algunos todavía estaban vestidos con atuendo formal, otros con ropa de noche. Como si me hubieran estado esperando, la reina Titania se puso de pie y pasó su mirada alrededor de la multitud a ambos lados, ojos turquesa duros, labios apretados.

"Hoy un huésped de esta corte sufrió una brecha en la hospitalidad." Su voz sonó en la habitación, aunque no estaba haciendo ningún esfuerzo. Fue tan tranquilo. Después de dar un último vistazo, me miró, la reina con su postura real y ojos fríos y poderosos.

"Roxanne Fosch, hija de Dhiultadh Yoncey Fosch, familiar

para Remo Drammen. Te he concedido mi generosa hospitalidad y ha sido violada por los míos". A su lado, Lee asintió con dos guardias. "Nuestra palabra es nuestro honor. Ninguna violación quedará impune."

Desde el extremo izquierdo vino un gruñido, y dos guardias trajeron a Aarón, con las manos encadenadas frente a él. Se movió a propósito, con los hombros rígidos, la cabeza alta, los ojos disparándome dagas. La multitud rugió de indignación, sólo ahora dándose cuenta de quién iba a ser castigado por su reina.

Sonaron gritos de injusticia, súplicas de misericordia igual de fuerte. Parecía que Aaron tenía muchos amigos presentes, y tuve la corazonada de que la multitud presenciase que su castigo no era una idea sabia. Los guardias se detuvieron a pocos metros de distancia, empujando a Aaron con la punta de su espada para hacerlo arrodillarse.

Buus fueron lanzados contra mí, junto con "¡Dale al familiar una muerte dolorosa!" y "¡No al traidor!"

"¡Silencio!" La orden de Titania reverberó como un trueno en la habitación, y todos se callaron, acobardados detrás de los guardias.

"¡Somos tan dignos como hacemos que nuestras palabras sean! Hoy en día es un Dhiultadh. Un familiar para un enemigo mayor. Mañana será un Unseelie. ¡Pronto seremos llamados el pueblo sin honor, los que no pueden ser fieles a sus códigos morales!" La voz de Titania vibraba de rabia, y algunos de su pueblo bajaron la cabeza, pero su ira flotaba como una nébula sobre mí.

Titania se desplazó hacia mí, sus labios presionados en una línea delgada. "Hija de Fosch, te doy el Bastón de La Violación, para reclamar justicia por el sufrimiento que te causó el mío." Dentro, me quejé. Debí haberlo sabido.

Oberon descendió los escalones, produciendo un delgado

bastón de madera tallada y me lo ofreció, mango primero. Su expresión era sombría, ojos duros. Miré a mi alrededor, vi los ojos de Zantry. Dime qué hacer, maldita sea.

Pero la expresión de Zantry no cambió, sus ojos no me dijeron nada. Miré hacia abajo al bastón tallado, de vuelta a Oberon y negué con la cabeza. Sus ojos parpadearon. ¿Era una decepción? ¿Qué?

Miré a Titania.

"Creo que su majestad tiene un mejor sentido de la justicia que yo. Confío en que se ocupará correctamente de la violación, como su corte dicta."

Un murmullo se levantó en la multitud, y mi estómago revoloteó de miedo. Por favor, no me lances a luchar contra Aaron para arreglar el marcador de puntaje. Los ojos de Titania brillaron y se desplazaron a Aaron.

"¿Qué dices, hijo de Aregon?"

Aarón permaneció arrodillado, con la cabeza inclinada.

"Exílialo para que se pregunte en su forma elemental", anunció Titania, y sonó el ruido de la multitud. Aaron sorprendido, con la cabeza sacudiéndose, con los ojos buscando la expresión de su reina, el primer indicio de miedo que se abre paso.

Sintiendo los ojos de Zantry en mí, cambié mi atención hacia él. Había un indicio de ira ahora, sus ojos un poco más oscuros, pero no podía decir por qué, si era para mí, si era por Aarón, o algo más por completo. Miré hacia otro lado, de vuelta a donde Lee estaba bajando las escaleras, los ojos se centraron en el Seelie atado.

Alguien gritó en la multitud, y con un pequeño gesto de Lee, los guardias comenzaron a sacar de la sala del trono de los espectadores que protestaban.

Ella se acercó a Aaron, y él trató de retirarse, pero los guardias lo mantuvieron quieto. Había algo agarrado en su mano.

Sus ojos no tenían emoción, su movimiento constante. Apretó una piedra amarilla a la muñeca izquierda de Aaron, dijo una palabra que no entendía. Una runa brillante brilló por encima de su piel-Vermot, la runa de unión. Aarón jadeó y trató de sacar la piedra sacudiendo sus manos atadas, pero la piedra permaneció puesta, incrustada en su carne. Lee buscó dentro de una bolsa de tela en su cadera, sacó una piedra azul, la apretó a su otra muñeca, repitió esa palabra que no entendí de nuevo, y Vermot brilló de nuevo.

Sin pausa, Lee produjo otra piedra de la bolsa, esta era roja. Ella la presionó hasta el centro de su frente, y la garganta golpeando, Aaron cerró los ojos. El sonido de los animales comenzó a llenar la habitación, un golpe aquí, un toque de garras allí. Los labios de Aaron comprimidos con dolor, su cara volviéndose pálida.

Y de repente hubo una chispa de piedad en mi núcleo y decidí que no quería ver el show, incluso si este programa era para mi beneficio.

¿No podrían ponerlo en una mazmorra fría? Sabía que tenían muchas oscuras y aterradoras abajo. Miré a Crozelle, pero sus ojos en blanco estaban fijos en el Seelie a punto de ser desterrado. ¿Estaban cerca?

Aaron dio un jadeo asfixiante, y mis ojos volaron de vuelta a él. Se había hundido entre los guardias, su túnica había sido removida, desechada por uno de los pies del guardia. La piedra roja estaba incrustada en su frente, brillando débilmente. Sus ojos estaban medio cerrados, ya no estaban concentrados. Espuma blanca se reunía en las comisuras de su boca. El sonido de los animales chillando y gruñendo era fuerte, casi como si estuviera parada en medio del zoológico. No quedaba nadie en la sala del trono excepto los que nos reunimos alrededor del trono. Vermot brilló de nuevo sobre su pecho desnudo, y la piedra verde que Lee había colocado allí infundida en su piel, comenzó a brillar. Lee produjo una piedra blanca, la colocó sobre su abdomen. ¿Puntos Chakra?

Vermot brilló, la piedra se incrustó y comenzó a brillar. Estaba el sonido de las pezuñas corriendo, cada vez más fuerte y más cerca, y me moví, buscando alrededor. Nadie parecía oírlo, o molestado por ella. Deduje la forma elemental de Aarón tenía que ver con los animales, aunque debería haber adivinado esto antes, las orejas puntiagudas, las garras y los caninos eran todo obvio. Una vez que todas las piedras estaban incrustadas en su lugar, Oberon le dio a Lee una varita pequeña y delgada, y comenzó a cantar en otro idioma, tocando cada una de las piedras brillantes con la punta de la varita. Las palabras eran guturales, crudas, y despertó un sentimiento primordial en mi alma, la sensación de que esas palabras no sólo eran antiguas, sino que invocaban poder con su pronunciación.

Las piedras brillaban más, un brillo más suave y espeluznante que lo rodeaba como una segunda aura. Podía sentir la energía atrapada alrededor del cuerpo de Aaron, pero no podía verla, no en el éter, no en la quinta dimensión.

Sólo pude decir que cuando el proceso había terminado y Aaron estaba atrapado en su forma elemental, me alegré de que hubiera terminado. El proceso fue lento, desgarrador y, para Aaron, doloroso. Nadie habló durante todo el ritual, excepto para los animales que lloraban la pérdida de un ser querido.

Una vez que las piedras fueron retiradas, Lee se fue con los dos guardias, llevando el cuerpo de Aarón entre ellos. Los vi irse, sintiendo el remordimiento de Crozelle y la pérdida de Roderick mientras me escoltaban de regreso a mi habitación. Se les había ordenado a ambos estar de guardia fuera de la puerta de mi habitación y no permitir que nadie accediera.

Entré en la habitación sin mirar hacia atrás, mi cabeza se mantuvo alta, los hombros rígidos. Todo parecía prístino. Toqué la tapa de la cama, el material limpio y cálido, suave debajo de mis dedos. ¿Qué se suponía que debía hacer? Me había atacado, por el amor de Dios. Iba a matarme. ¿Por qué había un horrible sentimiento de culpa dentro de mí?

Me senté al borde de la cama para esperar la próxima vez que alguien viniera a escoltarme a ver a la Reina Titania, deseando poder marchar a su habitación privada, darle la información que quería e irme a casa.

Me incliné contra la cabecera y crucé las piernas sobre mis tobillos. Dormir estaba fuera de la cuestión, incluso si había guardias fuera de mi puerta inexistente. No pensé que alguien intentaría algo más conmigo, pero fue exactamente por la razón de que fue un evento improbable que lo considerara una posibilidad.

Espera lo inesperado.

Eso, y no confiar en nadie, me había mantenido viva tanto tiempo.

Un golpe en la puerta, que había aparecido en algún momento en los últimos segundos, sonó un momento antes de que Zantry entrara, cerrando la puerta en la cara de Roderick.

Vio mira cara magullada, mi postura rígida, la forma en que sostenía mi brazo a una pulgada de distancia de mi cuerpo.

"Pensé que la Reina Titania les dijo a mis guardias que no le dieran a nadie acceso a mi habitación." Mi comentario era seco, un poco plano, mi expresión en blanco. No me gustaba mi culpa, la sensación de que había fallado algo.

"¿Qué tan mal estás herida?"

"Puedo negociar."

"Puedo oler la sangre. No viene de ese rasguño en tu mejilla".

Ese rasguño había sido un profundo corte no hace mucho tiempo.

Casi me encogí de hombros. "Sangre seca. De unos cuantos

cortes y rasguños aquí y allá. Ciertamente no valía la pena el destierro del tipo para vagar para siempre en el éter."

Zantry movió la cabeza a un lado, los ojos perplejos. "¿Por qué no tomaste la vara entonces?" Antes de que pudiera decir nada, concluyó: "Porque no lo sabías". Exhaló mucho tiempo. Sus hombros estaban tensos, con los ojos tensos, vulnerables. "La vara era un castigo menor, una bajada de la realeza Fee a la clase alta."

Sí, sospeché que había habido una trampa en alguna parte.

"¿Por qué estás aquí?"

Zantry se acercó, con los ojos buscando. Quería abrir el vínculo y empujarlo. para saber lo que estaba pensando.

"¿Por qué lo dejaste entrar?" Había una vulnerabilidad curiosa en su pregunta, un tono que nunca le había oído usar antes. Estaba tan ciego a mi alrededor con el vínculo cerrado como yo estaba a su alrededor. Hizo algo dentro de mi pecho, pero, aun así, no me gustó su insinuación, no después de verlo coquetear y bailar con Lee.

Levanté las cejas y apunté la barbilla a la puerta detrás de él. "Esa puerta desaparece cada vez que entro aquí. ¿Cómo podría haberlo dejarlo entrar?"

"¿Por qué te atacó?"

Una oleada de ira se me aumentó en el pecho, y le dije con frialdad: "¿Por qué no le preguntas a Lee? Estoy seguro de que ella estará ansiosa por decirte algo si sólo preguntas".

"No he hablado con Lee desde que Frizz llegó a mi habitación."

"Bueno, mis disculpas por arruinar tu tiempo. No sabía a quién más enviarlo. Estoy segura de que si se te arrepientes a sus pies, ella volverá a bucear en lo que ustedes dos estaban haciendo antes de que mi molesto problema los interrumpiera". Agité la mano y dije: "La próxima vez me aseguraré de enviarlo a otra persona". Sonaba como una tonta celosa, así que cerré la boca.

Las cejas de Zantry bajaron una fracción antes de que se suavizaran al entender. Una chispa que no me gustaba entró en sus ojos, y se metió las manos en los bolsillos y se balanceó sobre sus talones, los labios se extendían en una sonrisa.

La repentina llegada de Bennty cortó lo que iba a decir. No estaba seguro de si me sentí aliviada o molesto con la interrupción. Sin embargo, sabía que no me gustaba esta bola de malos sentimientos rodando en mi pecho, algo que probablemente estaba transmitiendo lo suficientemente fuerte como para que Zantry se diera cuenta, incluso sin el vínculo.

Bennty colocó una caja del doble de su tamaño en la cama y me pidió que la abriera. En el interior había una camisola blanca translúcida que se deslizaba como agua tibia de mis dedos. Me alejé, sin querer manchar la cosa.

Debajo de la camisola había unas cuantas botellas, almohadillas, gasas y vendas. Moví la cabeza hacia un lado cuando Bennty comenzó a gesticular y a hablar en ese tono de lloriqueo.

Sacudí la cabeza. "No tengo ni idea de lo que estás diciendo."

Con un suspiro, Bennty tomó un rollo de gasa y señaló a mi brazo.

"Oh, no." Me sacudí la cabeza. "Voy a mantener mi vendaje puesto. Puedes dejar esos aquí para mí y agradecer a la Reina Titania por su generosidad".

Voló en mi cara, haciendo una pausa a un centímetro de distancia. Me incliné hacia atrás y descrucé mis ojos, tratando de darle sentido a su discurso rápido. Cruzó los brazos cuando terminó, la gasa se pegaba detrás de ella como una asta de bandera gorda. Sacudí la cabeza. Los pixies no eran intimidantes, aunque no pudiera descartar la posibilidad de que pudieran ser peligrosos.

Con de tono lloriqueo, arrojó la gasa en la caja y se dirigió a la camisa, dándome otra explicación larga.

"No tengo idea de lo que quieres ahora." Miré a Zantry, pero se encogió de hombros, con las manos aún en lo más profundo de los bolsillos. Bennty hizo flotar la camisa blanca para mí, tiró del medio vestido que llevaba y voló de vuelta a la camisola blanca.

"¿Quieres ... que me cambie?" Lo supuse.

Bennty asintió, moviendo la cabeza arriba y abajo.

"Prefiero no hacerlo. Estoy sucia y ..." Bennty interrumpió con una serie de palabras indistinguibles, haciendo un movimiento hacia la puerta. Le fruncí el ceño. "¿Me está esperando la reina Titania?"

Bennty negó con la cabeza. Me desplomé hacia atrás, frotándose la frente con un dedo. "Esto iría más rápido si enviaran un traductor contigo. O si me dejas descansar sola".

Una vez más Bennty tiró del vestido / camisa y flotado de nuevo para ir por encima de la camisola, lanzando un discurso de lo que decidí sonaba mucho como maldiciones.

"Si me pongo la camisa, ¿te irás?" Pregunté, exasperada.

Bennty asintió y yo sufrí. "Date la vuelta, Zantry." Con una media sonrisa, se movió para ir al balcón, las manos todavía metidas dentro de sus bolsillos.

Cogí la camisa, maravillada de lo suave que era, como coger un puñado de agua tibia. Había algo en ella, una especie de vibración suave, lo suficientemente débil que casi me la perdí. Incliné la cabeza a un lado, tratando de escuchar, pero por supuesto, no estaba diciendo nada. "¿Qué hay en el material?"

Bennty hizo un gesto a la caja, al suministro médico. Al final entendí y levanté las cejas, impresionada. "Esta cosa tiene propiedades curativas?" Bennty asintió.

Miré el material suave de nuevo. ¿No podría haber sido algo feo? Iba a arruinarlo, pensé, vacilando, pero la pixie todavía estaba en el aire, golpeando su pie.

Me quité el medio vestido, y los músculos debajo de mi axila se estiraron y cambiaron, la sensación de los músculos rasgando era peor que cuando sucedió. Me mordí el labio para mantener el suspiro contenido e inhalé un aliento agudo que no hizo nada. Debí haberme cortado la camisa. O simplemente no habérmela quitado.

El aroma metálico de mi sangre llenó la habitación, incluso cuando bajé el brazo y apreté fuertemente contra la herida, y no tuve que mirar hacia abajo hacia el vendaje mojado y pegajoso para saber que estaba sangrando de nuevo. Bennty soltó un hilo de palabras fuertes y lloronas, y el ruido ralló mis nervios, incluso cuando mi axila palpitaba como un latido del corazón.

"Bennty, dame unos minutos aquí", le dije a través de los dientes apretados. Había dolor en mi voz, y cerré los ojos, inhalé y exhalé, respiraciones lentas, regulares.

De repente Zantry se arrodilló frente a mí, con la mano buscando los nudos en las tiras que Frizz había atado alrededor de mi torso.

"Déjame ver", dijo, con su voz inusualmente plana.

Me alejé, gruñendo. "No."

Se puso de pie, y para mi horror, Bennty se abalanzó, llevando hilo y aguja.

"Si te acercas a mí con eso, te golpearé tan fuertemente que alguien tendrá que rasparte de la pared", advertí, y ella debe haber entendido la seriedad de mi tono porque voló unos centímetros y comenzó su lloriqueo.

"Esa aguja es casi de tu tamaño. Yo no te dejaría cerca de mis heridas, incluso si tuviera un deseo de morir".

Con un grito digno de Vicky, salió de la habitación. Miré a Zantry. Sus ojos estaban planos, sus labios comprimidos de ira.

"Podría usar tu toque curativo", le dije, pero negó con la cabeza y se volteó, saliendo de la habitación sin decir una palabra más.

Roderick metió la cabeza dentro, se aseguró de que aún estuviera viva y coleando, y regresó a su puesto. La puerta se cerró y desapareció. El hecho de que estaba semidesnuda y sangrando no importaba.

"Bueno, tanto por la ayuda", murmuró. Sabía que Zantry tenía una razón para negarse, pero Dios, su rechazo dolió.

CAPÍTULO VEINTINUEVE

No pasó mucho tiempo antes de que llegaran mis próximos visitantes. Tenía la gasa, algunas almohadillas y algo que asumí que era cinta médica en mi mano cuando Lee entró, seguida de una Fee con el pelo que combinaba perfectamente con el color de sus ojos azules invernales. Zantry siguió detrás, su máscara de calma en su lugar. Bennty apareció con un pequeño estallido de aire y comenzó a hablar, manos y pies señalando. Los ojos de Lee se centraron en las tiras ensangrentadas debajo de mi brazo, los suministros médicos agarrados en mi mano.

"Bennty dice que te niegas a dejarla ver tus heridas."

"Tengo una aversión a las agujas."

"Bennty es una sanadora talentosa. Ella tiene experiencia curando heridas de batalla".

Asentí. "Te creo." Pero no la dejaré acercarse a mí.

Lee inclinó la cabeza como si oyera las palabras silenciosas. "Fabyn es el sanador real", movió una mano a la Fee con el pelo azul. "La reina Titania ha ofrecido sus servicios en expiación por la traición de Aarón." Dio una pausa, y aunque su voz no alteró, sentí sarcasmo cuando me preguntó: "¿Cumple con tu aprobación?".

Dudé antes de asentir una vez. La cara de Bennty se enrojeció de indignación, su voz diminuta estridente.

Fabyn se arrodilló a mi lado y rebuscó dentro de la caja que Bennty dejó en la cama. Recogió la botella con la poción amarilla y me la entregó. Luego, tomó las tiras, y con una mano segura, desató los nudos. Sus movimientos eran constantes, sus ojos tranquilos. Había un aire calmante sobre él que me puso a gusto y me hizo relajarme, a pesar de pensar lo contrario.

Antes de saber lo que estaba haciendo, me levantó el brazo y lo examinó. Sentí el momento en que el músculo se soltó y colgó hacia abajo, y tragué saliva.

Hubo una pausa conmocionada antes de que Zantry diera un paso adelante, con los ojos fríos. "¿Es eso veneno?" Hizo un gesto con un tirón rígido de la mano, la rabia en su voz clara.

Los bordes de la herida se habían oscurecido a púrpura, bordeados con una línea amarilla y verde. Eso no había estado allí antes cuando me cambié. Tragué de nuevo y aparté mis ojos. Me habían lastimado tantas veces en los últimos años, apuñalado, golpeado, tirado a un centímetro de mi vida. Huesos rotos, hemorragia interna, quemaduras mágicas de primer y segundo grado. Pero nada, ni una de esas lesiones en comparación a la imagen de mi músculo desgarrado colgando como un pedazo gordo de bistec, la carne púrpura y verde y amarilla.

"Shimerka", explicó Fabyn. "Es una enzima que se encuentra en la saliva de los mamíferos Shimmeryan. Sirve para incapacitar, haciendo que las presas se vuelvan letárgicas mientras que la hembra Shimmeryan se da un festín."

Las manos de Zantry se volvieron puños. "¿Es letal?" A su lado, Lee le dio una mirada frígida.

Fabyn examinó de nuevo el área y la sangre brotó, roja y

metálica. "Con el traidor desterrado, no." Me miró con sus ojos azules glaciales. "¿Estas frágil? ¿Enferma?"

Dudé un segundo, pero hasta Titania me quería viva y coleando para cumplir sus órdenes. "Un poco débil, sí." Pensé que era la pérdida de sangre y el cambio lento era lo que exigía un descanso, no una enzima extraña que mi cuerpo estaba luchando.

Fabyn devolvió su atención a mi axila. Otra examinación me hizo inhalar con el dolor y más sangre derramada. "Ella está luchando contra el suero", continuó Fabyn, bajando el brazo y estudiando el contenido de la caja. "Está ralentizando la enzima, evitando que tome el control. Es la razón por la que la herida no ha sanado."

"¿Es ese el antídoto?" Zantry preguntó, señalando a la botella todavía agarrada en mi mano.

Fabyn la tomó de vuelta y desenroscó la tapa. "No. Ayudará a la herida a sanarse. Beba."

Una vez miré a Zantry, vi su mirada tranquilizadora y bebí. Estaba esperando algo maluco o amargo, pero era dulce y delicioso, como jugo de vainilla

* * *

Me desperté desorientada. Durante un largo momento, me acosté, repasando los últimos momentos que pude recordar, entregando a Fabyn la botella vacía. Me había drogado. Estaba libre de dolor, totalmente energizada y alerta.

Revisé mi entorno, envié mi conciencia, tratando de leer la energía en la habitación.

Sin sentir a nadie cerca, abrí los ojos y miré a mi alrededor. La puerta del dormitorio se había ido, la habitación, como se esperaba, vacía de Fees. Una mirada debajo de mi axila no mostró marcas de una lesión. O Fabyn era tan bueno o había pasado mucho tiempo. Dada la imprevisibilidad de la tierra de Sidhe y sus habitantes, cualquiera de los dos podría ser cierto.

Un movimiento en el balcón hizo que mi cabeza se levantara, y me sorprendió un poco encontrar a Zantry todavía aquí. Su pose era relajada, inclinada contra la barandilla de mármol, los tobillos cruzados, el cabello revuelto en una suave brisa. Nuestros ojos se encontraron, su azul oscuro, indescifrable.

Me senté, agarrando el edredón a mi pecho desnudo, y abrió el enlace.

Y no encontré nada allí. Trate de avanzar, sólo para ver si sentiría una pared o algo así, pero era como mirar hacia abajo a un abismo sin fin. ¿Había cortado la unión? Mi aliento se detuvo, mi corazón se saltó un latido. Zantry se enderezó como si pudiera escuchar mis pensamientos, incluso con el vínculo cerrado. Miré hacia otro lado, buscando algo para ponerme.

"¿Puedes pasarme esa camisa?", le pregunté cuando llegó a la cama, señalando hacia la camisola blanca en la que Bennty quería que me cambiara, al pie de la cama.

La recogió y vino a sentarse a mi lado. "¿Cómo te sientes?", Preguntó, inclinándose hacia adelante para organizar las almohadas detrás de mí.

"Descansada."

Su pelo suelto me tocó la mejilla, sus lociones cítricas me hacían cosquillas en la nariz. Inhalé y cerré los ojos, disfrutando de su olor familiar.

"Mantén la unión cerrada", murmuró bajo su aliento, lo suficientemente bajo como para que casi no lo entendiera.

Se enderezó de nuevo, con los ojos amistosos. "¿Mejor?"

"Claro", le dije, cerrando lentamente el vínculo. "Gracias."

Asintió, miró por la habitación. "Lee me dijo que Aaron metió algún tipo de insecto en tu cabello para usarlo como conducto para entrar en tu habitación".

Abrí la boca para preguntar cómo había hecho eso, y

recordé que había bailado con él en la celebración, con sus garras tocándome el cabello. Cerré la boca, me enfadaba.

"¿Qué estaban celebrando?"

Zantry se inclinó hacia atrás, sus ojos preocupados. "Han estado perdiendo tierras a un ritmo cada vez mayor durante algún tiempo. Por alguna razón aún no han descubierto que el camino de destrucción de Remo se detuvo. Creen que se ha mudado a otra parte de la tierra de Sidhe, pero se alegran de que se detuviera cuando lo hizo".

Cuando no dije nada, agregó: "Remo destruyó parte de un pueblo, parte de su mercado, algunas casas y un par de lagos. Aunque sospechan que está usando otra parte de la tierra, al menos ya no está cerca de su gente".

Asentí. Así que estaban celebrando la distracción. Quería preguntar cuántas casas y si alguien había muerto, pero la cobarde en mí mantuvo mis preguntas. Era más fácil si no lo sabía.

No sabía lo que Zantry pensaba de mi silencio, pero él continuó para tranquilizarme. "Ya casi es hora. La reina Maeve llegará pronto. Una vez que nos reunamos con ella, puedes irte a casa".

¿Sola? "La reina Maeve? ¿La Reina Unseelie? " Pregunté en su lugar.

"Sí, ella quiere estar presente en esta reunión y la reina Titania concedió su hospitalidad."

Esnifé, pero un destello de advertencia en los ojos de Zantry me hizo contener una respuesta grosera.

"¿Por qué quiere asistir a la reunión?"

Zantry se encogió de hombros. "Por lo que entendí, la reina Maeve siente que su tierra también ha sido amenazada."

Lo dudé, pero no dije nada. "Supongo que es mejor que ser convocada a la Corte de Unseelie."

Zantry dio una sonrisa débil.

Lee, Crozelle y Roderick entraron por la puerta que no había estado allí hace un momento, interrumpiendo lo que Zantry iba a decir a continuación.

Los ojos fríos de Lee se movieron de Zantry a mí. "Es hora. Mi reina hablará con usted ahora."

Zantry se puso de pie, pero me quedé, agarrando el edredón.

"Prefiero vestirme sin público", expliqué cuando los ojos de Lee brillaron de ira.

Todos se dieron la vuelta y se fueron, salvo una Bennty malhumorada.

CAPÍTULO TREINTA

La sala del trono estaba llena de guardias. Algunos estaban vestidos con los colores de Seelie: rojos y verdes y marrones, algunos en grises y azules y blancos. Supuse que este último era el color de la Corte de Unseelie. No por la diferencia de color, sino porque los guardias de Unseelie no parecían humanos. Uno incluso tenía un cuerno que sobresalía de su frente. Otro tenía pezuñas, y otro tenía una cola larga y bifurcada. Los guardias, tanto Seelie como Unseelie, estaban de pie junto a cada entrada, así como por cada una de las seis ventanas arqueadas, que no habían estado allí durante ninguna de mis visitas. No estaba segura de si el aumento de guardias se debió a mi presencia y al anterior atentado contra mi vida, o a la presencia del séquito de Unseelie. O ambas cosas.

El trono estaba vacío, pero en el centro de la habitación, los cojines habían sido dispuestos en un gran círculo. Sentadas de frente la una a la otra, Titania y Maeve, ambas destacaron su estatus por las elaboradas coronas que llevaban. Habría identificado a Maeve como la reina sin la corona, si por ninguna otra razón pudiera ver la fuerte aura que la rodeaba, incluso desde lejos. Oberon se sentó a la izquierda de Titania, Drozelle se sentó a su lado. A la izquierda de Maeve se sentó un hermoso Fee con el pelo largo y blanco y un perfil fuerte, a la derecha y la izquierda de Drozelle se sentó una mujer con el pelo oscuro y una tez pálida. Cuatro cojines desocupados formaron el resto del círculo. Deduje que los asientos vacíos eran para mí, Zantry y Lee y Crozelle.

Ninguna de las dos reinas se volteó a ver nuestro acercamiento, un insulto, supongo, ya que nuestra presencia no se hizo pasar desapercibida. O simplemente algo que no es digno de mención para dos reinas. Lee y Crozelle lideraron nuestra pequeña procesión, Roderick y Zantry trajeron la retaguardia. Estaba empareda en el medio, y aproveché la oportunidad para estudiar a los recién llegados. Ninguno de los dos Unseelie flanqueando a Maeve tenían rasgos anormales a diferencia de sus guardias. De hecho, el tipo a la izquierda de Maeve era guapo, con su largo cabello blanco que contrastaba con su tez oscura y sus ojos verdes vivos. Su posición relajada no estaba de acuerdo con la intensidad aguda de su mirada, que, a diferencia del resto del grupo, se centró en nosotros. Había poder allí, un matiz de amenaza oculta por la forma casual en que se sentaba con un brazo apoyado encima de su rodilla levantada.

Sus ojos se encontraron con los míos, una conexión frígida que me enfrió hasta los huesos. Incliné la cabeza y miré a la mujer en el otro lado de Maeve. Ella era lo opuesto al macho Unseelie, con el cabello y los ojos oscuros y una tez muy pálida y anémica. Como si sintiendo los ojos en ella, ella miró nuestro camino, examinó el grupo una vez y centró sus ojos depredadores en Zantry.

Lee se detuvo en el borde del círculo, y para mi sorpresa, no se arrodilló. En su lugar, bajó la cabeza en una reverencia baja, y cuando Crozelle siguió su ejemplo, yo también. La reina se volteó hacia nosotros entonces. Lee tomó el cojín a la derecha de la reina Titania, Crozelle el que estaba a su lado. Me dejaron de pie en exhibición, con los ojos de todos en mí. Después de una pequeña pausa, me senté junto a Crozelle, bastante segura de que cometí un error cuando mis ojos se encontraron con los destellos de Titania, la advertencia en los ojos de Drozelle, la indignación en la mirada negra de Maeve. Estaba a punto de ponerme de pie y disculparme cuando Zantry se sentó e imitó al tipo con el pelo blanco levantando una rodilla y apoyando un brazo encima de ella, replicando la pose casual.

"Abigail. Augustine. Qué bueno verlos aquí", dijo Zantry, y luego inclinó la cabeza ante la reina Maeve. "Su Majestad, tan hermosa como siempre."

Los ojos negros de Maeve se apretaron en las esquinas, ya sea no le gustó el comentario, o la forma casual en la que se dirigió a ella.

"Ella huele a sangre", observó Abigail. "Sangre sucia."

"Y a Remo Drammen", coincidió el hombre-Augustine.

"Eso, sí", dijo Zantry y se señaló a Abigail. "Roxanne, ella es el ejecutor de la Corte de Unseelie, Abigail Hawekerd." Miró al lado al tipo. "Y Augustine Tomoko, obviamente el nuevo consorte de la reina Maeve." Inclinó la cabeza antes de añadir: "Has subido a lo alto desde la última vez que hablamos".

Estaba casi segura de que Zantry estaba rompiendo el protocolo, tratando de cubrir mi error de sentarme sin que me lo dijeran.

"¿Sorprendido?" Augustine preguntó.

"Que tomaste la posición, sí. Deberías saber mejor. La reina Maeve te desechará como huesos de una comida no deseada. Deberías haber seguido siendo su guerrero al mando."

"Ella tendría que cansarse de mí primero", dijo Augustine con una sonrisa arrogante.

"Tal vez lo haré", dijo Maeve con frialdad. "Más pronto de

lo que cabría esperar." Ella le dio a Zantry una mirada admiradora que él se perdió. O ignoró a propósito.

"Ahora que se han intercambiado las formalidades", dijo la reina Titania, "deberíamos hablar de nuestros problemas conjuntos, hermana".

Hermanas, oh sí. Se veían tan diferentes como la noche del día, con la tez dorada de Titania, el cabello de color miel y los ojos turquesa, y la tez pálida de Maeve, los ojos y el cabello negro.

Maeve se dirigió hacia mí. Su mirada examinadora era como ser atacada con ganchos de hielo. "Titania me dice que has conocido a un Seelie Remo Drammen quien se ha convertido en una abominación."

Asentí. "Sí."

"¿Sabes quién es? ¿Su nombre, su estado aquí en la tierra de Sidhe?" Titania exigió.

"No."

"Descríbelo", dijo Lee.

La miré, su postura alta y rígida, lista para saltar y atacar o defender a su reina.

"Era alto. Cabello color claro, tal vez más claro que el de su Majestad". Señalé a la reina Titania con la barbilla. "Hombros anchos, nariz recta. Sus ojos eran oscuros, no puedo decir el color ya que puede haber sido el resultado de la tenue iluminación. O el resultado de la esfera."

La reina Titania se inclinó hacia adelante. "¿El resultado de la esfera?"

"Sí, al principio de la transición, se puede diferenciar cuando una persona tiene una esfera por la mirada inhumana en sus ojos." O tal vez no. Si no podían ver el borde negro alrededor de un aura corrompida, entonces tal vez tampoco podían ver la diferencia en los ojos.

"No somos humanos", escupió Maeve, postura rígida, claramente ofendida.

"No, eso no es lo que quise decir", le dije, pero no seguí. Entendieron mi significado lo suficientemente bien.

"Te atacó", dijo Titania. O no creía en la cuenta de Helena o quería verificarla por sí misma.

"Sí."

"¿Lo mataste?", Exigió a continuación.

"No."

Lee se movió y los ojos de la reina Titania se estrecharon. "No mientas, Hija de Fosch." Su voz se había vuelto suave, peligrosa. Los pelos de mi cuello se pararon.

Nunca mientas a un Fee.

"Atacó y casi me mató. Remo intervino. Me quedé inconsciente y no fui testigo del resultado. La próxima vez que pasé la entrada a la cámara, el pabellón estaba de vuelta en su lugar y fortificado. Yo no lo maté, y no tengo idea de si Remo lo hizo".

"Sus palabras suenan como verdad, pero huelen a mentira", observó Maeve.

Sin saber qué decir a eso, no dije nada.

Las cejas de Zantry se fruncieron y tocó una mano en mi rodilla. Lee se movió de nuevo, sus ojos se movieron de la mano de Zantry a su cara. "¿Te sientes responsable de lo que pasó con este Fee?"

Abrí la boca y la cerré de nuevo. "Tal vez."

Los ojos de la reina Titania se agudizaron y Oberon se enderezó. Había interés, sospecha, así como un destello que no me gustaba en los ojos de los tres Unseelie.

"¿Por qué?" Zantry preguntó, un pequeño surco entre su frente.

Apreté el puño contra mi pierna. ¿Por qué me estaba encerrando en un rincón? Me quité la mano de la rodilla. "Porque ayudo a Remo a traer las esferas."

"Y debido a que lo haces, te sientes responsable de cada individuo infestado", dijo Zantry. "¿Crees que una persona puede ser salvada una vez implantada?"

Dios, Zantry, cállate. Me froté las manos en los pantalones e ignoré mi estómago. Elegí mis palabras con cuidado, deseando que Cora hubiera dejado la piedra de ámbar conmigo. "La esfera amplifica la fuerza natural y la resistencia de una persona. Es como un impulso de potencia. Para mejorar las fortalezas y habilidades de una persona, la esfera se fija a las extremidades, los músculos, cada fibra y célula de esa persona. Se integra en los recuerdos, el habla, las neuronas, el estilo de vida y la forma de la persona para actuar y reaccionar. Pero es sólo una vez que esta persona sufre una lesión mortal que la esfera toma el control, lista para continuar dondequiera que esa persona se vaya".

"Eso no fue lo que preguntó, Dhiultadh", dijo Abigail.

Asentí. Respuestas directas, Rox. "La esfera recubre todas las fibras del ser de esa persona. Incluso si hubiera una manera de quitarsela eso significa matar a esa persona. Matar a esa persona significa una transición más rápida". Moví la pierna, la estiré una vez antes de cruzarlas al estilo indio.

"Nos han dicho que aprendiste a manipular la energía perdida", dijo Lee, rompiendo la tensión que mis palabras habían conjurado.

"Sí."

"¿Qué tan fluida eres?"

Miré a Lee y Titania, me froté la mano en los pantalones de nuevo y dije algo que no había planeado. "Supongo que tan fluida como mi madre, dando me entrenó uno de su clase." La sorpresa en los ojos de Titania fue tan fugaz que no estaba seguro de si lo había visto.

Todos se dirigieron a Zantry.

"Ella se refiere a Remo", dijo, aunque ellos lo sabían. Su falta de reacción les dejó saber que esto no era una noticia para él.

Después de un momento, Titania dijo: "Nos han dicho que puedes trabajar un tejido de ocultación".

Incliné la cabeza.

"¿Puedes hacerlo contra un ser vivo?"

"No lo sé. No lo he hecho antes, no en nada grande".

La reina Titania se dirigió a Drozelle. "Ocúltala."

Dudé. "Creo que..." Sacudí la cabeza. "Eso no es una buena idea. Por lo que sé, puede reaparecer sin un órgano o algo vital".

"Hazlo", dijo Zantry, pero el apoyo que estaba tratando de impartir se sintió como una orden. Lo miré. "¿Si lo hago mal y la envío a ella, o peor, partes de ella a otra dimensión? Ser inmortal no le hará la vida más fácil si tiene que vivir con una mano, o con unas pocas extremidades perdidas. Acabo de aprender a usar este ... símbolo hace semanas. Todavía no lo he perfeccionado".

"Si es su bienestar lo que te preocupa", El tono de la reina Titania era tan duro como el acero, "tranquila, no nos hacen daño fácilmente. Si es enviada a otra dimensión, Drozelle puede regresar por su cuenta".

Lo dudé, sobre todo porque no habría un camino dirigiéndola de vuelta. Y si Drozelle no regresaba, no estaba segura de que Titania aceptaría la acción con gratitud. Sí, debería haberme quedado en las Tierras Bajas y esperar a que la próxima persona llegara a un trato. O, debería haberme ido con Remo y ahorrarme todo el dolor de cabeza que siguió. Respiré hondo. Había tanta energía flotando alrededor, me maravillé de que el aire no se volvió estático. Nunca había visto tanta energía en un solo lugar sin tener que reunirla. No me extraña que hubiera tanta magia en esta tierra.

Me concentré, golpeé átomo tras átomo entre sí, formé una larga cadena de energía, y los empujé hacia Drozelle.

Empecé a tejer el símbolo, y me di cuenta de que si la perdía, la reina Titania me acusaría de jugar sucio, sin importar lo que hubiera dicho. La energía flaqueó, las líneas se separaron. La mano de Zantry apretó mi rodilla, dándome su apoyo. Como todos los sentados, él podía ver lo que yo estaba haciendo. A diferencia de todos los demás, él podía duplicar y alimentar el símbolo sin pensarlo mucho. Decidiendo que era mejor ir con precaución, corté una línea en mi dedo y me moví hacia Drozelle. Ni siquiera se estremeció cuando le froté el dedo ensangrentado en la frente y mezclé mi energía en el símbolo, sería más fácil encontrarla en caso de que algo saliera mal. Forbus, el resultado del apareamiento de la runa dimensional Forda y el sigilo de ocultación Blitus, comenzó a tomar forma, brillando en misteriosamente a medida que comenzaba a alimentarse.

Al igual que la mayoría de los símbolos bastardeados de Remo que había aprendido a usar, las líneas no eran complejas o llenas de ángulos, pero cualquier medida equivocada o combinación desproporcionada y el resultado sería otra cosa, algo probablemente desagradable. Una S lateral con el extremo superior más largo y el extremo inferior tocando el medio curvado con lo que parecía un rayo al revés cruzando en el medio. Ambos símbolos eran la longitud exacta y la anchura y la altura. Cuando usé este símbolo durante la segunda reunión con los cazadores, todo en lo que necesitaba centrarme era en conseguir el equilibrio de ambos símbolos correctos. Con un aura, el asunto era diferente. Atando un símbolo a un aura era más complicado porque tenía que infundir los extremos del símbolo a los saltos en el patrón de un aura. Y los patrones eran visibles sólo en la quinta dimensión. Un momento antes de que

Drozelle desapareciera, me senté, desempolvando mis manos sobre mis rodillas. Todo el mundo miró a donde Drozelle debería haber estado, sin encontrar nada, ni en el cuarto, ni siquiera en la quinta dimensión.

"¿Drozelle?" Preguntó Crozelle.

Drozelle no respondió.

Titania miró el lugar donde Drozelle estaba. Oberon se inclinó hacia un lado, puso una mano en el cojín donde Drozelle estaba sentada. "Ella ya no está aquí", declaró.

"Tu símbolo", espetó Maeve, "es una abominación".

No reconocí sus palabras. Aparear una runa con un sigilo resultaba en un símbolo corrompido, algo con lo que Remo disfrutaba experimentando y ocasionalmente me enseñaba. A veces el experimento salía mal, a veces explotaba. No experimenté, sólo usé los que ya había perfeccionado, y nunca he usado un símbolo complejo con más de una runa y un sigilo en la mezcla. Era bastante difícil hacer que ambos símbolos se comportaran, más difícil aún evitar que se desmoronaran. Supuse que, si me esforzaba lo suficiente, o si Remo lo ordenaba, sería capaz de duplicar algunas de sus obras complejas, pero no quería ni me había ordenado. Todavía.

"Ahora tráela de vuelta", ordenó Titania.

Tanto que dijo que Drozelle podía regresar sola.

Sin decir una palabra, sentí la energía en la sangre que había manchado en Drozelle, la rastreé hasta Forbus y le di más energía. Cuando era visible en la quinta dimensión una vez más, trabajé en desentrañar el símbolo, comenzando desde donde había insertado los extremos y retrocediendo mi paso. Dejé que la energía se dispersara, suprimiendo una sonrisa cuando Oberon se alejó de las líneas extraviadas. Respiré más fácilmente cuando Drozelle reapareció, ilesa.

Todos esperaban su veredicto. Drozelle se encogió de

hombros y sacudió los brazos. "Fue ... como estar encerrado dentro de una tumba apretada. No podía oír, ver, oler, sentir. Yo no podía respirar".

"¿Puedes transportar a alguien dentro de ese- bolsillo?" Titania preguntó.

"No lo sé", le dije. Tenía algo en mente, prácticamente podía ver los engranajes girando dentro de su cabeza.

"No es una buena herramienta para espiar", murmuró Crozelle.

"No, está mal." Drozelle se encogió de hombros de nuevo, como si tratara de suavizar una torcedura en su espalda. "Prefiero ir con glamour como lo hacemos habitualmente, mi reina."

"Es una corrupción distorsionada de la naturaleza", gruñó Maeve. "Su trabajo es una abominación, un insulto a nuestro código moral."

Titania me dio una mirada calculadora. "¿Y has entrenado para luchar contra un guerrero?"

"Depende de qué tipo de clase", le contesté, mi garganta cerrándose ante el repentino interés que despertó en sus ojos. Ella se dirigió a uno de los guardias, y el que estaba al lado de Roderick dio un paso adelante. Le di una mirada, miré hacia atrás a Titania, cautelosa. A mi lado, Zantry se endureció.

"No lo entiendo", le dije, pero sí lo entendía.

"Lucharás contra Madrigue y nos mostrarás tus habilidades guerreras."

Pensé rápido, tratando de llegar a una buena razón para decir que no.

Fue Zantry quien habló, su tono tranquilo, su postura tensa. "No sería una pelea justa, viendo que Roxanne resultó herida defendiéndose no hace mucho".

Lee se endureció. Tanto Augustine como Abigail se interesaron.

"Ay", la reina Titania agitó una mano. "Y Fabyn ha visto su curación, ¿no?"

"Es el mejor sanador del reino después de Hindrich", dijo Oberon. "Creo que la anunció con buena salud antes de partir".

Titania y Oberon se voltearon hacia mí. "¿Estás herida, hija de Fosch?"

"No."

"¿Estás sufriendo de tus lesiones anteriores?" Preguntó Oberon.

"No."

"Entonces lucharás contra Madrigue", concluyó Titania.

Antes de que Zantry pudiera protestar, me paré. "¿Las reglas?"

"Ninguna."

Un escalofrío corrió por mi columna vertebral, lleno de puntos afilados como aguja.

"¿Una lucha a muerte?" Las cejas de Zantry se levantaron. Había un indicio de ira en su tono cuando agregó: "Seguramente no".

Titania se volteó hacia él, sus ojos de color turquesa lo escudriñaban como si ahora se diera cuenta de que Zantry había elegido bandos.

"Te detendrás antes del golpe mortal", se dirigió a Madrigue, indicando que esperaba que ganara.

Madrigue inclinó la cabeza y se movió para enfrentarme. Inhalé profundamente, exhalé lentamente. La adrenalina de Frizz y la anticipación de saltar contra Frey me dio un pequeño impulso.

Esta vez no, amiguito, quédate atrás.

Estudié Madrigue, como estaba, equilibrando su peso en los talones de sus pies, con los hombros rectos, con los ojos traicionando nada. Era grande, no menos de seis pies cinco, con hombros enormes y anchos y brazos gruesos. Sus piernas eran largas, musculosas, poderosas. Estaba vestido con el uniforme de alto rango, una túnica de oro de la guardia real de Seelie bordada con rojos y verdes y los pantalones rojos que se moldeaba en sus piernas.

Exhalé, inhalé. Dio un paso adelante

CAPÍTULO TREINTA Y UNO

Estaba a unos cuatro pies del círculo cuando Madrigue atacó, tomándome por sorpresa. Me agarró por la cintura y me arrojó a través de la habitación como si no pesara nada. Golpeé el suelo con un largo auch y rodé, evitando por poco ser pisoteada. El aire que su pisoteo desplazó hacía mi cara y mis manos, y juro que el suelo debajo de mí vibraba. Trató de golpearme hasta hacerme compota, y rodé y rodé, me di cuenta de que me quedaría sin terreno pronto e invirtió la dirección, volviendo. Su pisotón dio en el borde de la hermosa camisa, pero en lugar de rodar de nuevo, enganché mis brazos alrededor de su otra pierna y tiré. Saltó hacia atrás, dándome suficiente tiempo para hacer una voltereta hacia atrás, un movimiento elegante que aprendí después de muchos moretones dolorosos.

Se vino hacia mí, un hombre grande con la muerte en los ojos, y yo maniobré alrededor, tratando de golpear y patear, permaneciendo a la defensiva. Agarró mi pie después de un mal movimiento de mi parte, un error de cálculo que me habría costado un hueso roto hace unos años. Tiró y retorció, tratando de dejarme caer. Salté y salté, enganché mi otra pierna alrededor de su cuello y lo derribé. Era más pesado de lo que esperaba, y en lugar de caer de lado se cayó sobre mi pierna, la presión casi la rompe. Le di un puñetazo en la cabeza, el costado de su cara, su oreja, con el objetivo de aturdirlo.

En el momento en que se liberó yo me aparté, me dolía la pierna cuando puse presión en el tobillo.

Madrigue retrocedió, la sangre en su rostro trayendo de vuelta la imagen de un hombre, un Fee, atrapado dentro de una cueva, encadenado a la pared de la roca por sus manos y pies con pabellones y acero reforzado.

Vacilé, mis ojos encontraron los de la Reina Titania al otro lado de la habitación. Se parecía tanto a él. ¿Era eso?

Abrí la boca para decir algo. Sus ojos. Eran de color marrón suave, su aura de plata pura. Una esfera asentada haría eso. Sin embargo, los implantes de esfera no se asimilaban con genes Sidhe. Remo lo había dicho él mismo.

Mi vacilación me costó. Madrigue produjo un hacha de la nada, y con un grito de batalla, fue hacía mí.

Salté de lado, rodé y salté pateando. El hacha bajó sobre mi muslo y me tiré a tiempo para mantener la extremidad conectada a mí, pero no para e vitar que el corte que quedó atrás. Me dio la espalda, me fui a la izquierda, me acerqué y le di un puñetazo en el pecho, donde el corazón debería estar. Se suponía que iba a ser lo suficientemente fuerte como para dar un poco de dolor en el pecho, pero en vez de eso me lastimé los nudillos. Mierda, ¿llevaba armadura debajo de esa túnica?

Madrigue agarró un puñado de mi cabello, y sin otra opción, cambié mi mano a garras y se las encajé la cara. Gritó de dolor e indignación y lo dejé ir, y me apresuré, poniendo distancia entre nosotros. Mi cuero cabelludo palpitaba donde me había agarrado, observé mientras dejó caer un montón de mi cabello al suelo, y llevó sus dedos a su mejilla, donde cuatro cortes chorreaban sangre. Sus ojos se encontraron con los míos, marrones y llenos de dolor y enojo. Sin malicia, sin maldad. Las esferas en transición a veces eran capaces de imitar las emociones, pero no registraban el dolor. Con un rugido que resonó en lo alto de la habitación abovedada, fue hacia mí, hacha elevada en el aire. Reuní toda la energía aleatoria que pude, agregué algo de la mía y se la tiré, empujándolo hacia atrás. Sólo alimentó su ira. Volvió de nuevo, vacilando con el siguiente rayo de energía.

Había una promesa de muerte en sus ojos, y sabía que estaba considerando ignorar la única regla de Titania. Lo vi, su destierro a cambio de una buena causa.

No hubo tiempo de tejer con una runa sobre él, y los rayos de energía me drenaron y lo enojaron. Al no ver otra opción, me alejé, aplaudiendo una vez. Me acerqué la mano derecha contra la palma izquierda y tiré, un rayo de luz creciendo entre el espacio, formando mi espada de luz, la hoja translúcida, la empuñadura sólida dentro de mi puño.

El paso de Madrigue flaqueó el tiempo suficiente para que yo corriera hacia él y lo encontrara de frente, mi espada chocando con su hacha, el sonido ensordecedor. Incluso con mis dos manos alrededor de la espada, el impacto casi me arroja hacia atrás.

Corrí hacia un lado, mi espada dejando un rastro de luz detrás. Giré y detuve el avance de Madriguc con una patada en su abdomen, demasiado cerca como para poder utilizar su hacha. Se tropezó de nuevo, y avancé, tratando de desarmarlo. Golpeé una vez, pero él esquivó con el hacha, y luego una y otra vez, el enfrentamiento sonando en la sala del trono como campanas de la iglesia. El sudor se reunía alrededor de mis sienes, mi axila y la parte baja de la espalda, los músculos de mis brazos y hombros tensando con cada impacto poderoso. Cambié de táctica y encendí la espada, tratando de atrapar el hacha entre el mango y la cabeza y desarmarlo, pero Madrigue parecía haber cambiado de táctica también y fue a mi pierna. Mi espada golpeó el hacha en el lado ancho, y el contacto hizo que cada hueso de mi cuerpo vibrara con dolor. Hasta me dolían los dientes. Estaba el sonido de la rotura de metal, y el hacha de Madrigue explotó, pedazos de metal volando por todas partes.

Me tropecé con un poco de metal que ardía como ácido, quitándome algunas de las piezas de mi cara. Mi mano salió pegajosa, mojada con mi sangre, el olor a cobre fuerte. El mango, todavía agarrado en las dos manos carnosas de Madrigue se desintegró en polvo.

Toda la sangre drenada de mi cara en un solo golpe. La expresión de dolor de Madrigue vino y se fue mientras parpadeaba la sangre de un corte ardiente en mi frente. Su ataque, aunque se esperaba, vino sin previo aviso, sin tiempo para mí para contrarrestar. Su bramido de guerra estaba lleno de dolor y rabia. Antes de que pudiera esquivar sus manos, me recogió, me levantó en el aire y me tiró hacia abajo.

Mi único pensamiento fue, oh, esto va a doler como el infierno.

CAPÍTULO TREINTA Y DOS

Nunca golpeé el suelo.

Mi descenso se detuvo a centímetros del suelo mientras Madrigue fue arrojado al otro extremo de la habitación.

"¡Ya basta!" Zantry gritó. La ira en su voz me sorprendió. Nunca había oído tanta rabia en él antes, ni siquiera cuando se dirigía a Remo.

"¿Qué estás haciendo?" Lee espetó.

Con movimientos medidos, me puse de pie, la energía de Zantry me apoyó como un capullo cálido y familiar. Madrigue estaba en el otro extremo, Roderick y otro guardia lo apoyaban.

Me di unos segundos para componerme. Apunté mi espada a la palma de mi mano izquierda y empujé. La hoja reconoció mi sangre y se desintegró en la luz, desapareciendo una vez que mis palmas se encontraron. Me limpié la cara en la camisa, la manga ensangrentándose. También había agujeros en la camisa, sabía que la arruinaría, y a través de los agujeros, pude ver algunas piezas de metal incrustadas en mi pecho. Parecía un queso suizo ensangrentado.

Cuando miré hacia arriba, Zantry se enfrentaba con una

Lee rígida y una Abigail cabreada. Un frío revoloteó en mi estómago. Esto no estaba bien.

Titania y Maeve seguían sentadas, junto con todos los demás que no eran guardias.

"Esa es una espada de luz", dijo Lee, su voz como hielo astillado frío y letal. Se volteó a mirarme, sus ojos verdes salvajes. "Has unido una espada de luz que no te pertenece. ¿Sabes lo que eso significa?"

Me detuve. "No."

Los ojos de Lee brillaban, con las manos en puños. Pero era la verdad, y ella podía notarlo. Dio un paso amenazante hacia adelante, deteniéndose cuando Zantry se movió. Ella le dio una mirada helada antes de devolver su atención a mí. "Significa que hay un margen expuesto con un guardián que no puede defenderse ni proteger el camino porque tu codicia lo dejó desarmado".

También lo había matado, pero decirle que eso no me ganaría ningún punto. "Bueno, era eso o dejar que me matara."

"Si esas eran tus únicas opciones", la oscura mirada de Abigail estaba en sincronía con su tono glacial, "deberías haber dejado que Alasdair te matara".

"Lo siento por decepcionarlos, pero no", me quité un pedazo de metal del cuello y lo dejé caer con un clink. "Soy demasiado egoísta para un acto desinteresado como ese."

Abigail dio un paso adelante, claramente no está acostumbrada a que la gente le respondiera.

"¡Ya basta!" El comando autoritario de la reina Titania puso fin a cualquier discusión adicional.

Lee giró, y Titania se puso de pie, con los ojos nivelados. "Ve a buscar a ese guardián, Leon, envíale refuerzos hasta que pueda crecer otra espada." Ella se volteó hacia mí después. "Remo Drammen envió un guardián para asesinarte?"

"En realidad no", me cubrí.

"Explica."

"En su mayor parte, los guardianes eran una lección. Como los maniquíes de entrenamiento." Zantry se endureció. No se lo había dicho. Sabía que mi espada pertenecía al guardián que había venido por mí cuando sintió el guiverno que había estado arrastrando. Los ojos de Titania se estrecharon.

"¿Has matado a alguno?" Exigió, su voz se volvió suave. La habitación se llenó de estática, y el trueno sonó en algún lugar del castillo.

"Sólo ese."

Los ojos de Titania brillaban verdes con fuego. El trueno volvió a auge, más cerca. Pero ella sólo inclinó la cabeza hacia Lee. "Vamos, Leon." y tomó su asiento. Ella le hizo una señal a un pixie, enderezó su larga falda púrpura, supongo que se dio tiempo para componerse. Era una buena señal, si ella estaba tratando de controlar su ira significaba que no estaba planeando actuar con ella.

Lee se fue con Abigail, ambas transmitiendo su indignación con el ritmo de sus pisotones.

"¿Has derrotado a todos los guardianes traídos a ti?" Augustine preguntó, sus ojos curiosos.

Yo no respondí a eso. "Pensé que Lee era responsable de los guardianes. Una vez dijo que coordinaba los castigos."

"Los guardianes le responden a los Fee", dijo Zantry. "Sin embargo, si el camino no es perturbado, los Fee no sabrían que deben interferir."

Asentí. Pensé que los Seelie me estaban dejando a Remo, una forma de expresar su apoyo. Qué tonta.

Había luchado con guardianes antes, sí, pero nunca en los caminos. Y ahora supe que los Sidhe no me dejaban sola para cumplir las órdenes de Remo. "¿No habría sabido cuando el camino estaba desprotegido?" Oberon me había dicho una vez que los Sidhe eran lo que se encontraba entre la Tierra y lo que sea que vivía ahí afuera, y el camino en donde había matado el guardián había sido debilitado. Remo no era estúpido, no se arriesgaría a enviar criaturas a la tierra y poner un hoyo en sus planes, pero no sabía si le importarían otros planetas.

"Deberían haber sentido eso", dijo Zantry, y no me gustó la mirada sombría en sus ojos.

Me froté en el punto ardiente de mi frente, con el dedo saliendo mojado y pegajoso. Genial, estaba sangrando. Bennty apareció y me ofreció una pequeña caja. Dentro, encontré una toalla pequeña y caliente. Me limpié la cara y las manos, la textura suave y calmante contra mis heridas, el aroma de la verbena de limón relajante.

"¿Has luchado contra algún Unseelie?" Augustine preguntó.

"No. Sólo Sidhe". Me froté una pequeña herida en el antebrazo.

"El Seelie que dices Remo capturó", comenzó Titania.

Otro pixie me trajo un vaso de agua, y lo tomé, bebí la mitad antes de encontrar los ojos de Titania. "¿Te refieres al gemelo de Madrigue?"

"Ladrigue. Sí."

Y ahí estaba, pensé. "¿Qué quieres?"

Oberon se puso de pie, produjo una pequeña daga.

"No puedes, Titania", dijo Maeve, mirando a su hermana.

Oberon ignoró a la Reina Unseelie y me ofreció la daga, el puño primero. La tomé, sintiendo el poder tarareando a través de él.

"Mátalo", ordenó Titania, y casi se me cae la cosa de la mano. Ambos hablaban en serio, aunque yo tampoco esperaba que sonrieran. Maeve miró a Titania, pero no se opuso de nuevo. Estudié la daga, una burda burla de la que Aaron había usado. Simple, aburrida. Pero el poder tarareando a través de me dijo que era más de lo que parecía.

"Un golpe al corazón", dijo Titania cuando volteé la daga, fruncí los labios.

La miré de vuelta. Toda la habitación parecía estar conteniendo la respiración. Estaba segura de que en ese momento tenía tiempo suficiente para meter la daga en el corazón de Titania. No saldría viva de ahí, pero sabía que podía. Y si Remo supiera lo que tenía en mis manos, podría ordenarme que lo hiciera, aunque no estuviera aquí. Me sacudí la cabeza, giré la empuñadura de la daga primero y se la ofrecí de vuelta a Oberon. No la tomó.

"En el momento en que regrese", le dije, mi voz lenta, mi tono bajo, los ojos directos, "Remo exigirá saber todo lo que he hecho y dicho". Aun así, nadie buscó la daga. "Le voy a hablar de la daga y él la tomará."

"Entonces ocultarás Drozelle y la meterás en su guarida. Ella hará el trabajo y se irá."

"No puedo. Incluso si me las arreglo para transportarla sin ser vista, Remo sabrá el momento en que toque un camino. Será consciente de mi presencia en la guarida."

Titania asintió y Drozelle produjo un collar con un colgante de roca obsidiana. Como la daga, el collar, o más bien la roca, tarareaba con poder. "Este collar evitará que el portador se registre en el éter. Lo tomarás y matarás a Ladrigue y lo liberarás."

Examiné la roca negra, recordé cuando Drozelle había usado una similar para ocultar la presencia de Fin del éter. Esto podría ser útil algún día si tuviera que colarme en la guarida. La cara de Dathana brilló en mi mente. Me embolsillé el collar. Miré a Titania y le ofrecí la daga, empuñadura primero. "Si soy capaz de acercarme a él de nuevo, voy a tratar de cortarle la cabeza."

La forma en que todos me gruñeron o me miraron, uno

pensaría que me ofrecí vestirlo con falda y blusa y desfilarlo con una correa.

"Honramos nuestras muertes, Dhiultadh, sin importar el molde", gruñó Titania, su rostro contorsionando con ira. Las nubes de truenos grises y pesadas bloquearon la luz a través de la cúpula de vidrio.

Zantry se inclinó hacia adelante, obligando a Titania a mirarlo. "Roxanne no creció aprendiendo sobre tus maneras. No hubo falta de respeto en su oferta." Se inclinó hacia atrás y miró a su alrededor, su expresión agradable. "Ella está tratando de acomodar tu petición", le dijo a Titania. "Pero ella no tiene que hacerlo ya que asesinar a un Fee no era parte de su trato."

En el silencio que siguió a la reprimenda de Zantry, ofrecí la daga de nuevo, y cuando ella no se movió para tomarla, la coloqué en el suelo y la empujé lejos, sin estar dispuesta a mantenerla al alcance de la mano.

Sus ojos, aun parpadeando en verde, se movieron de Zantry a mí.

"Esta daga no está segura conmigo. Lo que Remo manda, trataré lo mejor que pueda de cumplir. Me quedaré sin comida, sin descanso, no me importará nada de a quién tengo que cruzar, matar o mutilar para alcanzar mi meta. Puede que no sienta mi presencia en el éter, y no necesita hacerlo. Yo soy su familiar."

Los ojos de Titania volvieron a su color turquesa y un tono rosado se difundió por sus mejillas. La estática crujió en el aire.

Sacudí la cabeza, la frustración clara en mis próximas palabras. "Mira, ¿quieres arriesgarte a que esta daga caiga en manos de Remo? No puedo explicar la razón por la que las esferas no pueden asimilarse con los genes Sidhe, pero estoy bastante seguro de que Ladrigue estaba encadenado en esa cámara porque luchó contra la esfera hasta el punto de la locura".

Oberon levantó un puño y se inclinó hacia adelante, con los

ojos intensos. "Nos llamó la atención que Remo infeste el cuerpo con más de una esfera. ¿Puede usar múltiples para superar la voluntad de un Fee?"

"Un Fee es un ser poderoso. Cuantas más esferas contenga un cuerpo, más fuerte se vuelve la persona". Agité una mano y señalé con la cabeza a la daga. "¿Pero si el cuerpo muere poco después de implantado? Es una transición exitosa. Puede tomar más tiempo para que la esfera aprenda a interactuar entre otros seres, puede ser más difícil para él engañar a viejos amigos, pero esa daga significa una transición segura y exitosa".

"¿Por qué Remo no mata al Seelie y asegura la transición?" Augustine preguntó.

"Porque el método de Remo para matar un Fee es chupar su fuerza vital, lo que significa tomar la energía de la esfera para sí mismo."

La reina Titania se inclinó hacia adelante, la determinación oscureció sus ojos. Oberon colocó una mano sobre su hombro, deteniéndola. "Ella no puede hacerlo, su majestad. Ella es su familiar. Ella tiene razón. Remo Drammen la tomará y lo usará contra nosotros." Era la primera vez que veía a Oberon contradecir a su reina.

Se inclinó hacia atrás, con los ojos fríos y enojados. "Yo no lo quiero allí." Había un tono en su voz que hablaba más que ella. Ladrigue no sólo era un guerrero, era alguien que le importaba a la reina Titania.

"Si a su majestad no le importa", le dije, "puedo tratar de liberarlo, pero sólo sé que puedo hacerlo cortándole la cabeza".

Los labios de Titania se enroscaron en un feo gruñido, pero de nuevo, Oberon detuvo lo que iba a decir con una mano en el hombro.

"No me importa esto."

"Es eso o déjalo a merced de Remo", dijo Zantry, su postura casual ocultando la tensión en sus hombros.

Pasaron unos segundos tensos antes de que Titania inclinase la cabeza. "Muy bien"

"Haré lo mejor que pueda." Esperaba poder cumplir esta promesa.

Titania les hizo una seña a Drozelle y Crozelle. "Nos reuniremos después de que mi consejo y yo hayamos preparado una estrategia que funcione".

Tanto Drozelle como Crozelle se pusieron de pie, al igual que Zantry. Seguí el ejemplo, vacilé y miré hacia abajo a Titania. "Tal vez deberíamos encontrarnos en otro lugar para nuestra próxima reunión. En algún lugar que no esté en la tierra de Sidhe. Su Majestad, su gente no tolera mi presencia."

Titania se endureció como una pared de ladrillo, con los ojos estrechos. "¿Sugieres que no puedo controlar a mi gente?"

"No. No me refería a eso. Soy una rechazada. Soy una raza mixta. Y yo soy el familiar de Remo. Sus instintos son matarme a la vista. Decirles que soy una invitada en sus propias casas y que deberían tratarme con respeto es algo difícil de tragar".

"No les doy nada para tragar."

Casi me reí. Lo habría hecho, si la situación no fuera tan seria.

"Cuando doy órdenes, deben seguir sin ninguna pregunta", agregó Titania.

"Y apuesto a que lo hacen. Dime, ¿cuántos años tenía Aaron? ¿Quinientos, ocho?

"Más bien un milenio. Más o menos", dijo Crozelle, ganando el deslumbramiento de su reina.

"Y apuesto a que era amado por sus compañeros."

Titania inclinó la cabeza.

"Y durante todos estos años, Aaron te sirvió bien, ¿no?" Esta vez Titania no se movió, no dijo nada. Yo seguí. "Pero él no podía tolerar que yo estuviera con sus compañeros, bailando y riendo como si perteneciera. Así que rompió una regla. La primera en toda su existencia. ¿Cuántos otros de tu gente sienten lo mismo por mí? Su Majestad, no estoy cuestionando su autoridad, y mucho menos socavándola. Sólo te pido que no me presumas a la misma gente a la que le inculcaste odiar a mi especie desde el nacimiento".

Los ojos de Titania brillaban con amenaza. "Cuando localicemos el siguiente parche muerto, serás convocada para evitar su crecimiento. Te sugiero que empieces a practicar los tejidos, Dhiultadh, porque si hay un portal en mi tierra que Remo Drammen está usando, quiero que lo cierres".

CAPÍTULO TREINTA Y TRES

Era tarde cuando llegamos a mi sala de estar, yo estando ensangrentada y llena de agujeros, Zantry tranquilo y distante.

Mwara estaba sentada en el sofá, con los pies escondidos debajo de ella, su teléfono celular con pantalla táctil en la mano. Ella se sorprendió con nuestra repentina llegada, bajó el teléfono y se puso de pie. Había alivio en sus ojos, se fue en el momento en que vio la sangre en mi ropa y cara. Me sorprendió cuando sus labios se apretaron de culpa. Zantry le dio una sonrisa débil y tranquilizadora, le pasó una mano a través del cabello.

"¿Algo sucedió mientras estábamos fuera?" Preguntó, y ella negó con la cabeza.

"¿Estás bien?" Preguntó a continuación, siempre siendo el caballero considerado.

"Sí", respondió ella, cambiando de un pie al otro y atando los dedos juntos, el teléfono emparedado entre sus palmas. "Yo, no estaba segura de cuándo esperarte de vuelta, si se suponía que llamara a alguien y diera una alarma o algo así". Sus ojos hicieron un rápido examen sobre mi ropa rasgada y ensangrentada antes de alejarse y bajar a su teléfono.

"No, no hay necesidad de eso, los Seelie no nos desean ningún daño", dijo Zantry, y cuando Mwara me miró de nuevo, se rio. "Esa es una larga historia. Basta decir que la reina Titania no tiene intención de matar a Roxanne".

Por ahora, pensé, murmurando una excusa antes de ir al baño. Zantry tenía una manera de llevarse con la gente, un llamado carismático que transmitía ondas de confianza, y Mwara parecía lo suficientemente nerviosa.

Le preguntó qué había estado haciendo desde que nos fuimos, su manera de cambiar la atención hacia ella y tranquilizarla.

"Hice unos espaguetis", dijo. "Sólo queda un poco, pero puedo hacer un poco más. Habría hecho más si hubiera sabido que volverían hoy".

Abrí el agua en la ducha, el sonido amortiguando lo que Zantry dijo a continuación. Me quité la ropa, pequeñas piezas de metal se despegaron hacia abajo, y metí en el agua caliente.

Cuando salí, no había señales de Mwara. La puerta del dormitorio de invitados estaba cerrada, el débil sonido de un poco de música rock que entraba a través. Me até una toalla alrededor del cabello y me fui con los pies descalzos a la sala de estar. Con la camisa de manga larga puesta, sólo dos rasguños eran visibles, uno en mi frente, otro en mi mejilla.

Zantry caminaba, cinco pasos hasta el divisor de la cocina, cinco pasos de regreso a la pared opuesta. Se había cambiado con pantalones de mezclilla y una camiseta negra de cuello en V, los pies descalzos.

"¿Estás bien?" Pregunté.

Ojos azules vivos se centraron en mi cara, me examinaron desde la toalla a hasta mis pies descalzos. Cerró la distancia en dos zancadas, me tomó la mejilla, sus dedos pasaron por mi ojo y frente. El cosquilleo curativo comenzó a la vez, sus ojos azules profundos se volvieron un tono más claro. Sólo por unos segundos, el tiempo que tomó para que ambos arañazos desaparecieran.

"Siento no haber podido ayudarte", dijo, el arrepentimiento claro en sus ojos. "Lo siento, no estaba allí cuando Aaron atacó." El remordimiento resonó en su voz, apretó las esquinas de sus ojos.

Le cubrí la mano con la mía. "Está bien, estoy bien. Lo entiendo." No, no lo entendía.

Sus ojos se movieron sobre mi cara, buscando.

Lo solté, se le cayó la mano y di un paso atrás.

"Pueden sentir el vínculo."

"Pensé algo así." Me fui a la cocina, yendo a donde una olla cubierta estaba encima de la estufa. "¿No crees que ya saben que hay un vínculo entre nosotros? Tú me reclamaste como parte de tu... ¿cómo lo llamó Roland?" Abrí la olla, olfateé. "Pareja, ¿no? Y tenemos a Helena, y obviamente les dio un informe detallado".

Me volteé hacia él, lo encontré más cerca de lo que esperaba. Había fatiga en las sombras alrededor de sus ojos, junto con la precaución. "Saben que hay un vínculo", dijo, "pero el nuestro es", pasó la mano dos veces en el aire, "un poco inusual".

Levanté las cejas. "¿Inusual cómo?"

"Para empezar, es más fuerte de lo que debería ser. Además, es... No sé cómo explicar esto". Se pasó una mano a través de su cabello sin atar, causando que cayeran pequeños destellos. "No es un vínculo habitual, y no quiero que husmeen, tratando de ganar influencia sobre nosotros"

Asentí, no dije nada. Había más, pero no lo dijo.

"¿Comiste?" Pregunté. No había suficiente para nosotros dos, no había suficiente para uno, en ese asunto.

"No, pero pedí pizza."

"¿Lo hiciste ahora?" Mi estómago gruñó, y ambos sonreímos. "Voy a cepillarme el cabello entonces, ponerme unos calcetines."

Me apresuré de nuevo a mi habitación, inclinando mi cabeza contra la pared con alivio agudo cuando abrí la unión a un flujo constante.

El timbre sonó justo cuando terminé de secarme el cabello, el eco del secador de cabello todavía zumbaba en mis oídos. Olí el aire buscando el aroma del queso derretido, pero sólo había el olor de los productos para el cabello evaporados.

Me até el cabello y salí de mi habitación, toqué la puerta de Mwara. "Pizza", le dije, y me dirigí a la sala de estar, a donde Zantry se sentó en el sofá, dos cajas de Dominos en la mesa de café frente a él, junto con tres coca-colas.

Frizz apareció a mi lado en el momento en que me senté, y me froté las manos. "No he comido pizza en años."

Frizz se apretó contra mi pierna y lo rasqué en la cabeza. "Tienes dos, pequeño, por meterte en la pelea sin que yo pidiera."

Zantry frunció el ceño, sus ojos se oscurecieron de ira.

"De ninguna manera, ni un soplo de mal humor en la pizza, le da un sabor extraño." Empujé su pierna a un lado y moví más cerca, nuestras piernas tocándose.

"¿Qué hay de Mwara?" Pregunté cuando le entregué a Frizz el primer pedazo.

"Ella ya comió." Pero apiló tres pedazos en una toalla de papel, agarró una coca cola y se la llevó.

Cuando regresó, Frizz ya estaba en su segundo pedazo. Zantry se encogió de hombros. "Es difícil decirle que no a la pizza."

Asentíí, sabiendo que Mwara intentaba evitarme. Recordé su culpa y el alivio que había visto en sus ojos y por primera vez, me pregunté si se culpaba a sí misma por lo que me había pasado. En parte lo era, pero habría terminado en algún lugar en de este mismo camino, incluso si no hubiera sido por ella.

"Creo que quería darnos un poco de tiempo a solas", dijo Zantry, vacilando antes de añadir: "No ha salido del apartamento desde que llegó".

"Oh? ¿Por qué no? Espera, ¿cuánto tiempo hemos estado fuera?

"Dos días."

Tragué, fruncí el ceño a la puerta cerrada de Mwara, pero no dije nada. En su lugar, recogí otro pedazo y mordí el queso y salsa y champiñones. Unos minutos más tarde me incliné hacia atrás en los cojines y cerré los ojos. "La próxima vez, ordena tres."

Zantry se rio y tomó mi pie del suelo.

"¿Qué estás haciendo?" Pregunté, abriendo los ojos.

"Te voy a dar un masaje en los pies." Empezó a hacer precisamente eso. "Oh", murmuré, disfrutando de la sensación. Le envié un empujón juguetón a través del vínculo, y me quedé dormida con su caricia tibia, despertando cuando me recogió.

"Me estás mimando demasiado." Me acurruqué más cerca de su pecho, respirando su olor. ¿Qué haré entonces cuando te vayas?

Me metió en la cama, me dio un beso en la frente. " No te voy a dejar." Sus palabras susurradas me siguieron a mis sueños.

CAPÍTULO TREINTA Y CUATRO

Para cuando desperté, Tanto Zantry como Mwara estaban despiertos. Desde el vapor y el aroma del champú en el baño, uno también se había duchado. Zantry, deduje, notando el kit de afeitado húmedo dentro de una taza de café que estaba junto al lavamanos.

Me bañé y vestí, y lo encontré de pie junto al divisor de la cocina, vestido con pantalones gris oscuro y una camisa blanca sin arrugas, bebiendo té de una de las tazas de café de Vicky, este decía "Me encanta el café, así que dejé a mi novio".

Miró hacia arriba desde su tableta cuando me moví, con el pelo sedoso suelto sobre sus hombros, y fui atraída, y me perdí un poco, en el azul de sus ojos. Miré hacia otro lado primero, encontré a Frizz en su lugar habitual en la cocina, con un gran y sangriento bistec delante de él. Mwara ocupaba la silla alta junto a la suya, jugando en su teléfono inteligente de nuevo, una taza de café oscuro junto a su codo. Hacíamos una imagen extraña, el ex-familiar que huyó del clan, la sombra que insistió en atarse a mí, y al hombre que, como yo, perdió tanto a causa de la SCP. Y debido a Remo, los cuatro fuimos reunidos, de una manera u otra.

"Buenos días", le dije a Mwara, tratando de ser civilizada. Estaba vestida con la misma camisa blanca y rosa y jeans bajos que llevaba el día que había llegado, con el pelo largo tirado hacia atrás en una coleta alta.

Me dijo "Buenos días ", y por primera vez, no corrió a esconderse en el dormitorio de invitados.

Me serví una taza de café, notando que Zantry tenía zapatos negros brillantes y su chaqueta de traje gris oscuro puesta en la silla de Frizz. "¿Vas a algún lado?"

"Voy a Boston para ver una propiedad." Frunció el ceño a algo de la tableta. Me acerqué, no vi nada más que un gráfico lleno de nombres y flechas apuntando en diferentes direcciones.

"¿Uno de las tuyas?" Pregunté, tomando un plato cubierto dentro del microondas. Omelets, los bordes cerrados para formar un medio círculo. Yum, mi favorito.

"Sí. Me llevo a Roland conmigo", dijo, distraído por lo que fuera ese gráfico.

"¿Qué es eso?" Apunté a su pantalla.

"Informe de la bolsa."

"¿Huh? No sabía que te interesaba eso." Cogí un tenedor y corté. Queso derretido escapado del medio. "¿Por qué llevas a Roland contigo?"

"Puede que haya algunas personas que creen que son dueños de la propiedad. Roland viene a informarles que es contra la ley para invadir."

Tragué un bocado antes de decir, "Por gente, supongo que te refieres a preternaturales."

Zantry gruñó, colocó la tableta en el mostrador y miró hacia arriba. Su cabello todavía estaba húmedo de su ducha, con los ojos directos. "Roland quería verte antes de irnos."

Asentí, mastiqué un poco más. Supongo que mis planes no le importaban a nadie. No es que nadie supiera de ellos, pero, aun así, ir por ahí como un yo-yo informando a cada uno en su términos y tiempo era una pérdida de tiempo. Y mi tiempo ya estaba pasando.

"¿Estás bien?"

"Claro. Supongo que estoy un poco perdida en mi cabeza", dije y terminé las tortillas en silencio.

* * *

Llegamos a la oficina de Roland a las ocho y media, a una casa llena. Tony, Raji, Chris, Barbara, George, Asra, así como Diggy y Vincent, todos en el vestíbulo, hablando entre sí, o en el caso de Barbara, leyendo una revista mientras se apoyaba en el emblema de la NSA. Valerie estaba sentada detrás de su escritorio, hablando por teléfono, la puerta de la oficina de Roland estaba cerrada.

"¿Qué está pasando?" Le pregunté a Tony, quien arrastró sus ojos de Zantry para que echarme un vistazo.

"¿No recibiste el memorándum? Tenemos una reunión de asignación de casos", respondió y devolvió los ojos a donde Zantry estaba hablando con Vincent y Diggy.

"Pensé que tomabas casos como venían", le dije, y honestamente, no esperaba una respuesta. Pero parecía que Tony tenía modales porque hizo el esfuerzo de darse la vuelta y verme de frente.

"A veces tenemos un montón de casos a la vez y Roland convoca una reunión. Todo el mundo que no está en un caso fue llamado." Ambas miramos a nuestro alrededor a los cazadores hablando. Parecían una multitud a primera impresión, pero sólo había seis miembros aquí, aparte de mí, Vincent y

Diggy. Y Zantry, pero no estaba aquí para la reunión, así que no contaba.

Se abrió la puerta de la oficina de Roland y un hombre de mediana edad con un aura azul pálido salió. Asintió al grupo en general, estrechó la mano de Vincent y Diggy y tomó las escaleras dos escalones a la vez.

Roland vio al grupo reunido y dijo: "Acabemos con esto, tengo cosas que hacer".

Zantry tomó una revista y se hizo cómodo en una silla acolchada.

"¿Vas a esperar aquí?" Pregunté.

"Sí, no soy miembro para participar en cada reunión. Además, Roland dijo que esto sería rápido."

En la sala de conferencias, alguien había puesto una pizarra inteligente y un proyector. Encontré a todos, incluyendo Roland, ya sentados. Excepto por Vincent, quien estaba junto al proyector, jugando con algo. Me apresuré y tomé el asiento junto a Tony y me dirigí a la pizarra cuando una imagen de una gran sala de estar apareció en la pantalla.

No era el tamaño de la habitación lo que traía una tensión silenciosa alrededor de la mesa, o los muebles volteados y rotos, o los electrónicos rotos y esparcida. No, eran los dos cuerpos sin cabeza, un hombre, vestido con una camisa a rayas azul abotonada y pantalones negros; la otra mujer, vestida con una falda de lápiz marrón y blusa beige. Había un pequeño charco de sangre cerca de cada cuerpo donde la cabeza debería haber estado, junto con algunas salpicaduras aquí y allá.

"Amalia y John Fisher", dijo Roland en el silencio, "de cuarenta y seis y cuarenta y nueve años, respectivamente, fueron encontrados muertos al amanecer de ayer anteayer. Ambos eran magos de aire de fuerza media a alta, casados, aunque no eran compañeros. Su hija, veintiún años, los encontró así después de que ella regresó de una fiesta nocturna."

"No hubo señales de entrada forzada, no hay indicación de que la pareja hubiera estado esperando a los invitados. La hija declaró que se estaban preparando para irse para asistir a una cena cuando se fue temprano en la noche. Aunque al primer vistazo las muertes parecen ser un delito de ira, ambas muertes son limpias e impersonales".

La imagen se desplazó a una esquina, donde la cabeza de John Fisher yacía, con los ojos marrones vacíos mirando al techo.

"¿Ven el borde ennegrecido de la herida?"

"Cauterizado", murmuró Raji.

"Sí. El golpe vino de la derecha a la izquierda, un golpe rápido con una hoja caliente y afilada en llamas".

"De ahí la razón de la falta de más sangre", explicó Tony en un tono silencioso.

"Mucha fuerza en la parte superior del cuerpo necesaria para tal golpe", observó Barbara.

La cabeza de Amalia apareció en la pantalla, su expresión de sorpresa congelada para siempre. "El golpe a la señora Fisher", continuó Roland, "aunque hecho tan rápido y con la misma arma, tiene un pequeño ángulo decreciente", se alejó la imagen y mi estómago se revolvió al ver los tendones y huesos y lo que sean esas cosas expuestas.

Tony se desplazó y se inclinó hacia adelante en su asiento. "De arriba abajo."

"Sí. Creemos que el asesino tiene entre cinco pies y seis pies dos, dado que la señora Fisher tenía alrededor de cinco pies dos y el señor Fisher seis pies uno."

"Aunque parece que hubo un altercado, ninguna víctima lució ninguna herida defensiva, excepto por un largo corte en el antebrazo del Sr. Fisher." Una imagen del corte apareció, oscurecida en los bordes también.

"También cauterizado", murmuró Chris.

"¿Algo fue robado?" George preguntó, tirando de su barba.

"No. La hija afirma que nada aparte de la sala de estar había sido desordenado, y nada de valor había sido tomado, por lo que ella sabía."

"Podría ser algo que la hija no sabía que estaba allí para empezar", especuló Raji.

La imagen en la pantalla cambió de nuevo, y apareció otro cuerpo sin cabeza. " Robert Jackson" dijo Roland. "Brujo de fuego, treinta y tres años. Encontrado muerto en su oficina hace dos días.

Raji silbó.

"Las tres decapitaciones estaban siendo investigadas por Robert Simpson, líder territorial de Tribeca."

Recordé una vez que Vincent explicó que los líderes del Territorio eran preternaturales responsables de la comunidad preternatural en un área en particular. A los líderes se les permitía tratar, a su propia discreción, con los crímenes contra un preternatural y otro. Los cazadores sólo eran llamados cuando los humanos se involucraban.

"Entonces, ¿qué cambió?" George preguntó.

Otra imagen de otro cuerpo sin cabeza. "Duncan Gallagar, humano, veintiocho. Encontrado hace dos días por la criada."

"Un asesino en serie preternatural", dijo Barbara, frunciendo el ceño.

"Y, por último, Lawrence Smith, de veintiún años, humano, también encontrado hace dos días, este por su novia."

"Dos humanos, tres preternaturales, el mismo método de matar. ¿Qué tienen en común?" George preguntó.

"Eso es lo que quiero que encuentren", dijo Roland. "Tú y Raji tomarán este caso. Ver qué más esos cinco tienen en común, qué tipo de arma se usó." Vincent le entregó a cada uno una carpeta sellada.

"Tiene que ser alguien con algún tipo de magia de fuego", reflexionó Raji.

Roland asintió. "Esa es la conclusión lógica, la que hizo Robert Simpson. Sus notas están incluidas en la carpeta. Quiero que descubran dónde habían estado antes del ataque, a quién vieron, con quién hablaron, quién fue su último invitado. Pregunten a vecinos, amigos, compañeros de trabajo. A ver si tienen problemas con alguien que los quiera muertos. Juegos de azar, drogas, ilegales. Pon a alguien del departamento cibernético al tanto, ver si algo virtual parece sospechoso."

Ambos hombres asintieron, recogieron sus carpetas, se pusieron de pie y se fueron.

"Segundo caso", continuó Roland en el momento en que se cerró la puerta de la sala de conferencias. "Midnight Hour, un club nocturno en Bedford que atiende a preternaturales y aspirantes, perdió a algunos clientes habituales la semana pasada."

"Tal vez sirven alcohol de baja calidad", comentó Chris y se ganó unas risas.

"Tal vez, pero el alcohol bueno o malo, los clientes habituales que están perdiendo son preternaturales." La imagen de un 'Midnight Hour' rojo sangre fluorescente apareció en el tablero, reemplazando la imagen del cuerpo sin cabeza de Lawrence.

"Dos brujas, un mago, un hombre lobo y un telépata desaparecieron del club la semana pasada", continuó Roland. "Los testigos, junto con el material de la cámara, confirman que todas las personas desaparecidas salieron ilesas del club, aunque algo zumbadas, pero felices e ilesas". La imagen se desplazó de nuevo, mostrando a dos chicas de negro gótico, con los brazos enlazados, tropezando con la barra. "Ninguna bruja llegó a casa esa noche, ni se han visto después de esa última vez. Lo mismo es cierto para los demás".

La imagen cambió de nuevo, dividida en tomas de identificación de cinco personas, sus nombres, rango preternatural y edad escritas en subtítulo rojo debajo de cada foto.

Maura Daniels-bruja, veintitrés años; Ella White-bruja, de veintitrés años; Travis Dugan-mago de tierra, de veintiocho años; Donna Lee Morris-hombre lobo, de veintinueve años; Alex McLee-telépata, treinta y cuatro años. Todos los preternaturales en su mejor forma. La imagen cambió, mostrando a un hombre asiático vestido de mezclilla y una chaqueta de motociclista. "Ben Lavin, treinta y ocho años, humano." La grabación le mostró salir del club, deteniéndose en la acera. Su cabeza se sacudió hacia un lado, sus labios se movieron. Luego se apresuró y desapareció del alcance de la cámara. "Esa fue la última vez que alguien vio a Ben. Fue reportado como desaparecido ayer por un colega de trabajo". La imagen cambió de nuevo, ahora mostrando a un hombre con jeans negros y una camisa apretada, corte de pelo militar. "Alex McLee, el telépata del grupo, envió una señal, por así decirlo, al portero de la puerta." Vimos como la grabación le mostraba saliendo del club, deteniéndose por la acera donde encendió un cigarrillo. Entonces, al igual que Ben Lavin, su cabeza se volvió bruscamente hacia un lado, las cejas surcadas como sus labios formaban las palabras "qué carajo". Tiró el cigarrillo y se apresuró a salir de donde la cámara alcanzaba.

"Hay un pequeño pasadizo entre el edificio de la discoteca y un restaurante. En el momento en que el guardia llegó al pasadizo, McLee se había ido."

"Bueno, no me juzguen. ¿Hay una salida a través de ese pasaje?" Tony preguntó.

"Es un pasadizo largo y estrecho que conecta con La calle Fulton. Barrenderos encontraron salpicaduras de sangre que pertenecían a dos de los desaparecidos, Donna Lee y Alex McLee, justo un poco dentro, así como un brazalete roto, confirmado que pertenecía a Ella, una de las dos brujas. Como hay un montón de escombros y se niegan a seguir adelante, esperamos encontrar más que nos ayude a encontrar a las personas desaparecidas, o posiblemente al culpable. Quiero que tú, Tony con Asra vayan...".

"Tomaré éste", interrumpí. Barbara se burló, Asra cubrió una sonrisa.

"Esa no es la forma en que hacemos las cosas por aquí", intervino Tony. "Estamos asignados a casos de acuerdo a nuestras habilidades y talento."

Vi los ojos de Roland. "Tomaré éste", repetí. "Es parte de... el caso que discutimos el otro día."

"Temía eso", dijo Vincent.

"¿Estás segura?" Roland preguntó.

"Casi, sí."

"Muy bien, Douglas y tú tomarán éste", dijo Roland, y Vincent me entregó una carpeta sellada. Era más pesada de lo que esperaba, con sólo dos palabras escritas en el frente: "Midnight Hour".

Diggy no se levantó para irse, así que yo tampoco.

"Muy bien, el último caso necesitará que algunos viajen a Newark y Raleigh." La imagen en la pantalla cambió, esta vez para revelar... un montículo de tierra junto a un árbol retorcido.

"Joseph Malory, alias Bruiser, murió hace cinco días cuando desafió al alfa de su manada por el liderazgo y perdió". La imagen en la pizarra se partió en dos y la foto de un hombre guapo con pelo de cobre y ojos de chocolate amargo apareció junto al montículo y el árbol retorcido. "Fue enterrado, por su petición en el testamento que dejó para sus hijos, bajo el roble que su padre plantó el día que sus padres se casaron. Según su hija, la tumba había sido perturbada, y se vació cuando llegó con flores ayer por la mañana." Otra imagen de otra tumba apareció en la pantalla, al lado de algunas otras tumbas. "Dos crímenes similares aparecieron con la cibernética anoche en Raleigh y Newark, para Morris Brzezinski y Annette Pausini respectivamente. Annette, un vampiro nacida", la imagen de una mujer de pelo oscuro con rasgos agudos y una tez pálida apareció cuando Roland continuó, "murió de un cuello roto cuando su paracaídas mal funcionó mientras hacía paracaidismo. Morris, hombre-jacal ", la foto de un hombre con rasgos oscuros y cuadrados apareció después, "fue acuchillado hasta la muerte después de que se acercó al compañero de un hombre oso en Raleigh" Las imágenes de los tres aparecieron en la pantalla, todos alegres y sonrientes para la cámara. "Las tres tumbas fueron encontradas vacías después de haber sido enterradas durante días. Aunque esos tres fueron los únicos preternaturales que el equipo cibernético encontró, hay otros crímenes similares contra los humanos en todo Estados Unidos. Veintitrés, para ser exactos, durante las últimas dos semanas."

"Yo también tomaré este", le dije, y ahora, en lugar de sonrisas, las miradas se apuntaron en mi dirección.

"Jesús", dijo Vincent. Diggy se frotó la cara con las palmas de sus manos. Roland me consideraba con una expresión solemne. "¿Estás segura?" Preguntó de nuevo.

"Positivo. "

CAPÍTULO TREINTA Y CINCO

Roland no me dio el tercer caso. No todo el caso de todos modos. Barbara y Asra iban a Newark, luego a Raleigh para investigar las tumbas vacías, así como para revisar todas las notas e informes de las otras veintitrés tumbas humanas. Roland también le dio a Tony y Chris el trabajo duro de los preternaturales desaparecidos, entrevistando con amigos y familiares, comparando las grabaciones del club, tanto desde las cámaras internas como desde fuera, así como la cámara del restaurante de al lado. También debían revisar los informes de personas desaparecidas y cruzar con la base de datos preternatural. Ambos equipos iban a informar a Diggy y a mí con sus hallazgos, y ninguno parecía entusiasmado con eso. Debería haberse sentido bien, tener a Barbara haciendo tareas banales mientras yo estaba trabajando en el gran caso, pero no fue así. Todo parecía una pérdida de tiempo. Tanta gente, preternaturales y humanos estaban siendo tomados, y yo sabía, aunque no podía probar, que todos eran para Remo. Saca unos cuantos, y más de veinte para reemplazarlos. La derrota, supongo, era el nombre de la ansiedad anudada en mi estómago.

Antes de que salieran de la sala de conferencias, le advertí a Barbara y Asra que actuaran como si no reconocieran a Annette o Morris si se encontraran cara a cara con cualquiera de los dos, y ambos me miraban. Roland vetó eso y les advirtió que no se involucraran, sin importar las circunstancias.

Un momento después Entró Valerie, seguida por Zantry. Vincent desenchunfó el proyector y Zantry tomó el asiento que Tony había ocupado. Le levanté una ceja. "Pensé que tenía lugares en donde estar."

"Sí, pero", inclinó la barbilla hacia Roland, ahora frunciendo el ceño a los papeles que Valerie le entregó. Por la mirada sombría en los ojos de Roland, sabía que algo malo había sucedido. Leyó un artículo tras otro, apiló todo junto, incluyendo varios papeles que habían estado allí durante la presentación de la asignación, y se enlazó las manos sobre los archivos.

"A partir de anoche", comenzó, "otros tres preternaturales han desaparecido. Uno, Charlie Williams, otro mago del aire, iba a reunirse con amigos para tomar una copa después de su actuación en el Teatro Vivian Beaumont. Su amigo afirmó que Williams se fue de casa para cambiarse antes de encontrarse con el grupo, pero nunca llegó al bar". Roland se desplazó en su asiento, con los ojos moviéndose alrededor de la mesa, y me di cuenta de lo cansado que se veía. "Danielle y Zoey Clark, gemelos cambiantes, desaparecieron, también anoche, después de salir de su casa para asistir a la fiesta de un amigo en Nolita. Los padres llamaron cuando las niñas no regresaron a las once, y luego enviaron un memorándum a Margaret Spanfield cuando dicho amigo afirmó que ninguna de las dos hijas había asistido. Esta mañana denunciaron a las niñas desaparecidas con la policía, y se enteraron de que una tercera chica, Natasha Brown, humana, también está desaparecida. Natasha Brown también debía haber asistido a la fiesta, pero nunca llegó."

"¿Cuántos años tienen?" Diggy preguntó.

"Ambas gemelas acaban de cumplir dieciocho años, Brown tendrá dieciocho años en unos días. Se graduarán de la escuela secundaria en dos semanas".

"Tenía una línea que quería relacionar con Margaret Spanfield con respecto a Angelina Hawthorn y los vampiros", sacó el archivo de frente a Roland y frunció el ceño. "Puedo llevar a Roxanne conmigo y ver lo que la Sra. Spanfield tiene, seguir desde allí." Miró a Roland, tocó dos veces en los papeles con el pulgar. "En otra nota, tengo a Jack comprobando con consultores pasados fuera del estado para los posibles escondites de Hawthorn, y él cree que nos estamos acercando. Si los rumores que oyó son reales, tendremos una pista sobre su ubicación. Le di la luz verde para contactar a otros maestros, así como a algunos con antecedentes que venían de Europa y pueden haber conocido a Hawthorn en ese entonces".

Roland asintió con la cabeza, miró hacia abajo en su reloj antes de decirle a Diggy. "¿Qué tienes?"

"Tengo otras pistas que había destinado para otros posibles agentes", dijo Diggy, se dirigió a mí. "¿Qué tan segura estás que Remo es el responsable esas personas desaparecidas?"

Dudé un segundo. "Estoy casi segura de que lo son, pero existe la posibilidad de que no lo sean. Si se hace una demanda de dinero, lo más probable es que me equivoque. Si aparece el cuerpo de uno de los desaparecidos, también puedo estar equivocada".

Diggy asintió. "Voy a mover los casos de los desaparecidos al frente y darles prioridad. Entonces revisaremos esas pistas en busca de agentes". Se volvió hacia Roland y dijo: "Hay un bar de lujo en Hamilton Heights donde Abran y los Escarabajos causaron problemas antes. Hace dos noches, nos llamaron para otro altercado. Jeremy estaba de servicio en el cementerio y tomó la llamada, dijo que algunos niños nacidos como vampiros estaban jugando. Les dio una advertencia, les dijo que los traería si se entera de que causaron más problemas. Quiero revisar el bar, llevar a Roxanne conmigo, ver si hay algo raro en ese lugar."

"Consigue los nombres de esos niños y compruébalos también", sugirió Zantry. Diggy abrió la boca para protestar, se dio cuenta de que Zantry tenía razón y los frunció en su lugar.

"Esto mantendrá a Roxanne alerta todo el día y casi toda la noche", dijo Roland sin disculpas, "pero no puedo evitar sentir que no tenemos tiempo de sobra. ¿Puedes manejar la presión?"

Me encogí de hombros. "Claro, ¿por qué no?"

Roland asintió. "¿Algo más?" cuando ni Vincent ni Diggy añadieron nada, Roland se dirigió a Zantry. "¿Valerie me dice que tenías algo que decir?"

Todos nos volteamos hacia él.

Zantry dio una sonrisa delgada, se apretó la rodilla debajo de la mesa. "Hay una cosa que me ha estado molestando por un tiempo." Se dirigió con una mano a la dirección de la zona de recepción. "Hace unos minutos, mientras leía una entrada de blog sobre el apocalipsis zombi..." Se cortó, se sacudió y negó con la cabeza. "Es una teoría que se me ocurrió, pero estoy bastante seguro de que es verdad."

"Solo dilo, hombre", dijo Diggy, humor brillando en sus ojos de avellana.

Zantry se volteó hacia mí. "Dijiste antes que los genes Sidhe no eran compatibles con las esferas, que Remo no sabía cómo implantar con éxito a alguien con genes Fee. Dijiste que Ladrigue luchó contra la esfera hasta el punto de la locura. ¿Me equivoco?"

"No. Sólo me ocupaba de Ladrigue, y él era salvaje, como un animal rabioso."

Zantry asintió. "Exactamente. Mientras hablabas, recordé algo". Miró a Vincent. "Hace mucho tiempo, cuando Fosch todavía era el líder de la Unseelie Dhiultadh, esta misteriosa plaga estalló en todo el clan."

"Lo sé", dijo Vincent. "Recuerdo que los infectados mataban a todo el mundo. Nadie podía detenerlos sin cortarles la cabeza". En el momento en que las palabras estuvieron fuera de su boca se enderezó, sus ojos se sorprendieron como si no pudiera creer lo que acababa de decir.

Un escalofrío corrió por mi columna vertebral y la piel de gallina se extendió por todo mi cuerpo. No sabía de esa plaga.

"Exactamente." Zantry miró a continuación a Diggy. "Recuerda en las cuevas, la gente que matamos se levantaba de nuevo a menos que les cortáramos la cabeza."

Diggy saltó a otra conclusión. "Todas esas tumbas vacías", murmuró, mirándome.

Roland se inclinó hacia adelante, con los ojos estrechados. Si la expresión asolada de Vincent y la mirada en blanco de Diggy significaban algo, era que estaban conectando un gran número de puntos.

"¿Cómo se acabó la plaga?" Roland exigió.

Zantry negó con la cabeza. "Recuerdo a Arianna hablando de ello una vez, pero la plaga ya había terminado para ese entonces"

"Se detuvo", dijo Vincent.

"Como si la plaga corriese su curso y finalmente se acabó", agregó Diggy.

"O alguien se dio cuenta de que las esferas no se estaban implantando y abandonó la idea", dijo Zantry, con los ojos calculando.

Vincent maldijo y explotó fuera de su silla, listo para la acción. "No puedo creerlo". Caminaba de un lado a otro, claramente tratando de pensar. "Necesito hablar con Archer", miró a Roland para pedir permiso.

"En un minuto." Indicó que Vincent debía sentarse, y

después de hacerlo, Roland se dirigió hacia mí. "¿Cómo podría Remo implantar una esfera sin que el portador lo supiera?"

"No estoy segura", le dije. "Puede hacer que el proceso sea doloroso e indoloro a la vez, dependiendo del recipiente y su estado de ánimo". Me limpié la palma de la mano en mis jeans. "Hay varias runas, un hechizo o dos que usaría para que el recipiente no sintiera ningún dolor. Pero, para las runas, tendría que hacerlo en el acto, y honestamente no puedo ver a un Dhiultadh sin sentir la energía atándose a su aura a menos que ya estuvieran inconscientes. Pero incluso entonces, la persona recordaría lo que vino antes de la runa, y la presencia de Remo es ... notable, por la falta de una palabra mejor. Un Dhiultadh sabría que estaba allí, pase lo que pase".

"¿Pero y si ya tenía a alguien dentro?" Zantry se preguntó y se volteó hacia mí. "Los genes Sidhe no son compatibles porque esa persona es lo suficientemente fuerte como para combatir la intrusión. Pero ¿y si esa persona quisiera ser implantada?"

Dudé. "Como lo entiendo, es instintivo que el recipiente luche, como beber algo que sabías que era venenoso".

"Sin embargo, algunas personas eligen beberlo", añadió Diggy.

"No señales con los dedos, Vincent", dijo Zantry, "Pero tal vez Remo ha tenido ayuda interna todo el tiempo, alguien de quien otros no sospecharían de drogar su té, a quien no les importaría darles la espalda".

Pude ver la negación en la expresión fría de Vincent, su postura rígida. En lugar de expresarlo, se desplomó, cerró los ojos y se frotó las palmas sobre su rostro. "Esto es tan jodido."

Roland puso una mano sobre el hombro de Vincent y dijo: "Tal vez sea mejor que Archer venga aquí para una reunión".

Vincent bajó la cabeza. "No puedo creer que hayamos tenido a alguien en el equipo de Remo Drammen durante todo este tiempo y no hemos descubierto a esta persona".

"Una vez más, no señales con los dedos, pero tan conveniente como sea acusarme de ser el culpable, no fui yo. Eso deja a alguien del clan".

"O los cazadores", añadí, e hice que todos se endurecieran. "¿Qué? Consideraste que Remo tuviera un espía aquí, ¿verdad?"

Por la mirada incrédula en sus rostros, no lo habían hecho. Incliné la cabeza a un lado y estudié los ojos duros de Roland. "¿Cómo es que nunca has considerado eso?"

"Porque examinamos a nuestros agentes cuatro veces al año. Cuentas bancarias, análisis de sangre, hipnoanálisis, un estado de hipnosis con un buscador de la verdad".

No lo sabía.

"¿Tengo un agente en mi equipo?" Roland exigió, y lo helado en sus ojos era aterrador. Nunca he visto a Roland en acción, pero sabía que era un luchador formidable.

Sacudí la cabeza. "Fue sólo una suposición lógica. No sabía de todas las pruebas"

"¿Puede un agente pasar la prueba?" Diggy le preguntó a Roland, y la tensión que llenó la habitación era sofocante.

"Se supone que es a prueba del control mental", dijo unos segundos más tarde, "así como ver más allá de cualquier vínculo. Haremos otra prueba esta semana a todos los agentes presentes en un caso o no actualmente ".

Vincent silbó y se frotó la cara de nuevo. "No quiero arriesgarme. Mierda, Archer se va a volver loco. Fosch renunció a su manto de liderazgo después de pasar por todas las decapitaciones. Algunos dijeron que era demasiado blando y no podía soportar la culpa, otros dijeron que lo volvía loco". Vincent me dio una mirada de disculpa, pero le pedí que continuara. "Era una enfermedad gradual, comenzando con un estado de ánimo molesto, a veces una tos, otros sólo tenían la necesidad de dormir. Luego vino la ira que se convertía en violencia y no podía ser detenida".

Cuando todos se voltearon hacia mí, asentí. "Los recipientes están marcados con Zarloz, un símbolo bastardeado que se une al aura. Hace que las personas sean menos tolerantes con las cosas".

Vincent silbó. "¿Pero aún no se implantan?"

"No."

"Se dijo que algunos miembros de Europa ordenaron quemar a los sospechosos de infección después de que le cortaran la cabeza".

"Hay muchas cabezas cortadas últimamente", Diggy puso la carpeta de Midnight Hour sobre la mesa, con los ojos fijos en mí, "Primero Rodríguez y Travis, dos de los matones de Miguel. Amalia y John Fisher, y los demás." Cuando no dije nada, agachó la cabeza. "¿Sabes algo de eso?"

Mi piloto automático no estaba en la punta de mi lengua, pero la pregunta sospechosa de Diggy significaba que ya me estaban considerando. "Puede que sí."

Un silencio aturdidor viajó alrededor de la mesa antes de que Vincent preguntara: "Dinos, ¿quién hizo las decapitaciones?"

"Si eran agentes", le dije con atención, "podrían haber cabreado a otro agente".

Roland se inclinó hacia adelante. "¿Reconociste a alguna de las personas asesinadas?"

"No", le contesté, contenta de que ninguno de ellos pudiera descifrar la verdad de la mentira.

"¿Qué tan probable crees que esas personas eran agentes de Drammen?"

"Hay una buena probabilidad. Los agentes tratan de llamar la atención de Remo demostrando que tienen buenas habilidades de lucha. A veces Remo los recompensa con una esfera".

"Tal brutalidad", dijo Zantry.

"Bueno, Remo no aprueba las decapitaciones, pero también cree que, si a un agente le cortan la cabeza, no es una gran pérdida, considerando a esa persona como débil, o lo suficientemente descuidada como para que alguien le cortara la cabeza".

"¿Y si esa persona fuera Angelina Hawthorn?" Vincent se preguntó.

"Angelina siempre está en guardia contra el ataque, siempre en la búsqueda de que alguien haya vuelto para atacar".

"¿Qué hay de Abran?" Diggy preguntó, arrastrando los papeles delante de él.

Bajé la barbilla, estudié su expresión sin sentido, la pose casual de Roland y Vincent. "¿No lo mataste?"

"Aún no hemos tenido tiempo de interrogarlo, ni los otros tres", dijo Roland.

Sacudí la cabeza. "Esa no es una decisión sabia. No van a hablar, ni siquiera con la amenaza de muerte, o tortura, o lo que sea. Regalar información relevante sobre Remo, si la tienen, es algo que son incapaces de hacer". Agité mi mano en el aire, "Su presencia abajo no es más que un conducto para que Remo entre y salga cuando quiera".

Vincent se inclinó hacia adelante, con los ojos negros brillando de interés. "¿Crees que vendría por ellos?"

"No, pero su presencia es una puerta abierta... que piensas que podría cerrar cuando, y si, él trata de venir por ellos."

"Nunca jugaría tan bajo", dijo Zantry. "No hay nadie digno de su tiempo. Es el mejor y más poderoso".

"No pensamos que llegaría tan lejos", admitió Diggy, "pero esperábamos que algún otro agente viniera por ellos".

Pensé en eso. Pero no pude ver a ninguno de los agentes de Remo, ni a los que habían hecho la transición, tratando de ayudarse los unos a los otros.

El teléfono de Vincent sonó y miró hacia abajo, frunció el

ceño. "Es Elizabeth", dijo y tocó en la pantalla, bajando las cejas mientras escaneaba. Sabía exactamente lo que estaba leyendo incluso sin sus próximas palabras. "Mierda. Mwara se fue de casa."

"Ella está conmigo." Los tres hombres se voltearon hacia mí, todos con expresiones incrédulas.

Me encogí de hombros. "Ella no tenía adónde ir."

Roland se inclinó hacia adelante, "¿Sabes que el clan vendrá por ella?"

Gruñí.

Zantry dijo: "Ya no es una niña. Como yo sé, ya tiene edad para ir y venir a su voluntad. Y yo también me quedo allí. No creo que sea prudente de parte de ellos intentar algo."

Diggy se rio, y después de un momento Vincent exhaló. "Hombre, Elizabeth se volverá loca cuando se entere de esto", se detuvo y preguntó: "¿Puedo ir a verla?".

Le agité la mano. "No me importa. Le dije en el momento en que huela problemas que está en la acera."

Vincent asintió. "Me aseguraré de hacerle saber a Elizabeth que Mwara es libre de elegir mientras no esté violando ninguna ley del clan o preternatural".

Roland miró hacia abajo en su reloj. "Esto es todo por hoy. Roxanne, ve con Vincent a reunirte con Margaret Spanfield. Esten atentos sobre cualquier cosa que sienta o suene sospechoso, organicen un lugar para reunirse con Douglas una vez que los dos haya terminado". Hizo un movimiento hacia Zantry y ambos se pusieron de pie. "Me voy fuera del estado para ver algunas cosas. Pueden contactarme a mi número si surge algo urgente".

CAPÍTULO TREINTA Y SEIS

En el momento en que salimos de la oficina de Roland, Barbara arrastró a Vincent a un lado y habló cerca de su oído, palabras demasiado bajas para que yo las entendiera. Valerie se sentó detrás de su escritorio, atacando su teclado. Diggy se dirigió a los ascensores, miró hacia arriba en el número nueve en la parte superior de las puertas cerradas antes de pasar a las escaleras. Roland y Zantry se quedaron en la oficina, y me encontré sola en el medio del vestíbulo, sin saber de qué hacer o a dónde ir.

Un momento después los ascensores sonaron y las puertas se separaron. Los ojos avellana de Tony se centraron en mí, y antes de que las puertas pudieran cerrarse de nuevo, se salió y se dirigió a mí con largos pasos intencionados.

"¡Ahí estás!", Exclamó con una amplia sonrisa, los ojos moviéndose a izquierda y derecha, sin duda buscando Zantry. "No sabía que todavía estabas aquí", me dio un beso rápido en la mejilla, como he visto a los europeos hacer. "Me di cuenta de que nunca intercambiamos números antes". Sacó su teléfono, el smartphone más grande que he visto. Si no fuera por la cara plana de la pantalla táctil, habría pensado que llevaba un modelo antiguo. Escribió una contraseña, apretó el pulgar contra la pantalla y miró hacia arriba, una sonrisa iluminando su expresión. Entonces la puerta detrás de mí se abrió y sus ojos se ensancharon. Lo juro, pude ver las estrellas brillando en ellos, atenuándose una fracción cuando Zantry tiró de mi cabello, le dio un guiño educado y continuó hasta el ascensor sin decir una palabra.

La simpatía me dio en el pecho, se volteó hacia mí, me agarró del brazo y me tiró hacia un lado.

"¿Ustedes dos están juntos?", dijo.

"¿Quieres decir, que vinimos aquí juntos?" Pregunté, ensanchando los ojos.

Ella volteó los ojos. "No, quiero decir, ¿ustedes dos están involucrados en una relación?"

"Oh", le dije, no estaba segura de cómo responder. "Depende de lo que quieras decir."

Ella chilló. "Eso es un no si no estás segura", sonrió, con el agarre de mi brazo apretándose más. "Oh Dios mío, Roxanne", Bajó la voz, acercándome. "Tienes que emparejarnos."

Levanté las cejas hacia ella. "¿Tengo que hacerlo?"

"Sí." Ella asintió. "Podemos organizar una noche de chicas y luego puedes sentarte en el bar para que pueda acercarme a él".

Saqué mi brazo libre de su apretada mano de obra, noté que Barbara metió a Vincent en su oficina y devolví mi atención a la mirada expectante de Tony. "Sabes que tu sugerencia no suena bien, ¿verdad?"

"No le importará. A los chicos les encanta cuando una chica se les acerca".

"Me refería a la parte en la que estaría sentada sola en el bar."

"Tal vez si te gusta alguien mientras estás allí, puedes intentar dar una jugada."

"Sí, no. Paso", le dije. "Y para que lo sepas, Zantry se va de la ciudad."

"Vamos, Roxanne, no lo arruines. No tiene que ser esta noche. Podemos hacer esto el fin de semana. ¿Qué tal el domingo?"

"No, ya tengo planes." Miramos hacia arriba cuando Barbara salió de la oficina de Vincent, su paso rápido. Le entregó a Valerie un sobre delgado, asintió a Vincent en su camino a las escaleras.

"Esa es mi señal." Le di unas palmaditas en el hombro y le pasé por el lado.

"¿Qué tal el sábado?" Tony preguntó.

"También estoy ocupada."

"¿La próxima semana, o la semana después?", gritó.

"No."

* * *

En el camino a Margaret Spanfield, líder territorial del Bajo Manhattan, Vincent explicó cómo el vampiro maestro, junto con una bruja llamada Alegra Romano eran responsables de mantener el orden preternatural. Mientras Margaret estaba a cargo de todos los vampiros, hombre algo y cambiantes en esa región, todos los magos, brujas y portadores mágicos respondían a Alegra. Las disputas, peleas o cualquier otro crimen cometido de un preternatural debían ser tratados con discreción por cualquiera de los líderes, con las violaciones de uno o más preternaturales contra un humano ordinario llevadas a la atención de los Cazadores.

La casa de Margaret Spanfield estaba situada en el lado artístico del Soho. Nos estacionamos en un estacionamiento a tres cuadras del antiguo almacén de ladrillos de tres pisos convertido en apartamento donde vivía el vampiro maestro, y cubrimos el resto de la distancia a pie.

Fue Margaret Spanfield quien contestó nuestro llamado a la puerta. Y era muy, muy vieja. Su aura era de un púrpura tan oscuro, casi negro. Un borde de rojo contorneó su cuerpo, pulsando con poder.

"Vincent Vagner", dijo, extendiendo sus dos manos hacia él.

"Señora Spanfield. Tan hermosa como siempre". Primero besó los nudillos de una mano, luego la otra.

Casi me burlé. Margaret Spanfield parecía un cadáver demacrado con el pelo largo, los ojos hundidos, las uñas amarillentas. Todo envuelto en una capa de piel salina. Quiero decir, bajo el glamour. Para el ojo humano, y el de Vincent-Margaret Spanfield era una morena bonita con piel de porcelana perfecta, ojos de ónix grandes y labios llenos.

Esos ojos de ónix se movieron y se fijaron en mí. El glamour y la realidad se impusieron el uno al otro y por un espacio de tres latidos del corazón, un dolor de cabeza empezó detrás de mis ojos.

"Spanfield, ella es Roxanne, mi socia."

"Siempre es un placer conocer a sus colegas, señor Vagner." ella me dio una sonrisa que mostraba dientes blancos perfectos y rectos, sin colmillos.

"Por favor entren." Abrió la puerta un poco más, se hizo a un lado para que pasáramos.

"La Sra. Spanfield es amiga de los cazadores", dijo Vincent. "Ella es la maestra responsable del área baja de Manhattan." Nos fuimos a un gran vestíbulo lleno de arte caro, pinturas y estatuas y artesanías hechas a mano. La conferencia improvisada fue claramente para el beneficio del vampiro, viendo que tuvimos esta conversación en el camino.

"Cualquier problema preternatural en el área del Bajo Manhattan", continuó Vincent, "es responsabilidad de la Sra.

Spanfield. A menos que la Sra. Spanfield no pueda resolver el problema o necesite ayuda, los Cazadores son llamados. Hasta ahora, la única vez que escuchamos de la Sra. Spanfield es durante el final de cada mes cuando nos envía informes de los casos que trató y cerró".

Margaret, ahora reluciente con los elogios de Vincent, nos llevó a través de una gran área abierta decorada con más arte y alfombras que cubren la madera con cicatrices anchas y brillantes, y en una acogedora, pero divinamente amueblada zona de estar. Los sofás eran grandes y las cosas cuadradas cubiertas de blanco opaco con cojines que podían tragarse a media persona. Los jarrones de cristal se mostraban aquí y allá, las almohadas combinadas por colores estaban dispuestas en lo alto de los sofás y en las esquinas. Los débiles rastros de sándalo impregnaron el aire, junto con el aroma de las flores.

"Por favor, siéntate", Margaret señaló al sofá con una mano esquelética. "Me humillas con su aprobación, señor Vagner. No hago nada más que mi trabajo".

"Y un buen trabajo que es", dijo Vincent, y Margaret radiante, tanto como podría brillas un esqueleto vestido de piel.

"¿Quieres algo de beber? ¿Café, té, algo frío? ¿O algún bocadillo?" Esto último me lo dijo con un destello y una sonrisa medio secreta.

"No, gracias", ambos dijimos juntos.

"¿A qué debo esta visita?", Preguntó, sentada en el borde de un reclinable de cuero blanco frente a mí. Estaba vestida con pantalones a medida de color verde oscuro que caían sobre sus piernas en línea recta, una camisola de color amarillo pálido y tacones tan altos que los arcos de mis pies dolían con simpatía.

"Estamos aquí con el negocio oficial de los cazadores, Sra. Lo que discutimos hoy será reportado de vuelta a la base".

"Oh, querido, ¿en qué puedo ayudarte? ¿Mis empleados han causado algún problema?"

"¿Qué tienes sobre Danielle y Zoe Clark?"

La ira vino y fue en un abrir y cerrar de ojos en la profundidad de su mirada de ónix. "Mi gente está investigando sobre ello, señor Vagner. No había razón para que los Clark vinieran llorando a su puerta tan pronto después de que informaron de las niñas".

"¿Qué has encontrado hasta ahora?"

"Nada aparte del hecho de que estaban experimentando con drogas." Ella extendió sus brazos hacia los lados, los dedos brotaban. "No he reportado esto a los Clark, ya que imaginé que a ningún padre le gustaría escuchar este tipo de noticias. Sospechamos que ambas cambiantes se drogaban en algún lugar hasta que lo que sea que usaran se pasaba".

"Imagino que será difícil para los padres escuchar eso", coincidió Vincent, "mucho más difícil si algo malo les sucediera a sus hijas si fueras laxa en la resolución de problemas debido a una suposición falsa". Cuando un tinte rojo apareció en su esclerótica, Vincent se inclinó hacia adelante, con los ojos duros. "Hay otros preternaturales desaparecidos por todas partes, Sra. Spanfield, así como cinco decapitaciones. Este puede ser un caso de adolescentes temerosos de ser sorprendidos usando drogas, pero lo que está en juego es demasiado alto para la negligencia. Los miembros de los cazadores vendrán a iniciar una búsqueda con o sin su consentimiento. Mi presencia aquí es por respeto, ya que me gustaría que este agente trabajara con usted y su equipo de investigación".

Margaret se apoyó en el reclinable, el tinte rojo sangrando de nuevo en el blanco mientras ella nos observaba. "Me enteré de las decapitaciones, pero no de la otra desaparición. Parece que puede tener razón en que alguien fue laxo en su recopilación de información, un problema que se abordará rápidamente".

Vincent se cambió de posición, se relajó. "Es bueno oírlo.

Odiaría marcar tus archivos estelares con notas de penalti. Ahora, en cuanto a la segunda razón de nuestro llamado: Estamos buscando un maestro vampiro que vino a este continente sin permiso".

Margaret puso su cabello hacia atrás y cruzó sus piernas, los tacones de aguja listos para apuñalar a alguien. "Este vampiro no ha invadido mi territorio"

"Tal vez aún no, pero estamos tratando de aprehenderle antes de que cause mucho daño."

"¿Qué te hace pensar que me importa un maestro que no me ha amenazado ni a los míos?"

"Esta es peligrosa", le dije, "sin ni una pizca de misericordia para los que la rodean. Y ella está tras los vampiros más fuertes."

Margaret se rio. "Querida, ninguno de nosotros tiene misericordia o compasión de ningún tipo."

"Su nombre es Angelina Hawthorn", continuó Vincent, dándole una impresión del perfil de Angelina, de pie en el lado de un camino, perfil en las sombras, un campo de barón detrás de ella.

"Ah", dijo Margaret, estudiando la foto. "Hay rumores de que está ligada a Drammen. ¿Es eso cierto?"

"Tenemos razones para creerlo, sí."

Margaret chasqueó. "Pobrecita, ella no tiene idea en lo que se ha metido." Ella puso un dedo largo y cuidadoso en el aire y dijo: "No sé dónde está, pero el rumor dice que está reclutando para Drammen, y que se ha acercado a otros vampiros maestros".

"¿Quién?"

"Maestros con más sentido que Angelina. Se negaron. Los rumores dicen que uno desapareció justo después." Se encogió de hombros. "Mientras nadie esté molestando a mi territorio, los dejo ser."

"¿Qué maestro?"

"Zach McClellan de Chicago. He oído que ya han nombrado un nuevo maestro en su lugar.

Vincent asintió una vez. Su expresión neutra hacía difícil saber si esto era una noticia sorprendente.

"¿Sabes dónde se puede encontrar a Angelina?"

"Una vez más, ¿por qué me importaría lo que sucede fuera de mi territorio?"

Vincent se inclinó hacia adelante, los ojos inquebrantables. "Porque a los vampiros les gusta saber quién es quién y qué sucede a su alrededor, y porque vale la pena vigilar a los vampiros maestros. No creo que seas diferente, sobre todo teniendo en cuenta lo bueno que tienes sobre tu gente".

"Gracias", dijo, con duro.

"¿Puedes preguntar por ahí, ver si puedes encontrar dónde está escondida?, ¿qué está haciendo?", lo intentó de nuevo, sin disuadir.

Margaret movió su cabeza en un gesto como de reptil, sus ojos alerta. "¿Qué hay para mí?"

"¿Qué pedirías?" Su falta de vacilación me dijo que estaba acostumbrado a tales demandas.

"Vamos a ver", dijo Margaret, tocando sus uñas afilados en su rodilla. "Sé el precio correcto para tal información." ella juntó el pulgar y el dedo índice juntos. "Hay un maestro, se llama Sloan Vohn. ¿Has oído hablar de él? Sí, entonces sabes que es dueño de un negocio en Midtown alrededor de Chelsea y del trigésimo quinto. Se rumorea que iba a solicitar privilegios territoriales de Midtown".

Vincent inclinó cabeza. "¿Y si lo hace? Los hombres lobo tienen derechos para Midtown. No creo que lo entiendo".

Margaret agitó la mano. "Esa pareja de hombres algo no tienen un heredero. Y los hombres algo, aunque viven más que los humanos, todavía envejecen y mueren".

"Sí, pero esos hombres algo tienen sobrinos, la mayoría de

los cuales son material alfa. Creo que hay un sobrino nieto que mostró promesa como el heredero."

Margaret se burló: "Todos son animales esponjosos con poco sentido. Vagner, nadie sostendrá ese territorio como los Smythes. El Enclave reconocerá eso y la petición de Vohn estará ahí sobre la mesa".

Vincent asintió. "Junto con muchos otros, me imagino."

Los ojos de Margaret brillaron bruscamente. "Quiero que, señor Vagner, para cuando llegue el momento, la petición de Sloan Vohn sea negada."

"¿Y quién crees que debería tener derecho al territorio del centro de la ciudad?"

"Yo, tonto", dijo, colocando su palma abierta sobre su pecho, sonrió. "¿En quién más confiarías para tener un territorio tan valioso?"

Vincent se inclinó hacia atrás, con los ojos nivelados. "¿Y por qué el Enclave negaría a Sloan, un vampiro maestro, sólo para concedértelo a ti, otro maestro?"

"Sloan es un hombre bruto sin ningún tipo de inteligencia. Si se hace cargo de esa parte de la ciudad, que es considerablemente grande, recibirás llamadas sin parar. Su grupo no es pequeño, pero se contentan con ser contenidos. Una vez que el estatus de Sloan se eleve, habrá reglas que establecer, paz que mantener. Los malhechores tendrán que ser tratados sigilosamente y con poco caos. Algunos de los sujetos de Sloan son leales a él, pero otros y la mayoría de los preternaturales con suficiente cerebro y poder, no querrán ser gobernados por un hombre que infunda respeto con sus colmillos y puños".

Vincent se encogió de hombros. "Si sus puños pueden mantener sus sujetos bajo control, no creo que haya una diferencia entre gobernar con los puños o gobernar con cerebro. Ahora, si uno de sus súbditos lo derroca, eso significa que el sujeto ganó el derecho de poder. No puedo interferir con eso, Sra. Spanfield. Todos cumplimos con las reglas del Enclave".

"De ahí la razón por la que el Enclave tiene que negar su petición. Sabes que si le han dado derecho a Midtown, significa que los vampiros tienen derecho a esa área. Todo maestro que se crea capaz desafiará a Sloan por ese poder". Hizo una pausa para dejar que Vincent procesara sus palabras. "Será grande y desagradable, porque como dije, Sloan Vohn es un hombre bruto con una gran sede y Midtown será ideal para la selección de cualquier maestro más fuerte que él. Algunos de sus sujetos más rectos tratarán de mantener el control. Mackenzie apreciará las peleas de vampiros. Y habrá mucho, hasta que un maestro sea lo suficientemente despiadado como para derrotar cada desafío y restaurar el orden".

"Usted sabe que habrá otras peticiones a considerar. Y los cazadores no tienen dicho en las últimas palabras del Enclave".

"Ninguna petición se verá tan capaz como la mía y la de Sloan. Y los cazadores tienen los oídos de algunos miembros del Enclave". Margaret se inclinó hacia adelante, sus ojos de ónix directos. "Sólo te pido que pongas una palabra por mí cuando llegue el momento. Tú mismo dijiste que mis sujetos se comportan bien. Puedo asegurar lo mismo para Midtown".

"Hablaré con Roland y veré lo que dice." Vincent se puso de pie, y yo también. "Gracias por su tiempo, la señora Spanfield."

Margaret, siempre siendo la anfitriona educada, nos acompañó a la puerta. "Voy a preguntar y componer un dossier con toda la información que puedo reunir sobre los planes y paradero de Angelina, a quién ha visto, a quién ha matado, dónde está tiene un tribunal. Para cuando regreses."

"Apreciamos eso", dijo Vincent.

"Y señor Vagner", dijo Margaret, "como muestra de mi confianza, tal vez su próxima parada debería ser para la señora

Randal de The Black & White Boutique en la treinta y cinco " La puerta se cerró en nuestras caras.

"Eso es algo", dije mientras fuimos hasta el estacionamiento, pasando por bulliciosos frentes de tiendas y cafés. "Ella parece estar segura de que vas a hacer lo que te pidió."

"No, esa era su manera de decir que tenía toda esa información o que era capaz de conseguirla. Ella cuelga un bocado sabroso como incentivo para los cazadores para hacer lo que ella pide".

Miré a Vincent, pero no podía airear su estado de ánimo. "¿Tuvo éxito?"

Vincent gruñó. "Ella hizo un gran caso."

"¿Estaba exagerando sobre Midtown?"

"No, pero vamos a enviar a alguien a investigarlo. Empezando por la señora Randal en treinta y cinco".

CAPÍTULO TREINTA Y SIETE

Una simple búsqueda nos dijo que Camilla Randal, dueña de The Black and White Boutique, era una rubia delgada de veintisiete años con ojos grises que había servido una temporada en la cárcel juvenil a los dieciséis por posesión. Tenía tres multas por exceso de velocidad, era dueña de un Mustang vintage azul y una casa en Park Avenue.

Mientras esperábamos a que los cazadores nos enviaran el archivo de Camilla Randal, nos dirigimos a The Black and White Boutique en la treinta y cinco, el sonido bajo de un programa de radio que venía a través de los altavoces.

"Sí, eso es todo, vamos", gritó Vincent, esperando a que el Lincoln rojo se fuera para poder aparcar en su lugar, a unos dos carros de distancia de la boutique.

"¿Qué crees que es?" Pregunté, mirando el surtido de maniquís de moda con vestidos, trajes femeninos y esmóquines, y otras prendas formales posadas en exhibición por la ventana de cristal para atraer a la gente a detenerse y entrar. Para mí, parecía una casa embrujada llena de espeluznantes muñecas de cera esperando el té.

"Estoy bastante seguro de que es una piro." Frunció el ceño a la tienda. "A menos que la confunda con otra persona."

"¿Piro?"

"Piroquinética." Sacó su teléfono del portavaso y escaneó la pantalla. "Ella puede lanzar fuego alrededor, siempre y cuando ya esté allí."

Una mujer chilló, y miré por mi ventana donde un hombre estaba girando una bonita rubia. Una mujer mayor sacó su teléfono y tomó una foto de la pareja mientras otros andaban por ahí, sin preocuparse de que estaban bloqueando la mitad de la acera. Un Nissan blanco tocó dos veces en la calle y una chica, no mayor que Mwara, salió corriendo de la tienda de bolsos donde estábamos estacionados en frente y subió al lado del pasajero, hablando y sonriendo.

Tres adolescentes riendo se empujaron unos a otros y apuntaron hacia arriba, y me incliné hacia adelante en mi asiento para mirar a través del parabrisas. "¿Alguna vez has estado en la cima del Empire State?"

"¿Qué?", Preguntó, mirando hacia arriba desde la pantalla, desconcertado. Apunté con la barbilla y el dedo. "El Empire State. Nunca he estado allí. Desde el suelo se ve enorme, una impresionante masa de hierro y vidrio y hormigón alzado en el cielo."

Miró por la ventana, sonrió. "He estado allí un par de veces en el pasado, sí. Tanto por negocios como por placer."

Una familia de cuatro personas pasó, la madre con un agarre mortal alrededor de la muñeca del niño pequeño mientras el padre miraba hacia arriba a todos los edificios altos, sosteniendo la mano de una niña un poco mayor. Una pareja se detuvo frente a The Black and White Boutique, admirando un vestido azul de terciopelo que se mostraba en una muñeca morena. La boca de la mujer se movió mientras hablaba con su compañera, palabras tragadas por la cacofonía de los sonidos y fragmentos de conversaciones. Una mujer asiática pasó, llevando gafas de sol cuadradas sobre su cabeza y un aire desinteresado sobre ella, quejándose por su teléfono de no poder pagar los zapatos y las cuentas. Hizo una pausa para admirar un bolso contra la ventana de la tienda de mi lado, y me preguntaba, ¿compraría los zapatos, la cartera, si supiera que no tendría que preocuparse por las facturas mucho más tiempo?

Tanta gente, tanta vida. Tan despistados de todo lo que estaba por venir.

"Así que tú y Zantry." Vincent me separó de mi ensueño. "¿Ustedes dos están juntos?"

Me giré en mi asiento para enfrentarme a él. "¿Por qué, no me digas que quieres que te empareje también?"

Vincent levantó la barbilla. "¿Y si lo quiero?"

Me detuve, confundida por su respuesta. Y entonces un destello divertido entró en sus ojos y se rio. "No, no quiero emparejarme con Zantry. Me gustan mis socios con más curvas. Y honestamente, ha habido tantas cosas que han pasado últimamente, que me temo que mi vida romántica ha sido apartada".

Debido a que tuvo una nota de anhelo en su voz, le dije: "Lo siento por eso".

"No lo sientas. Tal vez este retraso significa, algún tiempo sin compromisos antes de conocer a mi compañera". Se encogió de hombros, el otro descansando en la puerta. Su pose casual desmentía la mirada melancólica en sus ojos.

"No te daba por el tipo romántico", bromeé, tratando de aligerar su estado de ánimo.

"No lo soy", se burló. "Un amante no aguantaría que nunca estuviera por aquí."

"¿Y una compañera lo haría?"

Vincent consideró eso, pero antes de que pudiera responder, su teléfono sonó, interrumpiendo sus siguientes palabras. Lo sacó del portavaso. "Ya era hora." Escaneó el texto, sus cejas se fruncieron, la expresión en blanco. "Acceso denegado." Me miró con confusión. "Estúpidos nerds virtuales", juró y llamó a alguien en el marcado rápida.

"Charlie. Acabo de solicitar un archivo sobre una Camilla Randal y..." dejando de hablar, escuchó, su expresión se oscureció de preocupación.

"¿Cuándo emitió esta orden?", Preguntó, desconcertado. "Ah, mierda. Llego en unos pocos minutos, a ver lo que puedo hacer".

"¿Qué pasa?"

Vincent frunció el ceño al teléfono, rascó su sien. "Roland ordenó un bloqueo de los archivos. Nadie puede acceder la información preternatural de forma remota, y no sin autorización visual de él o Valerie".

"¿Eso es malo?" Pregunté, porque Vincent parecía más preocupado que no.

"¿Qué? No. Solo me sorprendió, ¿sabes?", dijo, el desconcierto en su voz, "Siempre creí que los cazadores eran impenetrables."

No sabía qué decir, me quedé en silencio. Vincent abrió la puerta y salió. "Vamos, no hay necesidad de esperar un archivo que no viene."

Nos dirigimos a la tienda, la suave brisa recogiendo el olor de las alcantarillas y tirándolo en mi cara. "Presta atención a su aura. Necesito saber si es una esfera de transición o lo que sea. Hay una razón por la que Margaret nos envió de esta manera. Empujó la puerta a la boutique. La primera impresión que obtuve del lugar fue el frío. El aire acondicionado estaba a lo alto, aunque la temperatura exterior apenas estaba templada. Lo segundo fue del tamaño del lugar. No adivinarías que era tan grande desde afuera.

Estantes y estantes de vestidos y faldas y colores se extendían hasta la parte trasera, interrumpidos aquí y allá con otra muñeca de cera. Estaban dispuestas en varias posiciones, con los brazos extendidos hacia los lados o hacia el cielo. Algunas muñecas se acostaban con los tobillos cruzados, otras se arrodillaban. Me recordaba a una película en la que las muñecas volvían a la vida por la noche y se metían en todo tipo de travesuras y problemas. No me gustaría que me atraparan en una tienda como esta después de las horas de cierre. Vincent me tocó el codo y me moví, mi expresión en blanco. Una mujer con piel del color del chocolate caliente se acercó, vestida con pantalones negros y una camisa blanca, su sonrisa amigable, su aura azul.

"Buenas tardes", dijo con voz culta. "Bienvenidos a The Black and White Boutique. ¿En qué puedo ayudarle?"

"Yo me ocupo, Joana." Camilla Randal era baja, con un rápido caminar de negocios que decía que no tomaba tonterías amablemente. Sus ojos de peltre pasaron de Vincent a mí y de nuevo a él, con la mirada educada e inquisitiva que decía que sabía que no estábamos allí para comprar un vestido de compromiso.

"¿Qué puedo hacer por ti?" Le preguntó a Vincent.

"Si pudieras darnos un par de minutos, nos gustaría hablar contigo."

"Por supuesto." Señaló a Joana y se dio la vuelta. "Por favor, sígueme."

Ella nos llevó a una pequeña oficina en la parte posterior, despejada, pero con suficientes papeles y aparatos para hacernos saber que estaba bien utilizada.

"Me temo que sólo tengo una silla", dijo, girando y apoyándose contra el borde de su pequeño escritorio, dejando atrás la silla solitaria. O no quería asumir una posición de poder, o no quería ser despreciada.

"No te preocupes, no vamos a tardar mucho", dijo Vincent y continuó, "Soy Vincent Vagner del gremio de los Cazadores, y esta es mi socia, Roxanne. Estamos aquí como asunto oficial de los cazadores. ¿Te importa si te hacemos unas preguntas?"

"Adelante."

"¿Qué sabes de un maestro vampiro reclutando para Remo Drammen?"

"Remo Drammen", repitió, sorprendida. "¿Es él el responsable de la muerte de Amalia y John?"

"Estamos investigando eso. ¿Qué tan bien los conocías?" Preguntó, como si esta hubiera sido su línea de interrogatorio todo este tiempo.

"Bueno. Amalia es, fue, uno de los últimos parientes que tuve del lado de mi madre.

"¿Cuándo fue la última vez que los viste?"

Camilla agitó una mano, dio una pequeña sonrisa robótica que no llegó a sus ojos. "Me temo que ha pasado un tiempo. Amalia y yo no nos veíamos a los ojos. Ella era, si usted disculpa mi lenguaje, una perra dura y fría. "

"No te agradaba", le dijo Vincent.

"No, no me agradaba", respondió ella, sin ni un gramo de culpabilidad.

"¿Puedes darme tu paradero del martes por la noche entre las cinco y las diez de la tarde?"

"¿Soy una sospechosa?", Se rio, un sonido discordante que hizo evidente que no estaba acostumbrada a eso. "Soy sospechosa", repitió, en serio ahora que se dio cuenta de que nadie se reía. Miró a su alrededor, cejas delineadas frunciéndose. "Mierda. El martes por la noche. Estuve aquí hasta las siete. Cerré a las seis, pero me quedé, contabilizando hasta las siete. Luego cerré y me fui a casa donde me quedé, sola, hasta la mañana."

"¿Tienes una espada?" Vincent preguntó a continuación, y esta vez, yo fui la que se sorprendió de lo directo que estaba siendo. ¿Así era como llevaba a cabo una investigación?

Camilla vaciló por un breve segundo. "Yo sí. Pertenecía a mi padre y actualmente está en exhibición en mi sala de estar". Ella dio una sonrisa torcida, moviendo la cabeza de una manera que yo sólo podía llamar divertida. "Mira, sé que estás haciendo tu trabajo, y no es ningún secreto que no me agradaba Amalia, pero no la maté por la sencilla razón por la que no valía mi tiempo y mis problemas".

Vincent asintió una vez. "Tengo que investigar todas las posibilidades, si por ninguna otra razón que para tacharlas. señora Randal, ¿qué le pasó a su esposo?"

Una sombra de algo cruzó sus ojos. No era remordimiento, pero tampoco culpabilidad. "Murió hace unos meses. Tuvo un ataque cardiaco."

"¿Y usted es una bruja del aire?"

"Piroquinética", corrigió, el primer indicio de orgullo entrando en su voz.

"¿Vives con alguien?"

"No. Me temo que no tengo a nadie que pueda comprobar"

"¿Alguien más tiene acceso a su casa?"

"No. Yo-bueno", dijo con el ceño fruncido, "ahí está el equipo de limpieza, pero sólo vienen una vez a la semana y deben venir mañana".

"¿Te darías cuenta si la espada desapareció por unos días, o si alguien la usó?"

Camilla comenzó a asintiendo con la cabeza, con la boca abierta para decir algo cuando se detuvo y consideró. "¿Crees que alguien entró en mi casa, tomó la espada de mi padre y mató a Amalia y a su esposo?", se frotó un dedo en la frente. "Oh mierda, no puedo creer esto."

"¿Te importaría si envío al equipo forense a examinar tu espada?"

Camilla agitó una mano, su cara pálida.

"Muy bien, señora Randal. ¿Sabes algo sobre un maestro vampiro reclutando para Remo Drammen?"

"Me temo que no", dijo, y sonó sincera.

Vincent se desplazó. "Gracias por su tiempo, señora Randal." Buscó dentro de su bolsillo y sacó una tarjeta de presentación. "Si oyes algo o recuerdas algo que pueda ayudar, por favor llámame."

"Haré eso", dijo, mirándome una vez antes de enderezarse, colocó el borde de la tarjeta debajo de un portalápices.

CAPÍTULO TREINTA Y OCHO

VINCENT ESPERÓ HASTA QUE VOLVIMOS AL AUTO ANTES DE preguntar: "¿Impresiones, pensamientos?"

Me puse el cinturón y fruncí el ceño. "Ella no esperaba oír el nombre de Remo."

"¿Y?", dijo, entrando en el tráfico.

"No hay borde negro, no hay disfraces que pudiera diferenciar. Su aura se ve limpia, pero, como dije antes, las esferas asentadas de antes de mi tiempo no son fáciles de reconocer".

Vincent gruñó. "En cuanto a la decapitación. ¿Cuál es tu impresión?"

"No estoy segura. Ella sonaba sincera, pero admitió tener un rencor y una espada.

"Ella también es una piro", me recordó. "Eso significa que podría calentar la hoja y cauterizar la herida."

"¿Crees que ella está detrás de esto?" Pregunté, volteándome en mi asiento para enfrentarme a él.

"No."

"Pero", le fruncí el ceño. "Suenas muy seguro."

"Estoy casi seguro de que no era ella, a pesar de que Margaret pensaba lo contrario. ¿Cuál crees que era su estatura?

Empezó a entender. "Ella era baja, alrededor de cinco pies dos?"

Cinco tres. Estaba en su licencia de conducir.

"Y el asesino tenía entre cinco pies y seis pies uno, de acuerdo con el ángulo de las decapitaciones."

"Exactamente. Le enviaré los forenses, confiscaré la espada para ver si encontramos rastros de sangre. Pero estoy seguro de que George y Raji la pondrán en la lista de sospechosos, al menos por ahora".

"Así que hemos perdido el tiempo dos veces", murmuré, cayendo en mi asiento.

"En realidad no. Incluso si no encontramos nada que ayudara a atrapar al asesino o a quien esté haciendo los secuestros",

"O a Angelina Hawthorn", interrumpí.

"Y Angelina Hawthorn", coincidió. "Todavía tenemos la opción de estar de aceptar la oferta de información de Margaret, y también podemos eliminar a Camilla como el asesino". Sonrió antes de devolver su atención hacia adelante. "Las posibilidades de que Margaret o Camilla sea la agente de Remo son cincuenta y cincuenta, pero si es así, ambas son de antes de tu tiempo. Ves, aprendimos algo".

Suspiré y miré por la ventana. "Eres tan optimista."

"Lo dices como si fuera algo malo", dijo Vincent. "Sabes..." dejó de hablar, los ojos pensativos.

"¿Qué?"

Negó con la cabeza. "Pensé en algo. Necesito pasarlo por Roland y obtener su opinión al respecto antes de expresárselo a alguien"

"¿Qué?"

Vincent vaciló, un pequeño surco entre sus cejas. Tocó los

dedos en el volante, y me dio una mirada larga, considerado. "Dices que puedes reconocer a los agentes de Remo si fuiste la que trajo la esfera implantada." Cuando asentí, continuó: "Tal vez Mwara pueda reconocer a los que... ¿Por qué no?", Exigió con la sacudida de mi cabeza.

"Porque Mwara no trabajaba con las fisuras. Lo más cerca que llegó a las esferas fue almacenarlas y buscarlas para Remo".

"Eso es..." Miró hacia otro lado, tocando más rápido. "Nunca le pedimos nombres o el diseño de la guarida, lo que sabe."

"Mmmm."

"No crees que eso ayudaría mucho", observó, estudiándome.

Dudé antes de explicar: "Mwara era como la mascota prohibida de Remo. Le enseñó algunos tejidos, le enseñó a volar, la dejó salir del vínculo sin límite. A nadie se le permitió acercarse a ella ni hacerle daño. Ella comandaba a los agentes que no se asimilaron, les impidió matarse unos a otros. Se le permitió vagar por el primer y segundo nivel de la guarida, incluso tenía una cueva amueblada para sí misma. Ella estaba fuera de los límites de los jugadores serios, sin embargo, y ellos estaban fuera de los límites para ella. Pero no estoy segura de lo que sabe, así que adelante e inténtalo"

"¿Por qué?" Vincent preguntó, perplejo. "¿Por qué tener un familiar que no vas a aprovechar?"

Le señalé hacia adelante cuando la luz se puso verde. "Porque nunca se suponía que se quedara por mucho tiempo. Ella siempre fue el cebo".

Las manos de Vincent se apretaron alrededor del volante, con los ojos fijos. No tenía ninguna duda de que estaba examinando mis palabras, girándolas alrededor de su cabeza y considerando las ramificaciones de lo que significaba que yo fuera el familiar de Remo. Y ni siquiera sabía ni la mitad.

"Entonces, ¿adónde vamos ahora?" Pregunté unos minutos más tarde.

"Una última parada. Quiero tener una charla con Nagy Farkas, el hombre lobo alfa de la manada Pelham."

Sin el acceso de Vincent a la base de datos preternatural de los Cazadores, le tomó un tiempo crear un archivo reciente del alfa con la información básica que necesitábamos. Nagy Farkas, un hombre de negocios húngaro que tenía los dedos en varios pasteles, vivía en South Riverdale, un bonito barrio llamado Spuyten Duyvil, según People Finder. Pasaba que Nagy Farkas era el líder del territorio, el responsable de los hombres algos, los cambiantes y los vampiros en el Bronx; con Joachim Ignis, el mago responsable de las brujas, magos y portadores mágicos de esa zona.

El barrio de Spuyten Duyvil estaba lleno de casas bonitas, bonito césped y carros caros. La calle que estábamos buscando estaba llena de árboles a ambos lados, cubierta de casas unifamiliares y algunas mansiones detrás de largos caminos sinuosos.

Farkas, sin embargo, no estaba en casa, y su ama de llaves, una pequeña mujer española doblada con la edad y las arrugas y una expresión seria, nos informó que el Sr. Farkas se podía encontrar en su club, ¡Club 13! por el resto de la noche.

Tuvimos más problemas para rastrear el club que su dirección privada. ¡Club 13! era prácticamente invisible, metido entre una barbería y un salón de tatuajes en algún lugar alrededor de Westchester Avenue. Traté de mantenerme al día con los nombres, pero todas las vueltas y calles laterales que tomamos me perdieron. Sólo había un tubo azul claro delgado y transparente en la forma del nombre del club para indicar su ubicación, sin iluminar a esta hora del día. Las puertas dobles estaban hechas de acero, reforzadas, según Vincent, con una pequeña ventana de cristal a la altura de los ojos. Una placa por encima del intercomunicador indicaba el horario de apertura y la admisión de edad, y un descargo de responsabilidad de "no fumar, no se permiten armas".

Llamamos y presionamos el intercomunicador varias veces, y cuando nadie contestó, regresamos al carro, donde nos sentamos en silencio mientras Vincent tocó en la pantalla de su teléfono durante varios minutos. Cerré los ojos e incliné la cabeza hacia atrás, disfrutando del sol golpeando mi cara a través del parabrisas.

"¿Tienes hambre?" Vincent preguntó, arrancando el motor.

Gruñí, apreté una palma sobre mi estómago vacío. Me había acostumbrado tanto al hambre que era más fácil ignorar el dolor.

"¿Nos vamos?"

"Sí, tengo algunas cosas en la oficina que no puedo posponer más. Volveremos mañana."

Fuimos a la pizzería, un agujero más en la pared junto a una tienda boutique de la esquina, al otro lado de la calle de la estación de metro Elder Avenue. Pedimos una pizza de vegetales grande con queso extra y pimientos y volvimos a comer y beber en el SUV de Vincent.

Iba por mi segunda rebanada cuando llegó el empujón. Vincent me dio una subida de cejas dudosa cuando me reí, y con una sonrisa traviesa, estiré la rebanada hacia atrás, donde un ansioso Frizz apareció y se acurrucó para comer.

Me encogí de hombros en la expresión incrédula de Vincent y fui por otra rebanada. "Extrañó la pizza también."

CAPÍTULO TREINTA Y NUEVE

Se acercaban las cinco de la tarde cuando Vincent me dejó en casa. Diggy había llamado y cancelado nuestra cita, sin decir lo que estaba tramando, sólo que se dirigía fuera de la ciudad. Mwara estaba en su lugar habitual frente a la televisión, los pies encima de la mesa baja, el teléfono en una mano, una lata de coca cola en la otra.

"Hola", dijo con esa voz clara de ella, ojos negros cautelosos, aura disfrazada de azul.

"Oye." Tiré las llaves al mostrador y me fui a buscar dentro de la nevera. Cuando nada apareció, llené un vaso con agua y bebí, luego llené un segundo y bebí. No había ollas en la estufa, no había olor y ninguna pista que indica que comida había sido cocinada en esta casa hoy.

"Vincent sabe que estás aquí", le dije, preguntándome cómo tomaría las noticias.

Sus hombros se tensaron, pero todo lo que hizo fue asentir con la cabeza.

"Pensé que se enterarían tarde o temprano."

Una vez más asintió.

"Le recordará al clan que eres lo suficientemente mayor como para elegir tu camino. No pueden interferir mientras no estés violando ninguna ley". Cuando eso no obtuvo ninguna reacción, me volteé y rebusqué en la alacena por un bocadillo.

Un minuto más tarde la puerta de la habitación de huéspedes se cerró

* * *

Alrededor de la medianoche me fui a la parte trasera del edificio y salté la pared trasera. Pensé que ahora que Mwara no se escondía, al menos saldría de turismo, pero parecía que aún no había llegado a esa conclusión. Zantry me envió un mensaje diciendo que no volvería esta noche, pero no elaboró ni dio ninguna razón por qué.

Atravesé las calles, mi ritmo rápido, constante, aunque sin prisas. Vestida con pantalones de mezclilla negros, chaqueta ligera con cremallera con la sudadera en la cabeza, las manos en lo más profundo de mis bolsillos, no era más que tu típica neoyorquina paseando por la calle, dirigiéndome a una fiesta o yendo a casa después de una noche en el bar.

Mi destino era una mansión victoriana de dos pisos con una entrada de arco gótico a una gran cancha interior en Park Avenue. Pasé delante de ella, no miré ni a la izquierda ni a la derecha, mis pasos me llevaron lejos, pasando frente a otra mansión, luego un edificio de lujo. Tomé la derecha en la siguiente intersección y la primera derecha entre dos edificios. Desde allí me quité las manos de los bolsillos y me apresuré a entrar en la carretera de acceso sombreada. Escalé todas las paredes y vallas hasta que aterricé, agachada, en el patio trasero de la mansión victoriana. Esperé el ladrido de un perro, o luces de seguridad, o una alarma. Pero nada cambió, ni gritos alarmados, ni voces, ni luces. Sólo las luces de tierra que iluminaban el agua tranquila de una piscina en forma de riñón. Con los pies silenciosos, ayudado por la suave hierba cortada y las zapatillas de correr, me dirigí hacia la entrada trasera, donde una puerta de cristal estaba cerrada contra la noche, justo debajo de un balcón cuadrado. Una estatua de gnomo estaba al lado de la puerta de cristal, un gran punto de apoyo para ayudar a llegar al balcón de arriba.

Estaba casi en la estatua cuando la puerta de cristal se deslizó a un lado y apareció Camilla Randal, vestida con un camisón rojo sangre que pasaba de sus rodillas. Estaba descalza.

"Pensé que te volvería a ver", dijo, abriendo la puerta un poco más. "Vamos, tengo té preparándose."

Mi vacilación fue leve. No había necesidad de irrumpir y buscar a la mujer si ya estaba allí, manteniendo la puerta abierta por invitación. Cambié de rumbo y la seguí hasta una sala de estar informal compuesta de bronce y hierro y cojines de color oscuro. A través de un pasillo con paneles llenos de pinturas colgantes de la naturaleza y pueblos pintorescos de otra época. A la derecha, una sala de estar con poca luz y el débil y astringente olor a peróxido.

Vi la espada inmediatamente, colgando sobre una chimenea de bronce. El suelo aquí era de madera pulida, los muebles oscuros e imponentes, con pequeños toques acogedores aquí y allá que le daban una impresión vívida. Una gran lámpara de araña colgaba en lo alto del techo, llena de pequeños cristales brillantes y vidrio colgando.

"Por favor, siéntate", Camilla se dirigió al sofá que daba a la chimenea sin iluminar y se dirigió a un lado, donde un hervidor de té esperaba sobre un carrito.

"¿Azúcar, crema?", Preguntó, mirando hacia mí.

"No, gracias."

Ella vertió el té humeante y fragante en dos tazas de porcelana, luego con movimientos medidos, añadió tres cucharadas de azúcar en una.

Me entregó el que no tenía azúcar, equilibrado encima de un plato pequeño, cogió el otro y tomó un sorbo. Sus ojos se cerraron mientras probaba el líquido humeante. Había tanta dicha en esa acción, que pude sentir la satisfacción que emanaba de ella.

"¿Es esa la espada?" Pregunté, apuntando a la hoja encima del manto.

Camilla la estudia por un momento. "Los forenses no lo tomaron. Echaron un vistazo, hicieron un examen superficial mientras usaban gafas oscuras, rociaron algunas sustancias químicas, tomaron algunas notas y luego la pusieron de vuelta".

Gruñí. Incluso desde donde me sentaba, pude ver que la hoja no tenía filo y no había visto ningún uso en años, a pesar de que estaba libre de polvo.

"¿Cómo murió el señor Randal?" Pregunté a continuación.

"John, el marido de Amalia, lo llevó, nos llevó, a Remo. William, mi esposo, era humano. La asimilación no funcionó bien. Su corazón se detuvo."

"¿Dónde está ahora?" Pregunté, porque no habría permanecido muerto por mucho tiempo.

"Fue incinerado. Estaba en su testamento", explicó, tomando un sorbo. "Esto es lo mejor que he probado. Junto con chocolate y barbacoa." Ella fijó sus ojos de peltre en mí, sus labios inclinados hacia un lado en una media sonrisa. "Debería agradecerte por lo que le hiciste a Amalia y a ese imbécil de su esposo."

Levanté una ceja. "¿Quién dijo que hice algo?"

La sonrisa ahora se inclinaba en ambos lados y arrugaba las esquinas de sus ojos. "Sé por qué estás aquí, y me gustaría ayudar."

"¿Por qué? ¿Cómo? No eres uno de los míos", le dije. La

única razón por la que sabía que era una de Remo fue porque tenía su nombre en la lista de agentes de alto nivel que había copiado de las notas de Remo, la que Dathana había guardado, junto con la carta de Arianna.

Los ojos de Camilla se oscurecieron. "¿Sabes lo que es existir en un estado de conciencia, saber y ser, pero nunca tocar, sentir o saborear o ver? Y de repente estás experimentando todas esas cosas increíbles, hablando y bebiendo y caminando y tocando y probando y sintiendo", se llevó una mano al corazón, "¿y te das cuenta de que nunca habías existido antes?" Ella levantó la taza de té y dijo: "¿Me preguntas por qué quiero ayudar? Debido a esto, y el chocolate y la barbacoa y todas esas pequeñas cosas que los humanos nunca aprecian realmente. Quiero ayudar porque no quiero que esto desaparezca. No quiero que Remo dicte cómo deben ser las cosas al final. Me gusta más esta versión del mundo".

"¿Sabes lo que le pasó a la última persona que dijo eso?"

"Michael. Remo iba a castigarlo y dar un ejemplo para todos nosotros"

Levanté las cejas. "¿Iba a?"

"Le cortaste la cabeza antes de que Remo pudiera torturarlo."

"Le corté la cabeza por mi propia cordura."

Camilla agitó una mano. "Eso fue entonces y lo atraparon. Si me atrapan, no te culparé si te ordena que me mates".

Bebí del té amargo y no dije nada.

"Sé que hay otros que sienten lo mismo que yo, puedo reunirlos para ayudarnos a luchar contra Remo".

Bajé la taza a la mesa de café y me moví hacia adelante en mi asiento. Fijé mis ojos en ella y enunciado lentamente, precisamente, dije "No estoy tratando de matar a Remo. No pienso reunir un ejército para derrocarlo".

Camilla me frunció el ceño, la confusión en sus ojos perfectos. "No entiendo."

Sacudí la cabeza. "No puedo matarlo, no puedo hacer planes para eso, y no quiero saber quién lo hace", se aclaró su confusión, pero antes de que ella pudiera decir nada, seguí adelante. "Quiero que, cuando llegue el momento, nivelar el campo entre sus agentes y aquellos que me importan. Nada más."

Durante mucho tiempo, Camilla bebió su té en silencio, con los ojos distantes, remotos. Era la mirada de una esfera que no tenía ninguna comprensión de las emociones humanas. Luego me miró, con los ojos directos, con la boca determinada. "Aun así te ayudaré."

Cuando no dije nada lo intentó de nuevo, "Mira, sé que estás aquí para matarme. Y ambas sabemos que probablemente tendrás éxito, ciertamente no soy tan fuerte como los otros que hiciste. También sé que no mataste a todos los que visitaste, así que debiste ofrecerles un trato. No quiero morir, no quiero perder lo que tengo aquí. Como tú, no soy libre de detener a Remo o pelear con él, pero si me das una oportunidad, aceptaré lo que ofrezcas y ayudaré a tus amigos. Nos beneficiará a las dos".

"El problema es que no sé cómo revertir el vínculo de una entidad que no lleva nada de mi energía. No hay nada de mí en ti que me ayude a forjar un vínculo entre nosotras y frustrar el control de Remo".

Camilla asintió, sin sorprenderse con lo que estaba diciendo "Creo que puedo ayudar allí." Ella colocó la taza vacía en el carrito y se trasladó a un pasillo oscurecido. Sus pies descalzos hicieron poco sonido, pero yo podía oír su ir y venir, sin embargo.

Cuando regresó, tenía un viejo tomo con ella, el cuero desgastado y desgarrado en algunos lugares, las páginas amarillas con la edad. Abrió el libro donde una regla marcaba lo que parecía un tejido complejo. "Reversiones" leídas en la parte superior izquierda de la página. "Conversiones" en la parte superior derecha. Las notas laterales débiles marcaban toda la página a cada lado.

" Esto pertenece a una de las personas que quieren ayudar. Si crees que podemos resolver esto, ella aseguró que encontraría a otros a los que unirse".

Escaneé las runas, reconociendo todas excepto una, una extraña tilde torcida con extremos bifurcados y una Y invertida en el medio. Las notas eran la forma correcta de iniciar el tejido, dónde unir las runas y cómo alimentarlas.

Lo leí todo una, dos veces, y una vez más para asegurarme de que no me perdí de nada. Mientras tanto mi mente me presentaba conclusiones, posibilidades y resultados para cada elección que podía tomar.

Camilla esperó en silencio, bebiendo su segunda taza de té.

"Muy bien", finalmente dije, inclinándome hacia atrás en mi asiento. "Estoy dispuesta a intentarlo."

"¡Excelente!" Los ojos de Camilla brillaban con algo parecido al triunfo. Ella dejó el té a un lado y vino a pararse delante de mí, una daga de ritual en su mano.

Una hora y media más tarde teníamos todas las runas y sigilos listos dentro de los tres anillos. Cuatro de los símbolos estaban fuera del círculo más grande, lo que representa los cuatro puntos de la brújula.

Me dolía la espalda por mi posición agachada, mis dedos estaban planos de la tiza. Me enderecé, encontré a Camilla observándome con una intensidad familiar que había visto hacer a otras esferas en transición. Antes me desconcertaba, ahora entendía que simplemente observaban pequeños matices y expresiones del cuerpo humano.

"Deberías practicar la risa más a menudo", le sugerí y le pedí que tomara su lugar.

Se arrodilló dentro del círculo más pequeño, me metí en el medio. El más grande estaba allí para contener el tejido, mientras que los cuatro símbolos fuera de los tres anillos -la tilde torcida con los extremos bifurcados y la Y invertida- estaban allí para la protección, una precaución contra una tercera persona que se hace cargo del ritual en curso. Si alguien cruza esos símbolos, toda la obra colapsaría, sin resolver.

Camilla tomó la daga sin decir una palabra y cortó una línea en la palma de su mano derecha, para liberar energía, luego tocó la sangre hasta el borde del círculo, donde la línea de una runa conectó su anillo con el mío. Me arrodillé, hice lo mismo, tocando el borde de la runa que conectaba el anillo más grande con el mío primero, la runa que conectaba el anillo central con el suyo a continuación. Inhalé profundamente, lo dejé salir en un largo silbido, conté hasta tres y empujé energía a mi sangre, alimentando el tejido. Al mismo tiempo, Camilla alimentaba la runa donde su sangre tocaba. La energía viajó de mí a las runas, una red de líneas de conexión, desde las más grandes a las medianas y las más pequeñas. En el momento en que mi energía superó la suya, todo el tejido estalló en la luz, iluminando el tejido más hermoso que había creado.

Cada línea se iluminaba con un resplandor incandescente, dando vueltas dos veces antes de saltar a una línea recta al pecho de Camilla. Ella jadeó y cayó de rodillas, luchando contra la invasión.

"Relájate", murmuré, consciente de que no tenía el lujo de sostener el tejido durante demasiado tiempo. Mi energía se agotaría y no había nada que pudiera hacer para reponerla.

Con los dientes afilados, Camilla apretó los puños, bajó deliberadamente la cabeza. Poco a poco, permitió que mi energía pasara por ella, mezclándose con la de ella. Todavía en cámara lenta, tomó la daga, dibujó otra línea en la palma de su mano izquierda, me dio la herida fresca. Me corté la palma izquierda con mi garra y agarré su mano. Sangre a sangre, sentí la conexión, una cuerda similar al cabello, pero tan fuerte como el alambre de plata. Con la conexión forjada, empujé mi energía a través del enlace, fortaleciéndola hasta que la conexión similar al cabello se volvió tan gruesa como un cable robusto antes de finalmente dejarla ir.

CAPÍTULO CUARENTA

Era tarde en la mañana siguiente cuando me desperté con un dolor de cabeza persistente y dolor muscular débil. Había vuelto cansada y sufriendo, mi cabeza retumbando como si hubiera recibido una paliza. Me había metido en la cama y caí en coma. El plan de Camilla de reunir otras esferas en transición era una gran oportunidad, pero después de anoche no estaba segura de poder seguir adelante con ello. Había tomado prestado el libro conmigo, pero no había un índice al principio, ni el final. La posibilidad de que pudiera haber algún tejido que rompiera el vínculo familiar me había dado esperanza, y aunque era más tarde de lo que estaba acostumbrado, me desperté antes de lo que debía, y comencé a pasar por cada página y a tejer con cuidado.

A pesar del dolor de cabeza y el dolor muscular, o el hecho de que había dormido sólo un poco más de cuatro horas, la adrenalina me tenía despierta y alerta. Volteé página tras página, consciente del tiempo que pasaba. Algunos de los tejidos tenían títulos, como el que había usado anoche con Camilla, y en esos, sólo los leía por encima y saltaba a la página siguiente. Pero la mayoría eran diagramas con explicaciones en notas laterales, y el reloj marcaba a medida que volteaba, página tras página.

Estaba a mitad de camino cuando un golpe en mi puerta me interrumpió.

"¿Sí?" dije, cubriendo la página en la que estaba con una mano.

"Hola", dijo Mwara, su voz vacilante.

"¿Sí?"

Se despejó la garganta. "El tío Vincent llamó. Dice que enciendas tu teléfono".

Miré mi teléfono en la mesa de noche, apagado desde anoche. "Muy bien. Gracias." Reemplacé mi mano con la regla y me levanté.

Estaba en mi segunda taza de café cuando mi teléfono comenzó a sonar. La pantalla mostraba una imagen del perfil de Zantry, pelo alrededor de su hombro. Presioné el altavoz y dije: "Oye", y seguí poniendo queso crema en una rosquilla.

"Así que estás despierto."

Le hice una cara a la pantalla. "Tengo un día ocupado por delante, según el poderoso Vincent."

"Lo sé, me llamó. Sonaba inquieto cuando no apareciste. Le recordé que Mwara estaba allí y que ella tenía un teléfono".

Dije Mmmm con la boca llena, tragué y dije, "Es sábado. La gente no trabaja los sábados".

"¿Así que todavía estás en la cama?" Preguntó. Me imaginé su ceja levantada, la sonrisa en sus labios.

"Estoy despierta, comiendo una rosquilla de dos días con queso crema."

"Ah." Se rio. "Tiempos difíciles, medidas desesperadas."

Gruñí, tomé otra mordida gigante.

"Te dejaré con tu rosquilla mohosa entonces. Debería estar de vuelta en la tarde, temprano por la noche a más tardar".

Fruncí mientras colgaba y terminaba lo que quedaba de mi desayuno, tratando de encontrar un punto verde o blanco.

Tomé un taxi a la base. A las once de la mañana, sólo llegué dos horas tarde, y todo lo que me faltaba era el informe de ayer. No era como si Vincent no pudiera informarme mientras conducíamos de ida y vuelta a través de Manhattan y los distritos circundantes.

Fruncí al pensamiento al pagar mi tarifa y entré en el edificio de los cazadores, contemplando mi hilo de pensamiento. No fui irresponsable. Siempre hice todo lo posible para mantener mis citas. Pero esos últimos días fueron sólo... no mucho, no abrumador. Pero cansados de una manera que no podía permitirme ser.

Y, pensé que subir los escalones al primer piso dos a la vez, la gente se tomaba los fines de semana libres, o al menos la mitad. Roland había dejado claro ayer que los cazadores no me iban a dar tiempo libre para satisfacer mis necesidades y planes, así que tuve que hacer lo que pudiera.

Un puñado de cazadores estaban en el vestíbulo. El mismo grupo de ayer, excepto por George y Raji. Asentí a Tony y Chris, eludiendo Barbara y Asra.

"¿Están dentro?" Le pregunté a Valerie.

"Adelante", respondió ella sin quitar los ojos de la pantalla del portátil.

Toqué una vez la puerta de Roland y entré, asumiendo que estarían en la sala de conferencias. En su lugar, Roland estaba detrás de su enorme escritorio de cristal, con Vincent y Diggy en las sillas frente a él. Los tres me dieron miradas que van desde el deslumbramiento a la calma indiferente y la molestia.

"Lo siento." Le di al grupo una sonrisa pícara. "Mi teléfono debe haber muerto en medio de la noche. Me desperté cuando Mwara tocó mi puerta".

Roland dio un guiñó y Diggy continuó donde había interrumpido. Sin querer arrastrar una silla de la sala de conferencias, crucé las amplias ventanas y miré a Central Park, escuchando a Diggy explicar sobre tres posibles bares y clubes donde le dijeron que los agentes de Remo estaban haciendo negocios. Una vez hecho esto, Vincent relató nuestra reunión con Margaret y nuestra posterior visita a The Black and White Boutique. "Creo que la Sra. Spanfield cumpliría su promesa de reunir toda la información que prometió sobre Angelina Hawthorn", concluyó Vincent. "Ella también mantendría a los residentes del centro de la ciudad con una correa apretada. Es una líder despiadada y los preternaturales tienden a comportarse a su alrededor".

Un golpe interrumpió la respuesta de Roland.

"Entra", llamó.

Me volteé, encontré a Jack Bellemeir en la puerta, sus ojos fueron de Vincent a Diggy a Roland a mí y de nuevo. "Siento interrumpir, pero necesito hablar con usted", le dijo a Vincent.

"Entra y cierra la puerta", dijo Roland.

"Perdón por irrumpir, señor", se disculpó de nuevo, entró y cerró la puerta. "Esto es muy importante." Me miró y luego se centró en Vincent. "Tenemos esa pista."

La actitud de Vincent cambió. Pasó de curioso pero relajado a alerta y listo para saltar en una fracción de segundo. "¿Dónde?"

Los ojos amarillos de regresaron antes de bajarle una ceja a Vincent.

"Dilo, Bellemeir", dijo Roland, colocando sus codos encima de su escritorio. "Vamos a escucharlo."

Jack se movió hacia el grupo, dándome la espalda mientras se volteaba para enfrentar a Vincent. "El informante tenía razón sobre San Luis. Hay una alta tasa de personas desaparecidas, más alta de lo habitual. No levantaron ninguna sospecha debido a los altos índices de criminalidad en esa área".

Desplazó su paso a sus talones mientras hablaba, la emoción burbujeando de él. "Pudimos confirmar que el sujeto se está quedando al sur de Hyde Park, en un pequeño motel junto a la Interestatal 70."

"¿Tienes confirmación visual?" Vincent preguntó, poniéndose de pie.

"Tenemos más que eso, tenemos un testigo diciendo que sabe quién es Hawthorn, que se conocieron hace un par de décadas en el sur de Francia. Dijo que se le acercó con promesa de poder, le dio la dirección del motel, donde se reunieron y discutieron los términos y el pago. Se reunirá con ella de nuevo el martes y traerá a cualquiera que crea que está interesado".

"¡Bingo!" Vincent lanzó puño al aire. "Quiero a Jeremy y George y Chris listos para el anochecer. Pídales que le den cualquier carga de casos que tengan a otra persona. Nos vamos esta noche." Vincent miró a Roland por confirmación y después de su guiño, Jack se fue. Vincent tomó la libreta de notas pegajosa y un bolígrafo del escritorio de Roland y comenzó a garabatear.

"¿Vas tras Angelina?" Exigí. Un frío bombeando por mis venas.

"Tenemos a la tonta", dijo, garabateando algo.

"No. No, no hagas eso." Las palabras me dejaron la boca sin pensarlo.

Vincent me miró, tomó mi angustia. Tanto Diggy como Roland me miraban, su expresión ilegible.

"La tenemos, Roxanne. Me llevo cuatro de mis mejores conmigo".

Quería sacudirme la cabeza otra vez, decirle que no se fuera. "Ten cuidado. No sé cuántas esferas tiene, pero tiene una presencia característica casi tan fuerte como la de Remo".

Vincent asintió. "Muy bien. Volvió a sus notas, garabateó algo más al otro lado de la nota adhesiva.

"¿Vincent?" Esperé a que mirara hacia arriba antes de decir: "Mátala. No trates de capturarla o traerla para interrogarla".

Vincent agachó la cabeza hacia un lado. "¿Algo más?"

"Sí. Solo la decapitación funcionará". El recordatorio hizo que los ojos negros de Vincent se apretaran, sus labios delgados.

"Toma su consejo", dijo Roland, estudiándome. "A menos que estés absolutamente seguro de que puedes aprehender a Hawthorn sin riesgo para el equipo, decapítala en el acto. Este es un código rojo."

Aturdido, Vincent abrió la boca para hablar, como si no pudiera creer lo que oyó. Incluso Diggy levantó las cejas.

"¿Código rojo, señor?" Vincent preguntó, vacilando un segundo como si quisiera discutir.

Roland confirmó: "Sí, no la dejes escapar".

Y eso fue todo. Vincent asintió y se dirigió a Diggy. "Haz el seguimiento con Nagy Farkas, es dueño del ¡Club 13! en Westchester Avenue. Le entregó a Diggy la nota adhesiva. "Roxanne conoce el lugar"

"Creo que lo conozco", dijo Diggy. "Iremos esta tarde y haremos el seguimiento con el bar y los clubes después."

* * *

Era después de la una cuando me fui a casa, donde esperaba a que Diggy me recogiera más tarde por la noche. Después de que él y Vincent se fueron, me quedé atrás y hablé con Roland, sólo un pequeño informe sobre mi perspectiva del día anterior y una rápida actualización sobre la situación de Mwara, o la falta de problemas del clan, lo que me aseguró que no iba a suceder. Quería preguntarle sobre Zantry, por qué volvió, por qué Zantry se había quedado, qué le pasó a la propiedad. Pero preguntar parecía ir detrás de la espalda de Zantry y no dije nada.

Vicky había llamado y habíamos hablado hasta que llegué a casa, y ya que no quería retirar mi oferta, le prometí que iríamos de compras mañana después de las cinco. Sólo necesitaba encontrar una manera de encajarla alrededor de mi horario de repente ocupado.

De vuelta en el apartamento, encontré a Mwara en la sala de estar, vestida con los mismos jeans y otra camisa sin mangas, esta azul. Ella estaba donde sabía que la encontraría, sentada en el sofá frente al televisor, los pies apoyados encima de la mesa de café, el teléfono con pantalla táctil en la mano. Miró hacia arriba cuando entré, con los ojos parpadeando de amarillo antes de bajar a su teléfono. Era la primera vez que dejaba su aura sin disfraces, y me sentí aliviada, más por mí que por ella, de que el azul plateado había comenzado a salir a través del brillo negro brillante.

Mis ojos se movieron al reloj en el microondas. Una treinta y siete pm. Busqué en la nevera escasa, no encontré nada interesante, abrí la alacena al lado, elegí una caja de hojuelas azucaradas. Sin leche significaba que no necesitaba excusa para apoyarme en el mostrador y comer de la caja.

"¿Cómo es que no estás fuera?" Le pregunté: "Quiero decir, ¿por qué no estás haciendo turismo o algo así?"

Mwara se encogió de hombros. Continuó mirando la pantalla de su teléfono, pero me di cuenta de que no estaba en ello. Tenía los pies en la mesa de café, esmalte de uñas rosa despegándose.

Me comí otro puñado, tratando de averiguarlo.

"El clan sabe que estás aquí", le dije a continuación. "Roland dijo que no pueden causar ningún problema, que eres libre de elegir."

Mwara asintió, bajó los pies.

"Así que, ahora que ya no te escondes... eres libre de vagar por la ciudad".

Ella asintió de nuevo, y luego anunció: "Necesito encontrar un trabajo primero. No tengo dinero."

Claro que no. Mastiqué un poco más, rastrillando mi mente por cualquier idea de trabajo o si había cruzado alguna vacante publicada en cualquier lugar. Eso era probablemente lo que estaba mirando en su teléfono. Tendría que buscar algo bajo, como camarera o algo así.

"Me iré tan pronto como pueda permitirme un lugar propio, lo prometo."

Le agité la mano. "Eso no es lo que quise decir", le dije, crujiendo un poco más.

"Estoy buscando trabajos que tomen personas que no terminaron la escuela secundaria." Como si necesitara que yo entendiera lo que quería decir, agregó: "No tengo un diploma de escuela secundaria. No hay mucho que pueda hacer".

Asentí de nuevo. He estado allí. No estaba seguro de lo que era más fácil, el desafío de los pequeños pueblos donde me estaba escondiendo cuando estaba en sus zapatos o el desafío de la ciudad bulliciosa. De cualquier manera, ella no encontraría un trabajo navegando en línea, por el simple hecho de que los lugares que la tomarían no se molestarían en pagar para colocar una propaganda en Internet. Necesitaba estar ahí fuera, buscando en los bares, restaurantes y bodegas y a cualquier restaurante no le importaría contratarla. ¿Por qué no estaba buscando a pie? ¿Tenía miedo de aventurarse por su cuenta? ¿O tenía miedo de perderse y no encontrar el camino de regreso? A pie sin dinero sería desalentador, especialmente para alguien que pasó más de ocho años en una tierra estéril sin de personas civilizadas.

"¿Por qué no te doy algo de dinero y puedes salir, echar un vistazo a las tiendas y restaurantes?" Me ofrecí, y cuando noté que estaba a punto de negarse, corregí, "Quiero decir, puedes ir de compras después. Sería como tu tarea del apartamento, manteniéndote al día con lo que necesitamos y abasteciendo la nevera".

Esperé mientras ella luchaba con la necesidad de negarse, esperé mientras la negación, la resignación y luego la aceptación cruzaba su expresión antes de asentir. "Puedes dejar el dinero en el mostrador." Se levantó y se dirigió a su habitación. "Voy a comprobar lo que falta e ir de compras más tarde hoy."

CAPÍTULO CUARENTA Y UNO

Encontramos un lugar de estacionamiento al otro lado de la calle del salón de tatuajes. Diggy no necesitaba que le mostrara donde estaba el club, no sólo sabía quién era Nagy Farkas, sino que también conocía el lugar. Todavía había una hora antes de que la puerta se abriera al público, lo que le dije a Diggy durante el viaje en coche, y él eligió ignorar. Tocó una vez, apretó el intercomunicador y esperó treinta segundos. Nadie respondió. A diferencia de Vincent, Diggy no tenía reparos en actuar descortés ni inclinación a ser ignorado. Se apoyó en el intercomunicador y mantuvo el dedo presionado. Debería dárselo, la gente tardó unos siete minutos antes de que alguien abriera la puerta, y el guardia más negro que jamás había visto nos recibió con una cara oscura llena tinta azul y negra. El aura era azul con un ligero brillo en la línea interior que sugería que el tipo tenía algún tipo de magia... magia aérea. Un mago del aire.

"¿No pueden leer cabrones?" Espetó con un acento grueso de Brooklyn, señalando la placa en la puerta que indicaba los horarios de apertura entre semana, los fines de semana y la admisión de la edad.

"Estamos aquí para ver a Nagy Farkas", dijo Diggy cortésmente. "Por favor, dile que Douglas Vemourly del gremio de los cazadores está aquí para verlo."

"El señor Farkas está ocupado", dijo el mago del aire, cada palabra con cuidado, como si fuéramos difíciles de entender. "No está viendo a nadie en este momento. ¿Entiendes? Vuelve la hora de apertura." El hombre volvió a apuntar a la placa. Diggy dio un paso adelante y metió el pie antes de que la puerta se cerrara. Su voz era agradable, ya que le dijo a la cara enrojecida del mago: "No lo creo. O nos llevas con él o los llevaré a los dos por una noche en el gremio de los cazadores."

Las fosas nasales del hombre ardieron, sus ojos abultados de desdén y molestia.

"Déjalos entrar, Bruno", alguien dijo desde dentro del club.

¿Bruno?

Bruno, el burdo gorila, dio un paso a un lado para que pasara, su mirada tan oscura como un pasaje en la guarida de Remo.

Pasamos por un largo y oscuro pasillo, pasando otro conjunto de puertas dobles de acero. No estoy segura de lo que esperaba encontrar, pero no era una habitación rectangular grande, brillantemente iluminada con techos altos y un piso hundido en expansión. Las cabinas que podían sentar a un grupo de seis presionadas contra paredes con paneles de roble, mesas redondas de madera oscura se distribuían alrededor de un gran espacio, con sillas oscuras descansando en la parte superior. El suelo era oscuro, limpio y pulido. A la derecha estaba la barra espejada, llena de diferentes botellas con diferentes tamaños y formas. Un balcón sobresalido desde el segundo nivel, situado de una manera para que otros pudieran ver la pista de baile de abajo en la comodidad de los sofás voluminosos y oscuros. Un tipo estaba en la cabina de DJ, un balcón cuadrado encerrado en cristal a medio camino entre el primer y segundo nivel. Miró hacia arriba cuando nos acercamos al bar, e incluso desde esta distancia, pude leer su curiosidad.

Detrás del mostrador de acero inoxidable había un hombre de aspecto ordinario, puliendo un vaso alto con una toalla. Cabello recortado marrón, ojos marrones, un bigote delgado que se iba hacia abajo y alrededor de su barbilla, una boca sonriente. Su aura, sin embargo, era cualquier cosa menos ordinaria. Verde bosque como el de cualquier otro hombre algo, pulsaba con tanto poder, que era asombroso.

"Mis hombres tienen órdenes que seguir, señor Vemourly", dijo el hombre detrás del mostrador sin mirar hacia arriba. "No aprecio que vengas aquí y tires tu peso, usurpando mis órdenes."

"¿Señor Farkas?" Dijo Diggy, acercándose al bar.

"El único."

"Me disculpo si te ofendí a ti o a tu empleado. No quise ofenderlos".

El hombre gruñó y colocó el vaso brillante en el estante, escogió otro antes de mirar a Diggy. "Douglas Vemourly. Te he visto por mi club. Eres la mano izquierda de Mackenzie."

"Así es."

¿Eso significaba que Vincent tenía razón de Roland? "¿Te importaría si hablamos en un lugar más privado?"

Farkas le dio a Diggy un aspecto serio. "Mis hombres no son humanos, señor Vemourly, si esa es su preocupación."

Diggy asintió, me sacó un taburete. Dudé, buscando a Farkas cualquier objeción, me acaricié el cabello con la mano izquierda y me senté. Para cualquiera que mirara, parecía un poco nervioso, pera Diggy lo sabía mejor. No hay esferas que pudieran saber la diferencia.

Diggy tiró del taburete junto al mío. "Esta es mi asistente,

Roxanne." Una reverencia con la cabeza fue todo el reconocimiento que obtuve del alfa.

"¿Te importa si te hago unas preguntas?"

"Puedes preguntar", dijo Farkas, colocó el ahora brillante vaso con el primero y escogió un tercero.

"¿Conoces a un vampiro maestro que pasa como Angelina Hawthorn?"

"No puedo decir que sí."

"¿Qué tal rumores sobre la desaparición de preternaturales?"

Farkas se detuvo. "¿Los está matando?"

"Sino es ella, alguien conectado a ella."

Farkas pulió otro vaso en silencio. "No creo que haya oído nada."

"Farkas, si sabes algo, cualquier cosa que pueda parecer sospechosa, incluso si cree que son sólo rumores, le agradecería que nos lo dijera."

Gruñó, se dio la vuelta y dejó caer el siguiente vaso en un cubo de basura. "No tengo la información que usted está buscando, señor Vemourly." Se encontró con los ojos de Diggy y agregó: "Pero si debes saberlo, tu pregunta me recordó a tres clientes habituales que desaparecieron hace un tiempo". Farkas dio una sonrisa humorística cuando Diggy se inclinó hacia adelante y continuó: "Encontraron un nuevo club-Estrellas– en algún lugar alrededor de Midtown. Lo sé", la expresión de Farkas se endureció cuando Diggy comenzó a hablar, "porque dos de ellas dijeron eso hace unas semanas cuando vinieron a recordar los viejos tiempos".

"¿Sus nombres?" Diggy preguntó.

Un fuerte destello apareció en los ojos marrones de Farkas. Con lentitud deliberada, colocó el vaso que sostenía y se inclinó hacia adelante. "No voy por ahí delatando a los viejos clientes habituales porque dejaron de asistir a mi club, Señor Vemourly."

"Puede que no sean quienes solían ser", respondió Diggy, sin fases.

"No había nada diferente en ellos. No la forma en que se vestían, o hablaban, o incluso como se movían en la pista de baile".

"¿Sus nombres?" Diggy repitió, entonces, con un tono más suave añadió: "Si usted piensa que siguen siendo la misma gente, no hay razón para preocuparse, señor Farkas. Nuestra preocupación es que ya no son las personas que solían ser. Eres un hombre razonable, un buen alfa, un líder responsable. Si son quienes sospecho, ahora son asesinos peligrosos".

Farkas se frotó una mano en la mejilla. "Son mi gente, señor Vemourly. ¿Cómo se vería si te equivocas y yo envío a los cazadores tras ellos?" Bajó la mano, la determinación entrando en sus ojos. "No son miembros de mi manada, pero siguen residiendo en mi territorio. Voy a investigar y preguntar por ahí, a ver si hay alguna orden para involucrar a los cazadores".

"Esa no es una elección sabia. Si no son quienes deberían ser y descubren que estás preguntando por ahí, vendrán por ti".

Farkas se endureció. "Sé cómo hacer mi trabajo sin tapar mi tapadera. Puedo manejar la recopilación de inteligencia de mi gente"

Diggy lo admitió, aunque era obvio que quería empujar.

"Comienza por averiguar si son más fuertes de lo que solían ser", le sugerí.

Las cejas de Farkas bajaron. Parecía como si su rostro se encogió unos centímetros. "¿Cómo?"

"Quiero decir, si están provocando peleas, si son más agresivos. Si están tomando riesgos innecesarios no tomarían en el pasado. Preste atención por cualquier persona como esa, para el caso".

"¿Drogas?"

"No", respondió Diggy sin elaborar.

Farkas vaciló. "Voy a preguntar por ahí, ver lo que otros tienen que decir acerca de ellos."

"No seas conspicuo, señor Farkas. No dudarán en sacarte de la red". Diggy se puso de pie, ignoró la mirada de Farkas. "Gracias por su tiempo." Deslizó una tarjeta de presentación hacia el hombre de aspecto ordinario. "Si algo levanta sospechas, por favor llámame".

Farkas miró hacia abajo a la tarjeta y la empujó lejos. "Si están causando problemas, señor Vemourly, son mi problema con que lidiar."

Di un paso al frente. "La gente que estamos buscando está secuestrando preternaturales para hacer crecer un ejército para Remo Drammen o está se están ofreciendo voluntariamente para la tarea. Farkas, es una guerra inminente que estamos tratando de evitar".

Farkas se sorprendió con la revelación, y supuse que Diggy no estaba contento, pero era claro que el tipo no iba a llamar a los cazadores. Y Remo estaría extasiado de tener un alfa tan fuerte como Farkas entre su rango. No, mejor cauteloso que ciego.

Farkas miró hacia abajo a la tarjeta de nuevo, un pliegue que apareció entre sus cejas. "Remo", murmuró antes de mirar hacia arriba de nuevo, "escuché un rumor que Drammen estaba recompensando a aquellos dispuestos a alistarse a su causa. Se fue por unas semanas. Pensé que era sólo rumores que alguien hizo para asustar a los negocios"

"¿Cuándo fue eso?" Diggy preguntó.

"No estoy seguro. Estaba frío, sin embargo, recuerdo mirar en callejones y sombras cuando caminé hacia mi carro. Había aguanieve en el suelo".

"¿Fue cuando esos tres desaparecieron?" Diggy preguntó.

"¿Alguien más desapareció en ese momento? ¿Incluso si fue por un tiempo?

Farkas miró hacia abajo a la tarjeta de nuevo. "Lo investigaré y te llamaré", dijo, metiendo la tarjeta en su bolsillo trasero.

Bruno nos acompañó a la puerta. "¿Sabes algo?" Diggy le preguntó. Bruno frunció el ceño, o tal vez esa era su expresión natural, y negó con la cabeza.

* * *

Cruzamos la calle hasta el SUV de Diggy uno al lado del otro.

"¿Qué es un código rojo?" Pregunté.

"Significa que el sospechoso debe ser detenido a toda costa, sin importar dónde."

Mi corazón tartamudeó. "¿Detenido?"

Diggy negó con la cabeza, un pequeño surco entre sus cejas. "En el caso de Vincent, él va a eliminar la amenaza, incluso si está en público a plena luz del día."

"Señorita", alguien llamó un momento antes de que una mano me tocara el hombro.

Me volteé, y el tipo de la cabina de DJ dio un paso atrás. Su aura era verde, un hombre lobo, y por cierto sus ojos bajaron cuando le fruncí el ceño, no uno dominante.

"Yo soy Jonas Toth", les dijo a sus botas. "¿Del club?" Apuntó un pulgar hacia el otro lado de la calle. Parecía estar alrededor de mi edad, un poco mayor tal vez, pero eso no significaba nada en términos de años.

"De la cabina de DJ", le dije, y miró hacia arriba, se encontró con mis ojos y asintió con la cabeza. "Sí, ese era yo."

"¿Qué podemos hacer por ti?" Diggy preguntó, asumiendo un aire amistoso que nunca había sentido antes, al menos no cuando estaba cerca.

El tipo se frotó una mano sobre su mandíbula. "Yo, mmm, oí

su conversación con el señor Farkas." Dos hoyuelos aparecieron cuando nos dio una sonrisa pícara. "No quise escuchar, pero tuve que usar el baño y yo..." se frotó una mano nerviosa sobre la boca y negó con la cabeza. "¿Podemos volver adentro? Creo que necesito decirte algo". Hizo una pausa, inseguro, y agregó: "Puede que no sea nada, y no quiero perder tu tiempo, así que si estás ocupado o quieres que pase por tu oficina". Sus ojos se volvieron a los míos de nuevo, y di un paso adelante, toqué su mano inquieta y di un apretón tranquilizador. "Vamos a hablar ahora. Diggy y yo no tenemos nada más para esta noche".

De vuelta en el club, Bruno nos dejó entrar y se movió, desapareciendo en algún lugar de atrás. Farkas tampoco estaba a la vista.

Jonas nos llevó a una cabina trasera y nos ofreció una copa, y después de que nos negamos, nos sentamos y reanudamos.

"Jonas, ¿qué tienes para nosotros?" Diggy preguntó en un tono firme pero amable.

Jonas frunció el ceño a la mesa, movió un dedo hacia adelante y hacia atrás sobre la madera lisa. "Bueno, esto puede no ser lo que estabas preguntando", dijo, indecisión en su voz.

"Díganos de todos modos. Nunca se sabe lo que ayudará a que se finalice la investigación".

Jonas asintió. "Sí, nunca se sabe. Así que, aquí va. A finales del año pasado escuché a dos miembros de la manada hablando..." Miró hacia arriba, con la cara enrojeciendo en un rojo carmesí. "No voy por ahí espiando a nadie, señor Vemourly, es sólo estar abajo de la manada significa que la gente me da poca atención."

Diggy tranquilizaba al tipo con una sonrisa conspiratoria. "Sé lo que quieres decir. Mi hermanito siempre se mete en problemas porque la gente tendía a pasarlo por alto". Se rio y agregó: "Tenías que ver los rostros de esta pareja cuando mi hermano exigió saber por qué estaban saltando en la cama y si podía unirse a ellos".

Jonas ladró una risa sobresaltada, sus hombros relajándose. Me preguntaba si Diggy inventó la historia para tranquilizar a Jonas o si tenía un hermano menor de verdad.

"Así que escuché a Marta y Darby hablar de Danny", dijo Jonas una vez que su risa disminuyó. "Estaban diciendo que era un bastardo codicioso, sus palabras, no las mías", agregó con una mirada de disculpa en mi dirección, "y que probablemente aceptaría la oferta del hechicero negro. Fue todo lo que escuché antes de darme cuenta de que estaban discutiendo el negocio de las mochilas y me di la vuelta y seguir adelante".

"¿Y Marta y Darby son?"

"Lobos dominantes, pero no ejecutores, si eso es lo que estás preguntando."

"¿Y Danny?"

"El segundo ejecutor, debajo de Lorenzo, el beta en la manada."

Diggy le pidió que continuara. "¿Qué le pasó a Danny?"

"Peter Francis, nuestro alfa, quiero decir, mi alfa anterior", corrigió, "dijo que era juego sucio y Danny y él lucharon hasta la muerte. Todos en la manada fueron llamados a presenciar. Algunos miembros especularon que Danny había estado trabajando como compañero para Black Drammen".

"¿Eso fue cuando dejaste la manada?" Pregunté.

Jonas bajó la cabeza, con las mejillas sonrojadas. "No me gusta la violencia, y esa manada, no quiero hablar mal de mi familia anterior", dijo con una mirada rápida a Diggy. "Eran demasiado ambiciosos, todos querían subir cada vez más cerca del líder de las manadas. Solicité una transferencia y el señor Farkas me acogió".

"Espero que el paquete del Sr. Farkas le proporcione la

familia que está buscando", dijo Diggy con una sonrisa amable. "¿Danny se convirtió en alfa?"

Jonas negó con la cabeza. "No, Peter Francis era un luchador habilidoso y un alfa durante muchas décadas. Danny perdió, pero fue una llamada cercana. Danny era más rápido, más fuerte. Algunos de los miembros especularon que había estado trabajando más duro, algunos dijeron que había encontrado un compañero de manada, pero la mayoría dijo que se debía a la influencia de Black Drammen". Se encogió de hombros. "Pero perdió, fue olvidado después de eso. Hasta que uno de los amigos de Danny, Sean, dio un paso adelante y desafió a Peter Francis para la posición alfa. Dejé la manada poco después. Simplemente no podía soportar más de la lucha." Jonas frunció el ceño y dijo: "No son una mala manada, señor Vemourly, es la forma en que las cosas son dentro las manadas inquietas".

"Entiendo", dijo Diggy. "Yo también anhelo la tranquilidad."

Sorprendido, Jonas preguntó: "¿Sí? Entonces, ¿por qué trabajas para los cazadores?"

Diggy dio una sonrisa, del tipo que arrugaba las esquinas de sus ojos. "Para ayudar a mantener la paz y la tranquilidad."

Jonas asintió.

"¿Sean fue asesinado también?"

"Sí, pero Peter Francis se lesionó y Lorenzo dio un paso adelante. Eso es lo último que oí de ellos."

"¿Qué pasó con los cuerpos? ¿de Sean y Danny?" Pregunté.

Las cejas de Jonas se fruncieron. "¿Supuse que fueron enterrado?"

"¿Sabes si fueron incinerados o les cortaron la cabeza?"

Jonas negó con la cabeza. "La manada no profanaría a los muertos. Una vez muertos, se les da un entierro apropiado."

CAPÍTULO CUARENTA Y DOS

El sol se había puesto cuando salimos del club. Se había formado una línea en la entrada, pero Bruno no reconoció a la gente reunida antes de que regresara y cerrara la puerta de acero. Jonas nos dio el número de algunos miembros de la otra manada, ubicados en algún lugar en South Burlington, Vermont.

"¿Vamos a Vermont, entonces?" Pregunté cuando subí al asiento del pasajero.

"No, vamos a revisar el bar y los lugares donde oí que los agentes de Remo se están congregando."

"¿Qué pasa con el que Farkas mencionó? ¿Las estrellas?"

"Ya está en mi lista."

Diggy se mantuvo sombrío hasta Gentle's, un bar de barrio en Cobble Hill, Brooklyn, justo en la esquina de Clinton Street y Atlantic Avenue. Pero no había nada que encontrar allí, y alrededor de las nueve y media pasamos por un barrio tranquilo, pasando por una gran catedral en West Harlem, a una parte de la gente con un grano de sentido común daba la vuelta.

Grupos de tres y cuatro agrupados aquí y allá, ya sea

sentados en los porches delanteros con cigarrillos encendidos y botellas de cerveza, o alrededor de carros con el fuerte sonido de la música española bombeando desde altavoces invisibles.

Cada persona que pasamos se volteó para ver nuestro progreso, sus ojos sombreados bajo sudaderas o distancia.

Aparcamos al final de la cuadra, y un vistazo al espejo trasero mostró algunas personas caminando, pero ninguna que nos estaba dando el ojo malo.

Por delante, una pequeña línea formada frente a una entrada con cable, un letrero de neón que leía Frederico en rojo brillante.

"¿Deduzco que ese es nuestro destino?" Pregunté.

Diggy gruñó, se recostó y sacó su teléfono celular y comenzó a escribir con sus pulgares.

"¿Qué estás haciendo?"

"Escribiendo mi informe para Vincent", dijo sin pensar.

"¿Estamos esperando a alguien?"

"Estás buscando a alguien que reconozcas", respondió, mirándome de lado.

Correcto. Claro. Me senté, escaneé los rostros de la gente en la línea.

Cuando no quedaba nadie en la fila y nadie había despertado un recuerdo, Diggy abrió su puerta y salió. "Vamos."

El portero era calvo, de mi altura, un tipo vestido con un chaleco de cuero y una mala actitud. Esperó a que lo alcanzáramos, sin hacer nada para ocultar su ceño.

"Los policías no son bienvenidos", le dijo a Diggy.

"Eso es un alivio", dijo Diggy. "Estoy aquí para relajarme, tomar una o dos." Giró el cuello, "Escuché este lugar es bueno para pasar el rato."

El gorila estudió a Diggy por un momento. "No hagan mierda ilegal en el primer piso. Si Frederico no tira tu cadáver por la parte de atrás, puedes dirigirte a las habitaciones privadas y al segundo piso". Dijo esto último con una mirada en mi dirección.

El club era un lugar tacaño, donde el humo azul artificial se reunía en una espesa nube alrededor del techo bajo. La música sonaba tan fuerte, en cinco minutos, mi cabeza comenzó a palpitar, mis ojos temblando en sincronía con el bajo. Mucha gente estaba abarrotada en la pista de baile, girando unas contra otras, con las manos en el aire, cuerpos resbaladizos con sudor y aceites. No había un asiento vacío por ser encontrado, ni por el bar, ni por las mesas tamaño infantil. El olor a alcohol, sudor, perfume barato y desodorante me asfixiaron. Tuvimos algunos looks salvajes de los lugareños, algunos llamados, y era consciente de que tanto Diggy como yo, incluso vestidos con ropa casual de jeans y camisetas de algodón, destacábamos en esta multitud. Un tipo empujó a Diggy hacia un lado, pero Diggy sólo lo miró una vez antes de girar y moverse en otra dirección. El tipo hizo un movimiento crudo con las manos, y la gente sentada en la mesa más cercana aplaudió y aplaudió su aprobación.

Todos eran humanos, matones que no tenían idea de que se estaban metiendo con el tipo equivocado. Nos fuimos a la barra llena, y estuve buscando auras preternaturales, pero las luces estroboscópicas hacían que fuera difícil enfocar.

En el bar Diggy se dirigió a un hombre corpulento con piercings en toda su cara, que no podría ser capaz de asistir a todos los que pedían bebidas sin tres pares de brazos más. Su aura era azul, coincidiendo exactamente con el color de sus ojos.

"Frederico!", Gritó un hombre barbudo apoyado sobre el bar. El camarero se dio la vuelta y se movió, apretó la mano del hombre.

Una mirada alrededor confirmó lo que ya había sospechado: todos tenían auras azules.

"¿Seguro que este es el lugar?" Dije cerca de la oreja de Diggy.

Se encogió de hombros. "Está en la lista."

"¿Vamos a ir por toda la lista esta noche?" Mi horror debe haber demostrado porque los labios de Diggy se estremecieron mientras le señalaba a Frederico. "Dos cervezas de jengibre, por favor."

"Dale un asiento a la dama, José", le dijo Frederico al tipo que estaba a mi lado.

Con un azote, José se puso de pie y se alejó. Sin querer parecer grosera, me senté, y Frederico señaló a alguien a un lado. "Barbie, ven a vigilar el bar", gritó Frederico, y una mujer rubia con ojos azules claros y pechos del tamaño de sandías corrió detrás del mostrador, sonriendo y saludando a los alegres clientes.

Frederico movió su cabeza a Diggy y se alejó, sin hacer una pausa para comprobar si estaba siguiendo, y sin decir una palabra, me bajé del taburete.

Vi señales de la primera aura verde al otro lado de la barra, un tipo flaco con un mechón de pelo rubio desplomado sobre un vaso medio lleno con un líquido ámbar.

No lo reconocí, pero, aun así, lo comprobé. No había brillo oscuro en su aura, y cuando tropecé y le golpeé el hombro, no reconocí su cara. Diggy levantó una ceja a mi estrategia. Le di una sonrisa nerviosa, me di palmaditas en el pelo con la mano izquierda.

Frederico nos llevó a la parte trasera, asintiendo con la cabeza a la gente a su paso. Había un pasillo estrecho al final, bien iluminado, con varias puertas cerradas. Frederico abrió el primero a la derecha y se hizo a un lado para que entráramos, levantando las cejas cuando me vio.

No tomó la silla detrás del escritorio. Tampoco nos ofreció asientos. En su lugar, dio dos pasos dentro y se volteó hacia nosotros, los brazos cruzados, los piercings brillaban bajo la luz. "¿Por qué estás aquí?"

Diggy me sorprendió diciendo: "Estamos buscando a alguien".

"No servimos a tu tipo", dijo Frederico, con los ojos moviéndose hacia mí.

"Vi uno en el bar", señaló Diggy, y escaneé el aura del tipo de nuevo, esta vez en la quinta dimensión. Azul. Toda azul.

"Si hay uno en el bar, es un cliente regular. Mi lugar es tan tranquilo como puede ser posible".

"Entonces estaría en tu mejor interés si hacemos una ronda."

Frederico frunció el ceño. "Esa gente ahí afuera viene aquí confiada en la gente como tú tiene prohibido entrar en mi casa. No puedo tenerte dando vueltas, escogiendo a los clientes que no te gustan".

"No voy a elegir como me dé la gana. Quiero a los que son particulares, y créeme, no quieres a esta gente en tu club".

Los ojos de Frederico se dirigieron hacia mí. "¿Es una de ustedes?"

"Ella es un testigo", respondió Diggy.

Frederico miró hacia otro lado, tirando de un aro en su oreja derecha. "Haz lo que tengas que hacer y vete. Y por el amor de Dios, no causes una escena en mi club."

"Es posible que tengamos que revisar el segundo piso", agregó Diggy.

Frederico gruñó. "Espera a los que tienen las tarjetas rojas. Tengo un descargo de responsabilidad de privacidad", abrió la puerta y se fue.

De vuelta en la planta principal, toqué a Diggy con una mano y me acerqué a las mesas, todos apretadas con hombres que encogían a los muebles. Zigzagueamos entre cada uno, el espacio tan estrecho, dos de diferentes mesas no podían empujar su silla al mismo tiempo.

Encontramos otra aura verde en el borde de la pista de baile. Un tropiezo, un bulto y una disculpa más tarde, me estaba dando palmaditas en el pelo con la mano izquierda.

CAPÍTULO CUARENTA Y TRES

Seis horas y media más tarde y dos viajes similares, abrí la puerta de mi apartamento.

Todo estaba en silencio, excepto por el bajo murmullo de la televisión. Zantry yacía en el sofá, un brazo sobre su cara, su respiración constante y lenta.

"¿Cómo te fue?" Preguntó, bajando el brazo para mirarme.

"No encontramos a nadie", le dije, posándome en el sofá adyacente. "Fue ruidoso, apestoso, y una pérdida total de tiempo." Me incliné hacia atrás y cerré los ojos. Las luces brillaban detrás de mis párpados, conversaciones estridentes y el chasquido de palos de billar rebotaba en mi cerebro sin piedad. Abrí los ojos y miré el techo oscuro.

"¿Tienes hambre?"

"Debería."

Se sentó entonces, con los ojos afilados y claros. "¿Quieres ver una película?"

Miré la televisión, noté el juego. "¿No estás viendo eso?"

"No, sólo quería oír algo de ruido", dijo y pasó los canales.

Me levanté y me senté a su lado, metiendo las piernas debajo de mí.

Terminamos viendo una comedia con Jim Carrey, y la relajación de simplemente sentarse y no hacer nada lentamente liberó la tensión que había estado llevando desde que salté la cerca trasera de Camilla.

Era temprano cuando sonó el timbre a la mañana siguiente. Estaba en la cama, escondida bajo las sábanas, sin recordar cómo había llegado allí. Escuché los suaves pasos de Zantry, lo oí saludar a alguien, levanté mis cejas cuando Roland saludó.

Rodé hacia un lado, parpadeé al reloj. Siete y treinta y ocho a. m. Así que no había venido porque me había perdido otro informe aburrido. Con un bostezo, me estiré, tiré las sábanas y fui al baño. Después de bañarme y vestirme con jeans y una camisa morada de manga larga, toqué la puerta de Mwara. "Tenemos un invitado", dije y fui a la sala de estar.

Zantry y Roland se sentaron en el sofá uno al lado del otro, revolviendo unos papeles repartidos sobre la mesa de café.

"Oye", le dije, seguí hacia la cocina y al vapor, todavía colando café.

"Buenos días", dijo Roland, sin mirar hacia arriba.

"Aquí", dijo Zantry, pasando un dedo sobre un mapa. "Toda la propiedad junto al lago."

Me serví una taza y me incliné contra el mostrador. Mwara apareció en el pasillo, sus ojos confundidos y cautelosos.

Roland se puso de pie y se movió para estrechar su mano. "Señorita Longlan. Soy Roland Mackenzie, jefe del gremio de los cazadores".

"Sé quién eres", dijo, estrechando su mano.

Zantry me levantó una ceja.

Me encogí de hombros, bebí el líquido caliente.

"Me llamó la atención que debido al lapso que pasaste en la

guarida de Remo, hay un problema con sus documentos legales."

Mwara asintió con la cabeza, juntó las manos y esperó mientras Roland buscaba dentro de su bolsillo y extraía un sobre grueso.

Ella vaciló antes de aceptar, mirando a Zantry- por instrucciones, supuse. Sacudió la cabeza y asintió con la cabeza hacia mí. "Yo no, ella."

Mwara me miró a continuación, confundida, y me encogí de hombros de nuevo.

Hablé con Diggy anoche y no esperaba que se moviera tan rápido. Todo lo que dije fue que estaba buscando trabajo y que necesitaría una identificación, si no nada más.

Mwara se asomó dentro del sobre, los ojos brillaban de emoción.

"Me dijeron que también estás buscando un trabajo", continuó Roland, y en el aturdimiento de Mwara agregó: "Es poco aviso para algo decente, pero hay un lugar de mariscos en Lexington y la 81, el bar de pescados de Louie. Conozco a Louie, y acaba de perder al camarero. Es un turno de noche, entre las cinco de la tarde hasta la medianoche, a veces más tarde, y el sueldo no es mucho, pero si quieres, el trabajo es tuyo".

"Si quiero", dijo Mwara sin dudarlo.

"Bien", aprobó Roland, unió las manos a su espalda. "Lo admito, Longlan, espero que esa posición de camarera sea algo temporal, ya que esperaba reclutarte para mi equipo".

Los ojos de Mwara se ensancharon de sorpresa, y ella me miró de nuevo.

"¿Pensé que el clan tenía que pedir una solicitud?" Preguntó.

"En muchos casos, sí, pero a veces los cazadores hacen la petición. Lo hicimos por Roxanne. Si te interesa, puedo hacer que mi asistente comience el papeleo hoy". Antes de que Mwara pudiera asentir o negarse, Roland continuó: "El trabajo no es fácil, y antes de que seas miembro de forma plena tendrás que someterte a seis meses de entrenamiento riguroso. En el lado positivo, le proporcionaremos alojamiento, transporte y un salario sustancial".

Los ojos de Mwara brillaban. "¿Y si el clan se niega?"

"Normalmente no lo hacen, pero si eso sucede, no será porque tu madre quiere que te quedes en casa. Si estás de acuerdo y firmas la petición, tendrán que proporcionar una razón plausible por la que creen que no eres adecuada para el trabajo. En el caso de Roxanne, nos proporcionaron una larga lista de condiciones, todo nulo ahora que ya no es miembro".

Recordé que Archer había mencionado algo sobre eso durante el baile de caridad, pero nunca había estado al tanto de esas condiciones.

"Muy bien, ¿dónde firmo?"

Tanto Zantry como Roland se rieron, y sonreí en mi taza.

Fue después de las dos cuando regresé a mi apartamento, después de acompañar a Diggy a la casa de Alegra Romano, la bruja a cargo de los magos, brujas y todos los portadores mágicos en el área del Bajo Manhattan, así como Joachim Ignis, el mago responsable de las brujas, magos y portadores mágicos en el Bronx. Todavía teníamos que interrogar a los líderes de los otros distritos en los próximos días, y otra ronda más tarde esta noche en los clubes y bares que habíamos hecho ayer. A solo pensar en esto último me dio un dolor de cabeza, y fue con inmenso alivio que abrí la puerta de mi apartamento vacío.

Según el mensaje de texto de Zantry, no volvería hasta dentro de una hora, y Mwara se fue con Roland para ver el de pescados de Louie y tal vez empezar a trabajar de inmediato.

Sólo estaba yo, y con Diggy se suponía que me recogiera a las nueve, tenía alrededor de siete horas para mí.

* * *

Cuarenta y cinco minutos más tarde, tenía un pollo sazonado con hierbas y asándose en el horno y estaba poniéndome una blusa sin mangas con pequeñas flores, una minifalda negra y sandalias de tacón. Me inspeccioné en el espejo, decidí que estaba siendo tonta y me cambie con jeans desgastados y un tanque azul. Dejé mi cabello suelto, me puse calcetines que coincidían con el color de mi camisa, decidí en contra de las zapatillas. Estaba cortando tomates para la ensalada cuando llegó Zantry.

Olió una vez, revisó el horno y examinó el contenido de la ensalada.

"Esto se ve mucho mejor que pedir Domino's para el almuerzo."

Fruncí la cara. "Esperemos que sepa tan bien como se ve. Nunca he probado esta receta antes."

Se rio, sacó la silla alta de la isla y se sentó. Parecía demacrado, desgastado. Ojos cansados, con unos mechones de pelo sueltos, con la boca sonriente. El vínculo estaba tranquilo, y con un pellizco, se me ocurrió que, a diferencia de mí, podía sufrir sin dejar escapar una pista.

"¿Cómo fueron las cosas en Boston?" Pregunté, tratando de no empujar el vínculo. Me lo diría si algo le molestaba. Si quisiera que lo supiera.

Se frotó una mano en la nuca. "A los cambiantes que se establecieron en la cabaña se les dio dos meses para desalojar o pagar la propiedad."

"¿Cuánto vale?" Pregunté, reanudando el corte.

"Alrededor de un millón y medio."

Asombrada, casi me corto el dedo. "¿Están desocupando, no?"

"Tristemente, no. Están pagando por la propiedad."

Bajé el cuchillo y me volteé hacia él. No había signos de triunfo o satisfacción en su expresión. "Querías que se fueran."

"Sí, me gusta mucho esa cabaña. Era mi lugar de escape cada vez que quería un tiempo tranquilo."

"Lo siento por eso", le dije, buscando en sus ojos. "¿Qué más hay?" Pregunté, incapaz de evitarlo.

Una sombra entró en sus ojos, y un débil aire de tristeza lo rodeó, pero el vínculo se mantuvo tranquilo, me di cuenta.

"Me dijeron que sin Cara, las propiedades de Arianna vienen a mí."

"Oh."

Dio una sonrisa débil, una burla de la real. "Pero no es realmente mío, ¿verdad?"

Le fruncí el ceño, volví a cortar antes de bajar el cuchillo y enfrentarlo de nuevo. "Si crees que debería tenerlo, entonces te equivocas. Nunca fui su hija." Me acerqué cuando se puso de pie, levantando una mano para evitar que interrumpiera y se acercara antes de poder decir esto. "Nunca fui su hija", repetí. "Sólo un medio para el final. No quiero nada de ella, Zantry. Lo siento, sé que significaba mucho para ti, pero no es nada para mí, sino la persona que me trajo a este mundo y me puso en la posición que estoy hoy".

Quería discutir, yo podía distinguirlo por la mirada en sus ojos. Pero yo también estaba lista para discutir, y después de unos segundos, exhaló su tristeza y un toque de dolor, yendo y viniendo en un abrir y cerrar de ojos. "Justo. Dejemos esto a un lado y disfrutemos de lo que huele ser una gran comida".

Empujó las mangas de su camisa hacia arriba. "Déjame lavarme y ayudar con algo."

Trabajamos codo con codo, Zantry en la estufa cocinando un poco de salsa con cebollas y champiñones que dejaban salir un vapor aromático, mientras cortaba todos los verdes y hojas y algunas nueces para la ensalada. De vez en cuando le daba un vistazo, la espalda ancha se volteó hacia mí, el pelo brillante atado en una coleta resbaladiza, una cuchara de madera en una mano. Todavía me sorprendía que alguien como él preferiría pasar su tiempo, en cualquier momento, conmigo. Tenía tantos amigos, tantos lugares a los que ir, pero aquí estaba, aquí se había quedado, esperando que volviera cuando no tenía idea de cuánto tiempo me llevaría.

Era consciente que lo primero que me atrajo a Zantry fue la energía única del Cuásar corriendo en mi sangre. Los parecidos se atrayéndose, aunque la mío había cambiado, evolucionó a medida que crecía, me convertí en otra cosa, en algo exclusivamente yo misma. Le había dado una pausa, le llamó, pero no decir lo que yo era. Y ahora sabía por qué, el misterio estaba resuelto, y no se había ido, no había perdido interés y ni se había distanciado, como temía que lo hiciera.

"Puedo olerlo quemándose", dijo Zantry, y se me cayó el cuchillo y me apresuré al horno.

"No el pollo." Sus hermosos ojos bailaban de risa. "Me refería a tu cerebro."

Recibió un golpe en el brazo por eso, me dio una mirada herida que trajo una sonrisa renuente a mis labios. Con un índice que olía lo suficientemente bien como para morderlo, me golpeó la barbilla. "Estás pensando demasiado. ¿Qué sucede?"

Busqué un mechón suelto de su cabello y lo metí detrás de su oreja, incapaz de evitarlo, me encontré con sus ojos. Estábamos tan cerca. "Nada de lo que tenemos que discutir en este momento." Señalé al horno y lo empujé. "Ahora tengo que revisarlo."

Estaba poniendo la comida en el mostrador, Zantry los platos y utensilios en la isla cuando mi estómago se revolvió. Frunciendo el ceño, puse la ensaladera y estaba a punto de ir al baño cuando llegó de nuevo. Un tirón, un estiramiento de los músculos internos.

Mi corazón se tambaleó una vez y se detuvo. Todo lo que podía pensar era, aún no, todavía no.

Zantry dejó el plato que estaba poniendo, con los ojos ardiendo al entender.

Me apresuré al dormitorio y agarré las botas. Estúpida, tres semanas no significa que no pudiera cambiar de opinión. Estaba tomando el edredón en la cama cuando me tiraron al margen y me halaron a las Tierras Bajas.

CAPÍTULO CUARENTA Y CUATRO

Aterricé de pie frente a Remo, con las botas contra el pecho. La gran caverna donde me había atado a él estaba vacía, excepto por los gritos chirriantes y distantes de los Barnieton, los monos ciegos venenosos.

"Maestro", le dije, bajando los ojos.

Vestido con un traje blanco de tres piezas y con gafas ovaladas de borde blanco, se veía igual que la primera vez que lo conocí en el pent-house de la MGM. La memoria y el escenario enviaron un tirón de miedo corriendo por mis venas antes de que pudiera detenerlo, y por la forma en que se desplazó y el fugaz destello de alegría en sus ojos, era la reacción exacta que había querido.

"Ha pasado una semana, muñequita", dijo, "Dime lo que has estado haciendo. ¿Has reclutado algún recipiente?"

"Sí, tres."

Remo me estudió con sus hermosos ojos negros durante unos segundos, el peso de su mirada silenciosa haciendo que mis hombros se desplomaran.

"¿Es esta una tarea difícil, entonces?"

"No, amo. Simplemente no me dieron suficiente tiempo para cazar", le contesté. "Puedo cazar durante el día, pero no querías que los cazadores supieran a quién marcaba."

"No, no quiero eso", aceptó. "¿Nadie sabe acerca de estos tres que marcaste?"

"No, amo."

"¿Ni siquiera Zantry?"

"No, amo."

Mis ojos se mantuvieron fijos en su nariz mientras esperaba su siguiente pregunta. Su mirada estaba sondeando, buscando una mentira. No había ninguna. Le sorprendió.

"¿Les has dicho a los cazadores todo lo que pudiste decirles?"

Antes de que pudiera responder, un torrente de poder golpeó mi mente, alcanzó dentro de mi cerebro, a través de mi nariz y oídos y ojos y arrastró la verdad de mi boca.

"Sí", me atraganté, con su mando como un puño alrededor de mi garganta, estrangulando cada palabra. "Respondí a todas sus preguntas hasta que estaba demasiado enferma para hablar."

Remo asintió. "¿Tienen algún plan para atacar?"

"No lo sé, amo."

"¿Quién más mostró interés?"

"El Enclave, los Sidhe y los Dhiultadh."

"¿Hablaron contigo, o los cazadores sirvieron como mediadores?"

"Me hablaron, amo."

"¿Cora?"

"Sí, amo."

"¿Quién más?"

"Matthias Bruckner, Helena Pavloc, Logan Graham, Queen Titania, Lee y Oberon; La reina Maeve, Abigail y Augustine".

Remo agachó la cabeza. "¿Los Sidhe fueron a los cazadores?"

"No, maestro, yo fui a ellos."

"¿Les pediste una bendición a cambio de tus problemas?"

"No, nunca se me ocurrió", le contesté honestamente. Porque ya teníamos un trato, y eso significaba que les debía las respuestas que me pedían.

Dio un suspiro, del tipo que decía que yo era una tonta insufrible, enlazó los dedos. "Cuéntame sobre la reunión con las reinas Sidhe. Ya sé que te lastimaste".

Su comando obligó a salir la verdad de mí con ganchos afilados y fuerza de estrangulamiento, y no tuve más remedio que obedecer, pero no elaborar. Dejé fuera la cena, el baile, el ataque de Aaron, el curandero. Todo lo que pasó durante la reunión, se lo dije. Y si asumía que me lastimé luchando contra Madrigue, no lo corregí. Escuchó con cuidado, riendo cuando le expliqué sobre la demanda de Titania de disfrazar a Drozelle y colarla en la guarida. Cuando llegué a la parte sobre el collar y la daga y cómo me negué a aceptarla, haciéndolo sonar como si hubiera regresado ambas cosas, Remo se pellizcó el puente de la nariz. "La próxima vez que se te ofrezca este tipo de arma, no debes rechazarla."

"Sí, amo", jadeé, su nuevo pedido cayendo como una telaraña pegajosa alrededor de mi cuerpo.

"¿Has hecho algún plan con los cazadores o Zantry o alguien para matarme o derrocarme?", preguntó después de que terminé de contarlo todo.

"No, amo."

Esta parte también lo sorprendió. "¿No tienes planes de matarme?"

"No debería, amo."

"Tan honesta, tan ambiciosa." Me chasqueó. "¿Cómo planearías matarme?"

"Aún no he descubierto un plan, maestro."

"Así es", se rio. "No puedes matarme." Me señaló con un pequeño dedo, como un padre regañando a un niño travieso. Debería haber sido cómico, el efecto de alguien a quien encogiste señalándote con un dedo, pero el recordatorio de por qué nunca busqué un plan de ataque fue como un cubo de agua fría. Cavé mis uñas en la palma de mis manos hasta que la piel cedió y la sangre salió. Recuerda esto, me dije a mí misma. Recuerda esto.

"¿Qué hay de Zantry? ¿Qué está haciendo?"

"Está tratando de recuperar las propiedades que perdió mientras estaba en la SCP."

Remo guardó silencio durante un largo momento, procesando mis palabras. "¿Tiene un plan para atacar, o cortar el vínculo familiar?"

"Si lo tiene, no lo dijo."

Por fin, Remo alivió la comprensión psíquica de mi cerebro y mi garganta. "Ve a ver a tus guivernos. Están inquietos sin ti aquí. Te necesitaré después."

Me puse los zapatos y me dirigí directamente a los guivernos, con dolor de garganta como si me hubieran estrangulado, la cabeza palpitando con un dolor de cabeza increíble.

Nadie trató de emboscarme en el camino. De hecho, no vi y oí a nadie más que el susurro de mis botas en el terreno duro. Tiempo de dormir en la tierra de la oscuridad perpetua. Una vez en el tono negro de los pasadizos traseros, pasé mis dedos sobre la pared de roca fría hasta que encontré el agujero del tamaño de un meñique, giré y conté mis pasos hasta que llegué a la estrecha brecha, me deslicé hacia dentro. Dos pasos y me detuve, toqué la camisa azul que llevaba. Era una protección endeble contra la gélida temperatura, pero seguía siendo una capa contra el frío. Uno que se rompería cuando me cambiara. Podía mantenerlo y cambiarlo todo: el pelaje de mi forma de bestia, el Dratcha, me mantendría caliente, o podría ir desnudo en la oscuridad donde nadie me vería. No era una elección difícil.

Quitándome la camisa y el sujetador, abrí mis alas y salté a la repisa de arriba, el clic de pinzas debajo de mí como pequeñas garras en las baldosas. Estaba trabajando en el pabellón en la entrada de la cámara de los guivernos, incluso mientras me guarda la camisa y metía el sostén en los bolsillos de mis jeans.

Un escalofrío corrió por mi columna vertebral en el momento en que entré en la cámara caliente, como una réplica de un baño caliente después de pasar horas en el frío. Conté cabezas, siete guivernos adultos y la sombra de una pequeña figura en la esquina de atrás. Exhalé, escaneé a los guivernos. Parecían inquietos, tratando de liberarse de la vara de Judas, pero eso no era nada nuevo. Me moví de lado contra la pared, lejos del alcance de las colas bifurcadas, me di camino a la única que era capaz de decirme lo que estaba pasando.

Dathana.

Cuanto más me acercaba a la niña acurrucada, más fuerte se volvía mi malestar.

¿Dathana? Llamé. Pero la niña no respondió, ni se movió, ni... ¿Estaba respirando? La alarma sonó a través de mi núcleo al ver su cuerpo boca abajo. Apresuré mis pasos, dándome cuenta de lo que era la sensación incómoda en el hoyo de mi estómago. Dathana nunca había cambiado a su forma humana sin morderme primero. No estaba segura de si era algún tipo de seguridad de conexión, una cosa de unión, o problemas de confianza. O algo completamente diferente. Sea lo que sea, nunca antes había cambiado a su forma humana sin probar mi sangre primero.

¿Dathana? Lo intenté de nuevo, otra vez sin respuesta.

Arrodillada a su lado, extendí una mano temblorosa. Las

manos diminutas salieron y me agarraron la muñeca antes de que pudiera llegar al lugar sensible de su cuello, y los dientes humanos contundentes me mordieron hasta que la piel se rompió. Hice una mueca y me resistí a retirarme, sorprendido cuando la niña no la soltó después de lamer la sangre. En vez de eso, mordió de nuevo, lamió la herida limpia, incluso la sangre seca en mi palma, debí cortarme en alguna parte. Cuando terminó, abrió los ojos, cosas grandes y púrpuras con una hendidura vertical que transmitía sus disculpas antes de que lo dijera.

Lo siento, su voz lírica sonó en mi cabeza.

La recogí y la senté en mi regazo, acariciando su cabeza.

No sabía que necesitabas mi sangre.

Pensé, gruñendo a la pared de la roca.

Yo tampoco lo sabía.

¿Qué te pasó?

Me debilité. Las cosas se arrastraban bajo mi piel. Y entonces no pude sostener mi forma. Ella se estremeció, el calor de su pequeño cuerpo un poco más fresco de lo habitual.

Le acaricié el pelo y traté de pensar. ¿La niña dependía de mi sangre?

¿Alguno de los otros sabe por qué? Apunté mi barbilla a los otros guivernos.

Dathana no respondió, pero sentí su inquietud.

La tiré un poco hacia atrás, lo suficiente para estudiar su cara y le pregunté de nuevo: *¿Alguno de los demás sabe por qué no puedes sostener tu forma?*

Perdí mi conexión con ellos, dijo, cerrando los ojos y bajando la cabeza, avergonzada.

Mi ceño fruncido se profundizó y la acerqué. Los guivernos eran difíciles de matar, seres capaces de vivir sin comida ni aire, algo que Remo me había dicho después de que me sorprendieron escabulléndoles comida. Pero estaba claro que Dathana se estaba debilitando, y no tenía idea de por qué.

¿Puedes mantener tu forma ahora? Pregunté.

Estoy más fuerte. Pero mi forma todavía se siente muy lejos.

Dudé antes de preguntar, *¿necesitas morderme de nuevo?*

No lo sé, fue su pequeña respuesta.

Miré a los otros guivernos, todos tranquilos y vigilantes.

La puse de pie. Cuando me paré, también lo hicieron los siete guivernos, los dientes desnudos.

Me acerqué al más grande del grupo, el que había logrado morderme y rasguñarme antes de haberlo sometido. Si tuviera alguna oportunidad de comunicarme con ellos, era con éste. Roncó y trató de empujarme, pero la vara de Judas le impidió avanzar más.

"Ayúdala", le dije, tanto en voz alta como dentro de mi cabeza. La conexión entre Dathana y yo ocurrió después de la primera vez que me había mordido. El más grande de los guivernos esnifó un penacho de calor. Había desdén y molestia en lo verde de sus ojos, demostrando que no era sólo una bestia hermosa, sino una inteligente.

Hice un puño y volví a Dathana. Necesitaba sacarla de aquí. Tal vez había una manera. Remo tiró de la unión, sin estiramiento de los músculos en este lado del margen. Dientes afilados, llamé a Frizz y le hice vigilar a cada criatura dentro.

CAPÍTULO CUARENTA Y CINCO

Remo estaba en una pequeña cámara unos túneles más allá de su biblioteca, con las manos a su espalda, estudiando un portal que no había estado allí cuando me fui. No había marcas en el suelo todavía, ni zumbido estático excepto para lo que vino de la grieta en sí. Si lo había usado antes, no había usado runas y sigilos para atarlo.

"Amo."

"Lidia con eso", dijo antes de girar y salir. La onda me llamó la atención entonces, la señal de que había una esfera que se dirigía hacia aquí.

Sin dudarlo me desnudé y cambié, la mandíbula apretada con al entender de que tendría que quedarme hasta que tuviera suficiente fuerza para viajar por el camino. Dejé una fracción del vínculo fluyendo, recordando lo terrible que había sido cuando Zantry lo cerró. Esperaba que fuera suficiente para hacerle saber que estaba viva. No tenía suficiente tiempo para tallar la roca antes de que llegara. Corté la palma acolchada de mi pata con una garra, tracé los símbolos que necesitaría con mi sangre.

Zargas primero, directamente debajo del portal, para evitar que la grieta succionara la energía que yo vertería, y para evitar que la esfera y el trabajo se mezclen. Zargas, como símbolo bastardo, era el más complicado, con su alta tendencia a romperse. También era el que necesitaba tener el mismo tamaño en anchura y altura que la grieta para evitar que el trabajo se desequilibrara. Thobus a continuación, la runa que ayudaría a formar la esfera protectora alrededor del ser; Shada, el conectado a la tierra de Sidhe, el impulso final que la esfera absorbía, la energía que utilizaba para expandirse y asimilarse en un recipiente. Me preguntaba cuánta tierra perderían los Sidhe si la reina Maeve hubiera tenido razón y este portal estuviera vinculado a su parte de la tierra. ¿Enviarían a Lee a buscarme para lidiar con el parche muerto? ¿Conectarían mi ausencia con el vórtice activo?

Por último, dibujé Vermot, una V con una línea horizontal —o una A invertida— que cruzó todos los símbolos y los unió en un tejido coherente. Marqué los símbolos lo más precisamente posible, diciéndome a mí misma que debía esculpirlos antes de irme en caso de que me llamaran de nuevo a último minuto. Siempre había la posibilidad de que algo, o alguien, manchara los símbolos antes de regresar, y no tendría tiempo de limpiar la sangre seca y marcar los símbolos de nuevo.

Era fácil alimentar un tejido que se trazaba con sangre fresca, para combinar energía con los átomos vivos y moléculas en la sangre y activarlos, me sorprendió que no todos los preternaturales eran capaces de hacerlo.

Los símbolos comenzaron a brillar, y con una profunda inhalación, cubrí Thobus y Shada con mis patas, expulsé mi energía en una corriente espesa. Yo era el conducto de este ritual, y me dolió mucho. Shada comenzó a brillar, y dirigí la energía cosechada a Thobus, el impulso inicial que el Cuásar usaría para prepararse para el implante. Tenía la esperanza fugaz de que tal vez, ya que el ser casi estaba aquí, no estaría demasiado agotada como para viajar por el margen.

En el momento en que el pensamiento se me cruzó por la mente, el ser fue disparado, casi cruzando los límites de Zargas antes de que tuviera suficiente sentido común para aumentar el campo de energía y detener su progreso.

El ser, inteligente, se detuvo en el aire por encima de Zargas, flotando como si estuviera borracho. Thobus se calentó bajo mi palma, y la esfera comenzó a formarse alrededor del ser translúcido. Mi pecho se apretó de pánico, mis brazos temblaban de agotamiento. Pero mantuve el flujo de energía fuerte, agotándome a mí misma, e incluso a Frizz cuando llegué al punto de colapsar. Una vez que el ser estaba atrapado dentro de la esfera, di otro fuerte pulso de energía, antes de bajar el flujo y cortarlo.

* * *

La pequeña cámara redonda donde se alojaban las esferas estaba escondida detrás de una pequeña sección de la gran biblioteca de Remo, protegida por capas de runas y símbolos bastardos.

Cuando entré en la biblioteca, la esfera tomada en una pata grande, ropa debajo de un brazo, botas colgando de una tercera pata, Remo estaba detrás de su escritorio, un pequeño folleto desgastado delante de él. Sostenía una pluma estilográfica en su mano izquierda, una mirada pensativa en sus ojos que desapareció en el momento en que crucé a través de la barrera protectora. La línea de protección ardía y me picaba el pelaje como ácido, más de lo que normalmente hacía, pero empujé hasta llegar al lado protegido del santuario privado de Remo.

Fui hacia la librería, donde estaba la entrada al panel oculto, cubierta por un estante móvil lleno de diarios polvorientos y un antiguo pergamino impreso con jeroglíficos. Me picaba la nariz por el polvo y el olor fuerte y húmedo de los papeles en descomposición y la piel de oveja. Comenzando desde el punto medio moviéndome a la izquierda, desenrosqué las runas y los sigilos con cuidado. Hice un trabajo rápido con los símbolos, pero eran tantos, tomó unos minutos de trabajo constante antes de que lo consegí. Un chuff impaciente escapó cuando una pequeña sección de la librería dejó de brillar en el éter. Mi bestia prefería golpear y morder, no trabajar pacientemente para alcanzar su meta.

Algunas cavernas de la guarida de Remo eran artificiales, se podía ver donde los picos dejaban marcas, otras eran naturales, como la biblioteca, o la entrada con los tres túneles en lo alto de la montaña Mandolia. Pero otras, como la cámara de la esfera, no eran ni hechas por el hombre ni naturales. La roca de esta pequeña cueva era negra y lisa, como si la roca hubiera sido quemada o tallada con magia. Estaba pulida como el granito, careciendo de brillo y manchas de colores. Los estantes hechos de la misma roca estaban en lados opuestos, con pequeños nichos donde se mantenían las esferas.

Fue con mucho alivio que coloqué la esfera que sostuve en el estrado con las otras tres docenas, luego me cambié y me vestí. Inspeccioné las esferas, relevé que no faltaban ninguna que yo supiera. Esas eran todas mías, esferas que había traído con mi propio sudor y sangre. Me puse los zapatos, cxaminé las esferas en el estante opuesto, las que habían estado allí cuando llegué por primera vez. Sólo quedaban tres. Tenía la sensación de que esas tres ya tenían un nombre, un recipiente especial que Remo estaba esperando.

De vuelta en la biblioteca, Remo se sentó en su trono-como-silla, los dedos descansando en la parte superior del brazo tallado en negro y rojo. "Llama a los tres que has marcado", ordenó sin ningún preámbulo.

Dudé. No quería estar presente cuando los implantaran. Y no tenía idea de cuánto, si alguna, de mi energía sería necesaria para llamarlos, el ritual me había drenado.

Remo bajó y se acercó, y me preparé para la embestida de su poder, pero en su lugar, dijo: "Llámalos ahora".

No era una orden obligatoria, no del tipo que me robaba mi voluntad, pero sin demora, cerré los ojos y me puse en contacto con Dorka, Wallace y Brooks, por Zarloz, el símbolo que había entrelazado alrededor de sus auras. Ahí fue cuando Remo intervino, su energía invadiendo mi psique. Siguió la unión, un luthier trazando cuerdas de violín, probando el tono y el ritmo. Y luego se apoderó de los acordes y tiró. Cada vez que lo hacía, había un empujón igual en mi medio que viajaba a mi cerebro. No era tan doloroso como desconcertante. Así no fue como Angelina o los otros tenientes entregaban los recipientes que reclutaban. Hasta donde yo sabía, Angelina los reunía en un lugar y hacía que Remo trajera las esferas para implantarlas. Si eran recipientes indispuestos o más de uno, Remo los llevaría a la guarida él mismo para no llamar la atención del guardián.

Remo tiró por sexta vez y la unión comenzó a desentrañarse. Las tres brujas pasaron por el margen. Aparecieron, cada una en un pilón a pocos metros de distancia, en varios estados de desorden y movimiento. Uno de los chicos, no podía diferenciar a Brooks de Wallace, comenzó a vomitar en el momento en que fue capaz de levantar la cabeza, el otro se concentró y se abalanzó sobre Dorka, con las manos grandes envolviendo su cuello y apretando. Dorka golpeó el zapato que sostenía en la cabeza de Brooks/Wallace y lo pateó con los pies hasta que su agarre se aflojó. Ella se alejó con las manos y los pies, tragando.

"Trae las esferas", dijo Remo, y los tres brujos se congelaron. Uno a uno, sus cabezas se abalanzaron hacia donde estábamos, viendo a Remo y a mí a su lado. Dorka me miró y escupió, "Tú", con tanto veneno, que debería haber gruñido para añadir efecto.

"Incluye el de hoy", agregó Remo cuando comencé a deshacer las runas y los sigilos de nuevo.

"Tú, pedazo de puta mentirosa ", gritó Dorka. "¡Dijiste que sería libre hasta que muriera!"

Remo se rio, un sonido rayador que tenía a mis hombros endureciéndose.

"¿Qué hiciste?", Exigió uno de los hombres.

"Es tu culpa, bufón tonto, todo lo que hice fue salvar la vida de un niño", gruñó Dorka.

"Y romper la regla número uno tres veces", dijo el tipo, a través de los dientes afilados.

"Deténganse", dijo el segundo tipo. "¿No ven lo que está pasando?"

Una breve pausa antes de los gruñidos se produjo, y esperé dentro de la habitación negra al lado de las esferas, una cobarde que ni siquiera podía ver la lucha de las personas cuyas vidas había arruinado.

Cuando regresé, las tres brujas habían sido sometidas, pequeñas moscas en la telaraña de la gran araña mala.

El zapato de Dorka estaba desechado en la entrada de la biblioteca. El grueso pelo blanco de Remo estaba desordenado, pero había un brillo complacido en sus ojos. Tomó la primera esfera, la de hace unos minutos y se dirigió hacia Dorka. "Tú primero." Cozak, la banda azul alrededor de su muñeca, aunque delgada, era más gruesa que las de Brooks y la de Wallace. Era la más fuerte de las tres. Eso no fue una sorpresa.

Dentro de la esfera, el ser se movió como si se diera cuenta que su libertad estaba cerca. Una inteligente.

La primera línea saltó de la esfera a la banda azul, guiada tanto por Remo como por su conexión con Cozak. El grito de Dorka llevaba tanto dolor, tanta agonía, tanto Brooks como

Wallace trataron de gatear y ayudarla, aunque no había nada que pudieran hacer. Con cada línea, Remo añadió una dosis de su propia energía, para mantener el ser unido a él para siempre. Aunque deseaba estar en otro lugar, me obligué a quedarme a ver los tres implantes hasta el final.

CAPÍTULO CUARENTA Y SEIS

Llevé a cada brujo inconsciente a la cámara de recuperación, donde se despertaban, cuerdos o mucho más fuertes, o locos y como zombis asesinos. Para cuando hice el tercer viaje, Dorka empezaba a agitarse. Remo no los dejaría volver al lado de la Tierra antes de que las esferas hicieran la transición y tomaran el control. Debí advertir a Dorka que no mostrara ninguna renuencia una vez que fuera convocada, que no actuara ansiosa por el impulso de poder.

¿A quién estaba engañando? Remo habría visto a través del acto. El, como Zantry y yo, podía sentir emociones, leer la energía cambiante que rodea el cuerpo. Con mi estómago agitando, tanto con la culpa como con la infusión de energía de Remo, me dirigí a mi cámara. Mi piel zumbaba como si mil bichos se arrastraran debajo de ella, mi visión era doble cada vez que giraba una esquina. Pero llegué a mi pequeño agujero de una cueva sin chocar con nadie. O los súbditos de Remo seguían dormidos o no había nadie en la guarida. Sin duda lo primero, ya que por lo general había una docena o dos de los lacayos de Remo al acecho alrededor. Me dejé caer de estómago primero en el delgado colchón y cerré los ojos, sólo para ver la traición en Dorka, la acusación en Brooks y Wallace, escuchando sus gritos agonizantes. Y sabía que, por cansada que estuviera, el sueño nunca llegaría. Me senté, miré la pared frente a mí, en el lugar vacío donde asumí que el portal permanente debe de estar.

¿Cuál era el punto, me preguntaba, de encontrar la ubicación de la grieta original cuando no había nada que nadie pudiera hacer? ¿Cuál era el punto de luchar contra algo que seguramente vendrá? ¿Vivir todos mis días en constante agitación, atormentarme para mantenerme fuerte, no ceder, cuando ceder habría sido mucho más fácil?

¿Sería tan malo? ¿O era sólo otra forma de tortura, donde una vez que me rendía al mal, estaría luchando para siempre para no ceder al bien?

Enfadado conmigo misma, con Remo, con todos los seres y estrellas y planetas por no poder convivir, o al menos soportarse unos a otros, busqué una camisa marrón de manga larga que cambiaba de color y pantalones de la pequeña caja que contenía mis escasas pertenencias. El calor de la ropa encantada me trajo poco consuelo. Por el contrario, en el momento en que los tuve puestos, mis dientes empezaron a chasquear, mi cuerpo convulsionando con escalofríos violentos. Desplegué mis alas, me recosté, crucé mis tobillos y cubrí mi cuerpo con mis alas. Y por primera vez en mucho tiempo, dejé que mis lágrimas fluyeran. Y deseaba, deseaba, más que nunca, que Zantry me hubiera llevado de la manera en que había amenazado cuando mi única preocupación había sido la amenaza de los Unseelie Dhiultadh.

* * *

Lo sentí antes de abrir los ojos, incluso cuando lo vi, era sólo un producto de mi sueño. Zantry se sentó a mi lado en el colchón estrecho, mirando alrededor de la cámara de roca.

"Estoy soñando", murmuré, mi corazón rebotando en mi pecho como una pelota.

"Supongo que lo estás." Puso un dedo en la esquina de mi ojo y captó una lágrima perdida. "Te hice esto", dijo, con sus hermosos ojos azules oscuros de tristeza.

Me senté. "No, me hice esto a mí misma." Como en de los sueños, cuando me senté, mis alas desaparecieron. Pasó su dedo sobre mi mejilla, tocando mi lágrima, y agarré su mano, apretó su palma contra mi piel fría. "Siempre estás tan caliente."

Me empujó contra su pecho, sus brazos y calidez rodeándome, y en el sueño estaba contenta, segura de que me mantendría a salvo, una sensación extranjera en este lugar.

Sus ojos se movieron sobre mí, su preocupación fuerte. "Te ves cansada."

"Fue un día difícil."

Lo siguiente que supe es que estábamos acostados, frente a frente, su brazo alrededor de mi cintura, el otro debajo de mi cabeza, nuestras piernas enredadas. Sus pestañas eran oscuras y tan largas, tantas. "¿Cómo es que nunca me besas?"

Sus ojos se movieron a mis labios y regresaron. "No quiero apresurarte."

Abrazada, como nunca estaría en la vida real, me incliné hacia adelante y puse mis labios sobre los suyos. Eran tan suaves, una punzada de anhelo me apretó el pecho, hacía más difícil respirar.

"No me importa que me apresuren", le susurré contra sus labios, y fue como el permiso que había estado esperando. Me acercó, una mano en la parte posterior de mi cabeza, la otra en mi espalda, nuestros labios y cuerpos tocándose, e incluso en el sueño, era tan bueno como recordaba, tan cargado. Mi mano se enredó en su cabello sedoso, sacó la banda atándola, rozó mis dedos a través de las hebras.

Me incliné hacia atrás, miré a las profundidades de sus ojos violeta-azul. "He querido besarte durante tanto tiempo. Eres tan hermoso." Y Dios, fue tan bueno decirlo, las palabras tan correctas.

Una luz entró en sus ojos. "Creo que el término es guapo."

"Estás muy por encima de guapo." Pasé mi dedo sobre sus labios, me incliné hacia adelante, reemplacé mi dedo con mi boca, e, incapaz de evitarlo, profundicé el beso y vertí todo mi anhelo en él. Mis manos vagaban por todo su pecho, su cuello, su pelo, y no recuerdo haberlo hecho, ciertamente no paramos de besarnos, pero lo siguiente que supe fue que le quité la camisa y la tiré al suelo.

Era el mejor sueño de la historia. Por favor, no me dejes despertar.

Consciente de que sólo haría esto en mi sueño, froté las manos sobre su pecho desnudo, sus hombros, luego terminé el beso e hice un camino por su cuello con mis labios. Mi camisa se fue después y el calor de la piel contra la piel hizo que un pequeño jadeo escapara a través de mis labios.

"Zantry", murmuré contra sus labios, queriendo estar aún más cerca. Como si supiera lo que yo quería, o como si él también lo sintiera, me apretó, su peso bienvenido, casi real.

Mi corazón latía como un tambor rápido, algo que sabía que reflejaba el latido excitado incluso mientras dormía, y nunca quise despertar de nuevo.

Mío. El pensamiento resonó en mi cabeza, viajó a través del vínculo, y no podía diferenciar de quién había sido el pensamiento.

Zantry rompió el beso, sus ojos se acumulan de calor, y me vi en su profundidad, el amor que ya no podía ocultar.

Mío, el pensamiento resonó de nuevo, y yo me había ido,

perdida por sus besos, sus caricias y el intenso sentimiento entre nosotros. El sueño se arrasó, una batalla de emociones y deseos y necesidades.

Mi corazón era suyo, total y completamente así, y en esta tierra de ensueño, no necesitaba fingir. No estaba segura de cuándo sucedió esto, y no importaba. Habría dado mi vida por la suya una y otra vez, habría vendido mi alma por él.

Le ayudé a quitarme los pantalones. Sus ojos, ya llenos de calor, brillaban y disparaban mientras me miraba de pies a cabeza, un lento examen.

"Mía", dijo. Una emoción recorrió a través de mí, del tipo que me habría hecho llenarme de vergüenza si su declaración, y la mirada en sus ojos, ocurriera en cualquier otro momento. Pero sucedió aquí, en este sueño, y esto era algo que quería explorar, verlo todo.

Me senté, le puse los brazos alrededor del cuello y lo derribé de nuevo.

"Te amo." Las palabras me sorprendieron lo suficiente como para que yo comenzara, y maldije como un marinero borracho cuando desperté, todavía vestida, mis alas irradiando un calor acogedor por encima de mí. Una mirada alrededor de la habitación demostró que estaba sola, mi corazón galopando dentro de mi pecho.

Me quejé y cerré los ojos, di una serie de maldiciones que nunca habrían salido de mis labios si alguien estuviera allí para oír.

Pasó mucho tiempo antes de que pudiera volver a dormir, y no importa cuánto quisiera retomar donde me fui en ese sueño, mi deseo no se hizo realidad.

CAPÍTULO CUARENTA Y SIETE

Encontré a Remo todavía en la biblioteca, con el mismo folleto todavía abierto frente a él.

Me detuve en la entrada, ansioso por irme. "Amo."

Remo miró hacia arriba, me señaló hacia adelante.

Me moví en unos pocos pasos, me detuve unos centímetros antes de la barrera y dije: "He cumplido con mis tareas. He revisado los guivernos, traje la esfera y entregué los recipientes".

Remo agitó una pequeña mano. "Puedes irte. Asegúrate de tener más naves la próxima vez que regreses".

"Sí, amo." Me volteé y salí de allí antes de que pudiera darme órdenes. Ya había tallado los símbolos alrededor de la grieta y revisado a Dathana, ahora en forma de guiverno, le aseguré que volvería pronto, le dije a Frizz que vigilara y viniera a mí si se cambiaba a su forma humana de nuevo. En poco tiempo estuve afuera y bajando por la montaña, saltando a un camino.

Mi salto a mi sala de estar se hizo con más gracia que la última vez, sólo tropecé con un paso.

Me centré en Zantry inmediatamente, extendido en el sofá, sus ojos, azul oscuro y feroces, fijos en mí.

"Oye", le dije. "¿Estabas durmiendo?"

"Entre dormido y despierto."

Mi mente conjuró una imagen de él con el pecho desnudo, situado encima de mí, y miré hacia otro lado, con las mejillas rojas.

"Huele bien. ¿Hay alguna posibilidad de que quede algo?"

Puse la ropa que había estado usando cuando Remo me convocó en el sofá -todavía estaba con la blusa Sidhe y pantalones - y me dirigí a la cocina, el estómago retumbándome.

"Hay mucho", dijo Zantry, de pie. La isla estaba a medio poner, y con el ceño fruncido, me di cuenta del cuenco de ensalada, intacto en el medio.

"¿Cuánto tiempo me he ido?"

Todavía estaba vestido con los pantalones de mezclilla y la camisa gris abotonada que llevaba puesta cuando me fui. Lo mismo que llevaba puesto en mi sueño.

Los ojos de Zantry se movieron al microondas detrás de mí. "Alrededor de cuarenta minutos, más o menos."

"Oh. Supongo que eso significa que el pollo está listo".

"Y lo suficientemente caliente que no necesita recalentarse. ¿Cuánto tiempo te fuiste?" Preguntó cuando abrió el cajón de utensilios y sacó dos tenedores, la cuchara y los cuchillos ya estaban puestos.

"Sólo un día", le dije. "¿Dónde está Mwara?"

"Trabajando. Ella consiguió el trabajo, a partir de hoy".

"Eso es bueno." Revisé el pollo. Fue asado a un marrón dorado, las diferentes hierbas espolvoreadas en verdes y rojos a su alrededor. Las patatas, enteras y redondas y pequeñas, también eran de color marrón dorado y delicioso. Estaba salivando cuando llegué a una, luego a otra.

"Demasiado bueno", le dije alrededor de un bocado, alcanzando el tercero.

Saqué la bandeja del horno, la coloqué encima de la estufa. Zantry se detuvo a mi lado, sosteniendo un cuchillo afilado en la mano. "¿Pechuga o muslo?", Preguntó, y mi mente se salió de control.

Sus ojos se oscurecieron, o tal vez fue mi imaginación. No miré lo suficiente para estar segura.

"Me gustan las dos cosas." Debido a que eso me trajo una ola de calor a la cara, evité sus ojos, busqué en la encimera. "¿Tenemos servilletas?" Pregunté, sin ver nada más que la mirada ardiente en sus ojos de mi sueño.

Cuando no respondió, me sentí tonta, así que miré hacia atrás.

Lo encontré mirándome. Sus ojos estaban definitivamente más oscuros. ¿Era debido a la puesta de sol? Me froté las palmas húmedas en las caderas, mirando a mi alrededor, buscando algo y sin ver nada, el corazón latiendo rápido sin razón aparente.

"¿Tenemos servilletas?" Pregunté de nuevo.

Zantry dio un paso adelante, atrapándome entre su cuerpo y el mostrador, alcanzó detrás de mí, dentro de un armario. Cuando me miró, mi garganta se cerró ante el hambre en sus ojos.

"No fue un sueño, ¿verdad?"

"Lo fue", dijo, bajando los ojos a mis labios. "Pero yo estaba allí." Sus ojos se encontraron con los míos, y allí estaba el anhelo desnudo y la necesidad y la chispa que había visto no hace tanto tiempo en un sueño.

"No quiero apresurarte."

Sabía, sabía que daría un paso atrás si lo decía, seguiría como lo estábamos, como si el sueño, este momento, nunca hubiera pasado.

"No me importa."

Se acercó, metió un mechón de pelo detrás de la oreja, y me tomó la mejilla. "Si me dices que me detenga, lo haré", prometió, poniendo su cabeza a un lado.

Pero esperó, con los ojos encapuchados, para que yo hiciera el movimiento. Y lo hice, porque recordé el sueño, recordé lo correcto y bueno que era, y lo supe, él era. Incliné la cabeza, cerré los ojos. Me encontró a mitad de camino, y no era un toque de labios suave, sino un hambre tan profunda, que dolía. Le dolía todavía, incluso cuando sus brazos estaban a mi alrededor, los míos a su alrededor, y como en el sueño, le saqué la cola del pelo, le quité la camisa. Mis manos, ya con un mapa en mente, trazaron los músculos de su espalda, sus hombros, la nuca, y se deslizaron de nuevo en su cabello.

Cuando me puso en la cama, el beso hambriento y frenético se volvió suave, sin prisas. Me frotaba los labios sobre mi mejilla, mis ojos, el puente de mi nariz. Mi corazón se llenó, el vínculo cantó, las estrellas alinearon. El mundo podría haber terminado en ese momento, y yo habría muerto feliz. Era él, el sueño que nunca supe que tenía, el pegamento de las piezas que se habían destrozado dentro de mí. Me llenó de su amor, nuestro amor, trajo luz a la parte más oscura de mí, murmuró palabras que llegaron a mi alma, despertó lo que no sabía que había muerto. Estaba despierta, con los ojos abiertos, pero era como un sueño maravilloso, un milagro que me pertenecía solo a mí.

Cuando finalmente nos acostamos, uno al lado del otro, mirando el uno al otro, sus ojos reflejaban todas las emociones que se revolvían fuertemente dentro de mí.

"No lo sabía", comencé, y la sonrisa que encendía su rostro hizo que mi aliento se recuperara. ¿Siempre sería así?

"Las señales estaban todas allí, lo prometo."

"Cuando Lee, de vuelta en la Corte Seelie..." Dejé de hablar, lamentando mis palabras cuando su sonrisa murió.

Tomó mis dedos, besó los nudillos. "Nunca lo dudes, nunca dudes de esto." Apretó mi mano contra su pecho, su corazón, todavía latiendo fuerte. "No hay nadie más para mí, no habrá nadie más. Si actúo de manera diferente frente a los Sidhe, es porque no quiero que nos exploten, que se aprovechen de ti o de mí, usando nuestro vínculo contra nosotros".

"Siento haber tenido dudas", le dije, inclinándome más cerca para poner mis labios contra los suyos.

"No hay nada que no haga por ti, Roxanne, nadie que no cruzaría, no hay límite que no pueda romper. Todos los océanos, las montañas, la luna," me besó los nudillos de nuevo, "todos los clichés para ti." Me sonrojé como una tonta, y sonreí, un destello rápido que se atenuó con la seriedad de sus próximas palabras. "Los Seelie, con el trato, tienen poder sobre ti, y lo van a utilizar." Parecía que iba a decir algo más, pero se inclinó más.

El timbre sonó justo cuando nuestros labios se encontraron, y me retiré. "¿Mwara?" Pregunté.

"No, se supone que debo recogerla alrededor de la medianoche. Probablemente sea un vendedor, o el hijo del vecino, o..." Me besó de nuevo. "O el perro, o simplemente..." otro beso, este más largo.

"¿Por qué la recoges? Ella sabe cómo llegar aquí por su cuenta".

"Creo que tiene miedo de salir de noche. Era de noche cuando Remo se la llevó."

El timbre sonó de nuevo. Zantry suspiró. "Supongo que será mejor que veamos quién—" Sus palabras se cortaron cuando la puerta se abrió. Mi primer pensamiento fue que se había olvidado de cerrarla. Entonces Vicky llamó, "¿Hola? ¿Roxanne? ¿Alguien?"

Cuarenta minutos, Zantry había dicho. Todavía era domingo. Miré el reloj en la mesita de noche. Cinco dieciséis.

Me había olvidado de nuestro plan. Mierda. ¿Cómo pude haber olvidado nuestro plan?

La puerta se cerró. "Lo juro, Rox", continuó Vicky mientras se movía, sus tacones sonando. "Voy a empezar a llorar de verdad si te niegas a ir de compras." Algo pesado golpeó en el mostrador, su bolso, sin duda. "¿Roxanne?"

Mis ojos se encontraron con Zantry de nuevo y sonrió. "¿Vicky?", Susurró. Asentí.

"Mmmm, esto huele maravilloso", dijo. "Y todavía está entero. Yum, tal vez me coma un pedazo ..." Ella dejó de hablar y se acercó y yo salté de la cama, los ojos bien abiertos. Zantry se rio de mi expresión horrorizada, y lo callé con un dedo en los labios.

"Ah, Rox, ¿por qué hay ropa esparcida por todas partes? Y oye, hay una camisa de hombre." Dos click-clacks y ella continuó, "Y ropa interior. Y pantalones de hombre". Se acercó de nuevo. "Y, eh y, bonita camisa. Me gusta la forma en que cambia de color". Otro click-clack. "Ahí está la ropa interior. Dios, se parecen a la ropa interior de la abuela Isabella".

Dije, "Quédate en la sala, Vicky." Mi cara estaba caliente, sudor formándose alrededor de mi línea de cabello.

Zantry se rio de nuevo.

"Escuché eso", llamó Vicky. "¿Puedo entrar y."

"¡No! ¡Vuelve a la sala de estar, Vicky! Te juro que si te acercas un paso más, no voy a ir de compras contigo".

"Oh, vamos. Sólo quiero echar un vistazo."

"¡Vicky!" Me espeté cuando llegó otro click-clack. Agarré las sábanas del suelo y las tiré sobre la mitad inferior de Zantry. "Cúbrete", gruñí. "Ella está loca."

Zantry se rio entonces, del tipo que era fuerte, despreocupado y feliz.

Vicky suspiró. "Sólo quiero echar un vistazo", murmuró, pero sus pasos se retiraron, y yo respiré más fácilmente. Agarré ropa interior limpia, jeans y la primera camisa que encontré, una camiseta negra que solía usar para hacer ejercicio en el gimnasio de los cazadores.

Miré hacia atrás a Zantry, brazo bajo su cabeza, pecho y piernas cubiertas con las sábanas arrugadas. "Quédate aquí, te conseguiré tu ropa." Salí corriendo de la habitación, encontré a Vicky junto a la estufa, un muslo en una mano mientras masticaba, una mirada beligerante en sus ojos.

"¿Por lo menos puedo conocerlo?", Preguntó, claramente enfadada.

"No, voy a meterlo en el armario hasta que te vayas", murmuré, buscando su camisa.

"¿Estás buscando eso?" Vicky señaló con la cabeza al divisor, donde la camisa de Zantry había aterrizado. La agarré y me apresuré a ir al dormitorio. Estaba sentado contra la cabecera, el humor brillaba en sus ojos. "Vístete, no estoy segura de cuánto tiempo puedo retenerla." Le tiré la ropa y cerré la puerta del dormitorio como buena medida.

Cuando regresé, Vicky seguía masticando. ¿O era el segundo muslo? "Entonces, ¿quién es?"

"Ya verás." Agarré la bandeja de pollo y la metí en el microondas.

No necesitaba el "oh" sorpresa de Vicky para saber que Zantry había llegado, era consciente de su presencia a través de cada celda de mi ser.

La cabeza de Vicky se acercó hacia mí y ella dijo " caliente" como si el tipo fuera ciego y no pudiera verla.

"Debes ser Vicky", dijo Zantry, extendiendo una mano. "Soy Zantry Akinzo."

Ella tomó su mano y dijo, "Zantry, ¿eh? Roxanne ha hablado mucho de ti".

Casi me ahogo en el vaso de agua que estaba bebiendo.

"¿Si lo hizo?", Preguntó con una sonrisa grande, engreída.

CAPÍTULO CUARENTA Y OCHO

TERMINAMOS COMIENDO EN LA SALA DE ESTAR, SENTADOS en el suelo con la comida puesta en la mesa de café, y le dejamos la limpieza a Zantry, viendo que si me había ido por menos de una hora, significaba que Diggy todavía vendría a recogerme a las nueve.

Comprar con Vicky fue más divertido de lo que esperaba. A pesar de tener poco tiempo, todavía hicimos mucho. No sólo compramos para el niño en el horno, sino que Vicky me convenció de comprar un montón de ropa interior sexy, jurando por sus nombres y marcas que eran los mejores. Nos reímos como adolescentes, nos probamos ropa que no íbamos a comprar, nos maravillamos con pequeños osos de peluche, comimos algodón de azúcar de un vendedor de la esquina y tomamos selfis frente a cada tienda en la que entramos. Eran casi las nueve cuando miré el reloj en mi teléfono, y porque sabía que no sería capaz de llegar a casa antes de que Diggy lo hiciera, según Vicky, era un viaje de treinta minutos desde el este 14 a mi apartamento. Le envíe el nombre del café de la azotea en el que estábamos y le dije que me recogiera allí. Un momento después mi teléfono sonó con un mensaje de texto, un signo de interrogación.

"Dame el nombre de algo en la calle", le dije.

Un pliegue apareció entre las cejas de Vicky antes de suavizarse. Unió el pulgar y el dedo índice y dijo: "Muebles de los hermanos Baumann".

"¿El lugar donde pasamos treinta minutos mirando las cunas que me dijiste que no comprarías, con miedo de maldecir al bebé?"

Me apuntó con un dedo, en serio. "Ese es."

Le envié a Diggy el nombre de la tienda, me dio los pulgares arriba y diez minutos estimados para llegar y me acomodé para terminar mi café.

Para cuando estaba lista para irme, la ensalada de Vicky acababa de llegar. Dejé mis bolsas de compras con ella, de ninguna manera iba a ir a bares sucios llevando ropa interior sexy en bolsos de diseñador. Le hice prometer que me enviaría un mensaje de texto cuando llegara a casa, le apreté el hombro y fui a encontrar a Diggy.

Tuvimos la misma suerte que tuvimos hace dos noches saltando de bar en bar, anoche, me corregí a mí mismo. Frederico no estaba feliz de vernos de vuelta, pero no nos invitó a su oficina. Gentle's era igual de fuerte y apestoso, y los otros dos bares tenían la misma clientela que la otra noche, anoche. Si no lo supiera, habría pensado que nadie se fue a casa ayer. Los únicos dos preternaturales, de los cuatro establecimientos, habían estado en Frederico, y habíamos vuelto allí dos veces con el mismo resultado, terminamos alrededor de las tres de la mañana. Haríamos esto de nuevo mañana por la noche.

"Hoy fui convocada", dije en el camino a casa.

"¿Adónde? ¿Al castillo Seelie?"

"No. Remo."

Los labios de Diggy se fruncieron, los ojos por delante.

"¿Qué quería?"

"Una actualización de mi progreso", le dije, queriendo golpearme a mí misma por abrir mi bocota. Culpé a mi fallo de juicio al mal olor, los malos tragos y la mala música a la que había sido sometida durante las últimas seis horas.

"¿Qué pasa si no encuentras ningún recipiente?"

Lo haría, incluso si eso significaba recoger gente al azar de la calle, y con dos semanas restantes, pensé que tenía aproximadamente una semana antes de que la soga alrededor de mi psique comenzara a apretarse y el mando de Remo se hiciera cargo de mi libre voluntad, la voluntad que me quedaba. "No lo sé."

"Entonces, ¿qué vas a hacer?"

Miré por la ventana, no dije nada.

"Roxanne, ¿qué vas a hacer?", hubo una tensión en su voz que me puso en guardia.

"Es una orden, Diggy, de mi amo. Voy a reclutar tantas naves como pueda".

Las manos de Diggy se apretaron alrededor del volante, los nudillos se volvieron blancos.

"¿Por qué preguntar si no quieres escuchar la respuesta?"

"Quiero escuchar la respuesta. No me gusta", cortó, metiéndose delante un Bentley delante de nosotros.

"Estoy abierta a alternativas si tienes alguna."

"Podría encerrarte en las celdas", sugirió, pero no pensé que estuviera bromeando.

"Y Remo me convocaba y me encierra en la guarida."

Cuando Diggy no dijo nada, devolví mi atención hacia el parabrisas, bajé la ventana para dejar salir algo de la espesa tensión y frustración.

"Hablaré con Roland, lo apresuraré con cualquier idea que tuviera para esas naves", dijo una vez que se estacionó frente a mi edificio.

CAPÍTULO CUARENTA Y NUEVE

Me fui temprano a la mañana siguiente después de pasar una noche de insomnio. Si un día en la guarida pasaba como menos de una hora del lado de la Tierra, ¿cuánto tiempo pasó para Dathana? Mi consuelo, hasta ahora, era el hecho de que Frizz no había venido con malas noticias. Tenía la intención de encontrar las respuestas que necesitaba hoy antes de abordar cualquier otra cosa. Como si tuviera demasiado tiempo y poco que hacer, encontré un mensaje de Camilla esta mañana, sólo una fecha y hora, pero significaba que había reunido a algunos de los agentes de Remo. No estaba segura de poder hacer el ritual de reversión una vez más, y mucho menos más de una vez. Era un tema que discutiría con Zantry más tarde esta noche, y espero que, si no ayudaba, encontraría una solución. Me había dado miradas graciosas anoche y esta mañana, sin duda sintiendo mi agitación, pero por lo menos, nunca me presionó a hablar. Era bueno tener a alguien que escuchara, que se preocupara lo suficiente como para no presionar cuando aún no estaba lista para compartir.

Roland aún no llegaba, así que decidí irme al gimnasio,

pensando que podía quemar algo de la energía acumulada instándome a actuar, a hacer algo, sobre Dathana, los recipientes, el agente, todas las pequeñas cosas que necesitaba revisar antes de que terminaran mis dos semanas restantes. Una hora y una ducha rápida más tarde, estaba de vuelta en el vestíbulo. "¿Está dentro?" Le pregunté a Valerie, y ella asintió con la cabeza a las puertas dobles sin quitarle los ojos a la pantalla.

Roland estaba sentado detrás de su enorme escritorio, leyendo algo en una tableta. Vestido con un traje de negocios azul oscuro, se parecía tan poco el poderoso empresario o el jefe de una poderosa organización. Alzó la mirada cuando escuchó mi golpe, sonrió. "Roxanne. Adelante. Valerie dice que querías hablar".

"Sí." Me fui a la silla de visitante, me sentí demasiado nerviosa para sentarme. En el exterior, los árboles al otro lado de la calle se balancearon con una brisa invisible. El tráfico, nunca callado tan cerca del suelo, fue amortiguado por los gruesos cristales y el aire acondicionado.

"¿Qué pasa?" Roland preguntó, inclinándose hacia atrás y dándome toda su atención. Escuchaba, pero ¿cómo reaccionaría? ¿Qué haría él con el conocimiento que yo estaba a punto de impartir?

"No estoy seguro de cómo decir esto", comencé, trazando un dedo sobre la parte posterior de cuero de la silla de invitados.

"Suéltalo como una bomba. Iremos a partir de ahí."

Asentí con la cabeza, me froté las manos. "¿Sabes que puedo ver en la quinta dimensión?" Después de su breve pausa, proseguí: "También puedo viajar en los caminos de la quinta dimensión".

Roland se inclinó hacia adelante, enlazando los dedos encima de su escritorio, interesado, pero no alarmado. Cambié mi peso. "Así que encontré este planeta una vez."

"¿Qué estás tratando de decir?", preguntó cuando me quedé

callada, expectante. Sus ojos marrones no sostenían ni una onza de reconocimiento. Me froté las manos sobre la cara, apreté las palas sobre mis ojos hasta que los colores explotaron detrás de mis párpados. "Bien, olvídate de esto." Se me cayeron las manos, me enderecé para irme.

"No, dime. ¿Qué hay en este planeta? ¿Qué encontraste?"

Ojos directos, dije, "Había seres allí. Criaturas con alas y escamas coriáceas que brillaban y cambiaban de color." Ah, ahí, el entendimiento.

"Dime", se ahogó, no respiraba.

Confundida por su reacción, revisé su aura en el éter, en la quinta dimensión. El aura de Dathana era de un color dorado brillante, pero la de Roland, aunque dorada, carecía de esa luz radiante.

"Dime." Roland se puso de pie, agitado. "Dime. ¿Has estado en contacto con alguna de esas criaturas? Dime todo lo que sabes sobre ellas".

Su vehemencia era tan fuerte que me llevó atrás. "Pueden cambiar a formas humanas, aunque he visto sólo a uno hacerlo". Después de una pausa, agregué, "su nombre es Dathana."

"Dathana." La palabra cayó como una oración de sus labios. "Dime más."

Ah, mierda. Sólo hay dos híbridos en existencia, Lee lo había dicho cuando le dije que no podía viajar por el margen, y Diggy, cuando le mencioné eso, le pregunté si sabía quién era ese híbrido. "Eres el otro híbrido humano, ¿no?"

"Dime. ¿Cómo es Dathana?" Roland exigió, ojos brillantes.

"Es sólo una niña. Pequeña tanto en su estado humano como... su forma de guiverno".

Los ojos de Roland se cerraron por un momento. Agarrando la silla más cercana, se sentó. "Vamos", dijo, con los ojos cerrados como si disfrutara de una sinfonía muy querida.

"Tiene orejas puntiagudas, pómulos afilados, ojos morados

con pupilas horizontales. Su cabello es del color de la paja blanqueada y suave. En su forma de guiverno, es pequeña, con escamas que van desde púrpura a lila y azul, brillando desde adentro".

"Necesito verla."

Dios.

"Ella es la razón por la que quería hablar contigo."

"¿Está enferma?", preguntó, levantándose.

"No estoy segura. Eso es lo que quería preguntarte", le dije, pero ahora me preguntaba si podía hacer algo. "Hay una conexión entre nosotras. Le gusta morderme en su forma de guiverno. La dejo. Usualmente lo hace antes de pasar a ser humana. Pensé que era su necesidad de vincularse, una cosa tranquilizadora antes de dejar que su forma más vulnerable se mostrara".

Roland asintió para que yo continuara.

"Después del primer bocado, podemos comunicarnos sin palabras." Después de otro movimiento no sorprendido, asentí en respuesta y se quedó callado. Esta es la parte difícil.

"Así que, ayer, me di cuenta de que después de regresar al lado de la Tierra, Dathana no podía sostener su forma de guiverno. Su cambio a ser humano ocurrió involuntariamente, y no pudo remediarlo hasta que me mordió de nuevo".

Roland se frotó la nuca, frunciendo el ceño por la ventana. "No sé por qué es. Debes llevarme a verla. Se apresuró alrededor de su escritorio, abrió un cajón y tiró la tableta dentro".

"No puedo hacer eso."

Miró hacia arriba, con los ojos amistosos, sus emociones bajo control. "Soy ese híbrido, Roxanne. Adivinaste correctamente." Se enderezó y vino a pararse frente a mí. Había esperanza, emoción, y tanta alegría viniendo de él, mi estómago rugió. "Toda mi vida sólo he conocido a otros tres guivernos, preternaturales que abandonaron su patria y protegen el conocimiento de ese planeta con tanto celo, nunca fui invitado, nunca me informaron de su ubicación, habitantes o incluso si tenía familia por ahí. No entiendes, necesito verla, necesito-"

"Está en la guarida de Remo, Roland."

Roland se congeló, los ojos en blanco, la emoción tartamudeando entre la alegría y la alarma.

"Dijiste que encontraste el planeta... un planeta de la quinta dimensión", dijo, tratando de razonar una negación de mí.

"No tenía ni idea entonces. Y juro que habría dejado a Dathana sola, pero su madre murió cuando la esfera trató de asimilarse, y entonces la transición no ocurrió. Incluso Remo no lo sabía -" Roland se abalanzó, pasando de plácido y confundido a una rabia tan fuerte, que me ahogó tan pronto como sus manos se pusieron alrededor de mi garganta. "Te mataré", bruñó, voz profunda, gutural.

La puerta estalló de par en par, chocando con la pared. Valerie gritó algo. Lo pateé fuertemente, pero me bloqueó el pie. Agarré sus dedos en forma de visera, los halé, mis ojos abultados con la presión y la falta de oxígeno. Le pellizqué meñique, lo halé hasta que sonó, pero sus otros dedos continuaron apretando, pinchando mi cuello con uñas que parecían garras afiladas. Porque eran garras, una voz vaga dijo en mi cabeza. Iba a romperme la tráquea o a abrirme la garganta. De cualquier manera, quería matarme. Sólo pasaron segundos, Valerie todavía gritaba palabras silenciadas por el rugido de la sangre en mis oídos, y yo estaba teniendo una muestra de lo que Roland era capaz de primera mano.

Cambiando los dedos a las garras, estaba lista para cortar las manos de Roland cuando me tiró en el suelo sin contemplación, tragando enormes cantidades de aire, asfixiándome y tosiendo y a Dios, me dolía respirar. La gente gritaba ahora, no sólo Valerie, y cuando mi visión se aclaró, encontré a Diggy sosteniendo a un Roland furioso de nuevo, con Asra y Valerie tratando de calmarlo. Todos tenían una mirada escandalosa e incrédula en sus ojos, mirando de Roland a mí y de nuevo a él. Los pasos anunciaron más llegadas, y Barbara y Raji corrieron hacia adentro, viendo la escena con los ojos anchos.

"¿Qué demonios está pasando?" Raji exigió con su acento, ojos estrechos moviéndose desde donde Diggy retuvo a un Roland sin luchar por los hombros, y a mí en el suelo, con moretones rojos y enojados terminando en pinchazos que goteaban sangre por el cuello.

Me arrastré a la silla de invitados, aun tosiendo y respirando con dificultad, me desplomé en el asiento. Sentí a Zantry corriendo a la base, enojado y preocupado y asustado por mí. Envié señales por el vínculo, pero tuve la extraña sensación de que sabía lo que acababa de pasar. Roland exigió que lo dejaran ir, y después de una palabra de Valerie, Diggy cumplió, manteniéndose entre nosotros.

"¿Qué pasó?", Preguntó, pero ni Roland ni yo respondimos.

Valerie colocó una mano sobre el hombro de Roland, y con una inclinación brusca de la cabeza, se fue alrededor de su escritorio, tomó asiento.

"Déjenos", ordenó, apretando los dientes cuando nadie obedeció. "Dije que se fueran."

"No." Diggy se adelantó, se paró frente a mí. "No sin una explicación."

Sacudí la cabeza y di una mueca cuando la piel de mi cuello tiró de la herida.

"Es un asunto personal. Me sorprendió una noticia inesperada", explicó Roland, no le gustaba que lo interrogaran. "No voy a hacer nada." Apuntó la barbilla a la puerta. "Ahora váyanse, necesito hablar con Roxanne en privado."

Diggy cruzó los brazos, frunció el ceño hacia mí. Sus ojos eran oscuros, más caramelo que avellana.

"Estaré bien", grité, con la garganta rascada. "Haz lo que él dijo."

Roland me miró, algo que Diggy y los demás no encontraron tranquilizador.

"Me quedaré", anunció, tomando el asiento frente al mío.

"No", dijo Roland. "Valerie puede quedarse. El resto de ustedes se van".

Diggy vaciló, ojos buscando los míos, luego los de Roland antes de que él accediera y se puso de pie. "Estaremos en el vestíbulo", le dijo a Valerie.

Apunté mi barbilla a Valerie en el momento en que la puerta de la oficina se cerró detrás de ellos. "Ustedes dos pueden hablar telepáticamente. Es el mismo vínculo que comparto con Dathana".

Roland asintió una vez.

Me incliné hacia atrás. "Advertencia justa: Si vuelves a atacarme, voy a devolver el golpe."

Inclinó la cabeza, no estaba impresionado. "Dime, ¿cuántos tiene Remo?"

"Uno."

Los ojos de Roland se estrecharon. "No te atrevas a mentirme, jovencita."

"Siete. Ocho con Dathana."

Valerie comenzó, sus ojos volaron a los míos, llenos de desprecio.

Roland cerró los ojos por un segundo. "¿Qué está haciendo Remo con ellos?"

Inhalé, me puso las manos sobre mis jeans. "Por el momento, nada. No ha encontrado la manera de implantarlos. La esfera no se asimila, y cuando murió el primer guiverno, la transición no ocurrió. La madre de Dathana murió a los pocos días después del implante".

"¿Era la única?", Preguntó, los ojos se centraron en la habitación. Como si no pudiera soportar mirarme.

Asentí. "Sí."

"¿Por qué la llevaste a ella?" Me miró entonces, con los ojos directos, con ganas de oír y ver la verdad.

Pensé en esa primera vez, en la necesidad desesperada de cumplir con la orden de Remo pase lo que pase.

"Remo me ordenó traer una criatura de esa tierra. En ese entonces no sabía que había otros... seres menos poderosos, los guivernos fueron lo primero que encontré. Su orden había sido ir y recuperar, sin parámetros, sin línea de tiempo, sin especificaciones. Había salido de la guarida como un perro loco, enviada a ese planeta para capturar a una criatura, cualquier criatura, y regresar en el momento en que lo hiciera. Fui sin dormir, sin agua, sin comida, sin nada de lo necesario para la supervivencia del día a día.

Me tomó días encontrar uno, alimentada por nada más que la orden obligatoria de Remo. La hembra guiverno había sido fuerte y viciosa, y debilitada por la falta de sueño y comida, habría muerto si la madre no hubiera sido distraída por Dathana, y Frizz no hubiera tomado la distracción para asaltarla. Diablos, habría muerto de todos modos por hambre y falta de sueño si no los hubiera encontrado a ellas ese día.

"¿No había guardianes en el camino?" Roland preguntó, y no me gustó la derrota que escuché en su voz. A Valerie tampoco.

"Sí", le contesté frotando la palma de mi mano quemada en la rodilla.

Con una mirada en mi dirección, Valerie se fue al carrito de bebidas en la esquina, llenó media taza de café y la remató con whisky.

Roland se inclinó hacia atrás y cerró los ojos. Durante mucho tiempo, nadie dijo nada. Mi teléfono zumbaba en mi bolsillo, y lo saqué, miré a la pantalla. Vicky. Lo desconecté y miré hacia arriba cuando Roland comenzó a hablar.

"Mi padre era caballero en el III gobierno del rey Enrique." Aceptó el café de Valerie sin decir una palabra. Ninguno que lo dijo en voz alta de todos modos.

"Era humano, viajando a su manera después de una escaramuza con algunos nómadas rebeldes cuando algo apareció en el aire y cayó en río. Pensó que era un pájaro, una roca catapultada, cualquier cosa menos la mujer que encontró, flotando en el río. Sus ojos estaban distantes, recordando una historia que habría oído hace siglos, del padre que habría pasado, también hace siglos

"Ella estaba herida, apenas respiraba. Iba a llevarla de vuelta al castillo para ser tratada por las mujeres de allí. Cuando vio la sustancia amarilla en su ropa rasgada, asumió que era veneno. Tenía entrenamiento de batalla, sabía cómo enmendar una herida, pero no estaba familiarizado con la curación de venenos. La llevó al banco, la lavó, descubrió que sangraba de amarillo.

"Temiendo que el rey la condenara a arder en la hoguera al amanecer, mi padre la llevó a casa y la cuidó. La herida sanó mucho antes de que su forma de guiverno lo hiciera". Los ojos de Roland se encontraron con los míos, con los labios temblando. "Me imagino que puedes sacar tu conclusión de allí. Sólo que no había un final feliz para mi padre. El suyo fue un breve romance que terminó en el momento en que yo tenía tres años y mi madre se fue" Roland se frotó las manos sobre los ojos. "He buscado toda mi vida por ella, basándome en las descripciones que mi padre me dio. Hice tantas preguntas que hice suficiente alboroto como para que los guivernos ancianos se me acercaran.

"Yo no era su igual, no tenía derecho a la tierra, al conocimiento, a ser parte de ellos, debería estar agradecido de que me dejaron vivir. Sin un propósito para conducirme, me desvié durante unos años. Y entonces una mañana me di cuenta de que nunca demostré mi valor a los ancianos, que todo lo que había demostrado de mí mismo era un bastardo necesitado codicioso que quería a su mamá.

Empecé como vigilante, me convertí en el juez, el jurado y verdugo de la comunidad preternatural. Yo era tan bueno en eso, la gente empezó a contratarme para hacerles justicia.

Con el tiempo, me probé a los ancianos, me gané su respeto. Pero yo no era lo suficientemente bueno para la tierra, para el conocimiento". Roland me dio una sonrisa sin humor, sus ojos, por primera vez desde que lo conocí, vacíos. "No tenía la segunda forma, así que me dijeron que nunca podría llegar a la tierra. No tenía idea de que estaba en la quinta. Miró hacia abajo en el cristal del escritorio, a su reflejo. "Supuse que me estaban mintiendo."

Y aquí estaba, diciéndole que había viajado a la tierra prohibida, capturado a sus parientes y los había entregado a Remo.

"Lo siento", le dije, consciente de que mis disculpas no significaban nada.

"No puedo decir por qué Dathana está débil. No es porque necesite tu sangre, o porque necesita estar cerca de ti". Roland frunció el ceño. "Tal vez ella ya se estaba debilitando y tu sangre la mantuvo fuerte. ¿Alguno de los otros muestran algún signo de debilidad?"

Sacudí la cabeza. "No hay conexión entre nosotros. Si me acerco a ellos, intentan atacarme. Nunca he visto ningún otro cambiarse salvo por Dathana".

"Necesito verlos", murmuró Roland, y el dolor en su voz hizo que mi corazón jadeara de culpa y simpatía. Valerie se movió alrededor del escritorio, colocó una mano sobre la apretada de Roland.

Es hora de irse. Ni Roland ni Valerie me prestaron atención cuando me deslicé por la puerta.

En el vestíbulo, Asra y Diggy se dirigieron hacia mí, ambos con miradas idénticos.

"Ese es el hombre más descabezado que he conocido. Nunca lo había visto perder su sentido antes", dijo Diggy, y si no fuera por la preocupación que también podría sentir, me habría molestado con él.

"¿Qué hiciste?" Asra exigió. Me concentré en Zantry, apoyándose en el escritorio de Valerie, parecía que no tenía preocupaciones en el mundo. Se enderezó y se acercó, con los ojos fijos en mi cuello. Sin decir una palabra, tomó mi barbilla con el pulgar y el dedo índice, su calor pinchando mi piel mientras examinaba mi cuello. A través del vínculo, sentí su ira, su preocupación, su necesidad de estrangular a Roland de la misma manera que me lo había hecho a mí.

Cubrió el ancho de mi cuello con ambas palmas, y un segundo después el hormigueo de la curación hizo que la piel me picara, sus ojos se volvieron un tono más claro.

"¿Qué estás haciendo, hombre?" Asra preguntó, acercándose.

Diggy lo detuvo con una mano en el hombro, sin duda capaz de sentir, o ver algo en el éter. O sabía que Zantry no me haría daño.

Cuando Zantry dio un paso atrás, los ojos regresando al hermoso violeta azul, Asra silbó. "Práctico", dijo, viendo mi piel recién curada.

"Roxanne", comenzó Diggy, "dime qué pasó allí."

Sacudí la cabeza, acepté la toalla húmeda que Zantry me dio. "No puedo."

"¿Es por...", Diggy se detuvo, dio una mirada lateral a Asra, "lo que hablamos anoche?"

No sabía de qué estaba hablando por un segundo o dos. Los

recipientes. "No, no tocamos el tema." Me limpié la sangre del cuello bajo los ojos vigilantes de los tres hombres hasta que Zantry tomó la toalla y limpió las manchas que había pasado por alto.

La curiosidad de Diggy aumentó dos veces. Le levantó una ceja a Zantry. "¿no vas a preguntar?"

Zantry tiró la toalla ensangrentada en el cubo de basura, metió las manos en los bolsillos de su denim. El vínculo estaba en silencio ahora, nada de la ira que había sentido venir a través de él. "Hablaré con Mackenzie directamente." La puerta de la oficina de Roland se abrió y Valerie salió, inspeccionó a la gente reunida: sus ojos pasando a través de mí. Así que volvemos a ignorar a Roxanne. En el momento en que Valerie se alejó, Zantry tiró de un mechón suelto de mi cabello, sus ojos me decían que todo estaría bien, luego se fue a la oficina y cerró la puerta detrás de él. Tanto Asra como Diggy dieron un paso adelante, y tuve la tentación de hacer lo mismo. ¿Qué iba a hacer?

Hombros rígidos, expresión apretada, Valerie alcanzó el pomo de la puerta, se detuvo y escuchó por un segundo. O tal vez estaba hablando con Roland telepáticamente. Se volteó a Diggy y Asra. "Ellos tienen esto. Vamos" dijo ella, dirigiéndose detrás de su escritorio y extrajo un grueso archivo rojo de un cajón y se sentó a leer.

CAPÍTULO CINCUENTA

Miré la puerta cerrada por un segundo antes de girar hacia Diggy. "¿Qué tenemos para hoy?"

Mi teléfono zumbaba en mi bolsillo, y frunciendo el ceño, lo saqué. Vicky otra vez. Algo frío se deslizó en mi estómago. "Vicky, ¿qué pasa?"

La voz que respondió era mayor, un poco gruñona, desconocida. "¿Rox?", Preguntó la mujer.

Bajé el teléfono y revisé la pantalla.

"¿Quién eres tú? ¿Dónde está Vicky?"

"¿Rubia, ojos azules, alrededor de cinco pies seis?" La mujer preguntó.

Apreté una mano sobre mi estómago contra esa cosa fría dentro, torciéndose y enrollándose. "¿Dónde está? ¿Quién eres?"

"Está en el Hospital Presbiteriano de Nueva York. Tu nombre estaba en su marcación rápida. ¿Eres pariente?"

"Sí. Soy su prima. ¿Qué le pasó?"

"Tu prima fue encontrada inconsciente al amanecer. Ha

sufrido un traumatismo craneoencefálico y unas costillas rotas. ¿Puedes decirme su nombre completo?"

"Se llama Victoria. Victoria Alan Peterson. Voy a venir ahora", le dije. "¿Señorita?"

"Silva. Soy la enfermera Silva."

"Victoria está embarazada. El bebé...", tragué.

La voz de la enfermera Silva se ablandó. "Lo siento, para cuando la trajeron, no había nada que el médico pudiera hacer."

Me cubrí la boca con la mano, sentí que Zantry me atraía en sus brazos. "La señorita Peterson es joven y saludable, y ha estado estable durante las últimas cinco horas", continuó la enfermera, tratando de tranquilizarme. "El Doctor tiene la esperanza de que tendrá una recuperación completa pronto."

Eso no es verdad, dijo mi voz interior. Nunca se recuperará de esto.

Me desconecté con los dedos temblorosos. Cinco horas. Había enviado un mensaje de texto que había llegado a casa anoche, me envió un emoticono y muchos corazones latiendo y caritas besando. Todavía habíamos estado en Frederico, así que debe haber sido alrededor de las diez. En algún momento después de las diez y cinco de la mañana, mi amiga casi había muerto.

Miré a mi alrededor, el tráfico, sin saber cómo había salido. Zantry me dio la vuelta, y apretó mi cara a su hombro. Las lágrimas me pincharon los ojos, pero ninguna cayó.

"¿Dónde?", Preguntó, preocupado por mi amiga.

"Yo", dejé de hablar, inhalé profundamente, sacudí la cabeza, di un paso atrás. "Hospital Presbiteriano de Nueva York."

"Te llevaré" dijo Diggy. No lo había notado allí, tan cerca. También había preocupación en sus ojos. Zantry me señaló hacia la salida del estacionamiento. "¿El bebé?"

"La enfermera dijo que no había nada que hacer", le dije. "No sé cómo va a tomar las noticias."

"¿Cómo se lastimó?"

"No lo sé. Yo no pregunté. Y el pánico y el miedo se estrellaron, me debilitaron las piernas. Cuando Diggy salió con el SUV, Zantry me tuvo equilibrada con un firme agarre en mi codo, enviando olas calmantes a través del enlace, sobre mí, al igual que Frizz".

"Puedo coger un taxi", le dije, incluso cuando subí al asiento del pasajero y me quité el peso pesado de las piernas.

Para cuando llegamos al hospital, estaba bajo control. Pasé el estacionamiento corriendo, entré en urgencias, Zantry a mi lado. Me fui a la enfermera de la estación y le pregunté: "Enfermera Silva. ¿Dónde puedo encontrarla?"

La mujer miró hacia abajo a algo y dijo: "Tercer piso, ala oeste". Me dirigí a los ascensores que la enfermera indicó y emergí en una zona limpia y ordenada. El ruido era mínimo aquí, un contraste con el caos en Urgencias.

Una anciana negra vestida con uniforme verde se encontró con mis ojos por encima de la estación de enfermeras. Me acerqué hacia ella y reconocí el teléfono de Vicky, con el forro a rayas.

"¿Eres la enfermera Silva?"

"Lo soy. ¿Usted es pariente de la señorita Peterson?"

"Su prima. Sus padres están muertos." Eso era cierto. "Nos criaron juntas." También es cierto, aunque no en la misma casa.

"¿Dónde está? ¿Puedo verla?"

"Puedo aclarar eso con el doctor Phillips", dijo, viniendo alrededor de la estación. "La doctora Phillips está segura de que pronto se recuperará por completo. No hay hinchazón del cerebro, ni hemorragia interna ni hematomas en los órganos. Lo que estoy diciendo es que la mayor parte de lo que sufrió fue superficial"

"Pero perdió al bebé", le pregunté, con la necesidad de asegurarme.

"Lo siento mucho por eso. No había latidos del corazón para cuando ella llegó aquí".

"¿Y ella no se ha despertado desde que fue traída? ¿Inconsciente?"

La enfermera debe haber visto el miedo en mis ojos porque puso una mano en mi hombro y dijo: "A veces la mente se apaga hasta que se siente lo suficientemente segura como para regresar. El Dr. Philips aseguró que su prima se despertaría pronto". Un oficial de uniforme azul dio la vuelta a una esquina, una taza de papel en la mano, los ojos cansados pero astutos.

"Oficial James", saludó la enfermera Silva. "Ella es la prima de la señorita Peterson. La señorita..."

"Fosch. Roxanne Fosch."

"Fosch, él es el oficial James de la décima comisaría El oficial James fue el primero en la escena".

El oficial James dejo su café en la estación y extendió su mano áspera e insensible, con un apretón de manos firme. Parecía tener veinte años, un tipo ordinario con un aura azul y un cabello y ojos castaños, compostura promedio y quien no había tenido tiempo de afeitarse esta mañana.

"Señora. ¿Te importaría si te hago unas preguntas?"

"¿Una investigación policial?"

"Sí, señora. Su..."

"Prima."

"Tu prima fue encontrada golpeada e inconsciente en algún momento anoche. Un vagabundo la encontró esta mañana y la denunció. Le faltaba un bolso y cualquier identificación. Encontramos su teléfono hace un par de horas cuando amenazamos con acusar al indigente de un intento de asesinato. Confesó haber encontrado el bolso, junto con una docena de bolsas de compras dentro de un contenedor de basura, uno de sus lugares habituales. Afirmó que sólo tomó el teléfono para realizar una llamada al 911, pero que temía que fuera acusado de asalto si lo encontraban con el bolso y las bolsas de compras. Así que guardó el bolso y el teléfono, dijo se los devolvería a la señorita Peterson el mismo, y esperó al otro lado de la calle para asegurarse de que la paramédico la encontrara donde había dicho".

"¿Le cree?" Preguntó Zantry.

"Lo atrapamos porque vino a preguntar por ella en Urgencias. Y unos dueños de negocios en esa calle donde la Señorita Peterson fue encontrada confirmaron que Jefferson, el vagabundo, hace una ronda por los contenedores dos veces por semana antes de que vengan los camiones de basura. La llamada fue realizada un poco antes del amanecer. Pero mientras Jefferson parece que está diciendo la verdad, lo mantendremos bajo custodia hasta que la señorita Peterson pueda decir lo contrario. Señorita Fosch, ¿sabe usted de alguien que quisiera causarle daño a su prima? "

Mi mente pensó enseguida sobre David. "No sé."

"¿Peterson se quejó de alguien, de un colega en el trabajo, de un vecino, de alguien que le estaba causando problemas?"

Fruncí el ceño, sacudí la cabeza. "Dios, no puedo pensar."

Zantry colocó una mano de apoyo sobre mi hombro, la apretó una vez. El oficial James me dio una mirada comprensiva, miró hacia abajo en sus notas.

"Señorita Fosch, ¿sabe quién era el padre del bebé, para que pueda contactarlo?", preguntó la enfermera Silva.

"No creo que ella lo querría aquí."

Los ojos del oficial James se agudizaron con interés.

"Vicky y el padre del bebé se separaron hace un tiempo. Usted debe hablar con ella sobre eso, Oficial James".

El oficial James cerró su cuaderno y lo metió dentro de su

bolsillo en el uniforme. "Voy a hacer eso. Si piensas en algo que te ayude, por favor avísame".

"¿Puedo verla ahora?" Le pregunté a la enfermera, y el oficial James se hizo a un lado, recogió su café. "Esperaré un rato aquí", dijo, soplando en su taza antes de tomar un pequeño sorbo, "a ver si se despierta antes de que tenga que irme".

La enfermera Silva nos acompañó a través de una sala estrecha, separada por una puerta medio cerrada.

"Te esperaré allí", Zantry señaló a una habitación llena de sillas, "Que Vemourly sepa lo que ha pasado. Si me necesitas, avísame y estaré allí". Me apretó la mano, me envió un pulso alentador a través del vínculo.

Lo primero que noté fue que la cama era demasiado grande para ella. Había un vendaje cubriendo su frente y parte de su cabeza. Un hematoma corrió desde debajo del vendaje hasta su mandíbula, morado oscuro y negro, su tez salina daba fuerte contraste. Sus ojos estaban cerrados, pero su pecho se levantaba y caía en un movimiento constante y rítmico. Su pierna izquierda estaba levantada por encima de la cama, envuelta dentro de un yeso grueso y blanco.

Tuve que respirar profundamente para estabilizarme antes de acercarme a la cama.

"Oh, Vicky." Le busqué la mano. Estaba floja pero cálida, y me dio un pequeño consuelo. Algunos de sus nudillos estaban raspados, como si hubiera estado tratando de gatear con los puños. Una de sus uñas estaba rota. Un sentimiento de enfermedad empezó dentro de mí, y no quería nada más que encontrar a la persona responsable y destrozarlo en pedazos.

"Oye", le apreté la mano floja. "Es hora de despertar. Todavía tengo que decirte todas las cosas sucias que hice con Zantry ayer. Hablé con ella durante horas, a veces canté, y sólo me detuve dos veces, una vez porque no quería romperme delante de ella, encontré a Diggy y Zantry en la sala de espera.

La segunda vez porque Zantry tiró de la unión. Me entregó un burrito y una coca cola y se aseguró de que comí antes de irse con Diggy, prometiendo que volvería si lo necesitaba.

Era de noche cuando Vicky se despertó. Ella gimió, con su mano todavía en la mía, se estremeció. Levanté la cabeza y vi sus ojos moverse bajo sus párpados, su respiración acelerada, sus rápidos latidos del corazón. Sentí su dolor y mucho miedo.

"Está bien, Vicky. Estás a salvo. Estoy aquí", le dije, una y otra vez. "Estoy aquí, ahora estás a salvo. Nadie te hará daño. Soy yo. Estoy aquí." Hasta que abrió los ojos, dio la vuelta a la cabeza. Sus ojos estaban desenfocados, ya sea por el dolor o la conmoción cerebral que el doctor me dijo que había sufrido.

"¿Rox?"

"Estoy aquí. Estás bien", le dije, frotándole la mano entre la mía.

"¿David?", Susurró, su tono lleno de terror, los ojos anchos, sin ver.

"¿Te hizo esto?" Pregunté, no pude evitar a la amenaza en mi tono.

Su mano se movió a su cabeza, sintió el vendaje. Entonces el pánico llenó sus ojos, reemplazó el miedo, y ella agarró mi mano, su otra volando hacia su abdomen. "Mi bebé. Mi..." un sollozo se escapó de sus labios, lleno de emoción por la forma en que sonó. Ella lo sabía.

"Dios, Vicky, lo siento mucho. Vicky, mírame." Pero ella sólo podía sollozar, el tipo que venía de un corazón roto, del tipo que resultaba del dolor de ninguna herida física. Busqué el botón de la enfermera y presioné.

"Vicky, por favor, mírame." Cuando lo hizo, le pregunté: "¿David te hizo esto?"

El miedo, tan profundo que bordeó el terror nubló sus ojos empapados de lágrimas. "No. No. Roxy, si se lo dices a alguien, me matará. Matará a mi tía. Matará a quien venga tras él. Si se lo digo a la policía", ella se detuvo cuando la enfermera apareció en la puerta.

"Ah, Señorita Peterson", dijo una enfermera que no había conocido, acercándose con zapatos de suela blanda. "Soy Vivian Días, su enfermera para esta noche. ¿Cómo te sientes?", Preguntó con una sonrisa suave.

"Dolor de cabeza", respondió Vicky.

"Eso se espera después de una contusión cerebral", dijo y levantó un párpado empapado de lágrimas, brilló una luz en el ojo izquierdo primero, luego en el derecho. Luego tomó el dedo y revisó su pulso, su presión. Revisó su temperatura, hizo un sonido de aprobación con su garganta.

"Te ves bien. Todo se ve genial. Voy a llamar al Dr. Hamilton, decirle que estas despierta".

En el momento en que la enfermera estaba fuera de la vista y del alcance auditivo, Vicky tomó mi mano de nuevo, con el agarre débil. "Roxanne, revisó mi cubo de basura, encontró el chocolate y las flores y se volvió balístico. Yo..."

"Me enviaste un mensaje de texto que llegaste a casa. ¿Cómo llegó a ti?"

"Aún no estaba dentro. Envié el texto primero, tenía las llaves en la mano, bolsas de compras junto a la puerta cuando se puso detrás de mí, apretó un cuchillo en mi vientre, me dijo que lo hundiría todo si hacía un sonido. Dejé que me alejara. Dios, Rox, amenazó con que iba a matarme. Me golpeó con los puños", colocó una mano sobre su vientre, con lágrimas cayendo libremente, "me golpeó una y otra vez. Lo sabía, Rox, lo sabía. Dijo–"

La callé, le limpié las lágrimas. "Está bien, Vicky. No diré nada que no quieras que diga. Pero había un oficial de policía aquí antes, querrá tu declaración".

"¿Te preguntó algo? ¿Le dijiste algo?"

Forcé mi mandíbula a abrirse. "No le dije nada porque no sabía lo que había pasado."

Dejó caer mis manos entonces, se cubrió la cara con las palmas de sus manos y soltó su dolor. Así fue como el doctor nos encontró. El Dr. Hamilton me sacó corriendo por la puerta, y me mordí las uñas, le envié un mensaje a Zantry de que no, no necesitaba venir, que Vicky estaba despierta y el doctor estaba con ella ahora. esperé hasta que el doctor salió, me aseguró que Vicky estaría bien, pero tuvo que sedarla para mantener sus signos vitales normales. La enfermera me dejó verla por unos minutos antes de que me informara que las horas de visita habían terminado y Vicky no se despertaría antes de la mañana de todos modos.

CAPÍTULO CINCUENTA Y UNO

No tenía idea de cuál era la dirección de David, sólo que vivía cerca de Vicky. Yo tampoco sabía su nombre completo, pero ni una sola vez dudé que no podría encontrarlo.

Era tarde, así que no toqué la puerta de nadie, no toqué ningún timbre. Revisé patios traseros, descarté las casas con juguetes y pequeños columpios, piscinas de plástico, las que podía oír a la gente hablando, o veía a una persona o dos en frente de la ventana. No tenía prisa. Cada momento que pasaba acumulaba de la adrenalina de la caza, bombeó mi sangre más caliente. Me hizo salvaje, hasta un punto que nunca he sido antes.

Después de casi dos horas de buscar arriba y abajo de la cuadra, un tipo salió de una casa, a una cuadra y media abajo la de Vicky. Tenía una llave de carro en la mano, un pedazo de papel en la otra. Con los pies silenciosos, me acerqué a él.

"Oye", llamé desde las sombras, y él giró, con la mano alrededor de sus llaves, el metal sobresaliendo entre dos de sus dedos. Parecía que sabía cómo causar daño con eso. Tomé el pedazo de papel que dejó caer, una lista de comestibles.

"Lo siento por asustarte le dije", extendiendo mi mano. Mantuve mi espalda al poste de luz, mi sudadera con capucha oscureciendo mis rasgos.

Después de un momento vacilante, el tipo tomó su lista de comestibles de mi mano, sus ojos sospecharon.

Estoy buscando la casa de David. ¿Lo conoces? ¿Pelo castaño, ojos verdes? Está de tu altura, más o menos. ¿Tal vez doscientas libras?

La cara del hombre se despejó. "Claro. Estás hablando de David Wilkins, ¿verdad?"

"Sí. No recuerdo la dirección. Sé que estoy en el lugar correcto, pero todas estas casas se parecen".

El hombre se rio, se relajó un poco. "Lo sé. Mi esposa dice que un día olvidaré cuál es la mía".

Me reí con él.

"No te perdiste muy lejos. David vive allí", señaló a la casa a unas pocas más abajo y al otro lado de la calle. Le agradecí y me despedí, esperé mientras presionaba la llave del carro y se subió. Saludó cuando pasó, contento de haber hecho su buena obra del día.

Presioné el timbre y no lo solté hasta que David respondió en la puerta, una mirada oscura en su cara. El olor a marihuana salía de él, junto con cigarrillos rancios y alcohol.

"¿Qué quieres, vagabundo?", espetó antes de que el reconocimiento brillara en sus ojos.

"Sabes qué."

"No, no lo sé. Ahora vete." Intentó cerrarme la puerta en la cara, pero metí un pie y luego me empujé dentro.

"Vete a la mierda, perra. Sal de mi casa antes de que llame a la policía."

"Adelante", le dije y me volteé para enfrentarlo.

Vi el momento en que David se dio cuenta de que tenía una mujer en su casa, sola y desarmada.

Cerró la puerta detrás de mí, luego con una lentitud deliberada, cerró la puerta. Sonrió lentamente, y yo, la sangre bombeando con mi necesidad de venganza, sonreí de vuelta.

* * *

Remo me encontró justo cuando estaba dejando a David al lado de un basurero maloliente.

"Amo", le dije, poniendo las alas detrás de mí.

Remo estudió mi trabajo práctico, curioso. "¿Por qué hiciste eso?"

Me encogí de hombros. "me molestó."

Asintió "¿Lo uniste?"

"Apenas iba a hacerlo. Quería divertirme un poco con él".

Remo miró hacia el callejón, la perdición de David ya no era ninguna de sus preocupaciones. "El tiempo se acerca, muñequita. Todo está en movimiento. El portal es demasiado activo, mis parientes están impacientes. Tráeme esos recipientes."

CAPÍTULO CINCUENTA Y DOS

Salí por encima de la montaña Mandolia, me aseguré de que nadie estuviera patrullando afuera, y me lancé por el agujero en la cima, el que nadie sin alas se atrevía a usar. Pasé por el escudo como una roca a través del agua, mi entrada ondulando por el pabellón, anunciando mi presencia como un trueno. Las cabezas se levantaron, me vieron caer ligeramente a mis pies, al lado del hoyo del tamaño del estadio, donde hace mucho tiempo había estado un lago profundo. Barnietons se alejaron de mí, con garras sonando contra el suelo de roca dura. Sentí el enfoque de los esbirros sin cabeza en mí, pero ninguno se atrevió a acercarse. Me dirigí directamente a los pasajes traseros, segura de que nadie que me viera venir a través de esta caverna se detendría y cuestionaría mi presencia, y mucho menos la llevaría a Remo. Aun así, el collar que Drozelle me dio para enmascarar mi presencia del éter estaba alrededor de mi cuello, la roca fría presionada contra mi pecho. Si alguien no me veía con sus propios ojos, no sabría que estaba allí.

En el momento Remo me dejó al lado de ese contenedor de basura desbordante corrí a casa. Ni Mwara ni Zantry estaban allí, y un vistazo al reloj de microondas mostró que era justo la una de la mañana. Estaría esperando a que Mwara terminara su turno, o estarían caminando a casa. Me cambié a la camisa de Sidhe, agarré el collar del cajón y salté al camino en el momento en que tuve la roca tocando mi piel.

Frizz me encontró en la entrada de la cámara de los guivernos. Todas las miradas estaban enfocadas en mí, todas excepto las moradas. Mis ojos aterrizaron en la esquina donde Frizz había estado cuando me fui, y allí estaba ella, con la cabeza apoyada en sus patas delanteras, la cola curvada alrededor de su cuerpo pequeño. Dormida.

Me acerqué lentamente, le puse una mano en la cabeza.

Dathana, dije, y sus ojos se abrieron. Se sentó, miró a su alrededor, y bostezó con boca de cocodrilo.

Le ofrecí mi palma. *¿Puedes cambiarte?*

Se puso de pie, se estiró y me mordió. Cuando cambió, no perdí el tiempo. La miré a los ojos y le *dije: Te sacaré de aquí. ¿Quieres eso?*

Sus ojos morados brillaban más de emoción, y sonreí.

Primero, necesito que uses esto, dije, produciendo la sudadera con capucha que había estado usando antes. La ayudé a ponerse la camisa, a enrollar las mangas, le cubrí la cabeza y la cara. Le llegaba casi hasta los tobillos. En la entrada me detuve y me dirigí hacia los otros guivernos.

"La llevaré fuera de aquí, a alguien que pueda ayudarla." Esperé por una protesta, un penacho de calor, un chillido, pero no dijeron ni hicieron nada.

Busqué dentro de mi camisa, cerré la mano alrededor de la roca y tiré el collar sobre mi cabeza.

Necesito que toques esto conmigo, Dathana.

Giré la mano, abrí la palma de la mano, la roca negra brillando en el medio. Guie la mano de Dathana, la hice presionar la palma de su mano sobre ella, entrelazado nuestros dedos.

Pase lo que pase, no sueltes mi mano, le dije, busqué alguna confusión en su cara. Ella asintió con la cabeza, me agarró la mano más fuerte. La roca mordió nuestras palmas, pero ni Dathana ni yo nos quejamos.

"Vamos, Frizz." Me apresuré a salir de allí, bajo la mirada vigilante de los otros guivernos.

* * *

Incluso con el collar enmascarando nuestra presencia, decidí que tomar el camino largo alrededor sería más seguro, así que salté a la tierra de Sidhe, luego salté al margen sin usar y sin vigilancia que conectaba la tierra de Sidhe con la Tierra, incluso si tomaba el doble de energía que necesitaba. En el momento en que saltamos del camino al el Castillo Belvedere, bajé a Dathana, cerré su pequeña mano sobre la roca, guie la cadena del collar alrededor de su cabeza y la ayudé a mecer la roca contra la piel de su pecho.

Inserté la batería de nuevo en mi teléfono y la encendí, el campo magnético alto dentro de la guarida dañaba los dispositivos electrónicos. Era la una nueve de la mañana. Sólo habían pasado unos minutos desde que salté en el camino. Aún no estábamos fuera de peligro. No tenía idea de cómo reaccionaría un guiverno a la atmósfera de la Tierra, a tanta gente y ruido. Necesitaba sacar a Dathana de aquí rápido. Sin dudarlo, llamé al número de Diggy, y él respondió al segundo tono.

"Roxanne. ¿Qué es? ¿Dónde estás?", Preguntó, alerta.

"Saliendo del castillo de Belvedere. Necesito que vengas a buscarme a la 79 Oeste. ¿Qué tan rápido puedes llegar aquí?"

Hubo una breve pausa antes de que dijera: "Dame diez. Será mejor que sea bueno", murmuró y colgó.

Recogí a Dathana, me aseguré de que todo su pelo estuviera debajo de la sudadera. *Mantén tu cabeza presionada contra mi hombro, mirando hacia mi cuello. Cierra los ojos.*

Salí de Central Park. Ninguno de los matones y personas sin hogar por las que pasamos nos dieron ningún problema, aunque nos dieron muchas miradas. Tal vez la suerte estaba del lado de Dathana, porque Diggy llegó a tiempo también.

"Dame esa actitud amistosa", le dije en el momento en que subí al asiento del pasajero. "Nada de regaños."

Diggy me miró, un millón de preguntas claras en sus ojos sombreados. Pero cuando Dathana levantó la cabeza y se asomó a él, le dio una sonrisa fácil. "Hola, cosa bonita", dijo, con encanto y amabilidad. "¿Cómo te llamas?"

Dathana agachó la cabeza contra mi cuello, tímida y un poco asustada.

Es tan grande, me dijo.

Le froté la espalda en un gesto reconfortante. *Lo es, pero es un amigo. También lo es la persona a la que te llevo.*

"¿Adónde? ¿Tu casa?"

Incliné la cabeza hacia atrás y cerré los ojos. "No. ¿Puedes llevarme a casa de Roland?"

"¿Ella es la razón de tu conversación con él antes?", Preguntó mientras maniobraba en el tráfico.

Esnifé. Conversación, claro. "Sí, ella y algunos otros."

"¿Habrá más charla?", Preguntó a continuación, y tuve que pensar en eso por un minuto o dos, teniendo en cuenta que sólo saqué uno de ocho.

"Puede que lo haya", le dije, sacando mi teléfono. "Voy a enviarle un mensaje de texto ahora." Lo hice, haciéndole saber que estaba trayendo Dathana y que necesitaba un lugar seguro para quedarse.

Recibí un ping inmediato, y un mensaje de Roland diciendo que no podía esperar para conocerla.

Condujimos en silencio durante unos minutos, con Dathana asomándose de vez en cuando a la calle, luego a Diggy. Podía sentir su curiosidad, emoción, miedo, su sensación de estar abrumada. Diggy mantuvo su postura relajada, con la expresión amigable, con los labios inclinados cada vez que la pilló mirando.

"Ella no tiene aura. ¿Qué estás haciendo para ocultarla?", Preguntó en un semáforo en rojo.

Sorprendida, la alejé un poco. Tenía razón, Dathana no tenía aura, ni siquiera en la quinta.

"Es el collar."

"¿El collar?"

"El Seelie me dio un collar para poder colar uno de los suyos en la guarida."

Diggy gruñó, pasando un Pinto. "¿Cómo vas a hacer eso si la niña tiene el collar ahora? ¿O es una solución temporal?"

"No, ella se lo quedará. No llevaré a ningún Seelie a la guarida. Ya les dije que no."

"Zantry podría haberlos disfrazado, las das."

"Pero tendría que haber venido conmigo."

Cuando Diggy se estacionó frente a un edificio alto frente al East River, instruí a Dathana que pusiera su cabeza sobre mi hombro y cerrara los ojos de nuevo.

"¿Puedo pedirte un favor?" Pregunté cuando subimos al cuadragésimo piso.

"¿Otro?" Diggy preguntó, las cejas levantadas. "Se están acumulando rápido. Me temo que no será bueno para cobrar"

Sonreí. "Estoy segura de que encontrarás algo."

Diggy movió una mano para que continuara.

"¿Puedes darme el número de Rafael?"

Diggy se enderezó, los ojos se vaciaron "¿Por qué?"

Dathana se desplazó en mis brazos. "Sé amable", le recordé, y se encorvó.

"Quiero hablar con él. Una llamada, Diggy, deja de parecer que te estoy pidiendo que le dispares a alguien por la espalda".

Se frotó las palmas, sus ojos cautelosos. "Dime lo que quieres de él primero."

"Olvídalo", le dije cuando las puertas del ascensor se separaron.

Tanto Roland como Valerie nos estaban esperando en las puertas dobles con espejos en el pent-house. La impresión que obtuve del lugar fue que era abierto, formal y estéril. Oh, había un montón de muebles y aparatos eléctricos modernos; azulejos azules y marrón oscuro y blanco y gris... incluso había un árbol en maceta en la esquina más lejana junto al suelo de las ventanas del techo. No había nada fuera de lugar, ni un libro, una taza, una chaqueta o un zapato. Me recordó a la vez que Vicky señaló lo mismo sobre mi apartamento. Este lugar, como el mío, carecía de característica, el ambiente vivido que un hogar debe tener. Incluso el olor era de madera estéril con un toque de los suministros de limpieza. Lo odiaba.

Nos recibieron con cálidas bienvenidas y sonrisas genuinas en el momento en que pasamos por las puertas dobles, Valerie estaba vestida con pantalones granates y una blusa blanca, Roland con un traje de negocios negro, y me pregunté si se vistieron para recibirnos o si acababan de llegar a casa de una fiesta. ¿Y siempre había sido la casa de Valerie? Me llamó la atención entonces, el hecho de que estaba entregando a una niña a merced de gente que realmente no conocía.

"Por favor, entra, entra", dijo Roland, disminuyendo la distancia entre nosotros, con una sonrisa en la cara. Di un paso atrás. Dathana, sin duda se aferró a mi inquietud, apretó sus brazos alrededor de mi cuello en un agarre parecido a una boa.

"Calma", dijo Diggy, tocando mi espalda. No estaba segura de si su tranquilidad era para mí o Roland.

Cálmate, Roxanne, me dije a mí misma, y me fui a la sala

de estar hundida. El agarre de Dathana sólo se apretaba cada vez más. La puse frente al sofá, no tuve más remedio que agacharme con los brazos alrededor de mi cuello. Estaba temblando. Le puse una palma abierta en la espalda y la moví en círculos calmantes.

Está bien, dije. *Esta gente está aquí para ayudarte.*

¿Y si no les gusto?

Lo harán. Están ansiosos por conocerte, se lo aseguré. *Hoy hablamos de ti.*

Dathana levantó la cabeza, me miró a los ojos. En esta luz, el púrpura de sus ojos parecía más claro, la hendidura más pequeña. Tenía pecas en el puente de su nariz, salpicadas a lo largo de sus pómulos altos.

Incluso te dejarán morderlos para que puedas hablar, dije con una sonrisa y me paré. *Haremos esto juntas,* dije, ofreciendo mi mano.

Después de un momento, sus pequeños dedos tocaron la palma de la mía.

"Dale tu mano, Roland."

Lo hizo. Agachado, le ofreció la mano a Dathana. "Debes ser Dathana" dijo.

Dathana se acercó a mí.

"No voy a hacerte daño", murmuró, alcanzando el cuello de su camisa y sacando un collar. El colgante era de plata y viejo, inscrito con algo que le daba un brillo suave. Sacó el collar, y el brillo dorado de su aura se apoderó del azul.

El encanto que lo disfrazaba de humano.

Dathana me miró y me dijo: *No puedo morderlo de esta forma. Mis dientes no son filosos, sólo sirven para la vegetación.*

Asintiendo con la cabeza, cambié mis dedos y corté la mano todavía extendida de Roland con una garra. Valerie dio un paso adelante, pero Roland ni siquiera hizo una mueca.

Dathana dio un paso vacilante hacia adelante, inclinó su

rostro hacia la mano de Roland, con los ojos cautelosos, fijados en él. Lamió a la sangre una, dos veces, dio un paso atrás.

Diggy le entregó a Roland una servilleta, y la tomó sin dejar de mirar a la niña, la apretó en la herida en la palma de la mano. La cabeza de Dathana se inclinó hacia un lado y ella me miró... Expectante.

"¿Funcionó?" Pregunté, se lo repetí a Dathana.

Dijo que es como yo, pero no puede cambiar. ¿Es eso cierto?

Asentí, me agaché de nuevo. *Por eso te traje aquí, a ellos. Y necesito que te quedes aquí, Dathana, te cuidarán bien.*

¿Me vas a dejar otra vez? Ella agarró mi mano, y yo la acerqué, le di un abrazo. *No estás a salvo conmigo. Volveré aquí a visitarte, siempre.*

"Y si ella no puede venir", dijo Roland, tanto en nuestras cabezas como en voz alta, "Te llevaré a ella."

Le di una mirada lateral, levanté las cejas al ver su suave sonrisa.

Valerie dio un paso adelante, extendió su mano. Después de un momento, le corté la palma de la mano, y con su mano todavía sostenida en la mía, Dathana se acercó, lamió unas gotas.

"Serán amables con ella", aseguró Diggy mientras bajábamos por el ascensor.

Suspiré, me apoyé contra el carro. "Lo sé." Pero no la volvería a ver. Yo también lo sabía.

Diggy me examinó antes de cambiar de pie. "¿Cómo está Vicky?"

"Sedada. Ella no se llevó las noticias de su bebé bien".

"¿Te dijo quién la asaltó?"

Fruncí el ceño. "¿Por qué te importa?"

Se encogió de hombros, no dijo nada.

"Te llevaré a casa", se ofreció al salir del edificio.

"No, necesito tiempo para pensar", le dije, me fui a la noche y comencé a alejarme.

"¿Roxanne?"

Me volteé para encontrar a Diggy parado junto a la puerta del conductor. "Le daré a Rafael tu número, le diré que quieres hablar con él."

Asentí, me di la vuelta y me alejé. Después de un minuto, el motor del SUV ronroneó a la vida y se marchó en la dirección opuesta.

CAPÍTULO CINCUENTA Y TRES

En lo alto de la cubierta del observatorio del Empire State, me incliné contra la barandilla y observé la ciudad. Zantry empujó en el vínculo, preocupado. Me dejaba estar sola un rato, y ahora él también estaba inquieto. Le envié un pulso tranquilizador, pero en verdad, yo era un desastre. No quería que me viera así.

No me escondía de él, no quería que se preocupara por mí. No por mí. El viento feroz me picó los ojos, me azotó el pelo y me agitó las alas. Las abrí más, me incliné más contra la barandilla. Desde aquí arriba, no pude oír el sonido del tráfico de abajo, ni oler el tufo de tráfico. No había nada más que el sonido del viento golpeándome desde todos los lados, asfixiándome con aire fresco.

Durante mucho tiempo, me paré y observé las luces parpadeantes, con la esperanza de silenciar mis pensamientos y fallando. El amanecer vendría pronto. Y por todo lo que sucedió durante estos últimos días, Dorka, Wallace y Brooks; Vicky; Zantry y yo; la crisis de Roland; Dathana... una cosa seguía regresando para atormentarme: Remo estaba listo para moverse. "El tiempo se acerca, muñequita. Todo está en movimiento. El portal es demasiado activo, mis parientes están impacientes. Tráeme esos recipientes." Sus palabras tocaron en mi cabeza una y otra vez, como la letra de una canción que no desaparecería. Sabía que se estaba acercando a alcanzar su meta, pero Dios. Puse una mano sobre mi estómago nervioso sobre ese frío y agitado desorden. ¿Qué había hecho?

Desde la cubierta del observatorio del Empire State, casi pude verlo, el final como puede llegar. Sólo las luces y el viento, las nubes y la noche. Y luego miré hacia abajo, en toda la vida en miniatura que va y viene, centrada en esas pequeñas luces parpadeando en ventanas distantes. Y me preguntaba, no por primera vez, ¿qué pasaría con todo el ruido, toda la gente, todas esas luces, una vez que Remo hiciera su última jugada? ¿Habría una guerra, destruiría a todos y todo? ¿El hecho de que el mundo no estuviera preparado para Remo resultaría en una oposición mínima?

Nunca, ni en mis sueños más salvajes, pensé que estaría bien y viva cuando llegara el fin del mundo. Siempre supuse que pasaría en un futuro lejano, en un momento en que mis huesos no eran más que polvo viejo. Nunca tuve razones para temerlo, porque estaba segura de que nunca estaría allí.

Pero aquí estaba, en la cúspide del fin, ayudando al mundo a romperse.

Aunque no lo sabía entonces, sabía ahora que cuando me familiaricé a Remo, cuando le di poder sobre mí, sobre la hija de Arianna, había apresurado algo todavía siglos de distancia.

Me preguntaba, si las cosas hubieran sucedido de otra manera, ¿alguien, algún grupo preternatural, habría encontrado una manera de deshacerse de Remo antes de que pudiera haber llegado tan lejos?

Yo era el detonante en el golpe de Remo, la gran sorpresa al final de su juego. Y aquí estaba, enfadado, sin hacer nada más que dejar que otros se preocupen por mí.

No merecía la preocupación de nadie.

Debí dejar que los guardianes del camino me mataran la primera vez cuando arrastré a la madre de Dathana por el camino. Mi muerte habría puesto tantos agujeros en el plan de Remo, eventualmente, se habría roto, o tendría que ajustarse, y agregar décadas, si no siglos, para lograrlo. Tantas veces me había acercado a la muerte, tantas veces todo lo que necesitaba era rendirme. Diablos, si muriera ahora, les estaría dando una oportunidad para pelear a aquellos que intentan detenerlo. Entonces, ¿por qué no ayudar a todos? Me agarré con fuerza a la barandilla. Podría saltar del edificio y terminarlo toda esta noche. ¿Agitaría las alas o me dejaría caer? ¿Sabía cómo rendirme? La muerte, para mí, nunca había sido una decisión que tomar, sino un enemigo para luchar. Pero ¿era mi vida, después de todo lo que había hecho, y comparado con todo lo que estaba por venir, algo por lo que valía la pena luchar?

Lo sentí incluso antes de que se fuera detrás de mí. El viento feroz y los pies ágiles hicieron imposible escuchar su acercamiento, pero yo sabía que él estaba allí. Zantry se acercó a mis alas y vino a estar a mi lado, con sus ojos centrados en la ciudad en general. El viento tiró de su cola de caballo, aflojó algunas de las hebras y las azotó como resortes oscuros.

"Ha pasado mucho tiempo desde que estoy aquí."

"¿Cómo pasaste por seguridad?"

"Tengo mis maneras. ¿Tú?"

Sacudí mis alas y las abrí. "Las cámaras te habrían grabado", le dije.

"¿Pero no a ti?", Preguntó, dando a mis alas una mirada puntiaguda.

"No llegan a esta esquina", le dije, desplazándome hacia él.

"¿Cuándo fue la primera vez? ¿La primera vez que viniste aquí?"

Zantry levantó la cara al viento, cerró los ojos. Sus labios se extendían en una sonrisa cariñosa. "Justo después de que se abrió al público. Éramos, Arianna, Archer y Lisa, este mago del fuego que estaba viendo y yo. Entramos por la noche, trajimos bocadillos y bebidas y nos lo pasamos bien".

"¿Qué pasó con el mago del Fuego, Lisa?"

Me miró, con los ojos sombreados por la luz de fondo. "Ella siguió adelante, yo seguí adelante. Nos mantuvimos en contacto por un tiempo, pero luego perdimos contacto". Se encogió de hombros. "Es difícil mantener una amistad casual con otros preternaturales".

Levanté las alas, dejé que el viento acariciara las puntas, las doblé bien. Zantry siguió el movimiento con los ojos, extendió la mano tentativa. "¿Puedo?", cuando asentí, pasó un dedo sobre la cresta dura, y luego se metió las manos en los bolsillos. "¿Cómo se siente, ser capaz de extender sus alas y volar?"

Miré hacia los rascacielos, recordé la fiebre de volar por encima de ellos no hace mucho tiempo. "Es la única parte buena de ser un monstruo", murmuré, recordando a David y cómo me gustó ser la razón de su terror.

"No eres un monstruo", dijo Zantry bruscamente.

Yo no discutí. Podía discutir hasta el fin de los tiempos tanto como quisiera y no importaba cuán seguro sonaba, sabía lo que era, todo lo que había hecho. ¿Podría excusarse el mal si había una causa?

"Mírame, maldita sea."

Me volví, fijé mis ojos oscuros en él. "Marqué y entregué a tres personas a Remo." No eran recipientes. Dejaban de ser recipientes cuando los veías, los oías gritar. No lo sabía hasta que Remo los implantó delante de mí. Eran personas, como Zantry, como Vicky y Vincent, amigos y familia de otros. "Su único crimen era ser útil en el momento equivocado. Y esta noche", señalé con una mano sobre la ciudad, "Casi mato a un hombre esta noche".

Y Remo... el pensamiento se ahogó y murió dentro de mi cabeza, evaporándose incluso mientras trataba de agarrarme.

Zantry inclinó la cabeza, estudió mi expresión plana. "¿Casi?"

"Disfruté torturándolo, golpeándolo. Era humano."

"¿Por qué no lo mataste?" Zantry preguntó.

Me reí, un ladrido duro que me sorprendió incluso a mí. "Deja de buscar bondad. No fue porque tuve un cambio de corazón, o lo compadecí, o tuve una llamada de atención". Me detuve por un momento, recordando la prisa. "Quería matarlo, pero quería que recordara más el terror. Despertar cada mañana preguntándome cuándo volvería. Le prometí que lo encontraría sin importar en qué agujero se metiera. Que nunca le dejaría encontrar un trabajo decente, nunca lo dejaría salir por la noche sin preguntarse si estaba detrás de él, si esta noche sería la noche en que regresara para la segunda ronda".

Zantry se volteó a la ciudad, sus emociones atadas fuertemente. Había mucho más inquietándome, una maraña de ansiedad y miedo y tantas cosas que había hecho, todas pesando, en mi conciencia, nada en particular que pudiera escoger y nombrar, no en este momento de todos modos.

"¿Es el tipo que puso a Vicky en el hospital?"

Gruñí.

Se volvió hacia mí otra vez, me cubrió la mano en la suya. "No eres un monstruo, Roxanne, no más de lo que todos nosotros los preternaturales son."

Me encontré con sus ojos y le pregunté, tono razonable, "¿Es Remo un monstruo, Zantry, o es una excepción a la regla?"

Ignoró mi pregunta y continuó: "No diré que lo que hiciste estuvo bien. No lo haré", continuó, ignorando mi resoplido, "di que todos habríamos hecho lo mismo, aunque sé que algunos de nosotros lo habríamos hecho peor. Todos hemos hecho cosas de que nos hemos arrepentido más tarde, o no. Y no teníamos a Remo empujándonos a hacer todo eso. Pero no somos malvados, tú no eres malvada. En el fondo, todavía dudas, te arrepientes, sientes remordimiento. Todavía proteges, vengas y haces lo correcto por los demás. Y eso es lo que mantiene las balanzas equilibradas".

Estaba horrorizada cuando mis ojos ardieron. Creía en mí, y lo más probable es que se decepcionaría. Me metió un mechón de pelo detrás de la oreja. El viento lo azotó. "El hecho de que estés aquí, dudando de ti misma, lamentando tus acciones es prueba suficiente de que no eres un monstruo. Y no me gusta cuando te comparas con Remo. No eres como él, y seguro que me enoja hasta el final oírte ponerte en su misma clase".

Suspiré, me desplomé. "Ya no sé lo que está bien o mal. Si Remo es el impulso detrás de mis acciones, ¿significa eso que estoy perdonada? No voy a pelear con él, Zantry. Me dice que salte, salto. No me detengo, no pregunto qué tan alto. Quiero deshacerme de él, pero no tengo ninguna necesidad de matarlo, absolutamente ningún deseo de verlo muerto."

Zantry deslizó un dedo sobre mi mejilla, la estática de su toque se quedó por un segundo más. "Es suficiente que lo sientas. La duda es una emoción. El arrepentimiento es una emoción, el remordimiento es una emoción. Remo no tiene ninguna. No se arrepiente, no se cuestiona a sí mismo, no tiene remordimientos por todas las cosas que ha hecho".

Cuando no dije nada, él continuó. "Las emociones definen a una persona. Odio, ira, miedo, valentía, resentimiento, asco. Todos son recordatorios internos para que puedas continuar, parar, o simplemente una alarma tardía para que no repitas los mismos errores dos veces. Remo no tiene nada de eso. Es sólo otro matón que se alimenta de las debilidades de otras personas. Es calculador, inteligente, estratega de cómo hacer las cosas sin tener en cuenta a nadie más que a su sentido de la rectitud y la satisfacción".

Eso era cierto. Había todo tipo de monstruos ahí fuera, Remo resultó ser el peor.

"Me siento orgullosa cuando él me aprueba", susurré, enferma hasta el fondo. Nunca le había admitido esto a nadie, y mucho menos a mí misma. Pero aquí estaba, la fea verdad: quería la aprobación de Remo.

"Roxanne", dijo, me agarró la mano. "Ese es el vínculo que se mete contigo", me acercó, "mírame", levantó mi barbilla con su índice hasta que mis ojos se encontraron con los suyos, "No hay nada de malo contigo. ¿Me oyes? Ese es el vínculo familiar que se mete y manipula tus emociones". Había tanta convicción en su voz que casi le creí. Estaba tan cerca que no necesitaba moverme para poner mi cabeza sobre su hombro, para tomar la comodidad que estaba ofreciendo. Mis manos se agarraban de sus hombros, las suyas a mi alrededor. Durante unos segundos, dejé que me abrazara.

"¿Por qué nadie intenta detenerme? Después de todo lo que dije", le pregunté, levantando la cabeza para mirarlo a los ojos. "¿Por qué confían en mí?"

"No lo hacen." Me quitó un mechón de pelo de la cara, apretó las palmas de las manos a cada lado para evitar que el cabello soplara hacia atrás. "Quieren usarte para detener a Remo, para aprovecharse de tu vínculo familiar".

"¿Cómo?"

Zantry negó con la cabeza. "No estoy seguro." Vaciló. Creo que quería decir algo más, pero en vez de eso, se inclinó y puso sus labios sobre los míos. Suave, tierno y cariñoso. Lo que comenzó como un beso reconfortante rápidamente se convirtió en otra cosa, algo más. Apretó contra mí, el metal de la barandilla mordiéndome en mi espalda, presionando mis alas fuertemente contra mi cuerpo.

"¿Estás segura de que la cámara no llega a esta esquina?", Preguntó contra mis labios.

"Me aseguré de ello." Puse mis brazos alrededor de su cuello. El mundo se iba a acabar, yo lo ayudaría a suceder. Pero por ahora las cosas eran tan normales como se pondrían, y tendría mucho tiempo para arrepentirme y culparme más tarde.

A pesar del suelo duro y helado y el hecho de que no nos atrevimos a desnudarnos por completo en caso de que nuestra ropa volara fuera de la barandilla, la segunda vez fue tan mágica como la primera, tal vez incluso mejor.

Nunca supe que el amor era tan liberador para el alma como pesado para el corazón. Por cada soplo, cada beso estático, cada toque, Zantry le hacía algo al lazo que hacía que mi corazón saltara, que mi sangre zumbara. El viento bailaba para nosotros, cantaba y silbaba. No había nadie, ni preocupaciones, nada en el universo, solo ese momento y nosotros dos, entrelazados en los brazos del otro. Cuando el mundo explotó, juro que vi un millón de estrellas fugaces, y no tenía deseos de hacer.

CAPÍTULO CINCUENTA Y CUATRO

Fue temprano cuando Zantry se fue a ver a otra de sus propiedades perdidas. Esta estaba en la costa oeste, y con Roland acompañándolo, me preocupaba cómo le iría Dathana sola en el pent-house.

Me volteé y me di vueltas, tratando de dormir una hora más, pero la preocupación no me dejaba sola, comiéndome con todas las posibilidades de cómo las cosas podrían salir mal. Alrededor de las ocho y quince, mi teléfono sonó con un mensaje de Zantry, diciendo que Valerie se quedaría en casa con Dathana. Miré el texto, medio asombrada, medio incrédula. ¿Predijo Roland mis preocupaciones e instruyó a Zantry que me lo dejara saber? ¿O Zantry estaba tan en sintonía con mis emociones que podía decir lo que me molestaba? Me esforcé con el vínculo, traté de averiguar lo que estaba haciendo, pero todo lo que conseguí fue una caricia caliente y la promesa de más por venir esta noche.

Con el sueño que me eludió, decidí hacer uso de mi tiempo. Una llamada a Diggy dijo que mi horario estaba vacío hasta más tarde en la noche, y, yendo al baño, comencé a planificar mi día.

* * *

La cuchara estaba a mitad de camino a mi boca cuando sonó el timbre. Me detuve, dudé, luego me metí cereal y fruta seca en la boca, decidida a tener mi desayuno fresco y crujiente. Din don din don din don. Miré el reloj de microondas, frunciendo el ceño a los dígitos. Eran las nueve y media. Din don din don din don din don. Apreté los dientes y metí otra cucharada, moliendo las hojuelas entre mis molares con la fuerza suficiente para moler acero.

Ding don ding don ding don. Se me cayó la cuchara al tazón y empujé mi silla hacia atrás. Dientes afilados, cabello mojado apilado en una maraña desordenada por encima de mi cabeza, abrí la puerta.

Elizabeth se quedó allí, mirándome.

"¿Dónde está mi hija?", Exigió, gruñó- en realidad.

Estudié su mandíbula establecida, su expresión determinada, miré detrás de ella. Ni Rubén ni Archer estaban ahí. Podría bloquearla, cerrar la puerta o argumentar para que se fuera. Pero quería ese cereal crujiente. Además, no era mi pelea.

Me hice a un lado, dejándola entrar, y ella pisoteó mi apartamento, vestida con pantalones azules a medida y una chaqueta corta a juego que enfatizaba lo largas que eran sus piernas. Las olas enojadas que quedaban a su paso eran como ácido, ardiendo y mordiendo, y agité mi mano para esparcir el ambiente.

"¡Mwara!", gritó, mirando por todas partes, sus pasos que la llevaron a la parte de atrás.

Antes de que pudiera llegar al pasillo estrecho, Mwara

apareció en la puerta de su dormitorio. Me tragué el bocado de leche y hojuelas y casi me ahogué. Mwara se había cortado el pelo largo. Donde una vez llegaba más allá de su cintura, ahora tenía unos pocos centímetros, estilo pixie. Pero ese no fue el único acto de rebelión de Mwara. No, su pelo corto tenía tonos azules, verdes, amarillos y rosas, sus orejas tenían varios piercings, con uno más en su ceja izquierda. Estaba vestida con jeans negros, su camisa negra exponiendo la mitad de su medio. Entrecerré los ojos. ¿Había un piercing junto a su ombligo?

La transformación fue drástica, pero admito que me gustó. Me encogí de hombros con el resplandor acusador que Elizabeth me apuntó y reanudé mi desayuno.

"Coge tu bolso y vámonos. No tienes idea de lo agravante que es seguir buscándote. Todo el clan se está burlando de mí porque no puedo controlar a mi hija".

"Ese es tu problema con el que lidiar. El clan, tu vergüenza de mí, cualquier otra cosa que creas que he causado. Porque, madre, no voy a volver contigo. Me quedo aquí, y eso es definitivo".

Un silencio pesado siguió sus palabras. Metí otra cuchara, imaginando el azote de Elizabeth. Su ira creció, dio peso al aire en la habitación.

"¿Crees que estás mejor aquí, viviendo con una rebelde, que volviendo a casa conmigo?"

"Sí", dijo Mwara sin dudarlo.

Escondí mi guiño y me metí otra cucharada en la boca.

"Preferirías avergonzarme".

"Madre, no voy a volver al clan. Me descuidan, me ridiculizan, se burlan de mí. No tienen nada más que sarcasmo y palabras de odio para mí. No voy a volver porque no voy a sufrir tan tranquilamente. Es mejor para todos si no estoy allí, la desgracia del clan con el que nadie quiere asociarse, temerosos de contraer una enfermedad".

La voz de Elizabeth se ablandó con eso. "Con el tiempo, cariño, vamos a ser capaces de arreglar todo eso. Es sólo–"

"No son sólo ellos. Eres tú, es Jade, son nuestros vecinos humanos. Todo. ¿Tú? ¿Crees que no me doy cuenta del horror y la desesperación que no puedes ocultar cuando crees que no estoy mirando? ¿Crees que no puedo sentir tu miedo cuando cambio y todo el mundo puede ver mis alas? ¿O el hecho de que mi padre nunca está cerca cuando yo lo estoy?"

"Oh, Dios. Mwara, mi bebé. Siento mucho que nos haya pasado esto. Ven a casa conmigo. Te prometo que hablaremos de esto. Vamos a casa y llamemos a una reunión. Hablaré con Archer y se lo explicaré. Le pediré que castigue a cualquiera".

"No voy a venir, mamá. Ya no soy una niña. No puedo ir a la escuela. Mis amigos son todos niños todavía. Mi clan aborrece mi presencia. Y no quiero que los castiguen por no quererme a mí, una traidora, cerca de sus hijos, sus hermanas y hermanos. Soy lo antinatural del que hablan. Lo acepto. Tú también deberías".

"No, no lo eres. Te enseñaremos todas las cosas que debiste haber aprendido. Sólo sigue adelante sin mostrar lo que ese monstruo te enseñó. Te cambias sólo en casa para que nadie se dé cuenta de lo avanzada que está tu Dratcha. Contrataré a un tutor para que repase por las cosas que tus compañeros están tomando para que sigas el ritmo de tus clases. Graduarás las asignaturas del clan, irás a la escuela nocturna".

"Dije que no voy."

"Jovencita, no tome ese tono conmigo. Yo digo que vas a volver a casa, y a casa vendrás. Este lugar, esta mujer, ella no es buena para ti"

Sí, cúlpame a mí. Me metí más cereal en la boca y crují, cabeza baja.

"No."

"¡Mwara Longlan, no me hagas arrastrarte fuera de aquí gritando!"

"No."

Se produjo un pequeño silencio, y no pude evitarlo, levanté la cabeza. Mwara tenía los brazos cruzados, mirando a su madre. La espalda de Elizabeth se volteó hacia mí, tan tensa como una cuerda de violín a punto de romperse. Cuando Elizabeth dio un paso adelante, me paré.

"Ella dijo que no va", le dije en un tono suave.

Los ojos de Mwara parpadearon a donde estaba al lado del divisor, Elizabeth se volteó, su ira tomando otra dirección.

"Esto es cosa tuya, ¿no? Has estado llenando la cabeza de mi hija con ideas destructivas, tratando de pagarme por lo que te pasó. Voy a–"

"Vete ahora, antes de que llame a la policía. Estás invadiendo, de acuerdo a la ley de este estado".

Los ojos de Elizabeth brillaron de ira. En cualquier momento, patearía el suelo y me atacaría.

"¿Cómo te atreves! ¡Te crie! ¡Te di doce años de mi vida! ¡Te enseñé todo lo que sabes hoy!" Su voz era estridente, su rostro se convirtió en un tono peligroso de rojo. No parecía halagador.

Me fui a la puerta principal y la abrí. "Entonces no debería sorprenderte." Le apunté con un pulgar a la puerta y le dije: "Fuera de aquí".

"No me iré sin mi hija."

"Tu hija no quiere irse contigo. Hasta que lo haga, se quedará aquí."

"No tienes derecho–"

"En realidad, sí. La última vez que lo comprobé, esta es mi casa y Mwara está en la edad para elegir quedarse o irse".

"Voy a hacer que Mackenzie se entera de esto."

"Sí, llévalo con mi superior."

Ella fue a la puerta sin mirar hacia atrás a Mwara, se detuvo a mi lado, con los ojos estrechados con amenaza. "Pagarás por esto."

"Sí, ya lo estoy haciendo."

"Reclamarla con los científicos no te dio el derecho legal de ella."

"No, pero al menos arriesgué mi vida por la de ella. Pagué por los errores que tu clan sigue cometiendo".

Los ojos de Elizabeth se abultaron, y me preparé para su ataque. Pero ella sólo se volteó y salió de la casa, agarrando su pequeño bolso en un agarre mortal, y sentí, junto con la furiosa ira que dejó atrás, la herida profunda.

Maldiciendo bajo mi aliento, corrí tras ella.

"¡Espera!"

Elizabeth siguió adelante, y, que estúpida yo, fui tras ella, le di la vuelta. Su cabello voló y se envolvió alrededor de su cuello como un lazo, sus ojos cambiaron a amarillo en los bordes. Estaba a punto de perder el control, me di cuenta.

Retrocedí un paso y levanté las manos. "Mira, si quieres que vuelva tu hija, trátala como la joven que es, en lugar de la niña que quieres que sea. Ella no quiere que la gente la respete por miedo a la retribución, sólo quiere que la gente la acepte como es".

"¡Ella es una niña!"

"Ella tiene diecinueve años, te guste o no. Y porque los tiene, puede elegir si quiere irse a casa o no. Si la quieres de vuelta, haz que quiera volver. Ya no tienes la autoridad para decirle lo que debe hacer".

"Yo soy su madre. Y le guste o no, todos esos años que estuvo atrapada en esa cueva pasaron sin que ella aprendiera una cosa útil. No tiene educación, ni amigos con los que hablar, ni eventos de los que pueda hablar. Ha pasado años en el limbo.

Ella es sólo una niña en el cuerpo de alguien de diecinueve años."

"Eso puede ser cierto para ti. Pero ella vivió cada minuto de esos años. Comió, durmió, respiró. Y tal vez no aprendió toda la etiqueta que se suponía que debía aprender, pero ha aprendido mucho. Es inteligente, fuerte. Ha vivido todos esos años por su cuenta, aprendiendo y cometiendo errores en un ambiente te aseguro que la habría matado en la primera semana si no hubiera superado a otros. Alégrate de eso, agradece que esté viva. Y acéptala por lo que es, quién es. No trates de cambiarla para que sea alguien que no es. No la vas a recuperar".

"Ella es mi hija. Y ahora es la prodigio de un monstruo. ¿Cómo puedo dejar que se quede así?"

Di un paso atrás, mi cara se aplanó. "Si ella es la prodigio de un monstruo", le dije con una voz fría, "es por tu fracaso, no por el de ella". Con ese golpe bajo, regresé a la casa, ni una vez mirando a Elizabeth, cerrando la puerta detrás de mí. Mwara todavía estaba junto a la puerta del dormitorio, agarrando sus manos juntas. Mierda, ella oyó eso.

"¿Era eso cierto? ¿Fuiste a los científicos a reclamarme?"

Encontré sus ojos negros. "Mucho bien que nos hizo, ¿eh?"

"Gracias." Se volteó y entró en su habitación, cerró la puerta suavemente detrás de ella.

CAPÍTULO CINCUENTA Y CINCO

Con el desayuno y un plan completo en mi cabeza, no pude salir de la casa lo suficientemente rápido. Diez minutos después de que Elizabeth se había ido, estaba vestida, y mi cabello cepillado y en un moño apretado, la lista de nombres de agentes y direcciones en la mano. Sí, era temprano; era de día, y la mayoría no estaría en casa, pero esperaba al menos encontrar algo. El tiempo se acababa. Sin saber a quién había reunido Camilla, la opción segura era ir tras los agentes cuya esfera estaba vinculada a mí. Convertir sus lazos era un simple ritual con poco esfuerzo de energía de mi parte. No les di ninguna opción. Aquellos que me encontraron con resistencia no vivían mucho para expresarlo. Me tomó horas llegar a la mitad de la lista, con seis de los trece agentes que no estaban en casa. Dos se habían mudado, de acuerdo con los vecinos útiles, pero encontré a los otros siete.

Era lento, y esas eran sólo las personas que vivían en Manhattan o alrededor de allí, y todavía tenía otra lista más larga que mi brazo por revisar. Sin embargo, el progreso era progreso, y no me quejaba. Además, un agente menos, o un lazo convertido, era uno menos para Remo. A menos que se entere de lo que estaba haciendo. Diablos, sólo necesitaba expresar su pregunta de la manera correcta y yo cantaba como un canario. Había muchas otras oportunidades para que las cosas salieran mal, pero estaba intentando, y esperaba que al final, contara para algo.

* * *

Era después del anochecer cuando llegué a casa, exhausta y hambriento. Ni Mwara ni Zantry estaban allí, y yo tampoco esperaba que lo estuvieran. Dejé mi cartón de comida china para llevar en el mostrador y le preparé a Frizz su tazón de carne molida. La culpa por no visitar a Vicky hoy se vio agravada por las olas ansiosas que venían de Frizz por no poder abrazarse con ella. Llamé y me disculpé, y me sentí aliviada al descubrir que Tommy, nuestro amigo de la infancia, estaba en un avión en camino desde Sacramento. Mi alivio fue seguido por un abrumador sentimiento de culpa y fracaso.

El tenedor estaba a mitad de camino a mi boca cuando mi teléfono zumbó con un mensaje de textos. Por segunda vez ese día mi comida fue interrumpida por un dispositivo de llamada. Esta vez, recogí mi cartón de comida china, le di unas palmaditas a Frizz en la cabeza y encontré a Diggy afuera. Mientras hacía un trabajo rápido de mi arroz, pollo y verduras, Diggy me llenó de lo que me había perdido. Por alguna razón pensé que conmigo celebrando una vigilia en el hospital ayer, habíamos perdido todo el día. No podría estar más equivocada. Había ido a Vermont a ver la manada de Peter Francis y el cuerpo de Danny, que, como era de esperar, no había estado en la tumba. Obtuvo algo más que esa confirmación, sin embargo, obtuvo nombres de otras dos manadas, una en Argentina y otra en Canadá, donde el miembro había derrotado al alfa y se había hecho cargo del liderazgo. Diggy pasó la mayor parte de hoy en contacto con otros gremios y despachando a los miembros de los Cazadores para evaluar desde lejos. También había coordinado con el Enclave las autorizaciones para que esos miembros buscaran ayuda de los líderes del territorio en esas áreas y eliminaran cualquier amenaza urgente que encontraran.

Me pareció entonces que con Vincent y su equipo también desaparecido, los cazadores estaban operando con una tripulación de esqueletos. ¿Era eso? ¿Era el plan de Remo dispersar a los cazadores para que... ¿así que él qué? El mundo no estaba indefenso sin los cazadores, y mucho menos la ciudad. Todos esos líderes preternaturales y territoriales no se quedarían de brazos cruzados si Remo hacía una jugada. ¿Y por qué atacaría Nueva York? No, no puede ser.

Llegamos a Frederico a tiempo para la apertura. La gente en la fila nos miró de mala manera, seguido de unos dedos medios y algunos abucheos cuando cortamos la línea y el portero nos dejó entrar. En el interior, el club se veía igual que las dos veces anteriores: barato, ahumado, las luces estroboscópicas demasiado brillantes para mis ojos, y la música igual de fuerte.

Los ojos azules de Frederico se centraron en nosotros en el momento en que entramos, pero sólo sacudió la cabeza y continuó limpiando el mostrador con un trapo. Diggy señaló las mesas redondas, pegajosas y pequeñas mientras iba a tener una palabra con él. O pedir bebidas. O Según él, una pista que había recibido, esta sería nuestra única parada esta noche.

Agarré una mesa a la izquierda de la entrada, hasta donde pude llegar y aun así ver las auras de los que iban y venían. No era tenue como el de la esquina, pero al menos estaría sentada.

Hubo un cambio significativo en la multitud esta noche. No estaba segura si era una ocurrencia de la noche del lunes o si estaba pasando algo más. Muchos de los que entraban estaban vestidos con ropa de trabajo y botas, otros con faldas y blusas campesinas, algunos de negro gótico. La mayoría parecía tener menos de treinta, o hispano o afroamericano. La mayoría vino en grupos, algunas parejas, algunas figuras solitarias. Traté de centrarme en sus características y auras, pero las luces intermitentes seguían jugando con mi percepción y creo que perdí algunas. Pero no pasé por alto el aura verde que entró o el hecho de que pellizcó el trasero la mujer delante de él, o que cuando la mujer se volteó para ver, sus ojos se llenaron de miedo. En lugar de insultar la audacia del hombre algo, la mujer agarró la mano de su compañero y se apresuró en la dirección opuesta.

Interesante. Mis ojos se encontraron con Frederico detrás de la barra, e inclinó la cabeza hacia el hombre algo. ¿O tal vez estaba tratando de preguntarme algo? Estaba demasiado lejos para saberlo. Demasiado lejos para estar segura de que me estaba mirando. Incliné la cabeza por si acaso, busqué a Diggy a través de la multitud espesa.

La forma en que el hombre-esfinge había pellizcado el de la mujer como si hubiera tenido derecho, y el miedo en sus ojos me dijo que esta no era su primera visita aquí.

Me tomó unos minutos encontrar a Diggy, y para entonces los había perdido a través de la multitud de cuerpos, pero estaba segura de que lo encontraría de nuevo. Diggy estaba hablando con un tipo vestido con un polo negro y pantalones cortos apretados, sosteniendo una bebida en cada mano. Para cuando se acercó, dos preternaturales más habían llegado: un vampiro y un cambiante. Mi instinto, y el borde negro alrededor del aura del cambiante me dijo que esos tres estaban aquí para vernos. Diggy puso nuestras bebidas sobre la mesa, y me incliné cerca de su oreja, le expliqué lo que había visto. Asintió, se puso de pie, y regresó al bar, mirando aquí y allá. Se inclinó contra el mostrador, tocó dos veces en la parte superior de acero inoxidable para llamar la atención de Frederico, se volteó hacia los lados para ver a la multitud. Le dijo algo al tipo de al lado que hizo que el tipo diera una sonrisa y dijera algo. Diggy se encogió de hombros, golpeó en el mostrador de nuevo, su pose indiferente, sus ojos buscando.

Cuando el siguiente de aura verde entró, mi corazón saltó en mi pecho como una rana en la grieta.

A diferencia de los otros tres, éste se detuvo en la entrada y escaneó la pista de baile, el bar, la gente agrupada alrededor de las mesas. Tomé una copa y bajé la cabeza al vaso, mis ojos llorando con los fuertes vapores del alcohol. Desde la esquina de mi ojo, rastreé el progreso del recién llegado hasta que desapareció a través de la multitud de extremidades ondulantes y retorcidas. Me quedé de pie, sin esperar a que Diggy regresara. Este lo conocía. Tenía una reputación desagradable, incluso en la guarida. No sabía su verdadero nombre, pero en la guarida, la gente lo llamaba El Rey. Sólo lo había visto dos veces y desde lejos, y recordé que cuando caminaba, la gente se alejaba. No estaba en mi lista de agentes, por el simple hecho de que no era de por aquí. Entonces, ¿por qué estaba aquí ahora? ¿Qué ha cambiado? Todas esas personas desaparecidas. Todas esas tumbas vacías. Y Remo se estaba preparando para dar una jugada. Todos estaban conectados, estaba segura de eso. ¿Pero cómo? ¿Por qué ahora?

Cuando llegó la respuesta, me abofeteó en la cara.

Es por el eclipse, maldita tonta. ¿Qué dijo Diggy al respecto? Necesitaba más detalles para averiguar cuándo estaba sucediendo y qué haría. Seguí a El Rey más allá de la pista de baile y a la parte trasera, notando y catalogando el hecho de que su aura era completamente verde. Sabía que había sufrido la transición, pero no sabía lo que era. Un oso, sin duda uno poderoso, teniendo en cuenta las esferas, de las cuales tenía muchas, había oído. Según el rumor, era uno de los agentes más antiguos de Remo, sus esferas sólo cuentan más bajo que las de Angelina, pero lo compensó al someterse a la transición. Vestido con una camisa negra de lino de manga larga y denim negro, rasgos pícaros enfatizados por su largo cabello oscuro atado hacia atrás con una banda elástica, debería haberse mezclado con la multitud. En cambio, se destacó. Tal vez era el ambiente peligroso que rezumaba, o la forma animalista en que se movía, como un animal salvaje al merodear.

Lo mantuve en mi línea de visión, empujando a la gente fuera del camino cada vez que alguien bloqueaba mi camino. No estaba siendo amable. Una conmoción llamaría la atención de Diggy. La del El Rey también. Desaceleré, consideré mis opciones. No me apetece luchar contra el Rey, y al menos tres preternaturales más en una habitación llena de humanos frágiles. Mis pasos flaquearon cuando recordé que Diggy me dijo que abortara si Abran y su pandilla involucraban a los humanos. Mierda. Estaba seguro de que El Rey no estaba aquí por los humanos. Mejor pedir refuerzos y emboscarlos afuera. O seguirlos hasta dondequiera que estuvieran escondiéndose. En cualquier lugar, menos en un club lleno de posibles rehenes.

Seguí a distancia y vi el destino del Rey al mismo tiempo que él lo hizo. Los tres preternaturales se sentaron agrupados alrededor de una pequeña mesa redonda en la esquina, y mientras el Rey se fue en su dirección, me fui hacia una mesa donde podía vigilar al grupo. Fue entonces cuando la música cambió, y alguien detrás de mí silbó tres notas penetrantes. El cambiante se puso de pie, y el rey giró alrededor. Nuestros ojos se encontraron y el reconocimiento se despertó en sus ojos oscuros, del tipo que me reconocía antes.

Agarró a la mujer más cercana, la empujó en mi camino y volvió a la barra.

Empujé a la mujer chillona a un lado a tiempo para ver a Diggy saltar encima del mostrador de acero inoxidable, enviando botellas de cerveza y vasos de cóctel volando mientras corría y luego saltando para enfrentar a El Rey. Cada uno de los otros tres preternaturales corrió en diferentes direcciones. Sin querer, me precipité a por la esfinge. Aunque no necesitaba despejar a nadie de mi camino, tuve que saltar sobre sillas y mesas caídas, derramar bebidas y vidrios rotos, ignorar los destellos e insultos enojados arrojados en mi dirección. Pasé el pasillo iluminado a tiempo para ver la puerta de la oficina donde Frederico nos había llevado la primera vez que vinimos. No fue un movimiento inteligente. Apuesto a que no sabía quién era yo, ni por qué los otros habían huido. Detrás de mí, la gente gritaba, su pánico tan fuerte como la música.

Elegí la brusquedad en lugar de sigilo y pateé la puerta con un pie con botas. La esfinge me sorprendió y saltó, un pequeño gato gris con garras viciosas. Lo agarré de la nada, giré y pateé la puerta. Antes de que pudiera volver al tamaño humano, le gruñí.

"Si te cambias, te romperé el cuello."

El gato se congeló, sus ojos de ámbar inteligentes mirándome.

"Te prometieron fuerza e inmortalidad por ese otro", le dije, sin esperar ningún tipo de respuesta. "Te lo daré." Sin decir una palabra más, saqué energía de mí, me uní a ella con lo que pude encontrar persistente en el éter. No tenía tiempo que perder, sin saber cómo iba la pelea entre Diggy y El Rey. Invoqué a Zarloz, la runa de unión bastarda, los maullidos del gato del dolor enmascarados por la música y los gritos de afuera que se filtraban. Una vez hecho esto, le di unas palmaditas al gato y me paré.

"Remo estará en contacto", dije sobre mi hombro. Había gente en el pasillo tratando de escapar de la confusión, y empujé a un lado y me fui a la izquierda, de vuelta en el bar, mis ojos rebuscando el caos.

Algunos de los clientes estaban peleando entre sí con palos y vidrios rotos, el portero calvo estaba tirando de un tipo de negro gótico lejos de un tipo afroamericano con una camiseta hawaiana de color naranja brillante. Dondequiera que miraba, la gente estaba peleando o tratando de escapar. Pero de Diggy o El Rey o el cambiador o vampiro no había una señal. Me dirigí hacia Frederico, ayudando a una mujer ensangrentada y sollozando a sentarse.

Frederico se encontró con mis ojos, llenos de rabia. Me apuntó con un dedo y me gritó: "Fuera por la salida trasera".

Por un momento, pensé que me estaba echando, pero luego repitió: "Vete, salieron por la salida trasera".

"¿Dónde?" Grité con nueva urgencia.

Frederico señaló de donde había venido. Giré y corrí de vuelta al pasillo, empujando a la gente.

Maldición, maldición, doble maldición.

Un grupo de personas por delante bloqueó la salida, y tuve que empujar y empujar para pasar. Y allí, descartada por la puerta de salida, una mujer yacía. El ángulo torcido de su cuello me dijo que ya había superado cualquier ayuda. Alguien me agarró del brazo y me tiró hacia atrás, un hombre corto y voluminoso con pantalones vaqueros y zapatos raspados con un agarre firme y un collar alrededor de su cuello grueso. "Quédese atrás, señora", dijo, y antes de que pudiera responder, el portero dio un paso adelante, haciendo a un lado a la gente. Inclinó la cabeza para que yo me fuera, y yo aparté el cuerpo, empujé la puerta abierta con el pie.

Escaneé el callejón oscuro, tratando de ver, u oír, cualquier cosa. A la izquierda había oscuridad negra, una situación desconocida. A la derecha estaba la calle, la entrada al club y otra situación desconocida, sólo más brillante. Las sirenas de la policía perforaron la noche, se mezclaron con las maldiciones gritadas y los gritos desde dentro del club. Pero el estrecho callejón estaba silencioso. Demasiado silencioso.

Me dirigí hacia la oscuridad, la puerta detrás de mí cerrando y encerrándome. Mis ojos escanearon a la izquierda, derecha, arriba y abajo, pasos lentos pero constantes. La luz de un apartamento arriba arrojaba un poco de luz débil en el pasillo, y mientras mis ojos se ajustaban, progresé en la oscuridad.

Arriba, algo cambió. Me pegué contra el ladrillo sucio y me apresuré hacia adelante, escaneando el lugar en busca de cualquier otro movimiento. Mi corazón latía en mi garganta, mi mano izquierda apretada de miedo y culpa. Si algo le pasara a Diggy porque me desvié. Si le pasara algo, nunca me lo perdonaría.

Ruido vino de adelante, y me apresuré hasta que me quedé sin pared a mi derecha. El callejón se abrió a la derecha, un tono más oscuro de negro que el que dejé atrás. Agachada, me fui a la derecha, manteniendo la pared cerca mientras me movía más profundamente, lento ahora pero todavía estable, sintiendo mi camino con mi mano. El aire olía a rancio, de las cosas que se estropearon innumerables veces en los últimos años, mezclado con excrementos de animales y orina. Traté de captar un sonido, un aliento, un cambio, el desplazamiento de la energía.

Mis dedos pasaron sobre algo pequeño y redondo, y lo recogí. Tenía el brazo levantado, lista para tirarlo en el camino cuando me detuve. ¿Y si asusto a Diggy y revelo su ubicación? Había manchas más oscuras aquí y allá, lugares donde un cuerpo o dos podrían esconderse.

Me salvé de tomar cualquier decisión cuando algo-alguien dio un silbido detrás de mí, seguido de tres notas silbadas. Fruncí los ojos, a tiempo, para ser cegada por una luz poderosa. Maldición, salí del lugar en el que había estado, viendo nada más que el resto de la luz, algunos rojos interrumpidos por manchas negras. Una conmoción estalló a mi izquierda, y la luz poderosa se cayó y se estrelló en el suelo, rompiéndose en cien pedazos, hundiendo el lugar de nuevo en la oscuridad. Me alejé otra vez, con las manos sintiendo la pared pegajosa detrás de mí, los pies probando el suelo. Ciega como estaba, quedarme quieta era un mal movimiento, pero no serviría caer sobre el puño de mi oponente y hacer todo su trabajo por él. Bajé la cabeza y cambié mis ojos a los de mi bestia. Su brillo sería más fácil de detectar, y la mejora no fue grande, pero vi las dos siluetas rodando en el suelo, puños volando. En la otra dirección, algo alto se movió en mi dirección. Me agaché y me acerqué contra la pared y esperé, la cabeza bajaba, mirando a través de mis pestañas.

No tuve que esperar mucho. Cuando la sombra se movió, ataqué, rezando para que no estuviera asaltando a Diggy. El instinto me dijo que era uno de los dos tipos rodando por el control, pero di mi primer ataque, inmediatamente seguido con una patada dura en el estómago. Porque Diggy era más alto y no llevaba cuero. El hombre se cayó y yo corté con mis garras, rozando la piel de su cuello antes de que se alejara rápidamente. Demasiado rápido, no lo vi moviéndose. Era El Rey, entonces.

Lo siguiente que supe fue que estaba de espaldas, mirando el cielo sin estrellas. Hice una voltereta hacia atrás, con la intención de patearlo y darme tiempo para ponerme de pie, pero de nuevo, él era más rápido de lo que esperaba, agarrando mi pie y tirando. Me usó como una escoba, cepillando la mugre del suelo con mi pelo y la espalda antes de que tuviera suficiente sentido común para sujetar mi peso en mis manos y empujar contra él, pateando el brazo sosteniendo mi pie. Hubo el crujido de huesos satisfactorio, y en el momento en que su agarre se aflojó, salté a mis pies. A las esferas en transición no les importaba el dolor, pero sus cuerpos seguían nuestras leyes de la física. Vi a

Diggy y al otro tipo de pie un poco lejos, dos siluetas dando vueltas entre sí.

"Me dijeron que me mantuviera alejado de ti", dijo El Rey, voz baja y grave, como si hubiera pasado demasiado tiempo gritando y dañado sus cuerdas vocales. "Tomé el consejo en serio", se encogió de hombros con su chaqueta, "pero ahora creo que los rumores eran exagerados".

Me tiró su chaqueta, y me hice a un lado. Un puño duro como una roca dio contra mi barbilla, sacudiéndome la cabeza y haciendo que mi mejilla derecha, la oreja y el cerebro me dolieran. Me tropecé hacía atrás, los brazos como molino de viento, las orejas sonando, desorientada y completamente ciega. El punto de impacto ardía como ácido caliente, me dolían los dientes, me dolía el cuello. Si hubiera pegado en el lugar, podría haberme roto el cuello. Siguió con otro golpe en mi estómago, y todo el aire salió corriendo por mi boca en un soplo sin aliento. Salté lejos del ataque que siguió por instinto, y escupí un fajo metálico de sangre, incluso cuando más estaba saliendo y me bajaba por la barbilla. Sentí la alarma de Zantry, la aparté y me concentré en la pelea en cuestión. El minuto siguiente más o menos pasó en un borrón de golpes y patadas, y yo estaba sobre todo en el extremo receptor. Era implacable, un boxeador en la pista, uno con un oponente acorralado. Era tan rápido. Nunca había peleado con nadie tan rápido. Muchas esferas. Y curiosamente, fue la idea de que Vincent fuera tras Angelina lo que me dio una sacudida.

"Voy a llevarte tu maldita cabeza conmigo." Puntuaba cada palabra con un puñetazo.

Y lo haría si no saltaba a la ofensiva pronto.

Con Vincent en mente, me incliné hacia un lado, tomé el siguiente golpe fuerte al hombro, y golpeé alto en su axila con mis garras. El Rey gruñó, un silbido que no era en absoluto humano y saltó lejos, presionando su brazo contra su cuerpo.

Parecía lo suficientemente inteligente como para entender que este cuerpo era su hogar.

No por mucho tiempo. Metí las garras en mis dedos, aplaudí y usé mi mano derecha contra la palma abierta de la izquierda. Cuando tiré, la luz de la espada iluminó el pequeño espacio, las cajas apiladas en la esquina de forma peligrosa, las cajas de cartón que yacen aquí y allá, así como unos cuantos roedores que se alejaban de la luz y la conmoción. Avancé como lo hizo el Rey, los dos tratando de ponernos bajo la defensa del otro. Pero tenía una espada, y sabía cómo usarla. Tuvo un camino sangriento abierto desde su cuello hasta el pecho antes de que pudiera terminar de saltar. El olor a carne carbonizada era fuerte, casi tan fuerte como el olor picante de la basura y los desechos. Podría ver sus rasgos ahora, la sangre oscura empapando su camisa, la mirada de sus ojos. Me preparé, preparado para lanzarme, mi mente abierta a todas las posibilidades de ataque. Tenía que ser una decapitación. No tendría otra oportunidad de enfrentarme a uno de los tenientes de primer nivel de Remo, y si lo hiciera, sería en sus términos, con un montón de compinches que lo respaldaban. Me abalancé, él esquivó y siguió adelante. Corrió hacia la pared, saltó sobre una caja, apenas tocando hacia abajo antes de saltar a la siguiente y la siguiente, con los pies claros y seguros, hasta que se agachó, equilibrándose sobre la pared de diez pies que separa el callejón con el otro lado. Por un momento, su sombra permaneció inmóvil en lo alto de la pared, con la cabeza inclinada hacia abajo, ya sea mirándome o lo que estuviera del otro lado. Luego saltó y desapareció. Estaba herido. Lo inteligente sería ir tras él ahora, pero en su lugar, me volteé y volví a donde Diggy todavía estaba luchando contra el otro tipo. También estaba lesionado, respirando con dificultad.

Dio una patada que el otro evitado por una pulgada, y luego para mi horror, el tipo estaba hundiendo una hoja larga brillante en el lado expuesto de Diggy. Diggy gruñó y se alejó, una mano cubriendo el punto en el que la hoja había entrado.

No.

El resplandor de mi espada reveló mi presencia, y el hombre se desplazó hacia un lado, tratando de mantener a Diggy y a mí en su línea de visión. Al igual que El Rey, era afroamericano, pero no era uno de los tres que habían estado esperando en el club.

Diggy se abalanzó y el hombre se echó al lado, lo suficientemente rápido como para que Diggy no le diera, pero no lo suficientemente rápido como para evitar mi espada. Sin pausa ni duda, seguí con una puñalada en el pecho, no estoy segura de si le di en el corazón o no, pero no estaba apuntando con la precisión. En el momento en que tropezó y cayó de rodillas, le corté la cabeza.

CAPÍTULO CINCUENTA Y SEIS

Aparté la espada y a fui a por Diggy.

"Déjame ver."

Miré hacia arriba cuando se apartó, me encontré con sus ojos brillantes. "¿Puedes ver lo profundo que es?"

"Lo suficientemente profundo", dijo. "Necesita presión hasta que pueda cambiar."

Miré a mi alrededor, sin ver nada, sin saber qué decir o hacer. La adrenalina todavía inundaba mi sistema, pero empecé a notar otras cosas: las sirenas de la policía, el reflejo de la luz azul y roja por delante, el olor de la carne cauterizada, las voces combinadas de múltiples personas que intentaban ser escuchadas a la vez. El hecho de que había usado mi espada en su presencia. Su respiración laboriosa, el olor metálico de la sangre que emanaba de él.

"¿Quieres cambiar aquí?"

"No." Se dio la vuelta y se alejó, y me acerqué a él, lo suficientemente cerca para atraparlo si caía, lo suficientemente lejos como para no ofenderlo.

Nos movimos uno al lado del otro a la parte del callejón, y el anillo de espectadores controlados por los agentes de policía hizo nuestra huida más fácil. Tuvimos que reportar el incidente, que entrara el equipo de limpieza, pero todo lo que podía pensar era en cómo había entrado la hoja, cuánto tiempo había pasado. Y cómo Vincent estaba en algún lugar del oeste tratando de atrapar a Angelina. Que tenía aún más esferas que El Rey.

Cuando llegamos al SUV, Diggy me entregó las llaves. Lo miré por un largo segundo, a la sangre manchada en el brillo plateado del metal. El último vehículo que conduje fue la camioneta de la SCP secuestrada en Sacramento. Fueron sólo meses en términos de la Tierra, pero como le había dicho a Elizabeth esta mañana, había vivido cada minuto que había pasado en la guarida.

Aun así, asumí que era capaz de conducir un auto. Me subí al asiento del conductor justo cuando Diggy cuándo se puso el cinturón de seguridad. Su teléfono, agarrado en su mano, vibraba con una llamada entrante.

Entré en la calle, yendo en la dirección opuesta al club mientras él relató el incidente a Byron, un miembro cazador que aún no había conocido, y dio órdenes para la tripulación de limpieza, a dónde ir y qué hacer y qué decir a la policía.

"El eclipse", comencé en el momento en que colgó, "¿cuándo está sucediendo?"

Diggy se movió en su asiento. "No puedo decir con seguridad, pero estamos estimando que sucederá en las próximas cuarenta y ocho horas."

Joder, nos estábamos quedando sin tiempo.

"Fuiste tú, ¿no?"

Lo miré, encontré sus ojos en mí, todavía luminiscentes.

"¿Qué quieres decir?" Pregunté, haciéndome la tonta.

"Las decapitaciones. Fuiste tú."

No dije nada. Diggy silbó con un aliento, ya sea con frustración o dolor o ambos, se inclinó hacia atrás, con la mano todavía presionada contra su lado. Sus dedos estaban mojados de sangre, su camisa empapada con ella.

"¿También decapitaste al otro?"

"No. Se escapó.

"¿Quién es él?"

"No sé su nombre, pero en la guarida, la gente lo llama El Rey."

"¿Tan alto?"

"No tan alto como Angelina", le contesté después de unos segundos.

"Las decapitaciones, ¿eran todos agentes?"

"Sí."

"¿Por qué no dijiste nada? Podríamos haber ayudado"

De nuevo, no respondí.

"¿Hay más que estás planeando encontrar?" Su pregunta salió tensa.

"¿Y si los hay?"

"Podemos ayudar. Podríamos interrogarlos, averiguar lo que saben. Dependiendo de cuántos tengas, podemos golpearlos a todos a la vez, debilitar a Drammen antes–"

"¡No lo hagas!" Espeté, agarrando el volante con fuerza. "No me digas lo que planeas hacer, maldita sea. Cualquier plan que hagas contra él, no me lo digas."

Diggy estuvo callado durante unos segundos. "Podemos resolver algo."

"No."

Si trabajara con ellos, Remo me ordenaría engañarlos cuando menos lo esperaban. "Aprovechará cualquier plan que hagamos juntos", le expliqué. "No puedo planear, con o sin la ayuda de nadie, ningún ataque directo contra Remo".

No empujó, pero estaba seguro de que era porque se había

quedado sin aliento para hablar. Me apresuré, logrando no destrozar el auto. Demasiado.

Cada vez que golpeé un parachoques o un guardabarros, Diggy hizo una mueca o gruñó, pero no estaba segura de si fue porque sacudía su herida o si se ofendía por mi conducción.

Estacioné en el garaje subterráneo del edificio Edgar Kis y me apresuré al lado del pasajero.

"Puedes irte", gruñó Diggy mientras salía. "Puedo volver a salvo en casa."

Ignoré su sarcasmo y esperé mientras insertaba una llave larga para llamar al ascensor, me quedé a su lado hasta su apartamento. La habitación estaba oscura, y con un parpadeo a un lado de la puerta, una bombilla tenue en la esquina se encendió, bañando el espacio con una iluminación tenue. Diggy levantó una ceja cuando entré con él, tiré las llaves en un cojín bajo y me dirigí al dormitorio. Me despejé la garganta y le dije: "Quiero ver la herida después de que cambies". No respondió mi solicitud, pero no había manera de que no escuchara, incluso con la puerta de la habitación cerrada. Me acerqué hacia los sofás japoneses, y luego me fui a la librería empujada contra una pared. A pesar de mi maltrecho estado, estaba demasiado conmovida como para sentarme. Algunos libros en el estante estaban encuadernados en cuero, otros cosidos junto con hilo, como los de la biblioteca de Remo, pero la mayoría de los libros, sorpresa, sorpresa, eran libros de bolsillo de libros de ficción. John Grisham, Stephen King, F. Scott Fitzgerald, J. R. R. Tolkien. Incluso había una colección de sonetos de William Shakespeare.

Un ruido apagado entró por la puerta cerrada y me detuve, Shakespeare en la mano. "Oye, ¿estás bien?" Y cuando pasaron unos segundos sin respuesta, me acerqué. "¿Diggy?" No hubo respuesta. Me aclaré la garganta. "Sabes, si sigues ignorando mis intentos de asegurarte de que estás vivo y bien, voy a abrir la puerta y asegurarme por mí misma".

No hubo respuesta.

"¿Uh, Diggy? Ahora estoy preocupada. Contaré hasta tres y abriré la puerta. Uno, dos", la puerta se abrió y un Diggy con una mueca y ojos brillantes de avellana estaba en el otro lado. Desnudo.

Me di la vuelta con consternación, mi cara en llamas caliente. "Podrías haber gritado. O maullado si estabas en forma de gato", murmuré. "Ponte pantalones o algo así, hombre. Sólo quiero ver la herida de tu costado." Mantuve mis ojos fijos en la pared frente a mí, en todas las armas que se exhiben, hasta que oí el sonido de ropa. "¿Estás decente?" Pregunté cuando se fue a la sala de estar. Gruñó y me volteé, notando que sus ojos no habían perdido el resplandor desde la pelea en el callejón.

"Déjame ver", señalé a su lado.

"¿Por qué?", Preguntó, la voz áspera. Me detuve, frunciendo el ceño, y volví a señalar.

Sin decir una palabra, Diggy levantó el brazo. La marca de la puñalada todavía estaba cruda, roja e hinchada. Examiné alrededor de la herida, presionando lo suficiente para que la sangre volviera a salir. Diggy no se estremeció ni hizo ningún sonido. Hasta que metí un dedo. Gruñó, como un gato, y dio un paso atrás. Olí mi dedo, no encontré nada raro con el olor, hice una mueca y me metí el dedo en la boca. Las dos cejas de Diggy altas en su frente. "¿Qué estás haciendo?", Exigió, se le cayó la máscara tranquila.

"Buscando veneno o algo así."

"¿Y?"

"Y necesito un lugar para escupir", le dije, buscando alrededor.

Diggy sacó unos pañuelos de una caja sobre la estantería y

me los entregó. Escupí un montón de saliva rosa, y luego escupí de nuevo solo por si acaso.

"La buena noticia es que se ve limpio, huele limpio, sabe limpio."

"¿Y lo malo?"

Hice una mueca. "Nunca olvidaré el sabor", le dije, escupí de nuevo.

Diggy gruñó, sus ojos de gato se divirtieron. "Voy a cambiar de nuevo. Me quedaré en forma de pantera por unas horas. Di una pausa en la puerta de su dormitorio y se volvió. "¿Roxanne? Gracias."

Asintiendo con la cabeza, me despedí con la mano y me dirigí a la puerta.

CAPÍTULO CINCUENTA Y SIETE

Encontré a Zantry y a Mwara en casa. Mwara estaba junto a la estufa, revolviendo una cosa roja y burbujeante en la olla que emitía un aroma fragante y picante. Su cabello multicolor estaba desordenado y suelto, tal vez por diseño. Estaba vestida con leggins negros, zapatos planos y una camisa amarilla brillante cubierta de emoticones. Zantry estaba una de las sillas altas, las piernas en frente, la postura tensa, la expresión sombría, todavía vestido con los pantalones negros y la camisa azul que había tenido por la mañana, el pelo suelto sobre sus hombros. Una barba de un día oscureció sus mejillas. Tuve esta necesidad casi obligatoria de tirar mis brazos alrededor de su cuello y nunca soltarlo.

Miré hacia otro lado en su lugar.

"Eso parece doloroso", observó Zantry, con los ojos fijos en mi barbilla.

"Eso es porque lo es." Dejé las llaves en el mostrador y tiré de la silla alta junto a la suya, adolorida y agotada ahora que la adrenalina se había acabado.

Le hice una señal a Mwara. "¿Qué es eso?"

"Chilis." Me dio una sonrisa preocupada, con los ojos fijados en mi barbilla por más de un segundo antes de cubrir la olla y se empezar a guardar cosas.

"¿Tienes hambre?" Preguntó Zantry.

"No, pero huele maravilloso."

Zantry recogió mi mano, examinó mis nudillos, la sangre seca debajo de mis uñas. Mwara me ofreció una bolsa de guisantes congelados. Con un agradecimiento tranquilo, la tomé y la miré fijamente. La idea de que cualquier cosa tocara la parte destrozada de mi barbilla me dio escalofríos, especialmente los duros, pequeños guisantes congelados. Zantry se puso de pie y señaló, y levanté la barbilla para que él la viera. "¿Es eso lo peor? ¿Un diente suelto?"

"No", le dije, tocando mis dientes con mi lengua para asegurarme.

Puso su palma en mi barbilla, e incluso el suave toque ardió. El hormigueo de la curación comenzó un segundo más tarde, seguido por la picazón loca.

En el momento en que dio un paso atrás, Frizz apareció y se apretó contra mis piernas, incapaz de mantenerse alejado por más tiempo.

"Lo sé", murmuré, recogiéndolo y acariciando su cuello.

Zantry se apoyó en el mostrador y cruzó sus brazos, estudiándome mientras acariciaba a Frizz entre las alas y lo consolaba.

"¿Por qué no lo convocaste para ayudar?"

Me encontré con sus ojos sobre la cabeza de Frizz. "Porque a los agentes sólo se les permite alimentarse de intrusos en la guarida, o criaturas nativas de las Tierras Bajas."

Miró hacia otro lado, un músculo pasmado en su sien. "Si me lo hubieras dicho, habría estado allí a tiempo."

Fruncií los labios, rasqué bajo la barbilla de Frizz. "No

necesito que me cuides", le dije suavemente, frotándome la mejilla contra la cabeza de Frizz. "Puedo cuidar de mí misma, Zantry. He luchado cosas peores que los agentes de Remo"

"Eso no te hace invencible."

Sintiendo la discusión, Mwara se alejó, sus pasos tranquilos.

"Entonces, ¿qué, se suponía que debía meter la cola entre las piernas y dejar que Diggy luchara por su cuenta?" Mi ira comenzó a surgir, una respuesta irrazonable a la suya. "¿Por qué no viniste? Sabías muy bien sabía lo que estaba pasando, ¿no?

Lo vi entonces, sentí como vibraba a través del enlace como un acorde de guitarra rasgueada. La culpa, la angustia de saber que incluso si llegara a través del camino, no llegaría a tiempo. El miedo a perderme.

Su boca se abrió, pero en lugar de soltar la agitación dentro de él, se frotó la cara con la palma de la mano, exhaló un largo aliento, se tambaleó en el diluvio de las emociones. "Tienes razón, lo siento."

Su tono bajo y lamentable me hizo colocar Frizz abajo y de ponerme pie. "Mira, yo no sabía qué, quién, estábamos buscando. Creo que Diggy tampoco lo sabía. Ciertamente no me habría enfrentado a uno de los tenientes de primer rango de Remo en un lugar lleno de humanos".

Se acercó. "Lo siento. Confío en ti, sé que puedes defenderte. Simplemente", inhaló profundamente, exhaló, colocó su barbilla sobre mi cabeza. "Me tomó desprevenido", admitió. "Todavía estaba en el aeropuerto cuando..." Se estremeció y no necesitó continuar. Toda la pelea pudo haber parecido una eternidad, pero todo sucedió en menos de tres minutos. Para cuando pudo haber encontrado un lugar desierto donde podría saltar al camino lejos de los espectadores, la pelea ya habría terminado.

"Una mujer murió esta noche", le dije en su camisa. "Diggy

también fue apuñalado." Mis manos se convirtieron en puños a mi lado, estirando su camisa.

Zantry me hizo retroceder, los ojos violeta-azul escaneando mi cara. "¿Por qué la culpa?"

"No estoy segura." Esa mujer estaba muerta en el momento en que El Rey la tocó.

Y en el fondo supe que incluso sin mi desvío, Diggy habría sido apuñalado. Aun así, había un nudo ansioso de culpa en mi estómago, sabiendo que las cosas podrían haber resultado mucho peor mientras seguía el impulso de obedecer a Remo.

"Vemourly es un adulto." Zantry se movió a un lado, mojando el borde de la toalla de té debajo del grifo. "Ha estado haciendo esto por más tiempo de lo que has estado viva. Apuesto a que no le gustaría oírte hablar de culpabilidad y reclamar la culpa por lo que pasó". En silencio, me limpió la frente con la toalla, y luego mi barbilla recién curada. Un débil flujo de sangre se detuvo. Sería más fácil para mí ir a ducharme, pero le dejé cuidarme un poco más.

La cabeza baja, el pelo cubriéndole la cara, me limpió las manos después. "Tú también te lastimaste."

"Mi barbilla fue lo peor. El resto son moretones y rasguños aquí y allá". Le quité la toalla, le apreté la mano, esperé a que me mirara de nuevo, toqué mis labios a los suyos. "Debería tomar una ducha y dejar ir la noche." Un beso más profundo siguió, este lleno de promesas. "Llama a Mwara y podemos discutir tu día mientras comemos."

La consternación cruzó sus ojos. "Mi día no fue tan emocionante como el tuyo. Principalmente perseguimos a la gente, tratando de programar una audiencia con algunos babuinos audaces". Había líneas cansadas alrededor de sus ojos, pero la normalidad de su descontento tenía algo de peso subiendo en mi pecho. Se me cayó la cabeza sobre su hombro e inhalé su aroma cítrico y picante. Sus brazos me rodeaban a la vez, su corazón latía contra mi pecho. "Estoy tan cansada, Zantry. Desearía que todo esto se acabara. Sólo quiero una vida ordinaria".

"Yo también. Yo también."

CAPÍTULO CINCUENTA Y OCHO

SIN QUERER PARECER GROSERA, ME SENTÉ A mordisquear un bocado o dos. En el momento en que probé los chiles picantes, mi apetito volvió a rugir. Comimos en silencio, con la pregunta ocasional de Zantry a Mwara sobre su día, su trabajo. Era un silencio cómodo, algo agradable, los tres compartimos una comida nocturna en nuestros pijamas. En el momento en que terminamos, el elefante en la habitación apareció, y Mwara se excusó a su cuarto. Tenía mucho que decirle a Zantry, y aunque era tarde, no podía permitirme demorarme más. No si Remo estaba planeando algo para el eclipse, y mi instinto me dijo que lo estaba haciendo. Además, mi reunión con Camilla y los otros agentes era mañana por la noche. Necesitaba a Zantry a bordo. La verdadera pregunta, sin embargo, era si Zantry podía hacerlo. Cargamos el lavavajillas juntos y nos fuimos al sofá. En silencio, le expliqué la situación. Una vez hecho esto, le entregué el libro de Camilla y esperé a que terminara de estudiar el ritual de reversión, sus dedos rastreando los símbolos, sus cejas fruncidas. Una vez hecho esto, no pudo evitar leer las notas laterales, la última era cómo el propietario anterior había utilizado el ritual.

Cuando se tensó, supe que había pensado lo mismo que yo cuando lo leí la otra noche en la sala de Camilla. No tenía la intención de expresar mi pregunta, pero dado que él había pensado lo mismo, y el hecho de que no había nada que rompiera un vínculo familiar en todo el libro, pensé que podría intentarlo.

"Prefiero ser tu familiar que el de Remo", me dijo antes de que pudiera decir nada.

Zantry cerró los ojos, la expresión dolió.

"Quiero decir, si estás dispuesto a intentarlo. Entiendo si no quieres, estoy segura de que hay otras maneras..."

"No funciona así, Roxanne." Se puso de pie, pasando una mano a través de su cabello. "Un vínculo familiar se forja por voluntad y aceptación. Esto", agitó una mano al libro, "es un endeble tejido de dominio. Se usó hace siglos para despojar el poder de un preternatural deshonrado quitándole a sus esclavos. No funcionará para un vínculo familiar". Agitadamente, sacó una banda de goma de su bolsillo y se ató el pelo hacia atrás.

Le di una sonrisa débil y bajé al libro. "Entonces deberíamos discutir esto, supongo."

"Roxanne", esperó a que mirara hacia arriba y dijo: "Te prometo que encontraré una manera".

Asentí. Si hay una manera. Hasta entonces, mi destino estaba en manos de Remo.

Un segundo pasó donde pensé que más diría, en su lugar, se sentó, se acercó al libro. Me junté las manos y dije: "Deberías saber que lo que decidas, no importa lo que decidas, se lo diré a Remo mañana por la noche. Prepárate para que sea lo que elijas hacer, Remo será sabrá de este paso". Y tal vez estaba haciéndoles un desfavor a todos al ayudarles, a menos que lo que se planeó sucediera antes de que Remo me llamara de nuevo.

Cuando Zantry sólo asintió, continué: "Aunque me gustaría ayudar, no creo que deba hacerlo. Cualquier plan que hagamos juntos, se lo contaré a Remo".

Me dio una mirada perpleja. "¿Pero si lo hubieras hecho por tu cuenta, no le contarías?"

"No. Lo que estaba haciendo no era un ataque directo contra Remo. Todo lo que pedí a aquellos cuyo vínculo convertí era no unirse a Remo cuando hiciera su última jugada. Así que, si me pregunta..." Exhalé un aliento profundo, me froté la cara. "Tendría que preguntar sobre eso específicamente, sin dejarme espacio para moverme fuera de la verdad. No estoy planeando derrocarlo o matarlo, y eso es lo que me pregunta". Fruncí el ceño, un pensamiento mordisqueando, tratando de cruzar, pero era demasiado oscuro y después de un breve segundo, se disipó. "Cuando me convoca, me pregunta qué estás planeando tú o los cazadores, entonces me pregunta si tenemos un plan en su contra".

Zantry me estudió durante un largo momento. "Muy bien. Devolvió su atención al libro".

"¿Estás bien?" Repetí, desconcertada. "¿Eso no te preocupa?"

"No." Volteó varias páginas. "Remo ya sabe que tenemos un plan, no me importa si sabe lo que usaremos siempre y cuando no sepa lo que haremos y cuándo".

"Pero..."

Zantry me dio una mirada lateral, tomó mi expresión estupefacta y se inclinó hacia atrás. "Remo no es estúpido, Roxanne, él sabe que no estamos sentados de brazos cruzados. Y si pudieras hacer algo para ayudar a poner algo efectivo en movimiento, tampoco le sorprenderá". Hizo una pausa un segundo antes de añadir: "Se ha dicho que dos mentes piensan mejor que una".

Esperó mientras pensaba sobre eso. Remo se había sorprendido cuando le dije que nadie sabía de las brujas de Waterloo. Esperaba que se lo dijera a alguien. Esperaba que fuera contra él en cuanto tuve la oportunidad. Y yo no era como él lo esperaba. Mi único plan era disminuir el número de agentes de su lado, ya sea matando o convirtiendo tantas uniones con él, y ordenando a estos últimos que no luchen de su lado. Les prometí a los que me convertía que podrían elegir si querían pelear con nosotros o no, siempre y cuando no lucharan por Remo. Era la única orden que les había dado. Me paré y me alejé, con el estómago rugiendo, miré la pantalla de la televisión en blanco. Podría pasar las uniones que ya había convertido a Zantry, darle la lista y apurar las cosas. El tiempo se acababa. No podría pasar por todos ellos antes de que mi tiempo se acabara. O Remo hiciera su jugada. No necesitaba saber qué haría con ellos. Pero ¿ayudar a elaborar un plan eficaz? Se rompería el momento en que Remo me convocara... a menos que el plan se pusiera en marcha antes de eso. Me froté la frente, tratando de pensar más allá de los innumerables pensamientos que aglomeraban mi mente. El riesgo de que le diría el plan a Remo era demasiado grande, demasiado peligroso.

Por otro lado, la mayoría de los agentes que había convertido habían prometido luchar contra Remo por cualquier medio que pudieran usar. Al igual que Camilla, disfrutaron del planeta como era sin la interferencia de Remo. Pasarlos a Zantry sería la opción inteligente. Sí, Zantry y quienquiera que fuera este "nosotros" tenían más recursos y experiencia que yo y, sin duda, podrían idear algún plan loco y efectivo contra Remo con todas esas esferas en transición de su lado. ¿Pero me atrevía a involucrarme? Todo lo que había tratado de hacer incluso el campo de combate era tomar esas esferas de transición del mando de Remo. ¿Y si Remo se enteraba? ¿Se sentaría y vería, divertido como el tigre dejó que los conejos saltaran con esperanza de escapar? Disfrutaba de los desafíos lo suficiente como para que fuera una posibilidad. Pero Zantry, ¿si él fuera el que convirtió las uniones? Remo no se divertiría, especialmente ahora que estaba tan cerca. ¿Y si yo fuera parte del plan que Zantry y los cazadores hicieran? Remo sólo me usaría contra ellos, me mandaría engañarlos cuando menos lo esperaban. O me ordenaría que hiciera algo, algo que no serían capaces de ignorar.

La ironía no se perdió en mí. El plan de Arianna para acabar con el portal y Remo estaba tan lejos del alcance de cualquiera, que era gracioso. Se suponía que yo era la que le impediría tener éxito. Y aquí estaba yo, la marioneta de Remo para hacer lo que él quisiera.

"Ojalá pudiera, Zantry. Realmente lo deseo." Cuando apretó sus ojos le dije: "Remo puede, y quiere, lanzarme contra ti e interrumpir cualquier plan que pongamos en marcha juntos".

"Puede intentarlo."

"Lo hará, y cualquier plan que tengas se irá al infierno. ¿No lo entiendes? Me ordenará que haga algo que no pueda ser ignorado. ¿Te harás a un lado cuando los cazadores intenten detenerme? Tú mismo lo viste como Roland reaccionó sobre los guivernos".

"Ya tuve una charla con Mackenzie."

"No, maldita sea. No entiendes. No puedo ser parte de tu plan. Me hará hacer algo que no podrás ignorar. Entonces, ¿qué?"

"Roxanne, ya sabe que tenemos un plan. Puede ordenarte que cometas algún acto atroz en cualquier momento. ¿Preferirías que nos acobardemos y le dejemos hacer lo que le plazca, temerosos de cuál sería su reacción?"

"No, no, por supuesto que no." Caminaba, de un lado a otro, atrapado como un animal enjaulado. "¿Y cuando los Sidhe se enteran de que no puedo implementar su plan, crees que me dejarán vivir? El Enclave sabe de quién soy, ¿por qué crees que los cazadores no están tratando de matarme, el familiar de su enemigo número uno?" Mi voz se rompió, pero me rendí, derramando todos mis miedos y frustraciones. Me había salido del tema: la expresión de Zantry lo dijo, pero no podía guardarme esto por más tiempo. "No puedo detener el portal, Zantry. ¿Qué crees que harán cuando se den cuenta de que estoy rota? Si no encuentro la manera de ni siquiera nivelar el campo, o romper el vínculo, una alternativa para darles una ventaja a los que luchan, alguien vendrá por mí".

Los ojos de Zantry se estrecharon con la incredulidad. "Así que crees", negó con la cabeza como para aclararlo, "¿Todo este tiempo has creído que todo el mundo está sentado, jugando con sus pulgares, esperando a que salves el día?"

Tragué. "Cuando se diga que no puedo detener el portal, las facciones preternaturales vendrán tras mí para debilitar a Remo. Estarás ahí, tratando de protegerme, tu plan de ataque en el infierno. Y en medio de todo ese caos, el camino de Remo estará sin obstáculos".

"Difícilmente puedes creer que cada preternatural deje todo a un lado para venir por ti, o que tendremos una oportunidad si una décima parte de ellos lo hacen."

"¿No lo ves? Será la venganza definitiva, contra ti, contra Arianna. Haré todo lo posible para obedecer, harás todo lo posible para protegerme. Y ambos sabremos que será en vano. Y si te vas abajo conmigo, ¿entonces qué? Tienes el siguiente plan para detener el portal".

"Déjame preocuparme por eso cuando, y si, ese momento llega."

Me reí, me cubrí la cara con las dos palmas, sacudí la

cabeza. "No, espera. Estoy haciendo todo esto mal. No estás entiendo mi punto."

Zantry inclinó su cabeza para que yo continuara. Aunque me di cuenta por la mirada cautelosa en sus ojos, tenía un indicio de lo que quería decir.

"Lo que estoy tratando de decir es que no puedo ser parte de ningún plan que tú o los Cazadores hagan porque Remo puede y me usará en tu contra. Y cuando llegue ese momento, no trates de salvarme".

Zantry se puso de pie, su ira caliente, un ser vivo. Debajo de eso, el dolor y el miedo se enfrentaron el uno contra el otro. "¿Aceptas el martirio como tu destino entonces? ¿Qué pasó con la mujer que conocí que se negaba a rendirse?"

"Todavía estoy aquí, créeme. No quiero que tú-".

"Quieres que confíe en ti para cuidar de ti misma, por favor dame esta misma cortesía. He estado bailando este baile con Remo por mucho, mucho más tiempo que tú".

CAPÍTULO CINCUENTA Y NUEVE

Después de que nuestra discusión se detuvo con ninguno de nosotros cediendo, discutimos a regañadientes el tejido y cómo había implementado el ritual con Camilla, los pasos que había dado, cómo había alimentado los símbolos, el efecto posterior. Una vez hecho esto, le di las dos listas de agentes y me fui a la cama, y repasé todo lo que habíamos dicho, todo lo que había dicho, y todo lo que no había dicho. ¿Por qué no le dije que Remo estaba listo para dar su jugada? ¿Que iba a usarme para algo grande?

Me puse de pie, decidido a hacérselo saber. En el momento en que toqué la perilla de la puerta de mi habitación, me di cuenta de que no sabía cómo compensarle. Estaba enojado, sí, pero no era una ira que pudiera calmar. Así que volví a la cama, donde me acosté, escuchando los pasos de Zantry. Nunca vinieron, no mientras yo estaba despierta. Me desperté alrededor de las siete de la mañana cuando la puerta principal se cerró, un suave clic que tronó a través de mi ser.

Esperé a dormir para componerme de nuevo, y cuando las ocho vino y se fue, puse las sábanas a un lado y me paré. A las nueve estaba lista para irme. No podía arreglarlo todo, pero podría aliviar la culpa por no ver a mi amiga ayer. El sentido de urgencia seguía ahí, colgando de mis hombros como pesas, cada vez más pesadas.

Estaba yendo la puerta cuando hubo un toque firme, seguido por el timbre. Una mirada hacia atrás mostró la puerta de Mwara medio cerrada. Me prometí a mí misma que si era Elizabeth de nuevo, no interferiría. La mirilla, sin embargo, reveló a un hombre, vestido con una camisa blanca almidonada debajo de una chaqueta suave, aparentemente incómodo en el calor de la mañana.

Abrí la puerta, al notar que estábamos a la altura de los ojos. El hombre tenía un aura azul, pelo negro, ojos de color marrón oscuro, tez marrón. Una barba de un día cubrió sus mejillas, creando un toque atractivo a sus rasgos angulares. Si fuera un vendedor, diría que el toque desaliñado fue por diseño, pero la funda de pistola y la placa de policía que su chaqueta no cubrió dijeron que fue por falta de tiempo.

"¿Señora Fosch?", miró hacia abajo en un bloc de notas y dijo de nuevo. "¿Señora Roxanne Fosch?"

"Esa soy yo."

"Soy el detective Thomas Bradford de la novena comisaría. ¿Puedo hablar contigo un momento?"

Me hice a un lado. "Claro. ¿Por qué no sale de ese calor?"

Bradford entró con una exhalación agradecida y me siguió a la sala de estar. La puerta de Mwara estaba cerrada, ya sea para darme privacidad o porque no quería hablar con nadie.

"Por favor, siéntese." Indiqué el sofá. "¿Quieres algo de beber?"

"¿Qué tal un vaso de agua fría?", Preguntó con una sonrisa débil.

"Claro." Me dirigí a la nevera, mi mente dando vueltas.

"¿Cómo puedo ayudarte?" Pregunté después de que me devolvió el vaso vacío.

"Estoy aquí investigando la muerte de un tal David Wilkins. ¿Sabes quién era?"

Miré hacia abajo, las cejas fruncidas. Estaba segura de que estaba aquí para preguntar sobre lo que pasó anoche en Frederico. "¿David Wilkins? ¿Pelo castaño, ojos verdes? Puse mi mano unos centímetros sobre mi cabeza. "¿Así de este alto?"

La atención de Bradford se agudizó. "¿Lo conocías?"

"Claro. ¿Dices que investigas su muerte? ¿Fue asesinado?" Sacudí la cabeza, tomé el asiento adyacente al suyo. "Qué mundo tan violento." Dejé pasar un indicio de conmoción y dolor, pero no lo suficiente.

"¿Era un amigo?"

"No. Para nada. Salió con una amiga mía hace unos meses".

Bradford se rascó la barbilla, emitiendo un ruido rasposo. "Suenas como si no te gustara."

"No puedo decir que me agradara. Me alegré cuando los dos se separaron".

"¿Por qué no te agradaba?"

Me encogí de hombros. "A veces parecía un poco loco. Era espeluznante. Y..." Dudé.

"Sí?"

Me cambié de posición. "Bueno, nunca lo vi, pero creo que estaba usando... ¿Sabes? Olí marijuana en él más de una vez."

Bradford volteó algunas páginas, sin duda dándose un poco de tiempo para pensar. "Señora Fosch, ¿dónde estabas el lunes por la noche entre las diez de la noche y las dos de la mañana?"

"La noche de anteayer." Fruncí el ceño al techo, golpeé mis dedos en mis rodillas. Estuve recorriendo el vecindario de David hasta las once y media. Luego pasé la próxima hora golpeándolo. "La noche de ante ayer, sí. Estuve visitando a una amiga en el hospital hasta las nueve y media. Hice unos recados para mi jefe después de eso. No puedo decir exactamente cuándo, pero fue después de la medianoche cuando le di una visita urgente a su apartamento en Sutton Place."

Bradford garabateó algo. "¿Tu jefe confirmaría?"

"Por supuesto. Así como mi colega, Douglas. Me llevó allí."

"Necesitaré su información de contacto." Miró hacia arriba y asintió.

"¿Y ayer? ¿Dónde estabas?"

"¿A qué hora?"

"Comienza después de las dos de la tarde."

"Ah, yo estaba fuera. La mayoría del día, sola. Me senté en el parque a comer un cono de helado en la tarde. Alrededor de las siete compre algo de comida china y volví a casa para esperar a mi colega, ese sería el mismo Douglas de la noche anterior. Estuvimos trabajando hasta cerca de la una mañana". Le ensanché los ojos. "No soy una sospechosa, ¿verdad?"

"Sra. Fosch, ¿sabe que antes de su muerte, el Sr. Wilkins hizo una denuncia oficial sobre usted?"

Me levanté, me quedé conmocionada. "¿Qué? ¿Yo? "Mi sorpresa fue genuina, y salió alta y clara. No creí que David tuviera las pelotas para hacerlo.

"Entró a Urgencias alrededor de las tres de la mañana de ayer, golpeado y magullado. Obviamente una víctima de un atraco, el incidente fue reportado y el Sr. Wilkins dio una declaración afirmando que...", pasó varias páginas en su bloc de notas y dijo, "que habías entrado en su casa esa noche, lo golpeaste hasta estar ensangrentado, luego lo arrastraste a su patio trasero por sus pies, donde desplegaste enormes alas de murciélago y lo volaste sobre Manhattan, amenazando con dejarlo caer cada vez que gritaba".

Mc reí, y el detective no pudo evitar dar una pequeña sonrisa. La alegría de Bradford no duró mucho. "Esa parte pudo haber sido el producto de la combinación de metanfetamina, marihuana y alcohol que surgió en su examen de toxinas, pero la paliza que recibió fue lo suficientemente real".

Me junté las manos. "¿Pero usted dijo que está muerto?"

"Sí, fue encontrado muerto por el Hudson, cerca del puente en la octava anoche por algunos adolescentes."

Mi sorpresa, de nuevo, fue genuina.

"Trabajas hasta tarde", observó. "¿Qué haces?"

"Trabajo para la Seguridad Nacional", le contesté, avergonzada sin razón aparente.

Bradford se inclinó hacia adelante, claramente sorprendido, y me examinó. "¿Trabaja para los cuerpos de la ley?"

"Sí."

Después de que ese hecho salió, todo lo que hizo el detective Bradford fue revisar mi identificación de la NSA, anotar el nombre y el número de Roland y Diggy antes de que se pusiera de pie y estrecharme la mano.

"Si puede pensar en alguien que quisiera causarle daño al sr. Wilkins, o si puede recordarlo hablando de un desacuerdo con alguien, cualquier cosa en absoluto, por favor llámame."

"Claro." Tomé la tarjeta que me ofreció y la metí dentro del bolsillo trasero de mis capris. "¿Detective?"

Bradford se volteó en la puerta. "¿Sí?"

"¿Cómo murió? ¿Si no te importa que pregunte?

Vaciló, y luego volvió a entrar. "El examinador medico dice que sufrió una segunda paliza más severa antes de su muerte, pero la causa de la muerte fue estrangulación con un cable delgado."

Hice una mueca, sacudí la cabeza con lamento. "Lamento oír eso."

* * *

Encontré a Diggy en la oficina de Roland, aún vivo y bien. Su conversación se cortó el momento en que toqué y metí la cabeza. Apunté el pulgar hacia el vestíbulo con una sonrisa oveja. "Byron me dijo que llamara y entrara. Pensé que estabas en la sala de conferencias."

"Por supuesto." Roland señaló hacia adelante con una mano. "Entra."

Dudé. Parte de mí se sorprendió al ver a Roland aquí, incluso un poco decepcionada que Zantry y él no estaban juntos inventando algún plan contra Remo.

"No quiero interrumpir. Sólo quería ver a Diggy". Mis ojos se fueron a los suyos oscuros, de color avellana y sin brillo. "Pero puedo ver que está bien." Incluso con un poco gris en los bordes.

Sonrió. "Se necesita más que un palillo de dientes para matarme. Nueve vidas y todo eso."

"Estábamos discutiendo lo que pasó anoche", explicó Roland. "¿Por qué no vienes y te unes a nosotros?"

Sin ver una salida, cerré la puerta y me moví. Sorprendentemente, Roland no preguntó por las decapitaciones, o incluso por lo de la espada de luz. ¿O Diggy no se lo había dicho o, o qué? No le importaba que hubiera mentido, o que me hubiera convertido en vigilante, o que poseía una de las armas más mortíferas que había. Pero no se vio sorprendido, ni mostró ninguna reacción mientras Diggy repasaba el evento. A cambio, me sentí fuera de lugar, insegura si iba a decir algo o explicarme. Así que me senté, asintiendo con las palabras y en su mayor parte, parecía despistada.

"... Ya tuve una charla con Mackenzie..." Zantry había dicho anoche. ¿Qué implicaba exactamente esta charla?

Cuando nombraron a Angelina, mi columna vertebral se endureció y me enderecé, ya no queriendo desaparecer por el suelo. Conmocionado y condenado al infierno, el informante de

Diggy había sido el tipo que había decapitado, un informante de confianza por mucho tiempo para los cazadores, la misma persona que había confirmado el paradero de Angelina a Jack Bellemeire. Mi estómago dio un chapuzón raro cuando Roland admitió que no había sido capaz de comunicarse con Vincent o con su equipo, y que Barbara y Tony habían sido enviadas al amanecer como refuerzos. A pesar de las sombrías noticias, ni Roland ni Diggy parecían lo suficientemente preocupados, un hecho que apoyaron señalando la diferencia de zona horaria y el hecho de que Vincent envió una actualización todos los días alrededor del mediodía. Todavía no había enviado la de hoy, pero lo que sea que haya dicho la de ayer, tranquilizó a ambos hombres lo suficiente como para evitar que se preocuparan todavía. Otra sorpresa llegó cuando Roland me dio el día libre para ver a mi amiga en el hospital, o tal vez hacer algunas compras, sus palabras, no las mías. Antes de irme, Roland me contó lo bien que Dathana se estaba adaptando y llegó tan lejos como para invitar a Zantry, Mwara y a mí a cenar el próximo domingo.

CAPÍTULO SESENTA

De vuelta afuera, me detuve a tomar un taxi. No pude evitar que mi mente conjurara todo tipo de escenarios donde Vincent y su equipo se encontraron con Angelina. La culpa por no insistir más en la precaución y el miedo por lo que Angelina podía hacerles me puso ansiosa, me llenó el estómago de nudos. Rematado con el comportamiento extraño de Roland, y yo también estaba inquieto.

"¿Roxanne?", Alguien preguntó por detrás.

Me di la vuelta, encontré a Rubén, el padre de Mwara.

No a propósito, mi tono salió frío y hostil. "¿Sí?"

"No estoy aquí por una confrontación."

"¿Qué quieres?"

Rubén miró a su alrededor en la calle llena de gente como si quisiera ir a un lugar más privado. Miré un taxi amarillo vacío y crucé los brazos.

"¿Cómo está?", Preguntó, y la miseria en su tono me sorprendió. También se veía horrible. Sin afeitar, cabello desaliñado, ojeras bajo sus ojos cansados.

"Ella está bien."

"Yo..." se frotó la boca con la palma de la mano. Había una larga cicatriz roja que corría desde la parte posterior de su mano hasta la mitad de su antebrazo.

"Lamento lo que te pasó por nuestra culpa."

Bajé mis brazos, asentí. Era la primera persona en disculparse y sonar sincero. "Lo que pasó, ya pasó."

"Quería hacer algo por Mwara", sus ojos se tensaron de dolor antes de que él continuara, "pero creo que necesitas esto más que ella". Buscando dentro del bolsillo de su camisa, produjo un pedazo cuadrado de papel y me lo ofreció. "Esta mujer me debe un favor."

Lo miré hacia abajo, una tarjeta de presentación blanca. Sólo había dos palabras en un lado, Vielyn Tore, y una dirección en Battery Park en el otro. No había número de teléfono o profesión o lema o incluso un diseño, sólo las letras negras en una fuente con serif. Pasé mi dedo sobre el nombre, el campo de energía incrustado en la tarjeta causando que las puntas de mis dedos se durmieran.

Lo miré. "¿Quién es ella?"

"Alguien que puede ayudarte."

"¿Con qué?"

"Con la situación..." Pasó la mano en el aire. "O lo que quieras. Dile que te envié y dale esta tarjeta. Ella me debe, así que lo que sea que pidas, ella no dirá que no."

"¿Y si quiero que rompa el vínculo entre Remo y yo?" Era una pregunta redundante, teniendo en cuenta que no había nada que nadie pudiera hacer.

"Por eso creo que eres la que más necesitas este favor. Si hay una manera, ella lo sabrá."

Mis ojos se ensancharon y me metí la tarjeta en el bolsillo trasero con la tarjeta de Bradford.

"Gracias."

Rubén asintió con la cabeza, se frotó la mano en la nuca. "¿Puedo, puedo ir a verla?"

Era en tal contraste con la actitud de Elizabeth, me encontré sin palabras.

"No me quedaré mucho tiempo", prometió, "y si quieres, puedo venir en un momento en que no estés en casa, o..."

"No tengo nada en contra de que vengas, siempre y cuando no haya problemas. Pero", dudé, recordando las palabras de Mwara "... o el hecho de que mi padre nunca está en casa cuando estoy..." Había dolor en su voz también.

"Tal vez deberías darle algo de tiempo. No estoy segura de que quiera ver a nadie del clan todavía".

La expresión de Rubén se cayó, y me preguntaba si estaba haciendo lo correcto.

"Te diré una cosa, ¿por qué no vienes por la mañana alrededor de las siete y media? Zantry y yo estaremos en casa. Puede ser menos incómodo para los dos".

Rubén frunció los labios, y para mi horror, sus ojos comenzaron a llenarse. "No, tienes razón. Creo que le voy a dar algo de tiempo. Miró hacia abajo y comenzó a sacar un anillo en su meñique hasta que salió. "Esto perteneció a mi hermano Fin. ¿Le puedes dar esto? Ella sabe lo mucho que esto significa para mí."

Tomé el anillo, una cosa cuadrada masculina con una roca cuadrada de color rojo oscuro en el medio. Parecía real, pero eso no fue lo que me hizo pausar. Me vino a la mente un recuerdo de un sobre el escritorio de Vincent. El nombre "Fin" había sido escrito en la escritura familiar que recordaba desde el momento en que Elizabeth traía trabajo a casa. Había una foto de un chico con el sobre, el mismo chico que había visto más tarde en la mazmorra del castillo Seelie. ¿Podría ser?

Tomé el anillo pesado en la palma de mi mano. "Fin. ¿Casi

de veinte, ojos verdes con un lunar en forma de corazón bajo por sus labios?"

Rubén se tambaleó hacia atrás como si hubiera sido golpeado. La presentación de emociones en su expresión me dijo lo que estaba pasando en su mente. Incredulidad. Alivio. El significado de que yo supiera como se veía Fin... negación y horror. Antes de que llegara a una conclusión, levanté la mano.

"No fui yo. Ya se había ido cuando llegué. Sólo conecté los puntos porque recuerdo haber visto una foto de su perfil en la oficina de Vincent".

El dolor de Rubén era palpable. Mis manos en puños y me resistí a apretar las suyas. "Lo siento. No sabía que era tu hermano. Tenía los ojos verdes. Antes de que la esfera tomara el control."

Ruben negó con la cabeza. "Era un tejón, no un Dhiultadh. Él era... Mi madre lo adoptó cuando sus padres murieron. El..." Ruben negó con la cabeza, se frotó las manos sobre su cara. "¿Mwara...?"

"No", le dije, dándome cuenta de lo que estaba pidiendo. "No lo conocí en las Tierras Bajas. Estaba—" Me detuve antes de decir algo que llevaría al clan a ir en contra de la Corte de Seelie.

"Dime."

Me sacudí la cabeza. "Eso no es una buena idea. Todo lo que puedo decirte es que Remo fue responsable de su muerte".

Pero era obvio por las mandíbulas rígidas y el destello decidido en sus ojos no lo abandonaría. No lo culpé. "Remo ya no tiene control sobre él. Considere so como una misericordia, señor Longlan."

"Necesito saber qué pasó, cómo sucedió."

Miré hacia otro lado, a un grupo de mujeres riendo y vestidas con Jimmy Chews y una nube de perfume francés.

"Voy a ver si puedo averiguarlo por ti, pero no voy a prometer nada."

Rubén dio un paso atrás e inclinó la cabeza. "Gracias."

Cejas levantadas, esperé hasta que desapareció en el edificio de los cazadores para pedir el siguiente taxi amarillo. Tenía la sospecha de que no esperaría a ver lo que yo encontraría. Esperaba que lo que fuera que hiciera, Mwara no fuera parte de ello.

* * *

A mitad del camino al hospital, le dije al conductor que me llevara a la dirección de la tarjeta que Me dio Rubén. Será mejor que acabe con esto.

El hombre me frunció el ceño en el retrovisor. "Eso le costará, señora."

La dirección en la parte posterior de la tarjeta de Vielyn Tore estaba oculta detrás de una pared de piedra alta y una puerta de hierro. Sólo el techo rojo se podía ver desde la calle, y sólo desde unas pocas casas al final de la carretera. La mayoría de las casas en la calle estaban casas o edificios, construidos con el mismo tipo de ladrillo poco halagador, variando en tonos de naranja.

Aprehensiva sin razón aparente, presioné el intercomunicador y retrocedí para esperar. Un momento después, una voz femenina preguntó "¿Qué?" el crujido de interferencia estática no enmascaraba la molestia en el tono.

"Estoy aquí para ver a la señora Tor." Cuando sólo el silencio me respondió, añadí: "Rubén Longlan me dio su tarjeta".

Más silencio siguió mis palabras antes de que las cerraduras se desengancharan y sonara un clic. Toqué una mano al metal frío, pintado de un gris opaco y empujé. Para una persona preocupada por la privacidad y la seguridad, esto era bastante flojo, especialmente si ella era tan sabia como Rubén la hizo sonar.

Crucé por un camino adoquinado, flanqueado a cada lado con flores y un césped limpio, hasta un edificio de piedra cuadrada rematado con azulejos de ladrillo rojo y toqué a la puerta amarilla. El aroma fragante de las flores multicolores que no podía nombrar era atractivo, algo relajante.

Una mujer alta y delgada con el pelo blanco abrió la puerta. Debido a que había estado mirando los arbustos en flor, pude ver el débil resplandor brillante que había sido invisible cuando la puerta estaba cerrada. Decisión inteligente, pintar la puerta del mismo color que la energía en el pabellón.

"¿Vielyn Tore?"

Un gruñido fue la respuesta.

"Tienes un jardín precioso", le dije, mirando las flores y pensando rápido. Vielyn Tore tenía un brillo dorado en el borde interior de su aura azul disfrazada. ¿Era una de las tres mayores que Roland había mencionado?

A pesar del pelo blanco, la mujer parecía joven, de principios a mediados de los treinta, con ojos tan azules, que parecían el color de un cielo claro de verano. En el polo ártico, quiero decir. Estaba vestida con una elegante camisa blanca sin mangas y pantalones azules que coincidían con el color de sus ojos, y un par de sandalias plateadas-blancas que combinaban sus aretes de gotas.

"¿Qué quieres?"

Saqué la tarjeta que Rubén me dio y se la mostré. "Ruben dijo que le debías un favor." La aparté cuando ella la buscó.

Vielyn dijo "¿Qué es lo que quieres?"

"Respuestas."

Los ojos azules se estrecharon en mí. "¿Qué, dijo que era omnisciente?"

"¿Lo eres?"

Ella mostró los dientes, los caninos más afilados que los de humanos y se rompió: "No lo soy. ¿Qué es lo que quieres?"

"Quiero saber cómo romper un vínculo familiar."

"Quieres deshacer te de tu familiar, mátalo", espetó incrédula, como si desperdiciar tal favor con lo que se podría resolver con un simple asesinato fuera ridículo.

"No, me gusta mi familiar. Quiero deshacerme de mi amo."

Su sorpresa llegó y se fue en un instante. Al retroceder, Vielyn miró a la casa, con el puño. Había cautela en sus ojos cuando me miró. Me moví a un lado, tratando de ver más allá de ella.

"¿Quién es tu amo?", Exigió.

Estudié su expresión, el reconocimiento cauteloso. "Remo Drammen."

"Déjala entrar, Viel", una voz familiar llamó desde dentro.

Los labios de Vielyn se presionaron juntos antes de que ella se hiciera a un lado para que yo entrara. Me detuve a una pulgada del pabellón y vi a Cora, sentada en un sofá blanco, bebiendo de una taza de porcelana.

"Hola, tía Cora. Que gusto encontrarte aquí." Vi a Vielyn, dio un paso atrás. "Si no te importa, prefiero quedarme en este lado del pabellón."

Cora cubrió su débil sonrisa con la taza de porcelana. Vielyn miró como si mi la insultara. Tal vez lo hice.

"A menos que quieras hacerme daño, este pabellón no te afectará."

Di otro paso atrás y estudié el pabellón en la quinta. Había algunas runas que nunca había visto antes, pero las que reconocí no eran del tipo ofensivo. Aun así, no llegué tan lejos entrando en pabellones desconocidos, y estaba segura de que Vielyn no me tomaría bien si lo rompía, si podía romperlo. Los símbolos eran precisos y apretados, una runa terminaba donde la otra comenzaba. Obviamente fue hecho por alguien poderoso y bien versado en el arte de los tejidos.

"No te ofendas, pero prefiero quedarme aquí de este lado", le dije, con los ojos nivelados. "Ruben dijo que si hay una manera de romper un vínculo familiar, tu sabrías."

"Si hubiera una manera", dijo, "No te lo diría."

"Viel", dijo Cora.

Vielyn giró sobre ella y señaló con un dedo. "¿Sabes lo peligroso que es esto? Los pasos e instrumentos en las manos de Drammen sería una catástrofe que nadie sobrevivirá para culparme".

Cora se puso de pie. "No exageres. Ella está tratando de liberarse de él."

Vielyn inclinó la cabeza. "Y admiro eso. Pero no tengo intención de entregarle el sagrado athame porque no podrá seguir adelante con ello. Drammen confiscará el instrumento y se reirá de nuestra estupidez".

"Tal vez si ella–"

"Mi respuesta es no", esperó Vielyn, volteándose a mirarme. "¿Puedes decirme honestamente que no hay absolutamente ninguna manera de que le des a Drammen el instrumento que te dé?"

"No."

"Ahí está tu respuesta", respondió ella después de una breve pausa, nada más que triunfante.

Asentí, retrocedí.

"Pregunta por otra cosa."

"No quiero nada más." Me volteé para irme, el peso de su mirada como picos en mi espalda. Aquí hay una que vendría tras de mí en el momento en que se enteró de que no le sirve de nada la causa. Vendría por mí si se enteraba de los guivernos, sin importar si era útil o no.

CAPÍTULO SESENTA Y UNO

La reunión con Vielyn me inquietó tanto que no estaba de humor para tener compañía. Deambulé por las cuadras, llegando junto al puerto. Finalmente haber visto la luz sólo para que se apagara fuera de mi alcance me puso tan... Desesperada. Desde donde estaba junto al agua, pude ver la Estatua de la Libertad, tan pequeña, tan lejana, imperiosa y magnífica contra el horizonte lejano. Como una burla a mi sueño más deseado, ella estaba, evidentemente allí, imposible e inalcanzable.

No estaba seguro de cuánto tiempo pasaría, o cuánto más habría pasado si mi teléfono no me hubiera sacudido de mi ensueño. No reconocí el número y debatí dejarlo ir al buzón de voz por un segundo.

"Escuché que querías una palabra, hermana", dijo una voz familiar en el momento en que respondí.

* * *

Fue Tommy quien abrió la puerta de Vicky, dándome una sensación momentánea de confusión. Casi había ido al hospital cuando encontré un mensaje de Vicky diciendo que había sido dada de alta y estaba en casa. Tommy me saludó con un abrazo de oso caliente, justo ahí en las escaleras, su estúpida sonrisa destrozando mis preocupaciones. Con su brazo colgado sobre mi hombro, entramos uno al lado del otro. Para encontrar a Vicky en la sala de estar, las piernas apoyadas en la mesa baja, el blanco yeso al lado del cuenco del cuenco de canicas de colores. Y nadie más y nadie menos que Diggy sentado a su lado.

Los ojos de Vicky se iluminaron cuando me vio. "¡Rox! ¡No estaba segura de que vendrías!"

Mi culpa por no visitarla ayer y estar allí para su dada de alto hoy tomó un asiento trasero en la confusa cantidad de pensamientos saltando en mi cabeza. "¿Diggy?"

Diggy miró desde lo que había estado mirando y sonrió como si no me hubiera oído entrar.

Sin palabras, miré a mi mejor amiga, notando que a pesar de los moretones y el vendaje alrededor de su cabeza, ella parecía estar... bien. Rímel, brillo labial, algo de base. Sus dos únicas concesiones eran la camisa suelta y los pantalones cortos de motociclista que llevaba. Incluso sus uñas de los pies estaban pintadas de rosa brillante.

¿Cuándo sucedió esto?

La pregunta debió haber sido evidente en mis ojos porque la expresión de Vicky se volvió culpable, sus mejillas tomando un tono rosado.

Ella le dio unas palmaditas al asiento a su otro lado, y noté que sus ojos estaban un poco rojos e hinchados por el llanto, y me di cuenta de que se estaba poniendo una máscara valiente para el mundo. Mi amiga todavía era un desastre, a pesar de lo que quería que la gente viera. En lugar de hacer mis preguntas, me senté. Tenía un álbum de fotos abierto en su regazo, uno que aún no había visto. "¿Qué es eso?" Me incliné hacia adelante, encontré una foto de Tommy, Vicky y yo en disfraces. Era del último Halloween que los tres habíamos pasado juntos.

Tommy estaba vestido con un disfraz de los Transformers, Vicky como una bruja, con un sombrero negro y una gran verruga en la nariz, y yo había ido como una mariposa. Recuerdo que le dije a Elizabeth lo desagradable que se veía la mariposa, pero se había negado a dejarme vestir de hada, señalando defectos que no habían estado allí en el traje. Dada la historia entre los Dhiultadh y los Fee, ahora podía ver lo insultada que había estado con el traje.

Era temprano por la noche cuando me paré para irme. Era evidente que Vicky había hecho muchos amigos mientras estaba en la ciudad. Su teléfono seguía sonando con amigos que querían verla, y las entregas de flores seguían llegando. Vicky se tensó cada vez que Tommy entraba con un ramo o una caja de flores, relajándose cada vez que leía la tarjeta y se daba cuenta de que no era de David. Debería decirle que ya no había necesidad de preocuparse, pero las palabras nunca salieron de mi boca. ¿Me creería si dijera que no lo maté?

"Te llevaré a casa", dijo Diggy, besando a Vicky en la mejilla antes de ponerse de pie.

Me incliné y la abracé. "Siento no haberte dicho antes", me susurró al oído. Le apreté el hombro.

"No hay nada por lo que disculparse", le susurré. Ella buscó en mis ojos por un segundo o dos, se hundió en cualquier tranquilidad que encontró.

"Gracias", dijo su boca.

"¿Cuál es tu plan para mañana?" Tommy me preguntó.

"No sé, ¿por qué?"

"Deberíamos tener un maratón de películas", dijo Vicky, su sonrisa tensa, como si la idea le doliera. "Tommy puede hacernos su famosa pizza mientras nos vemos Netflix."

"Tal vez deberías preguntarle a Tommy si quiere hacer la pizza", murmuró Tommy desde el otro lado de la habitación. Le sonreí y le di un guiño.

"¿Cómo estás?" Le pregunté cuándo la volví a abrazar.

Ella inhaló un aliento estremecedor, negó con la cabeza. "Estoy bien", dijo, mirando entre Diggy y yo. "¿Van a venir?"

Dudé. "Si no estoy trabajando o algo así, estaré aquí." Abracé a Tommy antes de salir.

"Te llamaré más tarde", dijo Diggy detrás de mí. "Descansa por ahora."

Me apreté la mandíbula y fui la calle, pasando por un vehículo de los cazadores estacionado a sólo unas pocas casas. No lo había notado al llegar. Seguí adelante, luego giré y miré a Diggy detrás de mí. Se detuvo en la SUV y se apoyó en el capó.

"Te dije que le haría saber por adelantado en lo que estaba metiendo."

Apreté los dientes.

"Ella no es una niña, ya sabes."

"Está dolida y no necesita drama de hombres."

Diggy no dijo nada.

Yo gruñí. "Si la lastimas, te patearé el trasero hasta que no puedas sentarte durante una semana."

"Pensé que habías dicho que me patearías el trasero tan fuertemente que me crecerían un par de tetas." Sus labios se estremecieron una vez, y a pesar de mí misma, me reí, mi tensión se disipaba.

"Eso también."

"Vamos, te llevaré a casa", dijo Diggy, torciendo las llaves.

"¿Lo mataste?" Pregunté unos minutos más tarde, jugueteando con su radio.

Me dio una mirada perpleja. "¿Quién?"

"David."

Frunció el ceño a la calle. "No. ¿No fuiste tú la que le dio una paliza?" me dio una mirada severa. "Cuando lo encontré le estaba balbuceando a un oficial de policía sobre una mujer con alas de murciélago. Supuse que se refería a ti."

Me enderecé en mi asiento, renunciando la radio. "Esa fui yo, sí. Pero esta mañana recibí la visita de un detective al que le habían asignado su caso de asesinato. Dijo que David fue estrangulado hasta la muerte con un alambre delgado."

"No fui yo." Un segundo pasó mientras Diggy meditaba eso. "Joder."

Ambos pensamos que David había enfadado a la persona equivocada y esa persona había encontrado una oportunidad y lo había hecho. Aunque no lo dijimos, ninguno de nosotros lamentó la muerte de David.

CAPÍTULO SESENTA Y DOS

CLUB 13! ERA UN LUGAR DIFERENTE POR LA NOCHE. Bruno el portero me miró cuando me acerqué, pero se movió a un lado para que pasara, sin duda para evitar que causara una escena.

Me detuve a su lado, le di una dulce sonrisa. Su mirada se profundizó. Sus tatuajes le daban un aire amenazante, y el ángulo preternatural lo fortalecía.

"¿Qué quieres?"

"Solo me estoy empapando en tu disposición." Su mira, si era posible, se oscureció aún más. Me tragué una risa y dije: "Un tipo alto con una actitud como la tuya vendrá y preguntará por mí. Te agradecería que le dijeras que voy a estar en la parte de atrás."

"¿Me veo como un mayor domo?", espetó.

Le di unas palmaditas en el hombro. "Gracias, Bruno, eres un amor", dije cuando entré.

La música era fuerte, torpe y embriagadora. Sin embargo, no había luces intermitentes aquí. La madera y las baldosas oscuras le dieron al lugar la ilusión de una iluminación tenue, el bar con espejo la ilusión de un lugar más grande. Por lo que pude ver por el balcón lleno de gente, había más gente en el segundo nivel que en la pista de baile hundida. Tal vez había otra pista de baile en el segundo nivel, algo que no había sido obvio durante el día. Una delgada línea de humo cubría las piernas de la gente allá arriba. La mitad de las cabinas de la planta baja estaban llenas, así como la mayoría de las mesas, y la gente seguía llegando. Me abrí camino hacia el bar, donde una pelirroja alta con un aura azul pálido servía bebidas. Tomé un taburete y me volteé para ver a la gente presente, con los ojos puestos en Jonas en la cabina de DJ. Dio una sonrisa y saludé, recurriendo a pedir una coca cola cuando la pelirroja vino a mi camino.

Nagy Farkas apareció detrás de la barra. Se veía igual que hace unos días, excepto las sonrisas y los cálidos saludos que lanzaba mientras se dirigía. Algunas mujeres le llamaron y se detuvo para tomar una copa, estrechar una mano o dos. A gusto en su dominio con su gente, Nagy era encantador, amable, nada del poderoso líder se asomó a través.

Excepto que cuando llegó a mí, su dominio era tangible, su sonrisa y sus ojos amistosos se fueron, reemplazados por la precaución.

"Señorita. ¿Aquí por negocios o placer?

Levanté mi bebida. "Estoy aquí para reunirme con alguien." Mis ojos aterrizaron en un aura verde que había estado mirando unos taburetes a mi izquierda. Nagy siguió mi mirada.

El hombre rata levantó la mano como saludo y dijo a un alegre "¡jefe!" y Nagy inclinó su cabeza en reconocimiento.

Tomé un sorbo de mi coca cola, miré fijamente al tipo a mi derecha que había acercado su taburete.

"¿Ese?" Nagy señaló con barbilla y miré hacia atrás, encontré al hombre rata charlando con la mujer a su lado.

"¿Quién es él?"

Un toque de ceño fruncido apareció entre sus cejas. "Es uno de los tres clientes habituales que le dije a tu socio que dejó de frecuentar mi club hace un tiempo".

¿Oh? "¿Los buscaste?"

Nagy frunció los labios, sus ojos se enfriaron. Supuse que no le gustaba que lo interrogaran. Levantó un dedo cuando un tipo del otro lado pidió bebidas, sus ojos marrones se centraron en los míos.

"¿Qué hizo?"

Tomé un sorbo de mi bebida, examiné su expresión. "¿Es un alborotador?" Pregunté en su lugar, porque había habido algo en su tono, una curiosidad más que casual.

"No más que otro miembro de nuestra comunidad", respondió y se alejó, sirvió a algunos de los clientes tratando de llamar su atención.

Mantuve mis ojos en el hombre rata, ahora haciendo una ronda en la pista de baile.

"Entonces, ¿qué hizo?" Nagy preguntó cuando regresó, con los ojos siguiendo los míos a la pista de baile.

El hombre rata tocó el trasero de una mujer, se movió detrás de otra, la agarró por la cintura y le plantó los labios en el cuello. Su grito de protesta fue lo suficientemente fuerte como para llegar al bar. Un hombre empujó al hombre rata. Riendo, se movió para buscar otro objetivo desprevenido.

"No estoy aquí para reunirme con él", le contesté. "¿Siempre se va solo?"

"¿Te refieres a amigos o una cita?"

"Cualquiera."

Nagy me estudió por unos momentos intensos. Debe haber habido algo sobre la rata que había sido sospechoso, o tal vez fue la charla sobre Remo y la guerra inminente porque Nagy se apoyó en el bar, sonrió y asintió con la cabeza a un grupo de hombres detrás de mí y bajó su voz. "Tuvo una pelea con otro que vino hace unas semanas. Bruno les dijo que lo llevaran afuera, y salieron, comenzaron a pelear en la calle, fueron hasta el metro en la esquina cuando reunieron a una audiencia".

Mmm. "¿Sabes quiénes eran los otros?"

"No. Pero si te preocupa su bienestar, vino hace unas noches, tomó unas copas y luego se fue".

"Gracias." Golpeé la mano en el mostrador, agarré mi bebida y me dirigí a la cabina de atrás. Había algunos preternaturales aquí, más de lo que habíamos encontrado en los otros lugares, todos pasándolo bien, ninguno con bordes negros alrededor de sus auras o caras conocidas.

Estaba a mitad de una botella de agua, mi coca cola se acabó cuando empecé a preguntarme si me plantaron. El hombre rata estaba todavía haciendo sus rondas, revoltoso y confrontativo después de tres bebidas. Nagy también lo estaba monitoreando, tal vez porque desperté sus sospechas, tal vez porque no le gustaba el comportamiento de la rata, tal vez porque había encontrado algo cuando había ido a buscar. Cuando el hombre señaló a la camarera pelirroja, fue Nagy quien lo atendió, llenó su vaso y se inclinó hacia adelante para decir algo. Cuando se enderezó, el hombre rata agarró su bebida, la tomó de un trago.

Un amplio pecho bloqueó mi visión de lo que sucedió después.

"Pareces sorprendida, hermana", dijo Rafael, deslizándose en el asiento frente a mí.

Una mirada detrás de él reveló que ni Logan o Diggy estaban por ahí.

"Estoy solo."

Me incliné en mi asiento. "Gracias por venir."

Rafael frunció el ceño. "Estar solo no significa que esté ocultando esta reunión de Doug y Logan."

"Entonces, ¿por qué no han venido?"

"Porque quiero saber lo que quieres primero."

O tal vez ya lo sabes y no quieres que lo sepan.

Así que dije algo más. "Necesito un favor de ti." Se me había pasado por la cabeza poco después de su llamada por el paseo marítimo. Lo había descartado al principio, pero cuanto más tiempo pasaba, más verosímil sonaba el plan. Y no tenía nada que perder.

Rafael dio una risa fuerte. "¿Por qué te concedería un favor?"

"Porque me debes."

La alegría murió de su cara, sus ojos marrones tomando un brillo helado. "No, hermana, yo no."

"Te saqué a ti y a Archer de la SCP."

"No, los cazadores nos habrían sacado de allí con o sin ti."

"Eso puede ser cierto para ti, pero tuve que negociar cinco años en un contrato con Roland para sacarte. Desde mi punto de vista, me debes cinco años".

Rafael se inclinó más cerca, su ira se arremolinaba como una fría ventisca. Había olvidado cómo se sentía su ira. "No estoy haciendo nada ilegal por ti."

"¿Quién dijo que era ilegal? En todo caso, esto podría ser algo que querrías hacer".

"¿Por qué no le preguntas a uno de tus amigos? ¿Por qué no Akinzo? El rumor dice que lo tienes a tus pies. Además, creo que te debe un favor más grande".

Sonreí débilmente. No estaba segura de que conectara los puntos. ¿Le dijo a Diggy y Logan que se había ofrecido a matar a Zantry en la SCP?

"Si alguno de mis amigos se involucra, tal vez tenga que decírselo a Remo."

"¿Así que estás trabajando para él?"

Me detuve con la botella de agua a mitad de camino a mi boca. Interesante. Mi estado familiar no era conocimiento general.

"Veo que Logan y Diggy no te lo dicen todo." Dudé, considerando mis próximas palabras. "Es una larga historia y estoy seguro de que no quieres pasar más tiempo conmigo que yo contigo. Basta con decir que el resultado final es que soy el familiar de Remo".

Rafael se inclinó hacia atrás, estudiándome. Su sorpresa no duró mucho. "¿Pero si te hago este favor no le dirás a Remo?" Hizo una pausa, pensando, ceja arqueándose en lo alto mientras trataba de entender la lógica en eso.

Giré la botella de agua entre mis manos. "Si Remo me pregunta específicamente por ti, se lo diré."

Mientras reflexionaban sobre mis palabras, el hombre rata regresó al bar, sacó a un tipo de un taburete y tomó su lugar. Sonrió a la mujer a su lado, la misma que había besado en la pista de baile y pidió otra copa. Nagy no estaba a la vista. La mujer se deslizó del taburete y agarró la mano de su compañero, y después de un momento, su compañero colgó su brazo alrededor de su cintura y la llevó lejos.

"¿Así que nada ilegal, sólo un favor al familiar de Black Drammen?" Rafael dijo con desdén.

Tomé la tarjeta de Vielyn de mi bolsillo y la coloqué delante de él. "Esta mujer tiene las respuestas que necesito. Ve con ella, dile que me debes un favor y que te di esta tarjeta".

Rafael miró hacia abajo a la tarjeta, no la tomó.

"Mira, sólo quiero que veas lo que tiene que decir, ese es todo el favor que quiero de ti."

"¿Por qué yo?"

Me encogí de hombros, tomé unos sorbos de mi agua. "Porque no me agradas, y no te agrado."

"Esa es sólo otra razón para que me niegue. ¿Por qué yo?"

"No tengo otra razón más que nuestra aversión mutua."

"¿Y si es una estrategia, una manera de deshacerse de mí sin hacer nada?" Los labios de Rafael se fruncieron. "Escuché que

Black Drammen tiene agentes reclutando para él. ¿Tal vez eso es lo que estás tratando de hacer?"

Me reí. "No, Dios no lo quiera. Ya eres un imbécil, no me atrevería a reclutarte para Remo y hacerte un idiota más grande". Continué cuando estrechó los ojos, ahora en serio, "Soy su familiar, sí, pero eso no significa que quiero que gane. Sólo quiero que vayas con ella, le digas que me debes y le des esta tarjeta".

"¿Y si le llevo esto a Doug en su lugar?"

Incliné la cabeza. "Probablemente irá contigo. Sólo mantenlo fuera del alcance auditivo". Me puse de pie. "¿Conoces a un cambiante llamado Thiago?" No quería dejar de hablare, pero el hombre rata estaba siguiendo a la pareja hasta la salida.

"¿Y si lo conozco?"

"Es el agente de Remo. Aléjate de él, está reclutando. Lo que sea que diga, no te reúnas solo con él en ninguna parte". Dejé la tarjeta sobre la mesa y seguí al hombre rata. Estaba a punto de llegar a la puerta cuando Rafael me agarró del brazo y me dio vuelta.

"¿Quién te dijo eso?", Exigió con dureza.

Miré hacia atrás a la entrada. El hombre rata se había ido. "Nadie. Yo estaba allí. Es un agente de primer nivel, uno entre unos pocos"

"Mentirosa", gruñó.

"No, no lo soy. ¿Sabes por qué te pedí hablar conmigo? Es porque Thiago es un cambiante que se parece mucho a ti, podría pasar como tú".

"¿Pensaste que era yo?"

"No. Le faltan las manchas grises en su aura. Pero me preguntaba, y quería asegurarme de evitar cometer un error."

"Todavía no te creo."

"Esa es tu decisión. Pero si ayuda en algo, yo estaba allí cuando trajo a una mujer llamada Lauren para Remo".

El brazo de Rafael se cayó. Su expresión no cambió, sus ojos no parpadearon. Pero sentí la sorpresa, el shock, la negación.

"¿Está muerta?"

"No en el sentido que crees. Ella no ha hecho la transición hasta donde yo sé, pero ya no es la misma persona.

"¿Transición?"

Dudé. Sería cruel dejarlo con dudas, pero Lauren ya no podía obtener ayuda. "Pregúntale a Diggy o Logan. Tengo que irme."

CAPÍTULO SESENTA Y TRES

Me apresuré afuera, guiñándole un ojo a Bruno mientras salí a la acera. Escaneé el otro lado de la calle, busqué de izquierda a derecha. Cinco minutos después me encontré maldiciendo mi estupidez por permitir que Rafael me detuviera en la puerta. Consciente del tiempo que pasaba y de la reunión con Camilla, le envíe mensajes de texto a Zantry mientras caminaba, ojeando hacia un taxi amarillo. Un momento después mi teléfono sonó con un texto de él: "Casi en casa" leía, acompañado de un empujón en el vínculo. Tenía esta impresión de viento en mi cara, de Zantry en el lado del pasajero de un vehículo en movimiento, ventanas abajo. Cuando unas cuadras más tarde ningún taxi había pasado, vacío o de otra manera, contemplé volver al metro, pero no estaba familiarizada con el horario, y no sabía qué tren tomar para volver a Manhattan.

Estaba cruzando la entrada de un estacionamiento, a mitad de camino del club, cuando alguien gritó. Me congelé, revisé el interior sombrío del estacionamiento, tensé los oídos por otro sonido. Puede que lo haya imaginado, pero mi instinto me dijo que no lo había hecho. Corrí adentro, subí por la rampa y escuché con fuerza. El primer nivel estaba vacío, al igual que el segundo, excepto para las cámaras rotas colgando de cables. En la pendiente de la tercera rampa, hubo el sonido de una risa baja malvada, seguido de una pelea. Podría ser cualquiera, y yo me fui con velocidad, agachada entre los vehículos estacionados. Había puestos vacíos aquí, largos tramos expuestos. Y luego vino de nuevo, un grito ahogado, seguido de un golpe. A la izquierda, donde las sombras eran más profundas. El hombre rata tenía estaba de espaldas a mí, frente a la pareja. O sólo el hombre, ya que la mujer estaba en tirada detrás de él. Desmayada, deseé, no herida.

El hombre tenía una mano levantada, y sorpresa, su aura brilló de blanco. Me agaché justo cuando una ráfaga de viento golpeó al hombre rata directamente. El hombre rata se fue hacia atrás, dio otra risa y avanzó.

"Oye, feo", grité, y el hombre rata volteó su cabeza, con los ojos ensanchados cuando me vio. "Hola, Erik."

Dio un paso a un lado, bloqueando mi camino a la pareja. "No los puedes tener. Los encontré primero."

Me burlé. "¿Quién dijo que estoy aquí por ellos?"

Los ojos de Erik se estremecieron contra mí. "¿Por quién, entonces?"

Le di una sonrisa trastornada, di un paso adelante. Erik dio un paso atrás, con los ojos vacíos.

"Vete", le dije al mago de aire, pero no se movió. En su lugar, envió otra ráfaga de viento al cambiante que le ayudó a retirarse más rápido.

Maldita sea. Lo apresuré, saltando y golpeando a Erik antes de que pudiera correr. Me tomó y me tiró, saltando y girando para enfrentarme, las manos se volvieron garras. Sus mejillas eran rojas, y si no fuera por las cejas bajas, habría logrado la emoción enojada perfectamente. En cambio, parecía confundido.

"Perra." Vino tras de mí, rápido, pero no tan rápido como El Rey. Me fui al lado, noté que el mago del aire se movió, barriendo los pies del hombre rata. Saltó, me dio un golpe en la cara, siguió con un puñetazo al estómago. Mis garras rasparon cinco líneas en sus antebrazos cuando se retiró y me retiré, todo el aire se fue de mis pulmones. Me aparté de su siguiente ataque y de una ráfaga de viento e impedí que su siguiente golpe me diera. Di unos cuantos alientos, aplaudió y saqué la espada de luz. Erik se volvió pálido al verla, giró y corrió, chocó con una pared de aire invisible y cayó. Antes de que pudiera pararse tenía la punta de la espada en el cuello. "Muévete y te corto." El hombre rata se congeló.

"Vete, sácala de aquí." Pero el mago del aire no se movió, y no esperé.

La cabeza rodó, seguida por el olor a carne quemada. Miré hacia otro lado, la bilis subiendo a mi garganta. Debería estar acostumbrada al acto, pero la sensación de enfermedad en el hoyo de mi estómago siempre volvía.

"Dios mío, lo mataste."

Guardé la espada y me limpié las manos en mis pantalones. "¿Habrías preferido que te matara a ti y a tu novia?"

"Yo lo tenía bajo control." El mago de aire me miró.

"No, estaba jugando contigo."

"Mi novia es humana. Sólo vino y nos atacó de la nada. Voy a llamar a los cazadores y les contare de este incidente".

Ya tenía mi teléfono afuera. "Por favor, hazlo", dije mientras enviaba un mensaje de texto a Diggy "cuerpo sin cabeza en garaje de estacionamiento" seguido de la dirección.

CAPÍTULO SESENTA Y CUATRO

Nuestra llegada al patio trasero de Camilla fue recibida con miradas hostiles y acusatorias dirigidas a Camilla. Había más gente de la que esperaba, al menos treinta, con el sonido de más personas viniendo de la casa. Para todas las apariencias, esto parecía una fiesta de medianoche en el patio trasero, mitad corbata negra, mitad ropa casual, con bebidas que varían desde champán hasta botellas de cerveza y agua. La mansión estaba en llamas con la luz, gente descansando cerca de la piscina en forma de riñón, gente sentada alrededor de mesas de bronce dispuestas a un lado, gente de pie en grupos. La risa vino de dentro de la casa, pero en el patio trasero, la conversación se detuvo en el momento en que caímos de la pared trasera. No había duda de que todos reconocieron a Zantry y a mí, y me sorprendió encontrar algunas caras que reconocí.

Camilla, vestida con un traje de pantalón gris y azul, marchó hasta donde Zantry y yo nos paramos junto a la pared, lo suficientemente astuta como para captar la hostilidad y las olas agresivas que nos apuntaban. Su zancada fue amable incluso con los tacones puntiagudos de cuatro pulgadas de alto que llevaba. Ella le asintió amablemente a Zantry, me agarró del brazo y me arrastró hacia un lado, gruñendo, "¿Qué diablos crees que estás haciendo, trayéndolo aquí?"

Miré a la gente reunida, a todos observándonos – a Zantry– con expresiones que iban desde la ira a la indignación, con otros planos, aún desconocidos hasta por las emociones humanas. Algunos salieron de la casa, sin duda sintiendo el cambio de humor, deteniéndose cuando vieron a Zantry.

"No puedo hacer esto por mi cuenta."

Mi respuesta baja sorprendió a Camilla. Ella soltó mi brazo, se volteó para examinar al grupo, me frunció el ceño, a Zantry. "¿Qué estás diciendo? ¿Qué está aquí para qué?"

La confusa traición en sus ojos no era falsa, y me di cuenta demasiado tarde de que debería haber hablado con ella antes de hacer esto. "No soy lo suficientemente fuerte para hacer el ritual para todos, Camilla."

Los ojos de Camilla brillaban de ira. "Así que está aquí para quitarle las cabezas a aquellos a quienes no puedes–"

"No, por supuesto que no." Inhalé profundamente. "Está aquí para hacer el ritual en mi lugar."

Hubo una ingesta colectiva de aliento y el horror en los ojos de Camilla tampoco era falso. Zantry vino a estar a mi lado, le dio a Camilla una sonrisa encantadora. Ella se enderezó a su altura completa, se compuso y miró a mí. Fue la primera mujer que conocí que no se vio afectada por su encanto.

"Nadie aquí se unirá a otro Remo Drammen con otra agenda desconocida. Deberías haber pensado en esto antes de traerlo."

"No soy un Remo Drammen", afirmó Zantry. "Y no tengo ningún plan además de mantener a la Tierra a salvo de su tiranía."

Camilla estudió Zantry durante un largo momento antes de

inclinar la cabeza. "Te creo, pero no estoy atada a ti, y mi futuro no está sujeto a tus caprichos", asintió con la cabeza a la reunión, todo el mundo mirando y escuchando a pesar de nuestras voces bajas. "Pero puede que a esa gente no les importe si estás diciendo la verdad."

"No lo entiendes, Camilla." Se sorprendió cuando tomé su mano y apreté. "Soy su familiar. Todo el mundo estaría más seguro si el ritual es hecho por Zantry. De esa manera Remo no será capaz de dar ninguna orden a través de mí". Me enfrenté a la multitud y alcé la voz. "Si saben quién es Zantry, entonces también saben que ha estado luchando contra Remo desde que llegaron hace medio siglo."

"No sabemos tal cosa", un tipo con un aura azul pálido, un mago, atravesó a la multitud. "Mató a Arianna y desapareció para darle a Remo la rienda suelta para convocarnos a su voluntad. Si se opone tanto a Remo, ¿dónde ha estado todo este tiempo Remo nos sometió a su voluntad?"

"No dejaremos que nos vincule a su servidumbre." Una mujer con un aura de color rojo oscuro se acercó al mago.

"Vine aquí porque me prometieron estar libre de Remo, de sus órdenes y demandas", gritó alguien desde la parte de atrás del grupo. Un coro de acuerdo murmulló por la multitud y me avergoncé de que la primera solución que se me ocurriera fuera llamar a los cazadores y deshacerse de todos ellos. No era su culpa que estuvieran en esta situación, y querían, como yo, una vida mejor libre de esclavitud. ¿Quién era yo para condenarlos por no confiar en Zantry?

Una mujer de mediana edad con una poderosa aura verde atravesó a la multitud y se puso de pie frente a Camilla. Sus ojos, el gris de las nubes de tormenta, escanearon entre Zantry y yo y se centraron en Camilla. "Nos dijiste que evitarías que el Enclave nos cazara. Nos prometiste la libertad."

¿El Enclave? ¿Pensaron que las decapitaciones fueron hechas por el Enclave?

Zantry dio un paso adelante y la multitud tensó, incluso Camilla. "Yo no estuve allí para Arianna", comenzó, "porque Remo les dio a los científicos humanos el método para atraparme y aprovecharse de mi fuerza vital. Suficiente para evitar que peleara, pero no lo suficiente para matarme. Estaba enganchado al artilugio de Remo, siendo drenado, día tras día, durante veintiséis años hasta que Roxanne, por accidente, me encontró". Zantry se detuvo, respiró hondo. No era una hazaña fácil, confesar su debilidad a unas pocas docenas de extraños, y mi corazón dolió por él. Envié un pulso reconfortante a través del vínculo y él siguió: "No estoy aquí para esclavizar a nadie. Sólo estoy aquí para evitar que Remo logre su objetivo de toda la vida. Todos ustedes vinieron aquí esta noche en busca de una manera de alejarse de Remo, un futuro donde tienen el tiempo y la vida para disfrutar de todo lo que la tierra puede proporcionar". Puso su mano sobre mi hombro y apretó una vez. "Ella está dispuesta a desafiarlo e ir en contra de sus deseos, y ven un espíritu bueno en ella. Pero al final, ella también está ligada a él." La emoción en su voz no hizo pasar desapercibida, y algunas personas en la multitud se giraron a mirarme.

"Si les aseguro que el Enclave ya no está bajo la influencia de Remo, les puedo garantizar que podrán vivir en paz." Otro murmullo pasó por encima de la multitud.

El mismo mago dio un paso adelante y levantó una mano. "Sólo voy a pasar por el mismo ritual que Camilla pasó con ella." Me apuntó con un dedo.

Zantry inclinó la cabeza. "Roxanne sólo puede hacer un ritual a la vez. Ella vino a pedirme ayuda, y si prefieres no pasar por el ritual conmigo, puedo tratar de ayudar a Roxanne con él, pero no podremos terminar esta noche, o mañana por la noche, incluso si no paramos".

"¿Pero seríamos capaces de hacerlo con usted?", dijo una voz escéptica.

"Sí, podríamos hacer un grupo a la vez, tal vez incluso una docena, dependiendo de cuántos puedan caber el tejido."

"Y tú serías nuestro amo en lugar de Remo", resopló el mago. "¿Qué quieres de nosotros?"

"Todo lo que quiero es asegurarme de que Remo nunca sea capaz de ordenar a ninguno de ustedes de nuevo. Mi único precio será que no ayuden a la causa de Remo, no se alimenten de humanos y animales, y mantengas las reglas que todo preternatural cumple".

"¿Y si estás mintiendo? ¿Qué pasa si estás diciendo esto ahora y más tarde después de que estemos unidos nos ordenas a cometer acciones atroces?"

"Yo le creo", dijo la mujer con el aura roja. "Yo le creo. He oído hablar mucho del trío", sonrió, "yo también he estudiado sobre ellos. Y yo le creo. Todos los relatos, todas las historias apuntan a que tanto a Zantry como a Arianna habían estado luchando contra Remo desde que salieron de las Tierras Bajas". "Pueden discutir ese punto tanto como quieran, pero todos saben que eso es cierto". Se volteó para ver a la multitud. "Y una fuente de confianza me dijo que Akinzo está de vuelta con los cazadores para evitar que Remo gane esta vez".

Un murmullo atravesó el patio trasero. Tenía curiosidad por saber quién era esta "fuente de confianza", y apuesto a que a Roland no le importaría que tuviera una "fuente de confianza" dando noticias confidenciales sobre los cazadores.

"Tengo una condición." Un hombre dio un paso adelante, mirando a Zantry a los ojos. "Si el Enclave es tan parcial de ti, quiero que me adquieras un puesto con ellos. Quiero ayudar a mantener la paz".

Zantry se metió las manos dentro de sus bolsillos. "No puedo conseguirte un puesto con el Enclave, por el simple hecho de que los miembros son votados para el puesto. Sin embargo", continuó cuando los hombres hicieron gestos y comenzaron a alejarse, "Puedo ayudarte a unirte a los cazadores y desde allí, demuestras tu valor y subes más alto".

El hombre se detuvo y le dio una mirada dudosa. "¿Hablarías por mí?"

"Yo hablaría por cualquiera de ustedes, ayudarles a obtener la admisión para unirse. Pero para ser un miembro de pleno derecho, incluso con los cazadores, es algo que tienen que ganar por su propio mérito".

El hombre inclinó la cabeza. "Y vamos a dejar de ser cazados."

"Sí."

"Todo lo que pedirías es que no nos unamos a la causa de Remo. ¿Podremos decidir si queremos unirnos a la guerra o no?"

Camilla murmuró: "Lucharán si una guerra empieza, sólo quieren tener voz y voto en el asunto".

La discusión continuó. La mitad de la gente accedió a continuar con el ritual, mientras que la otra mitad quería garantía escrita de los cazadores o del enclave de que Zantry estaba diciendo la verdad. A los que no se sometieron al ritual esa noche no se les permitió quedarse a mirar. Un grupo de nosotros nos dirigimos al sótano de Camilla, limpiamos las marcas de tiza del ritual anterior, el resto se quedó arriba comiendo sándwiches y bebiendo. Diggy me llamó dos veces, sin duda para darme un infierno sobre el cuerpo sin cabeza, o tal vez Rafael le contó sobre Thiago, pero después de la segunda llamada, apagué el teléfono. Zantry ayudó a dibujar el nuevo tejido, este con siete anillos, el sótano no era lo suficientemente grande como para incluir trece, y nos llevó hasta el amanecer terminar de dibujar. En ese momento, los dieciocho preternaturales habían pasado por el ritual, seis a la vez, era casi mediodía. Mientras me balanceaba por el agotamiento, Zantry estaba enérgico, sus ojos más brillantes, la estática de su toque más aguda.

Me dejó frente a mi edificio y se dirigió directamente a la oficina de Roland para hablar con él sobre la petición de las personas que querían tranquilidad por escrito. Tenía la sospecha de que no estaba diciendo más, pero no debatí, no por la falta de curiosidad, sino por el miedo que las piezas del rompecabezas encajarían en una imagen que no estaba lista para enfrentar.

CAPÍTULO SESENTA Y CINCO

El apartamento estaba tranquilo cuando abrí la puerta. Era temprano todavía para Mwara para estar en el trabajo, así que asumí que su ausencia significaba que estaba de compras o algo así. Una mirada al microondas donde había dejado el anillo de Fin mostró que se había ido, junto con la nota que había dejado debajo. Debí dárselo cara a cara, pero ella había estado en el trabajo cuando vine a ver a Zantry anoche, y yo también tenía miedo de encontrar la culpa en sus ojos. Algunas cosas eran mejor no saberlas, especialmente cuando no me incumbían.

Me duché para olvidar la noche, me hice un almuerzo/desayuno tardío. Cuando no hubo llamadas de Diggy o Roland demandando mi presencia en la base, sin duda por Zantry, me arrastré a la cama, despertando cuando sonó el timbre, mi corazón tronando en mi garganta.

Escuché como pasos suaves fueron a la puerta, y la voz baja de Mwara se filtró a través, pero no hubo respuesta.

Durante unos segundos, me acosté esperando a que mi corazón se desacelera. La forma en que las sombras se extendían en el suelo, deduje la noche se acercaba. El reloj en la mesita de noche confirmó la deducción mostrando que eran las seis y cuarto. Bostecé, me estiré, fui al baño. Y me congelé cuando escuché la voz baja de Logan discutiendo con Mwara.

Oh no, no lo haces. Me até el cabello en un moño desordenado y me dirigí a la puerta principal. Estaba medio cerrada, con Mwara bloqueando la entrada, con los brazos cruzados. Estaba descalza, vestida con jeans y una camisa negra de manga larga, su cabello multicolor elegantemente desordenado.

¿Por qué no estaba en el trabajo?

Abrí la puerta, sorprendí a Logan, pero no a Mwara.

"Roxanne", comenzó, con los ojos moviéndose hacia mi mejilla. "¿Qué pasó allí?"

Me resistí las ganas de tocarme la cara. "Un cambiante me golpeó."

Mwara se sorprendió, sus ojos volaron hacia mi cara. No había estado allí ayer por la mañana, así que sabía que el moretón de hace una semana debió haber ocurrido anoche.

"¿Quién?"

"Nadie de tu incumbencia."

Logan estuvo a punto de discutir, pero asintió en su lugar. Mwara dio un paso atrás cuando Logan dijo: "Me gustaría hablar contigo. ¿Puedo entrar?"

Miré a Mwara desapareciendo dentro de su habitación. "¿Acerca de?"

"Algunas cosas. Rafael, por ejemplo."

Dudé antes de hacerme a un lado para que pasara. "¿Quieres un poco de café?" Pregunté sobre mi hombro, buscando la jarra medio llena.

"Por favor."

Vertí dos tazas, le entregué una y me incliné hacia atrás en el mostrador, bebiendo del líquido amargo. "¿Qué hay de Rafael?"

Logan bebió, se inclinó frente a mí. "¿Qué pasó anoche?"

"Pasaron muchas cosas anoche. Se específico."

Logan bajó su taza e inhaló. "Dijiste algo que le molestó tanto que no está hablando, ya sea a mí o a Doug. ¿Qué fue eso?"

Bebí, fruncí el ceño al liquido negro. "No estoy segura de que sea mi lugar para decirte algo." Dentro, me decepcioné. Si Rafael estaba fuera de lugar significaba que no iría a Vielyn y pediría las respuestas que quería. Me di cuenta de lo mucho que esperaba que lo hiciera.

"¿Está en peligro?"

Me endurecí. "Si estás preguntando si lo engañé..."

"No, eso no es lo que estoy preguntando." Se pasó una mano a través del pelo, con los ojos tormentosos de emoción. Había sombras oscuras bajo sus ojos. Parecía como si no hubiera dormido en una semana. La preocupación emanada de él en oleadas.

"Doug lo encontró armándose anoche como si fuera a luchar contra un ejército. Se negó a decirle nada. Ahora no podemos encontrarlo."

Tonto imprudente, fue el primer pensamiento que me vino a la mente. Pero entonces, ¿qué esperaba? Thiago y él se parecían tanto que podían pasar como gemelos.

"Dime", presionó Logan.

Fruncí los labios. Rafael no me agradaba, pero ¿podría vivir con la culpa si le pasaba algo? Además, otro cambiante en el equipo de Remo no nos haría bien, no cuando Rafael sabía tanto. Tal vez ya seas demasiado tarde, dijo mi voz interior.

"Hay un cambiador en la guarida, un tipo cuya aura carece de las manchas grises que tiene Rafael. Hay un parecido entre los dos cambiantes, tanto que cuando lo vi por primera vez con Remo, pensé que era Rafael". Los ojos de Logan apretados, expresión que se amotinó "Le pedí a Diggy su número para que pudiera tener una reunión con él. Quería asegurarme de que el cambiante de la guarida no fuera el propio Rafael". Logan parpadeó antes de darse cuenta, junto con una saludable dosis de miedo que entró en sus ojos. "¿Thiago?", Susurró, pero no estaba preguntando. "Estás segura... ¿Y le dijiste a Rafael?"

"Se lo advertí", le dije, sin que le gustara el tono defensivo en mi voz.

"¿A dónde fue?", Preguntó, sacando su teléfono y escribiendo algo furiosamente.

"No tengo ni idea." La lista de nombres de agentes no incluyó a Thiago porque quería asegurarme de que no fuera Rafael, y porque no vivía en Nueva York o los alrededores. La mandíbula de Logan se apretó, pero no dejó de escribir. Al finalizar, esperó, mirando la pantalla. Un segundo más tarde, comenzó a caminar, frotándose el cuello y flexionando los dedos alrededor de su teléfono.

"¿Qué es la otra cosa?"

"¿Qué?", Preguntó, confundido.

"Dijiste, Rafael, por ejemplo. ¿Cuál es lo otro?"

Si es posible, su expresión se oscureció aún más. Regresó a la cocina, colocó su teléfono en el mostrador. "Prometí que seguiría buscando a la persona que te incriminó por la desaparición de Mwara." Me enderecé, bajé el café. "Logan–"

"No, no, no me interrumpas. Permíteme decir esto. Es importante"

"No puedo ver cómo eso es importante ahora."

"Si me dejas terminar", dijo, nervioso.

Incliné la cabeza, pero él reanudó su caminar, viniendo a parar al otro lado del divisor. Cuando miró hacia abajo a su teléfono, su ansiedad se mostró brevemente.

"Cuando las fotos de Mwara llegaron por correo, sólo el consejo fue informado de la evidencia en tu contra, porque Archer no quería a los miembros del clan aullando por tu sangre." Sus ojos brillaron en respuesta a cualquier expresión sarcástica que vio en los míos. "Puede ser difícil de creer, pero Archer no quería que te hicieran daño, especialmente después de que se enteró de que Alleena había estropeado tu análisis de sangre". Levantó un brazo y cortó mis siguientes palabras. "Si ella lo arruinó a propósito, eso no es lo que estoy aquí para discutir. Por favor, permíteme decir esto". Detrás de él, Mwara salió de su habitación. "Quería que te unieras a los cazadores porque nadie en el clan te aceptaría, nadie te habría tratado bien."

Bajé la cabeza, tragué el café. Archer estaba tan alto en el pedestal que Logan lo había colocado, que estaba ciego a cualquiera de sus defectos.

"Estaba consciente de la delicada situación, llegó a prohibir a cualquiera de los miembros del consejo hablar del caso con nadie para que no empezaran los rumores. Y entonces, de repente, Archer comenzó a defender tu culpa. Sólo Rubén y Thalia estaban en contra de una ejecución inmediata, y a Jaspion no le importaba de ninguna de las dos maneras".

"¿Quién?"

"Los miembros del consejo–Alleena y Rubén, Saydy y Thalia, Bebbette, Jaspion y Archer. La política del clan es decidida por los seis, con Archer como el desempate. En el caso de Mwara, estuve presente en mi título de ejecutor. La votación fue en su contra, pero Rubén actuaba como su padre y un miembro del consejo, y Thalia es muy respetada. Jaspion retuvo su voto. Fue un caso arduo, pero les convencimos de que las fotos por sí solas no eran suficiente evidencia". Cogió su teléfono, tocó, escribió y lo volvió a bajar. "Pero cuando les dije que Mwara vino a pedirte ayuda, y Archer se enteró de que estabas entrenando en las Tierras Bajas con Doug, se volvió balístico". Logan negó con la cabeza. "No tenía ni idea cuando la reunión concluyó que había venido a ti para exigir el debido pago por una vida tomada."

Mwara jadeó, su cara pálida. Logan se volteó a medias. "¿No le dijiste?", Me preguntó.

Me encogí de hombros. "No hay razón para hablar del pasado."

Se tiró del pelo, sus los ojos distantes.

"Continua", le dije con la mano. No nos habíamos separado en buenos términos, pero no me gustó la mirada de derrota en sus ojos.

"Para entonces Archer era irrazonable, no quería nada más que deshacerse de ti"

"Nunca me mostró ninguna bondad, Logan. Siempre fue grosero y agresivo".

"No, nunca te deseó ningún daño."

Me di la vuelta, recogí la jarra, vertí el resto del café en mi taza. Logan exhaló. "El otro día me llamaron a una reunión con el consejo, pero sólo los Longlan y Archer estaban allí. Pensé que era temprano, pero luego Archer me dijo que cerrara la puerta. Nos dijo que teníamos un traidor entre nosotros, alguien que había estado trabajando para Remo todo el tiempo".

Mwara inhaló bruscamente. "¿Quién?"

Aunque la confirmación fue noticia, no me sorprendió en lo más mínimo.

Logan se fue a la ventana de la sala de estar y movió la cortina a un lado. Cuando se dio la vuelta, el resentimiento amargo y la resignación que sentía eran tan claros como el día, tanto en sus ojos como en la inclinación de su labio. "Vincent explicó lo que Akinzo dijo sobre la plaga. Es una historia que se enseña en la escuela del clan, y aunque no sabemos cómo empezó o cómo se detuvo, todos somos conscientes de ello. Esa plaga sucedió hace casi dos siglos, Roxanne, no queríamos creer lo que Vincent estaba diciendo. Pero necesitábamos asegurarnos, si no fuera por ninguna otra razón que probar que Akinzo estaba equivocado. Debido a que los únicos miembros aun vivos que podíamos conectar tan lejos con la plaga eran miembros del consejo, Archer convocó una reunión, les dijo a todos que los cazadores tenían información sobre un traidor que trabajaba para Remo, y que Archer se reuniría con Roland en persona esa tarde para recoger la evidencia para exponer a este miembro".

"Una trampa." Roland no tenía tal evidencia.

"Sí, y ella cayó a directamente en ella. Eran cuatro contra uno, los Longlan, Archer y yo, y ella logró sacar lo mejor de nosotros".

"¿Mis padres?" Mwara susurró.

"Están bien. Estaba más enfocada en Archer. Estaba gravemente herido, así que Alleena se quedó con él mientras yo estaba afuera rastreando y Rubén vino a dar la noticia a los cazadores en persona". Recordé la larga cicatriz en la parte posterior de la mano de Rubén.

Logan continuó, un tobogán de emociones que fueron desde la consternación, la frustración, la vergüenza, la incredulidad y la ira en sus ojos. "Reunimos un número alarmante de incidentes que podrían haber sido su culpa, las muchas veces que escuchamos sus consejos sobre el asunto del clan porque era una anciana. ¿Recuerdas ese motel en Reno? ¿La primera vez que fuimos atacados por guardianes? Nunca te persiguieron, era a mí a quien querían. Nunca imaginé esa parte del rompecabezas hasta que encajé a Bebbette. Si estoy fuera de la foto, ella lo promovería a ejecutor, colocándola un paso debajo de Archer. Es el mejor lugar para una adquisición. Añade a Archer siendo tomado por los científicos y nadie me creyó". Los dientes de Logan se apretaron. "¿Cuántas de esas veces estaba jugando un juego, moviendo las piezas de ajedrez para que Drammen pudiera acercarse y sacar a Archer? Drammen siempre estuvo un paso por delante de nosotros, incluso en esa última misión donde todo se fue al infierno. Siempre sospechamos que tenía un espía, y miramos de cerca a los miembros del clan, pero nunca al consejo. Ciertamente no a nuestro miembro más viejo."

"Bebbette", dijo Mwara, con los ojos negros astutos. "El miembro más viejo activo en la política del clan."

Logan asintió. "Ella fue la que defendió la culpa de Roxanne todo el tiempo que estuviste desaparecida." Se volteó hacia mí y me dijo: "Aunque Archer no nos dijo qué, ella dijo algo sobre ti en ese entonces que llevó a Archer a reaccionar injustificadamente".

Arianna. Debió hablarle de Arianna, un empujón para la acción que se debe tomar para que yo cayera en la mano de Remo mucho antes. Ella habría necesitado pruebas, lo que significaba que Archer creía que su amante se había escapado con su amado hermano. No, si sabía quién era mi padre, entonces sabía que mi madre no era humana. Lo que significaba que Archer era consciente, si vagamente, de la participación de los Sidhe.

"Sabes lo que es, ¿no?"

Miré a Logan, lo encontré escrutándome. Me encogí de hombros.

Un golpe de silencio pesado siguió. "Dijiste que una vez que las esferas no se asimilan con genes Sidhe. ¿Cómo puede haber estado trabajando con Drammen durante todo este tiempo?"

"No tengo ni idea."

"Ella desafió al tío Archer por el manto de liderazgo después de que Fosch renunciara." Mwara frunció el ceño, tirando de un aro en lo alto de la oreja. "Recuerdo que mamá dijo que el tío Archer, por respeto a un anciano, la dejó vivir. Debe haber sido vergonzoso que ella haya sido derrotada por alguien más joven, con menos experiencia. Tal vez no se implantó en absoluto. Tal vez esté haciendo esto por despecho, por el liderazgo del clan. ¿O Remo fue capaz de implantar una esfera porque estaba herida y débil y no luchó contra la posesión?"

Si no peleó, estaba dispuesta. Eso era peor que estar bajo el control de Remo. Si la mirada asesina en los ojos de Logan significaba algo, él también lo pensó. Su teléfono eligió ese momento para vibrar. Lo tomó tan rápido que no vi el movimiento.

"Doug, ¿lo encontraste?" Escuchó, apartó el teléfono de su oreja, revisó la pantalla, cara pálida. "Bebbette" dijo, gruño. "Lastímalo y yo personalmente te despellejaré, tira tras tira hasta que llegar a tus huesos."

El cacareo de la risa de Bebbette era audible desde donde me quedé congelada, a unos diez pies de distancia.

CAPÍTULO SESENTA Y SEIS

Mwara se fue con Logan, amenazando con que ella encontraría su camino sola si él la dejaba atrás. Dado que Bebbette que tenía a Alleena y Archer, no dudé de que se aprovecharía de la amenaza. Logan no dio un argumento convincente, excepto cuando me ofrecí a ir. Le habría dado la misma amenaza, pero un mensaje de Zantry diciendo que lo tenía todo libre para llevar a cabo el ritual me convenció de no hacerlo. Además, Mwara conocía las fortalezas de los agentes de Remo, aunque nunca hubiera peleado con uno.

Eran alrededor de las diez cuando salí del apartamento y cerré la puerta. Zantry quería que fuéramos a la casa Camilla juntos como un frente unido, y su texto decía que estaría aquí en cinco minutos. Había una sensación de premonición en el aire, una noción de urgencia, la impresión de que se suponía que debía hacer algo que olvidé. Era la orden de Remo, presionándome para actuar. Se elevaría hasta que ya no poseyera el control de mí misma, y con ocho recipientes todavía necesarios y un poco más de una semana restante, mi fuerza de voluntad no aguantaría por mucho más tiempo. Me froté las manos sobre mis brazos fríos, un escalofrío corriendo sobre mi cuerpo. Frío, volví adentro, con la intención de ponerme una chaqueta ligera o una sudadera con capucha.

Mi teléfono sonó justo cuando abrí la puerta. Esperando que fuera Logan con noticias y esperando que fuera Zantry, me sorprendió ver el nombre de Diggy en la pantalla.

"Oye."

"Ella los atrapó", dijo en lugar de saludar, "y ella mató al resto."

Mi corazón saltó y se alojó en mi garganta. "¿Quién?" Visiones de lo que esta Bebbette le estaba haciendo a Logan y Mwara aparecieron en mi cabeza, seguida de todas las diversas y crueles maneras en las que pudo haber matado a Archer y Alleena.

"Hawthorn. Tiene a Vincent y George. Bárbara acaba de llamar."

"¿Qué? No lo entiendo." Escuché las palabras, pero el significado no se procesaba. Mis yemas de los dedos hormigueaban, mis labios se sentían entumecidos. "Dijiste que Vincent envió reportes. Dijiste que ayer envió un informe."

"No lo envió hoy. Cuando Barbara y Tony llegaron a su hotel, el secretario dijo que acababan de irse. Cuando no respondieron a sus llamadas, ella fue a revisar los lugares mencionados en los informes de Vincent, mientras Tony se quedaba atrás". Inhaló un aliento estremecedor. "Sabíamos que sería malo cuando no llegara ningún informe hoy. Fue pura suerte que Tony estaba en el bar del hotel cuando un grupo de lugareños mencionó un cuerpo apareció a la orilla del río esta mañana". Me cubrí la boca con una mano temblorosa.

"Encontraron a Jack en el hospital. Inconsciente pero vivo. Se despertó hace media hora y les contó lo que pasó". Hubo otro silencio donde me imaginé que Diggy se preparó para sus siguientes palabras. "Chris y Jeremy están muertos. Si Jack no hubiera caído al río, también lo habrían capturado o matado".

"¿Vincent y George? ¿No puedes rastrearlos a través de sus teléfonos?"

"Los procedimientos operativos estándar prohíben el uso de teléfonos con GPS incorporado durante las operaciones activas, y los teléfonos desechables están apagados."

Dios, no.

"Roxanne, ¿estás ahí?"

"¿Cuándo?" Exigí.

"¿Dónde estás?"

"Casa. ¿Cuándo sucedió esto?"

"Jack no estaba seguro, pero tuvo que ser anoche. Si apareció en la orilla del Mississippi esta mañana y Vincent envió una actualización ayer, lo que sucedió ocurrió entre ayer al mediodía y la madrugada de hoy".

Ayer por la noche. Un frío helado viajó por mi columna vertebral.

"Jack dijo que se encontraron con el escondite en algún lugar en el Ozark. Vincent no quería esperar refuerzos. Jack dijo que había al menos tres docenas de cautivos, la mitad de los cuales eran preternaturales y vampiros".

"¿Qué pasó?" Porque si Vincent fuera la mitad de listo que yo, tendría un plan infalible.

"Fue por los cautivos preternaturales, con la intención de usarlos en lugar de los refuerzos. Debería haber funcionado perfectamente, pero la mayoría de los cautivos eran carnada. Hawthorn estaba preparado por ellos "

Claro. "¿El informante?"

Diggy maldijo, un carro tocó la corneta. "Jack afirmó que nuestro mensaje no les llegó. No tengo idea de por qué. Se suponía que habían sido advertidos antes de su último informe de ayer. Barbara dijo que Jack se desmayó antes de que terminaran el interrogatorio. Ella lo sacó de contrabando del hospital para que cambiara, pero aún no ha despertado. Roland está en camino ahora", Diggy se quedó en silencio y el miedo se reunió en mi estómago.

"¿Qué más?"

"Barbara estaba en la bodega abandonada cerca de los Ozarks cuando Tony llamó con noticias sobre Jack. Dijo que el lugar estaba vacío, que no había señales de una pelea, ni siquiera un poco de sangre".

El escondite había sido despejado. Angelina no se arriesgaría a reubicar a un grupo de rehenes preternaturales en otro lugar a menos que ese lugar fuera la guarida.

"Ella los llevó a la guarida", le dije.

"Bárbara cree que sí. Jack dijo que estaban colocando a los preternaturales en círculos rituales, pero no estaban lo suficientemente cerca como para identificar el trabajo. Dijo que Jeremy pensó que había visto a Drammen"

¿Un círculo ritual? Si Remo estaba allí, estaba allí para hacer los implantes. Angelina se habría quedado con los recién implantados. Pero el escondite había sido despejado. Me tragué y dejé el pánico a un lado, traté de hacer las cuentas.

"¿Roxanne? ¡Roxanne!"

"Estoy aquí, Diggy, déjame pensar." Me fui al microondas, miré los dígitos. Un día. Remo los llevaría a uno de los tres lugares de la guarida. Si estaban en la cámara de recuperación, un día aquí era cosa de una semana hasta unos meses allí. Si estaban en las celdas de espera, un día aquí significaba de una semana a diez días allí. Pero si estaban en el nivel más bajo, por debajo de la piscina de agua en el nivel tres, un día aquí era cualquier cosa de un minuto a una hora allí. Remo sólo mantenía a sus agentes gravemente heridos que quería castigar allí, para prolongar su sufrimiento. No tenía motivos para castigar a Vincent o George, y a menos que hubiera encontrado una manera de implantar un Dhiultadh, Vincent no estaría en la cámara de recuperación. No podría decir lo mismo de George. George no se había ofrecido como voluntario. No había necesidad de dejar que un rehén disfrutara del impulso del poder que una esfera. No dejaría la guarida a menos que hubiera hecho la transición. Me dolía el estómago de miedo y ansiedad.

"Roxanne, dime lo que estás pensando."

"Estoy tratando de hacer las cuentas, maldita sea, Diggy."

"Espera, ya casi estoy allí."

"¿Allí dónde?" Pregunté, miedo despojándome de toda razón.

"Tu apartamento, ya casi estoy allí."

"Tengo que irme", le dije, agarrando mis llaves de donde las había dejado en el mostrador.

"No, Roxanne, no."

"Diggy–"

"¡Dije que no!", Gritó al teléfono. Nunca me había gritado antes. Hubo una bocina fuerte y Diggy maldijo para que un tonto idiota se moviera. "Espérame" le dijo al teléfono.

"No puedo llevarte."

"Roxanne, te juro por todo lo que es santo que si cuelgas y te vas sin mí que voy tras de ti y destrozaré ese lugar."

Me detuve. También lo haría, y lo matarían. "Rápido, no tengo tiempo de sobra." Colgué y reanudé el ritmo. Necesitaba un plan. Un plan a prueba de balas. No podía llevarme a Diggy, eso era definitivo. No podía llevarme a Zantry conmigo. Si Remo estaba allí sabría que no estaba haciendo nada bueno, exigiría que le dijera por qué estaba allí. Le diría todo sobre Diggy o Zantry. Le encantaría atrapar a Diggy y Zantry en la guarida. Si iba sola, Remo aún podría exigirme que se lo dijera, entonces me ordenaría que me sentara sobre mis manos y no hiciera nada al respecto. Maldición, tiré la llave fuertemente a la pared opuesta justo cuando Zantry entró. Me levantó una ceja.

Un carro chilló en la calle. Zantry miró hacia fuera, sus hombros se endurecieron. La alarma entró en sus ojos incluso cuando se hizo a un lado para que Diggy pasara.

"¿Qué está pasando?" Miró entre Diggy y yo.

Inhalé un profundo chorro de aire y lo dejé salir de una sola vez. "Vincent y George fueron atrapados, Chris y Jeremy están muertos, y Jack está en coma en su forma de hiena. Bebbette es la traidora de Dhiultadh y tiene a Archer y Alleena, y Logan y Mwara se fueron tras ella".

Zantry maldijo en un idioma que nunca había oído antes. Aunque despertó algo de interés, no fue suficiente para desviar mi atención del problema.

"Hoy estuve con Mackenzie", dijo Zantry. "No dijo nada."

"Es una noticia en desarrollo. Logan rastreó a Archer y Alleena, pero Bebbette escapó", dijo Diggy, pero la noticia no disminuyó mis preocupaciones. "Acabo de recibir noticias sobre el resto hace menos de una hora."

"Tengo que irme", le dije y ambos hombres se voltearon hacia mí con miradas idénticas.

"Soy el familiar de Remo, ir y venir no es un problema para mí. Puedo estar allí en un minuto si me voy ahora.

"No vas."

"Zantry–"

"No."

"Necesito un plan. Necesito que ustedes dos me ayuden a formar uno donde no maten a nadie. No puedo pararme aquí y discutir el punto cuando sabes que tengo razón."

Un momento de silencio siguió mis palabras.

"Voy a ir contigo."

"Los dos iremos", agregó Diggy.

"No, serás una responsabilidad. La preocupación por sí sola

me distraerá, y si me atrapan, se lo contaré todo. Me enviaran a por ti".

Zantry abrió la boca para discutir, pero Diggy apretó su hombro, y apretó la mandíbula en su lugar.

"No tenemos que ir contigo", sugirió Diggy. "Podríamos seguirte."

"No, maldita sea, Diggy, en el momento en que pises la guarida, Remo lo sabrá."

"No puedes ir sola", argumentó Zantry, pero pude ver que argumentó porque temía por mí, no porque pensara que estaba equivocada.

Tomé su mano en la mía, dándole la bienvenida a la cálida estática que saltó entre nosotros. "Angelina no puede llevar a todos por el margen por su cuenta", me di hacia Diggy, "Si Jeremy dijo que pensó que había visto a Remo, entonces lo vio. Ya ha pasado un día, probablemente más, pero incluso si Remo fuera el que los pasaba por el camino, no sería capaz de pasar más de tres a la vez sin atraer a los guardianes. Puede que aún haya tiempo para salvarlos, pero no puedo quedarme aquí y seguir discutiendo. Ayúdame con un plan".

"¿Y si Remo te atrapa tratando de liberarlos?"

"No me matará." Yo era esencial para su éxito, quise decir, pero algo afilado me atravesó la cabeza y me callé. Zantry me tomó en un abrazo feroz, sus labios susurrando contra mi frente. Un cosquilleó pasó desde él hasta mí, pero no alivió el dolor de cabeza. Podía sanar las heridas, pero no tenía control sobre el vínculo entre Remo y yo.

Me detuve, puse una mano la barba de dos días. Odiaba la miseria y la frustración en sus ojos fascinantes, odiaba que yo fuera la causa. "No puedo mantener el vínculo fluyendo cuando esté allí. Dejaré a Frizz aquí contigo. Puede asegurarte de mi bienestar."

Apretó mi palma de la mano su boca y negó con la cabeza.

"Él es una capa de protección que no puedo quitarte, sólo prométeme que no correrás riesgos tontos".

Mi garganta se cerró. Esto era como un adiós. "Lo prometo."

* * *

Los acontecimientos que siguieron esa noche estarían grabados para siempre en mi mente. Sospecho que, algún día en el futuro, también estará escrito en libros, hablados por naciones de todo el mundo y en todas las dimensiones. Siempre llevaría parte de la culpa, no importaba lo que otros dijeran, fueron mis acciones las que doblaron el brazo de todos. Mi rabia, la furia que ardía en mi sangre inclinaba la balanza, sí, pero el hecho es que si hubiera esperado un plan mejor, si no hubiera tomado ninguna acción, el resultado habría sido otro. Tal vez para mejor, tal vez para peor. Nunca lo sabría, y la incertidumbre se quedaría para siempre manchada en mi conciencia.

CAPÍTULO SESENTA Y SIETE

A LOS TRES, JUNTO CON ROLAND EN UNA LLAMADA DE Skype, nos tomó alrededor de una hora para formar un plan. Fue sólo una hora; el plan era tan sólido como podría ser, e incluso puse un espectáculo convincente de confianza en el plan para todos. Pero en lo más profundo de mí de mis dudas me atormentaron.

Salté al camino desde mi sala de estar. La cara preocupada de Zantry fue lo último que vi. El collar que le había dado a Dathana para esconderse del éter presionado contra mi pecho, frío y duro. El brazalete alrededor de mi muñeca estaba igual de frío. La banda era similar a la que había usado el día que había entrado, sin saberlo, a la guarida de Remo para examinarla para Diggy, cuando mi vida era tan simple, me dolían esos días. El puntero de nueve estrellas grabado en el medio de la banda era la única diferencia entre este y el que llevaba en ese entonces. De acuerdo a Ronald, que llevaba esta noche funcionaba como una llave maestra de hotel, capaz de conectar con otras nueve pulseras, sin importar dónde estuvieran. Al igual que una varilla de comunicación, Diggy había añadido, utilizada sólo durante emergencias y operaciones de extracción. Debía activarlo una vez dentro de la guarida, para evitar que funcionara mal mientras cruzaba por la sala de entrada. Una vez dentro, el brazalete debería llevarme directo a Vincent y George.

Si todo salía bien, entraría y saldría en una hora.

Si todo salía bien sonaba como una maldición para mí.

* * *

Tenía dos opciones en: bajar de la brecha por encima de la caverna que había tomado cuando había venido a Dathana, o subir por tres cuartos de la montaña partes Mountain Mandolia, la salida principal y el punto de entrada de la guarida. El primero estaba más cerca de los pasadizos traseros, pero el trueno de mi cruce a través de la barrera alertaría a cualquiera de mi presencia. Remo no había estado en la guarida la última vez, pero no tenía idea de dónde estaba ahora.

Eso lo decidió. Mejor parecer que tenía cosas que hacer que escabullirme como un ladrón culpable. Remo no aceptaría mi presencia sin una convocación, pero nadie más la cuestionaría. La guarida estaba aún más tranquila que cuando vine por Dathana. Sonaba la alarma, pero a menos que estuviera entrando en una emboscada, obviamente no pensada para mí, no estaba perdiendo tiempo buscando a todo el mundo.

¿Frizz?

Mi leal familiar apareció a mi lado, su ritmo no flaqueó, ya que coincidía con el mío. Si Frizz hubiera estado aquí cuando Vincent y George pasaron, podría decirme exactamente adónde los habían llevado. Su bandada ya no me debía, así que no me ayudarían.

Pero había ventajas de tener un familiar, como asegurarse de que nadie supiera que estaba aquí.

"¿Sabes dónde está todo el mundo?" Le susurré. El lugar estaba tan tranquilo como una tumba olvidada.

"No, ama."

"¿Y Vincent o George, sabes dónde están?"

"No, ama."

Tomé el túnel izquierdo, me di paso en la penumbra de los pasadizos traseros, lejos de la caverna de la guerra, confiando en Frizz y mis sentidos para decirme si alguien se acercaba de cualquier dirección. Me pinché el dedo en el brazalete, esparcí la sangre en la superficie, como Diggy me dijo que lo hiciera, agité mi brazo cuando se calentó. No pasó nada. Me sentí como una idiota. Yo también parecía una idiota.

Luego vino, el tirón en el brazalete, el tirón como imán cerca del hierro. Mi corazón palpitaba, seguí el tirón alrededor de una curva, recto por un pasaje estrecho, a la derecha. Había voces adelante, mezcladas con los gritos de Barnietons, estaba cerca de la caverna de la guerra. Afortunadamente, el tirón estaba en la dirección opuesta, y no queriendo ser encontrada, me apresuré, derecha, izquierda, izquierda, derecha, izquierda, izquierda, izquierda. Unos minutos más tarde y golpeé una roca dura, confundida y desorientada.

Maldiciendo, le pedí a Frizz que iluminara el pasadizo y estudié mi entorno. El espacio estrecho parecía desconocido, a menudo navego por estos espacios en la oscuridad. El brazalete tiró a la izquierda, a la pared de piedra con la que me había chocado. Al cerrar los ojos, repasé mis pasos en mi cabeza. Al suroeste de la guarida me llevaba al lado más poblado de la montaña. Me di cuenta de que las habitaciones estaban al otro lado de esta pared. También la cámara de recuperación. Más al oeste que al sur, pero el brazalete podría estar tirándome allí.

Por favor.

Pasé la curva, rezando para que no me llevaran a la cámara de recuperación, mis esperanzas se destrozaban con cada paso que di. El silencio muerto de la guarida hizo que los pelos de mi cuello se pararan. Cuando pasamos por la cámara de recreación escuché los sonidos de otros ocupantes, sólo unos pocos.

La cocina estaba vacía, así como la pequeña cueva -dormitorios que pasé.

Algo estaba pasando aquí. Mi estómago se anudó de inquietud, pero seguí adelante, decidida a encontrar a Vincent y George. Inalterados. Por favor, Dios, que no los modifiquen. Cuanto más me acercaba a la cámara de recuperación, más fuerte crecía el bulto en mi garganta. Una vez en el pasadizo, el brazalete se sacudió a la izquierda, lejos de la entrada vigilada de la cámara de recuperación, directamente a otra pared de piedra. El tirón fue aún más fuerte aquí, como si todo lo que me separaba de Vincent y George fuera la roca. Lo intenté, pero no pude recordar lo que había del otro lado. Sin duda una cámara oculta, una a través de un pasaje que aún no había descubierto.

¿Frizz?

Frizz apareció, agachado a mi lado mientras examinaba la superficie porosa de la piedra. "¿Hay un pabellón aquí?"

"No, ama."

Toqué la piedra, busqué un agujero, un pestillo oculto, algo que indicaría por qué mi amigo estaba detrás de la piedra.

Nada. Nada en el éter, o en la quinta dimensión. La piedra era sólida, sin un toque de magia. Me fui hacia atrás, revisé la piedra a la izquierda y a la derecha pulgada por pulgada, la parte superior e inferior. Cuando llegué al final del estrecho pasadizo me volteé, frustrada. No había nada allí.

"¿Hay una entrada aquí, Frizz?"

Frizz no respondió, no lo sabía. ¿Tal vez el brazalete mal funcionó después de todo? No había indicios de energía en la pared de piedra, débil o de otro tipo, no había mecanismos ocultos que pudiera detectar. Durante las siguientes horas, busqué y sondeé las paredes, el suelo, incluso el techo, no encontré nada. Incluso revisé la piedra de la cámara de recuperación. Como en la caverna de la guerra, había grietas en la pared, lo suficientemente grandes como para acomodar a una persona. La mitad de esas grietas estaban llenas de gente, encajonadas dentro de un pabellón que los aturdía y los dejaba inconscientes si intentaban irse. Cada persona dentro de esas grietas tenía auras o bordes negros alrededor de sus auras azules, naranjas o verdes. Tantos recipientes involuntarios. Ninguno era George. No estaba segura de si eso era una buena o una mala señal. Como era de esperar, el tirón del brazalete estaba a mi izquierda, y conduje el mismo examen minucioso que hice en la pared de piedra afuera, fui tan lejos como para arrastrarme en algunos de los pequeños agujeros vacíos.

Maldita mierda. Giré alrededor de la cámara. No había absolutamente a dónde ir desde aquí salvo de vuelta al pasadizo afuera. Salí, el pabellón se puso en su lugar detrás de mí. "¿Oyes eso?" Le pregunté a Frizz. Un estruendo, como el sonido de las rocas que se deslizaba, vino desde la distancia, aumentando en tono hasta que el suelo debajo de mí comenzó a temblar. Me agarré a la pared, tratando de mantenerme erguida. O había una avalancha monstruosa dirigiéndose a mi camino, o el planeta se estaba desmoronando. Nada de eso sonaba atractivo. Mi estómago se agitaba mientras me movía de un lado a otro, cayendo erguía. Una de las antorchas cayó y se apagó, las llamas de la otra bailaron con una luz azul espeluznante. Una telaraña pegajosa y torpe me cubrió, asfixiándome. Cambié los dedos a garras y busqué alrededor. No había nada ni nadie que pelear. Estaba sola en el pasadizo. Todo el terremoto tomó diez, quince segundos, y justo cuando pensé que iba a vomitar o a desmayarme, todo se detuvo. El temblor, la red pegajosa, el sonido ensordecedor. "¿Qué fue eso?" Jadeé. Mi aliento llegó en fuertes jadeos, mis latidos del corazón rugieron en mis oídos.

Frizz abrió sus alas a lo ancho, levantó la cabeza al techo. Seguí su mirada, no encontré nada más que roca gris.

"Dos cambios lunares. Los caminos se realinearon, ama."

Me paré con los pies temblorosos, me limpié la parte posterior de la mano sobre la boca. Estaba mojada con saliva y sudor. "No creo que me guste el sonido de eso."

CAPÍTULO SESENTA Y OCHO

Lo que sea que fuera el cambio de luna y la alineación del camino, no era nada bueno. Frizz no sabía si Vincent estaba detrás de la piedra, o si había un pasaje secreto al otro lado. El tirón del brazalete había desaparecido, no importa cuántas veces froté la sangre. Ya fuera el efecto del realineamiento o algo más, el brazalete se había convertido en una inútil borla sangriento. Frustrada, fui a mi cueva en el lado opuesto de la guarida, sabiendo que no podía permitirme perder el tiempo, no podía permitirme equivocarme. Debería haberle preguntado a Diggy más sobre el brazalete, qué tan preciso era, si apagaría por sí solo. Tomé los viejos y olvidados pasadizos, pequeños y estrechos y oliendo a polvo. No había antorchas iluminadas las paredes aquí, no había luces de velas provenientes de pasajes ramificados u otras cuevas. Esta parte de la guarida era olvidada y más frígida. El collar de roca que irradiaba un frío helado contra mi piel, la blusa Sidhe y los pantalones que llevaba no hicieron nada para calentarme, ni siquiera con la sudadera con capucha que llevaba puesta.

En la curva que conduce a mi pequeña cueva, puse el pabellón débil que cualquiera que viniera podía romper, mi timbre proverbial. Me dirigí a donde había tallado el mapa de la guarida, Frizz iluminando el pequeño espacio sin que yo necesitara pedírselos. Pasé mi dedo sobre las líneas, comenzando desde la entrada en lo alto de la Mandolia, a la cámara de recuperación. Era peor, Dios, era peor de lo que pensaba. Un punto en blanco y ovalado estaba detrás de esa pared. El lugar que asumí donde el portal original se encontraba. Y a menos que hubiera otras cámaras en ese punto en blanco, ese punto en blanco era una enorme caverna, tal vez tan grande como la caverna de la Guerra.

"¿Dónde estás, Vince?" Murmuré, retrocediendo sin quitar los ojos del mapa. Me senté en el colchón, me incliné hacia atrás y estudié las líneas hasta que se desdibujaron.

* * *

Me desperté, maldiciendo. Mi cuello se acalambró. Frizz se extendió a mi lado y murmuré una disculpa, me froté la cara y el sueño de mis ojos. ¿Cuánto tiempo había pasado?

Mi estómago se quejó de hambre, mi cabeza estaba llena de algodón. Estaba aturdida, hambrienta, sedienta, preocupada por el cambio de luna y el realineamiento del camino, y estaba perdiendo el tiempo en dormir. Necesitaba llegar a Vincent y George, y lo necesitaba ayer. Cuanto más tiempo pasara, menos posibilidades de encontrar a cualquiera de los dos vivos. Vi el mapa en la pared de piedra, lamentando las innumerables horas que había pasado tallando la roca. Era el tiempo que debí haber pasado buscando el portal. Porque o Vincent estaba atrapado en el en una gran caverna o la brecha ovalada estaba escondiendo otra cosa. ¿Pero qué? Las posesiones más preciadas de Remo eran sus libros, las esferas y el secreto del portal.

Incliné la cabeza a un lado, me alejé. El muro de piedra a

través de la cámara de recuperación estaba en el extremo estrecho de la brecha ovalada. Si me moviera al otro lado, ese estrecho espacio podría ser una cueva separada. Puse mi dedo donde pensé que Vincent y George estaban, coloqué otro dedo al otro lado de él. Una fracción de una pulgada separaba un dedo índice del otro. Mis ojos trazaron la línea opuesta hasta que finalmente la vi.

Hijo de puta.

Me volteé y salí de la cueva, dirigiéndome directamente al otro lado de la guarida, pasé por las tranquilas habitaciones, mis pasos en silencio, mi sombra una silueta larga y oscura contra la piedra. Frizz vigilaba por cualquier agente. En lugar de girar hacia el oeste hacia la cámara de recuperación, me dirigí al este, tomé la izquierda en la primera curva y fui hacia atrás. Entré en la biblioteca como si tuviera todo el derecho de estar allí. Pequeñas antorchas estaban colgadas en pequeños rincones a cada lado de la caverna, tres a cada lado, sus llamas azuladas emitían una luz espeluznante sin calor. Me detuve, escaneé la gran estantería frente a mí. Parecía normal, si uno ignoraba los antiguos pergaminos, el poder que contenían. Desde mi punto de vista, el enorme tejido que lo protegía parecía distorsionado, el efecto causado por la barrera que Remo puso para evitar que otros pasaran a su santuario privado. Inhalando profundamente, apreté mis dientes y atravesé la barrera. Mi piel se quemó. La piedra contra mi pecho, si es posible, se enfrió unos grados. Fue doloroso, el frío y la quemadura caliente, y cerré mis manos para evitar tirar el collar lejos de mi cuerpo. Tenía medio miedo de que la piel sobre mi pecho se volviera gris azulado por el frio.

Como por arte de magia, una vez que crucé por completo, el dolor ardiente desapareció, dejando atrás nada más que un dolor fantasma. Examiné la librería, el pabellón que se extendía de pared a pared, de techo a piso. Estaba hecho de cuatro bastidores, con cuatro más en la parte superior. Los libros de cada estante variaban en lenguaje, importancia, material y poder. No estaban organizados por edad o idioma, sino por contexto y nivel de importancia para Remo.

Cualquiera de estos estantes podría ocultar la entrada a una cámara secreta. Ya sabía que el segundo de derecha a izquierda escondía la entrada a la cueva de las esferas. Eso me dejó con otros siete. Todo protegido con un remolino de símbolos, el tejido interconectado tan complejo, que nunca debatí deshacer ningún otro además que el que Remo me había mostrado.

¿Podría ser?

Me acerqué un paso más. Siempre supuse que el enorme pabellón era exagerado. Una cosa decorativa para disuadir a la gente de intentar llegar a la cámara de las esferas, y para advertirle a otros que sus libros estaban fuera del límite.

Pero ¿y si hubiera algo más? Muchos de los libros en el estante eran libros de texto para magos y brujas, o los comunes lo eran. Incluso había visto una copia de la Guía del Preternatural una vez. Claro, había sido bien usado y era viejo, pero asumí que a Remo no le gustaba que la gente tomara prestados sus libros. Y no estaba contando el hecho de que nadie fuera capaz de cruzar la barrera sin la ayuda de Remo. Había otra cámara detrás de la librería, y Vincent estaba allí, estaba a salve. Una emoción de alegría recorrió mi cuerpo. Me centré en la quinta dimensión, donde pude ver las líneas de tejido con más claridad. Cuanto más estudiaba el tejido, sin embargo, más menguaba mi emoción. Había tantos desencadenantes ofensivos y seguros que ni siquiera Zantry podría deshacerlo. Cada vez que encontraba un símbolo que podía desentrañar, otro se derrumbaba encima de una runa ofensiva o activaba una caja fuerte. El tejido era una obra de guerra, llena de remolinos, glifos desconocidos, runas y sigilos bastardeados, todos pulsando de poder y de diferentes colores. Incluso tiré al borde de un símbolo para ver si el siguiente colapsaría, pero lo dejé ir en el momento en que todo el pabellón chisporroteó como advertencia. Sudor frío empezó a salir alrededor de mis sienes y labio superior, mis manos estaban tan frías como el hielo, mis ojos ardían por fijarse demasiado tiempo en la quinta. Ni una sola vez consideré detenerme a descansar.

* * *

Un glifo modesto hecho con unas pocas líneas crudas me llamó la atención. Pulsaba con una luz amarilla brillante, el color de la mayoría de los símbolos defensivos, y se encontraba en la esquina inferior de dos bastidores. Era sencillo y no estaba en una posición estratégica, pero el hecho de que tuviera cuatro cabos sueltos era, no el estilo habitual de Remo, y solo por eso, presté atención. Los tres primeros extremos que tiré hicieron que el símbolo se iluminara, pero antes de que pudiera probar el último, Frizz me dio un empujón de advertencia. Alguien venía. No Remo, sino alguien más.

Me acerqué detrás de la silla del trono y me agaché. Frizz sombreaba mi presencia, algo que Remo vería a través, pero la ilusión se apoderaría de cualquier otra persona. Esperemos a que quienquiera que fuera se fuera por el pasadizo. Sin Remo aquí, no había razón para que nadie entrara en la biblioteca.

Me equivoqué.

CAPÍTULO SESENTA Y NUEVE

El Rey entró, y para mi sorpresa, caminó a través de la barrera que creía que era la único capaz de cruzar sin ayuda. Se trasladó directamente al escritorio de piedra de Remo, recogió un pergamino, una bolsa azul que emitía un tintineo fuerte y se volteó para salir. Me paré, sabiendo que esto probablemente no era una buena idea, sin tener otra. Ya había perdido demasiado tiempo.

Si se sorprendió al encontrarme allí, no lo mostró ni un poco. Me moví alrededor de la silla y sus labios se enroscaron en una burla. "Bueno, bueno", me tiró la bolsa a la cabeza y atacó. Su primer puñetazo conectó con mi hombro, enviando todo mi brazo izquierdo a la tierra de los sueños. Me alejé del siguiente, apenas evitando el golpe que me habría mostrado el cielo nocturno. Aplaudí, el brazo entumecido haciéndolo incómodo, y saqué mi espada.

Todavía burlándose, El Rey se retiró, aplaudió y a mi horror, produjo un machete. Por extraño que parezca, mi primer pensamiento fue que Lee me culparía por otro guardián muerto.

"¿Te gusta?" El Rey blandió su machete de izquierda a derecha en un movimiento exagerado. "Tengo que agradecerte por mi nuevo juguete. Si no fuera por ti, nunca habría pensado que era posible desarmar a un guardián".

Mierda, era mi culpa.

"Te voy a cortar los dedos y tomaré esa espada." El Rey se abalanzó y paré, corté y bloqueé. Nos separamos, nos movimos en círculos.

"¿Qué fue ese terremoto?" Pregunté, cambiando de dirección cuando él lo hizo.

Sonrió, el humor brillaba en sus ojos. "Te gustaría saber, ¿no?" Era guapo, con rasgos masculinos y atractivos, su piel el color del chocolate negro.

"Voy a disfrutar esto", cambió el machete de una mano a la otra. "Por suerte para ti, las órdenes son que no podemos matarte." Se abalanzó y me hacia el lado, cortando con mi espada. Bloqueó, saltó hacia atrás. "Pero nadie dijo que no te lastime, y pagarás por mis hombres."

Lo señalé hacia adelante. "Deja de hablar."

Estábamos al mismo nivel.

Si la situación hubiera sido diferente, habría disfrutado luchando con él. Con las cosas así, esto no era una pelea simulada y el tiempo estaba corriendo. La sensación en mi brazo izquierdo volvió con alfileres y agujas, y sacudí la mano, tratando de que la sangre fluyera más rápido. Los ojos oscuros del rey captaron el movimiento, su labio superior inclinado hacia un lado.

Y luego me atacó, y parecía que se había estado aguantándose porque me las arreglé para bloquear su avance, recibiendo la mayoría de los golpes en mis brazos, piernas y estómago. Le di un par de veces, pero incluso si le cortara una mano o una pierna, él seguiría atacando, las esferas en transición no sienten dolor. Mientras el corazón lata, mientras la cabeza estuviera unida todavía, seguían atacando. El machete del Rey cortó sobre mi brazo, resonando con fuerte campaneo en el escritorio de piedra detrás de mí cuando esquivé. Me encontré atrapada entre la estantería y el escritorio de piedra. El Rey me dio una mirada amenazante, levantó su machete. Frizz saltó sobre su espalda justo cuando salté sobre el escritorio de piedra. El rey tropezó, dio vueltas alrededor, la hoja del machete liderando. Frizz desapareció antes de que llegara a él.

"¿Quieres el terreno alto? No te dará una ventaja".

Lo empujé con energía, deteniendo su avance. Se deslizó hacia atrás, sólo unos centímetros y se rio. Sonaba real, sonaba bien.

"No lo necesito." Le di un empujón duro. Se dio con la librería, y saqué el cuarto extremo del glifo modesto. Me zambullí detrás del escritorio justo cuando hubo una explosión apagada.

"¿Lo viste?" Le pregunté a Frizz mientras me paré.

El Rey estaba inmóvil al pie de la biblioteca, el pabellón brillando y chisporroteando detrás de él.

"Sí, ama", dijo Frizz, agachado a mi lado.

Después de cortar la cabeza del Rey, Frizz me mostró dónde estaba la entrada y qué símbolos la protegían. Deshacer el tejido no fue fácil, pero sabía cuáles deshacer y cuáles no, me dio la confianza de tirar y seguir tirando. Me llevó más tiempo del que me hubiera gustado, pero finalmente lo hice, un parche deforme, un hueco ni rectangular, ni circular de unos cuatro pies de altura, tres de ancho, en el primer estante de la izquierda. Inhalé, tiré del estante hacia un lado y miré una cueva oscura y pequeña. Mi fobia a los espacios pequeños y cerrados aumentó y se aferró alrededor de mi cuello como una boa apretada, pero la urgencia me bombeó llena de adrenalina. Estaba segura de que Vincent estaría en el otro extremo. Agachándome para entrar en el túnel estrecho, me moví, Frizz iluminando sólo un pequeño parche en frente de mí.

Si había otros agentes hostiles en el otro lado, sería un blanco fácil, pero no vi otra opción que seguir moviéndome.

No debí preocuparme. En el momento en que salí del otro lado, me di cuenta de que tenía razón.

El punto en blanco y ovalado en el mapa de mi cámara era la caverna donde se encontraba el portal original.

El portal, sin embargo, no era nada como lo había imaginado. Era un enorme y obsceno agujero negro salido directamente de una pesadilla. Giraba y chisporroteaba, el aire a su alrededor estaba tan cargado, crujía y brillaba, la electricidad estática tirada y tragada por el vacío en el medio. No tenía nada en común con las pequeñas grietas con las que estaba acostumbrada a lidiar. Era tan grande, Dios mío, era tan grande. Estaba justo en la caverna con él, lo estaba mirando. Lo estaba mirando, y todavía no podía ver lo grande que era, los remolinos que se agitaban y fluían como olas. Ahora el tamaño de una casa, ahora del tamaño de un estadio de fútbol.

¿Cómo podían los Sidhe esperar que destruyera tal cosa? Glifos de contención y símbolos en el suelo y las paredes de piedra desiguales alrededor de ella iluminaron toda la caverna, sin embargo, la luz no tocó el oscuro vacío del portal. Arrastré mis ojos y escaneé la caverna. Las paredes de piedra eran desiguales, rocas que sobresalían aquí y allá, algunas afiladas como una hoja de cuchillo, otras redondas y lisas. El cuarzo en el techo reflejaba la luz de los símbolos de nuevo. Sólo el suelo era liso, sin ni una sola mota de polvo o guijarros rompiendo el patrón. Era un gran descubrimiento, uno grande, pero la emoción tomó un asiento trasero al hecho de que ni Vincent ni George estaban aquí, y que había alertado a Remo por nada.

"¿Qué debo hacer?" Murmuré. No tenía idea de dónde más buscar.

Frizz estiró las piernas, las alas latiendo en un borrón. Se movió a la izquierda, lejos del portal, y caminó directamente en dos rocas sobresalientes. Me apresuré a perseguirlo, adrenalina y esperanza dejándome sin aliento. Clavada entre dos crestas rocosas desiguales, la entrada a la pequeña cueva era prácticamente invisible. Me lo habría perdido si no fuera por el zumbido de las alas de Frizz. Me deslicé encorvada hacia un lado, y aun así perdí una capa de piel. Afortunadamente no había pabellón. Y allí, en la pared opuesta, atado con hierro y grilletes, Vincent se puso de pie, la cabeza se inclinó hacia adelante, el pelo se pegó a su cuello y sien. El olor rancio de los cuerpos sin lavar era espeso en el aire.

Se veía terrible.

Había una mancha rústica marrón en el suelo debajo de él, vieja y seca y descamada en los bordes. Sus muñecas estaban heridas, con ampollas e inflamadas debajo del hierro del grillete. Su ropa estaba rota y sucia. Una gruesa barba le cubría la cara, como prueba de que había estado aquí por un tiempo, pero su aura carecía de cualquier borde oscuro o sombra. Brillaba, el azul plateado de los Unseelie Dhiultadh. Algo pesado se liberó de mi pecho.

"¿Vincent?" Le susurré. Inhaló, la cabeza levantada, sus ojos negros familiares desenfocados.

"¿Vince? Soy yo", le dije, acercándome.

"¿Roxanne?", Gritó, los ojos parpadeando de amarillo cuando se centraban en los míos. Me apresuré hacia adelante.

"No", advirtió una voz raspada por detrás.

Me volteé bruscamente, saqué mis garras, pero no había nadie en la entrada. No, pero había otra figura encadenada a la pared, esta también familiar.

"¿Drozelle?" Tropecé, puse una mano en la pared. La roca estaba más caliente que mi palma.

"Roxanne", exclamó Vincent, "Ayúdame".

"No lo hagas. Ya no es tu amigo."

Vincent se sacudió. "¿Qué? No." La miró, el efecto se quedó corto cuando sus ojos se desenfocaron.

Estaba sufriendo. Me apresuré hacia adelante, le puse una mano en la mejilla. Deseaba tener el poder de sanar de la manera que Zantry lo hacía. Su gruesa barba no cubría el hecho de que estaba tan frío como yo. Centrándome con esfuerzo, me dio una sonrisa a medias que no llegó a sus ojos.

"Siento no haber venido antes."

"No, debería haberte escuchado."

"Te sacaré de aquí", le dije, retrocediendo para estudiar los grilletes. Estaba fijo en su lugar con hierro incrustado en la pared, los clavos gruesos protegidos con símbolos.

"No, Hija de Fosch, este Dhiultadh ya no es un amigo. Es un títere de tu amo."

"No, sigo siendo yo. No la escuches. Ella estaba aquí cuando llegué. Si hay una marioneta aquí es ella. Quiere que te encuentren aquí sola, sin ayuda. Rápido, no hay tiempo que perder".

"No, no lo escuches. Suéltame", dijo Drozelle con urgencia. "Te engaña."

La sospecha de que las palabras de Drozelle despertó fue como un pico en mi corazón. Confundida, traté de pensar y razonar. Ambos parecían ser ellos mismos; tampoco tenían un toque de oscuridad en sus auras. Sin embargo, cada uno dijo una verdad diferente. O Drozelle intentaba retrasarme, o Vincent ya no era Vincent.

"Míralo, hija de Fosch. ¿Qué ves?"

Miré. La ropa desgarrada, la sangre vieja, su cara sucia demacrada, la barba gruesa. Había estado aquí por mucho tiempo. La posibilidad de que ya hubiera hecho la transición, de que el negro ya se había desaparecido de su aura me dolió. Retrocedí un paso, deteniéndome cuando pareció dolido.

Las cosas no cuadran. Remo no tenía ninguna razón para mantener una esfera asentada, una que había hecho una transición bien escondida en un lugar que nadie encontraría. Si acaso, lo habría enviado de vuelta a los cazadores, o si quería que lo encontraran, lo habría colocado en un lugar más accesible, como en la cámara de recuperación.

"Si ya no es Vincent, ¿por qué está aquí?" Le pregunté a Drozelle.

"No lo sé. Suéltame y tendré piedad de él."

"¡No lo hagas! Si ella me mata no tendrá aliados."

Me enderecé, me di la vuelta. No había razón para que Remo mantuviera a Vincent aquí si hubiera pasado la transición. Lo mismo pasaba si Drozelle era el agente. Las probabilidades de que liberara uno y mantuviera al otro encadenado eran cincuenta y cincuenta. Y si Remo descubrió una forma de implantar una esfera en alguien con genes Sidhe, ¿por qué no implantar a ambos?

Sin embargo, era obvio que cada uno creía que el otro era el agente. ¿Qué pasaría si ambos hubieran sido llevados a creer eso y ninguno de los dos había sido implantado?

"Roxanne, no tenemos mucho tiempo para debatir. O me sueltas, o la sueltas, pero tienes que darte prisa. Coge un arma, lo que sea, pero date prisa."

Incliné la cabeza a un lado. "¿Por qué la prisa?" Mi corazón palpitaba, mis manos estaban húmedas.

"Te engaña."

Vincent ignoró Drozelle. "Tenemos que encontrar a Jack y Chris y Jeremy antes..." Su expresión se arrugó ante la verdad que vio en mis ojos.

Fue su dolor lo que lo hizo.

Aun así, no fui tonta. Me acerqué, mirando sus ojos, su aura, buscando cualquier señal de que este ya no era mi amigo.

Pero no había nada allí, ni oscuridad, ni maldad, sólo el amigo paciente que había llegado a conocer.

Busqué primero los símbolos que lo mantenían en su lugar. Drozelle comenzó a luchar en serio, diciéndome que la liberara en su lugar. Su vehemencia era tan fuerte que rompió mi concentración dos veces.

Vincent, por otro lado, esperó, no me presionó. Era algo característico de él, debería haber aliviado parte de mi ansiedad. Me preparé cuando terminé lo último del pabellón, pero Vincent no se desató. Liberando un pequeño aliento, aplaudí con mi mano y tiré. Todo el tiempo, Drozelle luchó para liberarse.

"Prepárate", le dije antes de balancear la espada contra el eslabón de un grillete. Sonó en el espacio confinado. Drozelle maldijo y se deleitó como una loca, como Ladrigue cuando entré en su cueva de prisión. Se necesitaron otros golpes para que el brazo derecho se soltara, luego su izquierdo, luego sus piernas.

Drozelle dejó salir un rugido, y yo ayudé a Vincent a ponerse de pie, todavía tenía mi espada en mi mano. Pero Vincent no atacó a Drozelle, no le prestó atención, intentó de salir de allí.

"Vamos", dijo, con su mano en mi espalda. "Tenemos que darnos prisa."

Drozelle gritó mi nombre al pasar. Sus gritos de indignación sacudieron la cámara.

Y luego se liberó.

Cayó al suelo en cuatro patas, respirando fuerte. La bilis se elevó cuando noté que su mano izquierda casi se había mutilado. El dolor parecía no molestarle, algo típico de las esferas en transición. Colgaba de su muñeca, tendones y ligamentos todo lo que conectaba las dos partes juntas. La furia en sus ojos hizo que mi corazón fuera un tambor errático. Empujé a Vincent detrás de mí, consciente de que era demasiado débil para luchar y levanté mi espada. Estaba a punto de atacarla cuando explotó en nada más que sombras largas.

Me alejé, sin saber cómo y si podía atacar de esta forma, manteniéndome a mí y a mi espada entre Vincent y ella.

Y ahí fue cuando Vincent golpeó. Al principio, pensé que alguien más me agarró por detrás, que alguien más colocó algo afilado contra mi cuello. Pero la risa de Vincent era inconfundible.

"Salgan, salgan, o todos sus esfuerzos fueron para nada", gritó.

Las sombras se movieron, pero Drozelle no reapareció.

"Vincent", me ahogué, con el corazón roto. "No hagas esto."

Una garra afilada cortó una línea de mi oreja a la siguiente. Ardía y picaba, la sangre corría por mi cuello. En ese momento, no me importaba. Traición, la angustia de saber que era demasiado tarde para salvar a mi amigo era como ácido en mi garganta, una bomba explosiva dentro de mi corazón.

"No iba a lastimarla si nos dejabas ir. Sólo quería salir de aquí", dijo a las sombras, trazando otra garra en la herida en mi cuello, casi distraído. Luego de la nada, su mano cayó, y dio un paso atrás.

CAPÍTULO SETENTA

TRAGUÉ, ME DI LA VUELTA.

Remo estaba junto a la entrada, vestido con un traje blanco de tres piezas, sus ojos viendo la escena con lentitud deliberada, antes de concentrarse en mí.

"¿La obra de Zantry, supongo?"

En mi confusión, levantó la barbilla. "¿Cómo está ocultando tu presencia?"

El collar. Sin decir una palabra, me acerqué a la sudadera con capucha y saqué el pendiente.

Remo dio un suspiro de larga duración, se adentró más en la cueva. Las sombras rugieron, nieblas negras hirviendo. Sin preocupación, estudió los grilletes rotos, aparentemente decepcionado.

"Te subestimé, muñequita." Me miró cuando habló, y mis ojos evitaron los suyos. "No se suponía que ibas a encontrar esta caverna, que ibas a encontrarlos", movió una mano a Vincent y las sombras que alargaban. "¿Qué voy a hacer ahora?"

"¿Qué ibas a hacer con ellos?"

Le tomó unos segundos para responder, como si estuviera sopesando su respuesta. "Vine a ver que eres una posesión invaluable, muñequita, no quiero sacrificarte", señaló con su barbilla a Vincent. "Yo iba a usarlo en su lugar."

¿Sacrificio? "¿Para qué?"

Remo inclinó la cabeza a un lado. "Para el portal."

"No entiendo."

"No, veo que no." Escaneó la cueva al frente, el techo. Detrás de él, Vincent esperaba, inmóvil, obediente.

Remo se volteó a medias a estudiarlo.

Las sombras se separaron una pulgada de la pared, pero no atacaron.

"Es el primer Dhiultadh implantado que permaneció cuerdo." Metió un dedo en un agujero en la camisa de Vincent. "Lo he intentado antes, pero todos se volvieron locos, estallaron en una oleada de asesinatos. Una plaga, ellos creían que era."

"¿Qué hay de Bebbette?"

"Ah, esa. La codicia no es una cualidad redentora. Puedes decir que ella y yo tenemos un entendimiento. Ella se beneficia de mi poder, me beneficio de la información que me imparte. Nunca fue implantada", se rio Remo. "Te ves horrorizada, muñequita. Si no te conociera, pensaría que te creíste mejor". Miró hacia abajo a su muñeca, a un reloj brillando con una luz inusual. Frunciendo los labios, miró a las sombras. "Deberías haberte quedado encadenada si te importaba tanto el vástago de Fosch. Me dejaste sin buenas opciones". Puso una mano sobre el hombro de Vincent. "Puedes alimentarte esta vez." Me dio una mirada lateral. "Espero que tomes la decisión correcta. Deja que se alimente de la Seelie, ella no es nada para ti. Si muere, serás el sacrificio del portal. No hay más tiempo para implantar otro Dhiultadh."

"Pero no entiendo."

"Los caminos se han realineado. El eclipse ha comenzado." Remo se volteó para irse. "Es muy simple. O se alimentará del Seelie y servirá como sacrificio, o servirás en su lugar". Dicho esto, Remo se deslizó fuera de la cueva.

Antes de que pudiera parpadear, Vincent se movió. Me recogió por la garganta y me arrojó a las sombras. Drozelle se materializó, atrapándome con su brazo bueno antes de que me rompiera la cabeza.

"Tonta", gruñó. "Te lo advertí."

Tragué, agarré mi espada más fuertemente. Drozelle se preparó para atacar, su mano todavía estaba destrozada, pero estaba sanando.

"Tienes que cortarle la cabeza", me instó, tirándome a un lado cuando Vincent dio un paso adelante. El horror de sus palabras tuvo el efecto de una bofetada.

"No. No voy a hacerlo. No puedo".

"No puedo conjurar mi espada con mi mano de esta manera. Ya no es tu amigo."

Vincent cambió sus manos a garras y dio otro paso adelante. Sonrió, el amable y cálido tipo que siempre me hacía sonreír. No fue a por Drozelle.

Estaba torpe, estaba en shock. No quería pelear con él, así que mis golpes fueron ineficientes, sobre todo defensivos. Me tiró del pelo, me puso las garras alrededor del cuello y me apretó. Me ardía el cuero cabelludo, los ojos llenos de lágrimas. La herida en mi cuello fluyendo de nuevo. Drozelle observaba, paciente, inmóvil. Porque Remo me quería viva. Se alimentaría de ella y sería el sacrificio, o moriría y yo sería el sacrificio en su lugar. Remo no le había permitido matarme, y ambos lo sabían.

Lo di con el codo cerca de la axila y la mano apretando mi garganta se aflojó. Revirtiendo la espada de luz, apuñalé hacia atrás. Vincent me soltó y yo giré, pateé, lo di en el medio. Su cabeza se agrietó contra la pared. Instintivamente, fui por él, y Drozelle me haló. Se puso de pie y se giró hacia nosotras.

Maldición, era rápido. Tan rápido que no lo vi golpearme. Cinco profundos cortes corrieron en la longitud de mi antebrazo, terminando en cinco surcos profundos en mi codo.

Drozelle me empujó fuera del camino, giró y lo agarró por el cuello, lo clavó contra la pared de piedra.

"Cortarle la cabeza."

Vincent se agachó y ella gruñó.

"Yo, no puedo"

"¡Roxanne!", Gritó. Era un formidable Dhiultadh, y con una esfera asentada y su estado debilitado, coincidía con Drozelle en fuerza.

Vincent se quejó. "Ella no va a matarme, Fee. Preferiría que yo sirviera como sacrificio. ¿Sabes por qué los cazadores la querían tanto? " Drozelle lo presionó más fuerte contra la pared. Vincent gruñó.

"¡Apúrate, Roxanne!", Gritó de nuevo.

"Es porque ella quiere vivir. Me dejará drenarte, porque de lo contrario será sacrificada de todos modos. Tiene tanto miedo de la muerte que está dispuesta a cometer cualquier atrocidad para seguir con vida".

Me estremecí ante la verdad en sus palabras.

Vincent enganchó su pierna detrás de Drozelle, se torció y cayó encima de ella. Aterrizó en su mano rota y gritó. Como un rayo, Vincent la tomó y comenzó a chupar su fuerza vital, interrumpiendo su grito de dolor. Me quedé inmóvil, inútil, sin querer hacer lo que sabía que debía hacer. Incluso si Vincent matara a Drozelle, sería sacrificado para el portal, lo que sea que Remo quiso decir. Si lo dejaba vivir, moriría pronto, pero no por mis manos.

Frizz gruñó, rastrillaba sus garras en mi pierna. Me dio una sacudida, no la que quería, no el valor que necesitaba, sólo una sacudida que me impulsó a moverme sin pensar. Blandí la espada, cerrando los ojos en el último segundo. Sentí el impacto, sentí que la espada atravesó, la hoja se movía a través del músculo y los tendones y el hueso sin mucha resistencia, oí la cabeza rodar, inhalé el olor de la carne quemada. Probé la bilis que saltó a mi garganta. Mis rodillas se doblaron, toda mi fuerza drenándose en un vértigo nauseabundo.

CAPÍTULO SETENTA Y UNO

Me agité y traté de respirar. Quería llorar, pero no llegaron lágrimas. Frizz presionado contra mi lado, Drozelle presionada contra el otro. Fue consuelo y apoyo que ofrecieron, sin embargo, no sentí nada más que la forma en que la espada atravesó el cuello de Vincent. Había gritos acumulándose muy dentro de mí, interrumpidos por un oscuro abismo.

"Mírame, hija de Fosch", ordenó Drozelle. No era la primera vez que había hablado.

Abrí los ojos. El cuerpo sin cabeza de Vincent estaba a pocos metros de distancia. Sin la cabeza, el cuerpo podría pertenecerle a cualquiera. La sacudida que debí haber sentido nunca llegó.

"Lo maté." Dije las palabras, escuché las palabras, pero fue como si hubiera una lona que me envolvía, no me tocaban, no me dolían, no desencadenó ningún dolor. El grito creció, lejos y desconectado de mis emociones.

"No, Remo lo hizo."

"Lo maté", repetí más fuertemente. Todo parecía tan irreal, que estaba entumecida

"No, Hija de Fosch, lo liberaste", dijo Drozelle ferozmente, sacudiéndome lo suficiente para que mi cabeza se moviera de un lado a otro.

Eso parecía haber funcionado. La ira se movía como lava dentro de mí, lista para estallar. "¿Y por qué estás aquí, Drozelle?"

"Crozelle. Soy Crozelle. Te lo explicaré más tarde. Tienes que irte." Ella me ayudó a ponerme de pie, "Remo tomó la otra hace quince días. No sé lo que planea hacer o cuánto tiempo ha pasado en la Tierra"

La miré fijamente por un momento antes de recordar. "George."

"Ay, él ha hecho la transición. Debe decir que escapó. Vamos, tenemos que irnos antes de que Remo regrese".

Me paré y evité mirar el cuerpo de Vincent. "¿Que es el realineamiento del camino?"

"Significa que el tiempo se ha deformado. Ya no corre en el mismo curso".

Me detuve. "¿Qué? ¿Estás diciendo que pasó mucho tiempo aquí o pasó mucho tiempo en la tierra?"

"No lo sé. Cualquiera de los dos puede ser. Con el eclipse y los caminos vulnerables, esto no puede ser un buen augurio para los Fee y los humanos".

"¿Por qué el eclipse es tan importante para Remo?"

"No tengo las respuestas, niña. Cuando los caminos se alinean, es más fácil para las criaturas atadas al planeta saltar el camino. Remo es experto en recorrer caminos, y ha le enseñado a sus seguidores lo mismo". Me tiró hacia la entrada.

Crozelle mantuvo mi brazo firmemente agarrado, ya sea temerosa de que correría o me derrumbaría de dolor si me dejaba ser.

"Ese es un portal muy activo", dijo, mirando el agujero

negro, chisporroteando y brillando, los bordes moviéndose como las olas del océano, bebiendo y fluyendo.

"¿No es normal?"

"No, demasiada energía crea un portal volátil."

Me preguntaba si quería decir que explotaría, pero no sentí la urgencia, y no importaba porque no había nada que pudiera hacer. Pasamos por el pequeño túnel en una fila, con Frizz en la parte trasera. "¿Cuánto tiempo has estado aquí?" Murmuré una vez que entramos en la biblioteca. Estaba vacía de agentes y Remo, excepto por el cuerpo sin cabeza del Rey en el borde de la librería. Me recordó a Vincent, descartado en un lugar que ni siquiera los roedores encontrarían. Debería llevar su cuerpo de vuelta a la Tierra para darle un entierro apropiado.

"No puedo decir. Perdí la cuenta después de seis lunas."

"¿Y Vincent? Dijo que estabas ahí cuando lo trajeron. ¿Estaba diciendo la verdad?

"Sí, llegó poco después de que yo lo hiciera", dijo Crozelle, con sus ojos negros, sin compasión, pero tampoco carentes de simpatía.

"Pasó sólo un día del lado de la Tierra", le dije. Con ese pensamiento en mente, tiré de Crozelle detrás de la silla del trono y envié a Frizz para asegurarse de que Remo no estuviera todavía haciendo su salida. El conocimiento de que habría llegado demasiado tarde incluso si hubiera llegado en el momento en que Jack fue encontrado en la orilla del río no era tranquilizante.

Frizz me dio el empujón a través del vínculo y me paré, le hice señas a Crozelle.

"Muéstramela salida", exigió Crozelle. "Tengo que ir deprisa a casa. Con los caminos vulnerables, mi gente dispersará patrullas en los caminos para evitar que las criaturas más peligrosas crucen".

Nos apresuramos a través de la guarida, Frizz explorando el

camino por delante. Los primeros sonidos de los ocupantes llegaron cuando nos acercamos a las habitaciones, y Crozelle se ocultó con las sombras. La guie a través del laberinto más confuso de los pasajes traseros, le di instrucciones del resto, di la vuelta y volví.

* * *

Me dirigí al tercer nivel, muy por debajo en la montaña de Mandolia, a donde las piscinas de agua goteaban y se vaporizaban. No eran aguas termales, ni siquiera estaban calientes. El agua aquí estaba tan fría, que estaban a sólo un grado por encima de la congelación.

Puse mis suministros cerca de la orilla de la piscina más grande, saqué el mortero y el pestillo y comencé a moler las hierbas que había tomado de la caja de Remo. Una vez hecho esto, lo puse a un lado, el fuerte olor acre haciéndome estornudar y mis ojos se llenaron de lágrimas. Con el pequeño cuchillo de ritual que había encontrado en la biblioteca de Remo, esculpí los símbolos para construir el tejido alrededor de la cueva, haciendo una pausa de vez en cuando para referirme de nuevo al pequeño folleto y asegurarme de que iba bien. Era laborioso, tedioso, lento y peligroso, pero yo era una persona determinada, programada para ser sacrificada pronto. Una vez que cada símbolo fue tallado, contorneé las hierbas mixtas a su alrededor, me quejé más cuando no me alcanzaron.

Me llevó más tiempo del que me gustó dibujar los símbolos alrededor de la cueva, alrededor de las piscinas de agua, las camas vacías. Podría probar esto más cerca de la biblioteca, pero necesitaba darles tiempo a los cazadores, para mantener a Remo ocupado deshaciendo los símbolos, preferiblemente hasta después de que el eclipse hubiera terminado. De ninguna manera creí que el gigantesco bolsillo dimensional haría que el portal se inactivara, pero ninguna runa o cualquier otra combinación de símbolos bastardos podría ser alimentada dentro de un bolsillo dimensional. Eso significaba que Remo tendría que esperar a que el portal chupara todo el bolsillo dimensional, y por defecto, toda la montaña y su guarida con ella; o tendría que deshacer el enorme bolsillo. Ambos tomarían tiempo, esperemos que mucho más tiempo que la duración del eclipse.

Era un plan peligroso, considerando que si Remo no trabajaba rápido, todo el planeta podría ser absorbido en el bolsillo. No tenía ninguna duda de que Remo nunca dejaría que llegara tan lejos. Peligroso, sí, pero la gente desesperada era gente peligrosa.

Grabé, espolvoreé y esculpí de nuevo, ignorando mis dedos rígidos, mi dolor de espalda, mis ojos ardientes. Era exagerado, lo sabía, pero no estaba seguro de cuánto necesitaría, prefiero exagerar que subestimar. Remo me mataría por esto, pero si estuviera destinada a morir, preferiría que fuera porque arruiné su plan.

También existía la posibilidad, por minúsculas que fuera, que si funcionaba, me daría un poco de tiempo extra, tal vez incluso para encontrar una manera de cortar el vínculo entre nosotros. Dios, deja que funcione, por favor.

CAPÍTULO SETENTA Y DOS

Una vez terminado el tercer nivel, volví a las habitaciones. Tenía una cosa más que hacer antes de recoger a Vincent, ir a la Tierra y dar las malas noticias. El olor acido del azufre se aferraba a mí como una segunda piel. Cerca de la entrada de la cámara de recreación, dejé salir mis garras, di gruñido amenazante. Algunas voces desde adentro se interrumpieron, pero no todas.

"¡Angelina!" Gruñí cuando llegué a la entrada, inspeccioné a la gente dentro. Algunos se reunieron alrededor de un juego de póquer de cuatro personas; otros estaban descansando en cojines, leyendo libros. Algunos bebían cerveza y hablaban, otros miraban a lo lejos. Uno o dos estaban acurrucados en el suelo, dormidos. En la esquina más lejana, algunos agentes rodearon a dos agentes que luchaban, probablemente hasta la muerte. El dinero era pasado alrededor, una pequeña mujer afroamericana tomaba aba notas del dinero y que estaba apostando a quién.

Me fui adentro, me sentí complacida cuando al menos una docena de agentes se alejaron. Vi a mi objetivo en la parte de atrás, ahorrándome la necesidad de matar a sus compinches para encontrarla. Estaba sentada en un mueble en la parte de atrás, no levantó la mirada cuando entré, concentrada en algo sobre su regazo, fuera de vista.

Escaneé a los agentes presentes. A algunos los conocía, a otros no. La mayoría eran agentes de bajo nivel, recién habían hecho la transición. Danny el lobo de la manada de Peter Francis estaba aquí, al igual que Wallace, la bruja de agua que le había traído a Remo hacía menos de una semana. También algunos de los agentes cuyas uniones había convertido. Estimé más de veinte agentes, menos de treinta. No es el número habitual, pero aún más de lo que había habido antes.

"Angelina", dije de nuevo. Ni siquiera se estremeció.

Aplaudí, saqué mi espada. Algunos de los leales compinches de Angelina fueron hasta mí. Corté la cabeza del primer hombre halcón, tomé el siguiente golpe en mi abdomen, salté un barrido de piernas. Pasé mis garras en el cuello del agente más cercano. Mi ventaja era el hecho de que Remo me quería viva. Los más sabios se dieron cuenta de esto muy pronto, sus golpes fatales se congelaban a mitad de un ataque, mientras yo no tenía tal restricción. Cabezas volaron, y algunos agentes se alejaron. Podían ser leales, pero no estaban dispuestos a renunciar a su existencia por nadie. Todos en la cámara detuvieron lo que estaban haciendo para ver mi acercamiento, incluyendo los luchadores en el otro extremo. Angelina era una teniente de primer nivel, una de las mejores de Remo, y todos eran desconfiados de su crueldad y personalidad bestial, de su destreza de lucha. Por otro lado, yo era familiar de Remo, su amada mascota asesina, una de la que todo el mundo oyó rumores, pero nunca presenció durante la acción real.

La multitud se separó, abriendo un camino hacia donde Angelina estaba sentada, limándose las uñas.

"Ignorarme no me hará desaparecer", me agaché, y su ojo izquierdo se estremeció.

La multitud se cerró detrás de mí. Los ignoré, aunque mis sentidos estaban abiertos. Frizz también me vigilaba la espalda desde su dimensión superior, listo para advertirme de un ataque. Se estaban realizando apuestas, intercambiando dinero, quien sangraría primo, pelearíamos hasta que yo estuviera inconsciente o hasta que Angelina estuviera muerta, le apuñalaría o le cortaría la cabeza. Mantuve un oído escuchando; los compinches de Angelina pueden haber retrocedido, pero no confiaba en que no atacarían por detrás. Remo me quería viva, pero como el Rey señaló, viva no era igual a ilesa. Angelina no jugaba justamente. Pero de nuevo, nadie en la guarida lo hacía, y eso me incluía. Estaba a unos diez pies de distancia cuando Angelina se dignó a mirarme, sonreír y lanzarme un beso.

Salté, garras afuera, con la espada al frente.

Angelina me encontró a mitad de camino.

"Te voy a matar." Le rasgué las garras en la garganta, le tiré un montón de pelo. Ella saltó lejos, su rostro demacrado contorsionándose de ira.

Se abalanzó a mí, más rápidamente que la última vez. Tenía más esferas que El Rey, pero aún no tenía que hacer la transición. Evité de lado su ataque, le arrasé las piernas desde abajo. Se cayó, se volteó hacia atrás y me empujó un mago del aire.

El golpeó, lo esquivé, le arranqué la garganta con mis garras. Se levantaría de nuevo. Un vampiro se inclinó y comenzó a chupar su sangre. De nuevo, tal vez no.

Avancé a Angelina, mi propósito principal y mi objetivo, mi rabia hirviendo como la lava. No tenía intención de jugar, ninguna intención de hacerla sufrir no importa lo atractivo que sonara.

"Voy a disfrutar de esa espada una vez que te corte las manos y los pies. Voy a disfrutar convertirte en un vegetal". Ella se vino a mí, esquivando la hoja de la espada en el último segundo, aunque le corté unos cinco centímetros de pelo. No apreciaba el corte. Angelina gruñó, empujó a la bruja a mi lado hacia mí, y sin piedad, le corté, le apuñalé, le quité la cabeza. El olor a pelo quemado, sangre, carne cauterizada e intestinos liberados llenó el aire. Ni una sola persona en la cámara parecía molestarse con eso.

"¡Ahora, tontos, ahora!" Angelina gruñó, y sus compinches, junto con más de la mitad de los espectadores, atacaron a la vez. Las uniones que había convertido saltaron, bloqueando su ataque. Angelina gritó de ira; ella no esperaba que los agentes me respaldaran. ¿Cuántos de ellos habían estado presentes en la emboscada de Vincent? ¿Cuántos se habían hecho pasar por cebo? El grito en mi pecho aumentó, alcanzó su punto máximo y explotó.

Ataqué hacia adelante, la furia roja y furiosa en mi sangre hirviendo y estallando en mi Dratcha. ¿Cuántas veces temí esta ira, temí dejarme llevar? Esta noche, la acogí, le dimos la bienvenida a la renuncia a mi humanidad, mi conciencia. Quería deleitarme con sus muertes, disfrutar del derramamiento de sangre.

Algunos agentes se detuvieron a la vista de una bestia alada de ocho pies de altura con cuatro brazos y un grueso trasero blandiendo una espada, y esos fueron acabados rápidamente. Cualquier vestigio humano que me quedaba desapareció cuando le di todo a mi bestia, mientras luchaba con dientes, garras y espada. Cada vez que uno se coló detrás de mí, tuve un empujón de advertencia de Frizz y un corte con mis alas me dieron suficiente tiempo para evitar una puñalada en la espalda. O una de mis uniones convertidas saltó y atacó.

Mis atacantes pudieron una vez haber sido alfas y poderosos magos, pudieron tener más de una esfera. Pero no tenían la rabia, la feroz crueldad que su dolor provocó, la ventaja de ser el asesino de Remo. Tampoco dolió que ninguno de sus movimientos ofensivos fuera fatal. Rugí, y algunos agentes se detuvieron, dio un paso atrás y se alejaron de mi alcance. Apuñalar, cortar, garra, matar. Todo estaba rojo. Sangre rociada, agentes gritaban.

Detrás de la multitud y en la seguridad, Angelina se rio. "¿Sabías que tu amigo patético seguía llamando por ti?"

Rugí de nuevo. Más agentes, incluyendo algunos de mi lado, se alejaron.

"Creo que creía que si seguía llamando de alguna manera serías capaz de escucharlo", dijo, burlándose. Gruñí en respuesta, mis movimientos como un borrón. ¿No sabía que mi ira sólo mejoraba la agresión de mi bestia?

"Cuando Remo lo implantó, estaba tan roto, con la voz tan ronca que apenas podíamos oír sus gritos de agonía."

"Ya basta." La orden hablada de Remo no debería haber llegado por encima de los gruñidos y gritos de batalla, pero cada persona en la cámara se congeló, incluyéndome a mí.

Vio la habitación llena de sangre, los cuerpos sin cabeza en el suelo, los heridos pero que todavía estaban de pie.

"Déjenos", dijo, y los agentes no pudieron salir lo suficientemente rápido. Nadie quería soportar la ira de Remo. Sólo Angelina vaciló antes de irse, y Remo ni siquiera la miró. Levantó una mano y ella se estremeció y se fue, pero no antes de apuntar una mirada odiosa en mi dirección.

CAPÍTULO SETENTA Y TRES

Quería ir tras Angelina. Quería matar a Remo. En su lugar, me quedé en mi posición, mantenida solo con su voluntad. Me gruñí, pateé el suelo como un animal rabioso. Quería pelear. Quería matar a alguien que le importara.

Remo puso sus manos detrás de su espalda y se acercó, evitando las partes de cuerpos y los cuerpos sin cabeza sin mirar hacia abajo. Era consciente de mi ira, de mi dolor, de mi pesar, del hecho que quería hacerle daño. No me estremecí; Quería que me castigaran. Quería sentir dolor.

Rugí, el sonido resonó. En lugar de castigarme, en lugar de regañarme por la matanza, hizo lo contrario.

"Has sido una alumna excepcional, la mejor que he tenido." Se acercó, mirándome. "Odio que te tengas que ir. Yo deseaba perdonarte". Suspiró. "Pero mataste al sacrificio, y no tengo otra opción que usarte en su lugar." Me frunció el ceño. "Por favor, cambia para que podamos tener una conversación civilizada."

Me cambié, temblando tanto del frío como de la orden obligatoria de Remo. Mi sudadera con capucha se había ido, destrozada, dejándome sólo con la blusa Sidhe con calor.

"¿Qué tipo de sacrificio?" Pregunté, mi voz gutural.

Remo suspiró. "¿Viste el portal, muñequita, ¿no?", No esperó una respuesta. "Se ha vuelto demasiado activo. No puedo retenerlo por mucho más tiempo".

Una sensación fea y viscosa comenzó en el hoyo de mi estómago. Sabía que las grietas se activaban por sí solas si eran desatendidas, pero pensé que los pedazos que trajimos eran suficientes para aliviar la presión. Recordando el portal, el enorme vacío en el medio, supe que sus palabras eran la verdad absoluta.

"¿Qué vas a hacer?"

"Lo único que puedo. Dividiré el portal en dos formas menos activas", agitó una mano diminuta. "Por supuesto, en otro milenio, lo mismo volverá a suceder, pero tendré tiempo suficiente para preparar una mejor solución antes de eso".

"¿Cómo?" No podría haber una manera de dividir a esa bestia masiva en dos partes. ¿Cómo se acercaría algo o alguien sin ser absorbido?

"Todas las grietas abiertas, todos los seres que trajimos a través crearon un enlace a otro planeta. Con el eclipse y los cambios de luna y un sacrificio lo suficientemente poderoso, filtraré el portal a través de toda una dimensión, y traeré a algunos de mis parientes en el proceso. Esto servirá tanto como para aliviar la presión en el Cuásar como para debilitar el portal a un nivel manejable".

Pensé mucho en sus palabras. No encajaban, o más bien encajaban de una manera horrible. El único otro planeta al que se habían conectado las grietas era la tierra de Sidhe. Y el eclipse, ¿no dijo Crozelle que cuando las dimensiones y los planetas se alinearon, era posible que las criaturas atada al planeta cruzaran? ¿Podrías mover un portal también? Y mierda, y doble maldita mierda, estaba trayendo más de sus parientes. ¿Sin esferas?

"Podrías haberlo arreglado todo con todos esos libros que robaste de mi biblioteca." Me tocó con un dedo diminuto, miró a su alrededor a la carnicería. "El tiempo y la manipulación dimensional tienen un gran costo, ¿lo sabías, muñequita? Los cambios lunares requieren mucha energía. Es un proceso drenante, pero con tantos agentes a mi disposición, fue posible".

"¿Los mataste a todos?" Pregunté con horror. Es por eso que el lugar había estado tan tranquilo antes.

Pateó algo rojo, delgado y largo. "Fueron creados para un objetivo mayor, y sirvieron bien".

"¿Cómo vas a conquistar la tierra sin los agentes?"

Remo se rio, el molesto sonido que siempre rallaba mis nervios.

"A veces, cuando quieres atrapar un león, primero cazas al ciervo."

Mi confusión se debe haber demostrado porque Remo me chasqueó. "La Tierra era parte del plan, pero nunca mi objetivo. Así es", dijo cuando vio la comprensión. "Mientras todos están distraídos aquí y en la Tierra, el portal se filtrará a través de la tierra de Sidhe, junto con un puñado de mis parientes."

"Lo matarás."

"No, para nada. Solo la energía extraviada a flote en la atmósfera de Sidhe podría hacer que cien seres abstractos de mi planeta sean tan corporales como tú y yo". Remo suspiró contento. "Sólo quiero un puñado, no más de cinco o diez, seres que son mis iguales."

Se siente solo, dijo mi voz interior. "Los Sidhe se darán cuenta de lo que estás haciendo y te detendrán."

"Ah, pero eso me recuerdo de la razón por la que te busqué. ¿Sabías que tus amigos acumularon un ataque impresionante e, incluso ahora, están marchando por Mandolia? Incluso trajeron guerreros Sidhe, y un buen número de voluntarios. Muy impresionante." Me dio una pequeña reverencia con la cabeza.

"Nunca podría haber llegado tan lejos a tiempo para el eclipse sin tu ayuda, y te doy las gracias."

"No." Di un paso atrás. "Yo sólo estaba allí para reclutar recipientes."

"Tengo más que suficiente para el siguiente paso en el plan." Un destello triunfante entró en los ojos muertos de Remo. Esa pequeña muestra de verdadera emoción me asustó como nunca antes lo había hecho. "Sin ti, nunca habría logrado tanto en tan poco tiempo. Las esferas, el camino hacia el Sidhe, el sentimiento de urgencia, todo lo que hiciste por mí fue crucial para este siguiente paso. Sin ti, muñequita, les habría tomado otra década para moverse, y para entonces podrían haber averiguado mis planes para la tierra Sidhe. Ahora, mientras todos están ocupados aquí, la Tierra será atacada. Con criaturas innombrables ocupando a los mejores soldados Sidhe, nadie se dará cuenta del vórtice que tiene lugar en el centro de la zona muerta en la tierra de Seelie. Todas las piezas de mi plan están cayendo en su posición exacta".

"Pero, no. Por favor."

"Prepararé el ritual y haré una presencia antes de que llegue el momento de tu sacrificio", dijo. "Después de todo, ¿qué es una guerra sin un líder? Dentro de una semana en el mejor de los casos, voy a tener al primero de mis parientes a mi lado". Remo inclinó su cabeza a un lado, sus ojos negros viendo mi temor. "Podrías haber dejado que tu amigo fuera el sacrificio. Sé que entiendes el concepto de vivir para luchar otro día. Por desgracia, no hay más tiempo que perder. Serás un héroe entre mis parientes, y como muestra de nuestra gratitud, te dejaré luchar con aquellos a los que consideres a tus amigos esta noche". Hizo una pausa en la entrada, dio una última mirada a su alrededor, con el labio superior rizado de asco. "Puedes unirte a la lucha una vez que esto se limpie. Dejaré a Angelina a tu merced. Hazme sentir orgulloso, muñequita, te convocaré pronto."

CAPÍTULO SETENTA Y CUATRO

Directamente al frente de la cámara de recreación había una pequeña cueva, de unos cuatro pies de ancho y cuatro de longitud, con dos pies en el suelo de la esquina desaparecidos. Nadie sabía lo profundo que era el agujero, pero en algún lugar en el pasado, alguien usó ese agujero como su dispensador de basura y vació sus ollas de recámara. Una vez, durante mis primeros meses como familiar de Remo, Angelina lanzó a un agente que la había molestado, tanto como para deshacerse de él como para ver si alguna vez volvería. Nunca lo hizo.

Con la ayuda de Frizz, arrastré los cuerpos y las partes de los cuerpos al abismo sin fin, los tiré dentro. Se cayeron sin un sonido, como si nunca hubieran estado. Los únicos dos que no arrojé eran los que había convertido, y aún tenía sus cabezas pegadas. Se levantarían de nuevo.

Para cuando percibí la presencia de Crozelle, estaba en la cocina, bombeando agua helada en un cubo. Sin decir una palabra, llevé el cubo a la cámara recreativa; su sombra detrás de mí. Se quedó en su forma de sombra mientras me arrodillaba junto a la gran mancha de sangre, saqué la esponja y limpié. Si escuchaba con fuerza, podía oír los sonidos de una batalla lejana.

"¿Por qué no estás peleando con ellos?" Le pregunté cuándo era obvio que no diría nada.

Las sombras junto a la entrada se arremolinaron y Crozelle apareció. "¿Por qué no tú no lo estás?"

Apreté los dientes y limpié. Era difícil limpiar sangre de la piedra. Ya había botado cosas salpicadas: cojines, sillas, mantas, los pocos colchones de dojo azules en la esquina. "Porque me ordenaron limpiar mi desorden."

Crozelle escaneó el suelo ensangrentado, los trozos y manchas de sangre seca y paredes salpicadas.

"¿Qué tan malo está ahí afuera?"

"No lo sé, Dhiultadh."

Agaché la cabeza hacia un lado, traté de leer su expresión pedregosa. "¿Saliste de la guarida en absoluto?"

"Sí, y encontré a las tropas subiendo la montaña. Algunos de mi gente están aquí."

Asentí, froté y metí la esponja ensangrentada en el cubo. "Pero no estás luchando con ellos." Cuando Crozelle no dijo nada, continué: "Necesito que me hagas un favor".

"¿Qué me vas a dar a cambio?"

Apreté la mandíbula. "Nada", le dije y expliqué sobre el bolsillo dimensional. "Frizz te dirigirá a las piscinas de agua, o puedes quedarte y esperar hasta que termine, si el bolsillo dimensional no nos ha tragado a todos para entonces".

Crozelle se puso de pie, esperando. La dejé pensar. Sabía que tendría que negociar si ella decía que no otra vez, pero no viviría lo suficiente para cumplir lo que me pidiera. Rechazar otro trato con un Seelie era una reacción reflexiva. Un largo minuto después, Crozelle inclinó la cabeza.

* * *

Crozelle tardó menos de lo que esperaba para regresar.

"¿Ya?" No pensé que deshacer esos símbolos sería una tarea fácil, ciertamente no rápida.

"El tejido estaba inactivo. Seguirá siendo ineficaz sin un mayor impulso de potencia".

Mis hombros se desplomaron.

"Los bolsillos dimensionales requieren más energía que los tejidos ordinarios, de lo contrario no aguantarían por mucho tiempo".

Pensé que había usado lo suficiente, había visto los símbolos encendidos y moviéndose. Debería haberme quedado y asegurarme de que al menos la mitad de los símbolos habían funcionado.

"La próxima vez, crea pequeños bolsillos dentro del tejido más grande."

Asentí, restregué más fuerte. No habría una próxima vez.

"¿No vas a unirte a la batalla?"

Crozelle se agachó frente a mí, sus ojos negros y su cabello contrastando con su cara pálida. Ella estaba más pálida de lo habitual, noté.

"¿Qué pasa?"

Se puso de pie, el movimiento un poco sacudido, caminó a unos metros de distancia antes de volver a agacharse frente a mí, con los ojos directos. "Hubo momentos durante mi encarcelamiento, soñé con Remo, con convertirme en su esclava y traicionar a mi pueblo. Pensé que estaba loca, y cuando me visitó de nuevo, había un destello de conocimiento en sus ojos, como si mis sueños no fueran sueños".

Fruncí el ceño en la esponja rosada, la metí dentro del cubo. "¿Sientes que estás luchando por el control de tu cuerpo? ¿Como a veces hay más que tus pensamientos dentro de tu cerebro?"

"No", dijo, levantando la mano para mirarla. Ya no estaba

colgando de los músculos y el tendón, pero la herida todavía estaba roja, cruda e hinchada. "Me puso un brazalete en la muñeca, me trajo un ser, atrapado dentro de un artefacto parecido a un huevo. No recuerdo lo que pasó entonces ni cuánto tiempo pasó. Cuando desperté, el otro Dhiultadh y el oso estaban encadenados en la pequeña cueva conmigo." Había miedo en los ojos de Crozelle, un breve destello que vino y se fue en un segundo mientras me miraba. "Entendió mi fuerza, y me desangró, me negó la comida y la luz del sol, me hizo rituales. Mientras se fuera decepcionado, me consideraba victoriosa."

"No creo que te hubieran implantado", le dije. "Si por ninguna otra razón que Remo te hubiera ordenado que te quedaras quieta y dejaras a Vincent", me tragué, "Ya sabes, drenarte".

Crozelle bajó la cabeza, con el pelo oscuro cubriéndole la cara desde la vista. Al final, asintió. "¿Por quién vas a luchar?"

"Los cazadores."

Crozelle se puso de pie y ayudó con la limpieza. Su método consistía en pequeños tornados que sacaron la sangre de la piedra y la arrojaron como una niebla roja en el cubo.

Nos llevó horas limpiar toda la cámara. Sabía que habría tomado el doble si Crozelle, o Frizz, no estuvieran ahí para ayudar. Quería que se uniera a los cazadores, que se uniera a su gente, pero incluso con mi tranquilidad, podía sentir su temor, su sentido de la derrota. Traté de advertirle sobre el verdadero objetivo de Remo, pero el pensamiento por sí solo hizo que las manchas negras oscurecieran mi visión.

Así que limpié, Frizz recogió las piezas pequeñas y ensangrentadas, y Crozelle creó sus mini tornados.

CAPÍTULO SETENTA Y CINCO

Una vez que la cámara estuvo limpia, el impulso de fregar dejó mi cuerpo, tomando con él toda mi fuerza. ¿Cuánto tiempo llevaba pasado? ¿Cuánto hace que no comí, bebí o dormí? La necesidad de repostar estaba ahí, algo silenciada, la ansiedad de lo que me esperaba en mi futuro causando que esas necesidades básicas parecieran irrelevantes.

"Vamos", le dije a Crozelle, tirando el cubo y la esponja en el agujero. Llevé a Crozelle a través de los pasadizos, los gritos de batalla cada vez más fuertes cuanto más nos acercamos a la caverna de la Guerra.

La primera la pelea que encontramos fue en una de las cuevas laterales, donde un hombre algo y una bruja se defendían espalda a espalda, rodeados de esbirros cuya única preocupación era su próxima comida. El olor a sangre y el sudor era más fuerte aquí, así como el olor quemado del ozono. Zantry estaba cerca. Mi corazón dio un galope y saltó a mi garganta.

Crozelle produjo una espada corta hecha de sombras y se unió, cortando cabezas. Tirando de mi espada, salté e hice lo mismo. En pocos minutos, todos los esbirros yacían sin cabeza.

El hombre algo y la bruja nos dieron muecas de reconocimiento. "Queremos llegar al otro lado del agujero. ¿Sabes cómo?", el hombre algo le preguntó Crozelle, quien me miró.

Les di instrucciones y les dije que se cuidaran de los Barnieton. Una vez fuera de la vista, Crozelle me agarró del brazo y me tiró hacia un lado.

"¿Qué?"

Crozelle vaciló, me soltó, y dio un paso atrás. "No puedo entrar allí."

"¿Qué, por qué no?" Los sonidos de disparos lejanos resonaron en la distancia, algo distorsionados, los gritos de los preternaturales enfurecidos y el acero que chocaba sonando por encima de los gritos de dolor. Habían pasado horas. ¿Cuántos cayeron, cuántos seguían luchando?

"No puedo distinguir mis sueños de la realidad."

Maldije, me volteé hacia ella. "Te diré algo, si nos atacas, te retendré."

La vacilación en la cara de la Seelie Fee la hizo más humana, más amigable. Nunca hubiera adivinado que un Sidhe tenía emociones, pero en unas horas, había visto a un guerrero Fee teme y dudar. ¿Qué tan diferente a nosotros podrían ser?

"Jura que harás todo lo posible para matarme si obedezco a Remo."

Tragué. "No sé si puedo hacer eso."

"Júralo, Dhiultadh."

"¿Y si dudo, como lo hice-?".

Crozelle me agarró el brazo con fuerza, la garra dolorosa. "Júramelo, Hija de Fosch."

"Lo juro", dije con una voz baja, esperando que miedo de Crozelle fuera sólo miedo.

Crozelle dio un paso atrás y se apretó un puño en el pecho. "No permitiré que Remo te sacrifique al portal. Voy a hacer que tu líder sepa esto".

Abrí la boca, la cerré cuando el mundo entero se puso negro.

* * *

Me detuve en la entrada de la caverna de la guerra. Sabía que Remo tenía bolsillos dimensionales llenos de esbirros sin mente, la mayoría de sus experimentos anteriores habían salido mal, pero nunca había sabido cuántos habían estado allí, no me había acercado a adivinar. Y era obvio que nos superaban en número. Los sonidos Staccato de los disparos provenían de diferentes direcciones, la distorsión del sonido aquí más pronunciada. Aun así, incluso con las armas, ellos, las personas que los cazadores trajeron, no estaban preparados para la velocidad de los esbirros, o sus números. Aquí y allá había armas, como si la gente se hubiera quedado sin balas, o había cambiado las armas por algo más básico, más familiar, como su magia y sus espadas variadas. Una mujer con el pelo rojo pixie le disparó a un esbirro desde menos de veinte pies de distancia, y no le dio los tres disparos cuando esbirro saltó hacia atrás. Maldición, era rápido. Ileso, el esbirro fue a por a la pelirroja y ella tiró el arma a un lado, sacó una pequeña daga y se abalanzó. Otro esbirro corrió de su otro lado, y un tercero a su espalda. La pelirroja rodó su mano en el aire dos veces, derribó un lazo de fuego, rodeó el cuello del primer esbirro y sacudió. La cabeza se despegó justo cuando ella lanzó la daga al segundo esbirro, incrustándola en su ojo, pateó al tercero. Se tambaleó hacia atrás, se enderezó y regresó. Un hombre de siete pies de altura se apresuró a ayudar, llevando dos hachas. Le cortó la cabeza al esbirro a la espalda, le tiró un hacha para que pudiera decapitar al que tenía la daga en el ojo.

A mi otro lado, un grupo de cinco esbirros rodeaba a un tipo delgado salpicado de sangre y materia cerebral. Curiosamente, parecía estar mejor que la pelirroja. Giró, un giro completo de tres sesenta, las manos extendidas directamente a ambos lados. Los cinco súbditos se tambalearon hacia atrás, sangre rezumando de su pecho. No se quedaron mucho tiempo, pero en el momento en que volvieron a atacar, el tipo flaco sacudió el brazo y cerró su mano. Los cinco súbditos explotaron desde el torso. La sangre y vísceras llovieron sobre el tipo flaco, cubrieron a los que luchaban a su alrededor. Los disparos a mi derecha me hicieron voltear para encontrar a un tipo con aura azul claro que llevaba dos rifles, uno en cada mano. Disparó dos veces, y los dos esbirros a los que había apuntado perdieron la cabeza, incluso si ambos se habían agachado.

Otro grupo de esbirros rodeó a dos mujeres, luchando con manos y pies. Y aire. Una conjuró una ráfaga de viento que envió a dos esbirros hacia atrás, el otro empujándolos por detrás. La contradicción de las fuerzas era más fuerte de lo que había imaginado porque el cuello de uno sonó fuertemente al caer en una posición incómoda. Puede que no hayan estado preparados para la agilidad de los esbirros y su número, pero las personas que los cazadores trajeron tampoco eran novicios. Roland eligió bien al equipo. Aquí y allá una cara ciega miró el techo oscuro de la caverna, y de ellos, no podía distinguir a un amigo del enemigo.

Dondequiera que miraba, grupos de cinco a diez esbirros rodeaban uno o dos preternaturales, pero por todo lo que pude ver, no había un solo agente entre la multitud. La Tierra era el planeta señuelo. Enviaría agentes allí, mantendría ocupados los preternaturales. No le importaría si los agentes no sobrevivían, no eran parte de su objetivo final. No le importaría que la mitad del mundo muriera defendiéndola. Y cualquier guerrero Sidhe que no estuviera ocupado en el camino estaba aquí en la guarida.

Todos esperaban que un ataque se diera con el eclipse, y Remo les estaba dando uno. Dios, era el plan perfecto.

"Es el campo magnético más alto", dijo Crozelle desde mi derecha.

"¿Qué?" Pregunté, mirando.

"Las armas humanas más modernas. No funcionan debido al campo magnético más alto que rodea la guarida". Apuntó la barbilla a un hombre afroamericano. Tenía una metralleta en la mano, un cinturón de balas alrededor de su torso. Con un bramido de ira, tiró la metralleta a uno de los esbirros, causando que la sangre brotara de una gran herida en la frente. Por el contrario, el hombre rubio a su lado, ambos estaban demasiado lejos para poder para leer sus auras- sostenía dos revólveres, y parecían funcionar lo suficientemente bien. Nunca había considerado que las armas se verían afectadas por el campo magnético. Explicaba la razón de las armas descartadas aquí y allá. Busqué una cara familiar, a Zantry, a un miembro cazador, no encontré ninguno. Un esbirro bloqueó mi línea de visión, atrapó a Crozelle, le cortó la mano, seguido de su cabeza.

Salté, agité mis alas dos veces, escaneé la caverna de guerra. Había más gente de lo que pensaba. Un puñado de caras conocidas, Boris, Tony, algunos Dhiultadh que había visto en el Círculo de Piedra hace mucho tiempo. Tantos esbirros. Cerca del hoyo del tamaño del estadio en el centro de la caverna, vi algunos agentes, caras que reconocía, pero no podía nombrar. Mi atención se centró en el pulso de energía del otro lado de la caverna, al otro lado del agujero. Allí, Zantry y Remo se enfrentaban, una corriente de luz pulsante entre ellos. Desde aquí, no estaba segura, pero creo que vi a Roland y Angelina, su largo cabello oscuro inconfundible. Los esbirros de ese lado eran incluso más que los de este lado, diez o más a uno, tal vez más. La presencia de Remo significaba que el ritual estaba listo. Pronto se iría y me convocaría para el sacrificio.

Me tiré al lado de Crozelle, ignoré los cuerpos frescos sin cabeza a sus pies, la agarré y salté de nuevo. La idea de que Crozelle podía cruzar el hueco en su forma de sombra vino y se fue, pero no tuve tiempo de explicarlo primero. La barrera en la parte superior de la brecha dio un fuerte trueno cuando pasamos a través de ella. Crozelle luchó contra mi control.

"No, bájame, Hija de Fosch."

"¿Qué? Necesitan ayuda del otro lado", grité, señalando.

"No, no me lleves allí", gritó. "Mi gente está de ese lado."

La dejé caer en el borde del agujero en el otro lado y me volteé hacia ella. "Si-" esquivé una garra de terciopelo negro, giré con mi espada, y no le di al cuello del Dhiultadh cuando Crozelle abofeteó mi mano sosteniendo la espada.

"¡Bebbette!" Logan gritó en algún lugar por detrás de mí. La Dhiultadh giró para enfrentarse a él, corriendo como un toro enfurecido. Las manos de Crozelle se volvieron sombras, sus ojos se volvieron completamente. "Bebbette", gruñó. Recordó las palabras de Remo.

Antes de que Logan llegara a Bebbette, explotó en un lobo gris del tamaño de un pequeño caballo. Era hermoso en esta forma, pero ahora entendía su renuencia al cambio, a ser visto en cualquier parte de la Tierra. Otros hombres algo podrían confundirse con animales naturales, pero Logan nunca sería confundido con nada más que uno extraordinario, no sólo por su tamaño, sino por las alas que sobresalían de sus lados. Una mezcla de los dos clanes Dhiultadh, Logan era una anormalidad, incluso en el mundo preternatural.

Crozelle esquivó a los esbirros tratando de alcanzar a Logan y Bebbette, con la intención de llegar allí antes de que lo hicieran. Giré, pensando que Logan y Crozelle juntos eran más que suficientes contra el grupo. Me di camino a donde Roland luchaba contra Angelina, donde Tammos, el padre de Diggy, luchaba contra Danny el lobo. Donde un montón de agentes luchaban contra un puñado de Sidhe que no reconocí. Un auge de la estática resonó un segundo después de que una explosión de luz cavara un agujero en el espacio entre Zantry y Remo. Tammos dio un paso para ayudar a Roland, que había caído tras una patada bien dirigida de Angelina. Una mirada alrededor le mostró a Danny que el lobo no estaba a la vista.

Golpeé a algunos de los súbditos, girando y pateando y cortando sin pausa, despejando mi camino hacia mi objetivo principal. Si había algo que quería antes de tener que irme, era vengar a mi amigo. Me acerqué a Angelina justo cuando ella agarró a Tammos y lo arrojó a un montón de esbirros y dos agentes que no sabía quieren eran. Diggy se apresuró a ayudar a su padre y

Me apresuré hacia ella, balanceándome con la espada. Estaba segura de que la iba a matar, pero en lugar de carne y hueso, mi espada sonó como un gong cuando hizo contacto con un mazo con púas. Me detuve, giré y me volteé hacia la cara-George, su aura completamente verde, sin un toque de negro en ninguna parte. Pero había reconocimiento en las profundidades de sus cálidos ojos marrones, el hecho que su esfera era una que yo había traído yo mí misma.

Levanté mi espada y ataqué. George bloqueó el primer y el segundo golpe, no le di a las garras que lo cubrían del cuello al torso. Dio un paso atrás antes de tomar represalias, apuntando a mi cabeza pero golpeándome de lado con su mazo en su lugar. El golpe me envió al suelo, sangre saliendo de mi lado izquierdo. Era difícil respirar. Aún más difícil cuando me agarró por el pelo y me haló hasta que estuve de pie.

El dolor es temporal, las lesiones pueden curarse. El mantra familiar se repetía en mi cabeza una y otra vez.

Le di con las garras en el muslo, apuñalé hacia atrás con la espada, y me soltó cuando lo halé en posición vertical. Giré, saqué mis alas y brazos extra, la mitad cambiada ayudando a mi lado a sanar más rápido. George atacó, y lo encontré a mitad de camino.

"¡George!", Gritó alguien. Esquivé su ataque, le di a las piernas. Esquivó el golpe, no les dio a mis alas.

Se tropezó y yo giré, le bajé la espada en el cuello. Me empujaron con tanta fuerza, que tropecé unos pasos, con mi cabeza yendo de un lado a otro. Actué por instinto y ataqué, mi espada encontrando una delgada hoja de obsidiana antes de que mi cerebro entendiera. Mi confusión al ver a Diggy ayudando a George a mantenerse de pie fue una cosa fugaz, sólo un destello entre un segundo y el otro. "... Remo tomó el otro hace quince días. Debe decir que escapó..." Crozelle había dicho.

George se puso de pie, empujó a Diggy con una mano de fuerte y le dio con el mazo a la cabeza. Diggy bloqueado, su movimiento nacido de reflejo. La confusión en los ojos de Diggy, la comprensión, la devastación que siguió y me dolió. Diggy dio un grito de protesta, giró su espada contra George, quien se agachó y lo le dio un golpe bajo. Eso le dio a Roland y Tammos una pausa, ambos luchando uno al lado del otro. La vacilación les costó. Angelina le dio a Roland un duro golpe en el pecho que lo envió hacia atrás, otro agente agarró a Tammos y le torció el cuello.

Diggy gritó, George se fue volando.

Lo ataqué, rodé para evitar las uñas largas de Angelina, más como garras, y me acerqué a George. Su mazo con púas se fue volando, todavía unido a su brazo. Pateé a Angelina y ella bailó y se rio, produjo una espada a partir de un aro que no había notado alrededor de su cintura. Diggy acusó a George con un feroz gruñido. Me dirigí hacia Angelina. Su delicada hoja hizo contacto con la mía, el sonido como campanas, acompañado por el ocasional estallido de balas, los gritos de batalla, el auge sónico de Zantry y los golpes de energía de Remo, el choque de cuchillas. Había sangre en todas partes, junto con extremidades desmembradas, cabezas, montones no identificados. Entre todo eso estaba el chillido y los gritos de los Barnietons, al acecho en los bordes sombríos, alimentándose de los desafortunados en caer cerca de ellos, tanto vivos como muertos. Angelina me apuñaló en mi abdomen y me di cuenta de un momento demasiado tarde. La hoja entró, raspó una costilla antes de salir del otro lado. Al igual que el golpe de George, su puñalada me habría perforado el corazón si se le hubiera permitido matarme. Fui por su garganta. Ella esquivó el golpe fatal, pero mis garras abrieron cuatro costes desde su cuello a su pecho. Nos separamos, ambas heridas y respirando con dificultad, ninguna cediendo al dolor. Yo estaba familiarizada con sus movimientos, ella estaba familiarizada con los míos. Hemos estado bailando este mismo baile durante los últimos tres años. Yo golpeé, ella esquivó. Ella se abalanzó, yo me esquivé. Saltar, esquivar, bloquear, apuñalar. Y luego tropezó con un cuerpo flojo, perdió su balance cuando le apuñalé el pecho. Aunque no le di a su corazón por un kilómetro, debe haber dolido como una perra. Todavía tenía que hacer la transición, pero con tantos implantes de esfera, no tenía idea de lo rápido que sucedería. Torcí la espada, la tiré hacia los lados, tratando de apuñalar su corazón. Angelina me dio una sonrisa sangrienta, levantó a su espada. Tuve una fracción de momento para considerar deslizarme hacia los lados hacia su corazón o tirar hacia atrás para evitar ser apuñalada de nuevo. Algo oscuro se movió en su cuello y la cabeza de Angelina se cayó. Detrás de ella, Diggy bajó su espada de obsidiana, los ojos inexpresivos.

"¿Vincent?", Preguntó.

Fruncí los labios, sacudí la cabeza. Ambos nos dimos la vuelta, para desahogar nuestro dolor con los esbirros, para no pensar en los amigos perdidos. Zantry y Remo todavía se enfrentaban un poco más abajo, sus golpes como explosiones en miniatura. Toda el área que los rodeaba estaba vacía de gente, la lucha de este lado había disminuido considerablemente. Me recordó que en el momento en que Remo se fuera, me estaría convocando. Miré a mi alrededor. Había tantos cuerpos caídos, y por cierto la mayoría estaban sin cabeza, deduje que todos eran esbirros y agentes. Pero había algunos con las cabezas todavía unidas, agarrando espadas y hachas y hojas largas, otros con las manos vacías. Algo pequeño se movía entre los cuerpos, una rata o un gato pequeño, algún tipo de hombre algo con una forma doméstica. A mi derecha, tanto Diggy como Logan luchaban contra un gran grupo de esbirros, su ferocidad no coincidía con la de los seres sin mente a pesar de ser superados en número al menos siete a uno. Más a la derecha, Roland luchaba contra al menos una docena de súbditos por su cuenta. Remo flexionó y aplaudió, un pulso de luz cegadora que envió a Zantry a volar al menos a diez pies de distancia. Antes de que pudiera dar dos pasos hacia él, saltó a sus pies y fue a por Remo, sus ojos un azul tan claro, que era casi blanco. No podía luchar contra Remo, y sentí que mi tiempo se acercaba, pero por Dios, ayudaría a mis amigos a salir de este infierno y vivir para luchar otro día. Corrí a donde Roland y estaba tan concentrado en los dos esbirros más cercanos que no vi a Danny el lobo golpearme desde un lado. Mi espada se fue volando, y con un grito de triunfo, agarró la empuñadura. La espada se encendió en una luz brillante y comenzó a quemar su mano. Nunca escuché una esfera de transición reaccionar al dolor, pero Danny gritó en agonía, tiró la espada. Una capa de piel y músculos derretidos todavía estaba unida a la empuñadura cuando cayó con un clunk y desapareció. Aplaudí, la saqué y la giré en el cuello de Danny.

A mi izquierda, Zantry dio un au de dolor, y de nuevo me dirigí hacia él, deteniéndome cuando Remo miró mi camino.

Y así, lo sabía. Se me acabó el tiempo. Remo estaba dejando la pelea.

Fue cuando la rata se lanzó entre mis piernas y cambio.

Me asusté con la repentina aparición de Rafael y era demasiado tarde para levantar mi espada y defenderme.

Su daga, una hoja larga y delgada hecha de vidrio y una empuñadura de cuero negro crudo, se hundió directamente en mi corazón.

CAPÍTULO SETENTA Y SEIS

Son graciosas todas las pequeñas cosas que notas cuando estás muriendo, la forma en que un segundo se extiende varios momentos. El resplandor frío en los ojos de Rafael, la forma en que sus labios fruncieron cuando sacó la hoja, la breve duda cuando jadeó, se tambaleó y cayó de rodillas. La forma en que Zantry tropezó a pocos metros de distancia, jadeando para respirar. El bramido de la indignación de Remo, la furia en sus ojos. En algún lugar en la distancia, Logan gritó mi nombre. Remo levantó una mano y un pulso de energía blanca golpeó a Rafael, lo envió volando lejos. Se cayó, no soltó su espada, ahora recubierta con mi sangre. Mi pecho se contrajo, una ola de dolor sin diluir se extendía a través de mi torso. Jadeé por segunda vez. Rafael rodó a su lado y se puso de pie, respirando con dificultad. Remo dio un paso adelante, levantó la mano de nuevo. El suelo debajo de él se movió y una ráfaga de viento lo tiró. El pulso de la energía no le dio a Rafael por unos centímetros. En el techo de la caverna, un pájaro se quejó en voz alta. Rafael arrojó la espada al pecho de Remo, todavía cubierta con mi sangre, incrustándola hasta la empuñadura. Remo se tambaleó, con su pequeña mano alcanzando la empuñadura de cuero. Mi tercer jadeo sonaba como susurros apagados. El pájaro, grande y negro, se lanzó y picoteo la mano de Remo. Rafael se precipitó, agarró la empuñadura de cuero y se alejó. El suelo debajo de Remo se movió de nuevo, y el pájaro se lanzó a su oreja, el viento lo empujó hacia atrás. Jadeé por cuarta vez, mi visión de túneles, atenuándose. Rafael saltó lejos de Remo. Creo que vi a Cora al lado de Remo, con las manos levantadas. A pocos metros de distancia, Rafael sacó un martillo de un lazo en su cinturón, se inclinó y rompió la hoja de vidrio en un millón de pedazos.

* * *

La sensación volvió primero a mis pies hormigueando, mis manos pesadas. Los últimos momentos en la guarida estaban claros en mi mente, la forma en que Zantry había tropezado, jadeando por el aire. No había dolor abrumador, no había dificultad para respirar, sólo una opresión en el pecho como si algo me azotara los músculos. La respiración suave vino de mi lado, algo cálido y peludo presionado contra mis piernas.

Parpadeé para abrir los ojos, me encontré en mi dormitorio, las cortinas sobre la ventana; la habitación sumergida en la oscuridad. Moví la cabeza, y tampoco me dolió. Zantry dormía a mi lado, con el pecho subiendo y bajando, su expresión relajada. Abrí el lazo y la tensión en mi pecho aumentó, se convirtió en una punzada afilada. Había algo malo con el vínculo. En lugar de un flujo suave, la conexión parecía fracturada, como si hubiera agujeros que lo hacían gotear en lugar de dejar que se derramara. Un peso se asentó en mis piernas, cálido y suave, y un empujón de pulso calmante de Frizz para mí. Levanté la cabeza, encontré los ojos en forma de concha de mi familiar.

Otro pulso de consuelo de él a mí, y lo rasqué entre las orejas, tiré la cabeza sobre la almohada. Inhalé y exhalé su consuelo.

Más tranquila, saqué las sábanas, encontré una cicatriz delgada y roja donde la hoja de cristal de Rafael había entrado. Había apuñalado a través mi corazón. Frizz se desplazó cuando lo hice, se acomodó en la almohada por encima de mí. Me volteé a mi lado, saqué las sábanas del torso de Zantry. No había marcas allí, ni cicatrices.

Acerqué a una mano hacia su mandíbula con rastrojo, empujado en el enlace que estaba goteando. Su respiración se apuró, pero no se despertó.

En la sala de estar, alguien dijo algo. Hubo una respuesta, y aguanté la respiración, esperé. Además de que había personas en mi apartamento, había algo malo con ese intercambio. Escuché con atención, tratando de averiguar qué estaba mal. La impresión de algo que faltaba me inquietaba, pero no podía ponerle el dedo encima. Reuní las sábanas a mi alrededor y traté de pararme, justo cuando la puerta del dormitorio se abrió y Crozelle metió la cabeza dentro. Nuestros ojos se encontraron y se sostuvieron por un breve segundo. Abrió la puerta más, me dio una sonrisa tensa que estaba muy fuera de carácter.

"Estás despierta."

Las voces en la sala se detuvieron.

"¿Cuál?" Diggy dijo, y había algo mal con esa pregunta también.

"La Dhiultadh", anunció Crozelle.

Me levanté lentamente, firme y estable, fruncí el ceño a Zantry, vestido con nada más que calzoncillos.

"Aún no se ha despertado", dijo Crozelle.

"¿Por qué? ¿Qué tan mal fue herido?"

Crozelle agachó la cabeza hacia un lado, con sus ojos aburridos en los míos. "No está herido, niña, no en ese sentido.

El vínculo de apareamiento se dañó cuando el vínculo familiar se rompió y causó su cierre mental".

Mi cara se aflojó con sus palabras, mis entrañas recubiertas de hielo. Mi primer pensamiento fue que Logan se había cerrado durante veinticuatro años después de la muerte de su compañero. La segunda fue que Crozelle, y sin duda todos los que habían estado presentes, sabían que Zantry y yo compartíamos un vínculo de apareamiento.

"Despertará una vez que el vínculo rejuvenezca."

Miré a Zantry, mi mente dando vueltas. "Pero, pero, nunca reconocimos el vínculo", susurré, agarrando las sábanas y apretándolas más. Crozelle se detuvo, me estudió. "¿No lo sabías?"

Tragué. "Lo sabía, pero no sabía que él también."

"Ay, él sabía, de lo contrario no se habría visto afectado así."

"¿Por qué no me lo dijo?" Murmuré. ¿Cuántas veces hablamos del vínculo? Cuando me dijo que nuestro vínculo era más fuerte de lo habitual la noche que regresamos del castillo de Seelie, pensé que me diría que era por el vínculo de apareamiento. Pero cuando no lo hizo, estaba segura de que no lo sabía.

"No sé, niña."

Diggy se rio. "Apuesto a que va a hacer la misma pregunta."

"Cállate", murmuré. ¿Por qué estaba aquí? ¿Por qué no estaba luchando en las Tierras Bajas? ¿Se acabó la batalla? ¿Remo ganó?

Y como una bofetada, sacudí la cabeza, reconociendo lo que estaba mal, el silencio total que venía de fuera. Por primera vez desde que llegué a Nueva York, no había un solo vehículo pasando.

La ciudad que nunca duerme finalmente se quedó en silencio.

Miré a Crozelle. "¿Mató a la tierra de Sidhe?"

Los ojos de Crozelle se oscurecieron. "¿Qué?"

"El portal, iba a usar el eclipse para filtrarlo a la tierra de Seelie", esperé a que el dolor de cabeza me golpeara hasta estar inconsciente, y luego continué: "Quería filtrar el portal a la tierra de Seelie, para aliviar la presión".

"Espera. Espera", dijo Diggy desde la sala de estar y en un segundo se paró en mi puerta. "¿Estaba planeando abrir un segundo portal?"

"En la tierra de Seelie. En medio de la zona muerta que creó". Me callé cuando Vicky apareció a su lado, adormeciéndose con mis palabras reveladoras. Pero ni Crozelle ni Diggy actuaron como si Vicky estuviera en peligro, o se preocuparon de que yo estuviera hablando de cosas preternaturales mientras ella estaba allí.

Ella empujó a Diggy a un lado y entró, y sus ojos se iluminaron al ver a Frizz. "Oh, nena." Extendió ambos brazos, pero Frizz no se movió.

Vicky me dio una mirada y sin que yo se lo dijera, Frizz bajó de la almohada y se subió a sus brazos. Ella le acarició el cuello, me miró de lado. "¿Estás bien?" Me puso un dedo frío en la frente, me miró a los ojos. "Tus pupilas están dilatadas. ¿Cómo te sientes?" Miré hacia abajo a su yeso, a su cara de nuevo. A Frizz en sus brazos. Tenía ojeras debajo de sus ojos, así como los moretones de su paliza. Miré hacia atrás a Diggy y Crozelle, y Mwara, ahora de pie al lado de Diggy.

"¿Ella sabe?"

Vicky se rio. "Todo el mundo lo sabe. Difícil no saber cuando un montón de dragones atacaron la tierra." Sus ojos se iluminaron. "Dragones, Roxanne. Quiero decir, entiendo que esto es muy inapropiado, pero nunca me dijiste que había dragones", se detuvo, le dio a Diggy una mirada de disculpa y continuó: "Tenías que verlos. Quiero decir, antes de que los cohetes destruyeran todos los satélites en órbita", suspiró. "Extraño la electricidad."

Mi cabeza se sacudió tan rápido que tronó. Claro que las luces estaban apagadas. También los dígitos del reloj de mi mesita de noche. "¿No hay electricidad?"

"Se supone que debe volver esta noche. No tenemos mucha esperanza, teniendo en cuenta que se suponía que vendría ayer. Vicky suspiró de nuevo, rascó a frizz entre las alas. "¿Podemos ir a la sala de estar? No es que no me guste mirar ese pedazo desnudo, pero se siente raro con él inconsciente, ¿sabes? Y estoy exhausta". Diggy le frunció el ceño y fue a por a Frizz, pero ella se alejó y lo miró.

"¿Qué hay de Dathana?" Le pregunté a Diggy.

"Ella está a salvo", respondió. "Roland la envió con Vielyn y ella llevó a Dathana de vuelta a su planeta, para ser criada por un miembro lejano de la familia."

Asentí, y Diggy siguió a Vicky de vuelta a la sala de estar. Mwara lo vio irse, divertida por alguna razón, pero Crozelle-Crozelle parecía estar en blanco.

"¿Liberó a los siete guivernos?"

"Sí, pero él hizo algo. Eran criaturas salvajes y rabiosas. Sus parientes no podían razonar con ellos."

"¿Siguen ahí fuera?"

"No, perecieron después de unas cuantas puestas de sol."

Remo debió haberlos implantado después de todo. Mi corazón fue apuñalado con tristeza y culpa por ser parte de su destrucción. Ni siquiera se me había ocurrido revisarlos una vez que Dathana estaba fuera. "Supongo que me vestiré e iré a hablar con ustedes", les dije, queriendo estar sola, todavía agarrando la sábana a mi pecho. Mwara asintió, sus ojos negros sabiendo, pero Crozelle vaciló un segundo antes de seguir.

CAPÍTULO SETENTA Y SIETE

Cerré la puerta y me senté al borde de la cama, miré a Zantry. ¿Cuánto tardaría en despertarse? El vínculo goteaba entre nosotros, para nada como la conexión que habíamos compartido antes.

Dios, podría haberlo perdido, podríamos habernos perdido el uno al otro.

Me vestí lentamente, me até el pelo en una coleta alta y me detuve junto a la cama de nuevo.

"¿Zantry?" Murmuré. "Por favor, despierta."

Esperé un segundo, luego metí las sábanas alrededor de su torso, apreté su mano, puse los labios contra los suyos. "Por favor", le rogué contra los labios, envié la súplica a través del vínculo. Zantry estaba respirando rápido de nuevo, y abrí los ojos. Los suyos todavía estaban cerrados, pero su respiración se había acelerado, su expresión ya no se relajó. "Por favor." Agarré su mano con fuerza, tratando de darle mi fuerza. "Vuelve a mí. Vuelve."

Zantry inhaló profundamente, sus los ojos revolotearon. Mi pulso se aceleró, y un momento después me miré a los ojos tan azules que me hechizaron. La neblina de confusión tardó un tiempo en aclararse, pero cuando lo hizo fue reemplazada por la conciencia, el conocimiento de lo que sucedió. Se sentó, miró a su alrededor en la habitación oscura, se centró en mí.

"Oye."

Zantry miró fijamente. Como si no pudiera creer que yo estaba allí. Como si yo fuera algo que le asombraba, algo que reverenciar. Como si me hubiera estado buscando toda su vida y finalmente me hubiera encontrado. A la distancia de un brazo extendido y toda suya. Era la forma exacta en que me sentía, sus emociones se reflejaban en mis ojos.

No estoy segura de quién se movió primero, pero al momento siguiente mis brazos estaban alrededor de su cuello, los suyos alrededor de mi cintura. Nos aferramos fuertemente, temblando de alivio, enteros una vez más.

"Te apuñaló. Lo vi apuñalarte." Me colocó una mano sobre el pecho, cubriendo el lugar donde había entrado la hoja de vidrio.

"Lo siento. No tenía idea de que iba a hacer eso. Lo siento", repetí. "Yo no sabía que lo sabías." Me detuve, miré a los ojos tormentoso de emoción. "Debería habértelo dicho, preguntártelo. Pero, tenía miedo, no estaba seguro. Me dijiste una vez que tu especie no sufría de esas trampas emocionales", repetí sus palabras de hace mucho tiempo. "Y yo dudaba de mí misma a veces."

Zantry cerró los ojos, la expresión dolió. "Yo no sabía en ese entonces. No sabía que lo sabías. Tenía miedo de que si ambos lo reconocíamos, brillaría como un faro". Me miró a los ojos, me puso una mano sobre la mejilla. "Yo estaba tratando de protegerte, de protegernos. Todos los que tenían un reclamo o autoridad sobre nosotros habrían tratado de abusar de nuestro vínculo a su favor. Tenía miedo de que llegarías a resentirlo, resentir lo de nosotros".

"Nunca me molestaría esto, o nosotros", le dije ferozmente, metiendo un mechón de pelo brillante detrás de su oreja. Dios, era tan hermoso. "Estar contigo es como estar entera, como sentirse realizada por primera vez, cada vez. Como encontrar mi camino a casa después de viajar durante tanto tiempo", repetí sus palabras de nuevo. "Renunciaría a cualquier cosa por esto, haría cualquier cosa por la oportunidad de nosotros."

Zantry me atrajo hacia él, enterró su cara en mi cuello. "Oh Dios, Roxanne. Pensé que te había perdido", respiró en mi cuello. "Fueron los momentos más aterradores de mi existencia. Mi último pensamiento fue que no quería volver a despertar". Retrocedió una fracción y me buscó en los ojos. "¿Dónde está Remo? ¿Qué le pasó?"

"No tengo ni idea." Bajé la cabeza y le toqué los labios, sonreí. "Rafael rompió el vínculo familiar."

Sorpresa, luego deleite, brilló en los ojos de Zantry. "Por eso, pensé que él–", sacudió la cabeza, sonrió de vuelta, me atrajo por un beso largo.

"Te amo", murmuró entre besos.

Me miró a los ojos de nuevo, apretó mi palma contra su pecho. "Yo también te amo. Tanto que duele, me llena el corazón hasta estallar. Eres mi todo, el aliento que necesito para sobrevivir, la luz que me ayuda a ver, la oscuridad calmante que me ayuda a dormir. Cuando estoy perdiendo la cabeza, son pensamientos de ti, de nosotros, lo que me mantiene cuerda. No quiero vivir nunca sin ti."

Nos dejamos perder en el beso, permitiendo que nuestros cuerpos y emociones hablaran por sí mismos. A pesar de la conexión dañada, el torrente de emociones pasó a través, cantando por vínculo fracturado. Nuestro amor era fuerte, tal vez único, y las fracturas más pequeñas no eran rivales contra el poder de las emociones que fluían a través. Sí, el vínculo no era tan fuerte como lo había sido, pero estaba en reparación.

CAPÍTULO SETENTA Y OCHO

Zantry y yo habíamos estado inconscientes durante seis días. El cambio lunar colocó las Tierras Bajas en el camino de Drazolyn, ralentizando el paso del tiempo a un goteo.

Entre el momento en que me fui para rescatar a Vincent y el momento en que los cazadores marcharon a las Tierras Bajas, cuatro días habían pasado en la Tierra. Entre el momento en que los cazadores marcharon hacia la guarida y Rafael me apuñaló, pasaron otros tres días en la Tierra. Remo había cronometrado bien el ataque.

Me dejó limpiando la cámara de recreación y soltó los guivernos implantados. La Tierra no había estado indefensa, pero Remo golpeó donde más dolía. Sus agentes restantes habían sido colocados en puestos de poder: agencias espaciales internacionales; bases militares, el ejército, la marina y las fuerzas aéreas; sedes gubernamentales; estaciones de televisión.

La Tierra estaba tan lista para una guerra, en el momento en que el primer misil estadounidense cayó sobre Rusia, Rusia tomó represalias. Así que las primeras docenas de misiles fueron disparados por represalia entre naciones.

Mientras tanto, en tierra, unos cientos de esbirros fueron soltados para festejar. Nadie sabía con certeza a quién pertenecían los esbirros, o qué gobierno había creado soldados tan poderosos y anormales, pero tampoco faltaron represalias. El Enclave intervino, reconociendo el ataque como preternatural, y fueron capaces de luchar contra el control de unos pocos gobiernos y organizar una defensa antes de que los humanos hundieran a la Tierra en un desecho nuclear. La jefa del Enclave, que, por cierto, no era otro que Vielyn Tore, le dio la tarea a cada gremio de cazadores de todo el mundo de organizar el ataque de defensa de sus respectivas áreas. Se les dio carta blanca para hacer lo que consideraran apropiado en tales asuntos, y lo primero en que todos estuvieron de acuerdo fue un encierro mundial. Ahí fue cuando los agentes de Remo en las Agencias Espaciales Internacionales lanzaron el ataque con cohetes contra los satélites, haciendo imposible la comunicación en todo el mundo.

Remo había pensado en todo. Incluso la concentración de preternaturales aquí en Nueva York tenía un propósito después de todo: invadir la tierra de Sidhe a través del camino directo al castillo Belvedere. Eran otra distracción, algo para dispersar a los Sidhe aún más, y aunque los agentes enviados no eran rivales para los guerreros Fee, sirvieron bien para su propósito. Nadie, ni siquiera la reina Titania y la reina Maeve, consideraron colocar guardias cerca de la zona muerta.

Si Rafael no me hubiera apuñalado, lo más probable es que Remo hubiera tenido mucho éxito. Si su objetivo hubiera sido destrozar la Tierra, habría tenido éxito. Los agentes y esbirros seguían siendo perseguidos, y el número de víctimas se había contado por última vez en cinco millones y contado, y eso había sido temprano en mañana de ayer.

El toque de queda mundial estaba en vigor, impuesto por los cazadores y los líderes de los territorios, para mantener a salvo a los civiles y mantener a raya los disturbios. Los vigilantes humanos habían salido, armados con rifles y armas y bombas molotov, partiendo para capturar agentes, a menudo muriendo en el proceso. Aquellos a los que capturaron y torturaron no eran más que seres humanos desafortunados, saqueadores en busca de alimentos o suministros médicos. La electricidad había estado apagada durante las últimas cincuenta y dos horas, y aquellos con generadores tenían miedo de encenderlos y llamar la atención a sí mismos. Era un completo desastre.

Y la Tierra nunca fue el objetivo.

Sólo un señuelo conveniente.

Hasta que expliqué los planes de Remo, nadie había considerado la posibilidad de un motivo oculto para la destrucción de la Tierra. Roland llegó justo cuando comencé a explicar cómo Remo iba a usar el eclipse para filtrar el portal a través de la conexión que había creado con la tierra de Sidhe.

"¿Necesitaba su supervisión para sucediera?" Roland preguntó. "Estaba luchando en la guarida mientras el eclipse estaba sucediendo."

"Necesitaba su supervisión", le dije y dudé antes de añadir: "Y yo como sacrificio, para romper el rastro de energía para sus parientes".

Zantry se endureció, pero no dijo nada. Ambos sabíamos que la razón por la que encajé como sacrificio no era porque yo era un Dhiultadh fuerte, o incluso el familiar de Remo, sino porque tenía un vínculo establecido con el Cuásar a través de Arianna. Vincent también, después de la transición, pensé, el corazón apretado de dolor.

* * *

Roland no había venido a vernos a Zantry y a mí. Con Vincent fuera, Diggy había sido promovido al segundo de Roland, y sin teléfonos, la gente tenía que hacerlo a la antigua y venir para hablar. Había walkie-talkies, pero podían ser hackeados y Roland no quería arriesgarse a que el conocimiento filtrara a los agentes leales de Remo, incluso si Remo aún no había regresado.

Resultó que, cuando les dije que el portal podría activarse por sí solo si era desatendido, Zantry había tenido una idea. También sospechaba que Remo me vigilaba, lo que decía y lo que escuchaba, y mientras estaba comprobando algunas propiedades había perdido, Roland y él también estaban poniendo en práctica un plan. Habían creído que era sólido, pero no habían contado con el hecho de que el portal estaba listo para explotar. Así que mientras Zantry había estado inconsciente y la Tierra luchando por sobrevivir, Roland había estado haciendo ajustes, con la ayuda y el poder del Enclave detrás de él.

Y ahora todo estaba en su lugar, y Roland había venido para buscar a Diggy y partir a las Tierras Bajas.

CAPÍTULO SETENTA Y NUEVE

El plan era brillante y loco al mismo tiempo. E irónico.

La guarida estaba repleta de miembros de Seelie y Unseelie, Enclave y de los Cazadores. Nadie se arriesgaba a que Remo regresara e interrumpiera. Para mi asombro, el eclipse seguía, y todavía había algunos combates por la caverna de la Guerra. Según Roland, sólo habían pasado unas horas en las Tierras Bajas desde que Rafael nos apuñaló a mí y a Remo y destrozó el athame, la hoja de vidrio que había usado. Diggy le había cortado la cabeza a Remo, una pequeña venganza en comparación con la pérdida de sus amigos.

Todo había sido preparado en la Tierra; el equipo necesario para destruir el portal fue traído para que todo empezara al mismo tiempo.

A pesar del gran tamaño de la caverna, nadie se atrevió a entrar, excepto por aquellos que pusieron el equipo en su lugar. Zantry y yo estuvimos más cerca del portal, para pintar los símbolos requeridos tan cerca de las olas como nos atrevimos.

El vacío había crecido en tamaño, la chispa y mini relámpagos más fuertes, sucediendo con más frecuencia.

Si el plan funcionaba, todos iríamos a casa esta noche a celebrar, y si no, lo más probable sería que todos moriríamos en el intento.

Una vez dibujados todos los símbolos, me hice a un lado, evitando mirar la cámara donde había matado a Vincent. Estaba vacía ahora; El cuerpo de Vincent había sido devuelto al clan para un entierro apropiado. Sólo me llevaba una mirada a la pequeña grieta donde estaba la entrada de la cámara para que toda la sangre se escurriera de mi cara y mis manos empezaran a temblar. Delante y un poco a mi izquierda estaban Zantry y Roland y Diggy y un puñado de científicos. Juntos, montaron una máquina similar a la que Zantry había sido enganchado mientras estaba en la SCP, sólo que esta era masiva. Las cajas de cada borde, contenedores de energía, se igualaba al tamaño de un escarabajo Volkswagen, actualmente vacío. Otras cajas de este tipo yacían en las esquinas de la caverna, con más aún desmontadas en la biblioteca. Debido a que nadie había anticipado el tamaño del portal o lo activo que estaba, se estaban fabricando más de esos contenedores. Nadie estaba seguro de para qué se usaría la energía, nadie pensaba tan lejos, pero anticipé peleas por pasar.

Lee se mantuvo vigilante junto a la librería, junto con Abigail, mientras que Drozelle y Oberon, junto con otros Unseelie que no conocía, patrullaban la biblioteca y los pasadizos circundantes. Crozelle se había negado a venir, afirmando que quería quedarse y ayudar a Mwara a mantener a Vicky a salvo. Ninguno de los Seelie que había encontrado habían preguntado por ella, ni siquiera Drozelle, su gemela. Tal vez Crozelle entendió que ya no era bienvenida entre su especie.

Si tuviera otra opción, también me habría quedado atrás.

Diggy se apartó de la máquina y comenzó a caminar, su inquietud causando mi ansiedad a seguir subiendo.

Las máquinas tarareaban al mover suiches y discos, una luz suave y espeluznante brillaba en los símbolos, todos los apareamientos complejos entre múltiples runas y sigilos y glifos, ninguno de los cuales conocía. Los Sidhe se negaron a acercarse a él, cerca de los símbolos bastardos alrededor del portal, con los labios retorcidos de asco por la contorsión de la naturaleza. Sin embargo, ninguno protestó por su uso.

Grité cuando la máquina pitó, las palmas de mis manos sudando. Zantry me miró y sonrió, una sonrisa tranquilizadora que no hizo nada para calmar mis miedos.

"Esto funcionará", dijo Diggy desde a mi lado, con los ojos fijos en el portal. Supongo que todos éramos recelosos de que la cosa nos iba a vaporizar.

Asintiendo, cambiando el peso de pie, nerviosa y ansiosa y aterrorizada más allá de la creencia de que esto no funcionaría, que algo pasaría y Zantry o yo no lo sobreviviríamos. Un bulto formado en mi garganta, listo para ahogarme.

Una onda calmante pulsaba a través de la unión, reparándose más rápido de lo que había imaginado. A mi lado, Frizz suspiró con satisfacción, empapado en la comodidad de Zantry. Miré hacia arriba, encontré la cabeza de Zantry doblada en un ángulo, jugueteando con un disco, con los ojos fijos en una de las enormes cajas. Un pulso de energía fue disparado de él a la máquina y otro símbolo se encendió, este tan complejo, que no podía decir qué tipo de runa o sigilos se utilizaron.

Un símbolo pintado en el suelo encendió una luz azul incandescente, un estetoscopio grueso con un tapón de cobre unido a él. La máquina pitó y el zumbido se intensificó. Satisfecho, Zantry colocó otro enchufe/estetoscopio en otro de los símbolos pintados, jugueteado con un segundo disco, los ojos fijados de nuevo en el contenedor vacío. Otro pulso de energía fue disparado desde él al símbolo, encendiéndolo. La máquina dio una serie de pitidos frenéticos y el zumbido se convirtió en un lloriqueo agudo durante dos, tres segundos antes de establecerse de nuevo a un zumbido constante. Un paso adelante, otra ola de pánico cubriendo mis entrañas con hielo ante la perspectiva de perderlo.

"Déjame hacer algo", le dije, y Roland me miró desde el otro lado de la máquina.

"Ya casi terminamos aquí", dijo Zantry, dándome una mirada lateral. "Esto funcionará, créeme." Había convicción en su voz, confianza en sus mandíbulas duras y determinación en sus ojos azules profundos. Ahora brillaban con la luz de los símbolos bastardos, tan cautivadores como siempre. Detrás de él, demasiado cerca para la comodidad, el agujero negro se arremolinaba y agitaba y agitaba, pequeños relámpagos y explosiones parpadeando. Ráfagas de energía se movieron desde el borde del vacío y se conectaron con los símbolos iluminados, que se conectaba a la máquina con los enchufes. Ya chupando de la energía del portal, aunque nada se estaba convirtiendo en las cajas del tamaño de un escarabajo Volkswagen todavía. Un científico le explicó a Roland y Diggy que deberían monitorear la frecuencia, no la cantidad de energía que se está drenando, señalando funciones clave en la parte posterior de la máquina. Si la frecuencia se mantenía errática, deberían alimentar más símbolos, hasta que ganara una onda estable y constante.

Escuché con un oído, me concentré en Zantry mientras encendía otro símbolo, este causando que los pitidos chillaran, el zumbido silbando. Los científicos giraron algunos discos, cambiaron algunas teclas en su extremo hasta que los pitidos y el zumbido se reguló una vez más. Incandescentes ráfagas de luz fueron transferidas desde el portal a los símbolos conectados a las máquinas, su resplandor ilumina los tubos que conducían a los contenedores vacíos. Me junté las manos, resistiendo el impulso de tocar Zantry. Si todo esto funcionaba, podríamos drenar y destruir el portal por completo. Irónico, la misma herramienta creada por Remo sería la cosa usada para destruir sus sueños.

Zantry se sacudió cuando conectó el siguiente enchufe/estetoscopio, y me acerqué a él.

"¿Estás bien?"

Se puso de pie, encogiéndose de hombros como si se estuviera estirando. "Me da energía, simplemente estar cerca de ella", dijo, mirando hacia abajo a la máquina.

"¿Estás seguro de que deberías estar tan cerca? ¿Qué pasa si se une un poco a ti o..." Una mano caliente atrapó la mía, la estática saltando por el tacto. Miré hacia abajo a la mano de Zantry y apreté. "Vamos a hacer esto, Roxanne."

La convicción en sus ojos opacó los bordes más afilados de mi ansiedad. Me apretó el hombro y se volvió a alimentar otro símbolo cuando Roland lo indicó, vacilando cuando el agujero negro emitió un sonido de eléctrico. Los dos nos volvimos a mirar. Algo incandescente se transmitió desde la obsidiana como una cuerda, un no, un cable, no a la máquina, sino a un costado. Ambos seguimos la línea brillante. Vimos a Remo al mismo tiempo que el científico más cercano gritó una advertencia. El arroyo luminiscente terminó dentro del puño levantado de Remo mientras nos atacaba como un toro enfurecido.

CAPÍTULO OCHENTA

Con todos detrás de la máquina, Remo tenía un camino despejado hacia nosotros. El cable rodeó su puño levantado en cuerdas gruesas, pulsando con poder eléctrico y creciendo. Zantry buscó energía y aplaudí, pero incluso antes de terminar de tirar de mi hoja, Remo tenía la cuerda de energía alrededor de mi cuello, quemándome y atragantándome, su cara, por primera vez desde que lo conocí, roja y contorsionada con furia. Me caí, Remo sobre mí, asfixiándome con el cable de energía. Golpeé y pateé, y Zantry golpeó a Remo desde el costado. Se desplomaron de un lado y antes de que pudiera dar una advertencia, fueron tragados por el agujero. Sin previo aviso, la cuerda asfixiante alrededor de mi cuello me apretó y me haló después de ellos.

Lo último que vi fue la expresión horrorizada de Roland... y luego el camino me llevó. El cable era tan rápido y fuerte; me di cuenta en menos de un segundo que la máquina no habría funcionado. No sin sobrecargarse y una explosión.

El camino succionó mi energía y me apartó; Ya no podía ver el final. No había nada más que el camino ilimitado tanto para ambas direcciones como una vasta oscuridad vacía alrededor. No hay otro camino al que saltar, no hay otros planetas a la vista, ninguna otra estrella. Esta era una dimensión completamente nueva, me di cuenta con una sacudida enfermiza.

Giré, sinapsis ardiendo. Líquido caliente rezumaba de mis orejas y nariz, mis piernas se volvieron de madera. Dos siluetas tenues luchaban por delante, y sin sentido, me estaba moviendo, uniéndome a la lucha. No recuerdo haberme aferrado a mi espada, pero ahí estaba, todavía en mi mano, y apuñalé a Remo, su silueta inconfundible. El esfuerzo me drenó de energía rápidamente. Zantry me sacudió, me a la vuelta con los brazos y gritó en mi cabeza *¡Salta!*

Lo hice, sin dudarlo. Pero no había otro camino a la vista, nada más que oscuridad vacía en todas direcciones. La energía se escurrió de nosotros como agua por un grifo, tratando de alimentar una línea inexistente. Moriríamos en el hiperespacio después de todo.

Y entonces algo pasó detrás de nosotros. El camino emitió un lloriqueo agudo, el sonido tan fuerte, el goteo por mis oídos corría más rápido.

La explosión que siguió sacudió cada fibra de mi ser. Me aferré a Zantry mientras estábamos siendo propulsados con una violenta explosión, lo suficientemente fuerte que mi cabello y piel burbujearon y quemaron, mis músculos se derritieron. Mi muerte sería dolorosa. Sentí que caíamos, dándome cuenta de que habíamos caído a través de una, quizás más dimensiones, nuestra energía menguante ya no era capaz de sostener ese camino, y ésta no era tan agotador.

Lejos en la distancia, un camino fino apareció, hasta ahora no era más que una línea de pelo blanco en medio del negro. Hasta ahora, la realidad de la línea era una burla. Nunca llegaríamos a esa distancia, nunca nos acercaríamos, ni siquiera con la energía combinada que nos quedaba. Pero lo dimos todo, reacios a rendirnos, incluso al final.

Fue Frizz quien nos dio el último impulso que necesitábamos para drenarlo a todo. El conocimiento que todos moriríamos si yo moría vino de él, y la decisión de perdonarme a mí y a Zantry también era suya.

¡Frizz!

Frizz se soltó y nos dio el impulso, un empujón final nacido de su propia fuerza vital.

¡Frizz!

Intenté sentir su presencia, mantenerlo atado a mí, pero todo lo que sentí era mi cuerpo ardiendo, todo lo que oí fue el vacío, todo lo que pude ver era el vacío negro.

Sabía que entramos en el nuevo camino por el frío que enfrió mi carne ardiente y me dio una sensación de alivio... antes de que el frío se apoderara y la quemadura volviera de nuevo, más feroz que una congelación. Estaba demasiado sorprendida como para gritar una queja. El camino me drenaba de cualquier reserva de energía que me hubiera quedado.

* * *

Háblame, Zantry gritó a través de nuestro vínculo. *No me dejes. Regresa.*

Empujé en la oscuridad tratando de acercarme, aferrándome a las palabras de Zantry, tirando del salvavidas que ofrecía nuestro vínculo.

Abrí los ojos, guiñé un ojo y los cerré de nuevo.

"Eso es, cariño, quédate conmigo. Abre los ojos."

Lo intenté de nuevo, mis ojos lagrimeando y derramándose. Todo borroso, todo dolía. Pero seguía viva. Y Frizz no, y el vacío donde nuestro vínculo había estado hizo que mis lágrimas fluyeran más rápido. Y Dios, me dolió. Mis lágrimas ardían como ácido en mi cara, e incluso si Zantry las limpiaba, más cayeron, su toque como papel de lija raspado.

"Me estás matando", dijo, halándome cerca y meciéndome de lado a lado. "Lo siento mucho. Lo siento mucho."

Lo agarré a mí, mis lágrimas fuera de control. Zantry me sostuvo y susurró garantías sin sentido. Cuando pude, me concentré en él, su cara pálida y dibujada, pero sin heridas visibles.

"Lo logramos", susurré, con la voz raspada y débil.

"Sí. Frizz lo hizo posible".

Otra lágrima escapó, seguida de unos cuantos más.

"Lo logramos", repetí, y a través de mis lágrimas, sonreí. Entonces solté una risa, el sonido más como el de una mula, doloroso de escuchar y doloroso de hacer.

Lo logramos. Me reí de nuevo, con las manos en mi estómago, tratando de contener el dolor. Las lágrimas me quemaron la cara, pero la risa no se detuvo.

Los labios de Zantry se estremecieron, luego sonrió, esa hermosa sonrisa que hizo que mi corazón se llenara de alegría. Se rio y se acostó a mi lado, riendo como un maníaco, jadeando y atragantándose.

"¿Dónde estamos?" Pregunté mucho tiempo después, una vez que la histeria se había ido.

"No estoy seguro, pero teniendo en cuenta de dónde vinimos, un planeta en la quinta dimensión." Se levantó, me miró fijamente. "¿Qué tan mal te duele?"

"Mucho." El dolor en mi piel quemada pulsaba como un corazón latiendo.

Zantry se sentó. "Déjame ver." Sus ojos estaban oscurecidos. O tal vez era mi visión fallida.

Levanté el brazo, me concentré en mis manos ardientes. Aparte de la sangre de Remo, la piel estaba lisa, sin zonas quemadas, sin ampollas. Me preparé y me senté con esfuerzo, levantando la pierna de mis pantalones para mirar la piel allí. Suave, sin marcas.

"¿Me queda cabello?" Toqué mi cabeza, sin esperar una respuesta. Todo mi cabello estaba allí, salvaje y enredado.

Miré de nuevo a Zantry, en la forma en que sus ojos estaban apretados en las esquinas. "¿Te duele? Siento que he sido despellejada viva, todo está ardiendo, caliente y frío al mismo tiempo".

Zantry exhaló, miró hacia abajo a sus manos. "Así es como se siente la fatiga de energía."

CAPÍTULO OCHENTA Y UNO

Nos tomó semanas reunir suficiente energía para viajar por el camino sin quemarnos de nuevo. En cierto modo, fueron como unas vacaciones de recuperación, donde comimos plantas extrañas, recogimos frutas grises, feas y deformadas que sabían increíbles, y asamos pequeños animales parecidos a conejos por la noche. El agua tenía un sabor metálico, así que nos arriesgamos a tomar pequeños sorbos.

No hablamos de lo que pasó. O señalamos que nuestra recuperación estaba tomando demasiado tiempo. No, aprovechamos lo mejor de nuestro tiempo a solas, lejos de cualquier política y exigencia preternatural, conscientes de que nunca tendríamos otra oportunidad similar. Estábamos ansiosos por descubrir cómo resultaron las cosas, ansiosos por quedarnos y disfrutar de nuestro tiempo juntos sin perturbaciones. A las tres semanas, pensamos que teníamos suficiente energía para saltar un camino, pero acordamos quedarnos una semana más en caso de que estuviéramos más lejos de lo que esperábamos. Pescamos por claros charcos de agua con lanzas improvisadas, hicimos el amor bajo el brillo azulado de la luna baja. Paseamos de la mano bajo el brillo de un sol rojizo. Jugamos como niños pequeños, trepamos a los árboles y hablamos de nada de importancia hasta que nos quedamos dormidos en las horas tranquilas del amanecer.

Al comienzo de la quinta semana, ya no teníamos excusas para quedarnos. Volvimos con toda nuestra fuerza y nada más que nuestro deseo de dejar todo atrás se interpuso en el camino.

* * *

Nos encontramos nuestra primera sorpresa en las Tierras Bajas. Entendí lo que pasó en el instante en que mis ojos cayeron sobre el lugar donde una vez estuvo la montaña Mandolia. El enorme vacío levitó en el aire, el portal menos activo que cuando fuimos absorbidos, pero ganando fuerza rápidamente a medida que chupaba el planeta.

Zantry pateó una gran roca, miró alrededor de la tierra. "Explotó", dijo, observando todos los escombros de roca.

El bolsillo dimensional se había activado después de todo.

"... El tejido estaba inactivo. Se mantendrá ineficaz sin un mayor impulso de potencia..." Crozelle había dicho. Y cuando el portal explotó, le dio al tejido inactivo el impulso que había necesitado para activarse y tomó toda la montaña en el bolsillo dimensional. Y cuando el bolsillo dimensional llegó al portal, también fue absorbido. Y ahora ganaba fuerza más rápido que antes, tomando en el resto del planeta.

Mi estómago se apretó. Fue culpa mía.

Miré a mi alrededor, examinando el daño en su totalidad. Expulsado de su órbita por la explosión, el planeta ya no rodeaba la tierra de Sidhe. El camino se estiró, y ambos podríamos decir que no pasaría mucho tiempo antes de que se estirara demasiado y se rompiera. Pronto la tierra no sería más que una mota en el vasto vacío del hiperespacio.

La implicación me golpeó entonces: ¿cuántos murieron? ¿Alguien salió vivo de ahí? ¿Han recibo una advertencia? Por la expresión en blanco de Zantry y los puños apretados, se le ocurrió lo mismo.

La tierra bajo nuestros pies se estremeció, y sin decir una palabra, ambos saltamos a un camino, con las manos entrelazadas. En lugar de dirigirme a la Tierra, Zantry me tiró al planeta Rahzar.

Fue allí donde nuestras vidas cambiaron para siempre.

Como sabía que allí encontraríamos a todos, no estaba segura, pero fue allí donde todas las facciones ahora se sentaban, discutiendo entre ellas.

Sonreí al ver a Diggy y a Roland, un alivio que me dio mareos. Me fui bajo la colina, escaneando caras en busca de caras familiares. Todos se sentaron en un círculo, en medio del último anillo de piedra. Zantry me detuvo y haló detrás de una piedra alta, me pidió que me quedara callada.

Quédate aquí, su voz resonó en mi cabeza.

Fruncí el ceño, pero antes de poder decir nada, se fue y desapareció.

Agachada, miré a la piedra y a la reunión, incapaz de escuchar de lo que estaban hablando o de medir sus expresiones.

¿Qué estaba pasando?

Lee se puso de pie en el medio, levantó una copa en el aire. Todos siguieron su ejemplo, gritando algo que no pude descifrar. Arrojó el contenido de su vaso en el pequeño fuego en el centro del círculo, y las llamas saltaron alto, azul y amarillo y naranja. Lee se inclinó, se movió y se sentó en un lugar vacío a la izquierda de la reina Titania. Cora se puso de pie y se movió hacia el centro, dando vueltas por el fuego, gesticulando y hablando palabras que no podía oír.

Zantry tardó mucho en regresar, pero cuando lo hizo, había una leve sonrisa en sus labios, sus ojos llenos de secretos.

¿Qué? Pregunté a través del vínculo.

Es una reunión que celebra nuestra memoria, nuestras hazañas heroicas. Están honrando nuestras muertes.

Me detuve, no estoy segura de por qué esto me sorprendió. Ya habíamos pensado que todos creían que habíamos muerto en la explosión.

"Deberíamos ir a interrumpir esa fiesta", murmuré, medio divertida.

Zantry negó con la cabeza y tomó mi mano. "No, vamos a hacer lo contrario."

"¿Qué? ¿Por qué?"

"Porque esto significa que no saben que estamos vivos."

Incliné la cabeza hacia un lado. "Pero, no entiendo."

Zantry tomó mis dos manos en las suyas y apretó. "Esta es nuestra oportunidad de vivir esa vida normal y aburrida." Me buscó los ojos, los suyos comenzaron a mostrar los primeros signos de duda. "¿No es eso lo que querías?"

Miré hacia abajo a la reunión, noté que Roland estaba ahora en el medio, dando vueltas al grupo. Si nos íbamos ahora, no volveríamos a verlos.

Leyendo mis pensamientos, Zantry dijo: "Podríamos desaparecer por unos años, probar lo ordinario. Si decides entonces quieres volver, lo haremos". Esperó un momento antes de añadir: "O podríamos ir allí y arruinar esa fiesta. Todo depende de ti."

Me besó los nudillos y esperó. Sabía que estaría bien con lo que yo eligiera.

Miré hacia abajo de nuevo, escaneé a la gente presente. Logan, Archer, Elizabeth, Mwara. Xandra y Boris. La reina Titania y la reina Maeve y un montón de Sidhe que nunca había conocido antes. Y luego estaban los cazadores, todos menos Vincent y George. Mis ojos se movieron sobre Diggy y por un segundo pensé que me estaba mirando directamente, pero luego volteó la cabeza, levantó la copa y gritó algo.

La multitud hizo eco del sonido justo cuando comencé a alejarme.

"Vamos." Ambos nos dimos la vuelta y saltamos al camino más cercano.

EPÍLOGO

SIETE AÑOS DESPUÉS...

Me arrodillé junto al lecho de rosas y saqué la última hierba. En la esquina, Frizz, nuestro Labrador de dos años, estaba acurrucado bajo la sombra de la pared de piedra alta que rodeaba nuestra propiedad.

"Supongo que esta será la última vez que voy a hacer esto por un tiempo", le dije, limpiando el sudor en mi frente con la parte posterior de una mano mientras me frotaba la parte inferior de la espalda con la otra.

"Espero que sí", dijo Zantry detrás de mí. "Realmente preferiría que te detuvieras por completo."

Miré hacia atrás en él, vestido con jeans casuales y una camisa negra abotonada, mangas enrolladas para revelar poderosos antebrazos, su bronceado pronunciado, el pelo atado en la nuca. Mi corazón dio un pequeño aleteo de alegría.

"Llegas temprano. ¿Ya te aburres con el trabajo de investigador privado?" Levanté la mano y él me ayudó a ponerme de pie, dándome directamente un beso apasionado, entrelazando nuestros dedos mientras la otra mano me sostenía la nuca.

"Tuve la necesidad de volver a casa para ver cómo estabas."

"Estoy bien, Zantry. Tienes que dejar de vigilarme".

"Lo haré, lo prometo, tan pronto como mi bebé esté dormido en mis brazos." Se alejó para mirarme a los ojos. "¿Cómo estás?"

"Estoy igual que cuando llamaste hace una hora ", dije con una sonrisa, pero Zantry no estaba tranquilo. "¿Y mi princesa?" Preguntó, poniendo su mano suavemente sobre mi vientre abultado. Recibió una patada como respuesta, y ambos nos reímos. "Supongo que eso también significa que ella está bien", le dije, presionando el talón de mi palma en mi espalda baja. La mano de Zantry reemplazó a la mía, frotando un círculo calmante una y otra vez. Mis manos le rodearon el cuello, dándole un mejor acceso.

"Tal vez deberíamos entrar para que pueda quitarme esta camisa y dejarte probar ese aceite de masaje."

"Tal vez deberías dejar de sacar hierbas. No me gusta una esposa con las manos callosas".

Antes de que pudiera responder, Frizz gruñó, un sonido bajo y amenazante que nunca le había oído hacer antes. El grito de un pájaro vino después, bajo y cerca. Frizz se paró en cuatro patas, orejas arriba, los ojos fijos en el halcón que daba vueltas. Zantry se puso delante de mí y me llevó a la casa. Mano protegiendo mis ojos del resplandor del sol, observé al pájaro lanzarse cerca, luego abrir sus alas y planear. Cuando estuvo sobre nuestro patio, dejó caer un sobre grande. Chilló, planeando antes de volver a regresar.

Frizz gruñó de nuevo. Zantry mantuvo sus ojos centrados en el halcón. Quise que agarrar el sobre grueso, mi corazón palpitando con adrenalina... y me congelé cuando algo en mi espalda baja se destrozó. Debo haber jadeado porque Zantry se volteó y agarró mis hombros.

"¿Qué? ¿Qué pasa?", Preguntó, el miedo en su voz no estuvo enmascarado. "¿Qué? Cariño, di algo."

"Creo..." Miré hacia arriba a su expresión temerosa y sonreí, tratando de ocultar mi miedo cuando algo caliente goteó por mis piernas. "Creo que tu princesa está viniendo."

El viaje al hospital fue un borrón, con Zantry desafiando todas las leyes de tránsito y arriesgándose a exponer nuestro estatus preternatural más de una vez. No es que las leyes contra el descubrimiento estuvieran todavía en su lugar, sino porque preferimos pasar como ordinarios. A pesar de que el mundo ya sabía de la comunidad preternatural, el ataque de Remo nos había hecho parecer los supervillanos, sin importar que el orden había sido restaurado por facciones preternaturales. Los grupos vigilantes todavía estaban por ahí, y muchos preternaturales prefirieron mantener sus identidades en secreto. Aunque Remo nunca regresó, el mundo estaba lejos de calmarse. Se habían establecido reglas para proteger tanto a los humanos como a los preternaturales por igual, pero grupos de humanos se habían unido para cazar preternaturales, y aquellos que no habían sido descubiertos durante el ataque de Remo habían pasado a la clandestinidad, incluso los agentes que se habían dispersado. A veces esas bandas humanas captaban uno o dos preternaturales inocentes y las torturaban hasta la muerte. A veces esos humanos tenían mala suerte y los agentes los conseguían primero.

La explosión no sólo había empujado las Tierras Bajas fuera de órbita, sino que desestabilizó todas las dimensiones más altas. Sin las Tierras Bajas para anclarla, la tierra de Sidhe también se había desviado, y la Tierra se cortó de todas las demás dimensiones. Aquellos que no cruzaron a tiempo se quedaron atrapados, ya haya sido en la Tierra o fuera de ella.

Nadie lo sabía con seguridad, pero había rumores de que el portal se había tragado las Tierras Bajas y ahora flotaba en el hiperespacio. Incluso si los seres eran escupidos, no había nada que matar, nada para absorber y convertirse en seres corporales.

Zantry corrió hacia el lado del pasajero en un borrón, me recogió y corrió a la sala de emergencias como si no pesara nada. En el cielo, el halcón rojo voló, manteniendo el ritmo con nosotros.

El parto fue un enredado lío de agonía y maldiciones gritadas, pero el sonido posterior de un bebé llorando de injusticia fue el sonido más hermoso que jamás he oído. Después de ese sonido de deleite, el dolor me agarró por la garganta y me encerró en un caliente resplandor de agonía. El segundo grito fue tan hermoso como el primero, pero no tenía la energía para maravillarme para entonces.

Era tarde cuando desperté cuando una enfermera trajo un doble moisés en la habitación y revisaba mis signos vitales. Ella me ayudó a sentarme, y Zantry se unió con la cubierta de la cama, la almohada y acarició mi cabello, sus ojos cálidos, de ensueño, sus labios llevando una sonrisa suave.

"Aquí tienes, mami." Dijo la enfermera, colocando a mi hija en mis brazos.

"Está dormida", le susurré, cepillando un dedo sobre su suave cabello negro.

"Y uno más", dijo la enfermera, colocando a mi hijo en mi otro brazo.

"¿Cómo voy a alimentar a ambos?"

"Para eso está papá. Dale uno y dile que te ayude."

"Son hermosos. Tan diminutos". Miré a Zantry, vi el orgullo y el amor en sus ojos.

"Igual que su mamá." Movió a un dedo y lo pasó sobre la mejilla del bebé, primero uno, luego el otro. "Ella tiene tu nariz", dijo, una sonrisa irónica en su cara.

Comparamos a nuestros bebés a nosotros dos, sin notar cuando la enfermera se fue por la puerta.

"Tiene tu barbilla", le dije con una sonrisa.

Algo sonó en la ventana, y ambos nos volteamos a mirar. El halcón rojo se posó en el alféizar, mirándonos.

Zantry se dirigió y haló el vidrio hacia arriba. El aire caliente fluyó hacia adentro, junto con los sonidos de tráfico y el halcón. Las garras hicieron clic en el suelo de baldosas mientras se dirigía a la cama y saltó, posándose en el borde de la cama elevada. Estudió a mi hija, inclinando su cabeza a la izquierda y luego a la derecha, y luego se movió hacia el otro lado de la cama, mirando hacia abajo a mi hijo.

"Se llama Victoria", le dije. El halcón levantó la cabeza, sus ojos sin apartarse.

"Su nombre es Vincent", añadí. Los ojos de avellana parpadearon una vez hacia mí antes de bajar la cabeza en reconocimiento.

Entonces Diggy saltó hacia el azulejo y fuera de la ventana, chillando mientras volaba hacia arriba y fuera.

Zantry cerró la ventana y vino a sentarse en el borde de la cama, recogiendo el sobre Diggy que dije dejó antes de que rompiera aguas.

Dentro estaban fotos de Vicky y su hijo de cuatro años, Marcus, y un niño de dos años llamado Andrew. Ambos tenían ojos brillantes color avellana. Me apoyé en Zantry, mis bebés a salvo en mis brazos mientras revisamos todas las fotos de Vicky y Diggy y sus hijos. Ni Zantry ni yo comentamos el hecho de que los ojos de Vicky tenían un brillo preternatural, algo que sabía que podíamos ver porque quería que lo viéramos. La última de las fotos estaba fechada de hace cinco años, y era de Diggy con un esmoquin negro y Vicky con un vestido blanco, ambos sonriendo para la cámara. A un lado, estaba Tommy, vestido con un traje negro, un brazo alrededor de Mwara, el otro alrededor de Crozelle.

"Podríamos encontrar una manera de ir a verla." Zantry me limpió las lágrimas con un dedo.

"Estas son lágrimas felices, Zantry. Estoy feliz por ellos". Me soné la nariz y limpié mi cara en su camisa, dejé caer unas lágrimas más sobre su hombro. "Pero tal vez algún día deberíamos ir por una barbacoa e introducir a los niños."

FIN

Querido lector,

Esperamos que hayas disfrutado leyendo *Heredera De La Furia*. Tómese un momento para dejar una reseña, incluso si es breve. Tu opinión es importante para nosotros.

Atentamente,

Jina S. Bazzar y el equipo de Next Chapter

Heredera De La Furia
ISBN: 978-4-82411-924-7

Publicado por
Next Chapter
1-60-20 Minami-Otsuka
170-0005 Toshima-Ku, Tokyo
+818035793528

2 diciembre 2021

CPSIA information can be obtained
at www.ICGtesting.com
Printed in the USA
LVHW091042171221
706195LV00009B/34

9 784824 119247